CONTES ET RÉCITS FANTASTIQUES

Paru dans Le Livre de Poche :

ARRIA MARCELLA
LE CAPITAINE FRACASSE
LE ROMAN DE LA MOMIE

THÉOPHILE GAUTIER

Contes et récits fantastiques

PRÉFACE ET DOSSIER CRITIQUE D'ALAIN BUISINE

LE LIVRE DE POCHE
Classiques

Cet ouvrage a été publié
sous la direction de Michel Simonin

Alain Buisine, maître de conférences à l'Université de
Lille III, travaille essentiellement sur les littératures des XIXe
et XXe siècles, de Maupassant à Sartre. Auteur de nombreux
articles parus dans maintes revues françaises et étrangères,
il a publié aux Presses Universitaires de Lille *Proust et ses
lettres* et *Laideurs de Sartre* ainsi qu'un *Tombeau de Loti*
aux Amateurs de Livres. Membre du comité de rédaction de
la *Revue des Sciences Humaines* et des *Carnets de l'exo-
tisme*, il dirige la collection *Problématiques* aux P.U.L.

© Librairie Générale Française, 1990.

ISBN : 978-2-253-05520-4 – 1re publication - LGF

Préface

I

Le désir de l'idole

NE TOUCHEZ PAS AUX MARBRES

Il se peut qu'au Musée on aime une statue,
Un secret idéal par Phidias sculpté ;
Entre elle et vous il naît comme une intimité ;
Vous venez, la déesse à vous voir s'habitue.

Elle est là, devant vous, de sa blancheur vêtue,
Et parfois on oublie, admirant sa beauté,
La neigeuse froideur de la divinité
Qui, de son regard blanc, trouble, fascine et tue.

Elle a semblé sourire, et, plus audacieux,
On se dit : « L'immortelle est peut-être une femme ! »
Et vers la main de marbre on tend sa main de flamme.

Le marbre a tressailli, la foudre gronde aux cieux !...
Vénus est indulgente, elle comprend, en somme,
Que le désir d'un dieu s'allume au cœur d'un homme[1] !

Qu'est-ce donc qu'une femme pour Théophile Gautier ? Physiquement — car mieux vaut se défier de l'âme pour autant que sa figuration matérielle demeure impossible : l'irreprésentable n'a jamais droit de cité chez Gautier que seul le visible préoccupe —, c'est

avant tout, ce devrait être tout au moins, une pure pro-
duction esthétique, une image picturale ou, mieux
encore, une forme sculpturale.

Dans ces conditions, désirer une femme, c'est
d'abord l'esthétiser, la transformer en un tableau ou en
une sculpture. Car dans l'idéel imaginaire de Gautier
inversant radicalement les habituelles relations de la
nature et de la culture, ce ne sont pas la peinture et la
sculpture qui ne parviendraient pas à égaler la beauté
de la femme vivante, c'est tout au contraire la femme
elle-même qui ne sera jamais vraiment à la hauteur de
l'œuvre esthétique qu'elle devrait représenter en dernière instance. Ici le modèle, et quelle que soit sa
beauté, ne sera jamais aussi parfait que sa « copie »
picturale ou sculpturale. Dans sa particularité même il
demeure toujours relativement indigne de l'inégalable
globalité de l'archétype féminin auquel il ne fait que
ressembler sans jamais complètement le réaliser.

Chez Gautier une vision purement idéale et esthétique de la Forme absolue aura toujours précédé la perception réelle du monde féminin, fatalement décevante
dans son irrémédiable contingence. L'artiste regarde le
monde « avec les yeux du peintre » dans l'espoir perpétuellement différé et déçu d'y trouver des beautés
qui ne déchoiraient pas complètement par rapport aux
plus grands chefs-d'œuvre de la peinture et de la statuaire. Quête désespérée puisque aussi bien la plus belle
femme ne fera tout au plus qu'approcher, approximer,
juste un peu moins imparfaitement que les autres, tel
ou tel type pictural sans jamais réussir à véritablement
l'accomplir, à lui donner corps. S'il est vrai que chez
Gautier l'art est la médiation nécessaire du désir de
l'autre sexe, ce n'est que pour mieux décevoir.

Voyez dans *La Toison d'or* Tiburce partir en Belgique pour y découvrir de blondes et opulentes beautés
flamandes aux « belles épaules nacrées » et aux
« croupes de sirènes inondées de cheveux d'or et de
perles marines ». Sa passion relève initialement d'un

désir purement pictural exactement comme chez d'Albert, dans *Mademoiselle de Maupin*, qui désire
« qu'une vierge de Raphaël se détache de sa toile pour
venir l'embrasser[2] », exactement comme chez George,
dans *Fortunio*, qui n'aime que les filles de ses Titien
et se « sent une envie du diable de décrocher le tableau
et de le faire porter dans [son] lit[3] » : simplement
Tiburce choisit les femmes de Rubens contre celles des
maîtres italiens dont il est rassasié. Et le voilà se promenant obstinément dans les rues d'Antwerpen « *au
pourchas du blond* », à la recherche de la vraie blonde
flamande. Quelle dérision ! Toutes les variétés de
brunes défilent devant lui sans qu'une seule blonde se
présente à sa vue, et il n'a plus qu'à se réfugier dans
les musées pour retrouver ces frissonnements d'or et
de lumière qui le séduisent tant. C'est clair : les beautés
vivantes seront toujours loin de valoir les beautés sur
toile.

Il en éprouve l'éclatante confirmation lors de sa
visite de la cathédrale où il découvre la sensuelle figure
de Madeleine dans *La Descente de croix* de Rubens.
Illuminé par cette éblouissante et inégalable révélation,
néanmoins il ne renonce pas à chercher dans tous les
coins de la vaste cité portuaire « quelque type se rapprochant de son idéal ». Il erre longtemps en vain jusqu'au jour où il rencontre la belle Gretchen qu'il va
immédiatement s'employer, en compagnie de Gautier,
à picturaliser : afin de tenter qu'elle rattrape le tableau,
qu'elle comble une partie de ce retard que de toute
façon elle aura toujours sur la peinture. Pour essayer
de la sauver, il importe de travailler à la façon d'un
Vermeer de Delft ou d'un Pieter de Hooch en l'instal-
lant dans une scène d'intérieur dont le poétique pro-
saïsme pictural glorifiera et transcendera l'évidente
médiocrité sociale, existentielle même de la jeune
beauté flamande : « Faites courir un brusque filet de
jour sur la corniche et sur le bahut, piquez une paillette
sur le ventre des pots d'étain ; jaunissez un peu le
christ, fouillez plus profondément les plis roides et

droits des rideaux de serge, brunissez la pâleur modernement blafarde du vitrage, jetez au fond de la pièce
la vieille Barbara armée de son balai, concentrez toute
la clarté sur la tête, sur les mains de la jeune fille, et
vous aurez une toile flamande du meilleur temps, que
Terburg ou Gaspard Netscher ne refuserait pas de
signer. »

Inversant la langue, Tiburce ne peut voir l'autre
qu'en peinture, et Gretchen lui apparaît comme la meilleure figuration possible sur terre de son rêve : « Il lui
sera difficile de trouver un corps plus magnifique au
fantôme de sa maîtresse peinte. » Autant dire que la
femme réelle, accidentelle et éphémère incarnation
phénoménale d'une transcendance esthétique qui la
dépasse largement, contingente reproduction de la
Forme absolue, ne fait que prêter son corps à une
représentation qui la précède toujours, qui la surpasse
infiniment. Gretchen n'est rien en comparaison du type
qu'elle devrait réaliser. « Il ne l'aimait pas, mais du
moins elle lui rappelait son rêve comme une fille rappelle sa mère adorée qui est morte. » Étonnante proposition : en somme l'amour physique de la femme vivante
est par définition profondément incestueux : on n'est
l'amant de la fille « en chair et en os » que pour autant
que la mère (des arts) ne se donne plus. On reporte, on
transfère sur la fille ce que l'idéalité de la mère ne
vous accorde plus.

Comment dans ces conditions Gretchen ne serait-
elle pas jalouse de l'amour immodéré que porte
Tiburce à la Madeleine de Rubens ? Elle n'aura d'autre
solution, pour relever un pareil défi, que de devenir
le modèle délicieusement déshabillé de son amant la
peignant. C'est de sa part une ultime et vaine tentative
(même si elle semble facticement couronnée de succès
par le dénouement du récit, alors plus sentimental
qu'authentiquement fantasmatique) pour rejoindre
cette peinture qu'elle aurait dû être depuis le début.
Chez Gautier la femme demeure ontologiquement
incomplète tant qu'elle n'est pas picturalisée. En deve-

nant le modèle préféré de Tiburce (qui jusqu'alors
ignorait lui-même qu'il aurait tant de plaisir à la
peindre), Gretchen espère bien réanimer (et doubler) la
Madeleine de Rubens que Tiburce semble effectivement oublier. Mais que promet en fait un tel effacement de l'idéal premier, du type, du modèle au profit
de sa seule projection, de son incarnation aussi sub-
stantielle qu'accidentelle ? Une telle amnésie laisse
planer comme un doute sur l'avenir du couple...

Apparemment, il est vrai, la Gretchen de Gautier,
qui fournira quand même le sujet d'un très honorable
tableau, s'en tire infiniment mieux que la Catherine
Lescault du vieux maître Frenhofer dans *Le Chef-
d'œuvre inconnu* de Balzac. À force de travailler interminablement son tableau, le peintre n'a finalement
laissé subsister qu'un pied délicieux, qu'un pied vivant
dans un innommable chaos de couleurs, dans un brouillard sans forme de tons, de nuances indécises : « Ce
pied apparaissait là comme un torse de quelque Vénus
en marbre de Paros qui surgirait parmi les décombres
d'une ville incendiée[4]. » Gretchen s'en est également
mieux sortie que l'épouse du peintre dans *Le Portrait
ovale* d'Edgar Allan Poe. On se souvient que le tableau
la représentant a littéralement vampirisé son modèle
dépérissant au fur et à mesure que la toile avance.
Complètement absorbé dans son œuvre, le peintre « ne
voulait pas voir que les couleurs qu'il étalait sur la toile
étaient *tirées* de celle qui était assise près de lui. Et
quand bien des semaines furent passées et qu'il ne restait plus que peu de chose à faire, rien qu'une touche
sur la bouche et un glacis sur l'œil, l'esprit de la dame
palpita encore comme la flamme dans le bec d'une
lampe. Et alors la touche fut donnée, et alors le glacis
fut placé ; et pendant un moment le peintre se tint en
extase devant le travail qu'il avait travaillé ; mais une
minute après, comme il contemplait encore, il trembla
et il devint très pâle, et il fut frappé d'effroi ; et criant
d'une voix éclatante : "En vérité, c'est la *Vie* elle-

même !" — il se retourna brusquement pour regarder sa bien-aimée : — elle était morte[5] ! »

En fait, il n'est pas évident que le sort des héroïnes de Théophile Gautier soit nettement plus enviable. Car leur sublimation esthétique, condition *sine qua non* pour qu'elles deviennent aimables, ressemble étrangement à une pose funéraire. Idolâtrées pour autant qu'elles acceptent de se figer en idoles. Leur pétrification sculpturale a des allures de rigidité cadavérique. Il y a toujours du gisant dans toutes ces beautés. Parcourez donc l'infinie galerie de ces marmoréennes amantes des récits de Gautier dont le féminaire n'a d'autre désir que de se transformer en un atelier de marbrier exploitant honteusement toutes les possibilités plastiques du Carrare, du Pentélique et du Paros. À simplement esquisser ce musée des femmes ne valant que d'être taillées, ciselées, polies : seul le ciseau du sculpteur Cléomène pourrait donner une idée exacte de l'extrême perfection des formes de Plangon. Cléopâtre, qui d'ailleurs tout au long du texte relève plus de la plastique grecque que de la statuaire égyptienne, a un corps de marbre d'une telle perfection que ce même Cléomène, « s'il eût été son contemporain et s'il eût pu la voir, aurait brisé sa Vénus de dépit ». C'est une véritable scie chez Gautier que ce constant retour de Cléomène chaque fois qu'il décrit une jolie femme. Voyez Cinthia dans *Fortunio* : « Le ciseau de Cléomène n'a rien produit de plus parfait[6]. » Et Fortunio de promener la main sur son dos dénudé « avec le même sang-froid que s'il eût touché un marbre. On eût dit un sculpteur qui passe le pouce sur les contours d'une statue pour s'assurer de leur correction[7] ». Même la javanaise Soudja-Sari, la favorite de Fortunio, bien que d'un type plus qu'exotique, a le haut du ventre « aussi pur qu'une statue grecque du beau temps[8] ». Aussi magnifiquement sculptural, le col d'Arria Marcella, dans une pose voluptueuse qui rappelle « la femme couchée de Phidias sur le fronton du Parthénon », présente « ces belles lignes pures qu'on ne retrouve à présent que dans les statues ». Quant à Nyssia dans *Le Roi Candaule*, « on eût dit qu'émue d'un sentiment de jalousie à l'endroit des merveilles futures des sculpteurs grecs, elle avait voulu, elle aussi, modeler une statue et faire voir qu'elle était encore la souveraine maîtresse en fait de plastique ». De toute façon, chez Gautier, on assiste toujours à une minéralisation des chairs féminines immanquablement d'une blancheur bleuâtre et transparente qui rappelle les veines du marbre. Il n'est pas jusqu'au tableau de Tiburce, peignant amoureusement le beau corps de sa Gretchen — qui comme par hasard n'a rien à envier à la Vénus de Milo, mythiquement la plus indépassable réussite de toute la statuaire antique — qui ne devienne lui-même une statue : « Cette svelte figure se détachant sans effort sur le double azur du ciel et de la mer, et se présentant au monde souriante et nue, avait un reflet de poésie antique et faisait penser aux belles époques de la sculpture grecque. »

La femme dont on rêve constamment est une idole, comme le reconnaît d'Albert. « De quelle argile avons-nous pétri cette statue invisible [9] ? » Mais justement cette sculpturale sublimation de la féminité tout à la fois la tue et l'éloigne. Car d'être aussi systématiquement marmorisée la femme n'est plus à elle-même que son propre simulacre funéraire. Nul hasard si fondamentalement la mort ne changera rien aux attraits de la femme, peut-être même leur conférera une perfection encore plus définitive. Voyez par exemple Clarimonde dont le visage devient « d'une blancheur de marbre » quand Romuald est ordonné prêtre. Une fois morte, reposant sur sa couche funéraire, elle est encore plus statufiée que jamais : « On eût dit une statue d'albâtre faite par quelque sculpteur habile pour mettre sur un tombeau de reine [...]. » Quand la nuit elle revient voir Romuald dans le simple appareil de son linceul qui trahit tous les contours de son corps, elle ressemble alors « à une statue de marbre de baigneuse antique plutôt qu'à une femme douée de vie ». C'est dire qu'après sa mort Clarimonde n'est pas essentiellement

différente de ce qu'elle était « vivante ». Déjà si marmoréenne quand elle ressemblait à une vivante plus
qu'elle ne l'était réellement, Clarimonde une fois
morte demeure paradoxalement encore vivante d'être
toujours aussi pétrifiée. Son idéalisation sculpturale est
le plus sûr moyen de cadavériser la femme tout en lui
assurant une survie posthume. Au moment où les terribles menaces de son père intensifient sa beauté sur le
point de s'anéantir, Arria Marcella entoure son amant
« de ses beaux bras de statue, froids, durs et rigides
comme le marbre ». À force de ressembler « à ces statues de marbre des déesses [10] », les héroïnes de Théophile Gautier sont toujours déjà mortes de leur vivant.
Leur idéalité même les avait condamnées à mort, leur
perfection formelle en leur assurant un peu trop rapidement l'immortalité et l'éternité les avait soustraites du
domaine du vivant. Chez Gautier la pétrification sculpturale de la féminité autorise l'incessant échange entre
la vie et la mort, assure la continuité de la circulation
entre l'animé et l'inanimé. S'il est vrai que la perfection sculpturale d'une femme la cadavérise déjà de son
vivant, sa mort la fait encore vivre dès lors qu'elle
renforce son immobilité d'idole. La femme morte vit,
survit à proportion même de cette sublimation esthétique qui l'avait déjà fait succomber alors même
qu'elle semblait rayonnante de vie.

Deuxième conséquence d'une telle idolâtrie : la
femme est distanciée au moment même où elle semble
désirée. Toujours cette prudente distanciation de la corporéité féminine si majestueusement apollinienne que
tout débordement dionysiaque s'en trouve du même
coup repoussé et interdit. Car il faut bien comprendre
que l'adoration de la statue conjure et éloigne les
menaces de la chair vraiment vivante et excitable.
L'hiératisme de l'idole exorcise par avance les débor-
dements de la sexualité. L'idéalité désincarne la chair
pétrifiée et déshumanisée. La Forme fige la corporéité.
La Femme efface les femmes. N'est-ce d'ailleurs pas
une constante caractéristique des héros de Gautier que

leur amour de la Femme les éloigne toujours des amours réelles ? D'Albert est si féru de son idéal féminin que, même après plusieurs mois passés avec Rosette, il en est toujours à se demander, « malgré l'évidence palpable de la chose », s'il a véritablement une maîtresse : « je le comprends par raisonnement, mais je ne le sens pas ; et, si quelqu'un me demandait inopinément si j'en ai une, je crois que je répondrais que non [11] ».

Tant et si bien qu'il n'est sans doute pas d'univers aussi hostile à la femme que celui de Gautier où apparemment on ne désire rien d'autre qu'elle. D'une Féminité si typée et si formelle qu'elle nie la femme en tant que telle, dans son existence particulière et singulière. Ici son idéalisation revient à la mettre à mort.

II

Figures de la perte

LA COMÉDIE DE LA MORT

Au moins, si l'on pouvait, quand la lune blafarde,
Ouvrant ses yeux sereins aux cils d'argent, regarde
    Et jette un reflet bleu
Autour du cimetière, entre les tombes blanches,
Avec le feu follet dans l'herbe et sous les branches,
    Se promener un peu !

S'en revenir chez soi, dans la maison, théâtre
De sa première vie, et frileux, près de l'âtre,
    S'asseoir dans son fauteuil,
Feuilleter ses bouquins et fouiller son pupitre
Jusqu'au moment où l'aube, illuminant la vitre,
    Vous renvoie au cercueil [12] !

Nous sommes en Italie au XIX⁰ siècle. Fiorelli est alors le principal responsable des fouilles menées à Pompéi :

> En 1864, à proximité des thermes de Stabies, les ouvriers mirent au jour une excavation proche d'une ruelle conduisant des bains au forum ; un squelette gisait à cet endroit. Redoutant un geste fâcheux d'un ouvrier, Fiorelli avait donné l'ordre d'interrompre immédiatement les travaux et d'attendre sa venue chaque fois que des indices laissaient croire à l'existence d'une trouvaille extraordinaire. Alerté, il accourut sur le chantier. Une fois l'ouverture agrandie, apercevant un crâne au fond de l'excavation, il eut l'idée d'y faire couler du plâtre liquide. Quand il fut solidifié, on procéda au déblaiement définitif. À la surprise des assistants, quatre cadavres apparurent ; le plâtre avait non seulement fixé leur position, mais aussi l'expression peinte sur leur visage à leurs derniers moments. Deux des empreintes étaient celles d'une mère et de sa fille ; elles devaient être d'origine patricienne à en juger par la finesse de leurs attaches. Près d'elles se trouvaient trois paires de boucles d'oreilles, une centaine de monnaies d'argent et deux vases de fer ; deux bagues d'argent entouraient les phalanges de la plus âgée [...].
>
> Grâce à Fiorelli et à son idée de prendre des moulages des empreintes retrouvées, il devenait possible de reconstituer le drame de Pompéi. Les corps étaient encore chauds quand la cendre s'était solidifiée ; le cadavre disparaissait mais la forme se conservait intacte. Le musée de Pompéi renferme les moulages de nombreux Pompéiens [13].

Imaginez bien le dispositif archéologique : les laves brûlantes du Vésuve et ses pluies de cendre ont incarcéré et détruit le corps. Elles n'ont strictement rien laissé subsister du cadavre si ce n'est son absence même, son empreinte en creux dans l'écoulement géologique, son vide dans l'envahissement volcanique. L'archéologue remplit donc de plâtre cette cavité pour redonner forme à ce qui a irrémédiablement disparu. Il opère alors ce que je propose d'appeler une *présentifi- cation de la perte.*

Rien de plus caractéristique de tout l'imaginaire du XIXe siècle qu'une telle présentification de la perte qui témoigne d'une fondamentale impossibilité d'accepter le passé comme perdu (au sens où le travail du deuil nous permet d'accepter la perte de l'être aimé). Au lieu de la supporter et de l'assumer dans l'ordre du réel, il réactive fantasmatiquement la présence de la perte. Il donne figure au manque au lieu de l'accepter comme manquant. Il produit la perte, il lui donne corps.

Bien sûr l'invention de Fiorelli date de 1864, et il y a déjà plus d'une dizaine d'années qu'*Arria Marcella* a été publié, en 1852. Mais en fait le travail de l'ar- chéologue et le travail du récit vont exactement dans le même sens. Théophile Gautier opère déjà textuelle- ment ce qu'effectuera matériellement Fiorelli dans l'ordre du réel. Car qu'est-ce qui fascine si puissam- ment le jeune Octavien au cours de sa visite du musée des antiques à Naples ? Nullement un objet réel, une présence concrète du passé, par exemple une mosaïque polychrome, une fresque détachée des murs de la ville morte, un bronze à l'irréprochable plastique, mais une absence, un manque, un retrait : « Ce qu'il examinait avec tant d'attention, c'était un morceau de cendre noire coagulée portant une empreinte creuse : on eût dit un fragment de moule de statue, brisé par la fonte ; l'œil exercé d'un artiste y eût aisément reconnu la coupe d'un sein admirable et d'un flanc aussi pur de style que celui d'une statue grecque. L'on sait, et le moindre guide du voyageur vous l'indique, que cette lave, refroidie autour du corps d'une femme, en a gardé le contour charmant. Grâce au caprice de l'éruption qui a détruit quatre villes, cette noble forme, tombée en poussière depuis deux mille ans bientôt, est parvenue jusqu'à nous ; la rondeur d'une gorge a traversé les siècles lorsque tant d'empires disparus n'ont pas laissé

de trace ! Ce cachet de beauté, posé par le hasard sur
la scorie d'un volcan, ne s'est pas effacé. » C'est un
creux qui méduse Octavien, une cavité où il n'est pas
excessif de voir, en dépit ou plutôt en raison même de
toutes ses sublimations sculpturales et esthétiques, une
figuration du sexe féminin, conservé au-delà de la mort
et de l'anéantissement même du corps de la femme,
puisque aussi bien Arria Marcella dans le conte de
Gautier ne sera autre qu'une jeune libertine pompéienne ne songeant qu'aux plaisirs de l'amour.
Puisque de toute façon il n'est chez cet écrivain de plus
séduisante fascination que le sexe de la « femme-déjà-
morte-en-train-de-revivre ». À condition toutefois de
bien comprendre que cette résurrection de la morte
venant combler le vide qu'elle a laissé vaut simultanément comme déni de la castration : tout récit de Gautier
fonctionne sur un mode fétichiste. D'ailleurs quand
Octavien aura l'occasion de parcourir les rues de la
Pompéi d'autrefois, il ne manquera pas de remarquer
qu'« au-dessus de la plupart des échoppes, un glorieux
phallus de terre cuite colorié et l'inscription *hic habitat
felicitas*, témoignaient de précautions superstitieuses
contre le mauvais œil ». Il remarquera aussi ces « petits
Priapes en or, comme on en trouve encore à Naples
aujourd'hui, pour se préserver de la jettature ». De
toute évidence la résurrection vaut aussi comme érection. Chez Gautier, Éros et Thanatos ont partie liée. La
mort de la femme garantit le désir de l'homme qui ne
la ressuscite que pour mieux s'assurer de sa virilité.

Toujours est-il que désormais Octavien, au cours de
sa visite des ruines de la cité si longtemps ensevelie et
progressivement déblayée depuis le XVIIIᵉ siècle, sera
animé par l'unique désir de rendre une consistance à
ce vide, de remplir la trace de la perte, de combler
l'inacceptable disparition. Il lui faut de toute nécessité
retrouver, réincarner cet admirable sein, autrefois
« modelé dans la boue, et admirablement modelé,
comme si la cendre fluide s'était étendue pour prendre

sa forme non sur un corps vivant mais sur une statue [14] ». Son magnifique rêve nocturne ne peut que le conduire dans une Pompéi redevenue intacte. Pendant cette incroyable nuit où il sera autorisé à vivre un fugitif bonheur avec la belle provisoirement ressuscitée, Octavien va voir l'antique cité campanienne telle qu'elle était il y a deux mille ans, « dans un état d'intégrité parfaite » : « Cette restauration étrange, faite de l'après-midi au soir par un architecte inconnu, tourmentait beaucoup Octavien, sûr d'avoir vu cette maison le jour même dans un fâcheux état de ruine. Le mystérieux reconstructeur avait travaillé bien vite, car les habitations voisines avaient le même aspect récent et neuf ; tous les piliers étaient coiffés de leurs chapiteaux ; pas une pierre, pas une brique, pas une pellicule de stuc, pas une écaille de peinture ne manquaient aux parois luisantes des façades [...]. » Une fabuleuse *restauration* : Gautier emploie l'exact mot utilisé par les jeunes architectes, pensionnaires de l'Académie de France au XIXe siècle, pour désigner leurs Envois à l'Académie Royale à Paris. « Il est [...] demandé aux architectes pensionnaires de consacrer leurs deux premières années de séjour romain à l'étude de détails de monuments antiques. [...] La troisième année est réservée à l'étude d'une portion d'un monument. La quatrième année, enfin, est celle du "chef-d'œuvre" : l'Envoi a comme objet un monument tout entier ou un ensemble monumental. Il comprend un "État actuel" et une "Restauration", c'est-à-dire en fait une restitution [15]. » Le texte de Théophile Gautier n'est pas organisé autrement, qui fait succéder à une visite des ruines de Pompéi dans son état actuel son intégrale restitution jusque dans ses moindres détails. C'est dire que ce texte apparemment singulier s'inscrit dans tout un imaginaire d'époque.

Non, la villa de Diomède n'est pas une pure fiction habilement reconstruite par l'imagination de l'écrivain. Elle fut déblayée entre 1771 et 1774, et les architectes pensionnaires de la Villa Médicis en proposèrent

depuis lors maintes restitutions car elle était l'une des
plus connues et des plus visitées parmi toutes les villas
pompéiennes. Il se trouve en effet que lors des fouilles
du grand cryptoportique, on mit au jour dix-huit corps
humains dont l'ensevelissement dans la boue cen-
dreuse avait permis la conservation des formes. Découverte tellement fascinante que l'empreinte d'un sein de
femme fut même découpée et extraite du conglomérat
de cendre, et déposée dans les collections royales au
Musée de Portici avant d'être transportée dans le nouveau Musée de Naples. Une fabuleuse curiosité qui
excita l'admiration de maints voyageurs du XIXe siècle,
entre autres Mme de Staël, avant de lamentablement
s'émietter...

   C'est dire que Théophile Gautier n'invente pas ou
fort peu. À partir d'une découverte réelle, il ne fait que
conduire jusqu'à ses dernières conséquences, déméta-
phoriser le désir du XIXe siècle. Son fantastique n'est
alors que la traduction littéraire d'une fantasmatique
d'époque. C'est le XIXe siècle qui invente et généralise
la pratique de la restauration des monuments. Voyez
par exemple l'état très délabré du château de Pierre-
fonds dans la forêt de Compiègne lorsque, à la sugges-
tion de Prosper Mérimée, qui jouissait d'un grand
crédit à la cour impériale, Napoléon III s'adressa à
Viollet-le-Duc pour restaurer, ou plutôt reconstruire,
cette noble ruine moyenâgeuse. Avant la gigantesque
restauration les remparts sont percés, les tours décou-
ronnées bâillent dangereusement, les intérieurs et les
toits ont complètement disparu. Viollet-le-Duc va
s'employer à boucher les trous, combler les failles et
les cassures, remplacer tous les endroits mutilés sur le
modèle des quelques parties authentiquement conservées, peupler la grande carcasse vide d'intérieurs néo-
gothiques somptueusement décorés, autrement dit il va
remplir à coups de pierres, de réel tout ce qui manque :
une surenchère dans l'ordre du réel qui constitue l'aveu
d'un ratage du symbolique.

   Gautier ne procède pas autrement dans son texte qui

fait consister la perte en remplissant d'une hallucination nocturne le moule en creux de la poitrine féminine. Et bien que réduite en cendres par la fureur
chrétienne de son père, Arria Marcella ressuscitera une
seconde fois lors de l'inauguration, le 14 février 1860,
de la Maison pompéienne que le prince Napoléon
s'était fait construire, avenue Montaigne, par l'architecte Alfred Normand. Cette demeure dont les pièces
principales s'ouvraient sur un atrium complet, comprenant son impluvium et son compluvium, était la copie
très libre d'une maison pompéienne, de la maison de
Pansa et de celle du poète tragique, mais surtout de la
villa de Diomède. Le prince aimait y réunir ses amis,
comédiens, intellectuels, artistes, portant tous certains
jours la toge, pour s'isoler des banalités et des trivia-
lités du Paris quotidien. Pour l'inauguration de cette
demeure romaine en plein Paris, un spectacle fut joué
par les artistes du Théâtre-Français. Après un prologue
en vers de Théophile Gautier, *La Femme de Diomède*,
lu par Mlle Favart, dans lequel Arria Marcella reprenait
la parole, était présentée une pièce d'Émile Augier, *Le
Joueur de flûte*, racontant les amours du flûtiste Chalci-
dias pour Laïs, la belle courtisane. Un tableau de Gustave Boulanger, « Répétition du *Joueur de flûte* et de
La Femme de Diomède chez S.A.I. le prince Napoléon,
dans l'atrium de sa maison, avenue Montaigne », nous
montre dans le cadre de l'atrium décoré de fresques
aux délicats motifs du second style pompéien, Got,
Samson, Émile Augier, Madeleine Brohan, Geffroy,
tous en vêtements romains, ainsi que Théophile Gautier, vêtu d'une somptueuse toge patricienne, s'entrete-
nant avec Mlle Favart.

   En dépit de tout ce que pouvait comporter d'arriviste
mondanité, de mauvaise théâtralité, de facticité historique une telle représentation, nul doute cependant que
Théophile Gautier dût être particulièrement heureux
d'assister à cette éphémère résurrection de son Arria
Marcella dans le cadre d'une maison pompéienne. Pour
quelques instants la disparition était conjurée. Toujours

chez Gautier cette même obsession de la perte qu'il
faut combler : au moule en creux du sein dans *Arria
Marcella* répondra, quelques années plus tard, une
antique trace de pas dans la poussière d'un tombeau
pharaonique : « Sur la fine poudre grise qui sablait le
sol se dessinait très nettement, avec l'empreinte de
l'orteil, des quatre doigts et du calcanéum, la forme
d'un pied humain ; le pied du dernier prêtre ou du dernier
ami qui s'était retiré, quinze cents ans avant Jésus-Christ,
après avoir rendu au mort les honneurs suprêmes. La
poussière, aussi éternelle en Égypte que le granit, avait
moulé ce pas et le gardait depuis plus de trente siècles,
comme les boues diluviennes durcies conservent la
trace des pieds d'animaux qui la pétrirent [16]. » Finalement toute la fiction ne fera que combler ce vide origi-
nel, qu'occuper ce pas en assurant la résurrection
romanesque de la belle Tahoser. Car Gautier *gradivus*
n'en aura jamais fini avec ses histoires de pas et de
pieds, objets fétichistes s'il en est. Déni de la perte et
déni de la castration tout à la fois, comme dans *Le Pied
de momie* où il suffit de retrouver et d'acheter chez un
antiquaire le pied momifié de la princesse Hermonthis
(que lui avaient honteusement arraché des pilleurs de
tombes) pour simultanément assurer sa résurrection
onirique et s'en trouver sexuellement frustré. En
somme elle retrouvera ce pied que le narrateur ne pren-
dra pas avec elle. Chez Gautier la passion fétichiste est
aussi un état mélancolique.

En effet on aura bien sûr compris qu'une telle présentification de la perte interdit une véritable effectua-
tion du travail du deuil. Octavien finira par épouser
« une jeune et charmante Anglaise » qui, aussi parfait
soit-il pour elle, « sent que son mari est amoureux
d'une autre ». Évidemment incapable de découvrir la
moindre trace d'infidélité puisque sa rivale n'est plus
que cendres depuis dix-neuf siècles. En refusant de se
marier au grand étonnement des jeunes misses qui ne
comprennent rien à sa froideur à l'égard du beau sexe,
Lord Evandale, qui a transporté le sarcophage de

basalte et la momie de Tahoser dans le parc de sa propriété du Lincolnshire, n'agit pas autrement : « rétrospectivement amoureux de Tahoser [17] » comme Octavien l'est d'Arria Marcella.

Rétrospectivement [18] : aucun terme ne saurait mieux convenir à l'érotique fondamentalement mélancolique des textes de Gautier. Le désir y est toujours rétrospectif, s'employant systématiquement à viser un objet perdu, absent, introuvable. Il n'y a que la perte qui soit véritablement désirable. Où sont donc les Cléopâtre, les Nyssia, les Plangon et les Bacchide d'antan ? La belle Tahoser et la princesse Hermonthis sont momifiées. Arria Marcella et Clarimonde ne sont plus que cendres et ossements calcinés. La marquise de T*** et Angela sont définitivement rentrées dans leurs tapisseries. Systématiquement choisir celles qui sont irrémédiablement perdues dans les siècles antérieurs et de toute façon s'arranger pour que l'autre soit quand même perdue au cas où elle serait encore vivante. Ainsi Fortunio, qui ne supporte pas que Musidora la courtisane ait eu d'innombrables amants avant lui, s'acharne-t-il à la perdre à ses propres yeux par une « jalousie rétrospective [...] toujours en éveil [19] ». Il décide de lui faire croire qu'il est mort en duel. Alors il ne reste plus à Musidora qu'à se tuer pour entrer dans le grand cimetière des héroïnes de Gautier, toutes mortes ou si idéalisées que déjà mortes vivantes.

III

L'Orient, toujours

L'OBÉLISQUE DE LUXOR

Je veille, unique sentinelle
De ce grand palais dévasté,
Dans la solitude éternelle,
En face de l'immensité.

À l'horizon que rien ne borne,
Stérile, muet, infini,
Le désert sous le soleil morne
Déroule son linceul jauni.

Au-dessus de la terre nue,
Le ciel, autre désert d'azur,
Où jamais ne flotte une nue,
S'étale implacablement pur.
. . . .
Pas un accident ne dérange
La face de l'éternité ;
L'Égypte, en ce monde où tout change,
Trône sur l'immobilité [20].

Comme tout le XIXᵉ siècle depuis l'expédition de
Bonaparte, Théophile Gautier est fasciné par l'Égypte.
Mais s'il se rend dès l'été 1852 à Constantinople pour
accomplir son voyage en Orient, il faudra attendre l'automne et l'hiver 1869, alors qu'il a presque soixante
ans, pour qu'il aille en Égypte à l'occasion de l'inauguration du canal de Suez. Toutes ses fictions égyptiennes sont déjà depuis fort longtemps écrites quand
il découvre enfin ce pays qui est « sa vraie patrie »
comme il le confie à Gérard de Nerval dans une lettre
du 25 juillet 1843 : « — Toi, tu es allemand ; moi je
suis turc, non de Constantinople, mais d'Égypte. Il me
semble que j'ai vécu en Orient... J'ai toujours été surpris de ne pas entendre l'arabe ; il faut que je l'aie
oublié. » Le voilà donc installé dans le train qui va
d'Alexandrie au Caire, et immédiatement il s'empresse
de décrire fort longuement les invraisemblables accoutrements adoptés par les Européens pour se protéger
des ardeurs du soleil :

Nous ne cherchons nullement à jeter le ridicule sur nos
compagnons de voyage, nous-même nous avons dû prêter
le flanc à la raillerie plus que personne, on ne se voit pas,
et la paille de notre œil devient poutre dans l'œil du voi-

sin. Mais il est difficile d'imaginer des costumes plus bouffonnement excentriques que ceux de la plupart des invités. Il y avait là pour un caricaturiste d'excellents motifs de charge. Certes, il ne faut pas se jouer d'un climat nouveau, et la plus vulgaire prudence recommande quelques précautions hygiéniques ; mais vraiment, on se dépêchait trop de les prendre. Beaucoup s'étaient équipés pour cette petite course de quatre heures en chemin de fer comme pour un voyage sur le haut Nil, au-delà des cataractes, et cependant la température ne dépassait pas celle de Marseille ou d'Alger à la même époque. Les coiffures surtout, destinées à préserver de l'insolation, étaient particulièrement bizarres. Les plus ordinaires étaient des sortes de casques à double fond, en toile blanche ouatée et piquée, avec un quartier se rabattant sur la nuque comme les mailles des anciens casques sarrasins, une visière en abat-jour doublée de vert, et de chaque côté de la tête deux petits trous pour la circulation de l'air. Comme si tout cela ne suffisait pas, un voile bleu, pareil à celui que portent les sports-men aux courses d'Ascot ou de Chantilly, s'enroulait en turban autour de ce casque, prêt à se déployer à l'occasion pour préserver du hâle des visages barbus qui ne semblaient pas avoir besoin de toutes ces délicatesses. Nous ne parlerons pas des casquettes en toile écrue avec appendices préservant les joues et le col, cela est trop simple ; mais une coiffure indienne, arrangée au goût anglais, mérite une description spéciale. Figurez-vous un disque d'étoffe blanche, posé comme un couvercle au-dessus d'une calotte avec bajoues et garde-nuque. Les gentlemen qui s'étaient affublés de cette confortable invention semblaient avoir sur la tête une ombrelle dont le manche eût été enfoncé dans leur crâne. Ceux-ci, d'un meilleur sentiment pittoresque, avaient adopté la couffieh syrienne, rayée de jaune, de rouge, de bleu et de violet, cerclée autour du front d'une cordelette de passementerie, et dont les pans terminés par de longs effilés flottent négligemment sur le dos. Ceux-là, moins amateurs de couleur locale, portaient le feutre mou, creusé à son sommet d'un pli semblable à l'échancrure d'une montagne à deux pointes. D'autres avaient le panama à larges bords doublés de taffetas vert ; quelques-uns, le fez du Nizam, de couleur amarante à longue houppe de soie ; seul, un vieux savant de l'humeur la plus aimable, dont le nom est une des gloires de la chimie, avait conservé le chapeau européen, en tuyau de poêle, l'habit noir, la cravate blanche, les souliers à nœuds barbotants, disant qu'il était si habitué à ce costume, que, vêtu autrement, il se croirait nu, et ce ne fut pas celui qui supporta le moins gaillardement les fatigues du voyage.

On pouvait remarquer aussi un grand déploiement de lunettes bleues, de lunettes à verres enfumés comme pour les éclipses, de lunettes avec des œillères se prolongeant sur les branches et s'adaptant aux tempes, et derrière lesquelles il était parfois difficile de discerner un regard ami. Les ophtalmies sont fréquentes et dangereuses en Égypte, et les histoires qu'on en raconte n'ont rien de rassurant. Si l'on s'endort fenêtre ouverte, l'on court risque de se réveiller avec un œil vidé ; c'est du moins ce que nous disait l'auteur de *Pierrot-Caïn*, qui est aussi un brillant officier de marine : « Il est vrai que cela ne fait aucun mal », ajoutait-il en manière de consolation, avec ce sang-froid humoristique qui le caractérise [21].

Voilà un texte étonnant, quasiment hallucinant dans son excès même de précisions, de détails, et qui mérite d'être cité intégralement parce qu'il représente, apparemment tout au moins, l'exact négatif de l'extrême positivité de cette fabuleuse irradiation solaire qui ne cesse d'enflammer l'Égypte de Théophile Gautier. Ici l'accumulation des précautions et des protections fait symptôme, même si l'écrivain semble s'en moquer. Car tout se passe comme si Gautier, finissant par avouer, presque au terme de son existence, une véritable hantise des feux solaires, n'avait pu réellement voir l'Égypte que dans l'après-coup, qu'après avoir déjà écrit ses fictions égyptiennes qui auraient été irrémédiablement éblouies et aveuglées par le spectacle réel de l'Égypte. D'une certaine façon il fallait ne pas voir l'Égypte pour demeurer capable de l'écrire et de la décrire.

On sait que tous les récits égyptiens de Gautier sont des fictions solaires. Voyez la pauvre Cléopâtre se plaindre de la cruauté du soleil : « [...] cette Égypte m'anéantit et m'écrase ; ce ciel, avec son azur implacable, est plus triste que la nuit profonde de l'Érèbe : jamais un nuage ! jamais une ombre, et toujours ce soleil rouge sanglant, qui vous regarde comme l'œil du Cyclope ! Tiens, Charmion, je donnerais une perle pour une goutte de pluie ! De la prunelle enflammée de ce ciel de bronze il n'est pas encore tombé une seule larme sur la désolation de cette terre. » Marc Eigeldinger a déjà fort bien montré que tout *Le Roman de la momie* « est un roman solaire par l'aspect des personnages, la description du décor et l'écriture métaphorique. Le soleil domine l'œuvre de son omniprésence symbolique et en garantit la cohérence comme l'image du sacré, de toutes les formes de la souveraineté. Il incarne la force de cette rêverie esthétique à laquelle Gautier s'est abandonné inlassablement dans l'espoir de transfigurer le spectacle décevant de la réalité. Le soleil est le symbole des énergies capables de susciter l'idéalisation [22] ».

C'est incontestable, à condition toutefois de préciser qu'il n'est simultanément rien de plus menaçant que ce pouvoir d'idéalisation de « l'implacable soleil ». Car dans cette chaleur à peine supportable et dans cette lumière trop lumineuse, le réel, et du même coup sa représentation par le descripteur deviennent « d'une incandescente pureté » qui frôle l'abstraction et peut-être même l'effacement. L'effrayante géométrie des monuments pharaoniques est encore renforcée par cette lumière dure, crue, impitoyable, qui détaille et délimite jusqu'à l'excès les formes, et les dessine avec une hallucinante netteté. Tout devient trop précis, trop distinct, et donc comme stérile. « Par une particularité de ces

climats où l'atmosphère, entièrement privée d'humidité, reste d'une transparence parfaite, la perspective
aérienne n'existait pas pour ce théâtre de désolation ;
tous les détails nets, précis, arides se dessinaient, même
au dernier plan, avec une impitoyable sécheresse, et
leur éloignement ne se devinait qu'à la petitesse de
leur dimension, comme si la nature cruelle n'eût voulu
cacher aucune misère, aucune tristesse de cette terre
décharnée, plus morte encore que les morts qu'elle renfermait [23]. » À Thèbes, à midi, « quand le sol brillanté
[luit] comme du métal fourbi », l'ombre réduite à sa
plus simple expression par la position zénithale du
soleil, ne trace plus « au pied des édifices qu'un mince
filet bleuâtre, pareil à la ligne d'encre dont un architecte dessine son plan sur le papyrus [24] ». Toujours chez
Gautier cette image d'une Égypte semblable à un plan
d'architecture, à une épure : trop épurée. Car alors
n'existe plus l'ombre d'une ombre qui risquerait d'affaiblir les lignes, d'obscurcir les tracés, de rendre plus
flous et plus fluides, plus incertains et plus flottants les
contours des objets [25]. Mais à force de prodigieusement
renforcer la visibilité et la lisibilité des lignes, la représentation se désincarne et se vide d'elle-même (et c'est
déjà tout le drame de l'évolution esthétique de Théophile Gautier où la Forme, à force d'abstraire le réel et
de le purifier, le prive de toute consistance). En Égypte
les brûlants rayons du soleil chauffent tout à blanc au
point que l'excès même de l'éclairage ne peut manquer
de se renverser en un aveuglement. D'aussi ardentes
réverbérations finissent par masquer et aveugler la réalité au lieu de la manifester : « Sur la paroi éclairée
ruisselait en cascade de feu une lumière aveuglante
comme celle qui émane des métaux en fusion. Chaque
plan de roche, métamorphosé en miroir ardent, la ren-
voyait plus brûlante encore [26]. » Un tel phénomène se
manifeste déjà dans *Une nuit de Cléopâtre* à la même
heure méridienne : « Le soleil de midi décochait ses
flèches de plomb ; les vases cendrées des rives du

fleuve lançaient de flamboyantes réverbérations ; une lumière crue, éclatante et poussiéreuse à force d'intensité, ruisselait en torrents de flammes, l'azur du ciel blanchissait de chaleur comme un métal à la fournaise. » L'Égypte constituera donc toujours pour Gautier ce lieu éminemment symbolique de toute son esthétique si formelle où la représentation trouve simultanément et sa plus grande, sa plus parfaite précision et son point d'aveuglement, sa tache aveugle. À force de faire voir on ne montre plus, à force de dessiner on schématise et on néantise.

Curieusement (et symptomatiquement) l'art formel de Gautier rejoint les plus récentes recherches de l'égyptologie moderne. En effet une équipe d'archéologues et d'informaticiens vient de tenter une reconstruction informatique du temple d'Amon à Karnak [27]. Or ce qui nous fascine en de telles images élaborées à l'aide d'un logiciel particulièrement sophistiqué, c'est leur incroyable degré d'abstraction par rapport à l'art pharaonique lui-même. Évidemment il ne subsiste rien des dessins gravés, du grain de la pierre et de ses aspérités, des éclats de lumière et des ombres sur les inégalités des énormes blocs ajustés, rien de ces innombrables petites imperfections qui caractérisent tout monument. Ici ne subsistent que des surfaces aux couleurs trop unies, des perspectives rectilignes tracées au cordeau, des agencements encore et toujours irréprochables. Abstrait et désincarné, l'immense ensemble monumental de Karnak n'est plus qu'une enveloppe vide. Car les multiples temples qui le composaient sont si complètement restaurés dans leur complexité architecturale, si parfaits qu'en même temps totalement inconsistants et dématérialisés, superficiels, sans la moindre profondeur, sans le moindre poids de réel. Toutes choses égales, c'est la même Égypte informatique, ou formelle pour reprendre un terme plus conforme à Gautier, que nous donnent à voir *Une nuit de Cléopâtre* et *Le Roman de la momie*. Comme en trompe-l'œil, singulièrement creuse. Si parfaite, nette, soignée qu'elle n'est plus que son propre décor pour le tournage d'un quelconque « peplum ».

IV

Du Beau et du fétiche

L'ART

Oui, l'œuvre sort plus belle
D'une forme au travail
Rebelle,
Vers, marbre, onyx, émail.
. . . .
Statuaire, repousse
L'argile que pétrit
Le pouce,
Quand flotte ailleurs l'esprit ;

Lutte avec le carrare,
Avec le paros dur
Et rare,
Gardiens du contour pur ;
. . . .
Sculpte, lime, ciselle ;
Que ton rêve flottant
Se scelle
Dans le bloc résistant[28] !

S'il est bien une obligation à laquelle le réel ne saurait en aucun cas déroger dans les textes de Gautier, c'est d'entrer en représentation. Le réel n'est exposable qu'à condition de faire tableau, et effectivement il fait toujours tableau. Dans une analyse demeurée célèbre Roland Barthes a merveilleusement montré comment le modèle de la peinture au XIXᵉ siècle informe toute description littéraire en tant que *vue* : « On dirait que l'énonciateur, avant de décrire, se poste à la fenêtre, non tellement pour bien voir, mais pour fonder ce qu'il voit par son cadre même : l'embrasure fait le spectacle. Décrire, c'est donc placer le cadre vide que l'auteur réaliste transporte toujours avec lui (plus important que son chevalet), devant une collection ou un continu d'objets inaccessibles à la parole sans cette opération maniaque (qui pourrait faire rire à la façon d'un gag) ; pour pouvoir en parler, il faut que l'écrivain, par un rite initial, transforme d'abord le "réel" en objet peint (encadré) ; après quoi il peut décrocher cet objet, le *tirer* de sa peinture : en un mot : le dé-peindre (dépeindre, c'est faire dévaler le tapis des codes, c'est référer, non d'un langage à un référent, mais d'un code à un autre code). Ainsi le réalisme (bien mal nommé, en tout cas souvent mal interprété) consiste, non à copier le réel, mais à copier une copie peinte du réel[29]. » Disons qu'une telle picturalisation du réel chez Théophile Gautier, d'ailleurs bien plus hyperréaliste que réaliste, n'est pas simplement une médiation seconde pour le représenter : elle en est immédiatement et intrinsèquement constitutive. Le réel pose, et la beauté de sa pose est sa condition d'existence. En tant que tel le réel est déjà un tableau, une collection de tableaux, et l'écrivain fera semblant de se contenter de les transposer, de les transcrire dans son écriture.

Il faut alors imaginer le monde tel un immense musée virtuel dont l'écriture, adoptant le lexique technique de la peinture, décline une à une les plus belles toiles. Ainsi importe-t-il d'utiliser — exactement comme le ferait un peintre, par exemple Delacroix face à un spectacle marocain, programmant les tons d'une esquisse, d'une aquarelle, de son futur tableau —, toutes les nuances du chromatisme pictural et d'analyser minutieusement leur interaction pour parvenir à décrire un coucher de soleil sur le Nil, évidemment « admirable » car le monde de Gautier ne cesse jamais d'être admirable quasiment jusqu'à la nausée du lec-

teur submergé par un aussi continu défilement de
beautés toutes plus splendides les unes que les autres :
« Une large bande violette, fortement chauffée de tons
roux vers l'occident, occupe toute la partie inférieure
du ciel ; en rencontrant les zones d'azur, la teinte violette se fond en lilas clair et se noie dans le bleu par
une demi-teinte rose ; du côté où le soleil, rouge
comme un bouclier tombé des fournaises de Vulcain,
jette ses ardents reflets, la nuance tourne au citron pâle,
et produit des teintes pareilles à celles des turquoises.
L'eau frisée par un rayon oblique a l'éclat mat d'une
glace vue du côté du tain, ou d'une lame damasquinée ;
les sinuosités de la rive, les joncs, et tous les accidents
du bord s'y découpent en traits fermes et noirs qui en
font vivement ressortir la réverbération blanchâtre »
(Une nuit de Cléopâtre). Voilà une description techni-
quement irréprochable si elle figurait dans le compte
rendu d'un quelconque Salon à propos, par exemple,
d'une toile orientaliste de Jérôme, mais sa position
« romanesque » dans le cours d'une fiction ne peut que
produire une relative facticité du texte constamment
soumis à des doses excessives et par là même dangereuses d'esthétisation picturale : d'autant plus qu'il ne
s'agit là que d'un unique tableau prélevé parmi une
foule d'autres (plus ou moins avoués, plus ou moins
explicites évidemment) se multipliant à l'infini dans
l'écriture de Théophile Gautier qui travaille sans
relâche à une véritable saturation esthétique du réel
n'en finissant pas, comme par définition, d'être merveilleusement artistique. Constamment et hyperboli-
quement artistique. Toujours ce trop-plein de beautés
superlatives que l'écriture de Gautier dispense avec
une folle prodigalité pour autant que la réserve esthétique du monde est à proprement parler inépuisable.
Toujours cette surabondance de perfections, cette pro-
fusion de splendeurs et d'harmonies. Alors le Beau
n'est plus une qualité du réel parmi d'autres, une qualité relativement exceptionnelle réclamant certaines
conditions privilégiées pour se manifester, mais ce

milieu naturel dans lequel baigne globalement la réalité. Le Beau n'est pas un accident, mais la substance même du monde.

Toujours dans cette perspective deviennent plus perceptibles les inappréciables gains esthétiques que procure immédiatement l'évocation de l'Égypte ancienne à laquelle Gautier consacrera son roman le plus systématiquement descriptif : dans la mesure où la civilisation pharaonique ne cessait de se représenter dans ces multiples bas-reliefs sculptés sur les temples et dans toutes ces fresques conservées dans les hypogées thébains, son existence est originellement de l'ordre de la représentation, elle est par elle-même « auto-descriptive ». Tant et si bien que l'évoquer dans une fiction consistera très naturellement à reproduire les multiples représentations grâce auxquelles elle ne cessait elle-même de se reproduire esthétiquement. Gautier est toujours à la recherche de ces civilisations où l'art est si consubstantiel à la vie quotidienne que les raconter et les décrire imposent nécessairement et légitimement la médiation artistique.

Alors comment Gautier résisterait-il à la tentation de tout dire, de tout décrire, de tout énumérer ? Maintes de ses descriptions vont finalement se disperser, s'émietter en une infinité de détails qui sont souvent autant de références culturelles et esthétiques. Tel est bien le suprême paradoxe de la pratique littéraire de Gautier qui est amenée à faire résulter l'éternité de la forme — qu'*a priori* on imagine une et homogène, cohérente et harmonieuse — d'une collection de détails difficilement compatibles, d'un patchwork de références souvent disparates. La Forme nécessairement majusculée se diffracte en toute une série de formes mineures contraintes de cohabiter en un même objet esthétique. Jusqu'à d'étranges et baroques hétérogénéités : ainsi d'Albert, imaginant l'idéalité de la femme désirable, rêve d'« un motif de Giorgione exécuté par Rubens [30] ». Une véritable aberration car il est quand même fort difficile de concevoir la diaphanéité du

Vénitien incarnée par la robustesse du maître flamand.
De même comment articuler l'hiératisme symbolique
de l'ancienne Égypte et la joliesse hellénistique entre
lesquels hésite la plastique de Tahoser, « statue
grecque ou romaine » simultanément conforme au
« plus pur type égyptien », « profil imperceptiblement
africain » au « sourire tendre et résigné qui plisse d'une
si délicieuse moue les bouches des têtes adorables sur-
montant les vases canopes au Musée du Louvre[31] » ?
Sans doute Gautier pour se justifier dirait d'elle qu'elle
est au même titre que Cléopâtre « la femme la plus
complète qui ait jamais existé » ! Mais quand même !
Tout se passe comme si chaque détail de l'ensemble
était porteur par lui-même de la totalité de l'histoire
de l'art. À chaque fois la complétude esthétique est
représentée par un objet partiel, ou plutôt par une collection d'objets partiels qui n'en finissent pas de se
relayer les uns les autres. Arria Marcella qui n'est
d'abord que sa poitrine devient ensuite essentiellement
ses bras de statue. Toute description de Gautier fonctionne comme une course aux fétiches qui se succèdent
interminablement sans jamais pouvoir assurer une
compréhension et une visualisation de la totalité esthétique. Car par définition le fétiche n'a d'autre fonction
que de permettre de ne pas voir, de refuser la différence. Faudrait-il alors considérer que le rapport de
Gautier à l'écriture est strictement le même que celui
qu'il entretient avec la femme ? Une relation fondamentalement dénégative où l'art pour l'art serait aussi
un moyen de refuser la différence esthétique...

Alain Buisine.

*Les variations orthographiques des textes de Théophile Gau-
tier ont été respectées.*

Biographie

1810. 5 décembre. Jean-Pierre Gautier, originaire d'Avignon, né le 30 mars 1778, fonctionnaire aux contributions directes à Tarbes, épouse Adélaïde-Antoinette Cocard, née le 13 septembre 1783 à Mauperthuis près de Coulommiers. Le mariage est célébré au château d'Artagnan (dans les Hautes-Pyrénées), propriété des Montesquiou.

1811. 30 août. Naissance à Tarbes de leur fils, Pierre-Jules-Théophile Gautier qui aura deux sœurs cadettes : Émilie née le 14 janvier 1817 et Zoé née le 12 mars 1820.

1814. Grâce à la protection de l'abbé de Montesquiou, toute la famille « monte » à Paris où Pierre Gautier a été nommé chef de bureau aux octrois. Elle s'installe au 130, rue Vieille-du-Temple.

1822. 9 janvier. Théophile entre en qualité d'interne au collège Louis-le-Grand. Sa santé s'altère parce qu'il ne supporte pas la vie de collège. Il rentre donc comme externe au collège Charlemagne, où il va se lier d'amitié avec Gérard Labrunie (le futur Gérard de Nerval) qui est de trois ans son aîné. Il est « assez bon élève, laborieux quoique indiscipliné ». Il passe ses vacances à Mauperthuis. Sa famille a déménagé au 4 de la rue du Parc-Royal.

1829. Théophile qui désirerait être peintre fréquente, au cours de son année de Philosophie, l'atelier du peintre Rioult, rue Saint-Antoine. Sa famille a à nouveau déménagé : elle est désormais installée 8, Place Royale (l'actuelle place des Vosges) où trois ans plus tard Victor Hugo habitera au 6.

1830. Théophile Gautier est présenté à Victor Hugo, au début de l'année, par l'intermédiaire de Gérard de Nerval et de Pétrus Borel.

25 février. « Bataille d'*Hernani* » où Théophile Gautier se signale à l'attention de ses contemporains par son fameux gilet rouge.

28 juillet. Mise en vente de ses *Poésies*, publiées à compte d'auteur, qui fort malheureusement pour lui sortent en pleine révolution de Juillet.

1831. Publication de *La Cafetière, conte fantastique*, dans *Le Cabinet de lecture* du 4 mai.

1832. Gautier fait partie du « Petit Cénacle » qui se réunit chez le sculpteur Jehan Duseigneur, rue de Vaugirard. Un petit groupe formé d'écrivains et d'artistes parmi lesquels Gérard de Nerval, Pétrus Borel, Célestin Nanteuil, J. Bouchery, Philotée O'Neddy.

Août. Publication d'*Onuphrius*.

Octobre. Il publie *Albertus ou l'Âme et le péché, légende théologique*.

1833. Le Petit Cénacle se disperse. Gautier publie *Les Jeunes-Frances, romans goguenards*, un recueil de nouvelles parodiques où il se moque avec humour de la bohème romantique. Cette même année il publie également son premier compte rendu de Salon.

1834. Janvier. Publication, dans *La France littéraire*, de la première étude — consacrée à Villon — de toute cette série qui constituera en 1844 *Les Grotesques*. Gautier poursuivra, sous le titre d'« Exhumations littéraires », ces analyses d'écrivains méconnus du XVe au XVIIe siècle.

7 février. Publication d'*Omphale ou la Tapisserie amoureuse*.

Durant l'automne Gautier s'installe au n° 8 de l'impasse du Doyenné, « la Thébaïde au milieu de Paris », où il habite avec Gérard de Nerval, Arsène Houssaye et le peintre Camille Rogier.

1835. Après les six premières déjà publiées, Gautier donne encore trois études dans *La France littéraire*.

Novembre. Publication du premier volume de *Mademoiselle de Maupin*.

1836. Janvier. Publication de la seconde partie de *Mademoiselle de Maupin*.

Février. Gautier s'éprend d'Eugénie Fort.

Juin. Publication de *La Morte amoureuse*.

Pendant l'été, en juillet et au début du mois d'août, Gautier entreprend, en compagnie de Gérard de Nerval, un voyage en Belgique dont il tirera une série d'articles intitulés *Un tour en Belgique* publiés dans la *Chronique de Paris* du 25 septembre au 25 décembre (6 livraisons).

29 novembre. Naissance de Charles-Marie-Théophile Gautier, fils de Gautier et d'Eugénie Fort.

Décembre. *Le Petit Chien de la marquise* est publié par *Le Figaro*.

1837. Gautier se voit confier le feuilleton dramatique de *La Presse* d'Émile de Girardin, pour laquelle il écrit son premier article de critique théâtrale.

1838. Janvier. Publication de *La Comédie de la mort*.

26 mai. Publication de *Fortunio* (publié l'année précédente dans *Le Figaro*, sous le titre *L'Eldorado*).

27 septembre. Publication de *La Pipe d'Opium*.

Novembre-décembre. Publication d'*Une nuit de Cléopâtre*.

1839. Août. Publication de *La Toison d'or*.

1840. De mai à septembre, Gautier voyage en Espagne avec Eugène Piot. Deux superbes livres résulteront de cet éblouissement esthétique, *Tra los montes (Voyage en Espagne)* publié en 1843 et

España. Gautier s'éprend de Carlotta Grisi, danseuse à l'Opéra de Paris.

Septembre. Publication du *Pied de momie*.

1841. 28 juin. Création de *Giselle* : Théophile a écrit le livret pour Carlotta Grisi. La musique est d'Adolphe Adam.

Juillet. Publication de *Deux Acteurs pour un rôle*.

1842. Mars. Voyage à Londres pour assister à la représentation de *Giselle* et retour de Gautier par la Belgique.

Août. Publication de *La Mille et Deuxième Nuit*.

1843. Février. Publication de *Tra los montes (Voyage en Espagne)*.

17 juillet. Création à l'Opéra de *La Péri*, avec un livret de Gautier et une musique de Bergmuller. Bien sûr, le rôle principal est joué par Carlotta Grisi.

1844. Gautier tombe amoureux de la sœur de Carlotta Grisi, la cantatrice Ernesta Grisi. C'est le début d'une liaison qui durera plus de vingt ans : Théophile aura d'Ernesta deux filles, Judith et Estelle.

Mai. *Le Berger* est publié dans le *Musée des Familles*.

Juin. Excursion de Gautier en Gascogne où il est accueilli par son cousin Henri de Poudens.

Octobre. Publication du *Roi Candaule*. Publication en volume des *Grotesques*, réunissant les différents articles donnés à *La France littéraire*.

1845. Juin. Publication de *L'Oreiller d'une jeune fille*.

Juillet-septembre. Voyage en Algérie, en compagnie de Noël Parfait. Alors qu'il est absent de France paraît, dans *La Presse, La Croix de Berny, roman steeple-chase*, qui a été écrit en collaboration avec Delphine de Girardin, Joseph Méry et Jules Sandeau.

25 août. Naissance de Judith, fille d'Ernesta et de Théophile.

1846. *Le Club des Hachichins* est publié par *La Revue des Deux Mondes*, le 1ᵉʳ février.

1847. janvier. Publication de *Militona* dans *La Presse*. 28 novembre. Naissance d'Estelle, la seconde fille d'Ernesta et de Théophile.

1848. 26 mars. Mort de la mère de Théophile Gautier. Septembre-octobre. *La Presse* publie *Les Deux Étoiles (Partie carrée. La Belle Jenny)*.

1849. Mai-juin. Voyage à Londres en passant par la Belgique et la Hollande.
Août-septembre. Pour la troisième fois Gautier se rend en Espagne. En automne débute sa liaison avec Marie Mattei qui durera jusqu'en 1852.
21 décembre. Carlotta Grisi danse pour la dernière fois à l'Opéra de Paris.

1850. Juillet. Publication dans *La Presse* de *Jean et Jeannette, histoire rococo*.
31 juillet. Gautier part pour l'Italie avec Louis de Cormenin. Il séjournera à Venise avec Marie Mattei et gagnera ensuite Florence, Rome, Naples, d'où il est expulsé le 4 novembre en tant qu'écrivain révolutionnaire.

1851. Août. Voyage à Londres pour y visiter l'Exposition universelle.
Octobre. Avec Arsène Houssaye et d'autres amis, Gautier entre au « comité de rédaction » de *La Revue de Paris*.

1852. Mars. Publication d'*Arria Marcella, souvenir de Pompéi*.
Juillet. Publication chez Eug. Didier d'*Émaux et Camées*.
Octobre. *Constantinople* commence à paraître en feuilleton.

1853. Gautier écrit des articles pour *Le Moniteur universel*.

1854. 31 mai. Première représentation de *Gemma*, ballet en deux actes et cinq tableaux.
Juillet. Voyage en Allemagne. Il se rend en particulier à Munich et à Dresde.
22 août. Mort du père de Gautier.

1855. Gautier abandonne *La Presse* pour passer au *Moniteur universel*, qui est le journal officiel du régime impérial.

1856. Pour la première fois, Gautier, qui n'obtient qu'une seule voix, est battu à l'Académie française. Ce n'est que le premier d'une longue série d'échecs.

Février-avril. Publication d'*Avatar* dans *Le Moniteur universel*.

Juin-juillet. Publication de *Jettatura* dans le même journal.

1857. Mars-mai. *Le Moniteur universel* publie *Le Roman de la momie* repris en volume dès l'année suivante.

1858. Gautier part pour la Russie où il voyagera jusqu'en mars 1859.

1859. Publication de *Trésors d'art de la Russie ancienne et moderne* : l'ouvrage demeurera inachevé ; seules les cinq premières livraisons seront éditées.

1860. 6 mai. Parution, dans *Le Moniteur universel*, du premier article des *Tableaux de l'école moderne*.

1861. Août-octobre. Second séjour, avec son fils Théophile, en Russie. À son retour, Gautier passe par la villa de Saint-Jean, près de Genève, où réside désormais Carlotta Grisi.

25 décembre. Début de la publication dans la *Revue nationale et étrangère* du *Capitaine Fracasse*, qui se poursuivra jusqu'au 10 juin 1863.

1862. Mai. Voyage à Londres pour y visiter l'Exposition.

Août. Voyage en Algérie à l'occasion de l'inauguration du chemin de fer de Blida.

1863. Septembre. Gautier se rend à Nohant pour séjourner chez George Sand.

1864. Août. Voyage en Espagne pour l'inauguration du chemin de fer du Nord.

Septembre-octobre. Il séjourne à Genève chez Carlotta Grisi.

1865. Juillet-novembre. Encore un séjour à Genève chez Carlotta Grisi. C'est là qu'il écrit *Spirite*.
Novembre-décembre. Publication de *Spirite* dans *Le Moniteur universel*.

1866. Février-mars. Encore un séjour (!) à Genève chez Carlotta Grisi.
Avril. Chez Carlotta à Genève. Le 1er avril avait été publiée dans le premier numéro de la *Revue du XIXᵉ siècle* sa dernière nouvelle, *Mademoiselle Dafné de Montbriand*, eau-forte dans la manière de Piranèse. Toujours ce même mois, le 17 avril, Judith Gautier épouse Catulle Mendès : Gautier évitera d'assister au mariage.
Septembre. Chez Carlotta à Genève.
Novembre. Chez Carlotta à Genève.
Et en fin d'année, évidemment, chez Carlotta à Genève.

1867. 2 mai. Pour la seconde fois Gautier se voit refuser un siège à l'Académie.
Septembre. Chez Carlotta à Genève. À la fin de ce même mois, il est invité à Saint-Gratien chez la princesse Mathilde.

1868. 7 mai. Troisième échec à l'Académie française.
Septembre. Chez Carlotta à Genève.
Novembre. Gautier est nommé bibliothécaire de la princesse Mathilde.

1869. Janvier. Publication d'*Histoire de mes bêtes* dans *La Vogue parisienne*.
29 avril. Quatrième échec à l'Académie française.
Septembre. Chez Carlotta à Genève.
Octobre-décembre. Voyage en Égypte à l'occasion de l'inauguration du canal de Suez.

1870. 26 février. Mariage de Théophile Gautier fils avec Élise Portal.
Septembre. Gautier quitte Neuilly pour se réfugier à Paris, rue de Beaune, avec ses deux sœurs.

1871. Publication en volume de *Tableaux de siège. Paris 1870-1871*.

Juin. Séjour chez son fils à Bruxelles.

1872. 15 mai. Mariage d'Estelle Gautier et d'Émile Bergerat.

23 octobre. Mort de Théophile Gautier à Neuilly.

25 octobre. Funérailles officielles et inhumation au cimetière Montmartre.

6 novembre. *Le Bien public* publie le dernier article de Théophile Gautier, qui est consacré à la « bataille d'*Hernani* » : il devait faire partie d'une *Histoire du romantisme* demeurée inachevée.

1873. 23 octobre. Alphonse Lemerre publie *Le Tombeau de Théophile Gautier* qui regroupe des témoignages et des poèmes de ses amis, parmi lesquels *A Théophile Gautier* de Victor Hugo et *Toast funèbre* de Stéphane Mallarmé.

Bibliographie

Ouvrages et articles généraux sur Gautier

BAUDELAIRE (Charles), *Théophile Gautier* dans *Œuvres complètes*, Bibliothèque de la Pléiade, 1976, t. II.

BELLEMIN-NOËL (Jean). « Notes sur le fantastique (textes de Théophile Gautier) », *Littérature*, n° 8, décembre 1972.

BELLEMIN-NOËL (Jean), « Fantasque Onuphrius », *Romantisme*, n° 6, 1973 (repris dans *Vers l'inconscient du texte*, 1973, P.U.F., 1979).

BERGERAT (Émile), *Théophile Gautier, Entretiens, souvenirs et correspondance*, Charpentier, 1879.

BENESCH (Rita), *Le Regard de Théophile Gautier*, Zurich, Juris Verlag, 1969.

BOSCHOT (Adolphe), *Théophile Gautier*, Bruges et Paris, Desclée de Brouwer et Cie, 1933.

CASTEX (Pierre-Georges), *Le Conte fantastique en France de Nodier à Maupassant*, Corti, 1951 (nouvelle édition en 1962).

CROUZET (Michel), « Gautier et le problème de "créer", *Revue d'Histoire Littéraire de la France*, juillet-août 1972, 72e année, n° 4.

DELVAILLE (Bernard), *Théophile Gautier*, Seghers, coll. « Écrivains d'hier et d'aujourd'hui », n° 29, 1968.

FAUCHEREAU (Serge), *Théophile Gautier*, Denoël, 1972.

JASINSKI (René), *Les Années romantiques de Théophile Gautier*, Vuibert, 1929.

POULET (Georges), *Études sur le temps humain*, Plon, 1950.

POULET (Georges), *Trois Essais de mythologie romantique*, Corti, 1966.

RICHARDSON (Johanna), *Théophile Gautier, his Life and Times*, Londres, Reinhardt, 1958.

RICHER (Jean), « Portrait de l'artiste en nécromant », *Revue d'Histoire littéraire de la France*, juillet-août 1972, 72ᵉ année, nº 4.

RICHER (Jean), *Études et Recherches sur Théophile Gautier prosateur*, Nizet, 1981.

SAVALLE (Joseph), *Travestis, Métamorphoses, Dédoublements, essai sur l'œuvre romanesque de Théophile Gautier*, Minard, 1981.

SCHAPIRA (M. C.), *Le Regard de Narcisse. Romans et nouvelles de Théophile Gautier*, Presses Universitaires de Lyon, Éditions du C.N.R.S., 1984.

SPOELBERCH DE LOVENJOUL (Charles de), *Histoire des œuvres de Théophile Gautier*, Paris, Charpentier, 1887, 2 vol. et Genève, Slatkine Reprints, 1968.

TILD (Jean), *Théophile Gautier et ses amis*, Albin Michel, 1951.

VAN DER TUIN (Herman), *L'Évolution psychologique, esthétique et littéraire de Théophile Gautier*, Paris et Amsterdam, Nizet et Holdert, 1933.

VOISIN (Marcel), *Le Soleil et la nuit. L'imaginaire dans l'œuvre de Théophile Gautier*, Éditions de l'Université de Bruxelles, 1981.

Études portant sur les récits de ce recueil

CHAMBERS (Ross), « Gautier et le complexe de Pygmalion », *Revue d'Histoire littéraire de la France*, nº 4, juillet-août 1972.

DECOTTIGNIES (Jean), « À propos de *La Morte amoureuse* de Théophile Gautier : Fiction et idéologie dans le récit fantastique », *Revue d'Histoire Littéraire de la France*, n° 4, juillet-août 1972.

EIGELDINGER (Marc), « *Arria Marcella* et le jour nocturne », *Bulletin de la Société Théophile Gautier*, n° 1, 1979.

GORDON (Rae Beth), « Encadrer *La Tapisserie amoureuse* », *Bulletin de la Société Théophile Gautier*, n° 7, 1985.

KARS (Henk), « Le sein, le char et la herse, description, fantastique et métadiscours dans un récit de Théophile Gautier *[Arria Marcella]* », *C.R.I.N.*, n° 13, 1985.

RIFFATERRE (Hermine), « Love-in-Death : Gautier's *Morte amoureuse* », *New York literary Forum*, 1980.

STEINMETZ (Jean-Luc), « Gautier, Jensen et Freud », *Europe*, n° 601, mai 1979.

UBERSFELD (Annie), « Théophile Gautier et le regard de Pygmalion », *Romantisme*, n° 66, 1989.

Contes et récits fantastiques

LA CAFETIÈRE

CONTE FANTASTIQUE [1]

> J'ai vu sous de sombres voiles
> Onze étoiles,
> La lune, aussi le soleil,
> Me faisant la révérence,
> En silence,
> Tout le long de mon sommeil.
>
> *(La Vision de Jacob.)*

I

L'année dernière, je fus invité, ainsi que deux de mes camarades d'atelier, Arrigo Cohic, et Pedrino Borgnioli, à passer quelques jours dans une terre au fond de la Normandie.

Le temps, qui, à notre départ, promettait d'être superbe, s'avisa de changer tout à coup, et il tomba tant de pluie, que les chemins creux où nous marchions étaient comme le lit d'un torrent.

Nous enfoncions dans la bourbe jusqu'aux genoux, une couche épaisse de terre grasse s'était attachée aux semelles de nos bottes, et par sa pesanteur ralentissait tellement nos pas, que nous n'arrivâmes au lieu de notre destination qu'une heure après le coucher du soleil.

Nous étions harassés ; aussi, notre hôte, voyant les efforts que nous faisions pour comprimer nos bâillements et tenir les yeux ouverts, aussitôt que nous eûmes soupé, nous fit conduire chacun dans notre chambre.

La mienne était vaste ; je sentis, en y entrant, comme un frisson de fièvre, car il me sembla que j'entrais dans un monde nouveau.

En effet, l'on aurait pu se croire au temps de la Régence, à voir les dessus de porte de Boucher représentant les quatre Saisons, les meubles surchargés d'ornements de rocaille du plus mauvais goût, et les trumeaux des glaces sculptés lourdement[2].

Rien n'était dérangé. La toilette couverte de boîtes à peignes, de houppes à poudrer, paraissait avoir servi la veille. Deux ou trois robes de couleurs changeantes, un éventail semé de paillettes d'argent, jonchaient le parquet bien ciré, et, à mon grand étonnement, une tabatière d'écaille ouverte sur la cheminée était pleine de tabac encore frais.

Je ne remarquai ces choses qu'après que le domestique, déposant son bougeoir sur la table de nuit, m'eut souhaité un bon somme, et, je l'avoue, je commençai à trembler comme la feuille. Je me déshabillai promptement, je me couchai, et, pour en finir avec ces sottes frayeurs, je fermai bientôt les yeux en me tournant du côté de la muraille.

Mais il me fut impossible de rester dans cette position : le lit s'agitait sous moi comme une vague, mes paupières se retiraient violemment en arrière. Force me fut de me retourner et de voir.

Le feu qui flambait jetait des reflets rougeâtres dans l'appartement, de sorte qu'on pouvait sans peine distinguer les personnages de la tapisserie et les figures des portraits enfumés pendus à la muraille.

C'étaient les aïeux de notre hôte, des chevaliers bardés de fer, des conseillers en perruque, et de belles dames au visage fardé et aux cheveux poudrés à blanc, tenant une rose à la main.

Tout à coup le feu prit un étrange degré d'activité ; une lueur blafarde illumina la chambre, et je vis clairement que ce que j'avais pris pour de vaines peintures était la réalité ; car les prunelles de ces êtres encadrés remuaient, scintillaient d'une façon singulière ; leurs lèvres s'ouvraient et se fermaient comme des lèvres de gens qui parlent, mais je n'entendais rien que le tic-tac de la pendule et le sifflement de la bise d'automne.

Une terreur insurmontable s'empara de moi, mes cheveux se hérissèrent sur mon front, mes dents s'entre-choquèrent à se briser, une sueur froide inonda tout mon corps.

La pendule sonna onze heures. Le vibrement du dernier coup retentit longtemps, et, lorsqu'il fut éteint tout à fait...

Oh ! non, je n'ose pas dire ce qui arriva, personne ne me croirait, et l'on me prendrait pour un fou.

Les bougies s'allumèrent toutes seules ; le soufflet, sans qu'aucun être visible lui imprimât le mouvement, se prit à souffler le feu, en râlant comme un vieillard asthmatique, pendant que les pincettes fourgonnaient dans les tisons et que la pelle relevait les cendres.

Ensuite une cafetière se jeta en bas d'une table où elle était posée, et se dirigea, clopin-clopant, vers le foyer, où elle se plaça entre les tisons.

Quelques instants après, les fauteuils commencèrent à s'ébranler, et, agitant leurs pieds tortillés d'une manière surprenante, vinrent se ranger autour de la cheminée.

II

Je ne savais que penser de ce que je voyais ; mais ce qui me restait à voir était encore bien plus extraordinaire.

Un des portraits, le plus ancien de tous, celui d'un gros joufflu à barbe grise, ressemblant, à s'y méprendre, à l'idée que je me suis faite du vieux sir John Falstaff, sortit, en grimaçant, la tête de son cadre, et, après de grands efforts, ayant fait passer ses épaules et son ventre rebondi entre les ais étroits de la bordure, sauta lourdement par terre.

Il n'eut pas plutôt pris haleine, qu'il tira de la poche de son pourpoint une clef d'une petitesse remarquable ; il souffla dedans pour s'assurer si la forure était bien nette, et il l'appliqua à tous les cadres les uns après les autres.

Et tous les cadres s'élargirent de façon à laisser passer aisément les figures qu'ils renfermaient.

Petits abbés poupins, douairières sèches et jaunes, magistrats à l'air grave ensevelis dans de grandes robes noires, petits-maîtres en bas de soie, en culotte de prunelle, la pointe de l'épée en haut, tous ces personnages présentaient un spectacle si bizarre, que, malgré ma frayeur, je ne pus m'empêcher de rire.

Ces dignes personnages s'assirent ; la cafetière sauta légèrement sur la table. Ils prirent le café dans des tasses du Japon blanches et bleues, qui accoururent spontanément de dessus un secrétaire, chacune d'elles munie d'un morceau de sucre et d'une petite cuiller d'argent.

Quand le café fut pris, tasses, cafetières et cuillers disparurent à la fois, et la conversation commença, certes la plus curieuse que j'aie jamais ouïe, car aucun de ces étranges causeurs ne regardait l'autre en parlant : ils avaient tous les yeux fixés sur la pendule.

Je ne pouvais moi-même en détourner mes regards et m'empêcher de suivre l'aiguille qui marchait vers minuit à pas imperceptibles.

Enfin, minuit sonna ; une voix, dont le timbre était exactement celui de la pendule, se fit entendre et dit :

— Voici l'heure, il faut danser.

Toute l'assemblée se leva. Les fauteuils se reculèrent de leur propre mouvement ; alors, chaque cavalier prit la main d'une dame, et la même voix dit :

— Allons, messieurs de l'orchestre, commencez !

J'ai oublié de dire que le sujet de la tapisserie était un concerto italien d'un côté, et de l'autre une chasse au cerf où plusieurs valets donnaient du cor. Les piqueurs et les musiciens, qui, jusque-là, n'avaient fait aucun geste, inclinèrent la tête en signe d'adhésion.

Le maestro leva sa baguette, et une harmonie vive et dansante s'élança des deux bouts de la salle. On dansa d'abord le menuet.

Mais les notes rapides de la partition exécutée par les musiciens s'accordaient mal avec ces graves révérences : aussi chaque couple de danseurs, au bout de quelques minutes, se mit à pirouetter comme une toupie d'Allemagne. Les robes de soie des femmes, froissées dans ce tourbillon dansant, rendaient des sons d'une nature particulière ; on aurait dit le bruit d'ailes d'un vol de pigeons. Le vent qui s'engouffrait par-dessous, les gonflait prodigieusement, de sorte qu'elles avaient l'air de cloches en branle.

L'archet des virtuoses passait si rapidement sur les cordes, qu'il en jaillissait des étincelles électriques. Les doigts des flûteurs se haussaient et se baissaient comme s'ils eussent été de vif-argent ; les joues des piqueurs étaient enflées comme des ballons, et tout cela formait un déluge de notes et de trilles si pressés et de gammes ascendantes et descendantes si entortillées, si inconcevables, que les démons eux-mêmes n'auraient pu deux minutes suivre une pareille mesure.

Aussi, c'était pitié de voir tous les efforts de ces danseurs pour rattraper la cadence. Ils sautaient, cabriolaient, faisaient des ronds de jambe, des jetés battus et des entrechats de trois pieds de haut, tant que la sueur, leur coulant du front sur les yeux, leur emportait les mouches et le fard. Mais ils avaient beau faire, l'orchestre les devançait toujours de trois ou quatre notes.

La pendule sonna une heure ; ils s'arrêtèrent. Je vis quelque chose qui m'était échappé : une femme qui ne dansait pas.

Elle était assise dans une bergère au coin de la cheminée, et ne paraissait pas le moins du monde prendre part à ce qui se passait autour d'elle.

Jamais, même en rêve, rien d'aussi parfait ne s'était présenté à mes yeux ; une peau d'une blancheur éblouissante, des cheveux d'un blond cendré, de longs cils et des prunelles bleues, si claires et si transparentes, que je voyais son âme à travers aussi distinctement qu'un caillou au fond d'un ruisseau.

Et je sentis que, si jamais il m'arrivait d'aimer quelqu'un, ce serait elle. Je me précipitai hors du lit, d'où jusque-là je n'avais pu bouger, et je me dirigeai vers elle, conduit par quelque chose qui agissait en moi sans que je pusse m'en rendre compte ; et je me trouvai à ses genoux, une de ses mains dans les miennes, causant avec elle comme si je l'eusse connue depuis vingt ans.

Mais, par un prodige bien étrange, tout en lui parlant, je marquais d'une oscillation de tête la musique qui n'avait pas cessé de jouer ; et, quoique je fusse au comble du bonheur d'entretenir une aussi belle personne, les pieds me brûlaient de danser avec elle.

Cependant je n'osais lui en faire la proposition. Il paraît qu'elle comprit ce que je voulais, car, levant vers le cadran de l'horloge la main que je ne tenais pas :

— Quand l'aiguille sera là, nous verrons, mon cher Théodore.

Je ne sais comment cela se fit, je ne fus nullement surpris de m'entendre ainsi appeler par mon nom, et nous continuâmes à causer. Enfin, l'heure indiquée sonna, la voix au timbre d'argent vibra encore dans la chambre et dit :

— Angéla, vous pouvez danser avec monsieur, si cela vous fait plaisir, mais vous savez ce qui en résultera.

— N'importe, répondit Angéla d'un ton boudeur.

Et elle passa son bras d'ivoire autour de mon cou.

— *Prestissimo !* cria la voix.

Et nous commençâmes à valser. Le sein de la jeune fille touchait ma poitrine, sa joue veloutée effleurait la mienne, et son haleine suave flottait sur ma bouche.

Jamais de la vie je n'avais éprouvé une pareille émotion ; mes nerfs tressaillaient comme des ressorts d'acier, mon sang coulait dans mes artères en torrent de lave, et j'entendais battre mon cœur comme une montre accrochée à mes oreilles.

Pourtant cet état n'avait rien de pénible. J'étais inondé d'une joie ineffable et j'aurais toujours voulu demeurer ainsi, et, chose remarquable, quoique l'orchestre eût triplé de vitesse, nous n'avions besoin de faire aucun effort pour le suivre.

Les assistants, émerveillés de notre agilité, criaient bravo, et frappaient de toutes leurs forces dans leurs mains, qui ne rendaient aucun son.

Angéla, qui jusqu'alors avait valsé avec une énergie et une justesse surprenantes, parut tout à coup se fatiguer ; elle pesait sur mon épaule comme si les jambes lui eussent manqué ; ses petits pieds, qui, une minute auparavant, effleuraient le plancher, ne s'en détachaient que lentement, comme s'ils eussent été chargés d'une masse de plomb.

— Angéla, vous êtes lasse, lui dis-je, reposons-nous.

— Je le veux bien, répondit-elle en s'essuyant le front avec son mouchoir. Mais, pendant que nous valsions, ils se sont tous assis ; il n'y a plus qu'un fauteuil, et nous sommes deux.

— Qu'est-ce que cela fait, mon bel ange ? Je vous prendrai sur mes genoux.

III

Sans faire la moindre objection, Angéla s'assit, m'entourant de ses bras comme d'une écharpe blanche, cachant sa tête dans mon sein pour se réchauffer un peu, car elle était devenue froide comme un marbre.

Je ne sais pas combien de temps nous restâmes dans cette position, car tous mes sens étaient absorbés dans la contemplation de cette mystérieuse et fantastique créature.

Je n'avais plus aucune idée de l'heure ni du lieu ; le monde réel n'existait plus pour moi, et tous les liens qui m'y attachent étaient rompus ; mon âme, dégagée de sa prison de boue, nageait dans le vague et l'infini ; je comprenais ce que nul homme ne peut comprendre,

les pensées d'Angéla se révélant à moi sans qu'elle eût
besoin de parler ; car son âme brillait dans son corps
comme une lampe d'albâtre, et les rayons partis de sa
poitrine perçaient la mienne de part en part.

L'alouette chanta, une lueur pâle se joua sur les
rideaux [3].

Aussitôt qu'Angéla l'aperçut, elle se leva précipitamment, me fit un geste d'adieu, et, après quelques
pas, poussa un cri et tomba de sa hauteur.

Saisi d'effroi, je m'élançai pour la relever... Mon
sang se fige rien que d'y penser : je ne trouvai rien que
la cafetière brisée en mille morceaux.

À cette vue, persuadé que j'avais été le jouet de
quelque illusion diabolique, une telle frayeur s'empara
de moi, que je m'évanouis.

IV

Lorsque je repris connaissance, j'étais dans mon lit ;
Arrigo Cohic et Pedrino Borgnioli se tenaient debout à
mon chevet.

Aussitôt que j'eus ouvert les yeux, Arrigo s'écria :

— Ah ! ce n'est pas dommage ! voilà bientôt une
heure que je te frotte les tempes d'eau de Cologne.
Que diable as-tu fait cette nuit ? Ce matin, voyant que
tu ne descendais pas, je suis entré dans ta chambre, et
je t'ai trouvé tout du long étendu par terre, en habit à
la française, serrant dans tes bras un morceau de porcelaine brisée, comme si c'eût été une jeune et jolie fille.

— Pardieu ! c'est l'habit de noce de mon grand-
père, dit l'autre en soulevant une des basques de soie
fond rose à ramages verts. Voilà les boutons de strass
et de filigrane qu'il nous vantait tant. Théodore l'aura
trouvé dans quelque coin et l'aura mis pour s'amuser.
Mais à propos de quoi t'es-tu trouvé mal ? ajouta Borgnioli. Cela est bon pour une petite-maîtresse qui a des
épaules blanches ; on la délace, on lui ôte ses colliers,
son écharpe, et c'est une belle occasion de faire des
minauderies.

— Ce n'est qu'une faiblesse qui m'a pris ; je suis sujet à cela, répondis-je sèchement.

Je me levai, je me dépouillai de mon ridicule accoutrement.

Et puis l'on déjeuna.

Mes trois camarades mangèrent beaucoup et burent encore plus ; moi, je ne mangeais presque pas, le souvenir de ce qui s'était passé me causait d'étranges distractions.

Le déjeuner fini, comme il pleuvait à verse, il n'y eut pas moyen de sortir ; chacun s'occupa comme il put. Borgnioli tambourina des marches guerrières sur les vitres ; Arrigo et l'hôte firent une partie de dames ; moi, je tirai de mon album un carré de vélin, et je me mis à dessiner.

Les linéaments presque imperceptibles tracés par mon crayon, sans que j'y eusse songé le moins du monde, se trouvèrent représenter avec la plus merveilleuse exactitude la cafetière qui avait joué un rôle si important dans les scènes de la nuit.

— C'est étonnant comme cette tête ressemble à ma sœur Angéla, dit l'hôte, qui, ayant terminé sa partie, me regardait travailler par-dessus mon épaule.

En effet, ce qui m'avait semblé tout à l'heure une cafetière était bien réellement le profil doux et mélancolique d'Angéla.

— De par tous les saints du paradis ! est-elle morte ou vivante ? m'écriai-je d'un ton de voix tremblant, comme si ma vie eût dépendu de sa réponse.

— Elle est morte, il y a deux ans, d'une fluxion de poitrine à la suite d'un bal.

— Hélas ! répondis-je douloureusement.

Et, retenant une larme qui était près de tomber, je replaçai le papier dans l'album.

Je venais de comprendre qu'il n'y avait plus pour moi de bonheur sur la terre !

OMPHALE

HISTOIRE ROCOCO [1]

Mon oncle, le chevalier de ***, habitait une petite maison donnant d'un côté sur la triste rue des Tournelles et de l'autre sur le triste boulevard Saint-Antoine. Entre le boulevard et le corps du logis, quelques vieilles charmilles, dévorées d'insectes et de mousse, étiraient piteusement leurs bras décharnés au fond d'une espèce de cloaque encaissé par de noires et hautes murailles. Quelques pauvres fleurs étiolées penchaient languissamment la tête comme des jeunes filles poitrinaires, attendant qu'un rayon de soleil vînt sécher leurs feuilles à moitié pourries. Les herbes avaient fait irruption dans les allées, qu'on avait peine à reconnaître, tant il y avait longtemps que le râteau ne s'y était promené. Un ou deux poissons rouges flottaient plutôt qu'ils ne nageaient dans un bassin couvert de lentilles d'eau et de plantes de marais.

Mon oncle appelait cela son jardin.

Dans le jardin de mon oncle, outre toutes les belles choses que nous venons de décrire, il y avait un pavillon passablement maussade, auquel, sans doute par antiphrase, il avait donné le nom de *Délices*. Il était dans un état de dégradation complète. Les murs faisaient ventre ; de larges plaques de crépi s'étaient détachées et gisaient à terre entre les orties et la folle avoine ; une moisissure putride verdissait les assises inférieures ; les bois des volets et des portes avaient joué, et ne fermaient plus ou fort mal. Une espèce de

gros pot à feu avec des effluves rayonnants formait
la décoration de l'entrée principale ; car, au temps de
Louis XV, temps de la construction des *Délices*, il y
avait toujours, par précaution, deux entrées. Des oves,
des chicorées et des volutes surchargeaient la corniche
toute démantelée par l'infiltration des eaux pluviales.
Bref, c'était une fabrique assez lamentable à voir que
les *Délices* de mon oncle le chevalier de ***.

Cette pauvre ruine d'hier, aussi délabrée que si elle
eût eu mille ans, ruine de plâtre et non de pierre, toute
ridée, toute gercée, couverte de lèpre, rongée de
mousse et de salpêtre, avait l'air d'un de ces vieillards
précoces, usés par de sales débauches ; elle n'inspirait
aucun respect, car il n'y a rien d'aussi laid et d'aussi
misérable au monde qu'une vieille robe de gaze et un
vieux mur de plâtre, deux choses qui ne doivent pas
durer et qui durent.

C'était dans ce pavillon que mon oncle m'avait logé.

L'intérieur n'en était pas moins *rococo* que l'extérieur, quoiqu'un peu mieux conservé. Le lit était de
lampas jaune à grandes fleurs blanches. Une pendule
de rocaille posait sur un piédouche incrusté de nacre
et d'ivoire. Une guirlande de roses pompon circulait
coquettement autour d'une glace de Venise ; au-dessus
des portes les quatre saisons étaient peintes en camaïeu.
Une belle dame, poudrée à frimas, avec un corset bleu
de ciel et une échelle de rubans de la même couleur,
un arc dans la main droite, une perdrix dans la main
gauche, un croissant sur le front, un lévrier à ses pieds,
se prélassait et souriait le plus gracieusement du monde
dans un large cadre ovale. C'était une des anciennes
maîtresses de mon oncle, qu'il avait fait peindre en
Diane. L'ameublement, comme on voit, n'était pas des
plus modernes. Rien n'empêchait que l'on ne se crût
au temps de la Régence, et la tapisserie mythologique
qui tendait les murs complétait l'illusion on ne peut
mieux.

La tapisserie représentait Hercule filant aux pieds
d'Omphale. Le dessin était tourmenté à la façon de

Van Loo et dans le style le plus *Pompadour* qu'il soit possible d'imaginer. Hercule avait une quenouille entourée d'une faveur couleur de rose ; il relevait son petit doigt avec une grâce toute particulière, comme un marquis qui prend une prise de tabac, en faisant tourner, entre son pouce et son index, une blanche flammèche de filasse ; son cou nerveux était chargé de nœuds de rubans, de rosettes, de rangs de perles et de mille affiquets féminins ; une large jupe gorge-de-pigeon, avec deux immenses paniers, achevait de donner un air tout à fait galant au héros vainqueur de monstres.

Omphale avait ses blanches épaules à moitié couvertes par la peau du lion de Némée : sa main frêle s'appuyait sur la noueuse massue de son amant ; ses beaux cheveux blond cendré avec un œil de poudre descendaient nonchalamment le long de son cou, souple et onduleux comme un cou de colombe ; ses petits pieds, vrais pieds d'Espagnole ou de Chinoise, et qui eussent été au large dans la pantoufle de vair de Cendrillon, étaient chaussés de cothurnes demi-antiques, lilas tendre, avec un semis de perles. Vraiment elle était charmante ! Sa tête se rejetait en arrière d'un air de crânerie adorable ; sa bouche se plissait et faisait une délicieuse petite moue ; sa narine était légèrement gonflée, ses joues un peu allumées ; un *assassin*, savamment placé, en rehaussait l'éclat d'une façon merveilleuse ; il ne lui manquait qu'une petite moustache pour faire un mousquetaire accompli.

Il y avait encore bien d'autres personnages dans la tapisserie, la suivante obligée, le petit Amour de rigueur ; mais ils n'ont pas laissé dans mon souvenir une silhouette assez distincte pour que je les puisse décrire.

En ce temps-là j'étais fort jeune, ce qui ne veut pas dire que je sois très vieux aujourd'hui ; mais je venais de sortir du collège, et je restais chez mon oncle en attendant que j'eusse fait choix d'une profession. Si le bonhomme avait pu prévoir que j'embrasserais celle de conteur fantastique, nul doute qu'il ne m'eût mis à la porte et déshérité irrévocablement ; car il professait pour la littérature en général, et les auteurs en particulier, le dédain le plus aristocratique. En vrai gentilhomme qu'il était, il voulait faire pendre ou rouer de coups de bâton, par ses gens, tous ces petits grimauds qui se mêlent de noircir du papier et parlent irrévérencieusement des personnes de qualité. Dieu fasse paix à mon pauvre oncle ! mais il n'estimait réellement au monde que l'épître à Zétulbé.

Donc je venais de sortir du collège. J'étais plein de rêves et d'illusions ; j'étais naïf autant et peut-être plus qu'une rosière de Salency. Tout heureux de ne plus avoir de *pensums* à faire, je trouvais que tout était pour le mieux dans le meilleur des mondes possibles. Je croyais à une infinité de choses ; je croyais à la bergère de M. de Florian, aux moutons peignés et poudrés à blanc ; je ne doutais pas un instant du troupeau de Mme Deshoulières. Je pensais qu'il y avait effectivement neuf muses, comme l'affirmait l'*Appendix de Diis et Heroïbus* du père Jouvency. Mes souvenirs de Berquin et de Gessner me créaient un petit monde où tout était rose, bleu de ciel et vert pomme. Ô sainte innocence ! *sancta simplicitas* [2] ! comme dit Méphistophélès.

Quand je me trouvai dans cette belle chambre, chambre à moi, à moi tout seul, je ressentis une joie à nulle autre seconde. J'inventoriai soigneusement jusqu'au moindre meuble ; je furetai dans tous les coins, et je l'explorai dans tous les sens. J'étais au quatrième ciel, heureux comme un roi ou deux. Après le souper (car on soupait chez mon oncle), charmante coutume qui s'est perdue, avec tant d'autres non moins charmantes que je regrette de tout ce que j'ai de cœur, je pris mon bougeoir et je me retirai, tant j'étais impatient de jouir de ma nouvelle demeure.

En me déshabillant, il me sembla que les yeux d'Omphale avaient remué ; je regardai plus attentivement, non sans un léger sentiment de frayeur, car la chambre était grande, et la faible pénombre lumineuse qui flottait autour de la bougie ne servait qu'à rendre les ténèbres plus visibles. Je crus voir qu'elle avait la tête tournée en sens inverse. La peur commençait à me travailler sérieusement ; je soufflai la lumière. Je me tournai du côté du mur, je mis mon drap par-dessus ma tête, je tirai mon bonnet jusqu'à mon menton, et je finis par m'endormir.

Je fus plusieurs jours sans oser jeter les yeux sur la maudite tapisserie.

Il ne serait peut-être pas inutile, pour rendre plus vraisemblable l'invraisemblable histoire que je vais raconter, d'apprendre à mes belles lectrices qu'à cette époque j'étais en vérité un assez joli garçon. J'avais les yeux les plus beaux du monde : je le dis parce qu'on me l'a dit ; un teint un peu plus frais que celui que j'ai maintenant, un vrai teint d'œillet ; une chevelure brune et bouclée que j'ai encore, et dix-sept ans que je n'ai plus. Il ne me manquait qu'une jolie marraine pour faire un très passable Chérubin ; malheureusement la mienne avait cinquante-sept ans et trois dents, ce qui était trop d'un côté et pas assez de l'autre.

Un soir, pourtant, je m'aguerris au point de jeter un coup d'œil sur la belle maîtresse d'Hercule ; elle me regardait de l'air le plus triste et le plus langoureux du monde. Cette fois-là j'enfonçai mon bonnet jusque sur mes épaules et je fourrai ma tête sous le traversin.

Je fis cette nuit-là un rêve singulier, si toutefois c'était un rêve.

J'entendis les anneaux des rideaux de mon lit glisser en criant sur leurs tringles, comme si l'on eût tiré précipitamment les courtines. Je m'éveillai ; du moins dans mon rêve il me sembla que je m'éveillais. Je ne vis personne.

La lune donnait sur les carreaux et projetait dans la chambre sa lueur bleue et blafarde. De grandes ombres, des formes bizarres, se dessinaient sur le plancher et sur les murailles. La pendule sonna un quart ; la vibration fut longue à s'éteindre ; on aurait dit un soupir.

Les pulsations du balancier, qu'on entendait parfaitement, ressemblaient à s'y méprendre au cœur d'une personne émue.

Je n'étais rien moins qu'à mon aise et je ne savais trop que penser.

Un furieux coup de vent fit battre les volets et ployer le vitrage de la fenêtre. Les boiseries craquèrent, la tapisserie ondula. Je me hasardai à regarder du côté d'Omphale, soupçonnant confusément qu'elle était pour quelque chose dans tout cela. Je ne m'étais pas trompé.

La tapisserie s'agita violemment. Omphale se détacha du mur et sauta légèrement sur le parquet ; elle vint à mon lit en ayant soin de se tourner du côté de l'endroit. Je crois qu'il n'est pas nécessaire de raconter ma stupéfaction. Le vieux militaire le plus intrépide n'aurait pas été trop rassuré dans une pareille circonstance, et je n'étais ni vieux ni militaire. J'attendis en silence la fin de l'aventure.

Une petite voix flûtée et perlée résonna doucement à mon oreille, avec ce grasseyement mignard affecté sous la Régence par les marquises et les gens du bon ton :

« Est-ce que je te fais peur, mon enfant ? Il est vrai que tu n'es qu'un enfant ; mais cela n'est pas joli d'avoir peur des dames, surtout de celles qui sont jeunes et te veulent du bien ; cela n'est ni honnête ni français ; il faut te corriger de ces craintes-là. Allons, petit sauvage, quitte cette mine et ne te cache pas la tête sous les couvertures. Il y aura beaucoup à faire à ton éducation, et tu n'es guère avancé, mon beau page ; de mon temps les Chérubins étaient plus délibérés que tu ne l'es.

— Mais, dame, c'est que...

— C'est que cela te semble étrange de me voir ici et non là, dit-elle en pinçant légèrement sa lèvre rouge avec ses dents blanches, et en étendant vers la muraille son doigt long et effilé. En effet, la chose n'est pas trop naturelle ; mais, quand je te l'expliquerais, tu ne la comprendrais guère mieux : qu'il te suffise donc de savoir que tu ne cours aucun danger.

— Je crains que vous ne soyez le... le...

— Le diable, tranchons le mot, n'est-ce pas ? c'est cela que tu voulais dire ; au moins tu conviendras que je ne suis pas trop noire pour un diable, et que, si l'enfer était peuplé de diables faits comme moi, on y passerait son temps aussi agréablement qu'en paradis. »

Pour montrer qu'elle ne se vantait pas, Omphale rejeta en arrière sa peau de lion et me fit voir des épaules et un sein d'une forme parfaite et d'une blancheur éblouissante.

« Eh bien ! qu'en dis-tu ? fit-elle d'un petit air de coquetterie satisfaite.

— Je dis que, quand vous seriez le diable en personne, je n'aurais plus peur, madame Omphale.

— Voilà qui est parler ; mais ne m'appelez plus ni madame ni Omphale. Je ne veux pas être madame pour toi, et je ne suis pas plus Omphale que je ne suis le diable.

— Qu'êtes-vous donc, alors ?

— Je suis la marquise de T***. Quelque temps après mon mariage le marquis fit exécuter cette tapisserie pour mon appartement, et m'y fit représenter sous le costume d'Omphale ; lui-même y figure sous les traits d'Hercule. C'est une singulière idée qu'il a eue là ; car, Dieu le sait, personne au monde ne ressemblait moins à Hercule que le pauvre marquis. Il y a bien longtemps que cette chambre n'a été habitée. Moi, qui aime naturellement la compagnie, je m'ennuyais à périr, et j'en avais la migraine. Être avec son mari, c'est être seule. Tu es venu, cela m'a réjouie ; cette chambre morte s'est ranimée, j'ai eu à m'occuper de quelqu'un. Je te regardais aller et venir, je t'écoutais dormir et rêver ; je suivais tes lectures. Je te trouvais bonne grâce, un air avenant, quelque chose qui me plaisait : je t'aimais enfin. Je tâchai de te le faire comprendre ; je poussais des soupirs, tu les prenais pour ceux du vent ; je te faisais des signes, je te lançais

des œillades langoureuses, je ne réussissais qu'à te causer des frayeurs horribles. En désespoir de cause, je me
suis décidée à la démarche inconvenante que je fais, et
à te dire franchement ce que tu ne pouvais entendre à
demi-mot. Maintenant que tu sais que je t'aime, j'espère que... »

La conversation en était là, lorsqu'un bruit de clef
se fit entendre dans la serrure.

Omphale tressaillit et rougit jusque dans le blanc des
yeux.

« Adieu ! dit-elle, à demain. » Et elle retourna à sa
muraille à reculons, de peur sans doute de me laisser
voir son envers.

C'était Baptiste qui venait chercher mes habits pour
les brosser.

« Vous avez tort, monsieur, me dit-il, de dormir les
rideaux ouverts. Vous pourriez vous enrhumer du cerveau ; cette chambre est si froide ! »

En effet, les rideaux étaient ouverts ; moi qui croyais
n'avoir fait qu'un rêve, je fus très étonné, car j'étais
sûr qu'on les avait fermés le soir.

Aussitôt que Baptiste fut parti, je courus à la tapisserie. Je la palpai dans tous les sens ; c'était bien une
vraie tapisserie de laine, raboteuse au toucher comme
toutes les tapisseries possibles. Omphale ressemblait
au charmant fantôme de la nuit comme un mort ressemble à un vivant. Je relevai le pan ; le mur était
plein ; il n'y avait ni panneau masqué ni porte dérobée.
Je fis seulement cette remarque, que plusieurs fils
étaient rompus dans le morceau de terrain où portaient
les pieds d'Omphale. Cela me donna à penser.

Je fus toute la journée d'une distraction sans pareille ;
j'attendais le soir avec inquiétude et impatience tout
ensemble. Je me retirai de bonne heure, décidé à voir
comment tout cela finirait. Je me couchai : la marquise
ne se fit pas attendre ; elle sauta à bas du trumeau et
vint tomber droit à mon lit ; elle s'assit à mon chevet,
et la conversation commença.

Comme la veille, je lui fis des questions, je lui

demandai des explications. Elle éludait les unes, répondait aux autres d'une manière évasive, mais avec tant d'esprit qu'au bout d'une heure je n'avais pas le moindre scrupule sur ma liaison avec elle.

Tout en parlant, elle passait ses doigts dans mes cheveux, me donnait de petits coups sur les joues et de légers baisers sur le front.

Elle babillait, elle babillait d'une manière moqueuse et mignarde, dans un style à la fois élégant et familier, et tout à fait grande dame, que je n'ai jamais retrouvé depuis dans personne.

Elle était assise d'abord sur la bergère à côté du lit ; bientôt elle passa un de ses bras autour de mon cou, je sentais son cœur battre avec force contre moi. C'était bien une belle et charmante femme réelle, une véritable marquise, qui se trouvait à côté de moi. Pauvre écolier de dix-sept ans ! Il y avait de quoi en perdre la tête ; aussi je la perdis. Je ne savais pas trop ce qui s'allait passer, mais je pressentais vaguement que cela ne pouvait plaire au marquis.

« Et monsieur le marquis, que va-t-il dire là-bas sur son mur ? »

La peau du lion était tombée à terre, et les cothurnes lilas tendre glacé d'argent gisaient à côté de mes pantoufles.

« Il ne dira rien, reprit la marquise en riant de tout son cœur. Est-ce qu'il voit quelque chose ? D'ailleurs, quand il verrait, c'est le mari le plus philosophe et le plus inoffensif du monde ; il est habitué à cela. M'aimes-tu, enfant ?

— Oui, beaucoup, beaucoup... »

Le jour vint ; ma maîtresse s'esquiva.

La journée me parut d'une longueur effroyable. Le soir arriva enfin. Les choses se passèrent comme la veille, et la seconde nuit n'eut rien à envier à la première. La marquise était de plus en plus adorable. Ce manège se répéta pendant assez longtemps encore. Comme je ne dormais pas la nuit, j'avais tout le jour une espèce de somnolence qui ne parut pas de bon augure à mon oncle. Il se douta de quelque chose ; il écouta probablement à la porte, et entendit tout ; car un beau matin il entra dans ma chambre si brusquement, qu'Antoinette eut à peine le temps de remonter à sa place.

Il était suivi d'un ouvrier tapissier avec des tenailles et une échelle.

Il me regarda d'un air rogue et sévère qui me fit voir qu'il savait tout.

« Cette marquise de T*** est vraiment folle ; où diable avait-elle la tête de s'éprendre d'un morveux de cette espèce ? fit mon oncle entre ses dents ; elle avait pourtant promis d'être sage !

« Jean, décrochez cette tapisserie, roulez-la et portez-la au grenier. »

Chaque mot de mon oncle était un coup de poignard.

Jean roula mon amante Omphale, ou la marquise Antoinette de T***, avec Hercule, ou le marquis de T***, et porta le tout au grenier. Je ne pus retenir mes larmes.

Le lendemain, mon oncle me renvoya par la diligence de B*** chez mes respectables parents, auxquels, comme on pense bien, je ne soufflai pas mot de mon aventure.

Mon oncle mourut ; on vendit sa maison et les meubles ; la tapisserie fut probablement vendue avec le reste.

Toujours est-il qu'il y a quelque temps, en furetant chez un marchand de bric-à-brac pour trouver des momeries, je heurtai du pied un gros rouleau tout poudreux et couvert de toiles d'araignée.

« Qu'est cela ? dis-je à l'Auvergnat.

— C'est une tapisserie rococo qui représente les amours de madame Omphale et de monsieur Hercule ; c'est du Beauvais, tout en soie et joliment conservé. Achetez-moi donc cela pour votre cabinet ; je ne vous le vendrai pas cher, parce que c'est vous. »

Au nom d'Omphale, tout mon sang reflua sur mon cœur.

« Déroulez cette tapisserie », fis-je au marchand d'un ton bref et entrecoupé comme si j'avais la fièvre.

C'était bien elle. Il me sembla que sa bouche me fit un gracieux sourire et que son œil s'alluma en rencontrant le mien.

« Combien en voulez-vous ?

— Mais je ne puis vous céder cela à moins de quatre cents francs, tout juste.

— Je ne les ai pas sur moi. Je m'en vais les chercher ; avant une heure je suis ici. »

Je revins avec l'argent ; la tapisserie n'y était plus. Un Anglais l'avait marchandée pendant mon absence, en avait donné six cents francs et l'avait emportée.

Au fond, peut-être vaut-il mieux que cela se soit passé ainsi et que j'aie gardé intact ce délicieux souvenir. On dit qu'il ne faut pas revenir sur ses premières amours ni aller voir la rose qu'on a admirée la veille.

Et puis je ne suis plus assez jeune ni assez joli garçon pour que les tapisseries descendent du mur en mon honneur.

LA MORTE AMOUREUSE [1]

Vous me demandez, frère, si j'ai aimé ; oui. C'est une histoire singulière et terrible, et, quoique j'aie soixante-dix ans, j'ose à peine remuer la cendre de ce souvenir. Je ne veux rien vous refuser, mais je ne ferais pas à une âme moins éprouvée un pareil récit. Ce sont des événements si étranges, que je ne puis croire qu'ils me soient arrivés. J'ai été pendant plus de trois ans le jouet d'une illusion singulière et diabolique. Moi, pauvre prêtre de campagne, j'ai mené en rêve toutes les nuits (Dieu veuille que ce soit un rêve !) une vie de damné, une vie de mondain et de Sardanapale. Un seul regard trop plein de complaisance jeté sur une femme pensa causer la perte de mon âme ; mais enfin, avec l'aide de Dieu et de mon saint patron, je suis parvenu à chasser l'esprit malin qui s'était emparé de moi. Mon existence s'était compliquée d'une existence nocturne entièrement différente. Le jour, j'étais un prêtre du Seigneur, chaste, occupé de la prière et des choses saintes ; la nuit, dès que j'avais fermé les yeux, je devenais un jeune seigneur, fin connaisseur en femmes, en chiens et en chevaux, jouant aux dés, buvant et blasphémant ; et lorsqu'au lever de l'aube je me réveillais, il me semblait au contraire que je m'endormais et que je rêvais que j'étais prêtre. De cette vie somnambulique il m'est resté des souvenirs d'objets et de mots dont je ne puis pas me défendre, et, quoique je ne sois jamais sorti des murs de mon presbytère, on dirait plutôt, à m'entendre, un homme ayant usé de tout et revenu du monde, qui est entré en religion et qui veut finir dans le sein de Dieu des jours trop agités, qu'un humble séminariste qui a vieilli dans une cure ignorée, au fond d'un bois et sans aucun rapport avec les choses du siècle.

Oui, j'ai aimé comme personne au monde n'a aimé, d'un amour insensé et furieux, si violent que je suis étonné qu'il n'ait pas fait éclater mon cœur. Ah ! quelles nuits ! quelles nuits !

Dès ma plus tendre enfance, je m'étais senti de la vocation pour l'état de prêtre ; aussi toutes mes études furent-elles dirigées dans ce sens-là, et ma vie, jusqu'à vingt-quatre ans, ne fut-elle qu'un long noviciat. Ma théologie achevée, je passai successivement par tous les petits ordres, et mes supérieurs me jugèrent digne, malgré ma grande jeunesse, de franchir le dernier et redoutable degré. Le jour de mon ordination fut fixé à la semaine de Pâques.

Je n'étais jamais allé dans le monde ; le monde, c'était pour moi l'enclos du collège et du séminaire. Je savais vaguement qu'il y avait quelque chose que l'on appelait femme, mais je n'y arrêtais pas ma pensée ; j'étais d'une innocence parfaite. Je ne voyais ma mère vieille et infirme que deux fois l'an. C'étaient là toutes mes relations avec le dehors.

Je ne regrettais rien, je n'éprouvais pas la moindre hésitation devant cet engagement irrévocable ; j'étais plein de joie et d'impatience. Jamais jeune fiancé n'a compté les heures avec une ardeur plus fiévreuse ; je n'en dormais pas, je rêvais que je disais la messe ; être prêtre, je ne voyais rien de plus beau au monde : j'aurais refusé d'être roi ou poète. Mon ambition ne concevait pas au-delà.

Ce que je dis là est pour vous montrer combien ce qui m'est arrivé ne devait pas m'arriver, et de quelle fascination inexplicable j'ai été la victime.

Le grand jour venu, je marchai à l'église d'un pas si léger, qu'il me semblait que je fusse soutenu en l'air ou que j'eusse des ailes aux épaules. Je me croyais un ange, et je m'étonnais de la physionomie sombre et préoccupée de mes compagnons ; car nous étions plusieurs. J'avais passé la nuit en prières, et j'étais dans un état qui touchait presque à l'extase. L'évêque, vieillard vénérable, me paraissait Dieu le Père penché sur son éternité, et je voyais le ciel à travers les voûtes du temple.

Vous savez les détails de cette cérémonie : la bénédiction, la communion sous les deux espèces, l'onction de la paume des mains avec l'huile des catéchumènes, et enfin le saint sacrifice offert de concert avec l'évêque. Je ne m'appesantirai pas sur cela. Oh ! que Job a raison, et que celui-là est imprudent qui ne conclut pas un pacte avec ses yeux[2] ! Je levai par hasard ma tête, que j'avais jusque-là tenue inclinée, et j'aperçus devant moi, si près que j'aurais pu la toucher, quoique en réalité elle fût à une assez grande distance et de l'autre côté de la balustrade, une jeune femme d'une beauté rare et vêtue avec une magnificence royale. Ce fut comme si des écailles me tombaient des prunelles. J'éprouvai la sensation d'un aveugle qui recouvrerait subitement la vue. L'évêque, si rayonnant tout à l'heure, s'éteignit tout à coup, les cierges pâlirent sur leurs chandeliers d'or comme les étoiles au matin, et il se fit par toute l'église une complète obscurité. La charmante créature se détachait sur ce fond d'ombre comme une révélation angélique ; elle semblait éclairée d'elle-même et donner le jour plutôt que le recevoir.

Je baissai la paupière, bien résolu à ne plus la relever pour me soustraire à l'influence des objets extérieurs ; car la distraction m'envahissait de plus en plus, et je savais à peine ce que je faisais.

Une minute après, je rouvris les yeux, car à travers mes cils je la voyais étincelante des couleurs du prisme, et dans une pénombre pourprée comme lorsqu'on regarde le soleil.

Oh ! comme elle était belle ! Les plus grands

peintres, lorsque, poursuivant dans le ciel la beauté
idéale, ils ont rapporté sur la terre le divin portrait de
la Madone, n'approchent même pas de cette fabuleuse
réalité. Ni les vers du poète ni la palette du peintre
n'en peuvent donner une idée. Elle était assez grande,
avec une taille et un port de déesse ; ses cheveux, d'un
blond doux, se séparaient sur le haut de sa tête et coulaient sur ses tempes comme deux fleuves d'or ; on
aurait dit une reine avec son diadème ; son front, d'une
blancheur bleuâtre et transparente, s'étendait large et
serein sur les arcs de deux cils presque bruns, singularité qui ajoutait encore à l'effet de prunelles vert de
mer d'une vivacité et d'un éclat insoutenables. Quels
yeux ! avec un éclair ils décidaient de la destinée d'un
homme ; ils avaient une vie, une limpidité, une ardeur,
une humidité brillante que je n'ai jamais vues à un œil
humain ; il s'en échappait des rayons pareils à des
flèches et que je voyais distinctement aboutir à mon
cœur. Je ne sais si la flamme qui les illuminait venait
du ciel ou de l'enfer, mais à coup sûr elle venait de
l'un ou de l'autre. Cette femme était un ange ou un
démon, et peut-être tous les deux ; elle ne sortait certainement pas du flanc d'Ève, la mère commune. Des
dents du plus bel orient scintillaient dans son rouge
sourire, et de petites fossettes se creusaient à chaque
inflexion de sa bouche dans le satin rose de ses adorables joues. Pour son nez, il était d'une finesse et
d'une fierté toute royale, et décelait la plus noble origine. Des luisants d'agate jouaient sur la peau unie et
lustrée de ses épaules à demi découvertes, et des rangs
de grosses perles blondes, d'un ton presque semblable
à son cou, lui descendaient sur la poitrine. De temps
en temps elle redressait sa tête avec un mouvement
onduleux de couleuvre ou de paon qui se rengorge, et
imprimait un léger frisson à la haute fraise brodée à
jour qui l'entourait comme un treillis d'argent.

Elle portait une robe de velours nacarat, et de ses
larges manches doublées d'hermine sortaient des mains
patriciennes d'une délicatesse infinie, aux doigts longs

et potelés, et d'une si idéale transparence qu'ils laissaient passer le jour comme ceux de l'Aurore.

Tous ces détails me sont encore aussi présents que s'ils dataient d'hier, et, quoique je fusse dans un trouble extrême, rien ne m'échappait : la plus légère nuance, le petit point noir au coin du menton, l'imperceptible duvet aux commissures des lèvres, le velouté du front, l'ombre tremblante des cils sur les joues, je saisissais tout avec une lucidité étonnante.

À mesure que je la regardais, je sentais s'ouvrir dans moi des portes qui jusqu'alors avaient été fermées ; des soupiraux obstrués se débouchaient dans tous les sens et laissaient entrevoir des perspectives inconnues ; la vie m'apparaissait sous un aspect tout autre ; je venais de naître à un nouvel ordre d'idées. Une angoisse effroyable me tenaillait le cœur ; chaque minute qui s'écoulait me semblait une seconde et un siècle. La cérémonie avançait cependant, et j'étais emporté bien loin du monde dont mes désirs naissants assiégeaient furieusement l'entrée. Je dis oui cependant, lorsque je voulais dire non, lorsque tout en moi se révoltait et protestait contre la violence que ma langue faisait à mon âme : une force occulte m'arrachait malgré moi les mots du gosier. C'est là peut-être ce qui fait que tant de jeunes filles marchent à l'autel avec la ferme résolution de refuser d'une manière éclatante l'époux qu'on leur impose, et que pas une seule n'exécute son projet. C'est là sans doute ce qui fait que tant de pauvres novices prennent le voile, quoique bien décidées à le déchirer en pièces au moment de prononcer leurs vœux. On n'ose causer un tel scandale devant tout le monde ni tromper l'attente de tant de personnes ; toutes ces volontés, tous ces regards semblent peser sur vous comme une chape de plomb ; et puis les mesures sont si bien prises, tout est si bien réglé à l'avance, d'une façon si évidemment irrévocable, que la pensée cède au poids de la chose et s'affaisse complètement.

Le regard de la belle inconnue changeait d'expres-

sion selon le progrès de la cérémonie. De tendre et
caressant qu'il était d'abord, il prit un air de dédain et
de mécontentement comme de ne pas avoir été
compris.

Je fis un effort suffisant pour arracher une montagne,
pour m'écrier que je ne voulais pas être prêtre ; mais
je ne pus en venir à bout ; ma langue resta clouée à
mon palais, et il me fut impossible de traduire ma
volonté par le plus léger mouvement négatif. J'étais,
tout éveillé, dans un état pareil à celui du cauchemar,
où l'on veut crier un mot dont votre vie dépend, sans
en pouvoir venir à bout.

Elle parut sensible au martyre que j'éprouvais, et,
comme pour m'encourager, elle me lança une œillade
pleine de divines promesses. Ses yeux étaient un
poème dont chaque regard formait un chant.

Elle me disait :

« Si tu veux être à moi, je te ferai plus heureux que
Dieu lui-même dans son paradis ; les anges te jalouse-
ront. Déchire ce funèbre linceul où tu vas t'envelopper ; je suis la beauté, je suis la jeunesse, je suis la vie ;
viens à moi, nous serons l'amour. Que pourrait t'offrir
Jéhovah pour compensation ? Notre existence coulera
comme un rêve et ne sera qu'un baiser éternel.

« Répands le vin de ce calice, et tu es libre. Je t'em-
mènerai vers les îles inconnues ; tu dormiras sur mon
sein, dans un lit d'or massif et sous un pavillon d'argent ; car je t'aime et je veux te prendre à ton Dieu,
devant qui tant de nobles cœurs répandent des flots
d'amour qui n'arrivent pas jusqu'à lui. »

Il me semblait entendre ces paroles sur un rythme
d'une douceur infinie, car son regard avait presque de
la sonorité, et les phrases que ses yeux m'envoyaient
retentissaient au fond de mon cœur comme si une
bouche invisible les eût soufflées dans mon âme. Je
me sentais prêt à renoncer à Dieu, et cependant mon
cœur accomplissait machinalement les formalités de la
cérémonie. La belle me jeta un second coup d'œil si
suppliant, si désespéré, que des lames acérées me tra-

versèrent le cœur, que je me sentis plus de glaives dans la poitrine que la mère de douleurs.

C'en était fait, j'étais prêtre.

Jamais physionomie humaine ne peignit une angoisse aussi poignante ; la jeune fille qui voit tomber son fiancé mort subitement à côté d'elle, la mère auprès du berceau vide de son enfant, Ève assise sur le seuil de la porte du paradis, l'avare qui trouve une pierre à la place de son trésor, le poète qui a laissé rouler dans le feu le manuscrit unique de son plus bel ouvrage, n'ont point un air plus atterré et plus inconsolable. Le sang abandonna complètement sa charmante figure, et elle devint d'une blancheur de marbre ; ses beaux bras tombèrent le long de son corps, comme si les muscles en avaient été dénoués, et elle s'appuya contre un pilier, car ses jambes fléchissaient et se dérobaient sous elle. Pour moi, livide, le front inondé d'une sueur plus sanglante que celle du Calvaire, je me dirigeai en chancelant vers la porte de l'église ; j'étouffais ; les voûtes s'aplatissaient sur mes épaules, et il me semblait que ma tête soutenait seule tout le poids de la coupole.

Comme j'allais franchir le seuil, une main s'empara brusquement de la mienne ; une main de femme ! Je n'en avais jamais touché. Elle était froide comme la peau d'un serpent, et l'empreinte m'en resta brûlante comme la marque d'un fer rouge. C'était elle. « Malheureux ! malheureux ! qu'as-tu fait ? » me dit-elle à voix basse ; puis elle disparut dans la foule.

Le vieil évêque passa ; il me regarda d'un air sévère. Je faisais la plus étrange contenance du monde ; je pâlissais, je rougissais, j'avais des éblouissements. Un de mes camarades eut pitié de moi, il me prit et m'emmena ; j'aurais été incapable de retrouver tout seul le chemin du séminaire. Au détour d'une rue, pendant que le jeune prêtre tournait la tête d'un autre côté, un page nègre, bizarrement vêtu, s'approcha de moi, et me remit, sans s'arrêter dans sa course, un petit portefeuille à coins d'or ciselés, en me faisant signe de le

cacher ; je le fis glisser dans ma manche et l'y tins
jusqu'à ce que je fusse seul dans ma cellule. Je fis
sauter le fermoir, il n'y avait que deux feuilles avec
ces mots : « Clarimonde, au palais Concini. » J'étais
alors si peu au courant des choses de la vie, que je ne
connaissais pas Clarimonde, malgré sa célébrité, et que
j'ignorais complètement où était situé le palais
Concini. Je fis mille conjectures, plus extravagantes les
unes que les autres ; mais à la vérité, pourvu que je
pusse la revoir, j'étais fort peu inquiet de ce qu'elle
pouvait être, grande dame ou courtisane.

Cet amour né tout à l'heure s'était indestructible-
ment enraciné ; je ne songeai même pas à essayer de
l'arracher, tant je sentais que c'était là chose impossible. Cette femme s'était complètement emparée de
moi, un seul regard avait suffi pour me changer ; elle
m'avait soufflé sa volonté ; je ne vivais plus dans moi,
mais dans elle et par elle. Je faisais mille extravagances, je baisais sur ma main la place qu'elle avait
touchée, et je répétais son nom des heures entières. Je
n'avais qu'à fermer les yeux pour la voir aussi distinctement que si elle eût été présente en réalité, et je me
redisais ces mots, qu'elle m'avait dits sous le portail
de l'église : « Malheureux ! malheureux ! qu'as-tu
fait ? » Je comprenais toute l'horreur de ma situation,
et les côtés funèbres et terribles de l'état que je venais
d'embrasser se révélaient clairement à moi. Être prêtre ! c'est-à-dire chaste, ne pas aimer, ne distinguer ni
le sexe ni l'âge, se détourner de toute beauté, se crever
les yeux, ramper sous l'ombre glaciale d'un cloître ou
d'une église, ne voir que des mourants, veiller auprès
de cadavres inconnus et porter soi-même son deuil sur
sa soutane noire, de sorte que l'on peut faire de votre
habit un drap pour votre cercueil !

Et je sentais la vie monter en moi comme un lac
intérieur qui s'enfle et qui déborde ; mon sang battait
avec force dans mes artères ; ma jeunesse, si longtemps
comprimée, éclatait tout d'un coup comme l'aloès qui

met cent ans à fleurir et qui éclôt avec un coup de tonnerre.

Comment faire pour revoir Clarimonde ? Je n'avais aucun prétexte pour sortir du séminaire, ne connaissant personne dans la ville ; je n'y devais même pas rester, et j'y attendais seulement que l'on me désignât la cure que je devais occuper. J'essayai de desceller les barreaux de la fenêtre ; mais elle était à une hauteur effrayante, et n'ayant pas d'échelle, il n'y fallait pas penser. Et d'ailleurs je ne pouvais descendre que de nuit ; et comment me serais-je conduit dans l'inextricable dédale des rues ? Toutes ces difficultés, qui n'eussent rien été pour d'autres, étaient immenses pour moi, pauvre séminariste, amoureux d'hier, sans expérience, sans argent et sans habits.

Ah ! si je n'eusse pas été prêtre, j'aurais pu la voir tous les jours ; j'aurais été son amant, son époux, me disais-je dans mon aveuglement ; au lieu d'être enveloppé dans mon triste suaire, j'aurais des habits de soie et de velours, des chaînes d'or, une épée et des plumes comme les beaux jeunes cavaliers. Mes cheveux, au lieu d'être déshonorés par une large tonsure, se joueraient autour de mon cou en boucles ondoyantes. J'aurais une belle moustache cirée, je serais un vaillant. Mais une heure passée devant un autel, quelques paroles à peine articulées, me retranchaient à tout jamais du nombre des vivants, et j'avais scellé moi-même la pierre de mon tombeau, j'avais poussé de ma main le verrou de ma prison !

Je me mis à la fenêtre. Le ciel était admirablement bleu, les arbres avaient mis leur robe de printemps, la nature faisait parade d'une joie ironique. La place était pleine de monde ; les uns allaient, les autres venaient ; de jeunes muguets et de jeunes beautés, couple par couple, se dirigeaient du côté du jardin et des tonnelles. Des compagnons passaient en chantant des refrains à boire ; c'était un mouvement, une vie, un entrain, une gaieté qui faisaient péniblement ressortir mon deuil et ma solitude. Une jeune mère, sur le pas de la porte,

jouait avec son enfant ; elle baisait sa petite bouche
rose, encore emperlée de gouttes de lait, et lui faisait,
en l'agaçant, mille de ces divines puérilités que les
mères seules savent trouver. Le père, qui se tenait
debout à quelque distance, souriait doucement à ce
charmant groupe, et ses bras croisés pressaient sa joie
sur son cœur. Je ne pus supporter ce spectacle ; je fermai la fenêtre, et je me jetai sur mon lit avec une haine
et une jalousie effroyables dans le cœur, mordant mes
doigts et ma couverture comme un tigre à jeun depuis
trois jours.

Je ne sais pas combien de jours je restai ainsi ; mais,
en me retournant dans un mouvement de spasme
furieux, j'aperçus l'abbé Sérapion[3] qui se tenait debout
au milieu de la chambre et qui me considérait attentivement. J'eus honte de moi-même, et, laissant tomber
ma tête sur ma poitrine, je voilai mes yeux avec mes
mains.

« Romuald, mon ami, il se passe quelque chose
d'extraordinaire en vous, me dit Sérapion au bout de
quelques minutes de silence ; votre conduite est vraiment inexplicable ! Vous, si pieux, si calme et si doux,
vous vous agitez dans votre cellule comme une bête
fauve. Prenez garde, mon frère, et n'écoutez pas les
suggestions du diable ; l'esprit malin, irrité de ce que
vous vous êtes à tout jamais consacré au Seigneur, rôde
autour de vous comme un loup ravissant et fait un dernier effort pour vous attirer à lui. Au lieu de vous laisser abattre, mon cher Romuald, faites-vous une
cuirasse de prières, un bouclier de mortifications et
combattez vaillamment l'ennemi ; vous le vaincrez.
L'épreuve est nécessaire à la vertu et l'or sort plus fin
de la coupelle. Ne vous effrayez ni ne vous découra-
gez ; les âmes les mieux gardées et les plus affermies
ont eu de ces moments. Priez, jeûnez, méditez, et le
mauvais esprit se retirera. »

Le discours de l'abbé Sérapion me fit rentrer en moi-
même, et je devins un peu plus calme. « Je venais vous
annoncer votre nomination à la cure de C*** ; le prêtre

qui la possédait vient de mourir, et monseigneur l'évêque m'a chargé d'aller vous y installer ; soyez prêt pour demain. » Je répondis d'un signe de tête que je le serais, et l'abbé se retira. J'ouvris mon missel, et je commençai à lire des prières ; mais ces lignes se confondirent bientôt sous mes yeux ; le fil des idées s'enchevêtra dans mon cerveau, et le volume me glissa des mains sans que j'y prisse garde.

Partir demain sans l'avoir revue ! ajouter encore une impossibilité à toutes celles qui étaient déjà entre nous ! perdre à tout jamais l'espérance de la rencontrer, à moins d'un miracle ! Lui écrire ? par qui ferais-je parvenir ma lettre ? Avec le sacré caractère dont j'étais revêtu, à qui s'ouvrir, se fier ? J'éprouvais une anxiété terrible. Puis, ce que l'abbé Sérapion m'avait dit des artifices du diable me revenait en mémoire ; l'étrangeté de l'aventure, la beauté surnaturelle de Clarimonde, l'éclat phosphorique de ses yeux, l'impression brûlante de sa main, le trouble où elle m'avait jeté, le changement subit qui s'était opéré en moi, ma piété évanouie en un instant, tout cela prouvait clairement la présence du diable, et cette main satinée n'était peut-être que le gant dont il avait recouvert sa griffe. Ces idées me jetèrent dans une grande frayeur, je ramassai le missel qui de mes genoux était roulé à terre, et je me remis en prières.

Le lendemain Sérapion me vint prendre ; deux mules nous attendaient à la porte, chargées de nos maigres valises ; il monta l'une et moi l'autre tant bien que mal.

Tout en parcourant les rues de la ville, je regardais à toutes les fenêtres et à tous les balcons si je ne verrais pas Clarimonde ; mais il était trop matin, et la ville n'avait pas encore ouvert les yeux. Mon regard tâchait de plonger derrière les stores et à travers les rideaux de tous les palais devant lesquels nous passions. Sérapion attribuait sans doute cette curiosité à l'admiration que me causait la beauté de l'architecture, car il ralentissait le pas de sa monture pour me donner le temps de voir. Enfin nous arrivâmes à la porte de la ville et nous

commençâmes à gravir la colline. Quand je fus tout en
haut, je me retournai pour regarder une fois encore les
lieux où vivait Clarimonde. L'ombre d'un nuage couvrait entièrement la ville ; ses toits bleus et rouges
étaient confondus dans une demi-teinte générale, où
surnageaient çà et là, comme de blancs flocons
d'écume, les fumées du matin. Par un singulier effet
d'optique, se dessinait, blond et doré sous un rayon
unique de lumière, un édifice qui surpassait en hauteur
les constructions voisines, complètement noyées dans
la vapeur ; quoiqu'il fût à plus d'une lieue, il paraissait
tout proche. On en distinguait les moindres détails, les
tourelles, les plates-formes, les croisées, et jusqu'aux
girouettes en queue d'aronde.

« Quel est donc ce palais que je vois tout là-bas
éclairé d'un rayon du soleil ? » demandai-je à Sérapion. Il mit sa main au-dessus de ses yeux, et, ayant
regardé, il me répondit : « C'est l'ancien palais que le
prince Concini a donné à la courtisane Clarimonde ; il
s'y passe d'épouvantables choses. »

En ce moment, je ne sais encore si c'est une réalité
ou une illusion, je crus voir y glisser sur la terrasse une
forme svelte et blanche qui étincela une seconde et
s'éteignit. C'était Clarimonde !

Oh ! savait-elle qu'à cette heure, du haut de cet âpre
chemin qui m'éloignait d'elle, et que je ne devais plus
redescendre, ardent et inquiet, je couvais de l'œil le
palais qu'elle habitait, et qu'un jeu dérisoire de lumière
semblait rapprocher de moi, comme pour m'inviter à y
entrer en maître ? Sans doute, elle le savait, car son
âme était trop sympathiquement liée à la mienne pour
n'en point ressentir les moindres ébranlements, et
c'était ce sentiment qui l'avait poussée, encore enveloppée de ses voiles de nuit, à monter sur le haut de la
terrasse, dans la glaciale rosée du matin.

L'ombre gagna le palais, et ce ne fut plus qu'un
océan immobile de toits et de combles où l'on ne distinguait rien qu'une ondulation montueuse. Sérapion
toucha sa mule, dont la mienne prit aussitôt l'allure, et

un coude du chemin me déroba pour toujours la ville de S..., car je n'y devais pas revenir. Au bout de trois journées de route par des campagnes assez tristes, nous vîmes poindre à travers les arbres le coq du clocher de l'église que je devais desservir ; et, après avoir suivi quelques rues tortueuses bordées de chaumières et de courtils, nous nous trouvâmes devant la façade, qui n'était pas d'une grande magnificence. Un porche orné de quelques nervures et de deux ou trois piliers de grès grossièrement taillés, un toit en tuiles et des contreforts du même grès que les piliers, c'était tout ; à gauche le cimetière tout plein de hautes herbes, avec une grande croix de fer au milieu ; à droite et dans l'ombre de l'église, le presbytère. C'était une maison d'une simplicité extrême et d'une propreté aride. Nous entrâmes ; quelques poules picotaient sur la terre de rares grains d'avoine ; accoutumées apparemment à l'habit noir des ecclésiastiques, elles ne s'effarouchèrent point de notre présence et se dérangèrent à peine pour nous laisser passer. Un aboi éraillé et enroué se fit entendre, et nous vîmes accourir un vieux chien.

C'était le chien de mon prédécesseur. Il avait l'œil terne, le poil gris et tous les symptômes de la plus haute vieillesse où puisse atteindre un chien. Je le flattai doucement de la main, et il se mit aussitôt à marcher à côté de moi avec un air de satisfaction inexprimable. Une femme assez âgée, et qui avait été la gouvernante de l'ancien curé, vint aussi à notre rencontre, et, après m'avoir fait entrer dans une salle basse, me demanda si mon intention était de la garder. Je lui répondis que je la garderais, elle et le chien, et aussi les poules, et tout le mobilier que son maître lui avait laissé à sa mort, ce qui la fit entrer dans un transport de joie, l'abbé Sérapion lui ayant donné sur-le-champ le prix qu'elle en voulait.

Mon installation faite, l'abbé Sérapion retourna au séminaire. Je demeurai donc seul et sans autre appui que moi-même. La pensée de Clarimonde recommença à m'obséder, et, quelques efforts que je fisse pour la chasser, je n'y parvenais pas toujours. Un soir, en me promenant dans les allées bordées de buis de mon petit jardin, il me sembla voir à travers la charmille une forme de femme qui suivait tous mes mouvements, et entre les feuilles étinceler les deux prunelles vert de mer ; mais ce n'était qu'une illusion, et, ayant passé de l'autre côté de l'allée, je n'y trouvai rien qu'une trace de pied sur le sable, si petit qu'on eût dit un pied d'enfant. Le jardin était entouré de murailles très hautes ; j'en visitai tous les coins et recoins, il n'y avait personne. Je n'ai jamais pu m'expliquer cette circonstance qui, du reste, n'était rien à côté des étranges choses qui me devaient arriver. Je vivais ainsi depuis un an, remplissant avec exactitude tous les devoirs de mon état, priant, jeûnant, exhortant et secourant les malades, faisant l'aumône jusqu'à me retrancher les nécessités les plus indispensables. Mais je sentais au-dedans de moi une aridité extrême, et les sources de la grâce m'étaient fermées. Je ne jouissais pas de ce bonheur que donne l'accomplissement d'une sainte mission ; mon idée était ailleurs, et les paroles de Clarimonde me revenaient souvent sur les lèvres comme une espèce de refrain involontaire. Ô frère, méditez bien ceci ! Pour avoir levé une seule fois le regard sur une femme, pour une faute en apparence si légère, j'ai éprouvé pendant plusieurs années les plus misérables agitations : ma vie a été troublée à tout jamais.

Je ne vous retiendrai pas plus longtemps sur ces défaites et sur ces victoires intérieures toujours suivies de rechutes plus profondes, et je passerai sur-le-champ à une circonstance décisive. Une nuit l'on sonna violemment à ma porte. La vieille gouvernante alla ouvrir, et un homme au teint cuivré et richement vêtu, mais selon une mode étrangère, avec un long poignard, se dessina sous les rayons de la lanterne de Barbara. Son premier mouvement fut la frayeur ; mais l'homme la rassura, et lui dit qu'il avait besoin de me voir sur-le-champ pour quelque chose qui concernait mon ministère. Barbara le fit monter. J'allais me mettre au lit.

L'homme me dit que sa maîtresse, une très grande dame, était à l'article de la mort et désirait un prêtre. Je répondis que j'étais prêt à le suivre ; je pris avec moi ce qu'il fallait pour l'extrême-onction et je descendis en toute hâte. À la porte piaffaient d'impatience deux chevaux noirs comme la nuit, et soufflant sur leur poitrail deux longs flots de fumée. Il me tint l'étrier et m'aida à monter sur l'un, puis il sauta sur l'autre en appuyant seulement une main sur le pommeau de la selle. Il serra les genoux et lâcha les guides à son cheval qui partit comme la flèche. Le mien, dont il tenait la bride, prit aussi le galop et se maintint dans une égalité parfaite. Nous dévorions le chemin ; la terre filait sous nous grise et rayée, et les silhouettes noires des arbres s'enfuyaient comme une armée en déroute. Nous traversâmes une forêt d'un sombre si opaque et si glacial, que je me sentis courir sur la peau un frisson de superstitieuse terreur. Les aigrettes d'étincelles que les fers de nos chevaux arrachaient aux cailloux laissaient sur notre passage comme une traînée de feu, et si quelqu'un, à cette heure de nuit nous eût vus, mon conducteur et moi, il nous eût pris pour deux spectres à cheval sur le cauchemar. Des feux follets traversaient de temps en temps le chemin, et les choucas piaulaient piteusement dans l'épaisseur du bois, où brillaient de loin en loin les yeux phosphoriques de quelques chats sauvages. La crinière des chevaux s'échevelait de plus en plus, la sueur ruisselait sur leurs flancs, et leur haleine sortait bruyante et pressée de leurs narines. Mais, quand il les voyait faiblir, l'écuyer pour les ranimer poussait un cri guttural qui n'avait rien d'humain, et la course recommençait avec furie. Enfin, le tourbillon s'arrêta ; une masse noire piquée de quelques points brillants se dressa subitement devant nous ; les pas de nos montures sonnèrent plus bruyants sur un plancher ferré, et nous entrâmes sous une voûte qui ouvrait sa gueule sombre entre deux énormes tours. Une grande agitation régnait dans le château ; des domestiques avec des torches à la main traversaient

les cours en tous sens, et des lumières montaient et
descendaient de palier en palier. J'entrevis confusément d'immenses architectures, des colonnes, des
arcades, des perrons et des rampes, un luxe de
construction tout à fait royal et féerique. Un page
nègre, le même qui m'avait donné les tablettes de Clarimonde et que je reconnus à l'instant, me vint aider à
descendre, et un majordome, vêtu de velours noir avec
une chaîne d'or au col et une canne d'ivoire à la main,
s'avança au-devant de moi. De grosses larmes débordaient de ses yeux et coulaient le long de ses joues sur
sa barbe blanche. « Trop tard ! fit-il en hochant la tête,
trop tard ! seigneur prêtre ; mais, si vous n'avez pu
sauver l'âme, venez veiller le pauvre corps. » Il me prit
par le bras et me conduisit à la salle funèbre ; je pleu-
rais aussi fort que lui, car j'avais compris que la morte
n'était autre que cette Clarimonde tant et si follement
aimée. Un prie-Dieu était disposé à côté du lit ; une
flamme bleuâtre voltigeant sur une patère de bronze
jetait par toute la chambre un jour faible et douteux, et
çà et là faisait papilloter dans l'ombre quelque arête
saillante de meuble ou de corniche. Sur la table, dans
une urne ciselée, trempait une rose blanche fanée dont
les feuilles, à l'exception d'une seule qui tenait encore,
étaient toutes tombées au pied du vase comme des
larmes odorantes ; un masque noir brisé, un éventail,
des déguisements de toute espèce, traînaient sur les
fauteuils et faisaient voir que la mort était arrivée dans
cette somptueuse demeure à l'improviste et sans se
faire annoncer. Je m'agenouillai sans oser jeter les
yeux sur le lit, et je me mis à réciter les psaumes avec
une grande ferveur, remerciant Dieu qu'il eût mis la
tombe entre l'idée de cette femme et moi, pour que je
pusse ajouter à mes prières son nom désormais sancti-
fié. Mais peu à peu cet élan se ralentit, et je tombai en
rêverie. Cette chambre n'avait rien d'une chambre de
mort. Au lieu de l'air fétide et cadavéreux que j'étais
accoutumé à respirer en ces veilles funèbres, une langoureuse fumée d'essences orientales, je ne sais quelle

amoureuse odeur de femme, nageait doucement dans
l'air attiédi. Cette pâle lueur avait plutôt l'air d'un
demi-jour ménagé pour la volupté que de la veilleuse
au reflet jaune qui tremblote près des cadavres. Je songeais au singulier hasard qui m'avait fait retrouver Clarimonde au moment où je la perdais pour toujours, et
un soupir de regret s'échappa de ma poitrine. Il me
sembla qu'on avait soupiré aussi derrière moi, et je
me retournai involontairement. C'était l'écho. Dans ce
mouvement mes yeux tombèrent sur le lit de parade
qu'ils avaient jusqu'alors évité. Les rideaux de damas
rouge à grandes fleurs, relevés par des torsades d'or,
laissaient voir la morte couchée tout de son long et les
mains jointes sur la poitrine. Elle était couverte d'un
voile de lin d'une blancheur éblouissante, que le
pourpre sombre de la tenture faisait encore mieux ressortir, et d'une telle finesse qu'il ne dérobait en rien la
forme charmante de son corps et permettait de suivre
ces belles lignes onduleuses comme le cou d'un cygne
que la mort même n'avait pu roidir. On eût dit une
statue d'albâtre faite par quelque sculpteur habile pour
mettre sur un tombeau de reine, ou encore une jeune
fille endormie sur qui il aurait neigé.

Je ne pouvais plus y tenir ; cet air d'alcôve m'enivrait, cette fébrile senteur de rose à demi fanée me
montait au cerveau, et je marchais à grands pas dans
la chambre, m'arrêtant à chaque tour devant l'estrade
pour considérer la gracieuse trépassée sous la transparence de son linceul. D'étranges pensées me traversaient l'esprit ; je me figurais qu'elle n'était point
morte réellement, et que ce n'était qu'une feinte qu'elle
avait employée pour m'attirer dans son château et me
conter son amour. Un instant même je crus avoir vu
bouger son pied dans la blancheur des voiles, et se
déranger les plis droits du suaire.

Et puis je me disais : « Est-ce bien Clarimonde ?
quelle preuve en ai-je ? Ce page noir ne peut-il être
passé au service d'une autre femme ? Je suis bien fou
de me désoler et de m'agiter ainsi. » Mais mon cœur

me répondit avec un battement : « C'est bien elle, c'est bien elle. » Je me rapprochai du lit, et je regardai avec un redoublement d'attention l'objet de mon incertitude. Vous l'avouerai-je ? cette perfection de formes, quoique purifiée et sanctifiée par l'ombre de la mort, me troublait plus voluptueusement qu'il n'aurait fallu, et ce repos ressemblait tant à un sommeil que l'on s'y serait trompé. J'oubliais que j'étais venu là pour un office funèbre, et je m'imaginais que j'étais un jeune époux entrant dans la chambre de la fiancée qui cache sa figure par pudeur et qui ne se veut point laisser voir. Navré de douleur, éperdu de joie, frissonnant de crainte et de plaisir, je me penchai vers elle et je pris le coin du drap ; je le soulevai lentement en retenant mon souffle de peur de l'éveiller. Mes artères palpitaient avec une telle force, que je les sentais siffler dans mes tempes, et mon front ruisselait de sueur comme si j'eusse remué une dalle de marbre. C'était en effet la Clarimonde telle que je l'avais vue à l'église lors de mon ordination ; elle était aussi charmante, et la mort chez elle semblait une coquetterie de plus. La pâleur de ses joues, le rose moins vif de ses lèvres, ses longs cils baissés et découpant leur frange brune sur cette blancheur, lui donnaient une expression de chasteté mélancolique et de souffrance pensive d'une puissance de séduction inexprimable ; ses longs cheveux dénoués, où se trouvaient encore mêlées quelques petites fleurs bleues, faisaient un oreiller à sa tête et protégeaient de leurs boucles la nudité de ses épaules : ses belles mains, plus pures, plus diaphanes que des hosties, étaient croisées dans une attitude de pieux repos et de tacite prière, qui corrigeait ce qu'auraient pu avoir de trop séduisant, même dans la mort, l'exquise rondeur et le poli d'ivoire de ses bras nus dont on n'avait pas ôté les bracelets de perles. Je restai longtemps absorbé dans une muette contemplation, et, plus je la regardais, moins je pouvais croire que la vie avait pour toujours abandonné ce beau corps. Je ne sais si cela était une illusion ou un reflet de la lampe, mais on eût dit que le

sang recommençait à circuler sous cette mate pâleur ;
cependant elle était toujours de la plus parfaite immobilité. Je touchai légèrement son bras ; il était froid,
mais pas plus froid pourtant que sa main le jour qu'elle
avait effleuré la mienne sous le portail de l'église. Je
repris ma position, penchant ma figure sur la sienne et
laissant pleuvoir sur ses joues la tiède rosée de mes
larmes. Ah ! quel sentiment amer de désespoir et d'im-
puissance ! quelle agonie que cette veille ! j'aurais
voulu pouvoir ramasser ma vie en un monceau pour la
lui donner et souffler sur sa dépouille glacée la flamme
qui me dévorait. La nuit s'avançait, et, sentant approcher le moment de la séparation éternelle, je ne pus me
refuser cette triste et suprême douceur de déposer un
baiser sur les lèvres mortes de celle qui avait eu tout
mon amour. Ô prodige ! un léger souffle se mêla à
mon souffle, et la bouche de Clarimonde répondit à la
pression de la mienne : ses yeux s'ouvrirent et reprirent
un peu d'éclat, elle fit un soupir, et, décroisant ses bras,
elle les passa derrière mon cou avec un air de ravissement ineffable. « Ah ! c'est toi, Romuald, dit-elle
d'une voix languissante et douce comme les dernières
vibrations d'une harpe ; que fais-tu donc ? Je t'ai
attendu si longtemps, que je suis morte ; mais maintenant nous sommes fiancés, je pourrai te voir et aller
chez toi. Adieu, Romuald, adieu ! je t'aime ; c'est tout
ce que je voulais te dire, et je te rends la vie que tu as
rappelée sur moi une minute avec ton baiser ; à bientôt. »

Sa tête retomba en arrière, mais elle m'entourait toujours de ses bras comme pour me retenir. Un tourbillon
de vent furieux défonça la fenêtre et entra dans la
chambre ; la dernière feuille de la rose blanche palpita
quelque temps comme une aile au bout de la tige, puis
elle se détacha et s'envola par la croisée ouverte,
emportant avec elle l'âme de Clarimonde. La lampe
s'éteignit et je tombai évanoui sur le sein de la belle
morte.

Quand je revins à moi, j'étais couché sur mon lit, dans ma petite chambre du presbytère, et le vieux chien de l'ancien curé léchait ma main allongée hors de la couverture. Barbara s'agitait dans la chambre avec un tremblement sénile, ouvrant et fermant des tiroirs, ou remuant des poudres dans des verres. En me voyant ouvrir les yeux, la vieille poussa un cri de joie, le chien jappa et frétilla de la queue ; mais j'étais si faible, que je ne pus prononcer une seule parole ni faire aucun mouvement. J'ai su depuis que j'étais resté trois jours ainsi, ne donnant d'autre signe d'existence qu'une respiration presque insensible. Ces trois jours ne comptent pas dans ma vie, et je ne sais où mon esprit était allé pendant tout ce temps ; je n'en ai gardé aucun souvenir. Barbara m'a conté que le même homme au teint cuivré, qui m'était venu chercher pendant la nuit, m'avait ramené le matin dans une litière fermée et s'en était retourné aussitôt. Dès que je pus rappeler mes idées, je repassai en moi-même toutes les circonstances de cette nuit fatale. D'abord je pensai que j'avais été le jouet d'une illusion magique ; mais des circonstances réelles et palpables détruisirent bientôt cette supposition. Je ne pouvais croire que j'avais rêvé, puisque Barbara avait vu comme moi l'homme aux deux chevaux noirs et qu'elle en décrivait l'ajustement et la tournure avec exactitude. Cependant personne ne connaissait dans les environs un château auquel s'appliquât la description du château où j'avais retrouvé Clarimonde.

Un matin je vis entrer l'abbé Sérapion. Barbara lui avait mandé que j'étais malade, et il était accouru en toute hâte. Quoique cet empressement démontrât de l'affection et de l'intérêt pour ma personne, sa visite ne me fit pas le plaisir qu'elle m'aurait dû faire. L'abbé Sérapion avait dans le regard quelque chose de pénétrant et d'inquisiteur qui me gênait. Je me sentais embarrassé et coupable devant lui. Le premier il avait découvert mon trouble intérieur, et je lui en voulais de sa clairvoyance.

Tout en me demandant des nouvelles de ma santé

d'un ton hypocritement mielleux, il fixait sur moi ses deux jaunes prunelles de lion et plongeait comme une sonde ses regards dans mon âme. Puis il me fit quelques questions sur la manière dont je dirigeais ma cure, si je m'y plaisais, à quoi je passais le temps que mon ministère me laissait libre, si j'avais fait quelques connaissances parmi les habitants du lieu, quelles étaient mes lectures favorites, et mille autres détails semblables. Je répondais à tout cela le plus brièvement possible, et lui-même, sans attendre que j'eusse achevé, passait à autre chose. Cette conversation n'avait évidemment aucun rapport avec ce qu'il voulait dire. Puis, sans préparation aucune, et comme une nouvelle dont il se souvenait à l'instant et qu'il eût craint d'oublier ensuite, il me dit d'une voix claire et vibrante qui résonna à mon oreille comme les trompettes du jugement dernier :

« La grande courtisane Clarimonde est morte dernièrement, à la suite d'une orgie qui a duré huit jours et huit nuits. Ç'a été quelque chose d'infernalement splendide. On a renouvelé là les abominations des festins de Balthazar et de Cléopâtre. Dans quel siècle vivons-nous, bon Dieu ! Les convives étaient servis par des esclaves basanés parlant un langage inconnu, et qui m'ont tout l'air de vrais démons ; la livrée du moindre d'entre eux eût pu servir d'habit de gala à un empereur. Il a couru de tout temps sur cette Clarimonde de bien étranges histoires, et tous ses amants ont fini d'une manière misérable ou violente. On a dit que c'était une goule, un vampire femelle ; mais je crois que c'était Belzébuth en personne. »

Il se tut et m'observa plus attentivement que jamais, pour voir l'effet que ses paroles avaient produit sur moi. Je n'avais pu me défendre d'un mouvement en entendant nommer Clarimonde, et cette nouvelle de sa mort, outre la douleur qu'elle me causait par son étrange coïncidence avec la scène nocturne dont j'avais été témoin, me jeta dans un trouble et un effroi qui parurent sur ma figure, quoi que je fisse pour m'en rendre maître. Sérapion me jeta un coup d'œil inquiet et sévère ; puis il me dit : « Mon fils, je dois vous en avertir, vous avez le pied levé sur un abîme, prenez garde d'y tomber. Satan a la griffe longue, et les tombeaux ne sont pas toujours fidèles. La pierre de Clarimonde devrait être scellée d'un triple sceau ; car ce n'est pas, à ce qu'on dit, la première fois qu'elle est morte. Que Dieu veille sur vous, Romuald ! »

Après avoir dit ces mots, Sérapion regagna la porte à pas lents, et je ne le revis plus ; car il partit pour S*** presque aussitôt.

J'étais entièrement rétabli et j'avais repris mes fonctions habituelles. Le souvenir de Clarimonde et les paroles du vieil abbé étaient toujours présents à mon ésprit ; cependant aucun événement extraordinaire n'était venu confirmer les prévisions funèbres de Sérapion, et je commençais à croire que ses craintes et mes terreurs étaient trop exagérées ; mais une nuit je fis un rêve. J'avais à peine bu les premières gorgées du sommeil, que j'entendis ouvrir les rideaux de mon lit et glisser les anneaux sur les tringles avec un bruit éclatant ; je me soulevai brusquement sur le coude, et je vis une ombre de femme qui se tenait debout devant moi. Je reconnus sur-le-champ Clarimonde. Elle portait à la main une petite lampe de la forme de celles qu'on met dans les tombeaux, dont la lueur donnait à ses doigts effilés une transparence rose qui se prolongeait par une dégradation insensible jusque dans la blancheur opaque et laiteuse de son bras nu. Elle avait pour tout vêtement le suaire de lin qui la recouvrait sur son lit de parade, dont elle retenait les plis sur sa poitrine, comme honteuse d'être si peu vêtue, mais sa petite main n'y suffisait pas ; elle était si blanche, que la couleur de la draperie se confondait avec celle des chairs sous le pâle rayon de la lampe. Enveloppée de ce fin tissu qui trahissait tous les contours de son corps, elle ressemblait à une statue de marbre de baigneuse antique plutôt qu'à une femme douée de vie. Morte ou vivante, statue ou femme, ombre ou corps, sa beauté était toujours la même ; seulement l'éclat vert de ses prunelles était un peu amorti, et sa bouche, si vermeille autrefois, n'était plus teintée que d'un rose faible et tendre presque semblable à celui de ses joues. Les petites fleurs bleues que j'avais remarquées dans ses cheveux étaient tout à fait sèches et avaient presque perdu toutes leurs feuilles ; ce qui ne l'empêchait pas d'être charmante, si charmante que, malgré la singularité de l'aventure et la façon inexplicable dont elle était entrée dans la chambre, je n'eus pas un instant de frayeur.

Elle posa la lampe sur la table et s'assit sur le pied de mon lit, puis elle me dit en se penchant vers moi avec cette voix argentine et veloutée à la fois que je n'ai connue qu'à elle :

« Je me suis bien fait attendre, mon cher Romuald, et tu as dû croire que je t'avais oublié. Mais je viens de bien loin, et d'un endroit d'où personne n'est encore revenu ; il n'y a ni lune ni soleil au pays d'où j'arrive ; ce n'est que de l'espace et de l'ombre ; ni chemin, ni sentier ; point de terre pour le pied, point d'air pour l'aile ; et pourtant me voici, car l'amour est plus fort que la mort, et il finira par la vaincre. Ah ! que de faces mornes et de choses terribles j'ai vues dans mon voyage ! Que de peine mon âme, rentrée dans ce monde par la puissance de la volonté, a eue pour retrouver son corps et s'y réinstaller ! Que d'efforts il m'a fallu faire avant de lever la dalle dont on m'avait couverte ! Tiens ! le dedans de mes pauvres mains en est tout meurtri. Baise-les pour les guérir, cher amour ! » Elle m'appliqua l'une après l'autre les paumes froides de ses mains sur la bouche ; je les baisai en effet plusieurs fois, et elle me regardait faire avec un sourire d'ineffable complaisance.

Je l'avoue à ma honte, j'avais totalement oublié les avis de l'abbé Sérapion et le caractère dont j'étais revêtu. J'étais tombé sans résistance et au premier assaut. Je n'avais pas même essayé de repousser le tentateur ; la fraîcheur de la peau de Clarimonde pénétrait

la mienne, et je me sentais courir sur le corps de voluptueux frissons. La pauvre enfant ! malgré tout ce que
j'en ai vu, j'ai peine à croire encore que ce fût un
démon ; du moins elle n'en avait pas l'air, et jamais
Satan n'a mieux caché ses griffes et ses cornes. Elle
avait reployé ses talons sous elle et se tenait accroupie
sur le bord de la couchette dans une position pleine de
coquetterie nonchalante. De temps en temps elle passait sa petite main à travers mes cheveux et les roulait
en boucles comme pour essayer à mon visage de nouvelles coiffures. Je me laissais faire avec la plus coupable complaisance, et elle accompagnait tout cela du
plus charmant babil. Une chose remarquable, c'est que
je n'éprouvais aucun étonnement d'une aventure aussi
extraordinaire, et, avec cette facilité que l'on a dans la
vision d'admettre comme fort simples les événements
les plus bizarres, je ne voyais rien là que de parfaitement naturel.

« Je t'aimais bien longtemps avant de t'avoir vu,
mon cher Romuald, et je te cherchais partout. Tu étais
mon rêve, et je t'ai aperçu dans l'église au fatal
moment ; j'ai dit tout de suite : "C'est lui !" Je te jetai
un regard où je mis tout l'amour que j'avais eu, que
j'avais et que je devais avoir pour toi ; un regard à
damner un cardinal, à faire agenouiller un roi à mes
pieds devant toute sa cour. Tu restas impassible et tu
me préféras ton Dieu.

« Ah ! que je suis jalouse de Dieu, que tu as aimé et
que tu aimes encore plus que moi !

« Malheureuse, malheureuse que je suis ! je n'aurai
jamais ton cœur à moi toute seule, moi que tu as ressuscitée d'un baiser, Clarimonde la morte, qui force à
cause de toi les portes du tombeau et qui vient te
consacrer une vie qu'elle n'a reprise que pour te rendre
heureux ! »

Toutes ces paroles étaient entrecoupées de caresses
délirantes qui étourdirent mes sens et ma raison au
point que je ne craignis point pour la consoler de profé-

rer un effroyable blasphème, et de lui dire que je l'aimais autant que Dieu.

Ses prunelles se ravivèrent et brillèrent comme des
chrysoprases. « Vrai ! bien vrai ! autant que Dieu ! dit-
elle en m'enlaçant dans ses beaux bras. Puisque c'est
ainsi, tu viendras avec moi, tu me suivras où je vou-
drai. Tu laisseras tes vilains habits noirs. Tu seras le
plus fier et le plus envié des cavaliers, tu seras mon
amant. Être l'amant avoué de Clarimonde, qui a refusé
un pape, c'est beau, cela ! Ah ! la bonne vie bien heureuse, la belle existence dorée que nous mènerons !
Quand partons-nous, mon gentilhomme ?

— Demain ! demain ! m'écriai-je dans mon délire.

— Demain, soit ! reprit-elle. J'aurai le temps de
changer de toilette, car celle-ci est un peu succincte et
ne vaut rien pour le voyage. Il faut aussi que j'aille
avertir mes gens qui me croient sérieusement morte et
qui se désolent tant qu'ils peuvent. L'argent, les habits,
les voitures, tout sera prêt ; je te viendrai prendre à
cette heure-ci. Adieu, cher cœur. » Et elle effleura mon
front du bout de ses lèvres. La lampe s'éteignit, les
rideaux se refermèrent, et je ne vis plus rien ; un sommeil de plomb, un sommeil sans rêve s'appesantit sur
moi et me tint engourdi jusqu'au lendemain matin. Je
me réveillai plus tard que de coutume, et le souvenir
de cette singulière vision m'agita toute la journée ; je
finis par me persuader que c'était une pure vapeur de
mon imagination échauffée. Cependant les sensations
avaient été si vives, qu'il était difficile de croire
qu'elles n'étaient pas réelles, et ce ne fut pas sans
quelque appréhension de ce qui allait arriver que je me
mis au lit, après avoir prié Dieu d'éloigner de moi les
mauvaises pensées et de protéger la chasteté de mon
sommeil.

Je m'endormis bientôt profondément, et mon rêve se
continua. Les rideaux s'écartèrent, et je vis Clarimonde, non pas, comme la première fois, pâle dans
son pâle suaire et les violettes de la mort sur les joues,
mais gaie, leste et pimpante, avec un superbe habit de

voyage en velours vert orné de ganses d'or et retroussé
sur le côté pour laisser voir une jupe de satin. Ses cheveux blonds s'échappaient en grosses boucles de dessous un large chapeau de feutre noir chargé de plumes
blanches capricieusement contournées ; elle tenait à la
main une petite cravache terminée par un sifflet d'or.
Elle m'en toucha légèrement et me dit : « Eh bien !
beau dormeur, est-ce ainsi que vous faites vos préparatifs ? Je comptais vous trouver debout. Levez-vous
bien vite, nous n'avons pas de temps à perdre. » Je
sautai à bas du lit.

« Allons, habillez-vous et partons, dit-elle en me
montrant du doigt un petit paquet qu'elle avait apporté ;
les chevaux s'ennuient et rongent leur frein à la porte.
Nous devrions déjà être à dix lieues d'ici. »

Je m'habillai en hâte, et elle me tendait elle-même
les pièces du vêtement, en riant aux éclats de ma gau-
cherie, et en m'indiquant leur usage quand je me trompais. Elle donna du tour à mes cheveux, et, quand ce
fut fait, elle me tendit un petit miroir de poche en cristal de Venise, bordé d'un filigrane d'argent, et me dit :
« Comment te trouves-tu ? veux-tu me prendre à ton
service comme valet de chambre ? »

Je n'étais plus le même, et je ne me reconnus pas.
Je ne me ressemblais pas plus qu'une statue achevée
ne ressemble à un bloc de pierre. Mon ancienne figure
avait l'air de n'être que l'ébauche grossière de celle
que réfléchissait le miroir. J'étais beau, et ma vanité fut
sensiblement chatouillée de cette métamorphose. Ces
élégants habits, cette riche veste brodée, faisaient de
moi un tout autre personnage, et j'admirai la puissance
de quelques aunes d'étoffe taillées d'une certaine
manière. L'esprit de mon costume me pénétrait la
peau, et au bout de dix minutes j'étais passablement
fat.

Je fis quelques tours par la chambre pour me donner
de l'aisance. Clarimonde me regardait d'un air de
complaisance maternelle et paraissait très contente de
son œuvre. « Voilà bien assez d'enfantillage ; en route,

mon cher Romuald ! nous allons loin et nous n'arrive-
rons pas. » Elle me prit la main et m'entraîna. Toutes
les portes s'ouvraient devant elle aussitôt qu'elle les
touchait, et nous passâmes devant le chien sans
l'éveiller.

À la porte, nous trouvâmes Margheritone ; c'était
l'écuyer qui m'avait déjà conduit ; il tenait en bride
trois chevaux noirs comme les premiers, un pour moi,
un pour lui, un pour Clarimonde. Il fallait que ces chevaux fussent des genets d'Espagne, nés de juments
fécondées par le zéphyr ; car ils allaient aussi vite que
le vent, et la lune, qui s'était levée à notre départ pour
nous éclairer roulait dans le ciel comme une roue détachée de son char ; nous la voyions à notre droite sauter
d'arbre en arbre et s'essouffler pour courir après nous.
Nous arrivâmes bientôt dans une plaine où, auprès d'un
bouquet d'arbres, nous attendait une voiture attelée de
quatre vigoureuses bêtes ; nous y montâmes, et les postillons leur firent prendre un galop insensé. J'avais un
bras passé derrière la taille de Clarimonde et une de
ses mains ployée dans la mienne ; elle appuyait sa tête
à mon épaule, et je sentais sa gorge demi-nue frôler
mon bras. Jamais je n'avais éprouvé un bonheur aussi
vif. J'avais oublié tout en ce moment-là, et je ne me
souvenais pas plus d'avoir été prêtre que de ce que
j'avais fait dans le sein de ma mère, tant était grande
la fascination que l'esprit malin exerçait sur moi. À
dater de cette nuit, ma nature s'est en quelque sorte
dédoublée, et il y eut en moi deux hommes dont l'un
ne connaissait pas l'autre. Tantôt je me croyais un
prêtre qui rêvait chaque soir qu'il était gentilhomme,
tantôt un gentilhomme qui rêvait qu'il était prêtre. Je
ne pouvais plus distinguer le songe de la veille, et je
ne savais pas où commençait la réalité et où finissait
l'illusion. Le jeune seigneur fat et libertin se raillait
du prêtre, le prêtre détestait les dissolutions du jeune
seigneur. Deux spirales enchevêtrées l'une dans l'autre
et confondues sans se toucher jamais représentent très
bien cette vie bicéphale qui fut la mienne. Malgré

l'étrangeté de cette position, je ne crois pas avoir un seul instant touché à la folie. J'ai toujours conservé très nettes les perceptions de mes deux existences. Seulement, il y avait un fait absurde que je ne pouvais m'expliquer : c'est que le sentiment du même moi existât dans deux hommes si différents. C'était une anomalie dont je ne me rendais pas compte, soit que je crusse être le curé du petit village de ***, ou *il signor Romualdo*, amant en titre de la Clarimonde.

Toujours est-il que j'étais ou du moins que je croyais être à Venise ; je n'ai pu encore bien démêler ce qu'il y avait d'illusion et de réalité dans cette bizarre aventure. Nous habitions un grand palais de marbre sur le Canaleio, plein de fresques et de statues, avec deux Titiens du meilleur temps dans la chambre à coucher de la Clarimonde, un palais digne d'un roi. Nous avions chacun notre gondole et nos barcarolles à notre livrée, notre chambre de musique et notre poète. Clarimonde entendait la vie d'une grande manière, et elle avait un peu de Cléopâtre dans sa nature. Quant à moi, je menais un train de fils de prince, et je faisais une poussière comme si j'eusse été de la famille de l'un des douze apôtres ou des quatre évangélistes de la sérénissime république ; je ne me serais pas détourné de mon chemin pour laisser passer le doge, et je ne crois pas que, depuis Satan qui tomba du ciel, personne ait été plus orgueilleux et plus insolent que moi. J'allais au Ridotto, et je jouais un jeu d'enfer. Je voyais la meilleure société du monde, des fils de famille ruinés, des femmes de théâtre, des escrocs, des parasites et des spadassins. Cependant, malgré la dissipation de cette vie, je restai fidèle à la Clarimonde. Je l'aimais éperdument. Elle eût réveillé la satiété même et fixé l'inconstance. Avoir Clarimonde, c'était avoir vingt maîtresses, c'était avoir toutes les femmes, tant elle était mobile, changeante et dissemblable d'elle-même ; un vrai caméléon ! Elle vous faisait commettre avec elle l'infidélité que vous eussiez commise avec d'autres, en prenant complètement le caractère, l'allure et le genre de beauté de la femme qui paraissait vous plaire. Elle me rendait mon amour au centuple, et c'est en vain que les jeunes patriciens et même les vieux du conseil des Dix lui firent les plus magnifiques propositions. Un Foscari alla même jusqu'à lui proposer de l'épouser ; elle refusa tout. Elle avait assez d'or ; elle ne voulait plus que de l'amour, un amour jeune, pur, éveillé par elle, et qui devait être le premier et le dernier. J'aurais été parfaitement heureux sans un maudit cauchemar qui revenait toutes les nuits, et où je me croyais un curé de village se macérant et faisant pénitence de mes excès du jour. Rassuré par l'habitude d'être avec elle, je ne songeais plus à la façon étrange dont j'avais fait connaissance avec Clarimonde. Cependant, ce qu'en avait dit l'abbé Sérapion me revenait quelquefois en mémoire et ne laissait pas que de me donner de l'inquiétude.

Depuis quelque temps la santé de Clarimonde n'était pas aussi bonne ; son teint s'amortissait de jour en jour. Les médecins qu'on fit venir n'entendaient rien à sa maladie, et ils ne savaient qu'y faire. Ils prescrivirent quelques remèdes insignifiants et ne revinrent plus. Cependant elle pâlissait à vue d'œil et devenait de plus en plus froide. Elle était presque aussi blanche et aussi morte que la fameuse nuit dans le château inconnu. Je me désolais de la voir ainsi lentement dépérir. Elle, touchée de ma douleur, me souriait doucement et tristement avec le sourire fatal des gens qui savent qu'ils vont mourir.

Un matin, j'étais assis auprès de son lit, et je déjeunais sur une petite table pour ne la pas quitter d'une minute. En coupant un fruit, je me fis par hasard au doigt une entaille assez profonde. Le sang partit aussitôt en filets pourprés, et quelques gouttes rejaillirent sur Clarimonde. Ses yeux s'éclairèrent, sa physionomie prit une expression de joie féroce et sauvage que je ne lui avais jamais vue. Elle sauta à bas du lit avec une agilité animale, une agilité de singe ou de chat, et se précipita sur ma blessure qu'elle se mit à sucer avec un

air d'indicible volupté. Elle avalait le sang par petites
gorgées, lentement et précieusement, comme un gour-
met qui savoure un vin de Xérès ou de Syracuse ; elle
clignait les yeux à demi, et la pupille de ses prunelles
vertes était devenue oblongue au lieu de ronde. De
temps à autre elle s'interrompait pour me baiser la
main, puis elle recommençait à presser de ses lèvres
les lèvres de la plaie pour en faire sortir encore
quelques gouttes rouges. Quand elle vit que le sang ne
venait plus, elle se releva l'œil humide et brillant, plus
rose qu'une aurore de mai, la figure pleine, la main
tiède et moite, enfin plus belle que jamais et dans un
état parfait de santé.

« Je ne mourrai pas ! je ne mourrai pas ! dit-elle à
moitié folle de joie et en se pendant à mon cou : je
pourrai t'aimer encore longtemps. Ma vie est dans la
tienne, et tout ce qui est moi vient de toi. Quelques
gouttes de ton riche et noble sang, plus précieux et plus
efficace que tous les élixirs du monde, m'ont rendu
l'existence. »

Cette scène me préoccupa longtemps et m'inspira
d'étranges doutes à l'endroit de Clarimonde, et le soir
même, lorsque le sommeil m'eut ramené à mon presbytère, je vis l'abbé Sérapion plus grave et plus soucieux que jamais. Il me regarda attentivement et me
dit : « Non content de perdre votre âme, vous voulez
aussi perdre votre corps. Infortuné jeune homme, dans
quel piège êtes-vous tombé ! » Le ton dont il me dit
ce peu de mots me frappa vivement ; mais, malgré sa
vivacité, cette impression fut bientôt dissipée, et mille
autres soins l'effacèrent de mon esprit. Cependant, un
soir, je vis dans ma glace, dont elle n'avait pas calculé
la perfide position, Clarimonde qui versait une poudre
dans la coupe de vin épicé qu'elle avait coutume de
préparer après le repas. Je pris la coupe, je feignis d'y
porter mes lèvres, et je la posai sur quelque meuble
comme pour l'achever plus tard à mon loisir, et, profitant d'un instant où la belle avait le dos tourné, j'en
jetai le contenu sous la table ; après quoi je me retirai

dans ma chambre et je me couchai, bien déterminé à ne pas dormir et à voir ce que tout cela deviendrait. Je n'attendis pas longtemps ; Clarimonde entra en robe de nuit, et, s'étant débarrassée de ses voiles, s'allongea dans le lit auprès de moi. Quand elle se fut bien assurée que je dormais, elle découvrit mon bras et tira une épingle d'or de sa tête ; puis elle se mit à murmurer à voix basse :

« Une goutte, rien qu'une petite goutte rouge, un rubis au bout de mon aiguille !... Puisque tu m'aimes encore, il ne faut pas que je meure... Ah ! pauvre amour ! son beau sang d'une couleur pourpre si éclatante, je vais le boire. Dors, mon seul bien ; dors, mon dieu, mon enfant ; je ne te ferai pas de mal, je ne prendrai de ta vie que ce qu'il faudra pour ne pas laisser éteindre la mienne. Si je ne t'aimais pas tant, je pourrais me résoudre à avoir d'autres amants dont je tarirais les veines ; mais depuis que je te connais, j'ai tout le monde en horreur... Ah ! le beau bras ! comme il est rond ! comme il est blanc ! je n'oserai jamais piquer cette jolie veine bleue. » Et, tout en disant cela, elle pleurait, et je sentais pleuvoir ses larmes sur mon bras qu'elle tenait entre ses mains. Enfin elle se décida, me fit une petite piqûre avec son aiguille et se mit à pomper le sang qui en coulait. Quoiqu'elle en eût bu à peine quelques gouttes, la crainte de m'épuiser la prenant, elle m'entoura avec soin le bras d'une petite bandelette après avoir frotté la plaie d'un onguent qui la cicatrisa sur-le-champ.

Je ne pouvais plus avoir de doutes, l'abbé Sérapion avait raison. Cependant, malgré cette certitude, je ne pouvais m'empêcher d'aimer Clarimonde, et je lui aurais volontiers donné tout le sang dont elle avait besoin pour soutenir son existence factice. D'ailleurs, je n'avais pas grand-peur ; la femme me répondait du vampire, et ce que j'avais entendu et vu me rassurait complètement ; j'avais alors des veines plantureuses qui ne seraient pas de sitôt épuisées, et je ne marchandais pas ma vie goutte à goutte. Je me serais ouvert le

bras moi-même et je lui aurais dit : « Bois ! et que
mon amour s'infiltre dans ton corps avec mon sang ! »
J'évitais de faire la moindre allusion au narcotique
qu'elle m'avait versé et à la scène de l'aiguille, et nous
vivions dans le plus parfait accord. Pourtant mes scrupules de prêtre me tourmentaient plus que jamais, et je
ne savais quelle macération nouvelle inventer pour
mater et mortifier ma chair. Quoique toutes ces visions
fussent involontaires et que je n'y participasse en rien,
je n'osais pas toucher le Christ avec des mains aussi
impures et un esprit souillé par de pareilles débauches
réelles ou rêvées. Pour éviter de tomber dans ces fati-
gantes hallucinations, j'essayais de m'empêcher de
dormir, je tenais mes paupières ouvertes avec les doigts
et je restais debout au long des murs, luttant contre le
sommeil de toutes mes forces ; mais le sable de l'assoupissement me roulait bientôt dans les yeux, et,
voyant que toute lutte était inutile, je laissais tomber
les bras de découragement et de lassitude, et le courant
me rentraînait vers les rives perfides. Sérapion me faisait les plus véhémentes exhortations, et me reprochait
durement ma mollesse et mon peu de ferveur. Un jour
que j'avais été plus agité qu'à l'ordinaire, il me dit :
« Pour vous débarrasser de cette obsession, il n'y a
qu'un moyen, et, quoiqu'il soit extrême, il le faut
employer : aux grands maux les grands remèdes. Je
sais où Clarimonde a été enterrée ; il faut que nous la
déterrions et que vous voyiez dans quel état pitoyable
est l'objet de votre amour ; vous ne serez plus tenté de
perdre votre âme pour un cadavre immonde dévoré des
vers et près de tomber en poudre ; cela vous fera assurément rentrer en vous-même. » Pour moi, j'étais si
fatigué de cette double vie, que j'acceptai ; voulant
savoir, une fois pour toutes, qui du prêtre ou du gentilhomme était dupe d'une illusion, j'étais décidé à tuer
au profit de l'un ou de l'autre un des deux hommes qui
étaient en moi ou à les tuer tous deux, car une pareille
vie ne pouvait durer. L'abbé Sérapion se munit d'une
pioche, d'un levier et d'une lanterne, et à minuit nous

nous dirigeâmes vers le cimetière de ***, dont il connaissait parfaitement le gisement et la disposition. Après avoir porté la lumière de la lanterne sourde sur les inscriptions de plusieurs tombeaux, nous arrivâmes enfin à une pierre à moitié cachée par les grandes herbes et dévorée de mousses et de plantes parasites, où nous déchiffrâmes ce commencement d'inscription :

Ici gît Clarimonde
Qui fut de son vivant
La plus belle du monde.

« C'est bien ici », dit Sérapion, et, posant à terre sa lanterne, il glissa la pince dans l'interstice de la pierre et commença à la soulever. La pierre céda, et il se mit à l'ouvrage avec la pioche. Moi, je le regardais faire, plus noir et plus silencieux que la nuit elle-même ; quant à lui, courbé sur son œuvre funèbre, il ruisselait de sueur, il haletait, et son souffle pressé avait l'air d'un râle d'agonisant. C'était un spectacle étrange, et qui nous eût vus du dehors nous eût plutôt pris pour des profanateurs et des voleurs de linceuls, que pour des prêtres de Dieu. Le zèle de Sérapion avait quelque chose de dur et de sauvage qui le faisait ressembler à un démon plutôt qu'à un apôtre ou à un ange, et sa figure aux grands traits austères et profondément découpés par le reflet de la lanterne n'avait rien de très rassurant. Je me sentais perler sur les membres une sueur glaciale, et mes cheveux se redressaient douloureusement sur ma tête ; je regardais au fond de moi-même l'action du sévère Sérapion comme un abominable sacrilège, et j'aurais voulu que du flanc des sombres nuages qui roulaient pesamment au-dessus de nous sortît un triangle de feu qui le réduisît en poudre. Les hiboux perchés sur les cyprès, inquiétés par l'éclat de la lanterne, en venaient fouetter lourdement la vitre avec leurs ailes poussiéreuses, en jetant des gémissements plaintifs ; les renards glapissaient dans le lointain, et mille bruits sinistres se dégageaient du silence.

Enfin la pioche de Sérapion heurta le cercueil dont les planches retentirent avec un bruit sourd et sonore, avec ce terrible bruit que rend le néant quand on y touche ; il en renversa le couvercle, et j'aperçus Clarimonde pâle comme un marbre, les mains jointes ; son blanc suaire ne faisait qu'un seul pli de sa tête à ses pieds. Une petite goutte rouge brillait comme une rose au coin de sa bouche décolorée. Sérapion, à cette vue, entra en fureur : « Ah ! te voilà, démon, courtisane impudique, buveuse de sang et d'or ! » et il aspergea d'eau bénite le corps et le cercueil sur lequel il traça la forme d'une croix avec son goupillon. La pauvre Clarimonde n'eut pas été plutôt touchée par la sainte rosée que son beau corps tomba en poussière ; ce ne fut plus qu'un mélange affreusement informe de cendres et d'os à demi calcinés. « Voilà votre maîtresse, seigneur Romuald, dit l'inexorable prêtre en me montrant ces tristes dépouilles, serez-vous encore tenté d'aller vous promener au Lido et à Fusine avec votre beauté ? » Je baissai la tête ; une grande ruine venait de se faire au-dedans de moi. Je retournai à mon presbytère, et le seigneur Romuald, amant de Clarimonde, se sépara du pauvre prêtre, à qui il avait tenu pendant si longtemps une si étrange compagnie. Seulement, la nuit suivante, je vis Clarimonde ; elle me dit comme la première fois sous le portail de l'église : « Malheureux ! malheureux ! qu'as-tu fait ? Pourquoi as-tu écouté ce prêtre imbécile ? n'étais-tu pas heureux ? et que t'avais-je fait, pour violer ma pauvre tombe et mettre à nu les misères de mon néant ? Toute communication entre nos âmes et nos corps est rompue désormais. Adieu, tu me regretteras. » Elle se dissipa dans l'air comme une fumée, et je ne la revis plus.

Hélas ! elle a dit vrai : je l'ai regrettée plus d'une fois et je la regrette encore. La paix de mon âme a été bien chèrement achetée ; l'amour de Dieu n'était pas de trop pour remplacer le sien. Voilà, frère, l'histoire de ma jeunesse. Ne regardez jamais une femme, et marchez toujours les yeux fixés en terre, car si chaste et si calme que vous soyez, il suffit d'une minute pour vous faire perdre l'éternité.

LA CHAÎNE D'OR

OU L'AMANT PARTAGÉ[1]

Plangon[2] la Milésienne fut en son temps une des femmes les plus à la mode d'Athènes. Il n'était bruit que d'elle dans la ville ; pontifes, archontes, généraux, satrapes, petits-maîtres, jeunes patriciens, fils de famille, tout le monde en raffolait. Sa beauté, semblable à celle d'Hélène aimée de Pâris, excitait l'admiration et les désirs des vieillards moroses et regretteurs du temps passé. En effet, rien n'était plus beau que Plangon, et je ne sais pourquoi Vénus, qui fut jalouse de Psyché, ne l'a pas été de notre Milésienne. Peut-être les nombreuses couronnes de roses et de tilleul, les sacrifices de colombes et de moineaux, les libations de vin de Crète offerts par Plangon à la coquette déesse, ont-ils détourné son courroux et suspendu sa vengeance ; toujours est-il que personne n'eut de plus heureuses amours que Plangon la Milésienne, surnommée Pasiphile.

Le ciseau de Cléomène ou le pinceau d'Apelles, fils d'Euphranor, pourraient seuls donner une idée de l'exquise perfection des formes de Plangon. Qui dira la belle ligne ovale de son visage, son front bas et poli comme l'ivoire, son nez droit, sa bouche ronde et petite, son menton bombé, ses joues aux pommettes aplaties, ses yeux aux coins allongés qui brillaient comme deux astres jumeaux entre deux étroites paupières, sous un sourcil délicatement effilé à ses poin-

tes ? À quoi comparer les ondes crespelées des ses
cheveux, si ce n'est à l'or, roi des métaux, et au soleil,
à l'heure où le poitrail de ses coursiers plonge déjà
dans l'humide litière de l'Océan ? Quelle mortelle eut
jamais des pieds aussi parfaits ? Thétis elle-même, à
qui le vieux Mélésigène a donné l'épithète des pieds
d'argent, ne pourrait soutenir la comparaison pour la
petitesse et la blancheur. Ses bras étaient ronds et purs
comme ceux d'Hébé, la déesse aux bras de neige ; la
coupe dans laquelle Hébé sert l'ambroisie aux dieux
avait servi de moule pour sa gorge, et les mains si
vantées de l'Aurore ressemblaient, à côté des siennes,
aux mains de quelque esclave employée à des travaux
pénibles.

Après cette description, vous ne serez pas surpris
que le seuil de Plangon fût plus adoré qu'un autel de
la grande déesse ; toutes les nuits des amants plaintifs
venaient huiler les jambages de la porte et les degrés
de marbre avec les essences et les parfums les plus
précieux ; ce n'étaient que guirlandes et couronnes
tressées de bandelettes, rouleaux de papyrus et tablettes
de cire avec des distiques, des élégies et des épigrammes. Il fallait tous les matins déblayer la porte
pour l'ouvrir, comme l'on fait aux régions de la Scythie, quand la neige tombée la nuit a obstrué le seuil
des maisons.

Plangon, dans toute cette foule, prenait les plus
riches et les plus beaux, les plus beaux de préférence.
Un archonte durait huit jours, un grand pontife quinze
jours ; il fallait être roi, satrape ou tyran pour aller jusqu'au bout du moïs. Leur fortune bue, elle les faisait
jeter dehors par les épaules, aussi dénudés et mal en
point que des philosophes cyniques ; car Plangon, nous
avons oublié de le dire, n'était ni une noble et chaste
matrone, ni une jeune vierge dansant la bibase aux
fêtes de Diane, mais tout simplement une esclave
affranchie exerçant le métier d'*hétaïre*.

Depuis quelque temps Plangon paraissait moins dans
les théories, les fêtes publiques et les promenades. Elle

ne se livrait pas à la ruine des satrapes avec le même acharnement, et les dariques de Pharnabaze, d'Artaban et de Tissaphernes s'étonnaient de rester dans les coffres de leurs maîtres. Plangon ne sortait plus que pour aller au bain, en litière fermée, soigneusement voilée, comme une honnête femme ; Plangon n'allait plus souper chez les jeunes débauchés et chanter des hymnes à Bacchus, le père de Joie, en s'accompagnant sur la lyre. Elle avait récemment refusé une invitation d'Alcibiade. L'alarme se répandait parmi les merveilleux d'Athènes. Quoi ! Plangon, la belle Plangon, notre amour, notre idole, la reine des orgies ; Plangon qui danse si bien au son des crotales, et, qui tord ses flancs lascifs avec tant de grâce et de volupté sous le feu des lampes de fête ; Plangon, au sourire étincelant, à la repartie brusque et mordante ; l'œil, la fleur, la perle des bonnes filles ; Plangon de Milet, Plangon se range, n'a plus que trois amants à la fois, reste chez elle et devient vertueuse comme une femme laide ! Par Hercule ! c'est étrange, et voilà qui déroute toutes les conjectures ! Qui donnera le ton ? qui décidera de la mode ? Dieux immortels ! qui pourra jamais remplacer Plangon la jeune, Plangon la folle, Plangon la charmante ?

Les beaux seigneurs d'Athènes se disaient cela en se promenant le long des Propylées, ou accoudés nonchalamment sur la balustrade de marbre de l'Acropole.

« Ce qui vous étonne, mes beaux seigneurs athéniens, mes précieux satrapes à la barbe frisée, est une chose toute simple ; c'est que vous ennuyez Plangon qui vous amuse ; elle est lasse de vous donner de l'amour et de la joie pour de l'or ; elle perd trop au marché ; Plangon ne veut plus de vous. Quand vous lui apporteriez les dariques et les talents à pleins boisseaux, sa porte serait sourde à vos supplications. Alcibiade, Axiochus, Callimaque, les plus élégants, les plus renommés de la ville, n'y feraient que blanchir. Si vous voulez des courtisanes, allez chez Archenassa, chez

Flore ou chez Lamie. Plangon n'est plus une courtisane ; elle est amoureuse.

— Amoureuse ! Mais de qui ? Nous le saurions ; nous sommes toujours informés huit jours d'avance de l'état du cœur de ces dames. N'avons-nous pas la tête sur tous les oreillers, les coudes sur toutes les tables ?

— Mes chers seigneurs, ce n'est aucun de vous qu'elle aime, soyez-en sûrs ; elle vous connaît trop pour cela. Ce n'est pas vous, Cléon le dissipateur : elle sait bien que vous n'avez de goût que pour les chiens de Laconie, les parasites, les joueurs de flûte, les eunuques, les nains et les perroquets des Indes ; ni vous, Hipparque, qui ne savez parler d'autre chose que de votre quadrige de chevaux blancs et des prix remportés par vos cochers aux jeux Olympiques ; Plangon se plaît fort peu à tous ces détails d'écurie qui vous charment si fort. Ce n'est pas vous non plus, Thrasylle l'efféminé ; la peinture dont vous vous teignez les sourcils, le fard qui vous plâtre les joues, l'huile et les essences dont vous vous inondez impitoyablement, tous ces onguents, toutes ces pommades qui font douter si votre figure est un ulcère ou une face humaine, ravissent médiocrement Plangon : elle n'est guère sensible à tous vos raffinements d'élégance, et c'est en vain que pour lui plaire vous semez votre barbe blonde de poudre d'or et de paillettes, que vous laissez démesurément pousser vos ongles, et que vous faites traîner jusqu'à terre les manches de votre robe à la persique. Ce n'est pas Timandre, le patrice à tournure de portefaix, ni Glaucion l'imbécile, qui ont ravi le cœur de Plangon. »

Aimables représentants de l'élégance et de l'atticisme d'Athènes, jeunes victorieux, charmants triomphateurs, je vous le jure, jamais vous n'avez été aimés de Plangon, et je vous certifie en outre que son amant n'est pas un athlète, un nain bossu, un philosophe ou un nègre, comme veut l'insinuer Axiochus.

Je comprends qu'il est douloureux de voir la plus belle fille d'Athènes vivre dans la retraite comme une vierge qui se prépare à l'initiation des mystères d'Éleusis, et qu'il est ennuyeux pour vous de ne plus aller dans cette maison, où vous passiez le temps d'une manière si agréable en jouant aux dés, aux osselets, en pariant l'un contre l'autre vos singes, vos maîtresses et vos maisons de campagne, vos grammairiens et vos poètes. Il était charmant de voir danser les sveltes Africaines avec leurs grêles cymbales, d'entendre un jeune esclave jouant de la flûte à deux tuyaux sur le mode ionien, couronnés de lierre, renversés mollement sur des lits à pieds d'ivoire, tout en buvant à petits coups du vin de Chypre rafraîchi dans la neige de l'Hymette.

Il plaît à Plangon la Milésienne de n'être plus une femme à la mode, elle a résolu de vivre un peu pour son compte ; elle veut être gaie ou triste, debout ou couchée selon sa fantaisie. Elle ne vous a que trop donné de sa vie. Si elle pouvait vous reprendre les sourires, les bons mots, les œillades, les baisers qu'elle vous a prodigués, l'insouciante hétaïre, elle le ferait ; l'éclat de ses yeux, la blancheur de ses épaules, la rondeur de ses bras, ce sujet ordinaire de vos conversations, que ne donnerait-elle pas pour en effacer le souvenir de votre mémoire ! comme ardemment elle a désiré vous être inconnue ! qu'elle a envié le sort de ces pauvres filles obscures qui fleurissent timidement à l'ombre de leurs mères ! Plaignez-la, c'est son premier amour. Dès ce jour-là elle a compris la virginité et la pudeur.

Elle a renvoyé Pharnabaze, le grand satrape, quoiqu'elle ne lui eût encore dévoré qu'une province, et refusé tout net Cléarchus, un beau jeune homme qui venait d'hériter.

Toute la fashion athénienne est révoltée de cette vertu ignoble et monstrueuse. Axiochus demande ce que vont devenir les fils de famille et comment ils s'y prendront pour se ruiner : Alcibiade veut mettre le feu à la maison et enlever Plangon de vive force au dragon égoïste qui la garde pour lui seul, prétention exorbitante ; Cléon appelle la colère de Vénus Pandémos sur son infidèle prêtresse ; Thrasylle est si désespéré qu'il ne se fait plus friser que deux fois par jour.

L'amant de Plangon est un jeune enfant si beau qu'on le prendrait pour Hyacinthe, l'ami d'Apollon : une grâce divine accompagne tous ses mouvements, comme le son d'une lyre ; ses cheveux noirs et bouclés roulent en ondes luisantes sur ses épaules lustrées et blanches comme le marbre de Paros, et pendent au long de sa charmante figure, pareils à des grappes de raisins mûrs ; une robe du plus fin lin s'arrange autour de sa taille en plis souples et légers ; des bandelettes blanches, tramées de fil d'or, montent en se croisant autour de ses jambes rondes et polies, si belles, que Diane, la svelte chasseresse, les eût jalousées ; le pouce de son pied, légèrement écarté des autres doigts, rappelle les pieds d'ivoire des dieux, qui n'ont jamais foulé que l'azur du ciel ou la laine floconneuse des nuages.

Il est accoudé sur le dos du fauteuil de Plangon. Plangon est à sa toilette ; des esclaves moresques passent dans sa chevelure des peignes de buis finement denticulés, tandis que de jeunes enfants agenouillés lui polissent les talons avec de la pierre ponce, et brillantent ses ongles en les frottant à la dent de loup ; une draperie de laine blanche, jetée négligemment sur son beau corps, boit les dernières perles que la naïade du bain a laissées suspendues à ses bras. Des boîtes d'or, des coupes et des fioles d'argent ciselées par Callimaque et Myron, posées sur des tables de porphyre africain, contiennent tous les ustensiles nécessaires à sa toilette : les odeurs, les essences, les pommades, les fers à friser, les épingles, les poudres à épiler et les petits ciseaux d'or. Au milieu de la salle, un dauphin de bronze, chevauché par un cupidon, souffle à travers ses narines barbelées deux jets, l'un d'eau froide, l'autre d'eau chaude, dans deux bassins d'albâtre oriental, où les femmes de service vont alternativement tremper leurs blondes éponges. Par les fenêtres, dont un léger zéphir fait voltiger les rideaux de pourpre, on aperçoit un ciel d'un bleu lapis et les cimes des grands lauriers-roses qui sont plantés au pied de la muraille.

Plangon, malgré les observations timides de ses femmes, au risque de renverser de fond en comble l'édifice déjà avancé de sa coiffure, se détourne pour embrasser l'enfant. C'est un groupe d'une grâce adorable, et qui appelle le ciseau du sculpteur.

Hélas ! hélas ! Plangon la belle, votre bonheur ne doit pas durer ; vous croyez donc que vos amies Archenassa, Thaïs, Flora et les autres souffriront que vous soyez heureuse en dépit d'elles ? Vous vous trompez, Plangon ; cet enfant que vous voudriez dérober à tous les regards et que vous tenez prisonnier dans votre amour, on fera tous les efforts possibles pour vous l'enlever. Par le Styx ! c'est insolent à vous, Plangon, d'avoir voulu être heureuse à votre manière et de donner à la ville le scandale d'une passion vraie.

Un esclave soulevant une portière de tapisserie s'avance timidement vers Plangon et lui chuchote à l'oreille que Lamie et Archenassa viennent lui rendre visite, et qu'il ne les précède que de quelques pas.

« Va-t'en, ami, dit Plangon à l'enfant ; je ne veux pas que ces femmes te voient ; je ne veux pas qu'on me vole rien de ta beauté, même la vue ; je souffre horriblement quand une femme te regarde. »

L'enfant obéit ; mais cependant il ne se retira pas si vite que Lamie, qui entrait au même moment avec Archenassa, lançant de côté son coup d'œil venimeux, n'eût le temps de le voir et de le reconnaître.

« Eh ! bonjour, ma belle colombe ; et cette chère santé, comment la menons-nous ? Mais vous avez l'air parfaitement bien-portante ; qui donc disait que vous aviez fait une maladie qui vous avait défigurée, et que vous n'osiez plus sortir, tant vous étiez devenue laide ? dit Lamie en embrassant Plangon avec des démonstrations de joie exagérée.

— C'est Thrasylle qui a dit cela, fit Archenassa, et je vous engage à le punir en le rendant encore plus amoureux de vous qu'il ne l'est, et en ne lui accordant

jamais la moindre faveur. Mais que vais-je vous dire ?
vous vivez dans la solitude comme un sage qui cherche
le système du monde. Vous ne vous souciez plus des
choses de la terre.

— Qui aurait dit que Plangon devînt jamais philosophe ?

— Oh ! oh ! cela ne nous empêche guère de sacrifier à l'Amour et aux Grâces. Notre philosophie n'a
pas de barbe, n'est-ce pas, Plangon ? Et je viens de
l'apercevoir qui se dérobait par cette porte sous la
forme d'un joli garçon. C'était, si je ne me trompe,
Ctésias de Colophon. Tu sais ce que je veux dire,
Lamie, l'amant de Bacchide de Samos. »

Plangon changea de couleur, s'appuya sur le dos de
sa chaise d'ivoire, et s'évanouit.

Les deux amies se retirèrent en riant, satisfaites
d'avoir laissé tomber dans le bonheur de Plangon un
caillou qui en troublait pour longtemps la claire
surface.

Aux cris des femmes éplorées et qui se hâtaient
autour de leur maîtresse, Ctésias rentra dans la
chambre, et son étonnement fut grand de trouver évanouie une femme qu'il venait de laisser souriante et
joyeuse ; il baigna ses tempes d'eau froide, lui frappa
dans la paume des mains, lui brûla sous le nez une
plume de faisan, et parvint enfin à lui faire ouvrir les
yeux. Mais, aussitôt qu'elle l'aperçut, elle s'écria avec
un geste de dégoût :

« Va-t'en, misérable, va-t'en, et que je ne te revoie
jamais ! »

Ctésias, surpris au dernier point de si dures paroles,
ne sachant à quoi les attribuer, se jeta à ses pieds, et,
tenant ses genoux embrassés, lui demanda en quoi il
avait pu lui déplaire.

Plangon, dont le visage de pâle était devenu pourpre
et dont les lèvres tremblaient de colère, se dégagea de
l'étreinte passionnée de son amant, et lui répéta la
cruelle injonction.

Voyant que Ctésias, abîmé dans sa douleur, ne changeait pas de posture et restait affaissé sur ses genoux, elle fit approcher deux esclaves scythes, colosses à cheveux roux et à prunelles glauques, et avec un geste impérieux : « Jetez-moi, dit-elle, cet homme à la porte. »

Les deux géants soulevèrent l'enfant sur leurs bras velus comme si c'eût été une plume, le portèrent par des couloirs obscurs jusqu'à l'enceinte extérieure, puis ils le posèrent délicatement sur ses pieds ; et quand Ctésias se retourna, il se trouva nez à nez avec une belle porte de cèdre semée de clous d'airain fort proprement taillés en pointe de diamant, et disposés de manière à former des symétries et des dessins.

L'étonnement de Ctésias avait fait place à la rage la plus violente ; il se lança contre la porte comme un fou ou comme une bête fauve ; mais il aurait fallu un bélier pour l'enfoncer, et sa blanche et délicate épaule, que faisait rougir un baiser de femme un peu trop ardemment appliqué, fut bien vite meurtrie par les clous à six facettes et la dureté du cèdre ; force lui fut de renoncer à sa tentative.

La conduite de Plangon lui paraissait monstrueuse, et l'avait exaspéré au point qu'il poussait des rugissements comme une panthère blessée, et s'arrachait avec ses mains meurtries de grandes poignées de cheveux. Pleurez, Cupidon et Vénus !

Enfin, dans le dernier paroxysme de la rage, il ramassa des cailloux et les jeta contre la maison de l'hétaïre, les dirigeant surtout vers les ouvertures des fenêtres, en promettant en lui-même cent vaches noires aux dieux infernaux, si l'une de ces pierres rencontrait la tempe de Plangon.

Antéros avait traversé d'outre en outre son cœur avec une de ses flèches de plomb, et il haïssait plus que la mort celle qu'il avait tant aimée : effet ordinaire de l'injustice dans les cœurs généreux.

Cependant, voyant que la maison restait impassible et muette, et que les passants, étonnés de ces extravagances, commençaient à s'attrouper autour de lui, à lui

tirer la langue et à lui faire les oreilles de lièvre, il
s'éloigna à pas lents et se fut loger dans une petite
chambrette, à peu de distance du palais de Plangon.

Il se jeta sur un mauvais grabat composé d'un mate-
las fort mince et d'une méchante couverture, et se mit
à pleurer amèrement.

Mille résolutions plus déraisonnables les unes que
les autres lui passèrent par la cervelle ; il voulait
attendre Plangon au passage et la frapper de son poignard ; un instant il eut l'idée de retourner à Colophon,
d'armer ses esclaves et de l'enlever de vive force après
avoir mis le feu à son palais.

Après une nuit d'agitations passée sans que Morphée, ce pâle frère de la Mort, fût venu toucher ses
paupières du bout de son caducée, il reconnut ceci, à
savoir qu'il était plus amoureux que jamais de Plangon,
et qu'il lui était impossible de vivre sans elle. Il avait
beau s'interroger en tous sens, avec les délicatesses et
les scrupules de la conscience la plus timorée, il ne se
trouvait pas en faute et ne savait quoi se reprocher qui
excusât la conduite de Plangon.

Depuis le jour où il l'avait connue, il était resté
attaché à ses pas comme une ombre, n'avait été ni au
bain, ni au gymnase, ni à la chasse, ni aux orgies nocturnes avec les jeunes gens de son âge ; ses yeux ne
s'étaient pas arrêtés sur une femme, il n'avait vécu que
pour son amour. Jamais vierge pure et sans tache
n'avait été adorée comme Plangon l'hétaïre. À quoi
donc attribuer ce revirement subit, ce changement si
complet, opéré en si peu de temps ? Venait-il de
quelque perfidie d'Archenassa et de Lamie, ou du
simple caprice de Plangon ? Que pouvaient donc lui
avoir dit ces femmes pour que l'amour le plus tendre
se tournât en haine et en dégoût sans cause apparente ?
L'enfant se perdait dans un dédale de conjectures, et
n'aboutissait à rien de satisfaisant. Mais dans tout ce
chaos de pensées, au bout de tous ces carrefours et de
ces chemins sans issue, s'élevait, comme une morne et

pâle statue, cette idée : il faut que Plangon me rende son amour ou que je me tue.

Plangon de son côté n'était pas moins malheureuse ; l'intérêt de sa vie était détruit ; avec Ctésias son âme s'en était allée, elle avait éteint le soleil de son ciel ; tout autour d'elle lui semblait mort et obscur. Elle s'était informée de Bacchide, et elle avait appris que Ctésias l'avait aimée, éperdument aimée, pendant l'année qu'il était resté à Samos.

Elle croyait être la première aimée de Ctésias et avoir été son initiatrice aux doux mystères. Ce qui l'avait charmée dans cet enfant, c'étaient son innocence et sa pureté ; elle retrouvait en lui la virginale candeur qu'elle n'avait plus. Il était pour elle quelque chose de séparé, de chaste et de saint, un autel inconnu où elle répandait les parfums de son âme. Un mot avait détruit cette joie ; le charme était rompu, cela devenait un amour comme tous les autres, un amour vulgaire et banal ; ces charmants propos, ces divines et pudiques caresses qu'elle croyait inventées pour elle, tout cela avait déjà servi pour une autre ; ce n'était qu'un écho sans doute affaibli d'autres discours de même sorte, un manège convenu, un rôle de perroquet appris par cœur. Plangon était tombée du haut de la seule illusion qu'elle eût jamais eue, et comme une statue que l'on pousse du haut d'une colonne, elle s'était brisée dans sa chute. Dans sa colère elle avait mutilé une délicieuse figure d'Aphrodite, à qui elle avait fait bâtir un petit temple de marbre blanc au fond de son jardin, en souvenir de ses belles amours ; mais la déesse, touchée de son désespoir, ne lui en voulut pas de cette profanation, et ne lui infligea pas le châtiment qu'elle eût attiré de la part de toute autre divinité plus sévère.

Toutes les nuits Ctésias allait pleurer sur le seuil de Plangon, comme un chien fidèle qui a commis quelque faute et que le maître a chassé du logis et qui voudrait y rentrer ; il baisait cette dalle où Plangon avait posé son pied charmant. Il parlait à la porte et lui tenait les plus tendres discours pour l'attendrir ; éloquence perdue : la porte était sourde et muette.

Enfin il parvint à corrompre un des portiers et à s'introduire dans la maison ; il courut à la chambre de Plangon, qu'il trouva étendue sur son lit de repos, le visage mat et blanc, les bras morts et pendants, dans une attitude de découragement complet.

Cela lui donna quelque espoir ; il se dit : « Elle souffre, elle m'aime donc encore ? » Il s'avança vers elle et s'agenouilla à côté du lit. Plangon, qui ne l'avait pas entendu entrer, fit un geste de brusque surprise en le voyant, et se leva à demi comme pour sortir ; mais, ses forces la trahissant, elle se recoucha, ferma les yeux et ne donna plus signe d'existence.

« Ô ma vie ! ô mes belles amours ! que vous ai-je donc fait pour que vous me repoussiez ainsi ? » Et en disant cela Ctésias baisait ses bras froids et ses belles mains, qu'il inondait de tièdes larmes. Plangon le laissait faire, comme si elle n'eût pas daigné s'apercevoir de sa présence.

« Plangon ! ma chère, ma belle Plangon ! si vous ne voulez pas que je meure, rendez-moi vos bonnes grâces, aimez-moi comme autrefois. Je te jure, ô Plangon ! que je me tuerai à tes pieds si tu ne me relèves pas avec une douce parole, un sourire ou un baiser. Comment faut-il acheter mon pardon, implacable ? Je suis riche ; je te donnerai des vases ciselés, des robes de pourpre teintes deux fois, des esclaves noirs et blancs, des colliers d'or, des unions de perles. Parle ; comment puis-je expier une faute que je n'ai pas commise ?

— Je ne veux rien de tout cela ; apporte-moi la chaîne d'or de Bacchide de Samos, dit Plangon avec une amertume inexprimable, et je te rendrai mon amour. »

Ayant dit ces mots, elle se laissa glisser sur ses pieds, traversa la chambre et disparut derrière un rideau comme une blanche vision.

La chaîne de Bacchide la Samienne n'était pas,

comme l'on pourrait se l'imaginer, un simple collier faisant deux ou trois fois le tour du cou, et précieux par l'élégance et la perfection du travail ; c'était une véritable chaîne, aussi grosse que celle dont on attache les prisonniers condamnés au travail des mines, de plusieurs coudées de long et de l'or le plus pur.

Bacchide ajoutait tous les mois quelques anneaux à cette chaîne ; quand elle avait dépouillé quelque roi de l'Asie Mineure, quelque grand seigneur persan, quelque riche propriétaire athénien, elle faisait fondre l'or qu'elle en avait reçu et allongeait sa précieuse chaîne.

Cette chaîne doit servir à la faire vivre quand elle sera devenue vieille, et que les amants, effrayés d'une ride naissante, d'un cheveu blanc mêlé dans une noire tresse, iront porter leurs vœux et leurs sesterces chez quelque hétaïre moins célèbre, mais plus jeune et plus fraîche. Prévoyante fourmi, Bacchide, à travers sa folle vie de courtisane, tout en chantant comme les rauques cigales, pense que l'hiver doit venir et se ramasse des grains d'or pour la mauvaise saison. Elle sait bien que les amants, qui récitent aujourd'hui des vers hexamètres et pentamètres devant son portique, la feraient jeter dehors et pelauder à grand renfort de coups de fourche par leurs esclaves si, vieillie et courbée par la misère, elle allait supplier leur seuil et embrasser le coin de leur autel domestique. Mais avec sa chaîne, dont elle détachera tous les ans un certain nombre d'anneaux, elle vivra libre, obscure et paisible dans quelque bourg ignoré, et s'éteindra doucement, en laissant de quoi payer d'honorables funérailles et fonder quelque chapelle à Vénus protectrice. Telles étaient les sages précautions que Bacchide l'hétaïre avait cru devoir prendre contre la misère future et le dénuement des dernières années ; car une courtisane n'a pas d'enfants, pas de parents, pas d'amis, rien qui se rattache à elle, et il faut en quelque sorte qu'elle se ferme les yeux à elle-même.

Demander la chaîne de Bacchide, c'était demander

quelque chose d'aussi impossible que d'apporter la mer dans un crible ; autant eût valu exiger une pomme d'or du jardin des Hespérides. La vindicative Plangon le savait bien ; comment, en effet, penser que Bacchide pût se dessaisir, en faveur d'une rivale, du fruit des épargnes de toute sa vie, de son trésor unique, de sa seule ressource pour les temps contraires ? Aussi était-ce bien un congé définitif que Plangon avait donné à notre enfant, et comptait-elle bien ne le revoir jamais.

Cependant Ctésias ne se consolait pas de la perte de Plangon. Toutes ses tentatives pour la rejoindre et lui parler avaient été inutiles, et il ne pouvait s'empêcher d'errer comme une ombre autour de la maison, malgré les quolibets dont les esclaves l'accablaient et les amphores d'eau sale qu'ils lui versaient sur la tête en manière de dérision.

Enfin il résolut de tenter un effort suprême ; il descendit vers Le Pirée et vit une trirème qui appareillait pour Samos ; il appela le patron et lui demanda s'il ne pouvait le prendre à son bord. Le patron, touché de sa bonne mine et encore plus des trois pièces d'or qu'il lui glissa dans la main, accéda facilement à sa demande.

On leva l'ancre, les rameurs, nus et frottés d'huile, se courbèrent sur leurs bancs, et la nef s'ébranla.

C'était une belle nef nommée *L'Argo* ; elle était construite en bois de cèdre, qui ne pourrit jamais. Le grand mât avait été taillé dans un pin du mont Ida ; il portait deux grandes voiles en lin d'Égypte, l'une carrée et l'autre triangulaire ; toute la coque était peinte à l'encaustique, et sur le bordage on avait représenté au vif des néréides et des tritons jouant ensemble. C'était l'ouvrage d'un peintre devenu bien célèbre depuis, et qui avait débuté par barbouiller des navires.

Les curieux venaient souvent examiner le bordage de *L'Argo* pour comparer les chefs-d'œuvre du maître à ses commencements ; mais, quoique Ctésias fût un grand amateur de peinture et qu'il se plût à former des cabinets, il ne jeta pas seulement ses yeux sur les peintures de *L'Argo*. Il n'ignorait pourtant pas cette particularité, mais il n'avait plus de place dans le cerveau que pour une idée, et tout ce qui n'était pas Plangon n'existait pas pour lui.

L'eau bleue, coupée et blanchie par les rames, filait écumeuse sur les flancs polis de la trirème. Les silhouettes vaporeuses de quelques îles se dessinaient dans le lointain et fuyaient bien vite derrière le navire ; le vent se leva, l'on haussa la voile, qui palpita incertaine quelques instants et finit par se gonfler et s'arrondir comme un sein plein de lait ; les rameurs haletants se mirent à l'ombre sous leurs bancs, et il ne resta sur le pont que deux matelots, le pilote et Ctésias, qui était assis au pied du mât, tenant sous son bras une petite cassette où il y avait trois bourses d'or et deux poignards affilés tout de neuf, sa seule ressource et son dernier recours s'il ne réussissait pas dans sa tentative désespérée.

Voici ce que l'enfant voulait faire : il voulait aller se jeter aux pieds de Bacchide, baigner de larmes ses belles mains, et la supplier, par tous les dieux du ciel et de l'enfer, par l'amour qu'elle avait pour lui, par pitié pour sa vieille mère que sa mort pousserait au tombeau, par tout ce que l'éloquence de la passion pourrait évoquer de touchant et de persuasif, de lui donner la chaîne d'or que Plangon demandait comme une condition fatale de sa réconciliation avec lui.

Vous voyez bien que Ctésias de Colophon avait complètement perdu la tête. Cependant toute sa destinée pendait au fil fragile de cet espoir ; cette tentative manquée, il ne lui restait plus qu'à ouvrir, avec le plus aigu de ses deux poignards, une bouche vermeille sur sa blanche poitrine pour le froid baiser de la Parque.

Pendant que l'enfant colophonien pensait à toutes ces choses, le navire filait toujours, de plus en plus rapide, et les derniers reflets du soleil couchant jouaient encore sur l'airain poli des boucliers suspendus à la poupe, lorsque le pilote cria : « Terre ! terre ! »

L'on était arrivé à Samos.

Dès que l'aurore blonde eut soulevé du doigt les

rideaux de son lit couleur de safran, l'enfant se dirigea vers la demeure de Bacchide le plus lentement possible ; car, singularité piquante, il avait maudit la nuit trop lente et aurait été pousser lui-même les roues de son char sur la courbe du ciel, et maintenant il avait peur d'arriver, prenait le chemin le plus long et marchait à petits pas. C'est qu'il hésitait à perdre son dernier espoir et reculait au moment de trancher lui-même le nœud de sa destinée ; il savait qu'il n'avait plus que ce coup de dé à jouer ; il tenait le cornet à la main, et n'osait pas lancer sur la table le cube fatal.

Il arriva cependant, et, en touchant le seuil, il promit vingt génisses blanches aux cornes dorées à Mercure, dieu de l'éloquence, et cent couples de tourterelles à Vénus, qui change les cœurs.

Une ancienne esclave de Bacchide le reconnut.

« Quoi ! c'est vous, Ctésias ? Pourquoi la pâleur des morts habite-t-elle sur votre visage ? Vos cheveux s'éparpillent en désordre ; vos épaules ne sont plus frottées d'essence ; le pli de votre manteau pend au hasard ; vos bras ni vos jambes ne sont plus épilés. Vous êtes négligé dans votre toilette comme le fils d'un paysan ou comme un poète lyrique. Dans quelle misère êtes-vous tombé ? Quel malheur vous est-il arrivé ? Vous étiez autrefois le modèle des élégants. Que les dieux me pardonnent ! votre tunique est déchirée à deux endroits.

— Ériphile, je ne suis pas misérable, je suis malheureux. Prends cette bourse, et fais-moi parler sur-le-champ à ta maîtresse. »

La vieille esclave, qui avait été nourrice de Bacchide, et à cause de cela jouissait de la faveur de pénétrer librement dans sa chambre à toute heure du jour, alla trouver sa maîtresse, et pria Ctésias de l'attendre à la même place.

« Eh bien, Ériphile ? dit Bacchide en la voyant entrer avec une mine compassée et ridée, pleine d'importance et de servilité à la fois.

— Quelqu'un qui vous a beaucoup aimée demande

à vous voir, et il est si impatient de jouir de l'éclat de vos yeux, qu'il m'a donné cette bourse pour hâter les négociations.

— Quelqu'un qui m'a beaucoup aimée ? fit Bacchide un peu émue. Bah ! ils disent tous cela. Il n'y a que Ctésias de Colophon qui m'ait véritablement aimée.

— Aussi est-ce le seigneur Ctésias de Colophon en personne.

— Ctésias, dis-tu ? Ctésias, mon bien-aimé Ctésias ! Il est là qui demande à me voir ? Va, cours aussi vite que tes jambes chancelantes pourront te le permettre, et amène-le sans plus tarder. »

Ériphile sortit avec plus de rapidité que l'on n'eût pu en attendre de son grand âge.

Bacchide de Samos est une beauté d'un genre tout différent de celui de Plangon ; elle est grande, svelte, bien faite ; elle a les yeux et les cheveux noirs, la bouche épanouie, le sourire étincelant, le regard humide et lustré, le son de voix charmant, les bras ronds et forts, terminés par des mains d'une délicatesse parfaite. Sa peau est d'un brun plein de feu et de vigueur, dorée de reflets blonds comme le cou de Cérès après la moisson ; sa gorge, fière et pure, soulève deux beaux plis à sa tunique de byssus.

Plangon et Bacchide sont sans contredit les deux plus ravissantes hétaïres de toute la Grèce, et il faut convenir que Ctésias, lui qui a été amant de Bacchide et de Plangon, fut un mortel bien favorisé des dieux.

Ériphile revint avec Ctésias.

L'enfant s'avança jusqu'au petit lit de repos où Bacchide était assise, les pieds sur un escabeau d'ivoire. À la vue de ses anciennes amours, Ctésias sentit en lui-même un mouvement étrange ; un flot d'émotions violentes tourbillonna dans son cœur, et, faible comme il était, épuisé par les pleurs, les insomnies, le regret du passé et l'inquiétude de l'avenir, il ne put résister à cette épreuve, et tomba affaissé sur ses genoux, la tête renversée en arrière, les cheveux pendants, les yeux fermés, les bras dénoués comme si son esprit eût été visiter la demeure des mânes.

Bacchide effrayée souleva l'enfant dans ses bras avec l'aide de sa nourrice, et le posa sur son lit.

Quand Ctésias rouvrit les yeux, il sentit à son front la chaleur humide des lèvres de Bacchide, qui se penchait sur lui avec l'expression d'une tendresse inquiète.

« Comment te trouves-tu, ma chère âme ? dit Bacchide, qui avait attribué l'évanouissement de Ctésias à la seule émotion de la revoir.

— Ô Bacchide ! il faut que je meure, dit l'enfant d'une voix faible, en enlaçant le col de l'hétaïre avec ses bras amaigris.

— Mourir ! enfant, et pourquoi donc ? N'es-tu pas beau, n'es-tu pas jeune, n'es-tu pas aimé ? Quelle femme, hélas ! ne t'aimerait pas ? À quel propos parler de mourir ? C'est un mot qui ne va pas dans une aussi belle bouche. Quelle espérance t'a menti ? quel malheur t'est-il donc arrivé ? Ta mère est-elle morte ? Cérès a-t-elle détourné ses yeux d'or de tes moissons ? Bacchus a-t-il foulé d'un pied dédaigneux les grappes non encore mûres de tes coteaux ? Cela est impossible ; la Fortune, qui est une femme, ne peut avoir de rigueurs pour toi.

— Bacchide, toi seule peux me sauver, toi, la meilleure et la plus généreuse des femmes ; mais non, je n'oserai jamais te le dire ; c'est quelque chose de si insensé, que tu me prendrais pour un fou échappé d'Anticyre.

— Parle, enfant ; toi que j'ai tant aimé, que j'aime tant encore, bien que tu m'aies trahie pour une autre (que Vénus vengeresse l'accable de son courroux !), que pourrais-tu donc me demander qui ne te soit accordé sur-le-champ, quand ce serait ma vie ?

— Bacchide, il me faut ta chaîne d'or, dit Ctésias d'une voix à peine intelligible.

— Tu veux ma chaîne, enfant, et pour quoi faire ? Est-ce pour cela que tu veux mourir ? et que signifie ce sacrifice ? répondit Bacchide surprise.

— Écoute, ô ma belle Bacchide ! et sois bonne pour moi comme tu l'as toujours été. J'aime Plangon la Milésienne, je l'aime jusqu'à la frénésie, Bacchide. Un de ses regards vaut plus à mes yeux que l'or des rois, plus que le trône des dieux, plus que la vie ; sans elle je meurs ; il me la faut, elle est nécessaire à mon existence comme le sang de mes veines, comme la moelle de mes os ; je ne puis respirer d'autre air que celui qui a passé sur ses lèvres. Pour moi tout est obscur où elle n'est pas ; je n'ai d'autre soleil que ses yeux. Quelque magicienne de Thessalie m'a sans doute ensorcelé. Hélas ! que dis-je ? le seul charme magique, c'est sa beauté, qui n'a d'égale au monde que la tienne. Je la possédais, je la voyais tous les jours, je m'enivrais de sa présence adorée comme d'un nectar céleste ; elle m'aimait comme tu m'as aimé, Bacchide ; mais ce bonheur était trop grand pour durer. Les dieux furent jaloux de moi. Plangon m'a chassé de chez elle ; j'y suis revenu à plat ventre comme un chien, et elle m'a encore chassé. Plangon, la flamme de ma vie, mon âme, mon bien, Plangon me hait, Plangon m'exècre ; elle ferait passer les chevaux de son char sur mon corps couché en travers de sa porte. Ah ! je suis bien malheureux. »

Ctésias, suffoqué par des sanglots, s'appuya contre l'épaule de Bacchide, et se mit à pleurer amèrement.

« Ah ! ce n'est pas moi qui aurais jamais eu le courage de te faire tant de chagrin, dit Bacchide en mêlant ses larmes à celles de son ancien amant ; mais que puis-je pour toi, mon pauvre désolé, et qu'ai-je de commun avec cette affreuse Plangon ?

— Je ne sais, reprit l'enfant, qui lui a appris notre liaison ; mais elle l'a sue. Ce doit être cette venimeuse Archenassa, qui cache sous ses paroles mielleuses un fiel plus âcre que celui des vipères et des aspics. Cette nouvelle a jeté Plangon dans un tel accès de rage, qu'elle n'a plus voulu seulement m'adresser la parole ; elle est horriblement jalouse de toi, Bacchide, et t'en veut pour m'avoir aimé avant elle ; elle se croyait la première dans mon cœur, et son orgueil blessé a tué son amour. Tout ce que j'ai pu faire pour l'attendrir a été inutile. Elle ne m'a jamais répondu que ces mots : "Apporte-moi la chaîne d'or de Bacchide de Samos, et je te rendrai mes bonnes grâces. Ne reviens pas sans elle, car je dirais à mes esclaves scythes de lancer sur toi mes molosses de Laconie, et je te ferais dévorer." Voilà ce que répliquait à mes prières les plus vives, à mes adorations les plus prosternées, l'implacable Plangon. Moi, j'ai dit : "Si je ne puis jouir de mes amours, comme autrefois, je me tuerai." »

Et, en disant ces mots, l'enfant tira du pli de sa tunique un poignard à manche d'agate dont il fit mine de se frapper. Bacchide pâlit et lui saisit le bras au moment où la pointe effilée de la lame allait atteindre la peau douce et polie de l'enfant.

Elle lui desserra la main et jeta le poignard dans la mer, sur laquelle s'ouvrait la fenêtre de sa chambre ; puis, entourant le corps de Ctésias avec ses beaux bras potelés, elle lui dit :

« Lumière de mes yeux, tu reverras ta Plangon ; quoique ton récit m'ait fait souffrir, je te pardonne ; Éros est plus fort que la volonté des simples mortels, et nul ne peut commander à son cœur. Je te donne ma chaîne, porte-la à ta maîtresse irritée ; sois heureux avec elle, et pense quelquefois à Bacchide de Samos, que tu avais juré d'aimer toujours. »

Ctésias, éperdu de tant de générosité, couvrit l'hétaïre de baisers, résolut de rester avec elle et de ne revoir jamais Plangon ; mais il sentit bientôt qu'il n'aurait pas la force d'accomplir ce sacrifice, et quoiqu'il se taxât intérieurement de la plus noire ingratitude, il partit, emportant la chaîne de Bacchide Samienne.

Dès qu'il eut mis le pied sur le Pirée, il prit deux porteurs, et, sans se donner le temps de changer de vêtement, il courut chez l'hétaïre Plangon.

En le voyant, les esclaves scythes firent le geste de délier les chaînes de leurs chiens monstrueux ; mais

Ctésias les apaisa en leur assurant qu'il apportait avec lui la fameuse chaîne d'or de Bacchide de Samos.

« Menez-moi à votre maîtresse », dit Ctésias à une servante de Plangon.

La servante l'introduisit avec ses deux porteurs.

« Plangon, dit Ctésias du seuil de la porte en voyant que la Milésienne fronçait les sourcils, ne vous mettez pas en colère, ne faites pas le geste de me chasser ; j'ai rempli vos ordres, et je vous apporte la chaîne d'or de Bacchide Samienne. »

Il ouvrit le coffre et en tira avec effort là chaîne d'or qui était prodigieusement longue et lourde. « Me ferez-vous encore manger par vos chiens et battre par vos Scythes, ingrate et cruelle Plangon ? »

Plangon se leva, fut à lui, et, le serrant étroitement sur sa poitrine : « Ah ! j'ai été méchante, dure, impitoyable ; je t'ai fait souffrir, mon cher cœur. Je ne sais comment je me punirai de tant de cruautés. Tu aimais Bacchide, et tu avais raison, elle vaut mieux que moi. Ce qu'elle vient de faire, je n'aurais eu ni la force ni la générosité de le faire. C'est une grande âme, une grande âme dans un beau corps ! en effet, tu devais l'adorer ! » Et une légère rougeur, dernier éclair d'une jalousie qui s'éteignait, passa sur la figure de Plangon.

Dès ce jour, Ctésias, au comble de ses vœux, rentra en possession de ses privilèges, et continua à vivre avec Plangon, au grand désappointement de tous les merveilleux Athéniens[3].

Plangon était charmante pour lui, et semblait prendre à tâche d'effacer jusqu'au souvenir de ses précédentes rigueurs. Elle ne parlait pas de Bacchide ; cependant elle avait l'air plus rêveur qu'à l'ordinaire et paraissait agiter dans sa cervelle un projet important.

Un matin, elle prit de petites tablettes de sycomore enduites d'une légère couche de cire, écrivit quelques lignes avec la pointe d'un stylet, appela un messager, et lui remit les tablettes, en lui disant de les porter le plus promptement possible à Samos, chez Bacchide l'hétaïre.

À quelques jours de là, Bacchide reçut, des mains du fidèle messager qui avait fait diligence, les petites tablettes de sycomore dans une boîte de bois précieux, où étaient enfermées deux unions de perles parfaitement rondes et du plus bel orient.

Voici ce que contenait la lettre :

« Plangon de Milet à Bacchide de Samos, salut.

« Tu as donné à Ctésias de Colophon la chaîne d'or qui est toute ta richesse, et cela pour satisfaire le caprice d'une rivale ; cette action m'a tellement touchée, qu'elle a changé en amitié la haine que j'éprouvais pour toi. Tu m'as fait un présent bien splendide, je veux t'en faire un plus précieux encore. Tu aimes Ctésias ; vends ta maison, viens à Athènes ; mon palais sera le tien, mes esclaves t'obéiront, nous partagerons tout, je n'en excepte même pas Ctésias. Il est à toi autant qu'à moi ; ni l'une ni l'autre nous ne pouvons vivre sans lui : vivons donc toutes deux avec lui. Porte-toi bien, et sois belle : je t'attends. »

Un mois après, Bacchide de Samos entrait chez Plangon la Milésienne avec deux mulets chargés d'argent.

Plangon la baisa au front, la prit par la main et la mena à la chambre de Ctésias.

« Ctésias, dit-elle d'une voix douce comme un son de flûte, voilà une amie à vous que je vous amène. »

Ctésias se retourna ; le plus grand étonnement se peignit sur ses traits à la vue de Bacchide.

« Eh bien ! dit Plangon, c'est Bacchide de Samos ; ne la reconnaissez-vous pas ? Êtes-vous donc aussi oublieux que cela ? Embrasse-la donc ; on dirait que tu ne l'as jamais vue. » Et elle le poussa dans les bras de Bacchide avec un geste impérieux et mutin d'une grâce charmante.

On expliqua tout à Ctésias, qui fut ravi comme vous pensez, car il n'avait jamais cessé d'aimer Bacchide, et son souvenir l'empêchait d'être parfaitement heureux ; si belles que fussent ses amours présentes, il ne pouvait s'empêcher de regretter ses amours passées, et l'idée de faire le malheur d'une femme si accomplie le rendait quelquefois triste au-delà de toute expression.

Ctésias, Bacchide et Plangon vécurent ainsi dans l'union la plus parfaite, et menèrent dans leur palais une vie élyséenne digne d'être enviée par les dieux. Personne n'eût pu distinguer laquelle des deux amies préférait Ctésias, et il eût été aussi difficile de dire si Plangon l'aimait mieux que Bacchide, ou Bacchide que Plangon.

La statue d'Aphrodite fut replacée dans la chapelle du jardin, peinte et redorée à neuf. Les vingt génisses blanches à cornes dorées furent religieusement sacrifiées à Mercure, dieu de l'éloquence, et les cent couples de colombes à Vénus qui change les cœurs, selon le vœu fait par Ctésias.

Cette aventure fit du bruit, et les Grecs, émerveillés de la conduite de Plangon, joignirent à son nom celui de Pasiphile.

Voilà l'histoire de Plangon la Milésienne, comme on la contait dans les petits soupers d'Athènes au temps de Périclès. Excusez les fautes de l'auteur.

UNE NUIT DE CLÉOPÂTRE [1]

CHAPITRE PREMIER

Il y a, au moment où nous écrivons cette ligne, dix-neuf cents ans environ, qu'une cange magnifiquement dorée et peinte descendait le Nil avec toute la rapidité que pouvaient lui donner cinquante rames longues et plates rampant sur l'eau égratignée comme les pattes d'un scarabée gigantesque.

Cette cange était étroite, de forme allongée, relevée par les deux bouts en forme de corne de lune naissante, svelte de proportions et merveilleusement taillée pour la marche ; une tête de bélier surmontée d'une boule d'or armait la pointe de la proue, et montrait que l'embarcation appartenait à une personne de race royale.

Au milieu de la barque s'élevait une cabine à toit plat, une espèce de *naos* ou tente d'honneur, coloriée et dorée avec une moulure à palmettes et quatre petites fenêtres carrées.

Deux chambres également couvertes d'hiéroglyphes occupaient les extrémités du croissant ; l'une d'elles, plus vaste que l'autre, avait un étage juxtaposé de moindre hauteur, comme les châteaux-gaillards de ces bizarres galères du XVI⁰ siècle dessinées par Della Bella, la plus petite, qui servait de logement au pilote, se terminait en fronton triangulaire.

Le gouvernail était fait de deux immenses avirons ajustés sur des pieux bariolés, et s'allongeant dans l'eau derrière la barque comme les pieds palmés d'un cygne ; des têtes coiffées du *pschent*, et portant au menton la corne allégorique, étaient sculptées à la poignée de ces grandes rames que faisait manœuvrer le pilote debout sur le toit de la cabine.

C'était un homme basané, fauve comme du bronze neuf, avec des luisants bleuâtres et miroitants, l'œil relevé par les coins, les cheveux très noirs et tressés en cordelettes, la bouche épanouie, les pommettes saillantes, l'oreille détachée du crâne, le type égyptien dans toute sa pureté. Un pagne étroit bridant sur les cuisses et cinq ou six tours de verroteries et d'amulettes composaient tout son costume.

Il paraissait le seul habitant de la cange, car les rameurs, penchés sur leurs avirons et cachés par le plat-bord, ne se faisaient deviner que par le mouvement symétrique des rames ouvertes en côtes d'éventail à chaque flanc de la barque, et retombant dans le fleuve après un léger temps d'arrêt.

Aucun souffle d'air ne faisait trembler l'atmosphère, et la grande voile triangulaire de la cange, assujettie et ficelée avec une corde de soie autour du mât abattu, montrait que l'on avait renoncé à tout espoir de voir le vent s'élever.

Le soleil du midi décochait ses flèches de plomb ; les vases cendrées des rives du fleuve lançaient de flamboyantes réverbérations ; une lumière crue, éclatante et poussiéreuse à force d'intensité, ruisselait en torrents de flamme, l'azur du ciel blanchissait de chaleur comme un métal à la fournaise ; une brume ardente et rousse fumait à l'horizon incendié. Pas un nuage ne tranchait sur ce ciel invariable et morne comme l'éternité.

L'eau du Nil, terne et mate, semblait s'endormir dans son cours et s'étaler en nappes d'étain fondu. Nulle haleine ne ridait sa surface et n'inclinait sur leurs tiges les calices de lotus, aussi roides que s'ils eussent été sculptés ; à peine si de loin en loin le saut d'un bechir ou d'un fahaka, gonflant son ventre, y faisait miroiter une écaille d'argent, et les avirons de la cange semblaient avoir peine à déchirer la pellicule fuligineuse de cette eau figée. Les rives étaient désertes ; une tristesse immense et solennelle pesait sur cette terre, qui ne fut jamais qu'un grand tombeau, et dont les vivants semblent ne pas avoir eu d'autre occupation que d'embaumer les morts. Tristesse aride, sèche comme la pierre ponce, sans mélancolie, sans rêverie, n'ayant point de nuage gris de perle à suivre à l'horizon, pas de source secrète où baigner ses pieds poudreux ; tristesse de sphinx ennuyé de regarder perpétuellement le désert, et qui ne peut se détacher du socle de granit où il aiguise ses griffes depuis vingt siècles.

Le silence était si profond, qu'on eût dit que le monde fût devenu muet, ou que l'air eût perdu la faculté de conduire le son. Le seul bruit qu'on entendît, c'était le chuchotement et les rires étouffés des crocodiles pâmés de chaleur qui se vautraient dans les joncs du fleuve, ou bien quelque ibis qui, fatigué de se tenir debout, une patte repliée sous le ventre et le cou entre les épaules, quittait sa pose immobile, et, fouettant brusquement l'air bleu de ses ailes blanches, allait se percher sur un obélisque ou sur un palmier.

La cange filait comme la flèche sur l'eau du fleuve, laissant derrière elle un sillage argenté qui se refermait bientôt ; et quelques globules écumeux, venant crever à la surface, témoignaient seuls du passage de la barque, déjà hors de vue.

Les berges du fleuve, couleur d'ocre et de saumon, se déroulaient rapidement comme des bandelettes de papyrus entre le double azur du ciel et de l'eau, si semblables de ton que la mince langue de terre qui les séparait semblait une chaussée jetée sur un immense lac, et qu'il eût été difficile de décider si le Nil réfléchissait le ciel, ou si le ciel réfléchissait le Nil.

Le spectacle changeait à chaque instant : tantôt c'étaient de gigantesques propylées qui venaient mirer au fleuve leurs murailles en talus, plaquées de larges panneaux de figures bizarres ; des pylônes aux chapiteaux évasés, des rampes côtoyées de grands sphinx accroupis, coiffés du bonnet à barbe cannelée, et croi-

sant sous leurs mamelles aiguës leurs pattes de basalte
noir ; des palais démesurés faisant saillir sur l'horizon
les lignes horizontales et sévères de leur entablement,
où le globe emblématique ouvrait ses ailes mystérieuses comme un aigle à l'envergure démesurée ; des
temples aux colonnes énormes, grosses comme des
tours, où se détachaient sur un fond d'éclatante blancheur des processions de figures hiéroglyphiques ;
toutes les prodigiosités de cette architecture de Titans :
tantôt des paysages d'une aridité désolante ; des collines formées par de petits éclats de pierre provenant
des fouilles et des constructions, miettes de cette gigantesque débauche de granit qui dura plus de trente siècles ; des montagnes exfoliées de chaleur, déchiquetées
et zébrées de rayures noires, semblables aux cautérisa-
tions d'un incendie ; des tertres bossus et difformes,
accroupis comme le criocéphale des tombeaux, et
découpant au bord du ciel leur attitude contrefaite ; des
marnes verdâtres, des ocres roux, des tufs d'un blanc
farineux, et de temps à autre quelque escarpement de
marbre couleur rose sèche, où bâillaient les bouches
noires des carrières[2].

Cette aridité n'était tempérée par rien : aucune oasis
de feuillage ne rafraîchissait le regard ; le vert semblait
une couleur inconnue dans cette nature ; seulement de
loin en loin un maigre palmier s'épanouissait à l'horizon, comme un crabe végétal ; un nopal épineux bran-
dissait ses feuilles acérées comme des glaives de
bronze ; un carthame, trouvant un peu d'humidité à
l'ombre d'un tronçon de colonne, piquait d'un point
rouge l'uniformité générale.

Après ce coup d'œil rapide sur l'aspect du paysage,
revenons à la cange aux cinquante rameurs, et, sans
nous faire annoncer, entrons de plain-pied dans la naos
d'honneur.

L'intérieur était peint en blanc, avec des arabesques
vertes, des filets de vermillon et des fleurs d'or de
forme fantastique ; une natte de joncs d'une finesse
extrême recouvrait le plancher ; au fond s'élevait un

petit lit à pieds de griffon, avec un dossier garni comme un canapé ou une causeuse moderne, un escabeau à quatre marches pour y monter, et, recherche assez singulière dans nos idées confortables, une espèce d'hémicycle en bois de cèdre, monté sur un pied, destiné à embrasser le contour de la nuque et à soutenir la tête de la personne couchée.

Sur cet étrange oreiller reposait une tête bien charmante, dont un regard fit perdre la moitié du monde, une tête adorée et divine, la femme la plus complète qui ait jamais existé, la plus femme et la plus reine, un type admirable, auquel les poètes n'ont pu rien ajouter, et que les songeurs trouvent toujours au bout de leurs rêves : il n'est pas besoin de nommer Cléopâtre.

Auprès d'elle Charmion, son esclave favorite, balançait un large éventail de plumes d'ibis ; une jeune fille arrosait d'une pluie d'eau de senteur les petites jalousies de roseaux qui garnissaient les fenêtres de la naos, pour que l'air n'y arrivât qu'imprégné de fraîcheur et de parfums.

Près du lit de repos, dans un vase d'albâtre rubané, au goulot grêle, à la tournure effilée et svelte, rappelant vaguement un profil de héron, trempait un bouquet de fleurs de lotus, les unes d'un bleu céleste, les autres d'un rose tendre, comme le bout des doigts d'Isis, la grande déesse.

Cléopâtre, ce jour-là, par caprice ou par politique, n'était pas habillée à la grecque ; elle venait d'assister à une panégyrie, et elle retournait à son palais d'été dans la cange, avec le costume égyptien qu'elle portait à la fête.

Nos lectrices seront peut-être curieuses de savoir comment la reine Cléopâtre était habillée en revenant de la Mammisi d'Hermonthis où l'on adore la triade du dieu Mandou, de la déesse Ritho et de leur fils Harphré ; c'est une satisfaction que nous pouvons leur donner.

La reine Cléopâtre avait pour coiffure une espèce de casque d'or très léger formé par le corps et les ailes de l'épervier sacré ; les ailes, rabattues en éventail de chaque côté de la tête, couvraient les tempes, s'allongeaient presque sur le cou, et dégageaient par une petite échancrure une oreille plus rose et plus délicatement enroulée que la coquille d'où sortit Vénus que les Égyptiens nomment Hâthor ; la queue de l'oiseau occupait la place où sont posés les chignons de nos femmes ; son corps, couvert de plumes imbriquées et peintes de différents émaux, enveloppait le sommet du crâne, et son cou, gracieusement replié vers le front, composait avec la tête une manière de corne étincelante de pierreries ; un cimier symbolique en forme de tour complétait cette coiffure élégante, quoique bizarre. Des cheveux noirs comme ceux d'une nuit sans étoiles s'échappaient de ce casque et filaient en longues tresses sur de blondes épaules, dont une collerette ou hausse-col, orné de plusieurs rangs de serpentine, d'azerodrach et de chrysobéril, ne laissait, hélas ! apercevoir que le commencement ; une robe de lin à côtes diagonales, — un brouillard d'étoffe, de l'air tramé, *ventus textilis*, comme dit Pétrone, — ondulait en blanche vapeur autour d'un beau corps dont elle estompait mollement les contours. Cette robe avait des demi-manches justes sur l'épaule, mais évasées vers le coude comme nos manches à sabot, et permettait de voir un bras admirable et une main parfaite, le bras serré par six cercles d'or et la main ornée d'une bague représentant un scarabée. Une ceinture, dont les bouts noués retombaient par-devant, marquait la taille de cette tunique flottante et libre ; un mantelet garni de franges achevait la parure, et, si quelques mots barbares n'effarouchent point des oreilles parisiennes, nous ajouterons que cette robe se nommait *schenti* et le mantelet *calasiris*.

Pour dernier détail, disons que la reine Cléopâtre portait de légères sandales fort minces, recourbées en pointe et rattachées sur le cou-de-pied comme les souliers à la poulaine des châtelaines du Moyen Âge.

La reine Cléopâtre n'avait cependant pas l'air de satisfaction d'une femme sûre d'être parfaitement belle et parfaitement parée ; elle se retournait et s'agitait sur son petit lit, et ses mouvements assez brusques dérangeaient à chaque instant les plis de son *conopeum* de gaze que Charmion rajustait avec une patience inépuisable, sans cesser de balancer son éventail.

« L'on étouffe dans cette chambre, dit Cléopâtre ; quand même Phtha, dieu du feu, aurait établi ses forges ici, il ne ferait pas plus chaud ; l'air est comme une fournaise. » Et elle passa sur ses lèvres le bout de sa petite langue, puis étendit la main comme un malade qui cherche une coupe absente.

Charmion, toujours attentive, frappa des mains ; un esclave noir, vêtu d'un tonnelet plissé comme la jupe des Albanais et d'une peau de panthère jetée sur l'épaule, entra avec la rapidité d'une apparition, tenant en équilibre sur la main gauche un plateau chargé de tasses et de tranches de pastèques, et dans la droite un vase long muni d'un goulot comme une théière.

L'esclave remplit une des coupes en versant de haut avec une dextérité merveilleuse, et la plaça devant la reine. Cléopâtre toucha le breuvage du bout des lèvres, le reposa à côté d'elle, et, tournant vers Charmion ses beaux yeux noirs, onctueux et lustrés par une vive étincelle de lumière :

« Ô Charmion ! dit-elle, je m'ennuie. »

CHAPITRE II

Charmion, pressentant une confidence, fit une mine d'assentiment douloureux et se rapprocha de sa maîtresse.

« Je m'ennuie horriblement, reprit Cléopâtre en laissant pendre ses bras comme découragée et vaincue ;

cette Égypte m'anéantit et m'écrase ; ce ciel, avec son
azur implacable, est plus triste que la nuit profonde de
l'Érèbe : jamais un nuage ! jamais une ombre, et toujours ce soleil rouge, sanglant, qui vous regarde
comme l'œil du cyclope ! Tiens, Charmion, je donnerais une perle pour une goutte de pluie ! De la prunelle
enflammée de ce ciel de bronze il n'est pas encore
tombé une seule larme sur la désolation de cette terre ;
c'est un grand couvercle de tombeau, un dôme de
nécropole, un ciel mort et desséché comme les momies
qu'il recouvre ; il pèse sur mes épaules comme un
manteau trop lourd ; il me gêne et m'inquiète ; il me
semble que je ne pourrais me lever toute droite sans
m'y heurter le front ; et puis, ce pays est vraiment un
pays effrayant ; tout y est sombre, énigmatique, incompréhensible ! L'imagination n'y produit que des chimères monstrueuses et des monuments démesurés ;
cette architecture et cet art me font peur ; ces colosses,
que leurs jambes engagées dans la pierre condamnent
à rester éternellement assis les mains sur les genoux,
me fatiguent de leur immobilité stupide ; ils obsèdent
mes yeux et mon horizon. Quand viendra donc le géant
qui doit les prendre par la main et les relever de leur
faction de vingt siècles ? Le granit lui-même se lasse à
la fin ! Quel maître attendent-ils donc pour quitter la
montagne qui leur sert de siège et se lever en signe de
respect ? de quel troupeau invisible ces grands sphinx
accroupis comme des chiens qui guettent sont-ils les
gardiens, pour ne fermer jamais la paupière et tenir
toujours la griffe en arrêt ? qu'ont-ils donc à fixer si
opiniâtrement leurs yeux de pierre sur l'éternité et l'infini ? quel secret étrange leurs lèvres serrées retien-
nent-elles dans leur poitrine ? À droite, à gauche, de
quelque côté que l'on se tourne, ce ne sont que des
monstres affreux à voir, des chiens à tête d'homme,
des hommes à tête de chien, des chimères nées d'ac-
couplements hideux dans la profondeur ténébreuse des
syringes, des Anubis, des Typhons, des Osiris, des
éperviers aux yeux jaunes qui semblent vous traverser

de leurs regards inquisiteurs et voir au-delà de vous des choses que l'on ne peut redire ; — une famille d'animaux et de dieux horribles aux ailes écaillées, au bec crochu, aux griffes tranchantes, toujours prêts à vous dévorer et à vous saisir, si vous franchissez le seuil du temple et si vous levez le coin du voile !

« Sur les murs, sur les colonnes, sur les plafonds, sur les planchers, sur les palais et sur les temples, dans les couloirs et les puits les plus profonds des nécropoles, jusqu'aux entrailles de la terre, où la lumière n'arrive pas, où les flambeaux s'éteignent faute d'air, et partout, et toujours, d'interminables hiéroglyphes sculptés et peints racontant en langage inintelligible des choses que l'on ne sait plus et qui appartiennent sans doute à des créations disparues ; prodigieux travaux enfouis, où tout un peuple s'est usé à écrire l'épitaphe d'un roi ! Du mystère et du granit, voilà l'Égypte ; beau pays pour une jeune femme et une jeune reine.

« L'on ne voit que symboles menaçants et funèbres, des *pedum*, des tau, des globes allégoriques, des serpents enroulés, des balances où l'on pèse les âmes, — l'inconnu, la mort, le néant ! Pour toute végétation des stèles bariolées de caractères bizarres ; pour allées d'arbres, des avenues d'obélisques de granit ; pour sol, d'immenses pavés de granit dont chaque montagne ne peut fournir qu'une seule dalle ; pour ciel, des plafonds de granit — l'éternité palpable, un amer et perpétuel sarcasme contre la fragilité et la brièveté de la vie ! — ; des escaliers faits pour des enjambées de Titan, que le pied humain ne saurait franchir et qu'il faut monter avec des échelles ; des colonnes que cent bras ne pourraient entourer, des labyrinthes où l'on marcherait un an sans en trouver l'issue ! — le vertige de l'énormité, l'ivresse du gigantesque, l'effort désordonné de l'orgueil qui veut graver à tout prix son nom sur la surface du monde !

« Et puis, Charmion, je te le dis, j'ai une pensée qui me fait peur ; dans les autres contrées de la terre on brûle les cadavres, et leur cendre bientôt se confond avec le sol. Ici l'on dirait que les vivants n'ont d'autre occupation que de conserver les morts ; des baumes puissants les arrachent à la destruction ; ils gardent tous leur forme et leur aspect ; l'âme évaporée, la dépouille reste, sous ce peuple il y a vingt peuples ; chaque ville a les pieds sur vingt étages de nécropoles ; chaque génération qui s'en va fait une population de momies à une cité ténébreuse : sous le père vous trouvez le grand-père et l'aïeul dans leur boîte peinte et dorée, tels qu'ils étaient pendant leur vie, et vous fouilleriez toujours que vous en trouveriez toujours !

« Quand je songe à ces multitudes emmaillotées de bandelettes, à ces myriades de spectres desséchés qui remplissent les puits funèbres et qui sont là depuis deux mille ans, face à face, dans leur silence que rien ne vient troubler, pas même le bruit que fait en rampant le ver du sépulcre, et qu'on trouvera intacts après deux autres mille ans, avec leurs chats, leurs crocodiles, leurs ibis, tout ce qui a vécu en même temps qu'eux, il me prend des terreurs, et je me sens courir des frissons sur la peau. Que se disent-ils, puisqu'ils ont encore des lèvres, et que leur âme, si la fantaisie lui prenait de revenir, trouverait leur corps dans l'état où elle l'a quitté ?

« L'Égypte est vraiment un royaume sinistre, et bien peu fait pour moi, la rieuse et la folle ; tout y renferme une momie ; c'est le cœur et le noyau de toute chose. Après mille détours, c'est là que vous aboutissez ; les pyramides cachent un sarcophage. Néant et folie que tout cela. Éventrez le ciel avec de gigantesques triangles de pierre, vous n'allongerez pas votre cadavre d'un pouce. Comment se réjouir et vivre sur une terre pareille, où l'on ne respire pour parfum que l'odeur âcre du naphte et du bitume qui bout dans les chaudières des embaumeurs, où le plancher de votre chambre sonne creux parce que les corridors des hypogées et des puits mortuaires s'étendent jusque sous votre alcôve ? Être la reine des momies, avoir pour causer ces statues à poses roides et contraintes, c'est gai ! Encore, si, pour tempérer cette tristesse, j'avais quelque passion au cœur, un intérêt à la vie, si j'aimais quelqu'un ou quelque chose, si j'étais aimée ! mais je ne le suis point.

« Voilà pourquoi je m'ennuie, Charmion ; avec l'amour, cette Égypte aride et renfrognée me paraîtrait plus charmante que la Grèce avec ses dieux d'ivoire, ses temples de marbre blanc, ses bois de lauriers-roses et ses fontaines d'eau vive. Je ne songerais pas à la physionomie baroque d'Anubis et aux épouvantements des villes souterraines. »

Charmion sourit d'un air incrédule. « Ce ne doit pas être là un grand sujet de chagrin pour vous ; car chacun de vos regards perce le cœur comme les flèches d'or d'Éros lui-même.

— Une reine, reprit Cléopâtre, peut-elle savoir si c'est le diadème ou le front que l'on aime en elle ? Les rayons de sa couronne sidérale éblouissent les yeux et le cœur ; descendue des hauteurs du trône, aurais-je la célébrité et la vogue de Bacchide ou d'Archenassa, de la première courtisane venue d'Athènes ou de Milet ? Une reine, c'est quelque chose de si loin des hommes, de si élevé, de si séparé, de si impossible ! Quelle présomption peut se flatter de réussir dans une pareille entreprise ? Ce n'est plus une femme, c'est une figure auguste et sacrée qui n'a point de sexe, et que l'on adore à genoux sans l'aimer, comme la statue d'une déesse. Qui a jamais été sérieusement épris d'Hêré aux bras de neige, de Pallas aux yeux vert de mer ? Qui a jamais essayé de baiser les pieds d'argent de Thétis et les doigts de rose de l'Aurore ? Quel amant des beautés divines a pris des ailes pour voler vers les palais d'or du ciel ? Le respect et la terreur glacent les âmes en notre présence, et pour être aimées de nos pareils il faudrait descendre dans les nécropoles dont je parlais tout à l'heure. »

Quoiqu'elle n'élevât aucune objection contre les raisonnements de sa maîtresse, un vague sourire errant sur les lèvres de l'esclave grecque faisait voir qu'elle ne croyait pas beaucoup à cette inviolabilité de la personne royale.

« Ah ! continua Cléopâtre, je voudrais qu'il m'arrivât quelque chose, une aventure étrange, inattendue ! Le chant des poètes, la danse des esclaves syriennes, les festins couronnés de roses et prolongés jusqu'au jour, les courses nocturnes, les chiens de Laconie, les lions privés, les nains bossus, les membres de la confrérie des inimitables, les combats du cirque, les parures nouvelles, les robes de byssus, les unions de perles, les parfums d'Asie, les recherches les plus exquises, les somptuosités les plus folles, rien ne m'amuse plus ; tout m'est indifférent, tout m'est insupportable !

— On voit bien, dit tout bas Charmion, que la reine n'a pas eu d'amant et n'a fait tuer personne depuis un mois. »

Fatiguée d'une aussi longue tirade, Cléopâtre prit encore une fois la coupe posée à côté d'elle, y trempa ses lèvres, et, mettant sa tête sous son bras avec un mouvement de colombe, s'arrangea de son mieux pour dormir. Charmion lui défit ses sandales et se mit à lui chatouiller doucement la plante des pieds avec la barbe d'une plume de paon ; le sommeil ne tarda pas à jeter sa poudre d'or sur les beaux yeux de la sœur de Ptolémée.

Maintenant que Cléopâtre dort, remontons sur le pont de la cange et jouissons de l'admirable spectacle du soleil couchant. Une large bande violette, fortement chauffée de tons roux vers l'occident, occupe toute la partie inférieure du ciel ; en rencontrant les zones d'azur, la teinte violette se fond en lilas clair et se noie dans le bleu par une demi-teinte rose ; du côté où le soleil, rouge comme un bouclier tombé des fournaises de Vulcain, jette ses ardents reflets, la nuance tourne au citron pâle, et produit des teintes pareilles à celles des turquoises. L'eau frisée par un rayon oblique a l'éclat mat d'une glace vue du côté du tain, ou d'une lame damasquinée ; les sinuosités de la rive, les joncs,

et tous les accidents du bord s'y découpent en traits
fermes et noirs qui en font vivement ressortir la réverbération blanchâtre. À la faveur de cette clarté crépusculaire vous apercevrez là-bas, comme un grain de
poussière tombé sur du vif-argent, un petit point brun
qui tremble dans un réseau de filets lumineux. Est-ce
une sarcelle qui plonge, une tortue qui se laisse aller à
la dérive, un crocodile levant, pour respirer l'air moins
brûlant du soir, le bout de son rostre squameux, le
ventre d'un hippopotame qui s'épanouit à fleur d'eau ?
ou bien encore quelque rocher laissé à découvert par
la décroissance du fleuve ? car le vieil Hopi-Mou, père
des eaux, a bien besoin de remplir son urne tarie aux
pluies du solstice dans les montagnes de la Lune.

Ce n'est rien de tout cela. Par les morceaux d'Osiris
si heureusement recousus ! c'est l'homme qui paraît
marcher et patiner sur l'eau... l'on peut voir maintenant
la nacelle qui le soutient, une vraie coquille de noix,
un poisson creusé, trois bandes d'écorce ajustées, une
pour le fond et deux pour les plats-bords, le tout solide-
ment relié aux deux pointes avec une corde engluée de
bitume. Un homme se tient debout, un pied sur chaque
bord de cette frêle machine, qu'il dirige avec un seul
aviron qui sert en même temps de gouvernail, et,
quoique la cange royale file rapidement sous l'effort
de cinquante rameurs, la petite barque noire gagne visiblement sur elle.

Cléopâtre désirait un incident étrange, quelque chose
d'inattendu ; cette petite nacelle effilée, aux allures
mystérieuses, nous a tout l'air de porter sinon une
aventure du moins un aventurier. Peut-être contient-
elle le héros de notre histoire : la chose n'est pas
impossible.

C'était, en tout cas, un beau jeune homme de vingt
ans, avec des cheveux si noirs qu'ils paraissaient bleus,
une peau blonde comme de l'or, et de proportions si
parfaites, qu'on eût dit un bronze de Lysippe ; bien
qu'il ramât depuis longtemps, il ne trahissait aucune

fatigue, et il n'avait pas sur le front une seule perle de sueur.

Le soleil plongeait sous l'horizon, et sur son disque échancré se dessinait la silhouette brune d'une ville lointaine que l'œil n'aurait pu discerner sans cet accident de lumière ; il s'éteignit bientôt tout à fait, et les étoiles, belles de nuit du ciel, ouvrirent leur calice d'or dans l'azur du firmament. La cange royale, suivie de près par la petite nacelle, s'arrêta près d'un escalier de marbre noir, dont chaque marche supportait un de ces sphinx haïs de Cléopâtre. C'était le débarcadère du palais d'été.

Cléopâtre, appuyée sur Charmion, passa rapidement comme une vision étincelante entre une double haie d'esclaves portant des fanaux.

Le jeune homme prit au fond de la barque une grande peau de lion, la jeta sur ses épaules, sauta légèrement à terre, tira la nacelle sur la berge et se dirigea vers le palais.

CHAPITRE III

Qu'est-ce que ce jeune homme qui, debout sur un morceau d'écorce, se permet de suivre la cange royale, et qui peut lutter de vitesse contre cinquante rameurs du pays de Kousch, nus jusqu'à la ceinture et frottés d'huile de palmier ? Quel intérêt le pousse et le fait agir ? Voilà ce que nous sommes obligé de savoir en notre qualité de poète doué du don d'intuition, et pour qui tous les hommes et même toutes les femmes, ce qui est plus difficile, doivent avoir au côté la fenêtre que réclamait Momus.

Il n'est peut-être pas très aisé de retrouver ce que pensait, il y a tantôt deux mille ans, un jeune homme de la terre de Kémé qui suivait la barque de Cléopâtre, reine et déesse Évergète, revenant de la Mammisi d'Hermonthis. Nous essaierons cependant.

Meïamoun, fils de Mandouschopsch, était un jeune homme d'un caractère étrange ; rien de ce qui touche le commun des mortels ne faisait impression sur lui ; il semblait d'une race plus haute, et l'on eût dit le produit de quelque adultère divin. Son regard avait l'éclat et la fixité d'un regard d'épervier, et la majesté sereine siégeait sur son front comme sur un piédestal de marbre ; un noble dédain arquait sa lèvre supérieure et gonflait ses narines comme celles d'un cheval fougueux ; quoiqu'il eût presque la grâce délicate d'une jeune fille, et que Dionysius, le dieu efféminé, n'eût pas une poitrine plus ronde et plus polie, il cachait sous cette molle apparence des nerfs d'acier et une force herculéenne ; singulier privilège de certaines natures antiques de réunir la beauté de la femme à la force de l'homme.

Quant à son teint, nous sommes obligé d'avouer qu'il était fauve comme une orange, couleur contraire à l'idée blanche et rose que nous avons de la beauté ; ce qui ne l'empêchait pas d'être un fort charmant jeune homme, très recherché par toute sorte de femmes jaunes, rouges, cuivrées, bistrées, dorées, et même par plus d'une blanche Grecque.

D'après ceci, n'allez pas croire que Meïamoun fût un homme à bonnes fortunes : les cendres du vieux Priam, les neiges d'Hippolyte lui-même n'étaient pas plus insensibles et plus froides ; le jeune néophyte en tunique blanche, qui se prépare à l'initiation des mystères d'Isis, ne mène pas une vie plus chaste ; la jeune fille qui transit à l'ombre glaciale de sa mère n'a pas cette pureté craintive.

Les plaisirs de Meïamoun, pour un jeune homme de si farouche approche, étaient cependant d'une singulière nature : il partait tranquillement le matin avec son petit bouclier de cuir d'hippopotame, son *harpé* ou sabre à lame courbe, son arc triangulaire et son carquois de peau de serpent, rempli de flèches barbelées ;

puis il s'enfonçait dans le désert, et faisait galoper sa cavale aux jambes sèches, à la tête étroite, à la crinière échevelée, jusqu'à ce qu'il trouvât une trace de lionne : cela le divertissait beaucoup d'aller prendre les petits lionceaux sous le ventre de leur mère. En toutes choses il n'aimait que le périlleux ou l'impossible ; il se plaisait fort à marcher dans des sentiers impraticables, à nager dans une eau furieuse, et il eût choisi pour se baigner dans le Nil précisément l'endroit des cataractes : l'abîme l'appelait.

Tel était Meïamoun, fils de Mandouschopsch.

Depuis quelque temps son humeur était devenue encore plus sauvage ; il s'enfonçait des mois entiers dans l'océan de sables et ne reparaissait qu'à de rares intervalles. Sa mère inquiète se penchait vainement du haut de sa terrasse et interrogeait le chemin d'un œil infatigable. Après une longue attente, un petit nuage de poussière tourbillonnait à l'horizon ; bientôt le nuage crevait et laissait voir Meïamoun couvert de poussière sur sa cavale maigre comme une louve, l'œil rouge et sanglant, la narine frémissante, avec des cicatrices au flanc, cicatrices qui n'étaient pas des marques d'éperon.

Après avoir pendu dans sa chambre quelque peau d'hyène ou de lion, il repartait.

Et cependant personne n'eût pu être plus heureux que Meïamoun ; il était aimé de Nephté, la fille du prêtre Afomouthis, la plus belle personne du nome d'Arsinoïte. Il fallait être Meïamoun pour ne pas voir que Nephté avait des yeux charmants relevés par les coins avec une indéfinissable expression de volupté, une bouche où scintillait un rouge sourire, des dents blanches et limpides, des bras d'une rondeur exquise et des pieds plus parfaits que les pieds de jaspe de la statue d'Isis : assurément il n'y avait pas dans toute l'Égypte une main plus petite et des cheveux plus longs. Les charmes de Nephté n'eussent été effacés que par ceux de Cléopâtre. Mais qui pourrait songer à aimer Cléopâtre ? Ixion, qui fut amoureux de Junon, ne serra dans ses bras qu'une nuée, et il tourne éternellement sa roue aux enfers.

C'était Cléopâtre qu'aimait Meïamoun !

Il avait d'abord essayé de dompter cette passion folle, il avait lutté corps à corps avec elle ; mais on n'étouffe pas l'amour comme on étouffe un lion, et les plus vigoureux athlètes ne sauraient rien y faire. La flèche était restée dans la plaie et il la traînait partout avec lui ; l'image de Cléopâtre radieuse et splendide sous son diadème à pointe d'or, seule debout dans sa pourpre impériale au milieu d'un peuple agenouillé, rayonnait dans sa veille et dans son rêve ; comme l'imprudent qui a regardé le soleil et qui voit toujours une tache insaisissable voltiger devant lui[3], Meïamoun voyait toujours Cléopâtre. Les aigles peuvent contempler le soleil sans être éblouis, mais quelle prunelle de diamant pourrait se fixer impunément sur une belle femme, sur une belle reine ?

Sa vie était d'errer autour des demeures royales pour respirer le même air que Cléopâtre, pour baiser sur le sable, bonheur, hélas ! bien rare, l'empreinte à demi-effacée de son pied ; il suivait les fêtes sacrées et les panégyries, tâchant de saisir un rayon de ses yeux, de dérober au passage un des mille aspects de sa beauté. Quelquefois la honte le prenait de cette existence insensée ; il se livrait à la chasse avec un redoublement de furie, et tâchait de mater par la fatigue l'ardeur de son sang et la fougue de ses désirs.

Il était allé à la panégyrie d'Hermonthis, et, dans le vague espoir de revoir la reine un instant lorsqu'elle débarquerait au palais d'été, il avait suivi la cange dans sa nacelle, sans s'inquiéter des âcres morsures du soleil par une chaleur à faire fondre en sueur de lave les sphinx haletants sur leurs piédestaux rougis.

Et puis, il comprenait qu'il touchait à un moment suprême, que sa vie allait se décider, et qu'il ne pouvait mourir avec son secret dans sa poitrine.

C'est une étrange situation que d'aimer une reine ; c'est comme si l'on aimait une étoile[4], encore l'étoile

vient-elle chaque nuit briller à sa place dans le ciel ;
c'est une espèce de rendez-vous mystérieux : vous la
retrouvez, vous la voyez, elle ne s'offense pas de vos
regards ! Ô misère ! être pauvre, inconnu, obscur, assis
tout au bas de l'échelle, et se sentir le cœur plein
d'amour pour quelque chose de solennel, d'étincelant
et de splendide, pour une femme dont la dernière servante ne voudrait pas de vous ! avoir l'œil fatalement
fixé sur quelqu'un qui ne vous voit point, qui ne vous
verra jamais, pour qui vous n'êtes qu'un flot de la foule
pareil aux autres et qui vous rencontrerait cent fois sans
vous reconnaître ! n'avoir, si l'occasion de parler se
présente, aucune raison à donner d'une si folle audace,
ni talent de poète, ni grand génie, ni qualité surhumaine, rien que de l'amour ; et en échange de la
beauté, de la noblesse, de la puissance, de toutes les
splendeurs qu'on rêve, n'apporter que de la passion ou
sa jeunesse, choses rares !

Ces idées accablaient Meïamoun ; couché à plat
ventre sur le sable, le menton dans ses mains, il se
laissait emporter et soulever par le flot d'une intaris-
sable rêverie ; il ébauchait mille projets plus insensés
les uns que les autres. Il sentait bien qu'il tendait à un
but impossible, mais il n'avait pas le courage d'y
renoncer franchement, et la perfide espérance venait
chuchoter à son oreille quelque menteuse promesse.

« Hâthor, puissante déesse, disait-il à voix basse,
que t'ai-je fait pour me rendre si malheureux ? te
venges-tu du dédain que j'ai eu pour Nephté, la fille
du prêtre Afomouthis ? m'en veux-tu d'avoir repoussé
Lamia, l'hétaïre d'Athènes, ou Flora, la courtisane
romaine ? Est-ce ma faute, à moi, si mon cœur n'est
sensible qu'à la seule beauté de Cléopâtre, ta rivale ?
Pourquoi as-tu enfoncé dans mon âme la flèche empoisonnée de l'amour impossible ? Quel sacrifice et
quelles offrandes demandes-tu ? Faut-il t'élever une
chapelle de marbre rose de Syène avec des colonnes à
chapiteaux dorés, un plafond d'une seule pièce et des

hiéroglyphes sculptés en creux par les meilleurs ouvriers de Memphis ou de Thèbes ? Réponds-moi. »

Comme tous les dieux et les déesses que l'on invoque, Hâthor ne répondit rien. Meïamoun prit un parti désespéré.

Cléopâtre, de son côté, invoquait aussi la déesse Hâthor ; elle lui demandait un plaisir nouveau, une sensation inconnue ; languissamment couchée sur son lit, elle songeait que le nombre des sens est bien borné, que les plus exquis raffinements laissent bien vite venir le dégoût, et qu'une reine a réellement bien de la peine à occuper sa journée. Essayer des poisons sur des esclaves, faire battre des hommes avec des tigres ou des gladiateurs entre eux, boire des perles fondues, manger une province, tout cela est fade et commun !

Charmion était aux expédients et ne savait plus que faire de sa maîtresse.

Tout à coup un sifflement se fit entendre, une flèche vint se planter en tremblant dans le revêtement de cèdre de la muraille.

Cléopâtre faillit s'évanouir de frayeur. Charmion se pencha à la fenêtre et n'aperçut qu'un flocon d'écume sur le fleuve. Un rouleau de papyrus entourait le bois de la flèche ; il contenait ces mots écrits en caractères phonétiques : « Je vous aime ! »

CHAPITRE IV

« Je vous aime, répéta Cléopâtre en faisant tourner entre ses doigts frêles et blancs le morceau de papyrus roulé à la façon des scytales, voilà le mot que je demandais : quelle âme intelligente, quel génie caché a donc si bien compris mon désir ? »

Et, tout à fait réveillée de sa langoureuse torpeur, elle sauta à bas de son lit avec l'agilité d'une chatte

qui flaire une souris, mit ses petits pieds d'ivoire dans
ses *tatbebs* brodés, jeta une tunique de byssus sur ses
épaules, et courut à la fenêtre par laquelle Charmion
regardait toujours.

La nuit était claire et sereine ; la lune déjà levée
dessinait avec de grands angles d'ombre et de lumière
les masses architecturales du palais, détachées en
vigueur sur un fond de bleuâtre transparence, et glaçait
de moires d'argent l'eau du fleuve où son reflet s'allongeait en colonne étincelante ; un léger souffle de
brise, qu'on eût pris pour la respiration des Sphinx
endormis, faisait palpiter les roseaux et frissonner les
clochettes d'azur des lotus ; les câbles des embarcations amarrées au bord du Nil gémissaient faiblement,
et le flot se plaignait sur son rivage comme une
colombe sans ramier. Un vague parfum de végétation,
plus doux que celui des aromates qui brûlent dans
l'*anschir* des prêtres d'Anubis, arrivait jusque dans la
chambre. C'était une de ces nuits enchantées de
l'Orient, plus splendides que nos plus beaux jours, car
notre soleil ne vaut pas cette lune.

« Ne vois-tu pas là-bas, vers le milieu du fleuve, une
tête d'homme qui nage ? Tiens, il traverse maintenant
la traînée de lumière et va se perdre dans l'ombre ; on
ne peut plus le distinguer. » Et, s'appuyant sur l'épaule
de Charmion, elle sortait à demi son beau corps de la
fenêtre pour tâcher de retrouver la trace du mystérieux
nageur. Mais un bois d'acacias du Nil, de doums et de
sayals, jetait à cet endroit son ombre sur la rivière et
protégeait la fuite de l'audacieux. Si Meïamoun eût eu
le bon esprit de se retourner, il aurait aperçu Cléopâtre,
la reine sidérale, le cherchant avidement des yeux à
travers la nuit, lui pauvre Égyptien obscur, misérable
chasseur de lions.

« Charmion, Charmion, fais venir Phrehipephbour,
le chef des rameurs, et qu'on lance sans retard deux
barques à la poursuite de cet homme », dit Cléopâtre,
dont la curiosité était excitée au plus haut degré.

Phrehipephbour parut : c'était un homme de la race

Nahasi, aux mains larges, aux bras musculeux, coiffé d'un bonnet de couleur rouge, assez semblable au casque phrygien, et vêtu d'un caleçon étroit, rayé diagonalement de blanc et de bleu. Son buste, entièrement nu, reluisait à la clarté de la lampe, noir et poli comme un globe de jais. Il prit les ordres de la reine et se retira sur-le-champ pour les exécuter.

Deux barques longues, étroites, si légères que le moindre oubli d'équilibre les eût fait chavirer, fendirent bientôt l'eau du Nil en sifflant sous l'effort de vingt rameurs vigoureux ; mais la recherche fut inutile. Après avoir battu la rivière en tous sens, après avoir fouillé la moindre touffe de roseaux, Phrehipephbour revint au palais sans autre résultat que d'avoir fait envoler quelque héron endormi debout sur une patte ou troublé quelque crocodile dans sa digestion.

Cléopâtre éprouva un dépit si vif de cette contrariété, qu'elle eut une forte envie de condamner Phrehipephbour à la meule ou aux bêtes. Heureusement Charmion intercéda pour le malheureux tout tremblant, qui pâlissait de frayeur sous sa peau noire. C'était la seule fois de sa vie qu'un de ses désirs n'avait pas été aussitôt accompli que formé ; aussi éprouvait-elle une surprise inquiète, comme un premier doute sur sa toute-puissance.

Elle, Cléopâtre, femme et sœur de Ptolémée, proclamée déesse Évergète, reine vivante des régions d'en bas et d'en haut, œil de lumière, préférée du soleil, comme on peut le voir dans les cartouches sculptés sur les murailles des temples, rencontrer un obstacle, vouloir une chose qui ne s'est pas faite, avoir parlé et n'avoir pas été obéie ! Autant vaudrait être la femme de quelque pauvre paraschiste inciseur de cadavres et faire fondre du natron dans une chaudière ! C'est monstrueux, c'est exorbitant, et il faut être, en vérité, une reine très douce et très clémente pour ne pas faire mettre en croix ce misérable Phrehipephbour.

Vous vouliez une aventure, quelque chose d'étrange et d'inattendu ; vous êtes servie à souhait. Vous voyez

que votre royaume n'est pas si mort que vous le préten-
diez. Ce n'est pas le bras de pierre d'une statue qui a
lancé cette flèche, ce n'est pas du cœur d'une momie
que viennent ces trois mots qui vous ont émue, vous
qui voyez avec un sourire sur les lèvres vos esclaves
empoisonnés battre du talon et de la tête, dans les
convulsions de l'agonie, vos beaux pavés de mosaïque
et de porphyre, vous qui applaudissez le tigre lorsqu'il
a bravement enfoncé son mufle dans le flanc du gladia-
teur vaincu !

Vous aurez tout ce que vous voudrez, des chars d'argent étoilés d'émeraudes, des quadriges de griffons,
des tuniques de pourpre teintes trois fois, des miroirs
d'acier fondu entourés de pierres précieuses, si clairs
que vous vous y verrez aussi belle que vous l'êtes ; des
robes venues du pays de Sérique, si fines, si déliées
qu'elles passeraient par l'anneau de votre petit doigt ;
des perles d'un orient parfait, des coupes de Lysippe
ou de Myron, des perroquets de l'Inde qui parlent
comme des poètes ; vous obtiendrez tout, quand même
vous demanderiez le ceste de Vénus ou le pschent
d'Isis ; mais, en vérité, vous n'aurez pas ce soir
l'homme qui a lancé cette flèche qui tremble encore
dans le bois de cèdre de votre lit.

Les esclaves qui vous habilleront demain n'auront
pas beau jeu ; elles ne risquent rien d'avoir la main
légère ; les épingles d'or de la toilette pourraient bien
avoir pour pelote la gorge de la friseuse maladroite, et
l'épileuse risque fort de se faire pendre au plafond par
les pieds.

« Qui peut avoir eu l'audace de lancer cette déclaration emmanchée dans une flèche ? Est-ce le nomarque
Amoun-Ra qui se croit plus beau que l'Apollon des
Grecs ? qu'en penses-tu, Charmion ? ou bien Chéapsiro, le commandant de l'Hermothybie, si fier de ses
combats au pays de Kousch ! Ne serait-ce pas plutôt le
jeune Sextus, ce débauché romain, qui met du rouge,
grasseye en parlant et porte des manches à la persique ?

— Reine, ce n'est aucun de ceux-là ; quoique vous soyez la plus belle du monde, ces gens-là vous flattent et ne vous aiment pas. Le nomarque Amoun-Ra s'est choisi une idole à qui il sera toujours fidèle, et c'est sa propre personne ; le guerrier Chéapsiro ne pense qu'à raconter ses batailles ; quant à Sextus, il est si sérieusement occupé de la composition d'un nouveau cosmétique, qu'il ne peut songer à rien autre chose. D'ailleurs, il a reçu des surtouts de Laconie, des tuniques jaunes brochées d'or et des enfants asiatiques qui l'absorbent tout entier. Aucun de ces beaux seigneurs ne risquerait son cou dans une entreprise si hardie et si périlleuse ; ils ne vous aiment pas assez pour cela.

« Vous disiez hier dans votre cange que les yeux éblouis n'osaient s'élever jusqu'à vous, que l'on ne savait que pâlir et tomber à vos pieds en demandant grâce, et qu'il ne vous restait d'autre ressource que d'aller réveiller dans son cercueil doré quelque vieux pharaon parfumé de bitume. Il y a maintenant un cœur ardent et jeune qui vous aime : qu'en ferez-vous ? »

Cette nuit-là, Cléopâtre eut de la peine à s'endormir, elle se retourna dans son lit, elle appela longtemps en vain Morphée, frère de la Mort ; elle répéta plusieurs fois qu'elle était la plus malheureuse des reines, que l'on prenait à tâche de la contrarier, et que la vie lui était insupportable ; grandes doléances qui touchaient assez peu Charmion, quoiqu'elle fît mine d'y compatir.

Laissons un peu Cléopâtre chercher le sommeil qui la fuit et promener ses conjectures sur tous les grands de la cour ; revenons à Meïamoun : plus adroit que Phrehipephbour, le chef des rameurs, nous parviendrons bien à le trouver.

Effrayé de sa propre hardiesse, Meïamoun s'était jeté dans le Nil, et avait gagné à la nage le petit bois de palmiers-doums avant que Phrehipephbour eût lancé les deux barques à sa poursuite.

Lorsqu'il eut repris haleine et repoussé derrière ses oreilles ses longs cheveux noirs trempés de l'écume du fleuve, il se sentit plus à l'aise et plus calme. Cléopâtre

avait quelque chose qui venait de lui. Un rapport existait entre eux maintenant ; Cléopâtre pensait à lui,
Meïamoun. Peut-être était-ce une pensée de courroux,
mais au moins il était parvenu à faire naître en elle un
mouvement quelconque, frayeur, colère ou pitié ; il lui
avait fait sentir son existence. Il est vrai qu'il avait
oublié de mettre son nom sur la bande de papyrus ;
mais qu'eût appris de plus la reine : Meïamoun, fils de
Mandouschopsch ! Un monarque ou un esclave sont
égaux devant elle. Une déesse ne s'abaisse pas plus en
prenant pour amoureux un homme du peuple qu'un
patricien ou un roi ; de si haut l'on ne voit dans un
homme que l'amour.

Le mot qui lui pesait sur la poitrine comme le genou
d'un colosse de bronze en était enfin sorti ; il avait
traversé les airs, il était parvenu jusqu'à la reine, pointe
du triangle, sommet inaccessible ! Dans ce cœur blasé
il avait mis une curiosité, — un progrès immense !

Meïamoun ne se doutait pas d'avoir si bien réussi,
mais il était plus tranquille, car il s'était juré à lui-
même, par la Bari mystique qui conduit les âmes dans
l'Amenthi, par les oiseaux sacrés, Bennou et Gheughen, par Typhon et par Osiris, par tout ce que la
mythologie égyptienne peut offrir de formidable, qu'il
serait l'amant de Cléopâtre, ne fût-ce qu'un jour, ne
fût-ce qu'une nuit, ne fût-ce qu'une heure, dût-il lui en
coûter son corps et son âme.

Expliquer comment lui était venu cet amour pour
une femme qu'il n'avait vue que de loin et sur laquelle
il osait à peine lever ses yeux, lui qui ne les baissait
pas devant les jaunes prunelles des lions, et comment
cette petite graine tombée par hasard dans son âme y
avait poussé si vite et jeté de si profondes racines, c'est
un mystère que nous n'expliquerons pas ; nous avons
dit là-haut : l'abîme l'appelait.

Quand il fut bien sûr que Phrehipephbour était rentré
avec les rameurs, il se jeta une seconde fois dans le
Nil et se dirigea de nouveau vers le palais de Cléopâtre,
dont la lampe brillait à travers un rideau de pourpre et

semblait une étoile fardée. Léandre ne nageait pas vers la tour de Sestos avec plus de courage et de vigueur, et cependant Meïamoun n'était pas attendu par une Héro prête à lui verser sur la tête des fioles de parfums pour chasser l'odeur de la mer et des âcres baisers de la tempête.

Quelque bon coup de lance ou de harpé était tout ce qui pouvait lui arriver de mieux, et, à vrai dire, ce n'était guère de cela qu'il avait peur.

Il longea quelque temps la muraille du palais dont les pieds de marbre baignaient dans le fleuve, et s'arrêta devant une ouverture submergée, par où l'eau s'engouffrait en tourbillonnant. Il plongea deux ou trois fois sans succès ; enfin il fut plus heureux, rencontra le passage et disparut.

Cette arcade était un canal voûté qui conduisait l'eau du Nil aux bains de Cléopâtre.

CHAPITRE V

Cléopâtre ne s'endormit que le matin, à l'heure où rentrent les songes envolés par la porte d'ivoire. L'illusion du sommeil lui fit voir toute sorte d'amants se jetant à la nage, escaladant les murs pour arriver jusqu'à elle, et, souvenir de la veille, ses rêves étaient criblés de flèches chargées de déclarations amoureuses. Ses petits talons agités de tressaillements nerveux frappaient la poitrine de Charmion, couchée en travers du lit pour lui servir de coussin.

Lorsqu'elle s'éveilla, un gai rayon jouait dans le rideau de la fenêtre dont il trouait la trame de mille points lumineux, et venait familièrement jusque sur le lit voltiger comme un papillon d'or autour de ses belles épaules qu'il effleurait en passant d'un baiser lumineux. Heureux rayon que les dieux eussent envié !

Cléopâtre demanda à se lever d'une voix mourante comme un enfant malade ; deux de ses femmes l'enlevèrent dans leurs bras et la posèrent précieusement à terre, sur une grande peau de tigre dont les ongles étaient d'or et les yeux d'escarboucles. Charmion l'enveloppa d'une calasiris de lin plus blanche que le lait, lui entoura les cheveux d'une résille de fils d'argent, et lui plaça les pieds dans des *tatbebs* de liège sur la semelle desquels, en signe de mépris, l'on avait dessiné deux figures grotesques représentant deux hommes des races Nahasi et Nahmou, les mains et les pieds liés, en sorte que Cléopâtre méritait littéralement l'épithète de *conculcatrice des peuples*, que lui donnent les cartouches royaux.

C'était l'heure du bain : Cléopâtre s'y rendit avec ses femmes.

Les bains de Cléopâtre étaient bâtis dans de vastes jardins remplis de mimosas, de caroubiers, d'aloès, de citronniers, de pommiers persiques, dont la fraîcheur luxuriante faisait un délicieux contraste avec l'aridité des environs ; d'immenses terrasses soutenaient des massifs de verdure et faisaient monter les fleurs jusqu'au ciel par de gigantesques escaliers de granit rose ; des vases de marbre pentélique s'épanouissaient comme de grands lis au bord de chaque rampe, et les plantes qu'ils contenaient ne semblaient que leurs pistils ; des chimères caressées par le ciseau des plus habiles sculpteurs grecs, et d'une physionomie moins rébarbative que les sphinx égyptiens avec leur mine renfrognée et leur attitude morose, étaient couchées mollement sur le gazon tout piqué de fleurs, comme de sveltes levrettes blanches sur un tapis de salon : c'étaient de charmantes figures de femme, le nez droit, le front uni, la bouche petite, les bras délicatement potelés, la gorge ronde et pure, avec des boucles d'oreilles, des colliers et des ajustements d'un caprice adorable, se bifurquant en queue de poisson comme la femme dont parle Horace, se déployant en aile d'oiseau, s'arrondissant en croupe de lionne, se contour-

nant en volute de feuillage, selon la fantaisie de
l'artiste ou les convenances de la position architecturale — une double rangée de ces délicieux monstres
bordait l'allée qui conduisait du palais à la salle.

Au bout de cette allée, on trouvait un large bassin
avec quatre escaliers de porphyre ; à travers la transparence de l'eau diamantée on voyait les marches descendre jusqu'au fond sablé de poudre d'or ; des
femmes terminées en gaine comme des cariatides faisaient jaillir de leurs mamelles un filet d'eau parfumée
qui retombait dans le bassin en rosée d'argent, et en
picotait le clair miroir de ses gouttelettes grésillantes.
Outre cet emploi, ces cariatides avaient encore celui de
porter sur leur tête un entablement orné de néréides et
de tritons en bas-relief et muni d'anneau de bronze
pour attacher les cordes de soie du vélarium. Au-delà
du portique l'on apercevait des verdures humides et
bleuâtres, des fraîcheurs ombreuses, un morceau de la
vallée de Tempé transporté en Égypte. Les fameux jardins de Sémiramis n'étaient rien auprès de cela.

Nous ne parlerons pas de sept ou huit autres salles
de différentes températures, avec leur vapeur chaude
ou froide, leurs boîtes de parfums, leurs cosmétiques,
leurs huiles, leurs pierres ponces, leurs gantelets de
crin, et tous les raffinements de l'art balnéatoire
antique poussé à un si haut degré de volupté et de raffinement.

Cléopâtre arriva, la main sur l'épaule de Charmion ;
elle avait fait au moins trente pas toute seule ! grand
effort ! fatigue énorme ! Un léger nuage rose, se répan-
dant sous la peau transparente de ses joues, en rafraîchissait la pâleur passionnée ; ses tempes blondes
comme l'ambre laissaient voir un réseau de veines
bleues ; son front uni, peu élevé comme les fronts
antiques, mais d'une rondeur et d'une forme parfaites,
s'unissait par une ligne irréprochable à un nez sévère
et droit, en façon de camée, coupé de narines roses et
palpitantes à la moindre émotion, comme les naseaux
d'une tigresse amoureuse, la bouche petite, ronde, très

rapprochée du nez, avait la lèvre dédaigneusement
arquée ; mais une volupté effrénée, une ardeur de vie
incroyable rayonnait dans le rouge éclat et dans le
lustre humide de la lèvre inférieure. Ses yeux avaient
des paupières étroites, des sourcils minces et presque
sans inflexion. Nous n'essaierons pas d'en donner une
idée ; c'était un feu, une langueur, une limpidité étincelante à faire tourner la tête de chien d'Anubis lui-
même ; chaque regard de ses yeux était un poème
supérieur à ceux d'Homère ou de Mimnerme ; un menton impérial, plein de force et de domination, terminait
dignement ce charmant profil.

Elle se tenait debout sur la première marche du bassin, dans une attitude pleine de grâce et de fierté ; légèrement cambrée en arrière, le pied suspendu comme
une déesse qui va quitter son piédestal et dont le regard
est encore au ciel ; deux plis superbes partaient des
pointes de sa gorge et filaient d'un seul jet jusqu'à
terre. Cléomène, s'il eût été son contemporain et s'il
eût pu la voir, aurait brisé sa Vénus de dépit.

Avant d'entrer dans l'eau, par un nouveau caprice,
elle dit à Charmion de lui changer sa coiffure à résilles
d'argent ; elle aimait mieux une couronne de fleurs de
lotus avec des joncs, comme une divinité marine. Charmion obéit ; — ses cheveux délivrés coulèrent en cascades noires sur ses épaules, et pendirent en grappes
comme des raisins mûrs au long de ses belles joues.

Puis la tunique de lin, retenue seulement par une
agrafe d'or, se détacha, glissa au long de son corps de
marbre, et s'abattit en blanc nuage à ses pieds comme
le cygne aux pieds de Léda...

Et Meïamoun, où était-il ?

Ô cruauté du sort ! tant d'objets insensibles jouissent
de faveurs qui raviraient un amant de joie. Le vent qui
joue avec une chevelure parfumée ou qui donne à de
belles lèvres des baisers qu'il ne peut apprécier, l'eau
à qui cette volupté est bien indifférente et qui enveloppe d'une seule caresse un beau corps adoré, le
miroir qui réfléchit tant d'images charmantes, le

cothurne ou le tatbeb qui enferme un divin petit pied :
oh ! que de bonheurs perdus !

Cléopâtre trempa dans l'eau son talon vermeil et
descendit quelques marches ; l'onde frissonnante lui
faisait une ceinture et des bracelets d'argent, et roulait
en perles sur sa poitrine et ses épaules comme un collier défait ; ses grands cheveux, soulevés par l'eau,
s'étendaient derrière elle comme un manteau royal ;
elle était reine même au bain. Elle allait et venait, plongeait et rapportait du fond dans ses mains des poignées
de poudre d'or qu'elle lançait en riant à quelqu'une
de ses femmes ; d'autres fois elle se suspendait à la
balustrade du bassin, cachant et découvrant ses trésors,
tantôt ne laissant voir que son dos poli et lustré, tantôt
se montrant entière comme la Vénus Anadyomène, et
variant sans cesse les aspects de sa beauté.

Tout à coup elle poussa un cri plus aigu que Diane
surprise par Actéon ; elle avait vu à travers le feuillage
luire une prunelle ardente, jaune et phosphorique
comme un œil de crocodile ou de lion.

C'était Meïamoun qui, tapi contre terre, derrière une
touffe de feuilles, plus palpitant qu'un faon dans les
blés, s'enivrait du dangereux bonheur de regarder la
reine dans son bain. Quoiqu'il fût courageux jusqu'à
la témérité, le cri de Cléopâtre lui entra dans le cœur
plus froid qu'une lame d'épée ; une sueur mortelle lui
couvrit tout le corps ; ses artères sifflaient dans ses
tempes avec un bruit strident, la main de fer de l'anxiété lui serrait la gorge et l'étouffait.

Les eunuques accoururent la lance au poing : Cléopâtre leur désigna le groupe d'arbres, où ils trouvèrent
Meïamoun blotti et pelotonné. La défense n'était pas
possible, il ne l'essaya pas et se laissa prendre. Ils s'ap-
prêtaient à le tuer avec l'impassibilité cruelle et stupide
qui caractérise les eunuques ; mais Cléopâtre, qui avait
eu le temps de s'envelopper de sa calasiris, leur fit
signe de la main de s'arrêter et de lui amener le prisonnier.

Meïamoun ne put que tomber à ses genoux en tendant vers elle des mains suppliantes comme vers l'autel des dieux.

« Es-tu quelque assassin gagé par Rome ? et que venais-tu faire dans ces lieux sacrés d'où les hommes sont bannis ? dit Cléopâtre avec un geste d'interrogation impérieuse.

— Que mon âme soit trouvée légère dans la balance de l'Amenthi, et que Tmeï, fille du soleil et déesse de la vérité, me punisse si jamais j'eus contre vous, ô reine ! une intention mauvaise », répondit Meïamoun toujours à genoux.

La sincérité et la loyauté brillaient sur sa figure en caractères si transparents, que Cléopâtre abandonna sur-le-champ cette pensée, et fixa sur le jeune Égyptien des regards moins sévères et moins irrités ; elle le trouvait beau.

« Alors, quelle raison te poussait dans un lieu où tu ne pouvais rencontrer que la mort ?

— Je vous aime », dit Meïamoun d'une voix basse, mais distincte ; car son courage était revenu comme dans toutes les situations extrêmes et que rien ne peut empirer.

« Ah ! fit Cléopâtre en se penchant vers lui et en lui saisissant le bras avec un mouvement brusque et soudain, c'est toi qui as lancé la flèche avec le rouleau de papyrus ; par Oms, chien des enfers, tu es un misérable bien hardi !... Je te reconnais maintenant ; il y a long-temps que je te vois errer comme une ombre plaintive autour des lieux que j'habite... Tu étais à la procession d'Isis, à la panégyrie d'Hermonthis ; tu as suivi la cange royale. Ah ! il te faut une reine !... Tu n'as point des ambitions médiocres ; tu t'attendais sans doute à être payé de retour... Assurément je vais t'aimer... Pourquoi pas ?

— Reine, répondit Meïamoun avec un air de grave mélancolie, ne raillez pas. Je suis insensé, c'est vrai ; j'ai mérité la mort, c'est vrai encore ; soyez humaine, faites-moi tuer.

— Non, j'ai le caprice d'être clémente aujourd'hui ; je t'accorde la vie.

— Que voulez-vous que je fasse de la vie ? Je vous aime.

— Eh bien ! tu seras satisfait, tu mourras, répondit Cléopâtre ; tu as fait un rêve étrange, extravagant ; tes désirs ont dépassé en imagination un seuil infranchissable, — tu pensais que tu étais César ou Marc-Antoine, tu aimais la reine ! À certaines heures de délire, tu as pu croire qu'à la suite de circonstances qui n'arrivent qu'une fois tous les mille ans, Cléopâtre un jour t'aimerait. Eh bien ! ce que tu croyais impossible va s'accomplir, je vais faire une réalité de ton rêve ; cela me plaît, une fois, de combler une espérance folle. Je veux t'inonder de splendeurs, de rayons et d'éclairs ; je veux que ta fortune ait des éblouissements. Tu étais en bas de la roue, je vais te mettre en haut, brusquement, subitement, sans transition. Je te prends dans le néant, je fais de toi l'égal d'un dieu, et je te replonge dans le néant : c'est tout ; mais ne viens pas m'appeler cruelle, implorer ma pitié, ne va pas faiblir quand l'heure arrivera. Je suis bonne, je me prête à ta folie ; j'aurais le droit de te faire tuer sur-le-champ ; mais tu me dis que tu m'aimes, je te ferai tuer demain ; ta vie pour une nuit. Je suis généreuse, je te l'achète, je pourrais la prendre. Mais que fais-tu à mes pieds ? relève-toi, et donne-moi la main pour rentrer au palais. »

CHAPITRE VI

Notre monde est bien petit à côté du monde antique, nos fêtes sont mesquines auprès des effrayantes somptuosités des patriciens romains et des princes asiatiques ; leurs repas ordinaires passeraient aujourd'hui pour des orgies effrénées, et toute une ville moderne

vivrait pendant huit jours de la desserte de Lucullus
soupant avec quelques amis intimes. Nous avons peine
à concevoir, avec nos habitudes misérables, ces existences énormes, réalisant tout ce que l'imagination
peut inventer de hardi, d'étrange et de plus monstrueu-
sement en dehors du possible. Nos palais sont des écu-
ries où Caligula n'eût pas voulu mettre son cheval ; le
plus riche des rois constitutionnels ne mène pas le train
d'un petit satrape ou d'un proconsul romain. Les
soleils radieux qui brillaient sur la terre sont à tout
jamais éteints dans le néant de l'uniformité ; il ne se
lève plus sur la noire fourmilière des hommes de ces
colosses à formes de Titan, qui parcouraient le monde
en trois pas, comme les chevaux d'Homère ; — plus
de tour de Lylacq, plus de Babel géante escaladant le
ciel de ses spirales infinies, plus de temples démesurés
faits avec des quartiers de montagne, de terrasses
royales que chaque siècle et chaque peuple n'ont pu
élever que d'une assise, et d'où le prince accoudé et
rêveur peut regarder la figure du monde comme une
carte déployée ; plus de ces villes désordonnées faites
d'un inextricable entassement d'édifices cyclopéens,
avec leurs circonvallations profondes, leurs cirques
rugissant nuit et jour, leurs réservoirs remplis d'eau de
mer et peuplés de léviathans et de baleines, leurs
rampes colossales, leurs superpositions de terrasses,
leurs tours au faîte baigné de nuages, leurs palais
géants, leurs aqueducs, leurs cités vomitoires et leurs
nécropoles ténébreuses ! Hélas ! plus rien que des
ruches de plâtre sur un damier de pavés.

L'on s'étonne que les hommes ne se soient pas
révoltés contre les confiscations de toutes les richesses
et de toutes les forces vivantes au profit de quelques
rares privilégiés, et que de si exorbitantes fantaisies
n'aient point rencontré d'obstacles sur leur chemin
sanglant. C'est que ces existences prodigieuses étaient
la réalisation au soleil du rêve que chacun faisait la
nuit, — des personnifications de la pensée commune,
et que les peuples se regardaient vivre symbolisés sous

un de ces noms météoriques qui flamboient inextinguiblement dans la nuit des âges. Aujourd'hui, privé de ce spectacle éblouissant de la volonté toute-puissante, de cette haute contemplation d'une âme humaine dont le moindre désir se traduit en actions inouïes, en énormités de granit et d'airain, le monde s'ennuie éperdument et désespérément ; l'homme n'est plus représenté dans sa fantaisie impériale.

L'histoire que nous écrivons et le grand nom de Cléopâtre qui s'y mêle nous ont jeté dans ces réflexions malsonnantes pour les oreilles civilisées. Mais le spectacle du monde antique est quelque chose de si écrasant, de si décourageant pour les imaginations qui se croient effrénées et les esprits qui pensent avoir atteint aux dernières limites de la magnificence féerique, que nous n'avons pu nous empêcher de consigner ici nos doléances et nos tristesses de n'avoir pas été contemporain de Sardanapale, de Teglath Phalazar, de Cléopâtre, reine d'Égypte ou seulement d'Héliogobale, empereur de Rome et prêtre du Soleil.

Nous avons à décrire une orgie suprême, un festin à faire pâlir celui de Balthazar, une nuit de Cléopâtre. Comment, avec la langue française, si chaste, si glacialement prude, rendrons-nous cet emportement frénétique, cette large et puissante débauche qui ne craint pas de mêler le sang et le vin, ces deux pourpres, et ces furieux élans de la volupté inassouvie se ruant à l'impossible avec toute l'ardeur de sens que le long jeûne chrétien n'a pas encore matés ?

La nuit promise devait être splendide ; il fallait que toutes les joies possibles d'une existence humaine fussent concentrées en quelques heures : il fallait faire de la vie de Meïamoun un élixir puissant qu'il pût boire en une seule coupe. Cléopâtre voulait éblouir sa victime volontaire, et la plonger dans un tourbillon de voluptés vertigineuses, l'enivrer, l'étourdir avec le vin de l'orgie, pour que la mort, bien qu'acceptée, arrivât sans être vue ni comprise.

Transportons nos lecteurs dans la salle du banquet.

Notre architecture actuelle offre peu de points de comparaison avec ces constructions immenses dont les ruines ressemblent plutôt à des éboulements de montagnes qu'à des restes d'édifices. Il fallait toute l'exagération de la vie antique pour animer et remplir ces prodigieux palais dont les salles étaient si vastes qu'elles ne pouvaient avoir d'autre plafond que le ciel, magnifique plafond, et bien digne d'une pareille architecture.

La salle du festin avait des proportions énormes et babyloniennes ; l'œil ne pouvait en pénétrer la profondeur incommensurable ; de monstrueuses colonnes, courtes, trapues, solides à porter le pôle, épataient lourdement leur fût évasé sur un socle bigarré d'hiéroglyphes, et soutenaient de leurs chapiteaux ventrus de gigantesques arcades de granit s'avançant par assises comme des escaliers renversés. Entre chaque pilier un sphinx colossal de basalte, coiffé du pschent, allongeait sa tête à l'œil oblique, au menton cornu, et jetait dans la salle un regard fixe et mystérieux. Au second étage, en recul du premier, les chapiteaux des colonnes, plus svelt es de tournure, étaient remplacés par quatre têtes de femmes adossées avec les barbes cannelées et les enroulements de la coiffure égyptienne ; au lieu de sphinx, des idoles à tête de taureau, spectateurs impassibles des délires nocturnes et des fureurs orgiaques, étaient assis dans des sièges de pierre comme des hôtes patients qui attendent que le festin commence.

Un troisième étage d'un ordre différent, avec des éléphants de bronze lançant de l'eau de senteur par la trompe, couronnait l'édifice ; par-dessus, le ciel s'ouvrait comme un gouffre bleu, et les étoiles curieuses s'accoudaient sur la frise.

De prodigieux escaliers de porphyre, si polis qu'ils réfléchissaient les corps comme des miroirs, montaient et descendaient de tous côtés et liaient entre elles ces grandes masses d'architecture.

Nous ne traçons ici qu'une ébauche rapide pour faire comprendre l'ordonnance de cette construction formidable avec ses proportions hors de toute mesure humaine. Il faudrait le pinceau de Martinn, le grand peintre des énormités disparues, et nous n'avons qu'un maigre trait de plume au lieu de la profondeur apocalyptique de la manière noire ; mais l'imagination y suppléera ; moins heureux que le peintre et le musicien, nous ne pouvons présenter les objets que les uns après les autres. Nous n'avons parlé que de la salle du festin, laissant de côté les convives ; encore ne l'avons-nous qu'indiquée. Cléopâtre et Meïamoun nous attendent ; les voici qui s'avancent.

Meïamoun était vêtu d'une tunique de lin constellée d'étoiles avec un manteau de pourpre et des bandelettes dans les cheveux comme un roi oriental. Cléopâtre portait une robe glauque, fendue sur le côté et retenue par des abeilles d'or ; autour de ses bras nus jouaient deux rangs de grosses perles ; sur sa tête rayonnait la couronne à pointes d'or. Malgré le sourire de sa bouche, un nuage de préoccupation ombrait légèrement son beau front, et ses sourcils se rapprochaient quelquefois avec un mouvement fébrile. Quel sujet peut donc contrarier la grande reine ! Quant à Meïamoun, il avait le teint ardent et lumineux d'un homme dans l'extase ou dans la vision ; des effluves rayonnants, partant de ses tempes et de son front, lui faisaient un nimbe d'or, comme à un des douze grands dieux de l'Olympe.

Une joie grave et profonde brillait dans tous ses traits ; il avait embrassé sa chimère aux ailes inquiètes sans qu'elle s'envolât ; il avait touché le but de sa vie. Il vivrait l'âge de Nestor et de Priam ; il verrait ses tempes veinées se couvrir de cheveux blancs comme ceux du grand prêtre d'Ammon ; il n'éprouverait rien de nouveau, il n'apprendrait rien de plus. Il a obtenu tellement au-delà de ses plus folles espérances, que le monde n'a plus rien à lui donner.

Cléopâtre le fit asseoir à côté d'elle sur un trône côtoyé de griffons d'or et frappa ses petites mains l'une contre l'autre. Tout à coup des lignes de feux, des cordons scintillants, dessinèrent toutes les saillies de l'architecture ; les yeux du sphinx lancèrent des éclairs phosphoriques, une haleine enflammée sortit du mufle des idoles ; les éléphants, au lieu d'eau parfumée, soufflèrent une colonne rougeâtre ; des bras de bronze jaillirent des murailles avec des torches au poing : dans le cœur sculpté des lotus s'épanouirent des aigrettes éclatantes.

De larges flammes bleuâtres palpitaient dans les trépieds d'airain, des candélabres géants secouaient leur lumière échevelée dans une ardente vapeur ; tout scintillait et rayonnait. Les iris prismatiques se croisaient et se brisaient en l'air ; les facettes des coupes, les angles des marbres et des jaspes, les ciselures des vases, tout prenait une paillette, un luisant ou un éclair. La clarté ruisselait par torrents et tombait de marche en marche comme une cascade sur un escalier de porphyre, l'on aurait dit la réverbération d'un incendie dans une rivière ; si la reine de Saba y eût monté, elle eût relevé le pli de sa robe croyant marcher dans l'eau comme sur le parquet de glace de Salomon. À travers ce brouillard étincelant, les figures monstrueuses des colosses, les animaux, les hiéroglyphes semblaient s'animer et vivre d'une vie factice ; les béliers de granit noir ricanaient ironiquement et choquaient leurs cornes dorées, les idoles respiraient avec bruit par leurs naseaux haletants.

L'orgie était à son plus haut degré ; les plats de langues de phénicoptères et de foies de scarus, les murènes engraissées de chair humaine et préparées au garum, les cervelles de paon, les sangliers pleins d'oiseaux vivants, et toutes les merveilles des festins antiques décuplées et centuplées, s'entassaient sur les trois pans du gigantesque triclinium. Les vins de Crète, de Massique et de Falerne, écumaient dans les cratères d'or couronnés de roses, remplis par des pages asiatiques dont les belles chevelures flottantes servaient à essuyer les mains des convives. Des musiciens jouant du sistre, du tympanon, de la sambuque et de la harpe à vingt et une cordes, remplissaient les travées supérieures et jetaient leur bruissement harmonieux dans la tempête de bruit qui planait sur la fête : la foudre n'aurait pas eu la voix assez haute pour se faire entendre.

Meïamoun, la tête penchée sur l'épaule de Cléopâtre, sentait sa raison lui échapper ; la salle du festin tourbillonnait autour de lui comme un immense cauchemar architectural ; il voyait, à travers ses éblouissements, des perspectives et des colonnades sans fin ; de nouvelles zones de portiques se superposaient aux véritables, et s'enfonçaient dans les cieux à des hauteurs où les Babels ne sont jamais parvenues. S'il n'eût senti dans sa main la main douce et froide de Cléopâtre, il eût cru être transporté dans le monde des enchantements par un sorcier de Thessalie ou un mage de Perse.

Vers la fin du repas, des nains bossus et des morions exécutèrent des danses et des combats grotesques ; puis des jeunes filles égyptiennes et grecques, représentant les heures noires et blanches, dansèrent sur le mode ionien une danse voluptueuse avec une perfection inimitable.

Cléopâtre elle-même se leva de son trône, rejeta son manteau royal, remplaça son diadème sidéral par une couronne de fleurs, ajusta des crotales d'or à ses mains d'albâtre, et se mit à danser devant Meïamoun éperdu de ravissement. Ses beaux bras arrondis comme les anses d'un vase de marbre, secouaient au-dessus de sa tête des grappes de notes étincelantes, et ses crotales babillaient avec une volubilité toujours croissante. Debout sur la pointe vermeille de ses petits pieds, elle avançait rapidement et venait effleurer d'un baiser le front de Meïamoun, puis elle recommençait son manège et voltigeait autour de lui, tantôt se cambrant en arrière, la tête renversée, l'œil demi-clos, les bras pâmés et morts, les cheveux débouclés et pendants comme une bacchante du mont Ménale agitée par son dieu ; tantôt leste, vive, rieuse, papillonnante, infatigable et plus capricieuse en ses méandres que l'abeille qui butine. L'amour du cœur, la volupté des sens, la passion ardente, la jeunesse inépuisable et fraîche, la promesse du bonheur prochain, elle exprimait tout.

Les pudiques étoiles ne regardaient plus, leurs chastes prunelles d'or n'auraient pu supporter un tel spectacle ; le ciel même s'était effacé, et un dôme de vapeur enflammée couvrait la salle.

Cléopâtre revint s'asseoir près de Meïamoun. La nuit s'avançait, la dernière des heures noires allait s'envoler ; une lueur bleuâtre entra d'un pied déconcerté dans ce tumulte de lumières rouges, comme un rayon de lune qui tombe dans une fournaise ; les arcades supérieures s'azurèrent doucement, le jour paraissait.

Meïamoun prit le vase de corne que lui tendit un esclave éthiopien à physionomie sinistre, et qui contenait un poison tellement violent qu'il eût fait éclater tout autre vase. Après avoir jeté sa vie à sa maîtresse dans un dernier regard, il porta à ses lèvres la coupe funeste où la liqueur empoisonnée bouillonnait et sifflait.

Cléopâtre pâlit et posa sa main sur le bras de Meïamoun pour le retenir. Son courage la touchait ; elle allait lui dire : « Vis encore pour m'aimer, je le veux... » quand un bruit de clairon se fit entendre. Quatre hérauts d'armes entrèrent à cheval dans la salle du festin ; c'étaient des officiers de Marc-Antoine qui ne précédaient leur maître que de quelques pas. Elle lâcha silencieusement le bras de Meïamoun. Un rayon de soleil vint jouer sur le front de Cléopâtre comme pour remplacer son diadème absent.

« Vous voyez bien que le moment est arrivé ; il fait jour, c'est l'heure où les beaux rêves s'envolent », dit Meïamoun. Puis il vida d'un trait le vase fatal et tomba comme frappé de la foudre. Cléopâtre baissa la tête, et dans sa coupe une larme brûlante, la seule qu'elle ait versée de sa vie, alla rejoindre la perle fondue.

« Par Hercule ! ma belle reine, j'ai eu beau faire diligence, je vois que j'arrive trop tard, dit Marc-Antoine en entrant dans la salle du festin ; le souper est fini. Mais que signifie ce cadavre renversé sur les dalles ?

— Oh ! rien, fit Cléopâtre en souriant ; c'est un poison que j'essayais pour m'en servir si Auguste me faisait prisonnière. Vous plairait-il, mon cher seigneur, de vous asseoir à côté de moi et de voir danser ces bouffons grecs ?... »

LA TOISON D'OR [1]

CHAPITRE PREMIER

Tiburce était réellement un jeune homme fort singulier ; sa bizarrerie avait surtout l'avantage de n'être pas
affectée, il ne la quittait pas comme son chapeau et ses
gants en rentrant chez lui : il était original entre quatre
murs, sans spectateurs, pour lui tout seul.

N'allez pas croire, je vous prie, que Tiburce fût ridicule, et qu'il eût une de ces manies agressives, insup-
portables à tout le monde ; il ne mangeait pas
d'araignées, ne jouait d'aucun instrument et ne lisait
de vers à personne ; c'était un garçon posé, tranquille,
parlant peu, écoutant moins, et dont l'œil à demi ouvert
semblait regarder en dedans.

Il vivait accroupi sur le coin d'un divan, étayé de
chaque côté par une pile de coussins, s'inquiétant aussi
peu des affaires du temps que de ce qui se passe dans
la lune. — Il y avait très peu de substantifs qui fissent
de l'effet sur lui, et jamais personne ne fut moins sensible aux grands mots. Il ne tenait en aucune façon à
ses droits politiques et pensait que le peuple est toujours libre au cabaret.

Ses idées sur toutes choses étaient fort simples : il
aimait mieux ne rien faire que de travailler ; il préférait
le bon vin à la piquette, et une belle femme à une
laide ; en histoire naturelle, il avait une classification
on ne peut plus succincte : ce qui se mange et ce qui
ne se mange pas. — Il était d'ailleurs parfaitement

détaché de toute chose humaine, et tellement raisonnable qu'il paraissait fou.

Il n'avait pas le moindre amour-propre ; il ne se
croyait pas le pivot de la création, et comprenait fort
bien que la terre pouvait tourner sans qu'il s'en mêlât ;
il ne s'estimait pas beaucoup plus que l'acarus du fromage ou les anguilles du vinaigre ; en face de l'éternité
et de l'infini, il ne se sentait pas le courage d'être vani-
teux ; ayant quelquefois regardé par le microscope et
le télescope, il ne s'exagérait pas l'importance humaine ;
sa taille était de cinq pieds quatre pouces, mais il se
disait que les habitants du soleil pouvaient bien avoir
huit cents lieues de haut.

Tel était notre ami Tiburce.

On aurait tort de croire, d'après ceci, que Tiburce
fût dénué de passions. Sous les cendres de cette tranquillité, couvait plus d'un tison ardent. Pourtant on ne
lui connaissait pas de maîtresse en titre, et il se montrait peu galant envers les femmes. Tiburce, comme
presque tous les jeunes gens d'aujourd'hui, sans être
précisément un poète ou un peintre, avait lu beaucoup
de romans et vu beaucoup de tableaux ; en sa qualité
de paresseux, il préférait vivre sur la foi d'autrui ; il
aimait avec l'amour du poète, il regardait avec les yeux
du peintre, et connaissait plus de portraits que de visages ; la réalité lui répugnait, et, à force de vivre dans
les livres et les peintures, il en était arrivé à ne plus
trouver la nature vraie.

Les madones de Raphaël, les courtisanes du Titien
lui rendaient laides les beautés les plus notoires ; la
Laure de Pétrarque, la Béatrix de Dante, l'Haïdée de
Byron, la Camille d'André Chénier, lui faisaient
paraître vulgaires les femmes en chapeau, en robe et en
mantelet dont il aurait pu devenir l'amant : il n'exigeait
cependant pas un idéal avec des ailes à plumes
blanches et une auréole autour de la tête ; mais ses
études sur la statuaire antique, les écoles d'Italie, la
familiarité des chefs-d'œuvre de l'art, la lecture des
poètes, l'avaient rendu d'une exquise délicatesse en

matière de forme, et il lui eût été impossible d'aimer la plus belle âme du monde, à moins qu'elle n'eût les épaules de la Vénus de Milo. — Aussi Tiburce n'était-il amoureux de personne.

Cette préoccupation de la beauté se trahissait par la quantité de statuettes, de plâtres moulés, de dessins et de gravures qui encombraient et tapissaient sa chambre, qu'un bourgeois eût trouvée une habitation peu vraisemblable ; car il n'avait d'autres meubles que le divan cité plus haut et quelques carreaux de diverses couleurs épars sur le tapis. N'ayant pas de secrets, il se passait facilement de secrétaire, et l'incommodité des commodes était un fait démontré pour lui.

Tiburce allait rarement dans le monde, non par sauvagerie, mais par nonchalance ; il accueillait très bien ses amis et ne leur rendait jamais de visite. — Tiburce était-il heureux ? non, mais il n'était pas malheureux ; seulement, il aurait bien voulu pouvoir s'habiller de rouge. Les gens superficiels l'accusaient d'insensibilité et les femmes entretenues ne lui trouvaient pas d'âme, mais au fond c'était un cœur d'or, et sa recherche de la beauté physique trahissait aux yeux attentifs d'amères déceptions dans le monde de la beauté morale. — À défaut de la suavité du parfum, il cherchait l'élégance du vase ; il ne se plaignait pas, il ne faisait pas d'élégies, il ne portait pas ses manchettes en pleureuse, mais l'on voyait bien qu'il avait souffert autrefois, qu'il avait été trompé et qu'il ne voulait plus aimer qu'à bon escient. Comme la dissimulation du corps est bien plus difficile que celle de l'âme, il s'en tenait à la perfection matérielle ; mais, hélas ! un beau corps est aussi rare qu'une belle âme. D'ailleurs, Tiburce, dépravé par les rêveries des romanciers, vivant dans la société idéale et charmante créée par les poètes, l'œil plein des chefs-d'œuvre de la statuaire et de la peinture, avait le goût dédaigneux et superbe, et ce qu'il prenait pour de l'amour n'était que de l'admiration d'artiste. — Il trouvait des fautes de dessin dans sa maîtresse ; — sans qu'il s'en doutât, la femme n'était pour lui qu'un modèle.

Un jour, ayant fumé son hooka, regardé la triple Léda du Corrège dans son cadre à filets, retourné en tous sens la dernière figurine de Pradier, pris son pied gauche dans sa main droite et son pied droit dans sa main gauche, posé ses talons sur le bord de la cheminée, Tiburce, au bout de ses moyens de distraction, fut obligé de convenir vis-à-vis de lui-même qu'il ne savait que devenir, et que les grises araignées de l'ennui descendaient le long des murailles de sa chambre toute poudreuse de somnolence.

Il demanda l'heure, — on lui répondit qu'il était une heure moins un quart, ce qui lui parut décisif et sans réplique. Il se fit habiller et se mit à courir les rues ; en marchant, il réfléchit qu'il avait le cœur vide et sentit le besoin de faire une passion, comme on dit en argot parisien.

Cette louable résolution prise, il se posa les questions suivantes : « Aimerai-je une Espagnole au teint d'ambre, aux sourcils violents, aux cheveux de jais ? une Italienne aux linéaments antiques, aux paupières orangées cernant un regard de flamme ? une Française fluette avec un nez à la Roxelane et un pied de poupée ? une Juive rouge avec une peau bleu de ciel et des yeux verts ? une négresse noire comme la nuit et luisante comme un bronze neuf ? Aurai-je une passion brune ou une passion blonde ? Perplexité grande ! »

Comme il allait tête baissée, songeant à tout cela, il se cogna contre quelque chose de dur qui fit un saut en arrière en proférant un horrible jurement. Ce quelque chose était un peintre de ses amis : ils entrèrent tous deux au Musée. Le peintre, grand enthousiaste de Rubens, s'arrêtait de préférence devant les toiles du Michel-Ange néerlandais qu'il louait avec une furie d'admiration tout à fait communicative. Tiburce, rassasié de la ligne grecque, du contour romain, du ton fauve des maîtres d'Italie, prenait plaisir à ces formes rebondies, à ces chairs satinées, à ces carnations épa-

nouies comme des bouquets de fleurs, à toute cette
santé luxurieuse que le peintre d'Anvers fait circuler
sous la peau de ses figures en réseaux d'azur et de
vermillon. Son œil caressait avec une sensualité
complaisante ces belles épaules nacrées et ces croupes
de sirènes inondées de cheveux d'or et de perles
marines. Tiburce, qui avait une très grande faculté
d'assimilation, et qui comprenait également bien les
types les plus opposés, était en ce moment-là aussi flamand que s'il fût né dans les polders et n'eût jamais
perdu de vue le fort de Lillo et le clocher d'Antwerpen.

« Voilà qui est convenu, se dit-il en sortant de la
galerie, j'aimerai une Flamande. »

Comme Tiburce était l'homme le plus logique du
monde, il se posa ce raisonnement tout à fait victorieux, à savoir que les Flamandes devaient être beaucoup plus communes en Flandre qu'ailleurs, et qu'il
était urgent pour lui d'aller en Belgique — *au pourchas du blond*. — Ce Jason d'une nouvelle espèce, en
quête d'une autre toison d'or, prit le soir même la diligence de Bruxelles avec la précipitation d'un banque-
routier las du commerce des hommes et sentant le
besoin de quitter la France, cette terre classique des
beaux-arts, des belles manières et des gardes du
commerce.

Au bout de quelques heures, Tiburce vit paraître,
non sans joie, sur les enseignes des cabarets, le lion
belge sous la figure d'un caniche en culotte de nankin,
accompagné de l'inévitable *Verkoopt men dranken*.
Le lendemain soir, il se promenait à Bruxelles sur la
Magadalena-Strass, gravissait la Montagne aux herbes
potagères, admirait les vitraux de Sainte-Gudule et le
beffroi de l'hôtel de ville, et regardait, non sans inquiétude, toutes les femmes qui passaient.

Il rencontra un nombre incalculable de négresses, de
mulâtresses, de quarteronnes, de métisses, de griffes,
de femmes jaunes, de femmes cuivrées, de femmes
vertes, de femmes couleur de revers de botte, mais pas
une seule blonde ; s'il avait fait un peu plus chaud, il

aurait pu se croire à Séville ; rien n'y manquait, pas
même la mantille noire.

Pourtant, en rentrant dans son hôtel, rue d'Or, il
aperçut une jeune fille qui n'était que châtain foncé,
mais elle était laide ; le lendemain, il vit aussi près de
la résidence de Laëken une Anglaise avec des cheveux
rouge carotte et des brodequins vert tendre ; mais elle
avait la maigreur d'une grenouille enfermée depuis six
mois dans un bocal pour servir de baromètre, ce qui la
rendait peu propre à réaliser un idéal dans le goût de
Rubens.

Voyant que Bruxelles n'était peuplé que d'Anda-
louses au *sein bruni*, ce qui s'explique du reste aisément par la domination espagnole qui pesa longtemps
sur les Pays-Bas, Tiburce résolut d'aller à Anvers, pensant avec quelque apparence de raison que les types
familiers à Rubens, et si constamment reproduits sur
ses toiles, devaient se trouver fréquemment dans sa
ville natale et bien-aimée.

En conséquence, il se rendit à la station du chemin
de fer qui va de Bruxelles à Anvers. — Le cheval de
vapeur avait déjà mangé son avoine de charbon, il
renâclait d'impatience et soufflait par ses naseaux
enflammés, avec un râle strident, d'épaisses bouffées
de fumée blanche, entremêlées d'aigrettes d'étincelles.
Tiburce s'assit dans sa stalle en compagnie de cinq
Wallons immobiles à leurs places comme des cha-
noines au chapitre, et le convoi partit. — La marche
fut d'abord modérée : on n'allait guère plus vite que
dans une chaise de poste à dix francs de guides ; bientôt le cheval s'anima et fut pris d'une incroyable furie
de vitesse. Les peupliers du chemin fuyaient à droite
et à gauche comme une armée en déroute, le paysage
devenait confus et s'estompait dans une grise vapeur ;
le colza et l'œillette tigraient vaguement de leurs
étoiles d'or et d'azur les bandes noires du terrain ; de
loin en loin une grêle silhouette de clocher se montrait
dans les roulis des nuages et disparaissait sur-le-champ
comme un mât de vaisseau sur une mer agitée ; de

petits cabarets rose tendre ou vert pomme s'ébauchaient rapidement au fond de leurs courtils sous leurs
guirlandes de vigne vierge ou de houblon ; çà et là des
flaques d'eau encadrées de vase brune papillotaient aux
yeux comme les miroirs des pièges d'alouettes. Cependant le monstre de fonte éructait avec un bruit toujours
croissant son haleine d'eau bouillante ; il sifflait
comme un cachalot asthmatique, une sueur ardente
couvrait ses flancs de bronze. — Il semblait se plaindre
de la rapidité insensée de sa course et demander grâce
à ses noirs postillons qui l'éperonnaient à grandes pelletées de tourbe. — Un bruit de tampons et de chaînes
qui se heurtaient se fit entendre : on était arrivé.

Tiburce se mit à courir à droite et à gauche sans
dessein arrêté, comme un lapin qu'on sortirait tout à
coup de sa cage ; il prit la première rue qui se présenta
à lui, puis une seconde, puis une troisième, et s'enfonça bravement au cœur de la vieille ville, cherchant
le blond avec une ardeur digne des anciens chevaliers
d'aventures.

Il vit une grande quantité de maisons peintes en gris
de souris, en jaune serin, en vert céladon, en lilas clair,
avec des toits en escalier, des pignons à volute, des
portes à bossages vermiculés, à colonnes trapues,
ornées de bracelets quadrangulaires comme celles du
Luxembourg, des fenêtres renaissance à mailles de
plomb, des mascarons, des poutres sculptées, et mille
curieux détails d'architecture qui l'auraient enchanté
en toute autre occasion ; il jeta à peine un regard distrait sur les madones enluminées, sur les christs qui
portent des lanternes au coin des carrefours, les saints
de bois ou de cire avec leurs dorloteries et leur clin-
quant, tous ces emblèmes catholiques si étranges pour
un habitant de nos villes voltairiennes. Un autre soin
l'occupait : ses yeux cherchaient à travers les teintes
bitumineuses des vitres enfumées, quelque blanche
apparition féminine, un bon et calme visage brabançon
vermillonné des fraîcheurs de la pêche et souriant dans
son auréole de cheveux d'or. Il n'aperçut que des

vieilles femmes faisant de la dentelle, lisant des livres
de prières, ou tapies dans des encoignures et guettant
le passage de quelque rare promeneur réfléchi par les
glaces de leur espion ou la boule d'acier poli suspendue à la voûte.

Les rues étaient désertes et plus silencieuses que
celles de Venise ; l'on n'entendait d'autre bruit que
celui des heures sonnant aux carillons des diverses
églises sur tous les tons possibles au moins pendant
vingt minutes ; les pavés, encadrés d'une frange
d'herbe comme ceux des maisons abandonnées, montraient le peu de fréquence et le petit nombre de passants. Rasant le sol comme les hirondelles furtives,
quelques femmes, enveloppées discrètement dans les
plis sombres de leur faille, filaient à petit bruit le long
des maisons, suivies quelquefois d'un petit garçon portant leur chien. — Tiburce hâtait le pas pour découvrir
leurs figures enfouies sous les ombres du capuchon, et
trouvait des têtes maigres et pâles à lèvres serrées, avec
des yeux cerclés de bistre, des mentons prudents, des
nez fins et circonspects, de vraies physionomies de
dévotes romaines ou de duègnes espagnoles ; son œillade ardente se brisait contre des regards morts, des
regards de poisson cuit.

De carrefour en carrefour, de rue en rue, Tiburce
finit par aboutir sur le quai de l'Escaut par la porte
du Port. Ce spectacle magnifique lui arracha un cri de
surprise : une quantité innombrable de mâts, d'agrès et
de vergues simulait sur le fleuve une forêt dépouillée
de feuilles et réduite au simple squelette. Les guibres
et les antennes s'appuyaient familièrement sur le para-
pet du quai comme des chevaux qui reposent leur tête
sur le col de leur voisin d'attelage ; il y avait là des
orques hollandaises à croupe rebondie avec leurs voiles
rouges, des bricks américains effilés et noirs avec leurs
cordages menus comme des fils de soie ; des koffs nor-
végiens couleur de saumon, exhalant un pénétrant
arôme de sapin raboté ; des chalands, des chasse-
marée, des sauniers bretons, des charbonniers anglais,

des vaisseaux de toutes les parties du monde. — Une odeur indéfinissable de hareng saur, de tabac, de suif rance, de goudron fondu, relevée par les âcres parfums des navires arrivant de Batavia, chargés de poivre, de cannelle, de gingembre, de cochenille, flottait dans l'air par épaisses bouffées comme la fumée d'une immense cassolette allumée en l'honneur du commerce.

Tiburce, espérant trouver dans la classe inférieure le vrai type flamand et populaire, entra dans les tavernes et les estaminets ; il y but du faro, du lambick, de la bière blanche de Louvain, de l'ale, du porter, du whiskey, voulant faire par la même occasion connaissance avec le Bacchus septentrional. — Il fuma aussi des cigares de plusieurs espèces, mangea du saumon, de la sauer-kraut, des pommes de terre jaunes, du rosbif saignant, et s'assimila toutes les jouissances du pays.

Pendant qu'il dînait, des Allemandes à figures busquées, basanées comme des Bohêmes, avec des jupons courts et des béguins d'Alsaciennes, vinrent piauler piteusement devant sa table un lieder lamentable en s'accompagnant du violon et autres instruments disgracieux. La blonde Allemagne, comme pour narguer Tiburce, s'était barbouillée du hâle le plus foncé ; il leur jeta tout en colère une poignée de *cents* qui lui valut un autre *lieder* de reconnaissance plus aigu et plus barbare que le premier.

Le soir, il alla voir dans les musicos les matelots danser avec leurs maîtresses ; toutes avaient d'admirables cheveux noirs vernis et brillants comme l'aile du corbeau ; une fort jolie créole vint même s'asseoir près de lui et trempa familièrement ses lèvres dans son verre, suivant la coutume du pays, et essaya de lier conversation avec lui en fort bon espagnol, car elle était de La Havane ; elle avait des yeux d'un noir si velouté, un teint d'une pâleur si chaude et si dorée, un si petit pied, une taille si mince, que Tiburce, exaspéré, l'envoya à tous les diables, ce qui surprit fort la pauvre créature, peu accoutumée à un pareil accueil.

Parfaitement insensible aux perfections brunes des
danseuses, Tiburce se retira à son hôtel des Armes du
Brabant. Il se déshabilla fort mécontent, et, en s'entor-
tillant de son mieux dans ces serviettes ouvrées qui
servent de draps en Flandre, il ne tarda pas à s'endormir du sommeil des justes.

Il fit les rêves les plus blonds du monde.

Les nymphes et les figures allégoriques de la galerie
de Médicis dans le déshabillé le plus galant vinrent lui
faire une visite nocturne ; elles le regardaient tendre-
ment avec leurs larges prunelles azurées, et lui souriaient, de l'air le plus amical du monde, de leurs lèvres
épanouies comme des fleurs rouges dans la blancheur
de lait de leurs figures rondes et potelées. — L'une
d'elles, la Néréide du tableau du *Voyage de la reine*,
poussait la familiarité jusqu'à passer dans les cheveux
du dormeur éperdu d'amour ses jolis doigts effilés
enluminés de carmin. Une draperie de brocart ramagé
cachait fort adroitement la difformité de ses jambes
squameuses terminées en queue fourchue ; ses cheveux
blonds étaient coiffés d'algues et de corail, comme il
sied à une fille de la mer ; elle était adorable ainsi. Des
groupes d'enfants joufflus et vermeils comme des roses
nageaient dans une atmosphère lumineuse soutenant
des guirlandes de fleurs d'un éclat insoutenable, et faisaient descendre du ciel une pluie parfumée. À un
signe que fit la Néréide, les nymphes se mirent sur
deux rangs et nouèrent ensemble le bout de leurs
longues chevelures rousses, de façon à former une
espèce de hamac en filigrane d'or pour l'heureux
Tiburce et sa maîtresse à nageoires de poisson ; ils s'y
placèrent en effet, et les nymphes les balançaient en
remuant légèrement la tête sur un rythme d'une douceur infinie.

Tout à coup un bruit sec se fit entendre, les fils d'or
se rompirent, Tiburce roula par terre. Il ouvrit les yeux,
et ne vit plus qu'une horrible figure couleur de bronze
qui fixait sur lui de grands yeux d'émail dont le blanc
seul paraissait.

« Mein herr, voilà le déjeuner de vous, dit une vieille négresse hottentote, servante de l'hôtel, en posant sur un guéridon un plateau chargé de vaisselle et d'argenterie.

— Ah çà ! j'aurais dû aller en Afrique pour trouver des blondes », grommela Tiburce en attaquant son bifteck d'une façon désespérée.

CHAPITRE II

Tiburce, convenablement repu, sortit de l'hôtel des Armes du Brabant dans l'intention consciencieuse et louable de continuer la recherche de son idéal. Il ne fut pas plus heureux que la veille ; de brunes ironies, débouchant de toutes les rues lui jetaient des sourires sournois et railleurs ; l'Inde, l'Afrique, l'Amérique, défilèrent devant lui en échantillons plus ou moins cuivrés, on eût dit que la digne ville, prévenue de son dessein, cachait par moquerie, au fond de ses plus impénétrables arrière-cours et derrière ses plus obscurs vitrages, toutes celles de ses filles qui eussent pu rappeler de près ou de loin les figures de Jordaëns et de Rubens : avare de son or, elle prodiguait son ébène.

Outré de cette espèce de dérision muette, Tiburce visita, pour y échapper, les musées et les galeries. L'Olympe flamand rayonna de nouveau à ses yeux. Les cascades de cheveux recommencèrent à ruisseler par petites ondes rousses avec un frissonnement d'or et de lumière ; les épaules des allégories, ravivant leur blancheur argentée étincelèrent plus vivement que jamais ; l'azur des prunelles devint plus clair, les joues en fleur s'épanouirent comme des touffes d'œillets ; une vapeur rose réchauffa la pâleur bleuâtre des genoux, des coudes et des doigts de toutes ces blondes déesses ; des luisants satinés, des moires de lumière, des reflets vermeils glissèrent en se jouant sur les chairs rondes et potelées ; les draperies gorge-de-pigeon s'enflèrent sous l'haleine d'un vent invisible et se mirent à voltiger dans la vapeur azurée ; la fraîche et grasse poésie néerlandaise se révéla tout entière à notre voyageur enthousiaste.

Mais ces beautés sur toile ne lui suffisaient pas. Il était venu chercher des types vivants et réels. Depuis assez longtemps il se nourrissait de poésie écrite et peinte, et il avait pu s'apercevoir que le commerce des abstractions n'était pas des plus substantiels. — Sans doute, il eût été beaucoup plus simple de rester à Paris et de devenir amoureux d'une jolie femme, ou même d'une laide comme tout le monde ; mais Tiburce ne comprenait pas la nature, et ne pouvait la lire que dans les traductions. Il saisissait admirablement bien tous les types réalisés dans les œuvres des maîtres, mais il ne les aurait pas aperçus de lui-même s'il les eût rencontrés dans la rue ou dans le monde ; en un mot, s'il eût été peintre, il aurait fait des vignettes sur les vers des poètes ; s'il eût été poète, il eût fait des vers sur les tableaux des peintres. L'art s'était emparé de lui trop jeune et l'avait corrompu et faussé ; ces caractères-là sont plus communs que l'on ne pense dans notre extrême civilisation, où l'on est plus souvent en contact avec les œuvres des hommes qu'avec celles de la nature.

Un instant Tiburce eut l'idée de transiger avec lui-même, et se dit cette phrase lâche et malsonnante : « C'est une jolie couleur de cheveux que la couleur châtain. » Il alla même, le sycophante, le misérable, l'homme de peu de foi, jusqu'à s'avouer que les yeux noirs étaient fort vifs et très agréables. Il est vrai de dire, pour l'excuser, qu'il avait battu en tout sens, et cela sans le moindre résultat, une ville que tout autorisait à croire essentiellement blonde. Un peu de découragement lui était bien permis.

Au moment où il prononçait intérieurement ce blasphème, un charmant regard bleu, enveloppé d'une

mantille, scintilla devant lui et disparut comme un feu
follet par l'angle de la place de Meïr.

Tiburce doubla le pas, mais il ne vit plus rien ; la
rue était déserte dans toute sa longueur. Sans doute, la
fugitive vision était entrée dans une des maisons voisines, ou s'était éclipsée par quelque passage inconnu ;
le Tiburce désappointé, après avoir regardé le puits à
volutes de fer, forgé par Quintin Metzys, le peintre
serrurier, eut la fantaisie, faute de mieux, d'examiner
la cathédrale, qu'il trouva badigeonnée de haut en bas
d'un jaune serin abominable. Heureusement, la chaire
en bois sculpté de Verbruggen, avec ses rinceaux
chargés d'oiseaux, d'écureuils, de dindons faisant la
roue, et de tout l'attirail zoologique qui entourait Adam
et Ève dans le paradis terrestre, rachetait cet empâte-
ment général par la finesse de ses arêtes et le précieux
de ses détails ; heureusement, les blasons des familles
nobles, les tableaux d'Otto Venius, de Rubens et de
Van Dyck cachaient en partie cette odieuse teinte si
chère à la bourgeoisie et au clergé.

Quelques béguines en prière étaient disséminées sur
le pavé de l'église ; mais la ferveur de leur dévotion
inclinait tellement leurs visages sur leurs livres de
prières à tranche rouge, qu'il était difficile d'en distinguer les traits. D'ailleurs la sainteté du lieu et l'antiquité de leur tournure empêchaient Tiburce d'avoir
envie de pousser plus loin ses investigations.

Cinq ou six Anglais, tout essoufflés d'avoir monté
et descendu les quatre cent soixante et dix marches du
clocher, que la neige de colombe dont il est recouvert
en tout temps fait ressembler à une aiguille des Alpes,
examinaient les tableaux, et, ne s'en rapportant qu'à
demi à l'érudition bavarde de leur cicerone, cherchaient dans leur Guide du voyageur les noms des
maîtres, de peur d'admirer une chose pour l'autre, et
répétaient à chaque toile, avec un flegme impertur-
bable : *It is a very fine exhibition.* — Ces Anglais
avaient des figures carrées, et la distance prodigieuse
qui existait de leur nez à leur menton montrait la pureté

de leur race. Quant à l'Anglaise qui était avec eux,
c'était celle que Tiburce avait déjà vue près de la résidence de Laëken ; elle portait les mêmes brodequins
verts et les mêmes cheveux rouges. Tiburce, désespérant du blond de la Flandre, fut presque sur le point de
lui décocher une œillade assassine ; mais les couplets
de vaudeville contre la perfide Albion lui revinrent à
la mémoire fort à propos.

En l'honneur de cette compagnie, si évidemment
britannique, qui ne se remuait qu'avec un cliquetis de
guinées, le bedeau ouvrit les volets qui cachent les trois
quarts de l'année les deux miraculeuses peintures de
Rubens : *Le Crucifiement* et *La Descente de croix*.

Le Crucifiement [2] est une œuvre à part, et, lorsqu'il
le peignit, Rubens rêvait de Michel-Ange. Le dessin
est âpre, sauvage, violent comme celui de l'école
romaine ; tous les muscles ressortent à la fois, tous les
os et tous les cartilages paraissent, des nerfs d'acier
soulèvent des chairs de granit. — Ce n'est plus là le
vermillon joyeux dont le peintre d'Anvers saupoudre
insouciamment ses innombrables productions, c'est le
bistre italien dans sa plus fauve intensité ; les bour-
reaux, colosses à formes d'éléphant, ont des mufles de
tigre et des allures de férocité bestiale ; le Christ lui-
même, participant à cette exagération, a plutôt l'air
d'un Milon de Crotone cloué sur un chevalet par des
athlètes rivaux, que d'un Dieu se sacrifiant volontairement pour le rachat de l'humanité. Il n'y a là de flamand que le grand chien de Sneyders, qui aboie dans
un coin de la composition.

Lorsque les volets de *La Descente de croix* [3] s'en-
trouvrirent, Tiburce éprouva un éblouissement vertigineux, comme s'il eût regardé dans un gouffre de
lumière ; la tête sublime de la Madeleine flamboyait
victorieusement dans un océan d'or, et semblait illuminer des rayons de ses yeux l'atmosphère grise et blafarde tamisée par les étroites fenêtres gothiques. Tout
s'effaça autour de lui ; il se fit un vide complet, les

Anglais carrés, l'Anglaise rouge, le bedeau violet, il n'aperçut plus rien.

La vue de cette figure fut pour Tiburce une révélation d'en haut ; des écailles tombèrent de ses yeux, il se trouvait face à face avec son rêve secret, avec son espérance inavouée : l'image insaisissable qu'il avait poursuivie de toute l'ardeur d'une imagination amoureuse, et dont il n'avait pu apercevoir que le profil ou un dernier pli de robe, aussitôt disparu ; la chimère capricieuse et farouche, toujours prête à déployer ses ailes inquiètes, était là devant lui, ne fuyant plus, immobile dans la gloire de sa beauté. Le grand maître avait copié dans son propre cœur la maîtresse pressentie et souhaitée ; il lui semblait avoir peint lui-même le tableau ; la main du génie avait dessiné fermement et à grands traits ce qui n'était qu'ébauché confusément chez lui, et vêtu de couleurs splendides son obscure fantaisie d'inconnu. Il reconnaissait cette tête, qu'il n'avait pourtant jamais vue.

Il resta là, muet, absorbé, insensible, comme un homme tombé en catalepsie, sans remuer les paupières et plongeant les yeux dans le regard infini de la grande repentante.

Un pied du Christ, blanc d'une blancheur exsangue, pur et mat comme une hostie, flottait avec toute la mollesse inerte de la mort sur la blonde épaule de la sainte, escabeau d'ivoire placé là par le maître sublime pour descendre le divin cadavre de l'arbre de rédemption. — Tiburce se sentit jaloux du Christ. — Pour un pareil bonheur, il eût volontiers enduré la passion. — La pâleur bleuâtre des chairs le rassurait à peine. Il fut aussi profondément blessé que la Madeleine ne détournât pas vers lui son œil onctueux et lustré, où le jour mettait des diamants et la douleur ses perles ; la persistance douloureuse et passionnée de ce regard qui enveloppait le corps bien-aimé d'un suaire de tendresse, lui paraissait mortifiante pour lui et souverainement injuste. Il aurait voulu que le plus imperceptible mouvement lui donnât à entendre qu'elle était touchée de son amour ; il avait déjà oublié qu'il était devant une peinture, tant la passion est prompte à prêter son ardeur même aux objets incapables d'en ressentir. Pygmalion dut être étonné comme d'une chose fort surprenante que sa statue ne lui rendît pas caresse pour caresse ; Tiburce ne fut pas moins atterré de la froideur de son amante peinte.

Agenouillée dans sa robe de satin vert aux plis amples et puissants, elle continuait à contempler le Christ avec une expression de volupté douloureuse comme une maîtresse qui veut se rassasier des traits d'un visage adoré qu'elle ne doit plus revoir ; ses cheveux s'effilaient sur ses épaules en franges lumineuses ; — un rayon de soleil égaré par hasard rehaussait la chaude blancheur de son linge et de ses bras de marbre doré ; — sous la lueur vacillante, sa gorge semblait s'enfler et palpiter avec une apparence de vie ; les larmes de ses yeux fondaient et ruisselaient comme des larmes humaines.

Tiburce crut qu'elle allait se lever et descendre du tableau.

Tout à coup il se fit nuit : la vision s'éteignit.

Les Anglais s'étaient retirés après avoir dit : *Very well, a pretty picture*, et le bedeau, ennuyé de la longue contemplation de Tiburce, avait poussé les volets et lui demandait la rétribution habituelle. Tiburce lui donna tout ce qu'il avait dans sa poche ; les amants sont généreux avec les duègnes ; — le bedeau anversois était la duègne de la Madeleine, et Tiburce, pensant déjà à une autre entrevue, avait à cœur de se le rendre favorable.

Le Saint Christophe colossal et l'Ermite portant une lanterne, peints sur l'extérieur des panneaux, morceaux cependant fort remarquables, furent loin de consoler Tiburce de la fermeture de cet éblouissant tabernacle, où le génie de Rubens étincelle comme un ostensoir chargé de pierreries.

Il sortit de l'église emportant dans son cœur la flèche barbelée de l'amour impossible : il avait enfin rencontré la passion qu'il cherchait, mais il était puni par où il avait péché : il avait trop aimé la peinture, il était condamné à aimer un tableau. La nature délaissée pour l'art se vengeait d'une façon cruelle ; l'amant le plus timide auprès de la femme la plus vertueuse garde toujours dans un coin de son cœur une furtive espérance : pour Tiburce, il était sûr de la résistance de sa maîtresse et savait parfaitement qu'il ne serait jamais heureux ; aussi sa passion était-elle une vraie passion, une passion extravagante, insensée et capable de tout ; — elle brillait surtout par le désintéressement.

Que l'on ne se moque pas trop de l'amour de Tiburce : combien ne rencontre-t-on pas de gens très épris de femmes qu'ils n'ont vues qu'encadrées dans une loge de théâtre, à qui ils n'ont jamais adressé la parole, et dont ils ne connaissent pas même le son de voix ? ces gens-là sont-ils beaucoup plus raisonnables que notre héros, et leur idole impalpable vaut-elle la Madeleine d'Anvers ?

Tiburce marchait d'un air mystérieux et fier comme un galant qui revient d'un premier rendez-vous. La vivacité de la sensation qu'il éprouvait le surprenait agréablement, — lui qui n'avait jamais vécu que par le cerveau, il sentait son cœur ; c'était nouveau : aussi se laissa-t-il aller tout entier aux charmes de cette fraîche impression ; une femme véritable ne l'eût pas touché à ce point. Un homme factice ne peut être ému que par une chose factice ; il y a harmonie : le vrai serait discordant. Tiburce, comme nous l'avons dit, avait beaucoup lu, beaucoup vu, beaucoup pensé et peu senti ; ses fantaisies étaient seulement des fantaisies de tête, la passion chez lui ne dépassait guère la cravate ; cette fois il était amoureux réellement comme un écolier de rhétorique ; l'image éblouissante de la Madeleine voltigeait devant ses yeux en taches lumineuses, comme s'il eût regardé le soleil ; le moindre petit pli, le plus imperceptible détail se dessinait nettement dans sa mémoire, le tableau était toujours présent pour lui. Il cherchait sérieusement dans sa tête les moyens d'animer cette beauté insensible et de la faire sortir de son

cadre ; — il songea à Prométhée, qui ravit le feu du
ciel pour donner une âme à son œuvre inerte ; à Pygmalion, qui sut trouver le moyen d'attendrir et
d'échauffer un marbre ; il eut l'idée de se plonger dans
l'océan sans fond des sciences occultes, afin de découvrir un enchantement assez puissant pour donner une
vie et un corps à cette vaine apparence. Il délirait, il
était fou : vous voyez bien qu'il était amoureux.

Sans arriver à ce degré d'exaltation, n'avez-vous pas
vous-même été envahi par un sentiment de mélancolie
inexprimable dans une galerie d'anciens maîtres, en
songeant aux beautés disparues représentées par leurs
tableaux ? Ne voudrait-on pas donner la vie à toutes
ces figures pâles et silencieuses qui semblent rêver tristement sur l'outremer verdi ou le noir charbonné qui
lui sert de fond ? Ces yeux, dont l'étincelle scintille
plus vivement sous le voile de la vétusté, ont été copiés
sur ceux d'une jeune princesse ou d'une belle courtisane dont il ne reste plus rien, pas même un seul grain
de cendre ; ces bouches entrouvertes par des sourires
peints, rappellent de véritables sourires à jamais
envolés. Quel dommage, en effet, que les femmes de
Raphaël, de Corrège et de Titien ne soient que des
ombres impalpables ! et pourquoi leurs modèles n'ont-
ils pas reçu comme leurs peintures le privilège de l'immortalité ? — Le sérail du plus voluptueux sultan serait
peu de chose à côté de celui que l'on pourrait composer
avec les odalisques de la peinture, et il est vraiment
dommage que tant de beauté soit perdue.

Tous les jours Tiburce allait à la cathédrale et s'abîmait dans la contemplation de sa Madeleine bien-
aimée, et chaque soir il en revenait plus triste, plus
amoureux et plus fou que jamais. — Sans aimer de
tableaux, plus d'un noble cœur a éprouvé les souffrances de notre ami en voulant souffler son âme à
quelque morne idole qui n'avait de la vie que le fantôme extérieur, et ne comprenait pas plus la passion
qu'elle inspirait qu'une figure coloriée.

À l'aide de fortes lorgnettes notre amoureux scrutait

sa beauté jusque dans les touches les plus imperceptibles. Il admirait la finesse du grain, la solidité et la
souplesse de la pâte, l'énergie du pinceau, la vigueur
du dessin, comme un autre admire le velouté de la
peau, la blancheur et la belle coloration d'une maîtresse vivante : sous prétexte d'examiner le travail de
plus près, il obtint une échelle de son ami le bedeau,
et, tout frémissant d'amour, il osa porter une main
téméraire sur l'épaule de la Madeleine. Il fut très surpris, au lieu du moelleux satiné d'une épaule de
femme, de ne trouver qu'une surface âpre et rude
comme une lime, gaufrée et martelée en tous sens par
l'impétuosité de brosse du fougueux peintre. Cette
découverte attrista beaucoup Tiburce, mais, dès qu'il
fut redescendu sur le pavé de l'église, son illusion le
reprit.

Tiburce passa ainsi plus de quinze jours dans un état
de lyrisme transcendantal, tendant des bras éperdus à
sa chimère, implorant quelque miracle du ciel. — Dans
les moments lucides il se résignait à chercher dans la
ville quelque type se rapprochant de son idéal, mais
ses recherches n'aboutissaient à rien, car l'on ne trouve
pas aisément, le long des rues et des promenades, un
pareil diamant de beauté.

Un soir, cependant, il rencontra encore à l'angle de
la place de Meïr le charmant regard bleu dont nous
avons parlé : cette fois la vision disparut moins vite, et
Tiburce eut le temps de voir un délicieux visage
encadré d'opulentes touffes de cheveux blonds, un sourire ingénu sur les lèvres les plus fraîches du monde.
Elle hâta le pas lorsqu'elle se sentit suivie, mais
Tiburce, en se maintenant à distance, put la voir s'arrêter devant une bonne vieille maison flamande, d'apparence pauvre, mais honnête. Comme on tardait un peu
à lui ouvrir, elle se retourna un instant, sans doute par
un vague instinct de coquetterie féminine, pour voir si
l'inconnu ne s'était pas découragé du trajet assez long
qu'elle lui avait fait parcourir. Tiburce, comme illu-

miné par une lueur subite, s'aperçut qu'elle ressemblait d'une manière frappante à la Madeleine.

CHAPITRE III

La maison où était entrée la svelte figure avait un air de bonhomie flamande tout à fait patriarcal ; elle était peinte couleur rose sèche avec de petites raies blanches pour figurer les joints de la pierre ; le pignon denticulé en marches d'escalier, le toit fenestré de lucarnes à volute, l'imposte représentant avec une naïveté toute gothique l'histoire de Noé raillé par ses fils, le nid de cigogne, les pigeons se toilettant au soleil, achevaient d'en compléter le caractère, on eût dit une de ces fabriques si communes dans les tableaux de Van der Heyden ou de Teniers.

Quelques brindilles de houblon tempéraient par leur verdoyant badinage ce que l'aspect général pouvait avoir de trop strict et de trop propre. Des barreaux faisant le ventre grillaient les fenêtres inférieures, et sur les deux premières vitres étaient appliqués des carrés de tulle semés de larges bouquets de broderie à la mode bruxelloise ; dans l'espace laissé vide par le renflement des barres de fer, se prélassaient deux pots de faïence de la Chine contenant quelques œillets étiolés et d'apparence maladive, malgré le soin évident qu'en prenait leur propriétaire ; car leurs têtes languissantes étaient soutenues par des cartes à jouer et un système assez compliqué de petits échafaudages de brins d'osier. — Tiburce remarqua ce détail, qui indiquait une vie chaste et contenue, tout un poème de jeunesse et de pureté.

Comme il ne vit pas ressortir, au bout de deux heures d'attente, la belle Madeleine au regard bleu, il en conclut judicieusement qu'elle devait demeurer là ; ce qui était vrai : il ne s'agissait plus que de savoir son

nom, sa position dans le monde, de lier connaissance
avec elle et de s'en faire aimer : peu de chose en vérité.
Un Lovelace de profession n'y eût pas été empêché
cinq minutes ; mais le brave Tiburce n'était pas un
Lovelace : au contraire, il était hardi en pensée, timide
en action ; personne n'était moins habile à passer du
général au particulier, et il avait en affaires d'amour le
plus formel besoin d'un honnête Pandarus qui vantât
ses perfections et lui arrangeât ses rendez-vous. Une
fois en train, il ne manquait pas d'éloquence ; il débitait avec assez d'aplomb la tirade langoureuse, et faisait l'amoureux au moins aussi bien qu'un jeune
premier de province ; mais, à l'opposé de Petit-Jean,
l'avocat du chien Citron, ce qu'il savait le moins bien,
c'était son commencement.

Aussi devons-nous avouer que le bon Tiburce
nageait dans une mer d'incertitudes, combinant mille
stratagèmes plus ingénieux que ceux de Polybe pour
se rapprocher de sa divinité. Ne trouvant rien de pré-
sentable, comme don Cléofas du *Diable boiteux*, il eut
l'idée de mettre le feu à la maison, afin d'avoir l'occasion d'arracher son infante du sein des flammes et lui
prouver ainsi son courage et son dévouement ; mais il
réfléchit qu'un pompier, plus accoutumé que lui à courir sur les poutres embrasées, pourrait le supplanter, et
que d'ailleurs cette manière de faire connaissance avec
une jolie femme était prévue par le Code.

En attendant mieux, il se grava bien nettement au
fond de la cervelle la configuration du logis, prit le
nom de la rue et s'en retourna à son auberge assez
satisfait, car il avait cru voir se dessiner vaguement
derrière le tulle brodé de la fenêtre la charmante silhouette de l'inconnue, et une petite main écarter le coin
de la trame transparente, sans doute pour s'assurer de
sa persistance vertueuse à monter la faction, sans
espoir d'être relevé, au coin d'une rue déserte d'Antwerpen. — Était-ce une fatuité de la part de Tiburce,
et n'avait-il pas une de ces bonnes fortunes ordinaires
aux myopes qui prennent les linges pendus aux croi-

sées pour l'écharpe de Juliette penchée vers Roméo, et
les pots de giroflée pour des princesses en robe de brocart d'or ? Toujours est-il qu'il s'en alla fort joyeux, et
se regardant lui-même comme un des séducteurs les
plus triomphants. — L'hôtesse des Armes du Brabant
et sa servante noire furent étonnées des airs d'Amilcar
et de tambour-major qu'il se donnait. Il alluma son
cigare de la façon la plus résolue, croisa ses jambes et
se mit à faire danser sa pantoufle au bout de son pied
avec la superbe nonchalance d'un mortel qui méprise
parfaitement la création et qui sait des bonheurs inconnus au vulgaire des hommes ; il avait enfin trouvé le
blond. Jason ne fut pas plus heureux en décrochant de
l'arbre enchanté la toison merveilleuse.

Notre héros est dans la meilleure des situations possibles : un vrai cigare de La Havane à la bouche,
des pantoufles aux pieds, une bouteille de vin du Rhin
sur sa table, avec les journaux de la semaine passée et
une jolie petite contrefaçon des poésies d'Alfred de
Musset.

Il peut boire un verre et même deux de Tockayer,
lire *Namouna* ou le compte rendu du dernier ballet : il
n'y a donc aucun inconvénient à ce que nous le lais-
sions seul pour quelques instants : nous lui donnons de
quoi se désennuyer, si tant est qu'un amoureux puisse
s'ennuyer. Nous retournerons sans lui, car ce n'est pas
un homme à nous ouvrir les portes, à la petite maison
de la rue Kipdorp, et nous vous servirons d'introduc-
teur. — Nous vous ferons voir ce qu'il y a derrière les
broderies de la fenêtre basse, car pour premier rensei-
gnement nous devons vous dire que l'héroïne de cette
nouvelle habite au rez-de-chaussée, et qu'elle s'appelle
Gretchen, nom qui, pour n'être pas si euphonique
qu'Ethelwina ou Azélie, paraît d'une suffisante douceur aux oreilles allemandes et néerlandaises.

Entrez après avoir soigneusement essuyé vos pieds,
car la propreté flamande règne ici despotiquement. —
En Flandre l'on ne se lave la figure qu'une fois la
semaine, mais en revanche les planchers sont échaudés

et grattés à vif deux fois par jour. — Le parquet du couloir, comme celui du reste de la maison, est fait de planches de sapin dont on conserve le ton naturel, et dont aucun enduit n'empêche de voir les longues veines pâles et les nœuds étoilés ; il est saupoudré d'une légère couche de sable de mer soigneusement tamisé, dont le grain retient le pied et empêche les glissades si fréquentes dans nos salons, où l'on patine plutôt que l'on ne marche. — La chambre de Gretchen est à droite, c'est cette porte d'un gris modeste dont le bouton de cuivre écuré au tripoli reluit comme s'il était d'or ; frottez encore une fois vos semelles sur ce paillasson de roseaux ; l'empereur lui-même n'entrerait pas avec des bottes crottées.

Regardez un instant ce doux et tranquille intérieur ; rien n'y attire l'œil ; tout est calme, sobre, étouffé ; la chambre de Marguerite elle-même n'est pas d'un effet plus virginalement mélancolique : c'est la sérénité de l'innocence qui préside à tous ces petits détails de charmante propreté.

Les murailles, brunes de ton et revêtues à hauteur d'appui d'un lambris de chêne, n'ont d'autre ornement qu'une madone de plâtre colorié, habillée d'étoffes comme une poupée, avec des souliers de satin, une couronne de moelle de roseau, un collier de verroterie et deux petits vases de fleurs artificielles placés devant elle. Au fond de la pièce, dans le coin le plus noyé d'ombre, s'élève un lit à quenouilles de forme ancienne et garni de rideaux de serge verte et de pentes à grandes dents ourlées de galons jaunes ; au chevet, un christ, dont le bas de la croix forme bénitier, étend ses bras d'ivoire sur le sommeil de la chaste créature.

Un bahut qui miroite comme une glace à contre-jour, tant il est bien frotté ; une table à pieds tors posée auprès de la fenêtre et chargée de pelotes, d'écheveaux de fil et de tout l'attirail de l'ouvrière en dentelle ; un grand fauteuil en tapisserie, quelques chaises à dossier de forme Louis XIII, comme on en voit dans les vieilles gravures d'Abraham Bosse, composent cet ameublement d'une simplicité presque puritaine.

Cependant nous devons ajouter que Gretchen, pour sage qu'elle fût, s'était permis le luxe d'un miroir en cristal de Venise à biseau entouré d'un cadre d'ébène incrusté de cuivre. Il est vrai que, pour sanctifier ce meuble profane, un rameau de buis bénit était piqué dans la bordure.

Figurez-vous Gretchen assise dans le grand fauteuil de tapisserie, les pieds sur un tabouret brodé par elle-même, brouillant et débrouillant avec ses doigts de fée les imperceptibles réseaux d'une dentelle commencée ; sa jolie tête penchée vers son ouvrage est égayée en dessous par mille reflets folâtres qui argentent de teintes fraîches et vaporeuses l'ombre transparente qui la baigne ; une délicate fleur de jeunesse veloute la santé un peu hollandaise de ses joues dont le clair-obscur ne peut atténuer la fraîcheur ; la lumière, filtrée avec ménagement par les carreaux supérieurs, satine seulement le haut de son front, et fait briller comme des vrilles d'or les petits cheveux follets en rébellion contre la morsure du peigne. Faites courir un brusque filet de jour sur la corniche et sur le bahut, piquez une paillette sur le ventre des pots d'étain ; jaunissez un peu le christ, fouillez plus profondément les plis roides et droits des rideaux de serge, brunissez la pâleur modernement blafarde du vitrage, jetez au fond de la pièce la vieille Barbara armée de son balai, concentrez toute la clarté sur la tête, sur les mains de la jeune fille, et vous aurez une toile flamande du meilleur temps, que Terburg ou Gaspard Netscher ne refuserait pas de signer.

Quelle différence entre cet intérieur si net, si propre, si facilement compréhensible, et la chambre d'une jeune fille française, toujours encombrée de chiffons, de papier de musique, d'aquarelles commencées, où chaque objet est hors de sa place, où les robes dépliées pendent sur le dos des chaises, où le chat de la maison déchiffre avec ses griffes le roman oublié à terre ! —

Comme l'eau où trempe cette rose à moitié effeuillée est limpide et cristalline ! comme ce linge est blanc, comme ces verreries sont claires ! — Pas un atome voltigeant, pas une peluche égarée.

Metzu qui peignait dans un pavillon situé au milieu d'une pièce d'eau pour conserver l'intégrité de ses teintes, eût travaillé sans inquiétude dans la chambre de Gretchen. La plaque de fonte du fond de la cheminée y reluit comme un bas-relief d'argent.

Maintenant une crainte vient nous saisir : est-ce bien l'héroïne qui convient à notre héros ? Gretchen est-elle véritablement l'idéal de Tiburce ? Tout cela n'est-il pas bien minutieux, bien bourgeois, bien positif ? n'est-ce pas là plutôt le type hollandais que le type flamand, et pensez-vous, en conscience, que les modèles de Rubens fussent ainsi faits ? N'étaient-ce pas de préférence de joyeuses commères, hautes en couleur, abondantes en appas, d'une santé violente, à l'allure dégingandée et commune, dont le génie du peintre a corrigé la réalité triviale ? Les grands maîtres nous jouent souvent de ces tours-là. D'un site insignifiant, ils font un paysage délicieux ; d'une ignoble servante, une Vénus ; ils ne copient pas ce qu'ils voient, mais ce qu'ils désirent.

Pourtant Gretchen, quoique plus mignonne et plus délicate, ressemble vraiment beaucoup à la Madeleine de Notre-Dame d'Anvers, et la fantaisie de Tiburce peut s'y arrêter sans déception. Il lui sera difficile de trouver un corps plus magnifique au fantôme de sa maîtresse peinte.

Vous désirez sans doute, maintenant que vous connaissez aussi bien que nous-même Gretchen et sa chambre, — l'oiseau et le nid, — avoir quelques détails sur sa vie et sa position. — Son histoire est la plus simple du monde : Gretchen, fille de petits marchands qui ont éprouvé des malheurs, est orpheline depuis quelques années ; elle vit avec Barbara, vieille servante dévouée, d'une petite rente, débris de l'héritage paternel, et du produit de son travail ; comme

Gretchen fait ses robes et ses dentelles, qu'elle passe
même chez les Flamands pour un prodige de soin et
de propreté, elle peut, quoique simple ouvrière, être
mise avec une certaine élégance et ne guère différer
des filles de bourgeois : son linge est fin, ses coiffes
se font toujours remarquer par leur blancheur ; ses brodequins sont les mieux faits de la ville ; car, dût ce
détail déplaire à Tiburce, nous devons avouer que Gretchen a un pied de comtesse andalouse, et se chausse
en conséquence. C'est du reste une fille bien élevée ;
elle sait lire, écrit joliment, connaît tous les points possibles de broderie, n'a pas de rivale au monde pour les
travaux d'aiguille et ne joue pas du piano. Ajoutons
qu'elle a en revanche un talent admirable pour les
tartes de poires, les carpes au bleu et les gâteaux de
pâte ferme, car elle se pique de cuisine comme toutes
les bonnes ménagères, et sait préparer, d'après les
recettes particulières, mille petites friandises fort
recherchées.

Ces détails paraîtront sans doute d'une aristocratie
médiocre, mais notre héroïne n'est ni une princesse
diplomatique, ni une délicieuse femme de trente ans,
ni une cantatrice à la mode ; c'est tout uniment une
simple ouvrière de la rue Kipdorp, près du rempart, à
Anvers ; mais, comme à nos yeux les femmes n'ont de
distinction réelle que leur beauté, Gretchen équivaut à
une duchesse à tabouret, et nous lui comptons ses seize
ans pour seize quartiers de noblesse.

Quel est l'état du cœur de Gretchen ? — L'état de
son cœur est des plus satisfaisants ; elle n'a jamais
aimé que des tourterelles café au lait, des poissons
rouges et d'autres menus animaux d'une innocence
parfaite, dont le jaloux le plus féroce ne pourrait s'inquiéter. Tous les dimanches elle va entendre la grand-
messe à l'église des Jésuites, modestement enveloppée
dans sa faille et suivie de Barbara qui porte son livre,
puis elle revient et feuillette une Bible « où l'on voit
Dieu le Père en habit d'empereur », et dont les images
gravées sur bois font pour la millième fois son admira-

tion. Si le temps est beau, elle va se promener du côté
du fort de Lillo ou de la Tête de Flandre en compagnie
d'une jeune fille de son âge, aussi ouvrière en dentelle :
dans la semaine, elle ne sort guère que pour aller repor-
ter son ouvrage ; encore Barbara se charge-t-elle la plupart du temps de cette commission. — Une jeune fille
de seize ans qui n'a jamais songé à l'amour serait
improbable sous un climat plus chaud ; mais l'atmosphère de Flandre, alourdie par les fades exhalaisons
des canaux, voiture très peu de parcelles aphrodi-
siaques : les fleurs y sont tardives et viennent grasses,
épaisses, pulpeuses ; leurs parfums, chargés de moi-
teur, ressemblent à des odeurs d'infusions aromatiques ; les fruits sont aqueux ; la terre et le ciel, saturés
d'humidité, se renvoient des vapeurs qu'ils ne peuvent
absorber, et que le soleil essaie en vain de boire avec
ses lèvres pâles ; — les femmes plongées dans ce bain
de brouillard n'ont pas de peine à être vertueuses, car,
selon Byron, — ce coquin de soleil est un grand séducteur, et il a fait plus de conquêtes que don Juan.

Il n'est donc pas étonnant que Gretchen, dans une
atmosphère si morale, soit restée étrangère à toute idée
d'amour, même sous la forme du mariage, forme légale
et permise s'il en fut. Elle n'a pas lu de mauvais
romans ni même de bons ; elle ne possède aucun parent
mâle, cousin, ni arrière-cousin. Heureux Tiburce ! —
D'ailleurs, les matelots avec leur courte pipe culottée,
les capitaines au long cours qui promènent leur désœuvrement, et les dignes négociants qui se rendent à la
Bourse agitant des chiffres dans les plis de leur front,
et jettent, en longeant le mur, leur silhouette fugitive
dans l'espion de Gretchen, ne sont guère faits pour
enflammer l'imagination.

Avouons cependant que, malgré sa virginale ignorance, l'ouvrière en dentelle avait distingué Tiburce
comme un cavalier bien tourné et de figure régulière ;
elle l'avait vu plusieurs fois à la cathédrale en contemplation devant *La Descente de Croix*, et attribuait son
attitude extatique à un excès de dévotion bien édifiant

dans un jeune homme. Tout en faisant circuler ses bobines, elle pensait à l'inconnu de la place de Meïr, et s'abandonnait à d'innocentes rêveries. — Un jour même, sous l'impression de cette idée, elle se leva, et sans se rendre compte de son action, fut à son miroir qu'elle consulta longuement ; elle se regarda de face, de trois quarts, sous tous les jours possibles, et trouva, ce qui était vrai, que son teint était plus soyeux qu'une feuille de papier de riz ou de camellia ; qu'elle avait des yeux bleus d'une admirable limpidité, des dents charmantes dans une bouche de pêche, et des cheveux du blond le plus heureux. — Elle s'apercevait pour la première fois de sa jeunesse et de sa beauté ; elle prit la rose blanche qui trempait dans le beau verre de cristal, la plaça dans ses cheveux et sourit de se voir si bien parée avec cette simple fleur : la coquetterie était née ; — l'amour allait bientôt la suivre.

Mais voici bien longtemps que nous avons quitté Tiburce ; qu'a-t-il fait à l'hôtel des Armes du Brabant pendant que nous donnions ces renseignements sur l'ouvrière en dentelle ! Il a écrit sur une fort belle feuille de papier quelque chose qui doit être une déclaration d'amour, à moins que ce ne soit un cartel ; car plusieurs feuilles barbouillées et chargées de ratures, qui gisent à terre, montrent que c'est une pièce de rédaction très difficile et très importante. Après l'avoir achevée, il a pris son manteau et s'est dirigé de nouveau vers la rue Kipdorp.

La lampe de Gretchen, étoile de paix et de travail, rayonnait doucement derrière le vitrage, et l'ombre de la jeune fille penchée vers son œuvre de patience se projetait sur le tulle transparent. Tiburce, plus ému qu'un voleur qui va tourner la clef d'un trésor, s'approcha à pas de loup du grillage, passa la main entre les barreaux et enfonça dans la terre molle du vase d'œillets le coin de sa lettre pliée en trois doubles, espérant que Gretchen ne pourrait manquer de l'apercevoir lorsqu'elle ouvrirait la fenêtre le matin pour arroser les pots de fleurs.

Cela fait, il se retira d'un pas aussi léger que si les semelles de ses bottes eussent été doublées de feutre.

CHAPITRE IV

La lueur bleue et fraîche du matin faisait pâlir le jaune maladif des lanternes tirant à leur fin ; l'Escaut fumait comme un cheval en sueur, et le jour commençait à filtrer par les déchirures du brouillard, lorsque la fenêtre de Gretchen s'entrouvrit. Gretchen avait encore les yeux noyés de langueur, et la gaufrure imprimée à sa joue délicate par un pli de l'oreiller attestait qu'elle avait dormi sans changer de place dans son petit lit virginal, de ce sommeil dont la jeunesse a seule le secret. — Elle voulait voir comment ses chers œillets avaient passé la nuit, et s'était enveloppée à la hâte du premier vêtement venu ; ce gracieux et pudique désordre lui allait à merveille, et, si l'idée d'une déesse peut s'accorder avec un petit bonnet de toile de Flandre enjolivé de malines et un peignoir de basin blanc, nous vous dirons qu'elle avait l'air de l'Aurore *entrouvrant les portes de l'Orient* ; — cette comparaison est peut-être un peu trop majestueuse pour une ouvrière en dentelle qui va arroser un jardin contenu dans deux pots de faïence ; mais à coup sûr l'Aurore était moins fraîche et moins vermeille, — surtout l'Aurore de Flandre, qui a toujours les yeux un peu battus.

Gretchen, armée d'une grande carafe, se préparait à arroser les œillets, et il ne s'en fallut pas de beaucoup que la chaleureuse déclaration de Tiburce ne fût noyée sous un moral déluge d'eau froide ; heureusement la blancheur du papier frappa Gretchen qui déplanta la lettre et fut bien surprise lorsqu'elle en eut vu le contenu. Il n'y avait que deux phrases, l'une en français, l'autre en allemand ; la phrase française était composée de deux mots : « *Je t'aime* » ; la phrase allemande de trois : « *Ich dich liebe* », ce qui veut dire exactement la même chose. Tiburce avait pensé au cas où Gretchen n'entendrait que sa langue maternelle ; c'était, comme vous voyez, un homme d'une prudence parfaite !

Vraiment c'était bien la peine de barbouiller plus de papier que Malherbe n'en usait à fabriquer une stance, et de boire, sous prétexte de s'exciter l'imagination, une bouteille d'excellent Tockayer, pour aboutir à cette pensée ingénieuse et nouvelle. Eh bien ! malgré son apparente simplicité, la lettre de Tiburce était peut-être un chef-d'œuvre de rouerie, à moins qu'elle ne fût une bêtise, — ce qui est encore possible. Cependant, n'était-ce pas un coup de maître que de laisser tomber ainsi, comme une goutte de plomb brûlant, au milieu de cette tranquillité d'âme, ce seul mot : « Je t'aime », et sa chute ne devait-elle pas produire, comme à la surface d'un lac, une infinité d'irradiations et de cercles concentriques ?

En effet, que contiennent toutes les plus ardentes épîtres d'amour ? que reste-t-il de toutes les ampoules de la passion, quand on les pique avec l'épingle de la raison ? Toute l'éloquence de Saint-Preux se réduit à un mot, et Tiburce avait réellement atteint à une grande profondeur en concentrant dans cette courte phrase la rhétorique fleurie de ses brouillons primitifs.

Il n'avait pas signé ; d'ailleurs, qu'eût appris son nom ? Il était étranger dans la ville, il ne connaissait pas celui de Gretchen, et, à vrai dire, s'en inquiétait peu. — La chose était plus romanesque, plus mystérieuse ainsi. L'imagination la moins fertile pouvait bâtir là-dessus vingt volumes in-octavo plus ou moins vraisemblables. Était-ce un sylphe, un pur esprit, un ange amoureux, un beau capitaine, un fils de banquier, un jeune lord, pair d'Angleterre et possesseur d'un million de rente ; un boyard russe avec un nom en *off*, beaucoup de roubles et une multitude de collets de fourrure ? Telles étaient les graves questions que cette lettre d'une éloquence si laconique allait immanquablement soulever. — Le tutoiement, qui ne s'adresse qu'à la Divinité, montrait une violence de passion que Tiburce était loin d'éprouver, mais qui pouvait produire le meilleur effet sur l'esprit de la jeune fille, — l'exagération paraissant toujours plus naturelle aux femmes que la vérité.

Gretchen n'hésita pas un instant à croire le jeune homme de la place de Meïr auteur du billet : les femmes ne se trompent point en pareille matière, elles ont un instinct, un flair merveilleux, qui supplée à l'usage du monde et à la connaissance des passions. La plus sage en sait plus long que don Juan avec sa liste.

Nous avons peint notre héroïne comme une jeune fille très naïve, très ignorante et très honnête : nous devons pourtant avouer qu'elle ne ressentit point l'indignation vertueuse que doit éprouver une femme qui reçoit un billet écrit en deux langues, et contenant une aussi formelle incongruité. — Elle sentit plutôt un mouvement de plaisir et un léger nuage rose passa sur sa figure. Cette lettre était pour elle comme un certificat de beauté ; elle la rassurait sur elle-même et lui donnait un rang ; c'était le premier regard qui eût plongé dans sa modeste obscurité où la modicité de sa fortune empêchait qu'on ne la recherchât. — Jusque-là on ne l'avait considérée que comme une enfant, Tiburce la sacrait jeune fille ; elle eut pour lui cette reconnaissance que la perle doit avoir pour le plongeur qui l'a découverte dans son écaille grossière sous le ténébreux manteau de l'Océan.

Ce premier effet passé, Gretchen éprouva une sensation bien connue de tous ceux dont l'enfance a été maintenue sévèrement, et qui n'ont jamais eu de secret ; la lettre la gênait comme un bloc de marbre, elle ne savait qu'en faire. Sa chambre ne lui paraissait pas avoir d'assez obscurs recoins, d'assez impénétrables cachettes pour la dérober aux yeux : elle la mit dans le bahut derrière une pile de linge ; mais au bout de quelques instants elle la retira ; la lettre flamboyait

à travers les planches de l'armoire comme le micro-
cosme du docteur Faust dans l'eau-forte de Rembrandt.
Gretchen chercha un autre endroit plus sûr ; Barbara
pouvait avoir besoin de serviettes ou de draps, et la
trouver. — Elle prit une chaise, monta dessus et posa
la lettre sur la corniche de son lit ; le papier lui brûlait
les mains comme une plaque de fer rouge. — Barbara
entra pour faire la chambre. — Gretchen, affectant l'air
le plus détaché du monde, se mit à sa place ordinaire,
et reprit son travail de la veille ; mais à chaque pas que
Barbara faisait du côté du lit, elle tombait dans des
transes horribles ; ses artères sifflaient dans ses tempes,
la chaude sueur de l'angoisse lui perlait sur le front,
ses doigts s'enchevêtraient dans les fils, il lui semblait
qu'une main invisible lui serrât le cœur. — Barbara lui
paraissait avoir une mine inquiète et soupçonneuse qui
ne lui était pas habituelle. — Enfin la vieille sortit, un
panier au bras, pour aller faire son marché. — La
pauvre Gretchen respira et reprit sa lettre qu'elle serra
dans sa poche ; mais bientôt elle la démangea ; les cra-
quements du papier l'effrayaient, elle la mit dans sa
gorge ; car c'est là que les femmes logent tout ce qui
les embarrasse. — Un corset est une armoire sans clef,
un arsenal complet de fleurs, de tresses de cheveux, de
médaillons et d'épîtres sentimentales ; une espèce de
boîte aux lettres où l'on jette à la poste toute la correspondance du cœur.

Pourquoi donc Gretchen ne brûlait-elle pas ce chif-
fon de papier insignifiant qui lui causait une si vive
terreur ? D'abord Gretchen n'avait pas encore éprouvé
de sa vie une si poignante émotion ; elle était à la fois
effrayée et ravie ; — puis dites-nous pourquoi les
amants s'obstinent à ne pas détruire les lettres qui, plus
tard, peuvent les faire découvrir et causer leur perte ?
C'est qu'une lettre est une âme visible ; c'est que la
passion a traversé de son fluide électrique cette vaine
feuille et lui a communiqué la vie. Brûler une lettre,
c'est faire un meurtre moral ; dans les cendres d'une

correspondance anéantie, il y a toujours quelques parcelles de deux âmes.

Gretchen garda donc sa lettre dans le pli de son corset, à côté d'une petite croix d'or bien étonnée de se trouver en voisinage d'un billet d'amour.

En jeune homme bien appris, Tiburce laissa le temps à sa déclaration d'opérer. Il fit le mort et ne reparut plus dans la rue Kipdorp. Gretchen commençait à s'inquiéter, lorsqu'un beau matin elle aperçut dans le treillage de la fenêtre un magnifique bouquet de fleurs exotiques. Tiburce avait passé par là, c'était sa carte de visite.

Ce bouquet fit beaucoup de plaisir à la jeune ouvrière, qui s'était accoutumée à l'idée de Tiburce, et dont l'amour-propre était secrètement choqué du peu d'empressement qu'il avait montré après un si chaud début ; elle prit la gerbe de fleurs, remplit d'eau un de ses jolis pots de Saxe rehaussés de dessins bleus, délia les tiges et les mit à tremper pour les conserver plus longtemps. — Elle fit, à cette occasion, le premier mensonge de sa vie, en disant à Barbara que ce bouquet était un présent d'une dame chez qui elle avait porté de la dentelle et qui connaissait son goût pour les fleurs.

Dans la journée, Tiburce vint faire le pied de grue devant la maison, sous prétexte de tirer le crayon de quelque architecture bizarre ; il resta là fort longtemps, labourant avec un style épointé un méchant carré de vélin. — Gretchen fit la morte à son tour ; pas un pli ne remua, pas une fenêtre ne s'ouvrit ; la maison semblait endormie. Retranchée dans un angle, elle put, au moyen du miroir de son espion, considérer Tiburce tout à son aise. — Elle vit qu'il était grand, bien fait, avec un air de distinction sur toute sa personne, la figure régulière, l'œil triste et doux, la physionomie mélancolique, — ce qui la toucha beaucoup, accoutumée qu'elle était à la santé rubiconde des visages brabançons. — D'ailleurs, Tiburce, quoiqu'il ne fût ni un lion ni un merveilleux, ne manquait pas d'élégance naturelle, et devait paraître un fashionable accompli à une jeune fille aussi naïve que Gretchen : au boulevard de Gand il eût semblé à peine suffisant, rue Kipdorp il était superbe.

Au milieu de la nuit, Gretchen, par un enfantillage adorable, se leva pieds nus pour aller regarder son bouquet ; elle plongea sa figure dans les touffes et elle baisa Tiburce sur les lèvres rouges d'un magnifique dahlia ; — elle roula sa tête avec passion dans les vagues bigarrées de ce bain de fleurs, savourant à longs traits leurs enivrants parfums, aspirant à pleines narines jusqu'à sentir son cœur se fondre et ses yeux s'alanguir. Quand elle se redressa, ses joues scintillaient tout emperlées de gouttelettes, et son petit nez charmant, barbouillé le plus gentiment du monde par la poussière d'or des étamines, était d'un très beau jaune. Elle s'essuya en riant, se recoucha et se rendormit ; vous pensez bien qu'elle vit passer Tiburce dans tous ses rêves.

Dans tout ceci qu'est devenue la Madeleine de *La Descente de Croix* ? Elle règne toujours sans rivale au cœur de notre jeune enthousiaste ; elle a sur les plus belles femmes vivantes l'avantage d'être impossible : avec elle point de déception, point de satiété ! Elle ne désenchante pas par des phrases vulgaires ou ridicules ; elle est là immobile, gardant religieusement la ligne souveraine dans laquelle l'a renfermée le grand maître, sûre d'être éternellement belle et racontant au monde dans son langage silencieux, le rêve d'un sublime génie.

La petite ouvrière de la rue Kipdorp est vraiment une charmante créature ; mais comme ses bras sont loin d'avoir ce contour onduleux et souple, cette puissante énergie enveloppée de grâce ! Comme ses épaules ont encore la gracilité juvénile ! et que le blond de ses cheveux est pâle auprès des tons étranges et riches dont Rubens a réchauffé la ruisselante chevelure de la sainte pécheresse ! — Tel était le langage que tenait Tiburce à part lui, en se promenant sur le quai de l'Escaut.

Pourtant, voyant qu'il n'avançait guère dans ses amours en peinture, il se fit les raisonnements les plus sensés du monde sur son insigne folie. Il revint à Gretchen, non sans pousser un long soupir de regret ; il ne l'aimait pas, mais du moins elle lui rappelait son rêve comme une fille rappelle une mère adorée qui est morte. — Nous n'insisterons pas sur les détails de cette liaison, chacun peut aisément les supposer. — Le hasard, ce grand entremetteur, fournit à nos deux amants une occasion très naturelle de se parler. — Gretchen était allée se promener, selon son habitude, à la Tête de Flandre, de l'autre côté de l'Escaut, avec sa jeune amie. — Elles avaient couru les papillons, fait des couronnes de bluets, et s'étaient roulées sur le foin des meules, tant et si bien que le soir était venu, et que le passeur avait fait son dernier voyage sans qu'elles l'eussent remarqué. — Elles étaient là toutes les deux assez inquiètes, un bout du pied dans l'eau, et criant de toute la force de leurs petites voix argentines qu'on eût à les venir prendre ; mais la folle brise emportait leurs cris, et rien ne leur répondait que la plainte douce du flot sur le sable. Heureusement Tiburce courait des bordées dans un petit canot à voiles ; il les entendit et leur offrit de les passer ! ce que l'amie s'empressa d'accepter, malgré l'air embarrassé et la rougeur de Gretchen. Tiburce la reconduisit chez elle et eut soin d'organiser une partie de canot pour le dimanche suivant, avec l'agrément de Barbara, que son assiduité aux églises et sa dévotion au tableau de *La Descente de Croix* avaient très favorablement disposée.

Tiburce n'éprouva pas une grande résistance de la part de Gretchen. Elle était si pure qu'elle ne se défendit pas, faute de savoir qu'on l'attaquait, et d'ailleurs elle aimait Tiburce ; — car, bien qu'il parlât fort gaiement et qu'il s'exprimât sur toutes choses avec une légèreté ironique, elle le devinait malheureux, et l'instinct de la femme, c'est d'être consolatrice : la douleur les attire comme le miroir les alouettes.

Quoique le jeune Français fût plein d'attentions pour

elle et la traitât avec une extrême douceur, elle sentait qu'elle ne le possédait pas entièrement, et qu'il y avait dans son âme des recoins où elle ne pénétrait jamais. — Quelque pensée supérieure et cachée paraissait l'occuper, et il était évident qu'il faisait des voyages fréquents dans un monde inconnu ; sa fantaisie enlevée par des battements d'ailes involontaires perdait pied à chaque instant et battait le plafond, cherchant, comme un oiseau captif, une issue pour se lancer dans le bleu du ciel. — Souvent il l'examinait avec une attention étrange pendant des heures entières, ayant l'air tantôt satisfait, tantôt mécontent. — Ce regard-là n'était pas le regard d'un amant. — Gretchen ne s'expliquait pas ces façons d'agir, mais, comme elle était sûre de la loyauté de Tiburce, elle ne s'en alarmait pas autrement.

Tiburce, prétendant que le nom de Gretchen était difficile à prononcer, l'avait baptisée Madeleine, substitution qu'elle avait acceptée avec plaisir, sentant une secrète douceur à être appelée par son amant d'un nom mystérieux et différent, comme si elle était pour lui une autre femme. — Il faisait aussi de fréquentes visites à la cathédrale, irritant sa manie par d'impuissantes contemplations ; ces jours-là Gretchen portait la peine des rigueurs de la Madeleine : le réel payait pour l'idéal. — Il était maussade, ennuyé, ennuyeux, ce que la bonne créature attribuait à des maux de nerfs ou bien à des lectures trop prolongées.

Cependant Gretchen est une charmante fille qui vaut d'être aimée pour elle-même. Dans toutes les Flandres, le Brabant et le Hainaut, vous ne trouveriez pas une peau plus blanche et plus fraîche, et des cheveux d'un plus beau blond ; elle a une main potelée et fine à la fois, avec des ongles d'agate, une vraie main de princesse, et, — perfection rare au pays de Rubens, — un petit pied.

Ah ! Tiburce, Tiburce, qui voulez enfermer dans vos bras un idéal réel, et baiser votre chimère à la bouche, prenez garde, les chimères, malgré leur gorge ronde, leurs ailes de cygne et leur sourire scintillant, ont les

dents aiguës et les griffes tranchantes. Les méchantes
pomperont le pur sang de votre cœur et vous laisseront
plus sec et plus creux qu'une éponge ; n'ayez pas de
ces ambitions effrénées, ne cherchez pas à faire descendre les marbres de leurs piédestaux, et n'adressez
pas des supplications à des toiles muettes : tous vos
peintres et vos poètes étaient malades du même mal
que vous ; ils ont voulu faire une création à part dans
la création de Dieu. — Avec le marbre, avec la couleur, avec le rythme, ils ont traduit et fixé leur rêve de
beauté : leurs ouvrages ne sont pas les portraits des
maîtresses qu'ils avaient, mais de celles qu'ils auraient
voulu avoir, et c'est en vain que vous chercheriez leurs
modèles sur la terre. Allez acheter un autre bouquet
pour Gretchen qui est une belle et douce fille ; laissez
là les morts et les fantômes, et tâchez de vivre avec les
gens de ce monde.

CHAPITRE V

Oui, Tiburce, dût la chose vous étonner beaucoup,
Gretchen vous est très supérieure. Elle n'a pas lu les
poètes, et ne connaît seulement pas les noms d'Homère
ou de Virgile ; les complaintes du Juif Errant, d'Hen-
riette et Damon, imprimées sur bois et grossièrement
coloriées, forment toute sa littérature, en y joignant le
latin de son livre de messe, qu'elle épelle consciencieu-
sement chaque dimanche ; Virginie n'en savait guère
plus au fond de son paradis de magnoliers et de jam-
roses.

Vous êtes, il est vrai, au courant des choses de la
littérature. Vous possédez à fond l'esthétique, l'ésoté-
rique, la plastique, l'architectonique et la poétique ;
Marphurius et Pancrace n'ont pas une plus belle liste
de connaissances en *ique*. Depuis Orphée et Lycophron
jusqu'au dernier volume de M. de Lamartine, vous

avez dévoré tout ce qui s'est forgé de mètres, aligné
de rimes et jeté de strophes dans tous les moules possibles ; aucun roman ne vous est échappé. Vous avez
parcouru de l'un à l'autre bout le monde immense de
la fantaisie ; vous connaissez tous les peintres depuis
André Rico de Candie et Bizzamano, jusqu'à
MM. Ingres et Delacroix ; vous avez étudié la beauté
aux sources les plus pures : les bas-reliefs d'Égine, les
frises du Parthénon, les vases étrusques, les sculptures
hiératiques de l'Égypte, l'art grec et l'art romain, le
gothique et la renaissance ; vous avez tout analysé, tout
fouillé ; vous êtes devenu une espèce de maquignon
de beauté dont les peintres prennent conseil lorsqu'ils
veulent faire choix d'un modèle, comme l'on consulte
un écuyer pour l'achat d'un cheval. Assurément, personne ne connaît mieux que vous le côté physique de
la femme ; — vous êtes sur ce point de la force d'un
statuaire athénien ; mais vous avez, tant la poésie vous
occupait, supprimé la nature, le monde et la vie. Vos
maîtresses n'ont été pour vous que des tableaux plus
ou moins réussis ; — pour les belles et les jolies, votre
amour était dans la proportion d'un Titien à un Boucher ou à un Van Loo ; mais vous ne vous êtes jamais
inquiété si quelque chose palpitait et vibrait sous ces
apparences. — Quoique vous ayez le cœur bon, la douleur et la joie vous semblent deux grimaces qui déran-
gent la tranquillité des lignes : la femme est pour vous
une statue tiède.

Ah ! malheureux enfant, jetez vos livres au feu,
déchirez vos gravures, brisez vos plâtres, oubliez
Raphaël, oubliez Homère, oubliez Phidias, puisque
vous n'avez pas le courage de prendre un pinceau, une
plume ou un ébauchoir ; à quoi vous sert cette admiration stérile ? où aboutiront ces élans insensés ? N'exi-
gez pas de la vie plus qu'elle ne peut donner. Les
grands génies ont seuls le droit de n'être pas contents
de la création. Ils peuvent aller regarder le sphinx entre
les deux yeux, car ils devinent ses énigmes. — Mais
vous n'êtes pas un grand génie ; soyez simple de cœur,

aimez qui vous aime, et, comme dit Jean-Paul, ne demandez ni clair de lune, ni gondole sur le lac Majeur, ni rendez-vous à l'Isola-Bella.

Faites-vous avocat philanthrope ou portier, mettez vos ambitions à devenir électeur et caporal dans votre compagnie ; ayez ce que dans le monde on appelle un état, devenez un bon bourgeois. À ce mot, sans doute, votre longue chevelure va se hérisser d'horreur, car vous avez pour le bourgeois le même mépris que le Bursch allemand professe pour le Philistin, le militaire pour le pékin, et le brahme pour le paria. Vous écrasez d'un ineffable dédain tout honnête commerçant qui préfère un couplet de vaudeville à un tercet du Dante, et la mousseline des peintres de portraits à la mode à un écorché de Michel-Ange. Un pareil homme est pour vous au-dessous de la brute ; cependant il est de ces bourgeois dont l'âme (ils en ont) est riche de poésie, qui sont capables d'amour et de dévouement, et qui éprouvent des émotions dont vous êtes incapable, vous dont la cervelle a anéanti le cœur.

Voyez Gretchen qui n'a fait toute sa vie qu'arroser des œillets et croiser des fils ; elle est mille fois plus poétique que vous, monsieur l'artiste, comme on dit maintenant ; — elle croit, elle espère, elle a le sourire et les larmes ; un mot de vous fait le soleil et la pluie sur son charmant visage ; elle est là dans son grand fauteuil de tapisserie, à côté de sa fenêtre, sous un jour mélancolique, accomplissant sa tâche habituelle ; mais comme sa jeune tête travaille ! comme son imagination marche ! que de châteaux en Espagne elle élève et renverse ! La voici qui rougit et qui pâlit, qui a chaud et qui a froid comme l'amoureuse de l'ode antique ; sa dentelle lui échappe des mains, elle a entendu sur la brique du trottoir un pas qu'elle distingue entre mille, avec toute l'acutesse de perception que la passion donne aux sens ; quoique vous arriviez à l'heure dite, il y a longtemps que vous êtes attendu. Toute la journée vous avez été son occupation unique ; elle se demandait : Où est-il maintenant ? — que fait-il ? —

pense-t-il à moi qui pense à lui ? — Peut-être est-il
malade ? — hier il m'a semblé plus pâle qu'à l'ordinaire, il avait l'air triste et préoccupé en me quittant ;
— lui serait-il arrivé quelque chose ? — aurait-il reçu
de Paris des nouvelles désagréables ? — et toutes ces
questions que se pose la passion dans sa sublime
inquiétude.

Cette pauvre enfant si opulente de cœur a déplacé le
centre de son existence, elle ne vit plus qu'en vous
et par vous. — En vertu du magnifique mystère de
l'incarnation d'amour, son âme habite votre corps, son
esprit descend sur vous et vous visite ; — elle se jetterait au-devant de l'épée qui menacerait votre poitrine,
le coup qui vous atteindrait la ferait mourir, — et
cependant vous ne l'avez prise que comme un jouet,
pour la faire servir de mannequin à votre fantaisie.
Pour mériter tant d'amour, vous avez lancé quelques
œillades, donné quelques bouquets et débité d'un ton
chaleureux des lieux communs de roman. — Un mieux
aimant eût échoué peut-être ; car, hélas ! pour inspirer
de l'amour il faut n'en pas ressentir soi-même. —
Vous avez de sang-froid troublé à tout jamais la limpidité de cette modeste existence. — En vérité, maître
Tiburce, adorateur du blond et contempteur du bourgeois, vous avez fait là une méchante action ; nous
sommes fâché de vous le dire.

Gretchen n'était pas heureuse ; elle devinait entre
elle et son amant une rivale invisible, la jalousie la
prit : elle épia les démarches de Tiburce, et vit qu'il
n'allait qu'à son hôtel des Armes du Brabant et à la
cathédrale sur la place de Meïr. — Elle se rassura.

« Qu'avez-vous donc, lui dit-elle une fois, à regarder
toujours la figure de la sainte Madeleine qui soutient
le corps du Sauveur dans le tableau de *La Descente de
Croix* ?

— C'est qu'elle te ressemble », avait répondu
Tiburce.

Gretchen rougit de plaisir et courut à la glace vérifier
la justesse de ce rapprochement ; elle reconnut qu'elle

avait les yeux onctueux et lustrés, les cheveux blonds, le front bombé, toute la coupe de figure de la sainte.

« C'est donc pour cela que vous m'appelez Madeleine et non pas Gretchen ou Marguerite qui est mon véritable nom ?

— Précisément, répondit Tiburce d'un air embarrassé.

— Je n'aurais jamais cru être si belle, fit Gretchen, et cela me rend toute joyeuse, car vous m'en aimerez mieux. »

La sérénité se rétablit pour quelque temps dans l'âme de la jeune fille, et nous devons avouer que Tiburce fit de vertueux efforts pour combattre sa passion insensée. La crainte de devenir monomane se présenta à son esprit ; et, pour couper court à cette obsession, il résolut de retourner à Paris.

Avant de partir, il se rendit une dernière fois à la cathédrale, et se fit ouvrir les volets de *La Descente de Croix* par son ami le bedeau.

La Madeleine lui sembla plus triste et plus éplorée que de coutume ; de grosses larmes coulaient sur ses joues pâlies, sa bouche était contractée par un spasme douloureux, un iris bleuâtre entourait ses yeux attendris, le rayon du soleil avait quitté ses cheveux, et il y avait, dans toute son attitude, un air de désespoir et d'affaissement ; on eût dit qu'elle ne croyait plus à la résurrection de son bien-aimé. — En effet, le Christ avait ce jour-là des tons si blafards, si verdâtres, qu'il était difficile d'admettre que la vie pût revenir jamais dans ses chairs décomposées. Tous les autres personnages du tableau partageaient cette crainte ; ils avaient des regards ternes, des mines lugubres, et leurs auréoles ne lançaient plus que des lueurs plombées : la lividité de la mort s'était étendue sur cette toile naguère si chaude et si vivace.

Tiburce fut touché de l'expression de suprême tristesse répandue sur la physionomie de la Madeleine, et sa résolution de départ en fut ébranlée. Il aima mieux l'attribuer à une sympathie occulte qu'à un jeu de

lumière. — Le temps était gris, la pluie hachait le ciel
à fils menus, et un filet de jour trempé d'eau et de
brouillard filtrait péniblement à travers les vitres inondées et fouettées par l'aile de la rafale ; cette raison
était beaucoup trop plausible pour être admise par
Tiburce.

« Ah ! se dit-il à voix basse, — en se servant du
vers d'un de nos jeunes poètes, "comme je t'aimerais
demain si tu vivais !" » — Pourquoi n'es-tu qu'une
ombre impalpable, attachée à jamais aux réseaux de
cette toile et captive derrière cette mince couche de
vernis ? — Pourquoi as-tu le fantôme de la vie sans
pouvoir vivre ? — Que te sert d'être belle, noble et
grande, d'avoir dans les yeux la flamme de l'amour
terrestre et de l'amour divin, et sur la tête la splendide
auréole du repentir, — n'étant qu'un peu d'huile et
de couleur étalées d'une certaine manière ? — Ô belle
adorée, tourne un peu vers moi ce regard si velouté et
si éclatant à la fois ; — pécheresse, aie pitié d'une folle
passion, toi, à qui l'amour a ouvert les portes du ciel ;
descends de ton cadre, redresse-toi dans ta longue jupe
de satin vert ; car il y a longtemps que tu es agenouillée
devant le sublime gibet ; — les saintes femmes garde-
ront bien le corps sans toi et suffiront à la veillée
funèbre.

« Viens, viens, Madeleine, tu n'as pas versé toutes
tes buires de parfums sur les pieds du maître céleste,
il doit rester assez de nard et de cinname au fond du
vase d'onyx pour redonner leur lustre à tes cheveux
souillés par la cendre de la pénitence. Tu auras comme
autrefois des unions de perles, des pages nègres et des
couvertures de pourpre de Sidon. Viens, Madeleine,
quoique tu sois morte il y a deux mille ans, j'ai assez
de jeunesse et d'ardeur pour ranimer ta poussière. —
Ah ! spectre de beauté, que je te tienne entre mes bras,
et que je meure ! »

Un soupir étouffé, faible et doux comme le gémisse-
ment d'une colombe blessée à mort, résonna tristement

dans l'air. — Tiburce crut que la Madeleine lui avait répondu.

C'était Gretchen qui, cachée derrière un pilier, avait tout vu, tout entendu, tout compris. Quelque chose s'était rompu dans son cœur : — elle n'était pas aimée.

Le soir, Tiburce vint la voir ; il était pâle et défait, Gretchen avait une blancheur de cire. L'émotion du matin avait fait tomber les couleurs de ses joues, comme la poudre des ailes d'un papillon.

« Je pars demain pour Paris ; — veux-tu venir avec moi ?

— À Paris et ailleurs ; où vous voudrez, répondit Gretchen, en qui toute volonté semblait éteinte : — ne serai-je pas malheureuse partout ? »

Tiburce lui lança un coup d'œil clair et profond.

« Venez demain matin, je serai prête ; je vous ai donné mon cœur et ma vie. — Disposez de votre servante. »

Elle alla avec Tiburce aux Armes du Brabant pour l'aider dans ses préparatifs de départ ; elle lui rangea ses livres, son linge et ses gravures, puis elle revint à sa petite chambre de la rue Kipdorp ; elle ne se coucha pas et se jeta tout habillée sur son lit.

Une invincible mélancolie s'était emparée de son âme ; tout semblait attristé autour d'elle : les bouquets étaient fanés dans leur cornet de verre bleu, la lampe grésillait et jetait des lueurs intermittentes et pâles ; le christ d'ivoire inclinait sa tête désespérée sur sa poitrine, et le buis bénit prenait des airs de cyprès trempé dans l'eau lustrale.

La petite vierge de sa petite chambre la regardait étrangement avec ses yeux d'émail, et la tempête, appuyant son genou sur le vitrage de la fenêtre, faisait gémir et craquer les mailles de plomb.

Les meubles les plus lourds, les ustensiles les plus insignifiants avaient un air de compassion et d'intelligence ; ils craquaient douloureusement et rendaient des sons lugubres. Le fauteuil étendait ses grands bras désœuvrés ; le houblon du treillage passait familièrement sa petite main verte par un carreau cassé ; la bouilloire se plaignait et pleurait dans les cendres ; les rideaux du lit pendaient en plis plus flasques et plus désolés ; toute la chambre semblait comprendre qu'elle allait perdre sa maîtresse.

Gretchen appela sa vieille servante qui pleurait, lui remit les clefs et les titres de la petite rente, puis elle ouvrit la cage de ses deux tourterelles café au lait et leur rendit la liberté.

Le lendemain, elle était en route pour Paris avec Tiburce.

CHAPITRE VI

Le logis de Tiburce étonna beaucoup la jeune Anversoise, accoutumée à la rigidité et à l'exactitude flamande ; ce mélange de luxe et d'abandon renversait toutes ses idées. — Ainsi une housse de velours incarnadin était jetée sur une méchante table boiteuse ; de magnifiques candélabres du goût le plus fleuri, qui n'eussent pas déparé le boudoir d'une maîtresse de roi, ne portaient que de misérables bobèches de verre commun que la bougie avait fait éclater en brûlant jusqu'à la racine ; un pot de la Chine d'une pâte admirable et du plus grand prix avait reçu un coup de pied dans le ventre, et des points de suture en fil de fer maintenaient ses morceaux étoilés ; — des gravures très rares et avant la lettre étaient accrochées au mur par des épingles ; un bonnet grec coiffant une Vénus antique, et une multitude d'ustensiles incongrus, tels que pipes turques, narguilés, poignards, yatagans, souliers chinois, babouches indiennes encombraient les chaises et les étagères.

La soigneuse Gretchen n'eut pas de repos que tout cela ne fût nettoyé, accroché, étiqueté ; comme Dieu, qui tira le monde du chaos, elle tira de ce fouillis un délicieux appartement. Tiburce, qui avait l'habitude de son désordre, et qui savait parfaitement où les choses ne devaient pas être, eut d'abord peine à s'y retrouver ; mais il finit par s'y faire. Les objets qu'il dérangeait retournaient à leur place comme par enchantement. Il comprit, pour la première fois, le confortable. Comme tous les gens d'imagination, il négligeait les détails. La porte de sa chambre était dorée et couverte d'arabesques, mais elle n'avait pas de bourrelet ; en vrai sauvage qu'il était, il aimait le luxe et non le bien-être ; il eût porté, comme les Orientaux, des vestes de brocart d'or doublées de toile à torchon.

Cependant, quoiqu'il parût prendre goût à ce train de vie plus humain et plus raisonnable, il était souvent triste et préoccupé ; il restait des journées entières sur son divan, flanqué de deux piles de coussins, sans sonner mot, les yeux fermés et les mains pendantes ; Gretchen n'osait l'interroger, tant elle avait peur de sa réponse. La scène de la cathédrale était restée gravée dans sa mémoire en traits douloureux et ineffaçables.

Il pensait toujours à la Madeleine d'Anvers, — l'absence la lui faisait plus belle : il la voyait devant lui comme une lumineuse apparition. Un soleil idéal criblait ses cheveux de rayons d'or, sa robe avait des transparences d'émeraude, ses épaules scintillaient comme du marbre de Paros. — Ses larmes s'étaient évaporées, et la jeunesse brillait dans toute sa fleur sur le duvet de ses joues vermeilles ; elle semblait tout à fait consolée de la mort du Christ, dont elle ne soutenait plus le pied bleuâtre qu'avec négligence, et détournait la tête du côté de son amant terrestre. — Les contours sévères de la sainteté s'amollissaient en lignes ondoyantes et souples ; la pécheresse reparaissait à travers la repentie ; sa gorgerette flottait plus librement, sa jupe bouffait à plis provocants et mondains, ses bras se déployaient amoureusement et comme prêts à saisir une proie voluptueuse. La grande sainte devenait courtisane et se faisait tentatrice. — Dans un siècle plus

crédule, Tiburce aurait vu là quelque sombre machination de celui qui va rôdant, *quaerens quem devoret* ; il
se serait cru la griffe du diable sur l'épaule et bien et
dûment ensorcelé.

Comment se fait-il que Tiburce, aimé d'une jeune
fille charmante, simple d'esprit, spirituelle de cœur,
ayant la beauté, l'innocence, la jeunesse, tous les vrais
dons qui viennent de Dieu et que nul ne peut acquérir,
s'entête à poursuivre une folle chimère, un rêve impossible, et comment cette pensée si nette et si puissante
a-t-elle pu arriver à ce degré d'aberration ? Cela se voit
tous les jours ; n'avons-nous pas chacun dans notre
sphère été aimés obscurément par quelque humble
cœur, tandis que nous cherchions de plus hautes
amours ? n'avons-nous pas foulé aux pieds une pâle
violette au parfum timide, en cheminant les yeux
baissés vers une étoile brillante et froide qui nous jetait
son regard ironique du fond de l'infini ? l'abîme n'a-
t-il pas son magnétisme et l'impossible sa fascination ?

Un jour, Tiburce entra dans la chambre de Gretchen
portant un paquet, — il en tira une jupe et un corsage
à la mode antique, en satin vert, une chemisette de
forme surannée et un fil de grosses perles. — Il pria
Gretchen de se revêtir de ces habits qui ne pouvaient
manquer de lui aller à ravir et de les garder dans la
maison ; il lui dit par manière d'explication qu'il aimait
beaucoup les costumes du seizième siècle, et qu'en se
prêtant à cette fantaisie elle lui ferait un plaisir
extrême. Vous pensez bien qu'une jeune fille ne se fait
guère prier pour essayer une robe neuve : elle fut bientôt habillée, et, quand elle entra dans le salon, Tiburce
ne put retenir un cri de surprise et d'admiration.

Seulement il trouva quelque chose à redire à la coiffure, et, délivrant les cheveux pris dans les dents du
peigne, il les étala par larges boucles sur les épaules
de Gretchen comme ceux de la Madeleine de *La Descente de Croix*. Cela fait, il donna un tour différent à
quelques plis de la jupe, lâcha les lacets du corsage,

fripa la gorgerette trop roide et trop empesée ; et, reculant de quelques pas il contempla son œuvre.

Vous avez sans doute, à quelque représentation extraordinaire, vu ce qu'on appelle des *tableaux vivants*. On choisit les plus belles actrices du théâtre, on les habille et on les pose de manière à reproduire une peinture connue : Tiburce venait de faire le chef-d'œuvre du genre, — vous eussiez dit un morceau découpé de la toile de Rubens.

Gretchen fit un mouvement.

« Ne bouge pas, tu vas perdre la pose ; — tu es si bien ainsi ! » cria Tiburce d'un ton suppliant.

La pauvre fille obéit et resta immobile pendant quelques minutes. Quand elle se retourna, Tiburce s'aperçut qu'elle avait le visage baigné de larmes.

Tiburce sentit qu'elle savait tout.

Les larmes de Gretchen coulaient silencieusement le long de ses joues, sans contraction, sans efforts comme des perles qui débordaient du calice trop plein de ses yeux, délicieuses fleurs d'azur d'une limpidité céleste : la douleur ne pouvait troubler l'harmonie de son visage, et ses larmes étaient plus gracieuses que le sourire des autres.

Gretchen essuya ses pleurs avec le dos de sa main, et, s'appuyant sur le bras d'un fauteuil, elle dit d'une voix amollie et trempée d'émotion :

« Oh ! Tiburce, que vous m'avez fait souffrir ! — Une jalousie d'une espèce nouvelle me torturait le cœur ; quoique je n'eusse pas de rivale, j'étais cependant trahie : vous aimiez une femme peinte, elle avait vos pensées, vos rêves, elle seule vous paraissait belle, vous ne voyiez qu'elle au monde ; abîmé dans cette folle contemplation, vous ne vous aperceviez seulement pas que j'avais pleuré. — Moi qui avais cru un instant être aimée de vous, tandis que je n'étais qu'une doublure, une contre-épreuve de votre passion ! Je sais bien qu'à vos yeux je ne suis qu'une petite fille ignorante qui parle français avec un accent allemand qui vous fait rire ; ma figure vous plaît comme souvenir de votre maîtresse idéale : vous voyez en moi un joli mannequin que vous drapez à votre fantaisie ; mais, je vous le dis, le mannequin souffre et vous aime... »

Tiburce essaya de l'attirer sur son cœur, mais elle se dégagea et continua :

« Vous m'avez tenu de ravissants propos d'amour, vous m'avez appris que j'étais belle et charmante à voir, vous avez loué mes mains et prétendu qu'une fée n'en avait pas de plus mignonnes, vous avez dit de mes cheveux qu'ils valaient mieux que le manteau d'or d'une princesse, et de mes yeux que les anges descendaient du ciel pour s'y mirer, et qu'ils y restaient si longtemps qu'ils s'attardaient et se faisaient gronder par le Bon Dieu ; et tout cela avec une voix douce et pénétrante, un accent de vérité à tromper de plus expérimentées. — Hélas ! ma ressemblance avec la Madeleine du tableau vous allumait l'imagination et vous prêtait cette éloquence factice ; elle vous répondait par ma bouche ; je lui prêtais la vie qui lui manque, et je servais à compléter votre illusion. Si je vous ai donné quelques moments de bonheur, je vous pardonne le rôle que vous m'avez fait jouer. — Après tout, ce n'est pas votre faute si vous ne savez pas aimer, si l'impossible seul vous attire, si vous n'avez envie que de ce que vous ne pouvez atteindre. Vous avez l'ambition de l'amour, vous vous trompez sur vous-même, vous n'aimerez jamais. Il vous faut la perfection, l'idéal et la poésie : — tout ce qui n'existe pas. — Au lieu d'aimer dans une femme l'amour qu'elle a pour vous, de lui savoir gré de son dévouement et du don de son âme, vous cherchez si elle ressemble à cette Vénus de plâtre qui est dans votre cabinet. Malheur à elle, si la ligne de son front n'a pas la coupe désirée ! Vous vous inquiétez du grain de sa peau, du ton de ses cheveux, de la finesse de ses poignets et de ses chevilles, de son cœur jamais. — Vous n'êtes pas amoureux, mon pauvre Tiburce, vous n'êtes qu'un peintre. — Ce que vous avez pris pour de la passion n'était que de l'admiration pour la forme et la beauté ; vous étiez épris du talent de Rubens, et non de Madeleine ; votre vocation de peintre s'agitait confusément en vous et produisait ces élans désordonnés dont vous n'étiez pas le maître. De là viennent toutes les dépravations de votre fantaisie. — J'ai compris cela, parce que je vous aimais. — L'amour est le génie des femmes, — leur esprit ne s'absorbe pas dans une égoïste contemplation ! Depuis que je suis ici j'ai feuilleté vos livres, j'ai relu vos poètes, je suis devenue presque savante. — Le voile m'est tombé des yeux. J'ai deviné bien des choses que je n'aurais jamais soupçonnées. Ainsi j'ai pu lire clairement dans votre cœur. — Vous avez dessiné autrefois, reprenez vos pinceaux. Vous fixerez vos rêves sur la toile, et toutes ces grandes agitations se calmeront d'elles-mêmes. Si je ne puis être votre maîtresse, je serai du moins votre modèle. »

Elle sonna et dit au domestique d'apporter un chevalet, une toile, des couleurs et des brosses.

Quand le domestique eut tout préparé, la chaste fille fit tomber ses vêtements avec une impudeur sublime, et, relevant ses cheveux comme Aphrodite sortant de la mer, elle se tint debout sous le rayon lumineux.

« Ne suis-je pas aussi belle que votre Vénus de Milo ? » dit-elle avec une petite moue délicieuse.

Au bout de deux heures la tête vivait déjà et sortait à demi de la toile : en huit jours tout fut terminé. Ce n'était pas cependant un tableau parfait ; mais un sentiment exquis d'élégance et de pureté, une grande douceur de tons et la noble simplicité de l'arrangement le rendaient remarquable, surtout pour les connaisseurs. Cette svelte figure blanche et blonde se détachant sans effort sur le double azur du ciel et de la mer, et se présentant au monde souriante et nue, avait un reflet de poésie antique et faisait penser aux belles époques de la sculpture grecque.

Tiburce ne se souvenait déjà plus de la Madeleine d'Anvers.

« Eh bien ! dit Gretchen, êtes-vous content de votre modèle ?

— Quand veux-tu publier nos bans ? répondit
Tiburce.

— Je serai la femme d'un grand peintre, dit-elle en
sautant au cou de son amant ; mais n'oubliez pas, monsieur, que c'est moi qui ai découvert votre génie, ce
précieux diamant, — moi, la petite Gretchen de la rue
Kipdorp ! »

LE PIED DE MOMIE [1]

J'étais entré par désœuvrement chez un de ces marchands de curiosités dits marchands de bric-à-brac dans l'argot parisien, si parfaitement inintelligible pour le reste de la France.

Vous avez sans doute jeté l'œil, à travers le carreau, dans quelques-unes de ces boutiques devenues si nombreuses depuis qu'il est de mode d'acheter des meubles anciens, et que le moindre agent de change se croit obligé d'avoir sa *chambre moyen âge*.

C'est quelque chose qui tient à la fois de la boutique du ferrailleur, du magasin du tapissier, du laboratoire de l'alchimiste et de l'atelier du peintre ; dans ces antres mystérieux où les volets filtrent un prudent demi-jour, ce qu'il y a de plus notoirement ancien, c'est la poussière ; les toiles d'araignées y sont plus authentiques que les guipures, et le vieux poirier y est plus jeune que l'acajou arrivé hier d'Amérique.

Le magasin de mon marchand de bric-à-brac était un véritable Capharnaüm ; tous les siècles et tous les pays semblaient s'y être donné rendez-vous ; une lampe étrusque de terre rouge posait sur une armoire de Boule, aux panneaux d'ébène sévèrement rayés de filaments de cuivre ; une duchesse du temps de Louis XV allongeait nonchalamment ses pieds de biche sous une épaisse table du règne de Louis XIII, aux lourdes spirales de bois de chêne, aux sculptures entremêlées de feuillages et de chimères.

Une armure damasquinée de Milan faisait miroiter dans un coin le ventre rubané de sa cuirasse ; des amours et des nymphes de biscuit, des magots de la Chine, des cornets de céladon et de craquelé, des tasses de Saxe et de vieux Sèvres encombraient les étagères et les encoignures.

Sur les tablettes denticulées des dressoirs, rayonnaient d'immenses plats du Japon, aux dessins rouges et bleus, relevés de hachures d'or, côte à côte avec des émaux de Bernard Palissy, représentant des couleuvres, des grenouilles et des lézards en relief.

Des armoires éventrées s'échappaient des cascades de lampas glacé d'argent, des flots de brocatelle criblée de grains lumineux par un oblique rayon de soleil ; des portraits de toutes les époques souriaient à travers leur vernis jaune dans des cadres plus ou moins fanés.

Le marchand me suivait avec précaution dans le tortueux passage pratiqué entre les piles de meubles, abattant de la main l'essor hasardeux des basques de mon habit, surveillant mes coudes avec l'attention inquiète de l'antiquaire et de l'usurier.

C'était une singulière figure que celle du marchand : un crâne immense, poli comme un genou, entouré d'une maigre auréole de cheveux blancs que faisait ressortir plus vivement le ton saumon clair de la peau, lui donnait un faux air de bonhomie patriarcale, corrigée, du reste, par le scintillement de deux petits yeux jaunes qui tremblotaient dans leur orbite comme deux louis d'or sur du vif-argent. La courbure du nez avait une silhouette aquiline qui rappelait le type oriental ou juif. Ses mains, maigres, fluettes, veinées, pleines de nerfs en saillie comme les cordes d'un manche à violon, onglées de griffes semblables à celles qui terminent les ailes membraneuses des chauves-souris, avaient un mouvement d'oscillation sénile, inquiétant à voir ; mais ces mains agitées de tics fiévreux devenaient plus fermes que des tenailles d'acier ou des pinces de homard dès qu'elles soulevaient quelque objet précieux, une coupe d'onyx, un verre de Venise ou un plateau de cristal de Bohême ; ce vieux drôle avait un air si profondément rabbinique et cabalistique qu'on l'eût brûlé sur la mine, il y a trois siècles.

« Ne m'achèterez-vous rien aujourd'hui, monsieur ? Voilà un kriss malais dont la lame ondule comme une flamme ; regardez ces rainures pour égoutter le sang, ces dentelures pratiquées en sens inverse pour arracher les entrailles en retirant le poignard ; c'est une arme féroce, d'un beau caractère et qui ferait très bien dans votre trophée ; cette épée à deux mains est très belle, elle est de Josepe de la Hera, et cette cauchelimarde à coquille fenestrée, quel superbe travail !

— Non, j'ai assez d'armes et d'instruments de carnage ; je voudrais une figurine, un objet quelconque qui pût me servir de serre-papier, car je ne puis souffrir tous ces bronzes de pacotille que vendent les papetiers, et qu'on retrouve invariablement sur tous les bureaux. »

Le vieux gnome, furetant dans ses vieilleries, étala devant moi des bronzes antiques ou soi-disant tels, des morceaux de malachite, de petites idoles indoues ou chinoises, espèce de poussahs de jade, incarnation de Brahma ou de Wishnou merveilleusement propre à cet usage, assez peu divin, de tenir en place des journaux et des lettres.

J'hésitais entre un dragon de porcelaine tout constellé de verrues, la gueule ornée de crocs et de barbelures, et un petit fétiche mexicain fort abominable, représentant au naturel le dieu Witziliputzili[2], quand j'aperçus un pied charmant que je pris d'abord pour un fragment de Vénus antique.

Il avait ces belles teintes fauves et rousses qui donnent au bronze florentin cet aspect chaud et vivace, si préférable au ton vert-de-grisé des bronzes ordinaires qu'on prendrait volontiers pour des statues en putréfaction : des luisants satinés frissonnaient sur ses formes rondes et polies par les baisers amoureux de vingt siècles ; car ce devait être un airain de Corinthe, un ouvrage du meilleur temps, peut-être une fonte de Lysippe !

« Ce pied fera mon affaire », dis-je au marchand, qui me regarda d'un air ironique et sournois en me tendant l'objet demandé pour que je pusse l'examiner plus à mon aise.

Je fus surpris de sa légèreté ; ce n'était pas un pied de métal, mais bien un pied de chair, un pied embaumé, un pied de momie : en regardant de près, l'on pouvait distinguer le grain de la peau et la gaufrure presque imperceptible imprimée par la trame des bandelettes. Les doigts étaient fins, délicats, terminés par des ongles parfaits, purs et transparents comme des agates ; le pouce, un peu séparé, contrariait heureusement le plan des autres doigts à la manière antique, et lui donnait une attitude dégagée, une sveltesse de pied d'oiseau ; la plante, à peine rayée de quelques hachures invisibles, montrait qu'elle n'avait jamais touché la terre, et ne s'était trouvée en contact qu'avec les plus fines nattes des roseaux du Nil et les plus moelleux tapis de peaux de panthères[3].

« Ha ! ha ! vous voulez le pied de la princesse Hermonthis, dit le marchand avec un ricanement étrange, en fixant sur moi ses yeux de hibou : ha ! ha ! ha ! pour un serre-papier ! idée originale, idée d'artiste ; qui aurait dit au vieux Pharaon que le pied de sa fille adorée servirait de serre-papier l'aurait bien surpris, lorsqu'il faisait creuser une montagne de granit pour y mettre le triple cercueil peint et doré, tout couvert d'hiéroglyphes avec de belles peintures du jugement des âmes, ajouta à demi-voix et comme se parlant à lui-même le petit marchand singulier.

— Combien me vendez-vous ce fragment de momie ?

— Ah ! le plus cher que je pourrai, car c'est un morceau superbe ; si j'avais le pendant, vous ne l'auriez pas à moins de cinq cents francs : la fille d'un Pharaon, rien n'est plus rare.

— Assurément cela n'est pas commun ; mais enfin

combien en voulez-vous ? D'abord je vous avertis
d'une chose, c'est que je ne possède pour trésor que
cinq louis ; — j'achèterai tout ce qui coûtera cinq louis,
mais rien de plus.

« Vous scruteriez les arrière-poches de mes gilets, et
mes tiroirs les plus intimes, que vous n'y trouveriez
pas seulement un misérable tigre à cinq griffes.

— Cinq louis le pied de la princesse Hermonthis,
c'est bien peu, très peu en vérité, un pied authentique,
dit le marchand en hochant la tête et en imprimant à
ses prunelles un mouvement rotatoire.

« Allons, prenez-le, et je vous donne l'enveloppe
par-dessus le marché, ajouta-t-il en le roulant dans un
vieux lambeau de damas ; très beau, damas véritable,
damas des Indes, qui n'a jamais été reteint ; c'est fort,
c'est moelleux », marmottait-il en promenant ses
doigts sur le tissu éraillé par un reste d'habitude
commerciale qui lui faisait vanter un objet de si peu
de valeur qu'il le jugeait lui-même digne d'être donné.

Il coula les pièces d'or dans une espèce d'aumônière
du moyen âge pendant à sa ceinture, en répétant :

« Le pied de la princesse Hermonthis servir de serre-
papier ! »

Puis, arrêtant sur moi ses prunelles phosphoriques,
il me dit avec une voix stridente comme le miaulement
d'un chat qui vient d'avaler une arête :

« Le vieux Pharaon ne sera pas content, il aimait sa
fille, ce cher homme.

— Vous en parlez comme si vous étiez son contemporain ; quoique vieux, vous ne remontez cependant
pas aux pyramides d'Égypte », lui répondis-je en riant
du seuil de la boutique.

Je rentrai chez moi fort content de mon acquisition.

Pour la mettre tout de suite à profit, je posai le pied
de la divine princesse Hermonthis sur une liasse de
papier, ébauche de vers, mosaïque indéchiffrable de
ratures : articles commencés, lettres oubliées et mises
à la poste dans le tiroir, erreur qui arrive souvent aux

gens distraits ; l'effet était charmant, bizarre et romantique.

Très satisfait de cet embellissement, je descendis
dans la rue, et j'allai me promener avec la gravité
convenable et la fierté d'un homme qui a sur tous les
passants qu'il coudoie l'avantage ineffable de posséder
un morceau de la princesse Hermonthis, fille de
Pharaon.

Je trouvai souverainement ridicules tous ceux qui ne
possédaient pas, comme moi, un serre-papier aussi
notoirement égyptien ; et la vraie occupation d'un
homme sensé me paraissait d'avoir un pied de momie
sur son bureau.

Heureusement la rencontre de quelques amis vint me
distraire de mon engouement de récent acquéreur ; je
m'en allai dîner avec eux, car il m'eût été difficile de
dîner avec moi.

Quand je revins le soir, le cerveau marbré de
quelques veines de gris de perle, une vague bouffée de
parfum oriental me chatouilla délicatement l'appareil
olfactif ; la chaleur de la chambre avait attiédi le
natrum, le bitume et la myrrhe dans lesquels les
paraschites inciseurs de cadavres avaient baigné le
corps de la princesse ; c'était un parfum doux quoique
pénétrant, un parfum que quatre mille ans n'avaient pu
faire évaporer.

Le rêve de l'Égypte était l'éternité : ses odeurs ont
la solidité du granit, et durent autant.

Je bus bientôt à pleines gorgées dans la coupe noire
du sommeil ; pendant une heure ou deux tout resta
opaque, l'oubli et le néant m'inondaient de leurs
vagues sombres.

Cependant mon obscurité intellectuelle s'éclaira, les
songes commencèrent à m'effleurer de leur vol silencieux.

Les yeux de mon âme s'ouvrirent, et je vis ma
chambre telle qu'elle était effectivement : j'aurais pu
me croire éveillé, mais une vague perception me disait

que je dormais et qu'il allait se passer quelque chose de bizarre.

L'odeur de la myrrhe avait augmenté d'intensité, et je sentais un léger mal de tête que j'attribuais, fort raisonnablement à quelques verres de vin de Champagne que nous avions bus aux dieux inconnus et à nos succès futurs.

Je regardais dans ma chambre avec un sentiment d'attente que rien ne justifiait ; les meubles étaient parfaitement en place, la lampe brûlait sur la console, doucement estampée par la blancheur laiteuse de son globe de cristal dépoli ; les aquarelles miroitaient sous leur verre de Bohême ; les rideaux pendaient languissamment : tout avait l'air endormi et tranquille.

Cependant, au bout de quelques instants, cet intérieur si calme parut se troubler, les boiseries craquaient furtivement ; la bûche enfouie sous la cendre lançait tout à coup un jet de gaz bleu, et les disques des patères semblaient des yeux de métal attentifs comme moi aux choses qui allaient se passer.

Ma vue se porta par hasard vers la table sur laquelle j'avais posé le pied de la princesse Hermonthis.

Au lieu d'être immobile comme il convient à un pied embaumé depuis quatre mille ans, il s'agitait, se contractait et sautillait sur les papiers comme une grenouille effarée : on l'aurait cru en contact avec une pile voltaïque ; j'entendais fort distinctement le bruit sec que produisait son petit talon, dur comme un sabot de gazelle.

J'étais assez mécontent de mon acquisition, aimant les serre-papiers sédentaires et trouvant peu naturel de voir les pieds se promener sans jambes, et je commençais à éprouver quelque chose qui ressemblait fort à de la frayeur.

Tout à coup je vis remuer le pli d'un de mes rideaux, et j'entendis un piétinement comme d'une personne qui sauterait à cloche-pied. Je dois avouer que j'eus chaud et froid alternativement ; que je sentis un vent inconnu me souffler dans le dos, et que mes cheveux firent sauter, en se redressant, ma coiffure de nuit à deux ou trois pas.

Les rideaux s'entr'ouvrirent, et je vis s'avancer la figure la plus étrange qu'on puisse imaginer.

C'était une jeune fille, café au lait très foncé, comme la bayadère Amani, d'une beauté parfaite et rappelant le type égyptien le plus pur ; elle avait des yeux taillés en amande avec des coins relevés et des sourcils tellement noirs qu'ils paraissaient bleus, son nez était d'une coupe délicate, presque grecque pour la finesse, et l'on aurait pu la prendre pour une statue de bronze de Corinthe, si la proéminence des pommettes et l'épanouissement un peu africain de la bouche n'eussent fait reconnaître, à n'en pas douter, la race hiéroglyphique des bords du Nil.

Ses bras minces et tournés en fuseau, comme ceux des très jeunes filles, étaient cerclés d'espèces d'emprises de métal et de tours de verroterie ; ses cheveux étaient nattés en cordelettes, et sur sa poitrine pendait une idole en pâte verte que son fouet à sept branches faisait reconnaître pour l'Isis, conductrice des âmes ; une plaque d'or scintillait à son front, et quelques traces de fard perçaient sous les teintes de cuivre de ses joues.

Quant à son costume, il était très étrange.

Figurez-vous un pagne de bandelettes chamarrées d'hiéroglyphes noirs et rouges, empesées de bitume et qui semblaient appartenir à une momie fraîchement démaillotée.

Par un de ces sauts de pensée si fréquents dans les rêves, j'entendis la voix fausse et enrouée du marchand de bric-à-brac, qui répétait, comme un refrain monotone, la phrase qu'il avait dite dans sa boutique avec une intonation si énigmatique :

« Le vieux Pharaon ne sera pas content ; il aimait beaucoup sa fille, ce cher homme. »

Particularité étrange et qui ne me rassura guère, l'apparition n'avait qu'un seul pied, l'autre jambe était rompue à la cheville.

Elle se dirigea vers la table où le pied de momie s'agitait et frétillait avec un redoublement de vitesse. Arrivée là, elle s'appuya sur le rebord, et je vis une larme germer et perler dans ses yeux.

Quoiqu'elle ne parlât pas, je discernais clairement sa pensée : elle regardait le pied, car c'était bien le sien, avec une expression de tristesse coquette d'une grâce infinie ; mais le pied sautait et courait çà et là comme s'il eût été poussé par des ressorts d'acier.

Deux ou trois fois elle étendit sa main pour le saisir, mais elle n'y réussit pas.

Alors il s'établit entre la princesse Hermonthis et son pied, qui paraissait doué d'une vie à part, un dialogue très bizarre dans un cophte très ancien, tel qu'on pouvait le parler, il y a une trentaine de siècles, dans les syringes du pays de Ser : heureusement que cette nuit-là je savais le cophte en perfection.

La princesse Hermonthis disait d'un ton de voix doux et vibrant comme une clochette de cristal :

« Eh bien ! mon cher petit pied, vous me fuyez toujours, j'avais pourtant bien soin de vous. Je vous baignais d'eau parfumée, dans un bassin d'albâtre ; je polissais votre talon avec la pierre-ponce trempée d'huile de palmes, vos ongles étaient coupés avec des pinces d'or et polis avec de la dent d'hippopotame, j'avais soin de choisir pour vous des thabebs brodés et peints à pointes recourbées, qui faisaient l'envie de toutes les jeunes filles de l'Égypte ; vous aviez à votre orteil des bagues représentant le scarabée sacré, et vous portiez un des corps les plus légers que puisse souhaiter un pied paresseux. »

Le pied répondit d'un ton boudeur et chagrin :

« Vous savez bien que je ne m'appartiens plus, j'ai été acheté et payé ; le vieux marchand savait bien ce qu'il faisait, il vous en veut toujours d'avoir refusé de l'épouser : c'est un tour qu'il vous a joué.

« L'Arabe qui a forcé votre cercueil royal dans le puits souterrain de la nécropole de Thèbes était envoyé par lui, il voulait vous empêcher d'aller à la réunion des peuples ténébreux, dans les cités inférieures. Avez-vous cinq pièces d'or pour me racheter ?

— Hélas ! non. Mes pierreries, mes anneaux, mes bourses d'or et d'argent, tout m'a été volé, répondit la princesse Hermonthis avec un soupir.

— Princesse, m'écriai-je alors, je n'ai jamais retenu injustement le pied de personne : bien que vous n'ayez pas les cinq louis qu'il m'a coûtés, je vous le rends de bonne grâce ; je serais désespéré de rendre boiteuse une aussi aimable personne que la princesse Hermonthis. »

Je débitai ce discours d'un ton régence et troubadour qui dut surprendre la belle Égyptienne.

Elle tourna vers moi un regard chargé de reconnaissance, et ses yeux s'illuminèrent de lueurs bleuâtres.

Elle prit son pied, qui, cette fois, se laissa faire, comme une femme qui va mettre son brodequin, et l'ajusta à sa jambe avec beaucoup d'adresse.

Cette opération terminée, elle fit deux ou trois pas dans la chambre, comme pour s'assurer qu'elle n'était réellement plus boiteuse.

« Ah ! comme mon père va être content, lui qui était si désolé de ma mutilation, et qui avait, dès le jour de ma naissance, mis un peuple tout entier à l'ouvrage pour me creuser un tombeau si profond qu'il pût me conserver intacte jusqu'au jour suprême où les âmes doivent être pesées dans les balances de l'Amenthi.

« Venez avec moi chez mon père, il vous recevra bien, vous m'avez rendu mon pied. »

Je trouvai cette proposition toute naturelle ; j'endossai une robe de chambre à grands ramages, qui me donnait un air très pharaonesque ; je chaussai à la hâte des babouches turques, et je dis à la princesse Hermonthis que j'étais prêt à la suivre.

Hermonthis, avant de partir, détacha de son col la petite figurine de pâte verte et la posa sur les feuilles éparses qui couvraient la table.

« Il est bien juste, dit-elle en souriant, que je remplace votre serre-papier. »

Elle me tendit sa main, qui était douce et froide comme une peau de couleuvre, et nous partîmes.

Nous filâmes pendant quelque temps avec la rapidité de la flèche dans un milieu fluide et grisâtre, où des silhouettes à peine ébauchées passaient à droite et à gauche.

Un instant, nous ne vîmes que l'eau et le ciel.

Quelques minutes après, des obélisques commencèrent à pointer, des pylônes, des rampes côtoyées de sphinx se dessinèrent à l'horizon.

Nous étions arrivés.

La princesse me conduisit devant une montagne de granit rose, où se trouvait une ouverture étroite et basse qu'il eût été difficile de distinguer des fissures de la pierre si deux stèles bariolées de sculptures ne l'eussent fait reconnaître.

Hermonthis alluma une torche et se mit à marcher devant moi.

C'étaient des corridors taillés dans le roc vif ; les murs, couverts de panneaux d'hiéroglyphes et de processions allégoriques, avaient dû occuper des milliers de bras pendant des milliers d'années ; ces corridors, d'une longueur interminable, aboutissaient à des chambres carrées, au milieu desquelles étaient pratiqués des puits, où nous descendions au moyen de crampons ou d'escaliers en spirale ; ces puits nous conduisaient dans d'autres chambres, d'où partaient d'autres corridors également bigarrés d'éperviers, de serpents roulés en cercle, de tau, de pedum, de bari mystiques, prodigieux travail que nul œil humain vivant ne devait voir, interminables légendes de granit que les morts avaient seuls le temps de lire pendant l'éternité.

Enfin, nous débouchâmes dans une salle si vaste, si énorme, si démesurée, que l'on ne pouvait en apercevoir les bornes ; à perte de vue s'étendaient des files de colonnes monstrueuses entre lesquelles tremblotaient de livides étoiles de lumière jaune : ces points brillants révélaient des profondeurs incalculables.

La princesse Hermonthis me tenait toujours par la main et saluait gracieusement les momies de sa connaissance.

Mes yeux s'accoutumaient à ce demi-jour crépusculaire, et commençaient à discerner les objets.

Je vis, assis sur des trônes, les rois des races souterraines : c'étaient de grands vieillards secs, ridés, parcheminés, noirs de naphte et de bitume, coiffés de pschents d'or, bardés de pectoraux et de hausse-cols, constellés de pierreries avec des yeux d'une fixité de sphinx et de longues barbes blanchies par la neige des siècles ; derrière eux, leurs peuples embaumés se tenaient debout dans les poses roides et contraintes de l'art égyptien, gardant éternellement l'attitude prescrite par le codex hiératique ; derrière les peuples miaulaient, battaient de l'aile et ricanaient les chats, les ibis et les crocodiles contemporains, rendus plus monstrueux encore par leur emmaillotage de bandelettes.

Tous les Pharaons étaient là, Chéops, Chephrenès, Psammetichus, Sésostris, Amenoteph ; tous les noirs dominateurs des pyramides et des syringes ; sur une estrade plus élevée siégeaient le roi Chronos et Xixouthros, qui fut contemporain du déluge, et Tubal Caïn, qui le précéda.

La barbe du roi Xixouthros avait tellement poussé qu'elle avait déjà fait sept fois le tour de la table de granit sur laquelle il s'appuyait tout rêveur et tout somnolent.

Plus loin, dans une vapeur poussiéreuse, à travers le brouillard des éternités, je distinguais vaguement les soixante-douze rois préadamites avec leurs soixante-douze peuples à jamais disparus.

Après m'avoir laissé quelques minutes pour jouir de ce spectacle vertigineux, la princesse Hermonthis me présenta au Pharaon son père, qui me fit un signe de tête fort majestueux.

« J'ai retrouvé mon pied ! j'ai retrouvé mon pied ! criait la princesse en frappant ses petites mains l'une contre l'autre avec tous les signes d'une joie folle, c'est monsieur qui me l'a rendu. »

Les races de Kemé, les races de Nahasi, toutes les nations noires, bronzées, cuivrées, répétaient en chœur :

« La princesse Hermonthis a retrouvé son pied ! »

Xixouthros lui-même s'en émut :

Il souleva sa paupière appesantie, passa ses doigts dans sa moustache, et laissa tomber sur moi son regard chargé de siècles.

« Par Oms, chien des enfers, et par Tmeï, fille du Soleil et de la Vérité, voilà un brave et digne garçon, dit le Pharaon en étendant vers moi son sceptre terminé par une fleur de lotus.

« Que veux-tu pour ta récompense ? »

Fort de cette audace que donnent les rêves, où rien ne paraît impossible, je lui demandai la main d'Hermonthis : la main pour le pied me paraissait une récompense antithétique d'assez bon goût.

Le Pharaon ouvrit tout grands ses yeux de verre, surpris de ma plaisanterie et de ma demande.

« De quel pays es-tu et quel est ton âge ?

— Je suis Français, et j'ai vingt-sept ans, vénérable Pharaon.

— Vingt-sept ans ! et il veut épouser la princesse Hermonthis, qui a trente siècles ! » s'écrièrent à la fois tous les trônes et tous les cercles des nations.

Hermonthis seule ne parut pas trouver ma requête inconvenante.

« Si tu avais seulement deux mille ans, reprit le vieux roi, je t'accorderais bien volontiers la princesse ; mais la disproportion est trop forte, et puis il faut à nos filles des maris qui durent, vous ne savez plus vous conserver : les derniers qu'on a apportés il y a quinze siècles à peine, ne sont plus qu'une pincée de cendre ; regarde, ma chair est dure comme du basalte, mes os sont des barres d'acier.

« J'assisterai au dernier jour du monde avec le corps

et la figure que j'avais de mon vivant ; ma fille Hermonthis durera plus qu'une statue de bronze.

« Alors le vent aura dispersé le dernier grain de ta poussière, et Isis elle-même, qui sut retrouver les morceaux d'Osiris, serait embarrassée de recomposer ton être.

« Regarde comme je suis vigoureux encore et comme mes bras tiennent bien », dit-il en me secouant la main à l'anglaise, de manière à me couper les doigts avec mes bagues.

Il me serra si fort que je m'éveillai, et j'aperçus mon ami Alfred qui me tirait par le bras et me secouait pour me faire lever.

« Ah ça ! enragé dormeur, faudra-t-il te faire porter au milieu de la rue et te tirer un feu d'artifice aux oreilles ?

« Il est plus de midi, tu ne te rappelles donc pas que tu m'avais promis de venir me prendre pour aller voir les tableaux espagnols de M. Aguado ?

— Mon Dieu ! je n'y pensais plus, répondis-je en m'habillant ; nous allons y aller : j'ai la permission ici sur mon bureau. »

Je m'avançais effectivement pour la prendre ; mais jugez de mon étonnement lorsqu'à la place du pied de momie que j'avais acheté la veille, je vis la petite figurine de pâte verte mise à sa place par la princesse Hermonthis !

LE ROI CANDAULE [1]

CHAPITRE PREMIER

Cinq cents ans après la guerre de Troie, et sept cent quinze ans avant notre ère, c'était grande fête à Sardes. — Le roi Candaule se mariait. — Le peuple éprouvait cette espèce d'inquiétude joyeuse et d'émotion sans but qu'inspire aux masses tout événement, quoiqu'il ne les touche en rien et se passe dans des sphères supérieures dont elles n'approcheront jamais.

Depuis que Phœbus-Apollon, debout sur son quadrige, dorait de ses rayons les cimes du mont Tmolus fertile en safran, les braves Sardiens allaient et venaient, montant et descendant les rampes de marbre qui reliaient la cité au Pactole, cette opulente rivière dont Midas, en s'y baignant, a rempli le sable de paillettes d'or. On eût dit que chacun de ces honnêtes citoyens se mariait lui-même, tant ils avaient l'air important et solennel.

Des groupes se formaient dans l'agora, sur les degrés des temples, le long des portiques. A chaque angle de rue, l'on rencontrait des femmes traînant par la main de pauvres enfants dont les pas inégaux s'accordaient mal avec l'impatience et la curiosité maternelles. Les jeunes filles se hâtaient vers les fontaines, leur urne en équilibre sur la tête ou soutenue de leurs bras blancs comme par deux anses naturelles, pour faire la provision d'eau de la maison, et pouvoir être libres à l'heure où passerait le cortège nuptial. Les lavandières repliaient avec précipitation les tuniques et les chlamydes à peine sèches, et les empilaient sur des chariots attelés de mules. Les esclaves tournaient la meule sans que le fouet de l'intendant eût besoin de chatouiller leurs épaules nues et couturées de cicatrices. — Sardes se dépêchait d'en finir avec ces soins de chaque jour dont aucune fête ne dispense.

Le chemin que le cortège devait parcourir avait été semé d'un sable fin et blond. D'espace en espace, des trépieds d'airain envoyaient au ciel des fumées odorantes de cinnamome et de nard. — C'étaient, du reste, les seules vapeurs qui troublassent la pureté de l'azur. — Les nuages d'une journée d'hymen ne doivent provenir que des parfums brûlés. — Des branches de myrtes et de lauriers-roses jonchaient le sol, et sur les murs des palais se déployaient, suspendues à des anneaux de bronze, des tapisseries où l'aiguille des captives industrieuses, entremêlant la laine, l'argent et l'or, avait représenté diverses scènes de l'histoire des dieux et des héros : Ixion embrassant la nue ; — Diane surprise au bain par Actéon ; — le berger Pâris, juge du combat de beauté qui eut lieu sur le mont Ida, entre Héré aux bras de neige, Athéné aux yeux vert de mer, et Aphrodite, parée du ceste magique ; — les vieillards troyens se levant sur le passage d'Hélène auprès des portes Scées, sujet tiré d'un poème de l'aveugle du Mélès. — Plusieurs avaient exposé de préférence des scènes tirées de la vie d'Héraclès le Thébain, par flatterie pour Candaule, qui était un Héraclide, descendant de ce héros par Alcée. Les autres s'étaient contentés d'orner de guirlandes et de couronnes le seuil de leurs demeures en signe de réjouissance.

Parmi les rassemblements échelonnés depuis l'entrée de la maison royale jusqu'à la porte de la ville par où devait arriver la jeune reine, les conversations roulaient naturellement sur la beauté de l'épouse, dont la renommée remplissait toute l'Asie, et sur le caractère de l'époux, qui, sans être tout à fait bizarre, semblait néanmoins difficilement appréciable au point de vue ordinaire.

Nyssia, la fille du satrape Mégabaze, était douée d'une pureté de traits et d'une perfection de formes merveilleuses, — c'était du moins le bruit qu'avaient répandu les esclaves qui la servaient, et les amies qui l'accompagnaient au bain ; car aucun homme ne pouvait se vanter de connaître de Nyssia autre chose que la couleur de son voile et les plis élégants qu'elle imprimait, malgré elle, aux étoffes moelleuses qui recouvraient son corps de statue.

Les barbares ne partagent pas les idées des Grecs sur la pudeur : — tandis que les jeunes gens de l'Achaïe ne se font aucun scrupule de faire luire au soleil du stade leurs torses frottés d'huile, et que les vierges Spartiates dansent sans voiles devant l'autel de Diane, ceux de Persépolis, d'Ecbatane et de Bactres, attachant plus de prix à la pudicité du corps qu'à celle de l'âme, regardent comme impures et répréhensibles ces libertés que les mœurs grecques donnent au plaisir des yeux, et pensent qu'une femme n'est pas honnête, qui laisse entrevoir aux hommes plus que le bout de son pied, repoussant à peine en marchant les plis discrets d'une longue tunique.

Malgré ce mystère, ou plutôt à cause de ce mystère, la réputation de Nyssia n'avait pas tardé à se répandre dans toute la Lydie et à y devenir populaire, à ce point qu'elle était parvenue jusqu'à Candaule, bien que les rois soient ordinairement les gens les plus mal informés de leur royaume, et vivent comme les dieux dans une espèce de nuage qui leur dérobe la connaissance des choses terrestres.

Les Eupatrides de Sardes, qui espéraient que le jeune roi pourrait peut-être prendre femme dans leur famille, les hétaïres d'Athènes, de Samos, de Milet et de Chypre, les belles esclaves venues des bords de l'Indus, les blondes filles amenées à grands frais du fond des brouillards cimmériens, n'avaient garde de prononcer devant Candaule un seul mot qui, de près ou de loin, pût avoir rapport à Nyssia. Les plus braves, en fait de beauté, reculaient à l'idée d'un combat qu'elles pressentaient devoir être inégal.

Et cependant personne à Sardes, et même en Lydie, n'avait vu cette redoutable adversaire ; personne, excepté un seul être, qui depuis cette rencontre avait tenu sur ce sujet ses lèvres aussi fermées que si Harpocrate, le dieu du silence, les eût scellées de son doigt : — c'était Gygès, chef des gardes de Candaule. Un jour, Gygès, plein de projets et d'ambitions vagues, errait sur les collines de Bactres, où son maître l'avait envoyé pour une mission importante et secrète ; il songeait aux enivrements de la toute-puissance, au bonheur de fouler la pourpre sous une sandale d'or, de poser le diadème sur la tête de la plus belle ; ces pensées faisaient bouilloner son sang dans ses veines, et, comme pour suivre l'essor de ses rêves, il frappait d'un talon nerveux les flancs blanchis d'écume de son cheval numide.

Le temps, de calme qu'il était d'abord, était devenu orageux comme l'âme du guerrier, et Borée, les cheveux hérissés par les frimas de la Thrace, les joues gonflées, les bras croisés sur la poitrine, fouettait à grands coups d'aile les nuages gros de pluie.

Une troupe de jeunes filles qui cueillaient des fleurs dans la campagne, effrayées de la tempête, regagnaient la ville en toute hâte, remportant leur moisson parfumée dans le pan de leur tunique. Voyant de loin venir un étranger à cheval, elles avaient, suivant l'usage des barbares, ramené leur manteau sur leur visage ; mais, au moment où Gygès passait auprès de celle que sa fière attitude et ses vêtements plus riches semblaient désigner comme maîtresse de la troupe, un coup de vent plus fort avait emporté le voile de l'inconnue, et, le faisant tournoyer en l'air comme une plume, l'avait chassé si loin qu'il était impossible de le reprendre. — C'était Nyssia, la fille de Mégabaze, qui se trouva ainsi, le visage découvert, devant Gygès, simple capitaine des gardes du roi Candaule. Était-ce seulement le souffle de Borée qui avait causé cet accident, ou bien

Éros, qui se plaît à troubler les âmes, s'était-il amusé à couper le lien qui retenait le tissu protecteur ? Toujours est-il que Gygès resta immobile à l'aspect de cette Méduse de beauté, et il y avait longtemps que le pli de la robe de Nyssia avait disparu sous la porte de la ville, que Gygès ne songeait pas à reprendre son chemin. Bien que rien ne justifiât cette conjecture, il avait eu le sentiment qu'il venait de voir la fille du satrape, et cette rencontre, qui avait presque le caractère d'une apparition, concordait si bien avec la pensée qui l'occupait dans ce moment, qu'il ne put s'empêcher d'y voir quelque chose de fatal et d'arrangé par les dieux. — En effet, c'était bien sur ce front qu'il eût voulu poser le diadème : quel autre en eût été plus digne ? Mais quelle probabilité y avait-il que Gygès eût jamais un trône à faire partager ? Il n'avait pas essayé de donner suite à cette aventure et de s'assurer si c'était vraiment la fille de Mégabaze dont le hasard, ce grand escamoteur, lui avait révélé le visage mystérieux. Nyssia s'était dérobée si promptement qu'il lui eût été impossible de la retrouver, et d'ailleurs il avait été plutôt ébloui, fasciné, foudroyé en quelque sorte, que charmé par cette apparition surhumaine, par ce monstre de beauté.

Cependant, cette image, à peine entrevue un moment, s'était gravée dans son cœur en traits profonds comme ceux que les sculpteurs tracent sur l'ivoire avec un poinçon rougi au feu. Il avait fait, sans pouvoir en venir à bout, tous ses efforts pour l'effacer, car l'amour qu'il éprouvait pour Nyssia lui causait une secrète terreur. — La perfection portée à ce point est toujours inquiétante, et les femmes si semblables aux déesses ne peuvent qu'être fatales aux faibles mortels ; elles sont créées pour les adultères célestes, et les hommes, même les plus courageux, ne se hasardent qu'en tremblant dans de pareilles amours. — Aussi aucun espoir n'avait-il germé dans l'âme de Gygès, accablé et découragé d'avance par le sentiment de l'impossible. Avant d'adresser la parole à Nyssia, il eût voulu dépouiller le ciel de sa robe d'étoiles, ôter à Phœbus sa couronne de rayons, oubliant que les femmes ne se donnent qu'à ceux qui ne les méritent pas, et que le moyen de s'en faire aimer, c'est d'agir avec elles comme si l'on désirait en être haï.

Depuis ce temps, les roses de la joie ne fleurirent plus sur ses joues : le jour, il était triste et morne, et semblait marcher seul dans son rêve, comme un mortel qui a vu une divinité ; la nuit il était obsédé de songes qui lui montraient Nyssia assise à côté de lui, sur des coussins de pourpre, entre les griffons d'or de l'estrade royale.

Donc Gygès, le seul qui pût parler de Nyssia en connaissance de cause, n'en ayant rien dit, les Sardiens en étaient réduits aux conjectures, et il faut convenir qu'ils en faisaient de bizarres et tout à fait fabuleuses. La beauté de Nyssia, grâce aux voiles dont elle était entourée, devenait comme une espèce de mythe, de canevas, de poème que chacun brodait à sa guise.

« Si ce que l'on rapporte n'est pas faux, disait en grasseyant un jeune débauché d'Athènes, la main appuyée sur l'épaule d'un enfant asiatique, ni Plangon, ni Archenassa, ni Thaïs ne peuvent supporter la comparaison avec cette merveille barbare ; pourtant j'ai peine à croire qu'elle vaille Théano de Colophon, dont j'ai acheté une nuit au prix de ce qu'elle a pu emporter d'or, en plongeant jusqu'aux épaules ses bras blancs dans mon coffre de cèdre.

— Auprès d'elle, ajouta un Eupatride qui avait la prétention d'être mieux informé que personne sur toutes choses, auprès d'elle, la fille de Cœlus et de la Mer paraîtrait comme une servante éthiopienne.

— Ce que vous dites là est un blasphème, et, quoique Aphrodite soit une bonne et indulgente déesse, prenez garde de vous attirer sa colère.

— Par Hercule ! — ce qui est un serment de valeur dans une ville gouvernée par ses descendants, — je n'en puis rabattre d'un mot.

— Vous l'avez donc vue ?

— Non, mais j'ai à mon service un esclave qui a jadis appartenu à Nyssia et qui m'en a fait cent récits.

— Est-il vrai, demanda d'un air enfantin une femme équivoque dont la tunique rose tendre, les joues fardées et les cheveux luisants d'essence annonçaient de malheureuses prétentions à une jeunesse dès longtemps disparue, est-il vrai que Nyssia ait deux prunelles dans chaque œil ?

— Cela doit être fort laid à ce qu'il me semble, et je ne sais pas comment Candaule a pu s'éprendre d'une pareille monstruosité, tandis qu'il ne manque pas à Sardes et dans la Lydie de femmes dont le regard est irréprochable. »

Et en disant ces mots avec toute sorte de mignardises et d'afféteries, Lamia jetait un petit coup d'œil significatif sur un petit miroir de métal fondu qu'elle tira de son sein et qui lui servit à ramener au devoir quelques boucles dérangées par l'impertinence du vent.

« Quant à ce qui est de la prunelle double, cela m'a tout l'air d'un conte de nourrice, dit le patricien bien informé ; mais il est sûr que Nyssia a le regard si perçant, qu'elle voit à travers les murs ; à côté d'elle, les lynx sont myopes.

— Comment un homme grave peut-il débiter de sang-froid une absurdité pareille ? interrompit un bourgeois à qui son crâne chauve, et le flot de barbe blanche où il plongeait ses doigts tout en parlant, donnaient un aspect de prépondérance et de sagacité philosophique. La vérité est que la fille de Mégabaze n'y voit naturellement pas plus clair que vous et moi ; seulement le prêtre égyptien Thoutmosis, qui sait tant de secrets merveilleux, lui a donné la pierre mystérieuse qui se trouve dans la tête des dragons, et dont la propriété, comme chacun le sait, est de rendre pénétrables au regard, pour ceux qui la possèdent, les ombres et les corps les plus opaques. Nyssia porte toujours cette pierre dans sa ceinture ou sur son bracelet, et c'est ce qui explique sa clairvoyance. »

L'interprétation du bourgeois parut la plus naturelle

aux personnages du groupe dont nous essayons de rendre la conversation, et l'opinion de Lamia et du patricien fut abandonnée comme invraisemblable.

« En tout cas, reprit l'amant de Théano, nous allons pouvoir en juger, car il me semble que j'ai entendu résonner les clairons dans le lointain, et, sans avoir la vue de Nyssia, j'aperçois là-bas le héraut qui s'avance des palmes dans les mains, annonçant l'arrivée du cortège nuptial et faisant ranger la foule. »

A cette nouvelle qui se propagea rapidement, les hommes robustes jouèrent des coudes pour arriver au premier rang ; les garçons agiles, embrassant le fût des colonnes, tâchèrent de se hisser jusqu'aux chapiteaux et de s'y asseoir ; d'autres, non sans avoir excorié leurs genoux à l'écorce, parvinrent à se percher assez commodément dans l'Y de quelque branche d'arbre ; les femmes posèrent leurs petits enfants sur le coin de leur épaule en leur recommandant bien de se retenir à leur cou. Ceux qui avaient le bonheur de demeurer dans la rue où devaient passer Candaule et Nyssia penchèrent la tête du haut de leurs toits, ou, se soulevant sur le coude, quittèrent un moment les coussins qui les soutenaient.

Un murmure de satisfaction et de soulagement parcourut la foule qui attendait déjà depuis de longues heures, car les flèches du soleil de midi commençaient à être piquantes.

Les guerriers pesamment armés, avec des cuirasses de buffle recouvertes de lames de métal, des casques ornés d'aigrettes de crin de cheval teint en rouge, des knémides garnies d'étain, des baudriers étoilés de clous, des boucliers *blasonnés* et des épées d'airain, marchaient derrière un rang de trompettes qui soufflaient à pleine bouche dans leurs longs tubes étincelants au soleil. Les chevaux de ces guerriers, blancs comme les pieds de Thétis, pour la noblesse de leurs allures et la pureté de leur race, auraient pu servir de modèle à ceux que Phidias sculpta plus tard sur les métopes du Parthénon.

À la tête de cette troupe marchait Gygès, le bien nommé, — car son nom en lydien signifie *beau*. Ses traits, de la plus parfaite régularité, paraissaient taillés dans le marbre, tant il était pâle, car il venait de reconnaître dans Nyssia, quoiqu'elle fût couverte du voile des jeunes épousées, la femme dont la trahison du vent avait livré la figure à ses regards auprès des murs de Bactres.

« Le beau Gygès paraît bien triste, se disaient les jeunes filles. Quelque fière beauté a-t-elle dédaigné son amour, — ou quelque délaissée lui a-t-elle fait jeter un sort par une magicienne de Thessalie ? L'anneau cabalistique qu'il a trouvé, à ce qu'on dit, au milieu d'une forêt dans les flancs d'un cheval de bronze, aurait-il perdu sa vertu, — et, cessant de rendre son maître invisible, l'aurait-il trahi tout à coup aux regards étonnés de quelque honnête mari qui se croyait seul dans sa chambre conjugale ?

— Peut-être a-t-il perdu ses talents et ses drachmes au jeu de Palamède, ou bien est-ce le dépit de n'avoir pas gagné le prix aux jeux Olympiques ? Il comptait beaucoup sur son cheval Hypérion. »

Aucune de ces conjectures n'était vraie. Jamais l'on ne suppose ce qui est.

Après le bataillon commandé par Gygès, venaient de jeunes garçons couronnés de myrtes qui accompagnaient sur des lyres d'ivoire, en se servant d'un archet, des hymnes d'épithalame sur le mode lydien ; ils étaient vêtus de tuniques roses brodées d'une grecque d'argent, et leurs cheveux flottaient sur leurs épaules en boucles épaisses.

Ils précédaient les porteurs de présents, esclaves robustes dont les corps demi-nus laissaient voir des entrelacements de muscles à faire envie au plus vigoureux athlète.

Sur les brancards, soutenus par deux ou quatre hommes, ou davantage, suivant la pesanteur des objets, étaient posés d'énormes cratères d'airain, ciselés par les plus fameux artistes ; — des vases d'or et d'argent

aux flancs ornés de bas-reliefs, aux anses gracieusement entremêlées de chimères, de feuillages et de
femmes nues ; — des aiguières magnifiques pour laver
les pieds des hôtes illustres ; — des buires incrustées
de pierres précieuses et contenant les parfums les plus
rares, myrrhe d'Arabie, cinnamome des Indes, nard de
Perse, essence de roses de Smyrne ; — des kamklins
ou cassolettes avec des couvercles percés de trous ; —
des coffres de cèdre et d'ivoire d'un travail merveilleux s'ouvrant avec des secrets introuvables pour tout
autre que l'inventeur, et contenant des bracelets d'or
d'Ophir, des colliers de perles du plus bel orient, des
agrafes de manteau constellées de rubis et d'escarboucles ; — des toilettes renfermant les éponges blondes,
les fers à friser, les dents de loup marin qui servent à
polir les ongles, le fard vert d'Égypte, qui devient du
plus beau rouge en touchant la peau, les poudres qui
noircissent les paupières et les sourcils, et tout ce que
la coquetterie féminine peut inventer de raffinements.
— D'autres civières étaient couvertes de robes de
pourpre de la laine la plus fine et de toutes les nuances,
depuis l'incarnat de la rose jusqu'au rouge sombre du
sang de la grappe ; — de calasiris en toile de Canope
qu'on jette blanche dans la chaudière du teinturier, et
qui, grâce aux divers mordants dont elle est empreinte,
en sort diaprée des couleurs les plus vives ; — de
tuniques apportées du pays fabuleux des Sères, à l'extrémité du monde, faites avec la bave filée d'un ver
qui vit sur les feuilles, et si fines qu'elles auraient pu
passer par une bague.

Des Éthiopiens luisants comme le jais, la tête serrée
par une cordelette pour que les veines de leur front ne
se rompissent pas dans les efforts qu'ils faisaient pour
soutenir leur fardeau, portaient en grande pompe une
statue d'Hercule, aïeul de Candaule, de grandeur colossale, faite d'ivoire et d'or, avec la massue, la peau du
lion de Némée, les trois pommes du jardin des Hespérides, et tous les attributs consacrés.

Les statues de la Vénus céleste et de la Vénus Géni-

trix, taillées par les meilleurs élèves de l'école de
Sicyone dans ce marbre de Paros dont l'étincelante
transparence semble faite tout exprès pour représenter
la chair toujours jeune des immortelles, suivaient l'effigie d'Hercule dont les contours épais et les formes ren-
flées faisaient encore ressortir l'harmonie et l'élégance
de leurs proportions.

Un tableau de Bularque, payé au poids de l'or par
Candaule, peint sur le bois du larix femelle, et représentant la défaite des Magnètes, excitait l'admiration
générale pour la perfection du dessin, la vérité des attitudes et l'harmonie des couleurs, quoique l'artiste n'y
eût employé que les quatre teintes primitives : le blanc,
l'ocre attique, la sinopis pontique et l'atrament. — Le
jeune roi aimait la peinture et la sculpture plus peut-
être qu'il ne convient à un monarque, et il lui était
arrivé souvent d'acheter un tableau au prix du revenu
annuel d'une ville.

Des chameaux et des dromadaires splendidement
caparaçonnés, le col chargé de musiciens jouant des
cymbales et du tympanon, portaient les pieux dorés,
les cordes et les étoffes de la tente destinée à la jeune
reine pour des voyages et des parties de chasse.

Ces magnificences, en toute autre occasion, auraient
ravi le peuple de Sardes ; mais sa curiosité avait un
autre but, et ce ne fut pas sans quelque impatience qu'il
vit défiler cette portion du cortège. Les jeunes filles et
les beaux garçons, agitant des torches enflammées, et
semant à pleines mains la fleur du crocus, n'obtinrent
même pas son attention. L'idée de voir Nyssia préoccupait toutes les têtes.

Enfin Candaule apparut monté sur un char attelé de
quatre chevaux aussi beaux, aussi fougueux que ceux
du Soleil, inondant de mousse blanche leur frein d'or,
secouant leur crinière tressée de pourpre et contenus à
grand-peine par le cocher, debout à côté du prince et
renversé en arrière pour avoir plus de force.

Candaule était un jeune homme plein de vigueur,
justifiant bien son origine herculéenne : sa tête se joi-

gnait à ses épaules par un cou de taureau presque sans
inflexion ; ses cheveux, noirs et lustrés, se tordaient
en petites boucles rebelles et couvraient par places la
bandelette du diadème ; ses oreilles, petites et droites,
étaient vivement colorées ; mais son front s'étendait
large et plein, quoique un peu bas, comme tous les
fronts antiques ; son œil plein de douceur et de mélancolie, ses joues ovales, son menton aux courbes douces
et ménagées, sa bouche aux lèvres légèrement entrouvertes, son bras d'athlète terminé par une main de
femme, indiquaient plutôt une nature de poète que de
guerrier. En effet ; quoiqu'il fût brave, adroit à tous les
exercices du corps, domptant un cheval aussi bien
qu'un Lapithe, coupant à la nage le courant des fleuves
qui descendent des montagnes grossis par les fontes de
neige, en état de tendre l'arc d'Odyssée et de porter
le bouclier d'Achille, il ne paraissait pas avoir l'esprit
préoccupé de conquêtes, et la guerre, si entraînante
pour les jeunes rois, n'avait pour lui qu'un attrait
médiocre ; il se contentait de repousser les attaques des
voisins ambitieux sans chercher à étendre ses États. —
Il préférait bâtir des palais pour lesquels ses conseils
ne manquaient pas aux architectes, faire des collections
de statues et de tableaux des anciens et des nouveaux
peintres ; il avait des ouvrages de Téléphanes de
Sicyone, de Cléanthes et d'Ardices de Corinthe, d'Hy-
giémon, de Dinias, de Charmade, d'Eumarus et de
Cimon, les uns au simple trait, les autres coloriés ou
monochromes. — On disait même que Candaule, chose
peu décente pour un prince, n'avait pas dédaigné de
manier de ses mains royales le ciseau du sculpteur et
l'éponge du peintre encaustique.

Mais pourquoi nous arrêter à Candaule ? Le lecteur
est sans doute comme le peuple de Sardes, et c'est
Nyssia qu'il veut connaître.

La fille de Mégabaze était montée sur un éléphant à
la peau rugueuse, aux immenses oreilles semblables à
des drapeaux, qui s'avançait d'un pas lourd, mais
rapide, comme un vaisseau parmi des vagues. Ses

défenses et sa trompe étaient cerclées d'anneaux d'argent : des colliers de perles énormes entouraient les piliers de ses jambes. Sur son dos, que recouvrait un magnifique tapis de Perse aux dessins bariolés, s'élevait une espèce d'estrade écaillée de ciselure d'or, constellée d'onyx, de sardoines, de chrysolithes, de lapis-lazuli, de girasols ; sur cette estrade était assise la jeune reine si couverte de pierreries qu'elle éblouissait les yeux. Une mitre en forme de casque, où des perles formaient des ramages et des lettres à la mode orientale, enveloppait sa tête ; ses oreilles, percées aux lobes et sur l'ourlet, étaient chargées d'ornements en façon de coupes, de croissants et de grelots ; des colliers de boules d'or et d'argent, découpés à jour, entouraient son cou au triple rang et descendaient sur sa poitrine avec un frisson métallique ; des serpents d'émeraude aux yeux de rubis et de topazes, après avoir décrit plusieurs spirales, s'agrafaient à ses bras en se mordant la queue : ces bracelets se rejoignaient par des chaînes de pierreries, et leur poids était si considérable, que deux suivantes se tenaient agenouillées à côté de Nyssia et lui soutenaient les coudes. Elle était revêtue d'une robe brodée par les ouvriers de Tyr de dessins étincelants de feuillages d'or aux fruits de diamants, et par-dessus elle portait la tunique courte de Persépolis qui descend à peine au genou et dont la manche fendue est rattachée par une agrafe de saphir ; sa taille était entourée de la hanche jusqu'aux reins par une ceinture faite d'une étoffe étroite, bigarrée de zébrures et de ramages qui formaient des symétries et des dessins, suivant qu'ils se trouvaient rapprochés par l'arrangement des plis que les filles de l'Inde savent seules disposer. Son pantalon de byssus, que les Phéniciens nomment syndon, se fermait au-dessus des chevilles par des cercles ornés de clochettes d'or et d'argent, et complétait cette toilette d'une richesse bizarre et tout à fait contraire au goût grec. Mais, hélas ! un *flammeum* couleur de safran, masquait impitoyablement le visage de Nyssia qui paraissait gênée, bien qu'elle eût un voile, de voir tant de regards fixés sur elle, et faisait souvent signe à un esclave placé derrière d'abaisser le parasol de plumes d'autruche pour la mieux dérober à l'empressement de la foule.

Candaule avait eu beau la supplier, il n'avait pu la déterminer à quitter son voile, même pour cette occasion solennelle. La jeune barbare avait refusé de payer à son peuple sa bienvenue de beauté. — Le désappointement fut grand ; Lamia prétendit que Nyssia n'osait se découvrir de peur de montrer sa double prunelle ; le jeune débauché resta convaincu que Théano de Colophon était plus belle que la reine de Sardes, et Gygès poussa un soupir, lorsqu'il vit Nyssia, après avoir fait agenouiller son éléphant, descendre sur les têtes inclinées des esclaves damascènes comme par un escalier vivant jusque sur le seuil de la demeure royale, où l'élégance de l'architecture grecque se mêlait aux fantaisies et aux énormités du goût asiatique.

CHAPITRE II

En notre qualité de poète, nous avons le droit de relever le flammeum couleur de safran qui enveloppait la jeune épouse, — plus heureux en cela que les Sardiens qui, après toute une journée d'attente, furent obligés de s'en retourner chez eux, réduits, comme avant, aux simples conjectures.

Nyssia était réellement au-dessus de sa réputation, quelque grande qu'elle fût ; il semblait que la nature se fût proposé, en la créant, d'aller jusqu'aux limites de sa puissance et de se faire absoudre de tous ses tâtonnements et de tous ses essais manqués. On eût dit qu'émue d'un sentiment de jalousie à l'endroit des merveilles futures des sculpteurs grecs, elle avait voulu, elle aussi, modeler une statue et faire voir qu'elle était encore la souveraine maîtresse en fait de plastique.

Le grain de la neige, l'éclat micacé du marbre de Paros, la pulpe brillantée des fleurs de la balsamine, donneraient une faible idée de la substance idéale dont était formée Nyssia. Cette chair si fine, si délicate, se laissait pénétrer par le jour, et se modelait en contours transparents, en lignes suaves, harmonieuses comme de la musique. Selon la différence des aspects, elle se colorait de soleil ou de pourpre comme le corps aromal d'une divinité, et semblait rayonner la lumière et la vie. Le monde de perfections que renfermait l'ovale noblement allongé de sa chaste figure, nul ne pourra le redire, ni le statuaire avec son ciseau, ni le peintre avec son pinceau, ni le poète avec son style, fût-il Praxitèle, Apelles ou Mimnerme. Sur son front uni, baigné par des ondes de cheveux rutilants semblables à l'électrum en fusion et saupoudrés de limaille d'or, suivant la coutume babylonienne, siégeait, comme sur un trône de jaspe, l'inaltérable sérénité de la beauté parfaite.

Pour ses yeux, s'ils ne justifiaient pas entièrement ce qu'en disait la crédulité populaire, ils étaient au moins d'une étrangeté admirable ; des sourcils bruns dont les extrémités s'effilaient gracieusement comme les pointes de l'arc d'Éros, et que rejoignait une ligne de henné, à la mode asiatique, de longues franges de cils aux ombres soyeuses, contrastaient vivement avec les deux étoiles de saphir roulant sur un ciel d'argent bruni qui leur servaient de prunelles. Ces prunelles, dont la pupille était plus noire que l'atrament, avaient dans l'iris de singulières variations de nuances ; du saphir elles passaient à la turquoise, de la turquoise à l'aigue-marine, de l'aigue-marine à l'ambre jaune, et quelquefois, comme un lac limpide dont le fond serait semé de pierreries, laissaient entrevoir, à des profondeurs incalculables, des sables d'or et de diamant, sur lesquels des fibrilles vertes frétillaient et se tordaient en serpents d'émeraudes. Dans ces orbes aux éclairs phosphoriques, les rayons des soleils éteints, les splendeurs des mondes évanouis, les gloires des olympes éclipsés, semblaient avoir concentré leurs reflets ; en les contemplant, on se souvenait de l'éternité, et l'on se sentait pris de vertige, comme en se penchant sur le bord de l'infini.

L'expression de ces yeux extraordinaires n'était pas moins variable que leurs teintes. Tantôt, leurs paupières s'entrouvrant comme les portes des demeures célestes, ils vous appelaient dans des élysées de lumière, d'azur et de félicité ineffable, ils vous promettaient la réalisation de tous vos rêves de bonheur décuplés, centuplés, comme s'ils avaient deviné les secrètes pensées de votre âme ; tantôt, impénétrables comme des boucliers composés de sept lames superposées des plus durs métaux, ils faisaient tomber vos regards, flèches émoussées et sans force : d'une simple inflexion de sourcil, d'un seul tour de prunelle, plus fort que la foudre de Zeus, ils vous précipitaient, du haut de vos escalades les plus ambitieuses, dans des néants si profonds qu'il était impossible de s'en relever. Typhon lui-même, qui se retourne sous l'Etna, n'eût pu soulever les montagnes de dédain dont ils vous accablaient ; l'on comprenait que, vécût-on mille olympiades, avec la beauté du blond fils de Létô, le génie d'Orphéus, la puissance sans bornes des rois assyriens, les trésors des Kabires, des Telchines et des Dactyles, dieux des richesses souterraines, on ne pourrait les ramener à une expression plus douce.

D'autres fois ils avaient des langueurs si onctueuses et si persuasives, des effluves et des irradiations si pénétrantes, que les glaces de Nestor et de Priam se seraient fondues à leur aspect, comme la cire des ailes d'Icare en approchant des zones enflammées. Pour un de ces regards on eût trempé ses mains dans le sang de son hôte, dispersé aux quatre vents les cendres de son père, renversé les saintes images des dieux et volé le feu du ciel comme Prométhée, le sublime larron.

Cependant leur expression la plus ordinaire, il faut le dire, était une chasteté désespérante, une froideur sublime, une ignorance de toute possibilité de passion humaine, à faire paraître les yeux de clair de lune de Phœbé et les yeux vert de mer d'Athéné plus lubriques et plus provocants que ceux d'une jeune fille de Babylone sacrifiant à la déesse Mylitta dans l'enceinte de cordes de Succoth-Benolh. — Leur virginité invincible paraissant défier l'amour.

Les joues de Nyssia, que nul regard humain n'avait profanées, excepté celui de Gygès, le jour du voile enlevé, avaient une fleur de jeunesse, une pâleur tendre, une délicatesse de grain et de duvet dont le visage de nos femmes, toujours exposées à l'air et au soleil, ne peut donner l'idée la plus lointaine ; la pudeur y faisait courir des nuages roses comme ceux que produirait une goutte d'essence vermeille dans une coupe pleine de lait, et, quand nulle émotion ne les colorait, elles prenaient des reflets argentés, de tièdes lueurs, comme un albâtre éclairé par dedans. La lampe était son âme charmante, que laissait apercevoir la transparence de sa chair.

Une abeille se fût trompée à sa bouche, dont la forme était si parfaite, les coins si purement arqués, la pourpre si vivace et si riche, que les dieux seraient descendus des maisons olympiennes pour l'effleurer de leurs lèvres humides d'immortalité, si la jalousie des déesses n'y eût mis bon ordre. Heureux l'air qui passait par cette pourpre et ces perles, qui dilatait ces jolies narines si finement coupées et nuancées de tons roses, comme la nacre des coquillages poussés par la mer sur les rives de Chypre aux pieds de la Vénus Anadyomène. Mais il y a comme cela une foule de bonheurs accordés à des choses qui ne peuvent les comprendre. — Quel amant ne voudrait être la tunique de sa bien-aimée ou l'eau de son bain ?

Telle était Nyssia, si l'on peut se servir de ces mots après une description si vague de sa figure. — Si nos brumeux idiomes du Nord avaient cette chaude liberté, cet enthousiasme brûlant du Sir-Hasirim, peut-être par des comparaisons, en suscitant dans l'esprit du lecteur

des souvenirs de fleurs, de parfums, de musique et de
soleil, en évoquant par la magie des mots tout ce que
la création peut contenir d'images gracieuses et charmantes, nous eussions pu donner quelque idée de la
physionomie de Nyssia ; mais il n'est permis qu'à
Salomon de comparer le nez d'une belle femme à la
tour du Liban qui regarde vers Damas[2]. Et pourtant,
qu'y a-t-il de plus important au monde que le nez
d'une belle femme ? si Hélène, la blanche Tyndaride,
eût été camarde, la guerre de Troie eût-elle eu lieu ?
Et si Sem Rami n'avait eu le profil d'une régularité
parfaite, eût-elle séduit le vieux monarque de Nin-
Nevet, et ceint son front de la mitre de perles, signe du
pouvoir suprême ?

Candaule, bien qu'il eût fait amener dans ses palais
les plus belles esclaves de Sour, d'Ascalon, de Sogd,
de Sakkes, de Ratsaf, les plus célèbres courtisanes
d'Éphèse, de Pergame, de Smyrne et de Chypre, fut
complètement fasciné par les charmes de Nyssia... Il
n'avait pas même soupçonné jusque-là l'existence
d'une pareille perfection.

Libre, en sa qualité d'époux, de se plonger dans
la contemplation de cette beauté, il se sentit pris
d'éblouissements et de vertige, comme quelqu'un qui
se penche sur l'abîme ou fixe ses yeux sur le soleil ; il
éprouva une espèce de délire de possession, comme un
prêtre ivre du dieu qui le remplit. Toute autre pensée
disparut de son âme, et l'univers ne lui apparut plus
que comme un brouillard vague où rayonnait le fantôme étincelant de Nyssia. Son bonheur tournait à l'extase, et son amour à la folie. Parfois sa félicité
l'effrayait. N'être qu'un misérable roi, que le descendant lointain d'un héros devenu dieu à force de
fatigues, qu'un homme vulgaire fait de chair et d'os,
et, sans avoir rien fait pour le mériter, sans même
avoir, comme son aïeul, étouffé quelque hydre et
déchiré quelque lion, jouir d'un bonheur dont Zeus, à
la chevelure ambrosienne, serait à peine digne, tout
maître de l'Olympe qu'il est ! Il avait, en quelque

sorte, honte d'accaparer un si riche trésor pour lui seul, de faire au monde le vol de cette merveille, et d'être le dragon écaillé et griffu qui gardait le type vivant de l'idéal des amoureux, des sculpteurs et des poètes. Tout ce qu'ils avaient rêvé dans leurs aspirations, leurs mélancolies et leurs désespoirs, il le possédait, lui, Candaule, pauvre tyran de Sardes, ayant à peine quelques misérables coffres pleins de perles, quelques citernes remplies de pièces d'or et trente ou quarante mille esclaves achetés ou enlevés à la guerre !

La félicité était trop grande pour Candaule, et la force qu'il eût sans doute trouvée pour supporter l'infortune lui manqua pour le bonheur. — Sa joie débordait de son âme, comme l'eau d'un vase sur le feu, et, dans l'exaspération de son enthousiasme pour Nyssia, il en était venu à la désirer moins timide et moins pudique, car il lui en coûtait de garder pour lui seul le secret d'une telle beauté.

« Oh ! se disait-il pendant les rêveries profondes qui occupaient tout le temps qu'il ne passait pas auprès de la reine, — l'étrange sort que le mien ! Je suis malheureux de ce qui ferait le bonheur de tout autre époux. Nyssia ne veut pas sortir de l'ombre du gynécée, et refuse, dans sa pudeur barbare, de relever son voile devant d'autres que moi. Pourtant, avec quel enivrement d'orgueil mon amour la verrait rayonnante et sublime, debout sur le haut de l'escalier royal, dominer mon peuple à genoux, et faire évanouir, comme l'aurore qui se lève, toutes les pâles étoiles qui pendant la nuit s'étaient crues des soleils ! — Orgueilleuses Lydiennes, qui pensez être belles, vous ne devez qu'à la réserve de Nyssia de ne pas paraître, même à vos amants, aussi laides que les esclaves de Nahasi et de Kousch aux yeux obliques, aux lèvres épatées. Si une seule fois elle traversait les rues de Sardes le visage découvert, vous auriez beau tirer vos adorateurs par le pan de leur tunique, aucun d'eux ne retournerait la tête, ou, s'il le faisait, il vous demanderait votre nom, tant il vous aurait profondément oubliées. Ils iraient se pré-

cipiter sous les roues d'argent de son char pour avoir
la volupté d'être écrasés par elle, comme ces dévots de
l'Indus qui pavent de leurs corps le chemin de leur
idole. Et vous, déesses qu'a jugées Pâris-Alexandre, si
Nyssia avait concouru, aucune de vous n'eût emporté
la pomme, pas même Aphrodite, malgré son ceste et la
promesse de faire aimer le berger-arbitre par la plus
belle femme du monde !...

« Penser qu'une semblable beauté n'est pas immortelle, hélas ! et que les ans altéreront ces lignes divines,
cet admirable hymne de formes, ce poème dont les
strophes sont des contours, et que nul au monde n'a lu
et ne doit lire que moi ; être seul dépositaire d'un si
splendide trésor ! — Au moins, si je savais, à l'aide
des lignes et des couleurs, imitant le jeu de l'ombre et
de la lumière, fixer sur le bois un reflet de ce visage
céleste ; si le marbre n'était pas rebelle à mon ciseau,
comme dans la veine la plus pure du Paros ou du pentélique, je taillerais un simulacre de ce corps charmant
qui ferait tomber de leurs autels les vaines effigies des
déesses ! Et plus tard, lorsque sous le limon des
déluges, sous la poussière des villes dissoutes, les
hommes des âges futurs rencontreraient quelque morceau de cette ombre pétrifiée de Nyssia, ils se diraient :
Voilà donc comme étaient faites les femmes de ce
monde disparu ! Et ils élèveraient un temple pour loger
le divin fragment. Mais je n'ai rien qu'une admiration
stupide et un amour insensé ! Adorateur unique d'une
divinité inconnue, je ne possède aucun moyen de
répandre son culte sur la terre ! »

Ainsi, dans Candaule, l'enthousiasme de l'artiste
avait éteint la jalousie de l'amant ; l'admiration était
plus forte que l'amour. Si, au lieu de Nyssia, fille du
satrape Mégabaze, tout imbue d'idées orientales, il eût
épousé quelque Grecque d'Athènes ou de Corinthe, nul
doute qu'il n'eût fait venir à sa cour les plus habiles
d'entre les peintres et les sculpteurs, et ne leur eût
donné la reine pour modèle, comme plus tard le fit
Alexandre le Grand pour Campaspe, sa favorite, qui

posa nue devant Apelles. Cette fantaisie n'eût rencontré aucune résistance dans une femme d'un pays où les plus chastes se glorifiaient d'avoir contribué, celleslà pour le dos, celles-ci pour le sein, à la perfection d'une statue célèbre. Mais c'était à peine si la farouche Nyssia consentait à déposer ses voiles dans l'ombre discrète du thalamus, et les empressements du roi la choquaient, à vrai dire, plus qu'ils ne la charmaient. L'idée du devoir et de la soumission qu'une femme doit à son mari la faisait seule céder quelquefois à ce qu'elle appelait les caprices de Candaule.

Souvent il la priait de laisser couler sur ses épaules les flots de ses cheveux, fleuve d'or plus opulent que le Pactole, de poser sur son front une couronne de lierre et de tilleul, comme une bacchante du Ménale, de se coucher sur une peau de tigre aux dents d'argent, aux yeux de rubis, à peine couverte d'un nuage de tissu plus fin que du vent tramé, ou de se tenir debout dans une conque de nacre, faisant pleuvoir de ses tresses une rosée de perles au lieu de gouttes d'eau de mer.

Quand il avait trouvé la place la plus favorable, il s'absorbait dans une muette contemplation ; sa main, traçant en l'air de vagues contours, semblait esquisser quelque projet de tableau, et il serait resté ainsi des heures entières, si Nyssia, bientôt lasse de son rôle de modèle, ne lui eût rappelé d'un ton froid et dédaigneux que de pareils amusements étaient indignes de la majesté royale et contraires aux saintes lois du mariage. — C'est ainsi, disait-elle en se retirant, drapée jusqu'aux yeux, dans les plus mystérieuses retraites de son appartement, que l'on traite une maîtresse et non une femme honnête et de race noble.

Ces sages remontrances ne corrigeaient pas Candaule, dont la passion s'augmentait en raison inverse de la froideur que lui montrait la reine. Et il en vint à ce point de ne plus pouvoir garder pour lui les chastes secrets de la couche nuptiale. Il lui fallut un confident comme à un prince de tragédie moderne. Il n'alla pas, comme vous le pensez bien, choisir un philosophe rébarbatif, à la mine renfrognée, laissant tomber un flot de barbe grise et blanche sur un manteau percé de trous orgueilleux, ni un guerrier ne parlant que de balistes, de catapultes et de chars armés de faulx, ni un Eupatride sentencieux plein de conseils et de maximes politiques, mais bien Gygès, — que sa renommée galante devait faire passer pour un connaisseur en matière de femmes.

Un soir il lui posa la main sur l'épaule d'un air plus familier et plus cordial que de coutume, et, lui jetant un coup d'œil significatif, il fit quelques pas et se sépara du groupe de courtisans en disant à haute voix :

« Gygès, viens donc me donner ton avis sur mon effigie que les sculpteurs de Sicyone ont achevé tout récemment de tailler dans le bas-relief généalogique où sont inscrits mes aïeux.

— Ô roi ! tes connaissances sont supérieures à celles de ton humble sujet, et je ne sais comment reconnaître l'honneur que tu me fais en me daignant consulter », répondit Gygès avec un signe d'assentiment.

Candaule et son favori parcoururent plusieurs salles décorées dans le goût hellénique, où l'acanthe de Corinthe, la volute d'Ionie, fleurissaient et se contournaient au chapiteau des colonnes, où les frises étaient peuplées de figurines en ouvrage de plastique polychrome représentant des processions et des sacrifices, et arrivèrent enfin dans une partie reculée de l'ancien palais dont les murailles étaient formées de pierres à angles irréguliers et jointes sans ciment à la manière cyclopéenne. Cette vieille architecture avait des proportions colossales et un caractère formidable. Le génie démesuré des anciennes civilisations de l'Orient y était lisiblement écrit, et rappelait les débauches de granit et de briques de l'Égypte et l'Assyrie. — Quelque chose de l'esprit des anciens architectes de la tour de Lylacq survivait dans ces piliers trapus, aux profondes cannelures torses, dont le chapiteau était composé de quatre têtes de taureaux affrontées et reliées entre elles par des nœuds de serpents qui semblaient vouloir les dévorer, obscur emblème cosmogonique dont le sens n'était déjà plus intelligible et qui était descendu dans la tombe avec les hiérophantes des siècles précédents. — Les portes n'avaient ni la forme carrée ni la forme ronde : elles décrivaient une espèce d'ogive assez semblable à la mitre des mages en augmentant encore par cette bizarrerie le caractère de la construction.

Cette portion du palais formait comme une espèce de cour entourée d'un portique dont le bas-relief généalogique auquel Candaule avait fait allusion ornait l'architrave.

Au milieu, l'on voyait Héraclès, le haut du corps découvert, assis sur un trône, les pieds sur un escabeau, selon le rite pour la représentation des personnes divines. Ses proportions colossales n'eussent d'ailleurs laissé aucun doute sur son apothéose ; la rudesse et la grossièreté archaïques du travail, dû au ciseau de quelque artiste primitif, lui donnaient un air de majesté barbare, une grandeur sauvage plus analogue peut-être au caractère de ce héros tueur de monstres, que ne l'eût été l'ouvrage d'un sculpteur consommé dans son art.

À la droite du trône, se tenaient Alcée, fils du héros et d'Omphale, Ninus, Bélus, Argon, premiers rois de la dynastie des Héraclides, puis toute la suite des rois intermédiaires, dont les derniers étaient Ardys, Alyatte, Mélès ou Myrsus, père de Candaule, et enfin Candaule lui-même.

Tous ces personnages, à la chevelure tressée en cordelettes, à la barbe tournée en spirale, aux yeux obliques, à l'attitude anguleuse, aux gestes gênés et contraints, semblaient avoir une espèce de vie factice due aux rayons du soleil couchant et à la couleur rougeâtre dont le temps revêt les marbres dans les climats chauds. — Les inscriptions en caractères antiques gravées auprès d'eux, en manière de légendes, ajoutaient encore à la singularité mystérieuse de cette longue procession de figures aux accoutrements étranges et barbares.

Par un hasard que Gygès ne put s'empêcher de remarquer, la statue de Candaule se trouvait précisément occuper la dernière place disponible à la gauche d'Héraclès. — Le cycle dynastique était fermé, et, pour loger les descendants de Candaule, il eût fallu de toute nécessité élever un nouveau portique et recommencer un nouveau bas-relief.

Candaule, dont le bras reposait toujours sur l'épaule de Gygès, fit en silence le tour du portique ; il semblait hésiter à entrer en matière et avoir tout à fait oublié le prétexte sous lequel il avait amené son capitaine des gardes dans cet endroit solitaire.

« Que ferais-tu, Gygès, dit enfin Candaule, rompant ce silence pénible pour tous deux, si tu étais plongeur et que du sein verdâtre de l'Océan tu eusses retiré une perle parfaite, d'un éclat et d'une pureté incomparables, d'un prix à épuiser les plus riches trésors ?

— Je l'enfermerais, répondit Gygès, un peu surpris de cette brusque question, dans une boîte de cèdre revêtue de lames de bronze, et je l'enfouirais dans un lieu désert, sous une roche déplacée, et de temps à autre, lorsque je serais sûr de n'être vu de personne, j'irais contempler mon précieux joyau et admirer les couleurs du ciel se mêlant à ses teintes nacrées.

— Et moi, reprit Candaule, l'œil illuminé d'enthousiasme, si je possédais ce si riche bijou, je voudrais l'enchâsser dans mon diadème, l'offrir librement à tous les regards, à la pure lumière du soleil, me parer de son éclat et sourire d'orgueil en entendant dire : Jamais roi d'Assyrie ou de Babylone, jamais tyran grec ou trinacrien n'a possédé une perle d'un aussi bel orient que Candaule, fils de Myrsus et descendant d'Héraclès, roi de Sardes et de Lydie ! À côté de Candaule, Midas, qui changeait tout en or, n'est qu'un mendiant aussi pauvre qu'Irus. »

Gygès écoutait avec étonnement les discours de Candaule et cherchait à pénétrer le sens caché de ces divagations lyriques. Le roi semblait être dans un état d'excitation extraordinaire : ses yeux étincelaient d'enthousiasme, une teinte d'un rose fébrile couvrait ses joues, ses narines enflées aspiraient l'air fortement.

« Eh bien ! Gygès, continua Candaule sans paraître remarquer l'air inquiet de son favori, je suis ce plongeur. Dans ce sombre océan humain où s'agitent confusément tant d'êtres manqués et mal venus, tant de formes incomplètes ou dégradées, tant de types d'une laideur bestiale, ébauches malheureuses de la nature qui s'essaie, j'ai trouvé la beauté pure, radieuse, sans tache, sans défaut, l'idéal réel, le rêve accompli, une forme que jamais peintre ni sculpteur n'ont pu traduire sur la toile ou dans le marbre ; — j'ai trouvé Nyssia !

— Bien que la reine ait la pudeur craintive des femmes de l'Orient, et que nul homme, excepté son époux, n'ait vu les traits de son visage, la renommée aux cent langues et aux cent oreilles, a publié partout ses louanges, dit Gygès en s'inclinant avec respect.

— Des bruits vagues, insignifiants. On dit d'elle, comme de toutes les femmes qui ne sont pas précisément laides, qu'elle est plus belle qu'Aphrodite ou qu'Hélène ; mais personne ne peut soupçonner, même lointainement, une pareille perfection. En vain j'ai supplié Nyssia de paraître sans voile dans quelque fête publique, dans quelque sacrifice solennel, ou de se montrer un instant accoudée sur la terrasse royale, donnant à son peuple l'immense bienfait d'un de ses aspects, lui faisant la prodigalité d'un de ses profils, plus généreuse en cela que les déesses, qui ne laissent voir à leurs adorateurs que de pâles simulacres d'albâtre et d'ivoire. Elle n'a jamais voulu y consentir. — Chose étrange, et que je rougirais de t'avouer, cher Gygès : autrefois j'ai été jaloux ; j'aurais voulu cacher mes amours à tous les yeux ; nulle ombre n'était assez épaisse, nul mystère assez impénétrable. Maintenant je ne me reconnais plus, je n'ai ni les idées de l'amant ni celles de l'époux ; mon amour s'est fondu dans l'adoration comme une cire légère dans un brasier ardent.

Tous les sentiments mesquins de jalousie ou de possession se sont évanouis. Non, l'œuvre la plus achevée que le ciel ait donnée à la terre depuis le jour où Prométhée appliqua la flamme sous la mamelle gauche de la statue d'argile, ne peut être tenue ainsi dans l'ombre glaciale du gynécée ! — Si je mourais, le secret de cette beauté demeurerait donc à jamais enseveli sous les sombres draperies du veuvage ! — Je me trouve coupable en la cachant comme si j'avais le soleil chez moi et que je l'empêchasse d'éclairer le monde. — Et quand je pense à ces lignes harmonieuses, à ces divins contours que j'ose à peine effleurer d'un baiser timide, je sens mon cœur près d'éclater, je voudrais qu'un œil ami pût partager mon bonheur, et, comme un juge sévère à qui l'on fait voir un tableau, reconnaître après un examen attentif qu'il est irréprochable et que le possesseur n'a pas été trompé par son enthousiasme. — Oui, souvent, je me suis senti tenté d'écarter d'une main téméraire ces tissus odieux ; mais Nyssia, dans sa chasteté farouche, ne me le pardonnerait pas. Et cependant, je ne puis porter seul une si grande félicité, il me faut un confident de mes extases, un écho qui réponde à mes cris d'admiration, — et ce sera toi ! »

Ayant dit ces mots, Candaule disparut brusquement par un passage secret. Gygès, resté seul, ne put s'empêcher de faire la remarque du concours d'événements qui semblaient le mettre toujours sur le chemin de Nyssia. Un hasard lui avait fait connaître sa beauté murée à tous les yeux, entre tant de princes et de satrapes elle avait épousé précisément Candaule, le roi qu'il servait, et, par un caprice étrange qu'il ne pouvait s'empêcher de trouver presque fatal, ce roi venait faire, à lui Gygès, des confidences sur cette créature mystérieuse que personne n'approchait, et voulait absolument achever l'ouvrage de Borée dans la plaine de Bactres. La main des dieux n'était-elle pas visible dans toutes ces circonstances ? — Ce spectre de beauté, dont le voile se soulevait peu à peu comme pour l'enflammer, ne le conduisait-il pas sans qu'il s'en doutât vers l'accomplissement de quelque grand destin ? — Telles étaient les questions que se posait Gygès ; mais, ne pouvant percer l'avenir obscur, il résolut d'attendre les événements et sortit de la cour des portraits, où l'ombre commençait à s'entasser dans les angles et à rendre de plus en plus bizarres et menaçantes les effigies des ancêtres de Candaule.

Était-ce un simple jeu de lumière ou une illusion produite par cette inquiétude vague que cause aux cœurs les plus fermes l'arrivée de la nuit dans les monuments antiques ? Gygès, au moment de dépasser le seuil, crut avoir entendu de sourds gémissements sortir des lèvres de pierre du bas-relief, et il lui sembla qu'Héraclès faisait d'énormes efforts pour dégager sa massue de granit.

CHAPITRE III

Le jour suivant, Candaule, prenant Gygès à part, continua l'entretien commencé sous le portique des Héraclides. Délivré de l'embarras d'entrer en matière, il s'ouvrit sans réserve à son confident, et, si Nyssia avait pu l'entendre, peut-être lui eût-elle pardonné ses indiscrétions conjugales en faveur des éloges passionnés qu'il accordait à ses charmes.

Gygès écoutait toutes ces louanges avec l'air un peu contraint d'un homme qui ne sait pas encore si son interlocuteur ne feint pas un enthousiasme plus vif qu'il ne l'éprouve réellement, afin de provoquer une confiance lente à se décider. Aussi Candaule lui dit, d'un ton dépité : « Je vois, Gygès, que tu ne me crois pas. Tu penses que je me vante ou que je me suis laissé fasciner comme un épais laboureur par quelque robuste campagnarde à laquelle Hygie a écrasé sur les joues les grossières couleurs de la santé ; non, de par tous les dieux ! — j'ai réuni chez moi, comme un bouquet vivant, les plus belles fleurs de l'Asie et de la Grèce ; depuis Dédale, dont les statues parlaient et marchaient, je connais tout ce qu'a produit l'art des sculpteurs et des peintres. Linus, Orphée, Homère m'ont appris l'harmonie et le rythme ; — ce n'est pas avec le bandeau de l'amour sur les yeux que je regarde. Je juge de sang-froid. La fougue de la jeunesse n'est pour rien dans mon admiration, et, quand je serais aussi caduc, aussi décrépit, aussi rayé de rides que Tithon dans son maillot, mon avis serait toujours le même ; mais je te pardonne ton incrédulité et ton manque d'enthousiasme. Pour me comprendre, il faut que tu contemples Nyssia dans l'éclat radieux de sa blancheur étincelante, sans ombre importune, sans draperie jalouse, telle que la nature l'a modelée de ses mains dans un moment d'inspiration qui ne reviendra plus. Ce soir, je te cacherai dans un coin de l'appartement nuptial... tu la verras !

— Seigneur, que me demandez-vous ? répondit le jeune guerrier avec une fermeté respectueuse. Comment du fond de ma poussière, de l'abîme de mon néant, oserai-je lever les yeux vers ce soleil de perfections, au risque de rester aveugle le reste de ma vie ou de ne pouvoir plus distinguer dans les ténèbres qu'un spectre éblouissant ? — Ayez pitié de votre humble esclave, ne le forcez point à une action si contraire aux maximes de la vertu ; chacun ne doit regarder que ce qui lui appartient. Vous le savez, les immortelles punissent toujours les imprudents ou les audacieux qui les surprennent dans leur divine nudité. Je vous crois, Nyssia est la plus belle des femmes, vous êtes le plus heureux des époux et des amants ; Héraclès, votre aïeul, dans ses nombreuses conquêtes, n'a rien trouvé qui approchât de votre reine. Si vous, le prince que les artistes les plus vantés prennent pour juge et pour conseil, vous la trouvez incomparable, que vous importe l'avis d'un soldat obscur comme moi ? Renoncez donc à votre fantaisie qui, j'ose le dire, n'est pas digne de la majesté royale, et dont vous vous repentirez dès qu'elle sera satisfaite.

— Écoute, Gygès, reprit Candaule, je vois que tu te défies de moi ; tu penses que je veux t'éprouver ; mais, je te le jure par les cendres du bûcher d'où mon aïeul est sorti dieu, je parle franchement et sans arrière-pensée !

— Ô Candaule ! je ne doute pas de votre bonne foi, votre passion est sincère ; mais peut-être, lorsque je vous aurai obéi, concevrez-vous pour moi une aversion profonde, et me haïrez-vous de ne pas vous avoir résisté davantage. Vous voudrez reprendre à ces yeux, indiscrets par force, l'image que vous leur aurez laissé entrevoir dans un moment de délire, et qui sait si vous ne les condamnerez pas à la nuit éternelle du tombeau, pour les punir de s'être ouverts lorsqu'ils devaient se fermer.

— Ne crains rien ; je te donne ma parole royale qu'il ne te sera fait aucun mal.

— Pardonnez à votre esclave s'il ose encore, après une telle assurance, élever quelque objection. Avez-vous réfléchi que ce que vous me proposez est une profanation de la sainteté du mariage, une espèce d'adultère visuel ? Souvent la femme dépose la pudeur avec ses vêtements, et, une fois violée par le regard, sans avoir cessé d'être vertueuse, elle peut croire qu'elle a perdu sa fleur de pureté. Vous me promettez de n'avoir aucun ressentiment ; mais qui m'assurera contre le courroux de Nyssia, elle si réservée, si chaste, d'une pudeur si inquiète, si farouche et si virginale, qu'on la dirait encore ignorante des lois de l'hymen ? Si elle vient à apprendre le sacrilège dont je vais me rendre coupable par déférence pour les volontés de mon maître, à quel supplice me condamnera-t-elle pour me faire expier un tel crime ? Qui pourra me mettre à l'abri de sa colère vengeresse ?

— Je ne te savais pas si sage et si prudent, dit Candaule avec un sourire légèrement ironique ; mais tous ces dangers sont imaginaires, et je te cacherai de façon à ce que Nyssia ignore à tout jamais qu'elle a été vue par un autre que par son royal époux. »

Gygès, ne pouvant se défendre davantage, fit un signe d'assentiment pour montrer qu'il donnait les mains aux volontés du roi. — Il avait résisté autant qu'il avait pu, et sa conscience était désormais en repos sur ce qui devait arriver ; il eût craint d'ailleurs, en se refusant plus longtemps au désir de Candaule, de contrarier le destin, qui paraissait vouloir le rapprocher de Nyssia pour quelque raison formidable et suprême qu'il ne lui était pas donné de pénétrer.

Sans pressentir aucun dénouement, il voyait vaguement passer devant lui mille images tumultueuses et vagues. Cet amour souterrain, accroupi au bas de l'escalier de son âme, avait remonté quelques marches, guidé par une incertaine lueur d'espérance ; le poids de l'impossible ne pesait plus si lourdement sur sa poitrine, maintenant qu'il se croyait aidé par les dieux. En effet, qui eût pu penser que pour Gygès les charmes tant vantés de la fille de Mégabaze n'auraient bientôt plus de mystère !

« Viens, Gygès, dit Candaule, en le prenant par la main, profitons du moment. Nyssia se promène avec ses femmes dans les jardins ; allons étudier la place et dresser nos stratagèmes pour ce soir. »

Le roi prit son confident par la main et le guida à travers les détours qui conduisaient à l'appartement nuptial. Les portes de la chambre à coucher étaient faites d'ais de cèdre si exactement unis, qu'il était impossible d'en deviner les jointures. À force de les frotter avec de la laine imbibée d'huile, les esclaves avaient rendu le bois aussi luisant que le marbre ; les clous d'airain aux têtes taillées à facettes, dont elles étaient étoilées, avaient tout le brillant de l'or le plus pur. — Un système compliqué de courroies et d'anneaux de métal, dont Candaule et sa femme connaissaient les entrelacements, servait de fermeture ; car en ces temps héroïques la serrurerie était encore à l'état d'enfance.

Candaule défit les nœuds, fit glisser les anneaux sur les courroies, souleva, avec un manche qu'il introduisit dans une mortaise, la barre qui fermait la porte de l'intérieur, et, ordonnant à Gygès de se placer contre le mur, il renversa sur lui un des battants de manière à le cacher tout à fait ; mais la porte ne se joignait pas si exactement à son cadre de poutres de chêne, soigneusement polies et dressées au cordeau par un ouvrier habile, que le jeune guerrier ne pût, à travers l'interstice laissé libre pour le jeu des gonds, apercevoir d'une façon distincte tout l'intérieur de la chambre.

En face de la porte, le lit royal s'élevait sur une estrade de plusieurs degrés, recouverte d'un tapis de pourpre : des colonnes d'argent ciselé en soutenaient l'entablement, orné de feuillages en relief, à travers lesquels des amours se jouaient avec des dauphins ; d'épaisses courtines brodées d'or l'entouraient comme les pans d'une tente.

Sur l'autel des dieux protecteurs du foyer étaient posés des vases en métal précieux, des patères émaillées de fleurs, des coupes à deux anses, et tout ce qui sert aux libations.

Le long des murs, garnis de planches de cèdre merveilleusement travaillées, s'adossaient de distance en distance des statues de basalte noir, conservant les poses contraintes de l'art égyptien et tenant au poing une torche de bronze où s'adaptait un éclat de bois résineux.

Une lampe d'onyx, suspendue par une chaîne d'argent, descendait de cette poutre du plafond qu'on appelle la noire, parce qu'elle est plus exposée que les autres à être brunie par la fumée. Chaque soir une esclave avait soin de la remplir d'une huile odoriférante.

Près de la tête du lit était accroché à une petite colonne un trophée d'armes, composé d'un casque à visière, d'un bouclier doublé de quatre cuirs de taureau, garni de lames d'étain et de cuivre, d'une épée à deux tranchants et de javelots de frêne aux pointes d'airain.

À des chevilles de bois pendaient les tuniques et les manteaux de Candaule : il y en avait de simples et de doubles, c'est-à-dire pouvant entourer le corps deux fois ; on remarquait surtout un manteau trempé trois fois dans la pourpre et orné d'une broderie représentant une chasse où des molosses de Laconie poursuivaient et déchiraient des cerfs, et une tunique dont l'étoffe, fine et délicate comme la pellicule qui enveloppe l'oignon, avait tout l'éclat de rayons de soleil tramés. Vis-à-vis le trophée d'armes était placé un fauteuil incrusté d'ivoire et d'argent avec un siège recouvert d'une peau de léopard, tachetée de plus d'yeux que le corps d'Argus, et un marchepied découpé à jour, sur lequel Nyssia déposait ses vêtements.

« Je me retire d'ordinaire le premier, dit Candaule à Gygès, et je laisse la porte ouverte comme elle l'est maintenant ; Nyssia, qui a toujours quelque fleur de tapisserie à terminer, quelque ordre à donner à ses femmes, tarde quelquefois un peu à me rejoindre ; mais enfin elle vient ; et, comme si cet effort lui coûtait beaucoup, lentement, une à une, elle laisse tomber sur ce fauteuil d'ivoire les draperies et les tuniques qui l'enveloppent tout le jour, comme les bandelettes d'une momie. Du fond de ta retraite, tu pourras suivre ses mouvements gracieux, admirer ses attraits sans rivaux, et juger par toi-même si Candaule est un jeune fou qui se vante à tort, et s'il ne possède pas réellement la plus riche perle de beauté qui jamais ait orné un diadème !

— Ô roi, je vous croirais même sans cette épreuve, répondit Gygès en sortant de sa cachette.

— Quand elle a quitté ses vêtements, continua Candaule sans faire attention à ce que disait son confident, elle vient prendre place à mes côtés ; c'est ce moment qu'il faut saisir pour t'esquiver : car, dans le trajet du fauteuil au lit, elle tourne le dos à la porte. Suspends tes pas comme si tu marchais sur la pointe des blés mûrs, prends garde qu'un grain de sable ne crie sous ta sandale, retiens ton haleine et retire-toi le plus légèrement possible. — Le vestibule est baigné d'ombre, et les faibles rayons de la seule lampe qui reste allumée ne dépassent pas le seuil de la chambre. Il est donc certain que Nyssia ne pourra t'apercevoir, et demain il y aura quelqu'un dans le monde qui comprendra mes extases et ne s'étonnera plus de mes emportements admiratifs. Mais voici le jour qui baisse ; le soleil va bientôt faire boire ses coursiers dans les flots Hespériens, à l'extrémité du monde, au-delà des colonnes posées par mon ancêtre ; rentre dans ta cachette, Gygès, et, bien que les heures de l'attente soient longues, j'en jure Éros aux flèches d'or, tu ne regretteras pas d'avoir attendu ! »

Après cette assurance, Candaule quitta Gygès, tapi de nouveau derrière la porte. L'inaction forcée où se trouvait le jeune confident du roi laissait un libre cours à ses pensées. Certes, la situation était des plus bizarres. Il aimait Nyssia comme on aime une étoile, sans espoir de retour ; convaincu de l'inutilité de toute tentative, il n'avait fait aucun effort pour se rapprocher d'elle. Et cependant, par un concours de circonstances extraordinaires, il allait connaître des trésors réservés aux amants et aux époux seuls ; pas une parole, pas une œillade n'avaient été échangées entre lui et Nyssia, qui probablement ignorait jusqu'à l'existence de celui pour lequel sa beauté serait bientôt sans mystère. Être inconnu à celle dont la pudeur n'aurait rien à vous sacrifier, quelle étrange position ! aimer en secret une femme et se voir conduit par l'époux jusque sur le seuil de la chambre nuptiale, avoir pour guide vers ce trésor le dragon qui devrait en défendre l'approche, n'y avait-il pas vraiment de quoi s'étonner et admirer les singulières combinaisons du destin ?

Il en était là de ses réflexions, lorsqu'il entendit résonner des pas sur les dalles. — C'étaient les esclaves qui venaient renouveler l'huile de la lampe, jeter des parfums sur les charbons des kamklins et

remuer les toisons de brebis teintes en pourpre et en
safran qui composaient la couche royale.

L'heure approchait, et Gygès sentait s'accélérer le
battement de son cœur et de ses artères. Il eut même
envie de se retirer avant l'arrivée de la reine, sauf à
dire à Candaule qu'il était resté, et à se livrer de
confiance aux éloges les plus excessifs. Il lui répugnait
— car Gygès, malgré sa conduite un peu légère, ne
manquait pas de délicatesse, — de dérober une faveur
qu'accordée librement il eût payée de sa vie. La
complicité du mari rendait en quelque sorte ce larcin
plus odieux, et il aurait préféré devoir à toute autre
circonstance le bonheur de voir la merveille de l'Asie
dans sa toilette nocturne. Peut-être bien aussi, avouons-
le en historien véridique, l'approche du danger était-
elle pour quelque chose dans ses scrupules vertueux.
Gygès ne manquait pas de bravoure, sans doute ;
monté sur son char de guerre, son carquois sonnant sur
l'épaule, son arc à la main, il eût défié les plus fiers
combattants ; à la chasse, il eût attaqué sans pâlir le
sanglier de Calydon ou le lion de Némée ; mais,
explique qui voudra cette énigme, il frémissait à l'idée
de regarder une belle femme à travers une porte. —
Personne n'a toutes les sortes de courages. — Il sentait
aussi que ce n'était pas impunément qu'il verrait Nyssia. — Ce devait être une époque décisive dans sa vie ;
pour l'avoir entrevue un instant il avait perdu le repos
de son cœur ; que serait-ce donc après ce qui allait se
passer ? L'existence lui serait-elle possible lorsqu'à
cette tête divine, qui incendiait ses rêves, s'ajouterait
un corps charmant fait pour les baisers des immortels ?
Que deviendrait-il, si désormais il ne pouvait contenir
sa passion dans l'ombre et le silence, comme il l'avait
fait jusqu'alors ? Donnerait-il à la cour de Lydie le
spectacle ridicule d'un amour insensé, et tâcherait-il
d'attirer sur lui, par des extravagances, la pitié dédai-
gneuse de la reine ? Un pareil résultat était fort probable, puisque la raison de Candaule, possesseur
légitime de Nyssia, n'avait pu résister au vertige causé

par cette beauté surhumaine, lui, le jeune roi insouciant qui, jusque-là, avait ri de l'amour et préféré à toutes choses les tableaux et les statues. — Ces raisonnements étaient fort sages ; mais fort inutiles ; car, au même moment, Candaule entra dans la chambre et dit à voix basse, mais distincte, en passant près de la porte : — Patience, mon pauvre Gygès, Nyssia va bientôt venir !

Quand il vit qu'il ne pouvait plus reculer, Gygès, qui après tout était un jeune homme, oublia toute autre considération, et ne pensa plus qu'au bonheur de repaître ses yeux du charmant spectacle que Candaule lui donnait. — On ne peut exiger d'un capitaine de ving-cinq ans l'austérité d'un philosophe blanchi par l'âge.

Enfin un léger susurrement d'étoffes frôlées et traînant sur le marbre, que le silence profond de la nuit permettait de discerner, annonça que la reine arrivait. En effet, c'était elle ; d'un pas cadencé et rythmé comme une ode, elle franchit le seuil du thalamus, et le vent de son voile aux plis flottants effleura presque la joue brûlante de Gygès, qui faillit se trouver mal et fut forcé de s'appuyer à la muraille, tant son émotion était violente ; il se remit pourtant, et, s'approchant de l'interstice de la porte, il prit la position la plus favorable pour ne rien perdre de la scène dont il allait être l'invisible témoin.

Nyssia fit quelques pas vers l'escabeau d'ivoire et commença à détacher les aiguilles terminées par des boules très creuses qui retenaient son voile sur le sommet de sa tête, et Gygès, du fond de l'angle plein d'ombre où il était tapi, put examiner à son aise cette physionomie fière et charmante qu'il n'avait fait qu'entrevoir ; ce col arrondi, délicat et puissant à la fois, sur lequel Aphrodite avait tracé de l'ongle de son petit doigt les trois légères raies que l'on appelle encore aujourd'hui le collier de Vénus ; cette nuque où se tordaient dans l'albâtre de petites boucles folles et rebelles ; ces épaules argentées qui sortaient à demi de l'échancrure de la chlamyde comme le disque de la

lune émergeant d'un nuage opaque. — Candaule, à
demi soulevé sur ses coussins, regardait sa femme avec
une affectation distraite et se disait à part lui : — Maintenant Gygès, qui a un air si froid, si difficile et si
dédaigneux, doit être à moitié convaincu.

Ouvrant un coffret placé sur une table dont le pied
était formé par des griffes de lion, la reine délivra du
poids des bracelets et des chaînes de pierreries, dont
ils étaient surchargés, ses beaux bras, qui auraient pu
le disputer pour la forme et la blancheur à ceux d'Héré,
la sœur et la femme de Zeus, roi de l'Olympe. Quelque
précieux que fussent ses joyaux, ils ne valaient assurément pas la place qu'ils couvraient, et, si Nyssia eût
été coquette, on eût pu croire qu'elle ne les mettait que
pour se faire prier de les ôter ; les anneaux et les ciselures avaient laissé sur sa peau fine et tendre comme la
pulpe intérieure d'un lis, de légères empreintes roses,
qu'elle eut bientôt dissipées en les frottant de sa petite
main aux phalanges effilées, aux extrémités rondes et
menues.

Puis avec un mouvement de colombe qui frissonne
dans la neige de ses plumes, elle secoua ses cheveux,
qui, n'étant plus retenus par les épingles, roulèrent en
spirales alanguies sur son dos et sur sa poitrine semblables à des fleurs d'hyacinthe ; elle resta quelques
instants avant d'en rassembler les boucles éparses,
qu'elle réunit ensuite en une seule masse. C'était merveille de voir les boucles blondes ruisseler comme des
jets d'or entre l'argent de ses doigts, et ses bras onduleux comme des cols de cygne s'arrondir au-dessus de
sa tête pour enrouler et fixer la torsade. — Si par
hasard vous avez jeté un coup d'œil sur un de ces
beaux vases étrusques, à fond noir et à figures rouges,
orné d'un de ces sujets qu'on désigne sous le nom de
toilette grecque, vous aurez une idée de la grâce de
Nyssia dans cette pose, qui depuis l'Antiquité jusqu'à
nos jours à fourni tant d'heureux motifs aux peintres
et aux statuaires.

Sa coiffure arrangée, elle s'assit sur le bord de l'escabeau d'ivoire et se mit à défaire les bandelettes qui retenaient ses cothurnes. — Nous autres modernes, grâce à notre horrible système de chaussure, presque aussi absurde que le brodequin chinois, nous ne savons plus ce que c'est qu'un pied. — Celui de Nyssia était d'une perfection rare, même pour la Grèce et l'Asie antique. L'orteil légèrement écarté, comme un pouce d'oiseau, les autres doigts un peu longs, rangés avec une symétrie charmante, les ongles bien formés et brillants comme des agates, les chevilles fines et dégagées, le talon imperceptiblement teinté de rose ; rien n'y manquait. — La jambe qui s'attachait à ce pied et prenait, au reflet de la lampe, des luisants de marbre poli était d'une pureté et d'un tour irréprochables.

Gygès, absorbé dans sa contemplation, tout en comprenant la folie de Candaule, se disait que, si les dieux lui eussent accordé un pareil trésor, il aurait su le garder pour lui.

« Eh bien ! Nyssia, vous ne venez pas dormir près de moi, fit Candaule voyant que la reine ne se hâtait en aucune manière et désirant abréger la faction de Gygès.

— Si, mon cher seigneur, je vais avoir fini », répondit Nyssia.

Et elle détacha le camée qui agrafait son péplum sur son épaule. — il ne restait plus que la tunique à laisser tomber. — Gygès, derrière la porte, sentait ses veines siffler dans ses tempes ; son cœur battait si fort qu'il lui semblait qu'on dût l'entendre de la chambre, et, pour en comprimer les pulsations, il appuyait sa main sur sa poitrine, et quand Nyssia, avec un mouvement d'une grâce nonchalante, dénoua la ceinture de sa tunique, il crut que ses genoux allaient se dérober sous lui.

Nyssia, — était-ce un pressentiment instinctif, ou son épiderme entièrement vierge de regards profanes avait-il une susceptibilité magnétique si vive, qu'il pût sentir le rayon d'un œil passionné, quoique invisible ? — Nyssia parut hésiter à dépouiller cette tunique, der-

nier rempart de sa pudeur. Deux ou trois fois ses
épaules, son sein et ses bras nus frémirent avec une
contraction nerveuse, comme s'ils eussent été effleurés
par l'aile d'un papillon nocturne, ou comme si une
lèvre insolente eût osé s'en approcher dans l'ombre.

Enfin, paraissant prendre sa résolution, elle jeta à
son tour la tunique, et le blanc poème de son corps
divin apparut tout à coup dans sa splendeur, tel que la
statue d'une déesse qu'on débarrasse de ses toiles le
jour de l'inauguration d'un temple. La lumière glissa
en frissonnant de plaisir sur ses formes exquises et les
enveloppa d'un baiser timide, profitant d'une occasion,
hélas ! bien rare : les rayons éparpillés dans la chambre,
dédaignant d'illuminer des urnes d'or, des agrafes de
pierreries et des trépieds d'airain, se concentrèrent tous
sur Nyssia, laissant les autres objets dans l'obscurité.
— Si nous étions un Grec du temps de Périclès, nous
pourrions vanter tout à notre aise ces belles lignes ser-
pentines, ces courbures élégantes, ces flancs polis, ces
seins à servir de moule à la coupe d'Hébé ; mais la
pruderie moderne ne nous permet pas de pareilles descriptions, car on ne pardonnerait pas à la plume ce
qu'on permet au ciseau, et d'ailleurs il est des choses
qui ne peuvent s'écrire qu'en marbre.

Candaule souriait d'un air de satisfaction orgueilleuse. D'un pas rapide, comme toute honteuse d'être si
belle, n'étant que la fille d'un homme et d'une femme,
Nyssia se dirigea vers le lit, les bras croisés sur la poitrine ; mais, par un mouvement subit, elle se retourna
avant de prendre place sur la couche à côté de son
royal époux, et vit, à travers l'interstice de la porte,
flamboyer un œil étincelant comme l'escarboucle des
légendes orientales ; car, s'il était faux qu'elle eût la
prunelle double et qu'elle possédât la pierre qui se
trouve dans la tête des dragons, il était vrai que son
regard vert pénétrait l'ombre comme le regard glauque
du chat et du tigre.

Un cri pareil à celui d'une biche qui reçoit une
flèche dans le flanc, au moment où elle rêve tranquille

sous la feuillée, fut sur le point de lui jaillir du gosier ; pourtant elle eut la force de se contenir et s'allongea auprès de Candaule, froide comme un serpent, les violettes de la mort sur les joues et sur les lèvres ; pas un de ses muscles ne tressaillit, pas une de ses fibres ne palpita, et bientôt sa respiration lente et régulière dut faire croire que Morphée avait distillé sur ses paupières le suc de ses pavots.

Elle avait tout deviné et tout compris.

CHAPITRE IV

Gygès, tremblant, éperdu, s'était retiré en suivant exactement les instructions de Candaule, et si Nyssia, par un hasard fatal, n'eût pas retourné la tête en mettant le pied sur le lit, et ne l'avait pas vu s'enfuir, nul doute qu'elle n'eût ignoré à jamais l'outrage fait à ses charmes par un mari plus passionné que scrupuleux.

Le jeune guerrier, qui avait l'habitude des détours du palais, n'eut pas de peine à trouver une issue. Il traversa la ville d'un pas désordonné, comme un fou échappé d'Anticyre, et, s'étant fait reconnaître de la sentinelle qui veillait près des remparts, il se fit ouvrir la porte et gagna la campagne. — Sa tête brûlait, ses joues étaient enflammées comme par le feu de la fièvre ; ses lèvres sèches laissaient échapper un souffle haletant ; il se coucha, pour trouver un peu de fraîcheur, sur le gazon humide des pleurs de la nuit, et, ayant entendu dans l'ombre, à travers l'herbe drue et le cresson, la respiration argentine d'une naïade, il se traîna vers la source, plongea ses mains et ses bras dans le cristal du bassin, y baigna sa figure et but quelques gorgées d'eau, afin de calmer l'ardeur qui le dévorait. Qui l'eût vu, aux faibles lueurs des étoiles, ainsi penché désespérément sur cette fontaine, l'eût

pris pour Narcisse poursuivant son reflet ; mais ce
n'était pas de lui-même assurément qu'était amoureux
Gygès.

La rapide apparition de Nyssia avait ébloui ses yeux
comme l'angle aigu d'un éclair ; il la voyait flotter
devant lui dans un tourbillon lumineux, et il comprenait que jamais de sa vie il ne pourrait chasser cette
image. Son amour avait grandi subitement ; la fleur en
avait éclaté comme ces plantes qui s'ouvrent avec un
coup de tonnerre. Chercher à dominer sa passion était
désormais une chose impossible. Autant eût valu
conseiller aux vagues empourprées que Poseïdon soulève de son trident de se tenir tranquilles dans leur lit
de sable et de ne pas écumer contre les rochers du
rivage. — Gygès n'était plus maître de lui, et il éprouvait ce désespoir morne d'un homme monté sur un char
qui voit ses chevaux, effarés, insensibles au frein, courir avec l'essor d'un galop furieux vers un précipice
hérissé de rocs. — Cent mille projets plus extravagants
les uns que les autres roulaient confusément dans sa
cervelle : il accusait le destin, il maudissait sa mère de
lui avoir donné le jour, et les dieux de ne pas l'avoir
fait naître sur un trône, car alors il eût pu épouser la
fille du satrape.

Une douleur affreuse lui mordait le cœur, — il était
jaloux du roi. — Dès l'instant où la tunique, comme
un vol de colombe blanche qui se pose sur le gazon,
s'était abattue aux pieds de Nyssia, il lui avait semblé
qu'elle lui appartenait, il se trouvait frustré de son bien
par Candaule. — Dans ses rêveries amoureuses, il ne
s'était guère jusqu'alors occupé du mari ; il pensait à la
reine comme à une pure abstraction, sans se représenter
d'une manière nette tous ces détails intimes de familiarité conjugale, si amers et si poignants pour ceux qui
aiment une femme au pouvoir d'un autre. Maintenant
il avait vu la tête blonde de Nyssia se pencher comme
une fleur près de la tête brune de Candaule, et cette
pensée excitait au plus haut degré sa colère, comme si
une minute de réflexion n'eût pas dû le convaincre que

les choses ne pouvaient se passer autrement, et il se
sentait naître dans l'âme contre son maître une haine
des plus injustes. L'action de l'avoir fait assister au
déshabillé de la reine lui paraissait une ironie sanglante, un odieux raffinement de cruauté ; car il
oubliait que son amour pour elle ne pouvait être connu
du roi, qui n'avait cherché en lui qu'un confident
connaisseur en beauté et de morale facile. Ce qu'il eût
dû considérer comme une haute faveur lui produisait
l'effet d'une injure mortelle dont il méditait de se venger. En pensant que demain la scène dont il venait
d'être le témoin invisible et muet se renouvellerait
immanquablement, sa langue s'attachait à son palais,
son front s'emperlait de gouttes de sueur froide, et sa
main convulsive cherchait le pommeau de sa large
épée à double tranchant.

Cependant, grâce à la fraîcheur de la nuit, cette
bonne conseillère, il reprit un peu de calme, et rentra
dans Sardes avant que le jour fût assez clair pour permettre aux rares habitants et aux esclaves matineux de
distinguer la pâleur qui couvrait son front et le désordre
de ses vêtements ; il se rendit au poste qu'il occupait
habituellement au palais, se doutant bien que Candaule
ne tarderait pas à le faire appeler, et, quels que fussent
les sentiments qui l'agitassent, il n'était pas assez puissant pour braver la colère du roi, et ne pouvait pas
s'empêcher de subir encore ce rôle de confident qui ne
lui inspirait plus que de l'horreur. Arrivé au palais, il
s'assit sur les marches du vestibule lambrissé de bois
de cyprès, s'adossa contre une colonne, et, prétextant
la fatigue d'avoir veillé sous les armes, il s'enveloppa
la tête de son manteau, et feignit de s'endormir pour
éviter de répondre aux questions des autres gardes.

Si la nuit fut terrible pour Gygès, elle ne le fut pas
moins pour Nyssia, car elle ne douta pas un instant
qu'il n'eût été caché là par Candaule. L'insistance avec
laquelle le roi lui avait demandé de ne pas voiler si
sévèrement un visage fait par les dieux pour l'admiration des hommes ; le dépit qu'il avait conçu de ses

refus de paraître vêtue à la grecque dans les sacrifices et les solennités publiques ; les railleries qu'il ne lui avait point épargnées sur ce qu'il appelait sa sauvagerie barbare, tout lui démontrait que le jeune Héraclide, insouciant de la pudeur comme un statuaire d'Athènes ou de Corinthe, avait voulu admettre quelqu'un dans ces mystères que tous doivent ignorer ; car nul n'eût été assez audacieux pour se risquer, sans être favorisé par lui, dans une telle entreprise, dont une prompte mort eût puni la découverte.

Que les heures noires passèrent lentement pour elle ! avec quelle anxiété elle attendit que le matin vînt mêler ses teintes bleuâtres aux jaunes reflets de la lampe presque épuisée ! Il lui semblait que jamais Apollon ne dût remonter sur son char, et qu'une main invisible retînt en l'air la poudre du sablier. Cette nuit, aussi courte qu'une autre, lui parut avoir six mois, comme les nuits cimmériennes.

Tant qu'elle dura, elle se tint blottie, immobile et droite sur le bord de sa couche, de peur d'être effleurée par Candaule. Si elle n'avait pas jusque-là senti pour le fils de Myrsus un amour bien vif, elle lui portait du moins cette tendresse grave et sereine qu'a toute honnête femme pour son mari, bien que la liberté toute grecque de ses mœurs lui déplût fréquemment, et qu'il eût sur la pudeur des idées entièrement opposées aux siennes ; mais, après un tel affront, elle n'éprouvait plus à son endroit qu'une haine froide et qu'un mépris glacé : elle eût préféré la mort à une de ses caresses. Un tel outrage était impossible à pardonner, car c'est, chez les barbares et surtout chez les Perses et les Bactriens, un grand déshonneur que d'être vu sans vêtements, non seulement pour les femmes, mais encore pour les hommes.

Enfin Candaule se leva, et Nyssia, se réveillant de son sommeil simulé, sortit à la hâte de cette chambre profanée à ses yeux, comme si elle eût servi aux veillées orgiaques des bacchantes et des courtisanes. Il lui tardait de ne plus respirer cet air impur, et, pour se livrer librement à son chagrin, elle courut se réfugier dans l'appartement supérieur réservé aux femmes, appela ses esclaves en frappant des mains et se fit renverser sur les bras, sur les épaules, sur la poitrine et sur tout le corps, des aiguières pleines d'eau, comme si, au moyen de cette espèce d'ablution lustrale, elle eût espéré effacer la souillure imprimée par les yeux de Gygès. Elle aurait voulu en quelque sorte s'arracher cette peau où les rayons partis d'une prunelle ardente lui paraissaient avoir laissé des traces. Prenant des mains des servantes les étoffes au long duvet qui servent à boire les dernières perles du bain, elle s'essuyait avec tant de force, qu'un léger nuage pourpre s'élevait aux places qu'elle avait frottées.

« J'aurais beau, dit-elle en laissant tomber les tissus humides et en renvoyant ses suivantes, verser sur moi toute l'eau des sources et des fleuves, l'Océan avec ses gouffres amers ne pourrait me purifier. Une pareille tache ne se lave qu'avec du sang. Oh ! ce regard, ce regard, il s'est incrusté à moi, il m'étreint, m'enveloppe et me brûle comme la tunique imprégnée de la sanie de Nessus ; je le sens sous mes draperies, tel qu'un tissu empoisonné que rien ne peut détacher de mon corps. J'aurai beau maintenant entasser vêtements sur vêtements, choisir les étoffes les moins transparentes, les manteaux les plus épais, je n'en porte pas moins sur ma chair nue cette robe infâme faite d'une œillade adultère et impudique. En vain, depuis l'heure où je suis sortie du chaste sein de ma mère, ai-je été élevée dans la retraite, enveloppée, comme Isis la déesse égyptienne, d'un voile dont nul n'eût soulevé le bord sans payer cette audace de sa vie ; en vain suis-je restée séparée de tout désir mauvais, de toute idée profane, inconnue des hommes, vierge comme la neige où l'aigle même n'a pu imprimer le cachet de ses serres, tant la montagne qu'elle revêt élève haut la tête dans l'air pur et glacial, il suffit du caprice dépravé d'un Grec-Lydien pour me faire perdre en un instant, sans que je sois coupable, le fruit de longues années de précautions et de réserve. Innocente et déshonorée, cachée à tous et pourtant publique... voilà le sort que Candaule m'a fait !... Qui me dit que Gygès, à l'heure qu'il est, n'est pas en train de discourir de mes charmes avec quelques soldats sur le seuil du palais. Ô honte ! ô infamie ! deux hommes m'ont vue nue et jouissent en même temps de la douce lumière du soleil ! — En quoi Nyssia diffère-t-elle à présent de l'hétaïre la plus effrontée, de la courtisane la plus vile ? — Ce corps que j'avais tâché de rendre digne d'être la demeure d'une âme pure et noble, sert de sujet de conversation ; on en parle comme de quelque idole lascive venue de Sicyone ou de Corinthe ; on l'approuve ou on le blâme : l'épaule est parfaite, le bras est charmant, peut-être un peu mince, que sais-je ? Tout le sang de mon cœur monte à mes joues à une pareille pensée. Ô beauté, don funeste des dieux ! que ne suis-je la femme de quelque pauvre chevrier des montagnes, de mœurs naïves et simples ! il n'eût pas aposté au seuil de sa cabane un chevrier comme lui pour profaner son humble bonheur ! Mes formes amaigries, ma chevelure inculte, mon teint flétri par le hâle, m'eussent mise à couvert d'une si grossière insulte, et ma laideur honnête n'eût pas eu à rougir. Comment oserai-je, après la scène de cette nuit, passer à côté de ces hommes, droite et fière sous les plis d'une tunique qui n'a rien à dérober ni à l'un ni à l'autre ; j'en tomberai morte de honte sur le pavé ! — Candaule, Candaule, j'avais pourtant droit à plus de respect de ta part, et rien dans ma conduite n'a pu provoquer un tel outrage. Étais-je une de ces épouses dont les bras s'enlacent comme le lierre au col de l'époux, et qui ressemblent plus à des esclaves achetées à prix d'argent pour le plaisir du maître qu'à des femmes ingénues et de race noble ? ai-je jamais chanté après le repas des hymnes amoureux en m'accompagnant de la lyre, les lèvres humides de vin, l'épaule nue, la tête couronnée de roses, et donné lieu, par quelque action immodeste, à me traiter comme une maîtresse qu'on montre après un festin à ses compagnons de débauche ? »

Pendant que Nyssia s'abîmait ainsi dans sa douleur, de grosses larmes débordaient de ses yeux comme les gouttes de pluie du calice d'azur d'un lotus à la suite de quelque orage, et, après avoir coulé le long de ses joues pâles, tombaient sur ses belles mains abandonnées, languissamment ouvertes, semblables à des roses à moitié effeuillées, car aucun ordre parti du cerveau ne venait leur donner d'action. Niobé, voyant succomber son quatorzième enfant sous les flèches d'Apollon et de Diane, n'avait pas une attitude plus morne et plus désespérée ; mais bientôt, sortant de cet état de prostration, elle se roula sur le plancher, déchira ses habits, répandit de la cendre sur sa belle chevelure éparse, raya de ses ongles sa poitrine et ses joues en poussant des sanglots convulsifs, et se livra à tous les excès des douleurs orientales, avec d'autant plus de violence, qu'elle avait été forcée de contenir plus longtemps l'indignation, la honte, le sentiment de la dignité blessée et tous les mouvements qui agitaient son âme ; car l'orgueil de toute sa vie venait d'être brisé, et l'idée qu'elle n'avait rien à se reprocher ne la consolait pas. Comme l'a dit un poëte, l'innocent seul connaît le remords. Elle se repentait du crime commis par un autre.

Elle fit cependant un effort sur elle-même, ordonna d'apporter les corbeilles remplies de laines de différentes couleurs, les fuseaux garnis d'étoupe, et distribua le travail à ses femmes comme elle avait coutume de le faire ; mais elle crut remarquer que les esclaves la regardaient d'une façon toute particulière et n'avaient pas pour elle le même respect craintif qu'auparavant. Sa voix ne vibrait pas avec la même assurance, sa démarche avait quelque chose d'humble et de furtif ; elle se sentait intérieurement déchue.

Sans doute, ses scrupules étaient exagérés, et sa vertu n'avait reçu aucune atteinte de la folie de Candaule ; mais des idées sucées avec le lait ont un empire irrésistible, et la pudeur du corps est poussée par les

nations orientales à un excès presque incompréhensible
pour les peuples de l'Occident. Lorsqu'un homme voulait parler à Nyssia, en Bactriane, dans le palais de
Mégabaze, il devait le faire les yeux baissés, et deux
eunuques, le poignard à la main, se tenaient à ses côtés
prêts à lui plonger leurs lames dans le cœur, s'il avait
l'audace de relever la tête pour regarder la princesse,
bien qu'elle n'eût pas le visage découvert. — Vous
jugez aisément quelle injure mortelle devait être pour
une femme élevée ainsi l'action de Candaule, qui n'eût
sans doute été considérée par toute autre que comme
une légèreté coupable. Aussi l'idée de la vengeance
s'était-elle présentée instantanément à Nyssia, et lui
avait-elle donné assez d'empire sur elle-même pour
étouffer, avant qu'il arrivât à ses lèvres, le cri de sa
pudeur offensée, lorsque, retournant la tête, elle avait
vu flamboyer dans l'ombre la prunelle étincelante de
Gygès. Il lui avait fallu le courage du guerrier en
embuscade qui, frappé d'un dard égaré, ne pousse pas
une seule plainte, de peur de se trahir derrière son abri
de feuillage ou de roseaux, et laisse silencieusement
son sang rayer sa chair de longs filets rouges. Si elle
n'eût contenu cette première exclamation, Candaule,
prévenu et alarmé, se serait tenu sur ses gardes, et il
eût rendu plus difficile, sinon impossible, l'exécution
de ses projets.

Pourtant elle n'avait encore aucun plan bien arrêté ;
mais elle était résolue à faire expier chèrement l'insulte
faite à son honneur. Elle avait eu d'abord la pensée de
tuer elle-même Candaule pendant son sommeil avec
l'épée suspendue auprès de son lit. Cependant il lui
répugnait de baigner ses belles mains dans le sang ;
elle craignait de manquer son coup, et, quelque irritée
qu'elle fût, elle hésitait devant cette action extrême et
peu décente pour une femme.

Tout à coup elle parut s'être fixée à quelque projet ;
elle fit venir Statira, une de ses suivantes qu'elle avait
amenée de Bactres, et en qui elle avait beaucoup de
confiance ; elle lui parla quelques minutes à voix basse

et tout près de l'oreille, bien qu'il n'y eût personne dans l'appartement, et comme si elle eût craint d'être entendue par les murailles.

Statira s'inclina profondément et sortit aussitôt.

Comme tous les gens que menace quelque grand péril, Candaule nageait dans une sécurité parfaite. Il était certain que Gygès s'était esquivé sans être remarqué, et il ne pensait qu'au bonheur de parler avec lui des attraits sans rivaux de sa femme.

Aussi le fit-il appeler et l'emmena-t-il dans la cour des Héraclides.

« Eh bien ! Gygès, lui dit-il d'un air riant, je ne t'avais pas trompé en t'assurant que tu ne regretterais pas d'avoir passé quelques heures derrière cette bienheureuse porte. Ai-je raison ? Connais-tu une plus belle femme que la reine ? Si tu en sais une qui l'emporte sur elle, dis-le-moi franchement, et va lui porter de ma part ce fil de perles, emblème de la puissance.

— Seigneur, répondit Gygès d'une voix tremblante d'émotion, nulle créature humaine n'est digne d'être comparée à Nyssia ; ce n'est pas le fil de perles des reines qui conviendrait à son front, mais la couronne sidérale des immortelles.

— Je savais bien que ta glace finirait par se fondre aux feux de ce soleil ! — Tu conçois maintenant ma passion, mon délire, mes désirs insensés. — N'est-ce pas, Gygès, que le cœur d'un homme n'est pas assez grand pour contenir un tel amour ? Il faut qu'il déborde et s'épanche. »

Une vive rougeur couvrit les joues de Gygès, qui ne comprenait que trop bien maintenant l'admiration de Candaule.

Le roi s'en aperçut, et dit d'un air moitié souriant, moitié sévère :

« Mon pauvre ami, ne va pas faire la folie d'être amoureux de Nyssia, tu perdrais tes peines ; c'est une statue que je t'ai fait voir et non une femme. Je t'ai permis de lire quelques strophes d'un beau poème dont je possède seul le manuscrit, pour en avoir ton opinion, voilà tout.

— Vous n'avez pas besoin, sire, de me rappeler mon néant. Quelquefois le plus humble esclave est visité dans son sommeil par quelque apparition radieuse et charmante, aux formes idéales, à la chair nacrée, à la chevelure ambrosienne. Moi, j'ai rêvé les yeux ouverts ; vous êtes le dieu qui m'avez envoyé ce songe.

— Maintenant, reprit le roi, je n'ai pas besoin de te recommander le silence : si tu ne mets pas un sceau sur ta bouche, tu pourrais apprendre à tes dépens que Nyssia n'est pas aussi bonne qu'elle est belle. »

Le roi fit un geste d'adieu à son confident, et se retira pour aller voir un lit antique sculpté par Ikmalius, ouvrier célèbre, qu'on lui proposait d'acheter.

Candaule venait à peine de disparaître, qu'une femme, enveloppée dans un long manteau, de façon à ne montrer qu'un de ses yeux, à la manière des barbares, sortit de l'ombre d'une colonne derrière laquelle elle s'était tenue cachée pendant l'entretien du roi et de son favori, marcha droit à Gygès, lui posa le doigt sur l'épaule, et lui fit signe de la suivre.

CHAPITRE V

Statira, suivie de Gygès, arriva devant une petite porte dont elle fit tomber le loquet en tirant un anneau d'argent attaché à une bande de cuir, et se mit à monter un escalier aux marches assez roides pratiqué dans l'épaisseur du mur. Au haut de l'escalier se trouvait une seconde porte qu'elle ouvrit au moyen d'une clef d'ivoire et de cuivre. Dès que Gygès fut entré, elle disparut sans lui expliquer autrement ce qu'on attendait de lui.

La curiosité de Gygès était mêlée d'inquiétude ; il ne savait trop ce que pouvait signifier ce message mystérieux. Il lui avait semblé vaguement reconnaître dans l'Iris silencieuse une des femmes de Nyssia, et le chemin qu'elle lui avait fait suivre conduisait aux appartements de la reine. Il se demandait avec terreur s'il avait été aperçu dans sa cachette ou trahi par Candaule, car les deux suppositions étaient probables.

À l'idée que Nyssia savait tout, des sueurs brûlantes et glacées lui montèrent à la figure ; il essaya de fuir, mais la porte avait été fermée sur lui par Statira, et toute retraite lui était coupée ; il s'avança donc dans la chambre assombrie par d'épaisses draperies de pourpre, et se trouva face à face avec Nyssia. Il crut voir une statue qui venait au-devant de lui, tant elle était pâle. Les couleurs de la vie avaient abandonné son visage, une faible teinte rose animait seulement ses lèvres ; sur ses tempes attendries quelques imperceptibles veines entrecroisaient leur réseau d'azur ; les larmes avaient meurtri ses paupières et tracé des sillons luisants sur le duvet de ses joues ; les teintes de chrysoprase de ses prunelles avaient perdu de leur intensité. Elle était ainsi plus belle et plus touchante. — La douleur avait donné de l'âme à sa beauté marmoréenne.

Sa robe en désordre, à peine rattachée à son épaule, laissait voir ses bras nus, sa poitrine et le commencement de sa gorge d'une blancheur morte. Comme un guerrier vaincu dans un premier combat, sa pudeur avait mis bas les armes. À quoi lui eussent servi les draperies qui dérobent les formes, les tuniques aux plis précieusement fermés ? Gygès ne la connaissait-il pas ? Pourquoi défendre ce qui est perdu d'avance ?

Elle alla droit à Gygès, et, fixant sur lui un regard impérial plein de clarté et de commandement, elle lui dit d'une voix brève et saccadée :

« Ne mens pas, ne cherche pas de vains subterfuges, aie du moins la dignité et le courage de ton crime ; je sais tout, je t'ai vu ! — Pas un mot d'excuse, je ne l'écouterais pas. — Candaule t'a caché lui-même derrière la porte. N'est-ce pas ainsi que les choses se sont passées ? Et tu crois sans doute que tout est fini ? Malheureusement, je ne suis pas une femme grecque facile aux fantaisies des artistes et des voluptueux. Nyssia ne veut servir de jouet à personne. Il est maintenant deux hommes dont l'un est de trop sur terre ; il faut qu'il en disparaisse ! S'il ne meurt, je ne puis vivre. Ce sera toi ou Candaule, je te laisse maître du choix. Tue-le, venge-moi, et conquiers par ce meurtre et ma main et le trône de Lydie, ou qu'une prompte mort t'empêche désormais de voir, par une lâche complaisance, ce qu'il ne t'appartient pas de regarder. Celui qui a commandé est plus coupable que celui qui n'a fait qu'obéir ; et d'ailleurs, si tu deviens mon époux, personne ne m'aura vue sans en avoir le droit. Mais décide-toi sur-le-champ, car deux des quatre prunelles où ma nudité s'est réfléchie doivent s'éteindre avant ce soir. »

Cette alternative étrange, proposée avec un sang-froid terrible, avec une résolution immuable, surprit tellement Gygès, qui s'attendait à des reproches, à des menaces, à une scène violente, qu'il resta quelques minutes sans couleur et sans voix, livide comme une ombre sur le bord des fleuves noirs de l'enfer.

« Moi, tremper mes mains dans le sang de mon maître ! Est-ce bien vous, ô reine ! qui me demandez un si grand forfait ! Je comprends toute votre indignation, je la trouve juste, et il n'a pas tenu à moi que ce sacrilège n'eût pas lieu ; mais, vous le savez, les rois sont puissants, ils descendent d'une race divine. Nos destins reposent sur leurs genoux augustes, et ce n'est pas nous, faibles mortels, qui pouvons hésiter à leurs ordres. — Leur volonté renverse nos refus comme un torrent emporte une digue. — Par vos pieds que j'embrasse, par votre robe que je touche en suppliant, soyez clémente ! oubliez cette injure qui n'est connue de personne et qui restera éternellement ensevelie dans l'ombre et le silence ! Candaule vous chérit, vous admire, et sa faute ne vient que d'un excès d'amour.

— Si tu parlais à un sphinx de granit dans les sables

arides de l'Égypte, tu aurais plus de chance de l'attendrir. Les paroles ailées s'envoleraient sans interruption de ta bouche pendant une olympiade entière, que tu ne pourrais rien changer à ma résolution. Un cœur d'airain habite ma poitrine de marbre... Meurs ou tue ! — Quand le rayon de soleil qui s'est glissé à travers les rideaux aura atteint le pied de cette table, que ton choix soit fait... J'attends. »

Et Nyssia mit ses bras en croix sur son sein, dans une attitude pleine d'une sombre majesté.

À la voir debout, immobile et pâle, l'œil fixe, les sourcils contractés, la tête échevelée, le pied fortement appuyé sur la dalle, on l'eût prise pour Némésis descendue de son griffon et guettant l'heure de frapper un coupable.

« Les profondeurs ténébreuses de l'Hadès ne sont visitées de personne avec plaisir, répondit Gygès ; il est doux de jouir de la pure lumière du jour, et les héros eux-mêmes, qui habitent les îles Fortunées, reviendraient volontiers dans leur patrie. Chacun a l'instinct de sa propre conservation, et, puisqu'il faut que le sang coule, que ce soit plutôt des veines de l'autre que des miennes. »

À ces sentiments avoués par Gygès avec une franchise antique, il s'en joignait d'autres plus nobles dont il ne parlait pas : — il était éperdument amoureux de Nyssia et jaloux de Candaule. Ce ne fut donc pas la seule crainte de la mort qui lui fit accepter cette sanglante besogne. La pensée de laisser Candaule libre possesseur de Nyssia lui était insupportable, et puis le vertige de la fatalité le gagnait. Par une suite de circonstances singulières et terribles, il se voyait entraîné à l'accomplissement de ses rêves ; un flot puissant le soulevait malgré lui ; Nyssia elle-même lui tendait la main pour lui faire monter les degrés de l'estrade royale ; tout cela lui fit oublier que Candaule était son maître et son bienfaiteur ; car nul ne peut échapper à son sort, et la nécessité marche des clous dans une

main, un fouet dans l'autre, pour vous arrêter ou vous
faire avancer.

« C'est bien, répondit Nyssia, voici le moyen d'exécution. — Et elle tira de son sein un poignard bactrien
au manche de jade enrichi de cercles d'or blanc. —
Cette lame est faite non avec de l'airain, mais avec du
fer difficile à travailler, trempé dans la flamme et dans
l'onde, et telle qu'Héphaïstos ne pourrait en forger une
plus aiguë et plus acérée. Elle percerait comme un
mince papyrus les cuirasses de métal et les boucliers
recouverts de peau de dragon.

« Le moment, continua-t-elle avec le même sang-
froid de glace, sera celui de son sommeil. Qu'il s'en-
dorme et ne se réveille plus ! »

Son complice Gygès l'écoutait avec stupeur, car il
ne s'était pas attendu à voir une semblable résolution
dans une femme qui ne pouvait prendre sur elle de
relever son voile.

« Le lieu de l'embuscade sera l'endroit même où
l'infâme t'avait caché pour m'exposer à tes regards. —
À l'approche de la nuit, je renverserai le battant de la
porte sur toi, je me déshabillerai, je me coucherai, et,
quand il sera endormi, je te ferai signe... Surtout pas
d'hésitation, pas de faiblesse, et que la main n'aille pas
te trembler quand le moment sera venu ! — Maintenant, de peur que tu ne changes d'idée, je vais m'assurer de ta personne jusqu'à l'heure fatale ; tu pourrais
essayer de te sauver, de prévenir ton maître : ne l'espère pas ! »

Nyssia siffla d'une façon particulière, et aussitôt,
soulevant un tapis de Perse ramagé de fleurs, parurent
quatre monstres, basanés, vêtus de robes rayées de
zébrures diagonales, qui laissaient voir des bras
musclés et noueux comme des troncs de chêne ; leurs
grosses lèvres bouffies, les anneaux d'or qui traversaient la cloison de leurs narines, leurs dents aiguës
comme celles des loups, l'expression de servilité stupide de leur physionomie, les rendaient hideux à voir.

La reine prononça quelques mots dans une langue

inconnue à Gygès, — en bactrien, sans doute, — et les quatre esclaves s'élancèrent sur le jeune homme, le saisirent et l'emportèrent, comme une nourrice un petit enfant dans le pan de sa robe.

Maintenant, quelle était la vraie pensée de Nyssia ? Avait-elle, en effet, remarqué Gygès dans sa rencontre avec lui auprès de Bactres, et gardé du jeune capitaine quelque souvenir dans un de ces recoins secrets de l'âme où les plus honnêtes femmes ont toujours quelque chose d'enfoui ? Le désir de venger sa pudeur était-il aiguillonné par quelque autre désir inavoué, et, si Gygès n'avait pas été le plus beau jeune homme de l'Asie, aurait-elle mis la même ardeur à punir Candaule d'avoir outragé la sainteté du mariage ? C'est une question délicate à résoudre, surtout à près de trois mille ans de distance, et, quoique nous ayons consulté Hérodote, Ephestion, Platon, Dosithée, Archiloque de Paros, Hésychius de Milet, Ptolémée, Euphorion et tous ceux qui ont parlé longuement ou en peu de mots de Nyssia, de Candaule et de Gygès, nous n'avons pu arriver à un résultat certain. Retrouver à travers tant de siècles, sous les ruines de tant d'empires écroulés, sous la cendre des peuples disparus, une nuance si fugitive, est un travail fort difficile pour ne pas dire impossible.

Toujours est-il que la résolution de Nyssia était implacablement prise ; ce meurtre lui semblait l'accomplissement d'un devoir sacré. Chez les nations barbares, tout homme qui a surpris une femme nue est mis à mort. La reine se croyait dans son droit ; seulement, comme l'injure avait été secrète, elle se faisait justice comme elle le pouvait. Le complice passif devenait le bourreau de l'autre, et la punition jaillissait du crime même. La main châtiait la tête.

Les monstres au teint d'olive enfermèrent Gygès dans un recoin obscur du palais d'où il était impossible qu'il s'échappât, et d'où ses cris n'auraient pu être entendus.

Il passa là le reste de la journée dans une anxiété cruelle, accusant les heures d'être boiteuses et de marcher trop vite. Le crime qu'il allait commettre, bien qu'il n'en fût en quelque sorte que l'instrument, et qu'il cédât à un ascendant irrésistible, se présentait à son esprit sous les couleurs les plus sombres. Si le coup allait manquer par une de ces circonstances que nul ne peut prévoir, si le peuple de Sardes se révoltait et voulait venger la mort de son roi ? Telles étaient les réflexions pleines de sens, quoique inutiles, que faisait Gygès en attendant qu'on vînt le tirer de sa prison pour le conduire à la place d'où il ne devait sortir que pour frapper son maître.

Enfin la nuit déploya dans le ciel sa robe étoilée, et l'ombre enveloppa la ville et le palais. Un pas léger se fit entendre, une femme voilée entra dans la chambre, prit Gygès par la main et le conduisit à travers les corridors obscurs et les détours multipliés de l'édifice royal avec autant de sûreté que si elle eût été précédée d'un esclave portant une lampe ou des torches.

La main qui tenait celle de Gygès était froide, douce et petite ; cependant ces doigts déliés la serraient à la meurtrir comme eussent pu le faire les doigts d'une statue d'airain animée par un prodige ; la roideur d'une volonté inflexible se traduisait dans cette pression toujours égale, semblable à une tenaille, que nulle hésitation partie de la tête ou du cœur ne venait faire varier. Gygès vaincu, subjugué, anéanti, cédait à cette traction impérieuse, comme s'il eût été entraîné par le bras puissant de la fatalité.

Hélas ! ce n'était pas ainsi qu'il aurait voulu toucher la première fois cette belle main royale qui lui tendait le poignard et le guidait au meurtre, car c'était Nyssia elle-même qui était venue chercher Gygès pour le placer dans le lieu de l'embuscade.

Pas une parole ne fut échangée entre le couple sinistre dans le trajet de la prison à la chambre nuptiale.

La reine dénoua les courroies, souleva la barre de la porte, et plaça Gygès derrière le battant, comme Candaule l'avait fait la veille. Cette répétition des mêmes actes, dans une intention si différente, prenait un caractère lugubre et fatal. La vengeance, cette fois, posait son pied sur chaque trace de l'insulte ; le châtiment et le crime passaient par le même chemin. Hier c'était le tour de Candaule, aujourd'hui c'était celui de Nyssia, et Gygès, complice de l'injure, l'était aussi de la peine. Il avait servi au roi pour déshonorer la reine, il servait à la reine pour tuer le roi, également exposé par les vices de l'un et par les vertus de l'autre.

La fille de Mégabaze paraissait éprouver une joie sauvage, un plaisir féroce à n'employer que les moyens choisis par le roi lydien, et à faire tourner au profit du meurtre les précautions prises pour la fantaisie voluptueuse.

« Tu vas me voir encore ce soir ôter ces vêtements qui déplaisent si fort à Candaule. Ce spectacle doit te lasser, dit la reine avec un accent d'ironie amère, sur le seuil de la chambre ; tu finiras par me trouver laide. » Et un rire sardonique emprunté crispa un instant sa bouche pâle ; puis, reprenant sa figure impassible et sévère : « Ne t'imagine pas t'esquiver cette fois comme l'autre ; tu sais que j'ai la vue perçante. Au moindre mouvement de ta part, j'éveille Candaule, et tu comprends qu'il ne te serait pas facile d'expliquer ce que tu fais dans l'appartement du roi, derrière une porte, un poignard à la main. — D'ailleurs, mes esclaves bactriens, les muets cuivrés qui t'ont enfermé tantôt, — gardent les issues du palais, avec ordre de te massacrer si tu sors. Ainsi, que de vains scrupules de fidélité ne t'arrêtent pas. Pense que je te ferai roi de Sardes et que... je t'aimerai si tu me venges. Le sang de Candaule sera ta pourpre et sa mort te fera une place dans ce lit. »

Les esclaves vinrent, selon leur habitude, changer la braise des trépieds, renouveler l'huile des lampes, étendre sur la couche royale des tapis et des peaux de bêtes, et Nyssia se hâta d'entrer dans la chambre dès qu'elle entendit leurs pas résonner au loin.

Au bout de quelque temps, Candaule arriva tout joyeux ; il avait acheté le lit d'Ikmalius, et se proposait de le substituer au lit dans le goût oriental qui, disait-il, ne lui avait jamais beaucoup plu. — Il parut satisfait de trouver Nyssia déjà rendue dans la chambre conjugale.

« Le métier à broder, les fuseaux et les aiguilles n'ont donc pas pour toi les mêmes charmes aujourd'hui qu'autrefois ? En effet, c'est un travail monotone de faire passer perpétuellement un fil entre d'autres fils, et je m'étonne du plaisir que tu sembles y prendre ordinairement. À dire vrai, j'avais peur qu'un beau jour, en te voyant si habile, Pallas-Athéné ne te cassât de dépit sa navette sur la tête, comme elle l'a fait à la pauvre Arachné.

— Seigneur, je me suis sentie un peu lasse ce soir, et je suis descendue des appartements supérieurs plus tôt que de coutume. Vous plairait-il, avant de dormir, de boire une coupe de vin noir de Samos, mêlé de miel de l'Hymette ? » Et elle versa d'une urne d'or dans une coupe de même métal le breuvage aux sombres couleurs dans lequel elle avait exprimé les sucs assoupissants du népenthès.

Candaule prit la coupe par ses deux anses et but le vin jusqu'à la dernière goutte ; mais le jeune Héraclide avait la tête forte, et, le coude noyé dans les coussins de sa couche, il regardait Nyssia se déshabiller, sans que la poussière du sommeil ensablât encore ses yeux.

De même que la veille, Nyssia dénoua ses cheveux et laissa s'étaler sur ses épaules leurs opulentes nappes blondes. Gygès, dans sa cachette, crut les voir se colorer de teintes fauves, s'illuminer de reflets de flamme et de sang, et leurs boucles s'allonger avec des ondulations vipérines comme la chevelure des Gorgones et des Méduses.

Cette action si simple et si gracieuse prenait des choses terribles qui allaient se passer un caractère effrayant et fatal qui faisait frissonner de terreur l'assassin caché.

Nyssia défit ensuite ses bracelets, mais ses mains roidies par des contractions nerveuses servaient mal son impatience. Elle rompit le fil d'un bracelet de grains d'ambre incrustés d'or, qui roulèrent avec bruit sur le plancher, et firent rouvrir à Candaule des paupières qui commençaient à se fermer.

Chacun de ces grains pénétrait dans l'âme de Gygès comme une goutte de plomb fondu tombant dans l'eau.

Ses cothurnes délacés, la reine jeta sa première tunique sur le dos du fauteuil d'ivoire. — Cette draperie, ainsi posée, produisit sur Gygès l'effet d'un de ces linges aux plis sinistres, dont on enveloppe les morts pour les porter au bûcher. — Tout dans cette chambre, qu'il trouvait la veille si riante et si splendide, lui semblait livide, obscur et menaçant. Les statues de basalte remuaient les yeux et ricanaient hideusement. La lampe grésillait, et sa lueur s'échevelait en rayons rouges et sanglants comme les crins d'une comète ; dans les coins mal éclairés s'ébauchaient vaguement des formes monstrueuses de larves et de lémures. Les manteaux suspendus aux chevilles s'animaient sur la muraille d'une vie factice, prenaient des apparences humaines, et quand Nyssia, quittant son dernier voile, s'avança vers le lit blanche et nue comme une ombre, il crut que la Mort avait rompu les liens de diamant dont Héraclès l'avait autrefois enchaînée aux portes de l'enfer lorsqu'il délivra Alceste, et venait en personne s'emparer de Candaule.

Le roi, vaincu par la force des sucs du népenthès, s'était endormi. Nyssia fit signe à Gygès de sortir de sa retraite, et, posant son doigt sur la poitrine de la victime, elle lança à son complice un regard si humide, si lustré, si chargé de langueurs, si plein d'enivrantes promesses, que Gygès, éperdu, fasciné, s'élança de sa cachette, comme le tigre du haut du rocher où il s'est blotti, traversa la chambre d'un bond, et plongea jusqu'au manche le poignard bactrien dans le cœur du descendant d'Hercule. La pudeur de Nyssia était vengée, et le rêve de Gygès accompli.

Ainsi finit la dynastie des Héraclides après avoir duré cinq cent cinq ans, et commença celle des

Mermnades dans la personne de Gygès, fils de Dascy-
lus. — Les Sardiens, indignés de la mort de Candaule,
firent mine de se soulever ; mais l'oracle de Delphes
s'étant déclaré pour Gygès, qui lui avait envoyé un
grand nombre de vases d'argent et six cratères d'or du
poids de trente talents, le nouveau roi se maintint sur
le trône de Lydie, qu'il occupa pendant de longues
années, vécut heureux et ne fit voir sa femme à personne, sachant trop ce qu'il en coûtait.

ARRIA MARCELLA [1]

Trois jeunes gens, trois amis qui avaient fait ensemble le voyage d'Italie[2], visitaient l'année dernière[3] le musée des Studii[4], à Naples, où l'on a réuni les différents objets antiques exhumés des fouilles de Pompéi et d'Herculanum.

Ils s'étaient répandus à travers les salles et regardaient les mosaïques, les bronzes, les fresques détachés des murs de la ville morte, selon que leur caprice les éparpillait, et quand l'un d'eux avait fait une rencontre curieuse, il appelait ses compagnons avec des cris de joie, au grand scandale des Anglais taciturnes et des bourgeois posés occupés à feuilleter leur livret.

Mais le plus jeune des trois, arrêté devant une vitrine, paraissait ne pas entendre les exclamations de ses camarades, absorbé qu'il était dans une contemplation profonde. Ce qu'il examinait avec tant d'attention, c'était un morceau de cendre noire coagulée portant une empreinte creuse : on eût dit un fragment de moule de statue, brisé par la fonte ; l'œil exercé d'un artiste y eût aisément reconnu la coupe d'un sein admirable et d'un flanc aussi pur de style que celui d'une statue grecque. L'on sait, et le moindre guide du voyageur vous l'indique, que cette lave, refroidie autour du corps d'une femme, en a gardé le contour charmant. Grâce au caprice de l'éruption qui a détruit quatre villes, cette noble forme, tombée en poussière depuis deux mille ans bientôt, est parvenue jusqu'à nous ; la rondeur d'une gorge a traversé les siècles lorsque tant d'empires disparus n'ont pas laissé de trace ! Ce cachet de beauté, posé par le hasard sur la scorie d'un volcan, ne s'est pas effacé.

Voyant qu'il s'obstinait dans sa contemplation, les deux amis d'Octavien[5] revinrent vers lui, et Max, en le touchant à l'épaule, le fit tressaillir comme un homme surpris dans son secret. Évidemment Octavien n'avait entendu venir ni Max ni Fabio.

« Allons, Octavien, dit Max, ne t'arrête pas ainsi des heures entières à chaque armoire, ou nous allons manquer l'heure du chemin de fer, et nous ne verrons pas Pompéi aujourd'hui.

— Que regarde donc le camarade ? ajouta Fabio, qui s'était rapproché. Ah ! l'empreinte trouvée dans la maison d'Arrius Diomèdes. » Et il jeta sur Octavien un coup d'œil rapide et singulier.

Octavien rougit faiblement, prit le bras de Max, et la visite s'acheva sans autre incident. En sortant des Studii, les trois amis montèrent dans un corricolo et se firent mener à la station du chemin de fer. Le corricolo[6], avec ses grandes roues rouges, son strapontin constellé de clous de cuivre, son cheval maigre et plein de feu, harnaché comme une mule d'Espagne, courant au galop sur les larges dalles de lave, est trop connu pour qu'il soit besoin d'en faire la description ici, et d'ailleurs nous n'écrivons pas des impressions de voyage sur Naples, mais le simple récit d'une aventure bizarre et peu croyable, quoique vraie.

Le chemin de fer par lequel on va à Pompéi longe presque toujours la mer, dont les longues volutes d'écume viennent se dérouler sur un sable noirâtre qui ressemble à du charbon tamisé. Ce rivage, en effet, est formé de coulées de lave et de cendres volcaniques, et produit, par son ton foncé, un contraste avec le bleu du ciel et le bleu de l'eau ; parmi tout cet éclat, la terre seule semble retenir l'ombre.

Les villages que l'on traverse ou que l'on côtoie, Portici, rendu célèbre par l'opéra de M. Auber[7],

Resina, Torre del Greco, Torre dell' Annunziata, dont on aperçoit en passant les maisons à arcades et les toits en terrasses, ont, malgré l'intensité du soleil et le lait de chaux méridional, quelque chose de plutonien et de ferrugineux comme Manchester et Birmingham ; la poussière y est noire, une suie impalpable s'y accroche à tout ; on sent que la grande forge du Vésuve halète et fume à deux pas de là.

Les trois amis descendirent à la station de Pompéi, en riant entre eux du mélange d'antique et de moderne que présentent naturellement à l'esprit ces mots : *Station de Pompéi*. Une ville gréco-romaine et un débarcadère de railway !

Ils traversèrent le champ planté de cotonniers, sur lequel voltigeaient quelques bourres blanches, qui sépare le chemin de fer de l'emplacement de la ville déterrée, et prirent un guide à l'osteria bâtie en dehors des anciens remparts, ou, pour parler plus correctement, un guide les prit. Calamité qu'il est difficile de conjurer en Italie.

Il faisait une de ces heureuses journées si communes à Naples, où par l'éclat du soleil et la transparence de l'air les objets prennent des couleurs qui semblent fabuleuses dans le Nord, et paraissent appartenir plutôt au monde du rêve qu'à celui de la réalité. Quiconque a vu une fois cette lumière d'or et d'azur en emporte au fond de sa brume une incurable nostalgie.

La ville ressuscitée, ayant secoué un coin de son linceul de cendre, ressortait avec ses mille détails sous un jour aveuglant. Le Vésuve découpait dans le fond son cône sillonné de stries de laves bleues, roses, violettes, mordorées par le soleil. Un léger brouillard, presque imperceptible dans la lumière, encapuchonnait la crête écimée de la montagne ; au premier abord, on eût pu le prendre pour un de ces nuages qui, même par les temps les plus sereins, estompent le front des pics élevés. En y regardant de plus près, on voyait de minces filets de vapeur blanche sortir du haut du mont comme des trous d'une cassolette, et se réunir ensuite en vapeur légère. Le volcan, d'humeur débonnaire ce jour-là, fumait tout tranquillement sa pipe, et sans l'exemple de Pompéi ensevelie à ses pieds, on ne l'aurait pas cru d'un caractère plus féroce que Montmartre ; de l'autre côté, de belles collines aux lignes ondulées et voluptueuses comme des hanches de femme, arrêtaient l'horizon ; et plus loin la mer, qui autrefois apportait les birèmes et les trirèmes sous les remparts de la ville, tirait sa placide barre d'azur.

L'aspect de Pompéi est des plus surprenants ; ce brusque saut de dix-neuf siècles en arrière étonne même les natures les plus prosaïques et les moins compréhensives ; deux pas vous mènent de la vie antique à la vie moderne, et du christianisme au paganisme ; aussi, lorsque les trois amis virent ces rues où les formes d'une existence évanouie sont conservées intactes, éprouvèrent-ils, quelque préparés qu'ils y fussent par les livres et les dessins, une impression aussi étrange que profonde. Octavien surtout semblait frappé de stupeur et suivait machinalement le guide d'un pas de somnambule, sans écouter la nomenclature monotone et apprise par cœur que ce faquin débitait comme une leçon.

Il regardait d'un œil effaré ces ornières de char creusées dans le pavage cyclopéen des rues et qui paraissent dater d'hier tant l'empreinte en est fraîche ; ces inscriptions tracées en lettres rouges, d'un pinceau cursif, sur les parois des murailles : affiches de spectacle, demandes de location, formules votives, enseignes, annonces de toutes sortes, curieuses comme le serait dans deux mille ans, pour les peuples inconnus de l'avenir, un pan de mur de Paris retrouvé avec ses affiches et ses placards ; ces maisons aux toits effondrés laissant pénétrer d'un coup d'œil tous ces mystères d'intérieur, tous ces détails domestiques que négligent les historiens et dont les civilisations emportent le secret avec elles ; ces fontaines à peine taries, ce forum surpris au milieu d'une réparation par la catastrophe, et dont les colonnes, les architraves toutes taillées, toutes sculptées, attendent dans leur pureté d'arête qu'on les mette en place ; ces temples voués à des dieux passés à l'état mythologique et qui alors n'avaient pas un athée ; ces boutiques où ne manque que le marchand ; ces cabarets où se voit encore sur le marbre la tache circulaire laissée par la tasse des buveurs ; cette caserne aux colonnes peintes d'ocre et de minium que les soldats ont égratignée de caricatures de combattants, et ces doubles théâtres de drame et de chant juxtaposés, qui pourraient reprendre leurs représentations, si la troupe qui les desservait, réduite à l'état d'argile, n'était pas occupée, peut-être, à luter le bondon d'un tonneau de bière ou à boucher une fente de mur, comme la poussière d'Alexandre et de César, selon la mélancolique réflexion d'Hamlet [8].

Fabio monta sur le thymelé du théâtre tragique tandis que Octavien et Max grimpaient jusqu'en haut des gradins, et là il se mit à débiter avec force gestes les morceaux de poésie qui lui venaient à la tête, au grand effroi des lézards, qui se dispersaient en frétillant de la queue et en se tapissant dans les fentes des assises ruinées ; et quoique les vases d'airain ou de terre, destinés à répercuter les sons, n'existassent plus, sa voix n'en résonnait pas moins pleine et vibrante.

Le guide les conduisit ensuite à travers les cultures qui recouvrent les portions de Pompéi encore ensevelies, à l'amphithéâtre, situé à l'autre extrémité de la ville. Ils marchèrent sous ces arbres dont les racines plongent dans les toits des édifices enterrés, en disjoignent les tuiles, en fendent les plafonds, en disloquent les colonnes, et passèrent par ces champs où de vulgaires légumes fructifient sur des merveilles d'art, matérielles images de l'oubli que le temps déploie sur les plus belles choses.

L'amphithéâtre ne les surprit pas. Ils avaient vu celui de Vérone, plus vaste et aussi bien conservé, et ils connaissaient la disposition de ces arènes antiques aussi familièrement que celle des places de taureaux en Espagne, qui leur ressemblent beaucoup, moins la solidité de la construction et la beauté des matériaux.

Ils revinrent donc sur leurs pas, gagnèrent par un chemin de traverse la rue de la Fortune, écoutant d'une oreille distraite le cicerone, qui en passant devant chaque maison la nommait du nom qui lui a été donné lors de sa découverte, d'après quelque particularité caractéristique : — la maison du Taureau de bronze, la maison du Faune, la maison du Vaisseau, le temple de la Fortune, la maison de Méléagre, la taverne de la Fortune à l'angle de la rue Consulaire, l'académie de Musique, le Four banal, la Pharmacie, la boutique du Chirurgien, la Douane, l'habitation des Vestales, l'auberge d'Albinus, les Thermopoles, et ainsi de suite jusqu'à la porte qui conduit à la voie des Tombeaux.

Cette porte en briques, recouverte de statues, et dont les ornements ont disparu, offre dans son arcade intérieure deux profondes rainures destinées à laisser glisser une herse, comme un donjon du Moyen Âge à qui l'on aurait cru ce genre de défense particulier.

« Qui aurait soupçonné, dit Max à ses amis, Pompéi, la ville gréco-latine, d'une fermeture aussi romantiquement gothique ? Vous figurez-vous un chevalier romain attardé, sonnant du cor devant cette porte pour se faire lever la herse, comme un page du XVe siècle ?

— Rien n'est nouveau sous le soleil, répondit Fabio, et cet aphorisme lui-même n'est pas neuf, puisqu'il a été formulé par Salomon [9].

— Peut-être y a-t-il du nouveau sous la lune ! continua Octavien en souriant avec une ironie mélancolique.

— Mon cher Octavien, dit Max, qui pendant cette petite conversation s'était arrêté devant une inscription tracée à la rubrique sur la muraille extérieure, veux-tu voir des combats de gladiateurs ? — Voici les affiches : — Combat et chasse pour le 5 des nones d'avril, — les mâts seront dressés, — vingt paires de gladiateurs lutteront aux nones, — et si tu crains pour la fraîcheur de ton teint, rassure-toi, on tendra les voiles ; — à moins que tu ne préfères te rendre à l'amphithéâtre de bonne heure, ceux-ci se couperont la gorge le matin — *matutini erunt* [10] ; on n'est pas plus complaisant. »

En devisant de la sorte, les trois amis suivaient cette voie bordée de sépulcres qui, dans nos sentiments modernes, serait une lugubre avenue pour une ville, mais qui n'offrait pas les mêmes significations tristes pour les anciens, dont les tombeaux, au lieu d'un cadavre horrible, ne contenaient qu'une pincée de cendres, idée abstraite de la mort. L'art embellissait ces dernières demeures, et, comme dit Goethe, le païen décorait des images de la vie les sarcophages et les urnes [11].

C'est ce qui faisait sans doute que Max et Fabio visitaient, avec une curiosité allègre et une joyeuse plénitude d'existence qu'ils n'auraient pas eues dans un cimetière chrétien, ces monuments funèbres si gaiement dorés par le soleil et qui, placés sur le bord du chemin, semblent se rattacher encore à la vie et n'inspirent aucune de ces froides répulsions, aucune de ces terreurs fantastiques que font éprouver nos sépultures lugubres. Ils s'arrêtèrent devant le tombeau de Mammia, la prêtresse publique, près duquel est poussé un arbre, un cyprès ou un peuplier ; ils s'assirent dans l'hémicycle du triclinium des repas funéraires, riant comme des héritiers ; ils lurent avec force lazzi les épitaphes de Nevoleja, de Labeon et de la famille Arria, suivis d'Octavien, qui semblait plus touché que ses insouciants compagnons du sort de ces trépassés de deux mille ans.

Ils arrivèrent ainsi à la villa d'Arrius Diomèdes [12], une des habitations les plus considérables de Pompéi. On y monte par des degrés de briques, et lorsqu'on a dépassé la porte flanquée de deux petites colonnes latérales, on se trouve dans une cour semblable au *patio* qui fait le centre des maisons espagnoles et moresques et que les anciens appelaient *impluvium* ou *cavædium* ; quatorze colonnes de briques recouvertes de stuc forment, des quatre côtés, un portique ou péristyle couvert, semblable au cloître des couvents, et sous lequel on pouvait circuler sans craindre la pluie. Le pavé de cette cour est une mosaïque de briques et de marbre blanc, d'un effet doux et tendre à l'œil. Dans le milieu, un bassin de marbre quadrilatère, qui existe encore, recevait les eaux pluviales qui dégouttaient du toit du portique. — Cela produit un singulier effet d'entrer ainsi dans la vie antique et de fouler avec des bottes vernies des marbres usés par les sandales et les cothurnes des contemporains d'Auguste et de Tibère.

Le cicerone les promena dans l'exèdre ou salon d'été, ouvert du côté de la mer pour en aspirer les fraîches brises. C'était là qu'on recevait et qu'on faisait la sieste pendant les heures brûlantes, quand soufflait ce grand zéphyr africain chargé de langueurs et d'orages. Il les fit entrer dans la basilique, longue galerie à jour qui donne de la lumière aux appartements et où les visiteurs et les clients attendaient que le nomenclateur les appelât ; il les conduisit ensuite sur la terrasse de marbre blanc d'où la vue s'étend sur les jardins verts et sur la mer bleue ; puis il leur fit voir le nymphæum ou salle de bain, avec ses murailles peintes en jaune, ses colonnes de stuc, son pavé de mosaïque et sa cuve de marbre qui reçut tant de corps charmants évanouis comme des ombres ; — le cubiculum, où flottèrent tant de rêves venus de la porte d'ivoire [13], et dont les alcôves pratiquées dans le mur étaient fermées par un conopeum ou rideau dont les anneaux de bronze gisent encore à terre, le tétrastyle ou salle de récréation, la chapelle des dieux lares, le cabinet des archives, la bibliothèque, le musée des tableaux, le gynécée ou appartement des femmes, composé de petites chambres en partie ruinées, dont les parois conservent des traces de peintures et d'arabesques comme des joues dont on a mal essuyé le fard.

Cette inspection terminée, ils descendirent à l'étage inférieur, car le sol est beaucoup plus bas du côté du jardin que du côté de la voie des Tombeaux ; ils traversèrent huit salles peintes en rouge antique, dont l'une est creusée de niches architecturales, comme on en voit au vestibule de la salle des Ambassadeurs à l'Alhambra[14], et ils arrivèrent enfin à une espèce de cave ou de cellier dont la destination était clairement indiquée par huit amphores d'argile dressées contre le mur et qui avaient dû être parfumées de vin de Crète, de Falerne et de Massique comme des odes d'Horace.

Un vif rayon de jour passait par un étroit soupirail obstrué d'orties, dont il changeait les feuilles traversées de lumières en émeraudes et en topazes, et ce gai détail naturel souriait à propos à travers la tristesse du lieu.

« C'est ici, dit le cicerone de sa voix nonchalante, dont le ton s'accordait à peine avec le sens des paroles, que l'on trouva, parmi dix-sept squelettes, celui de la dame dont l'empreinte se voit au musée de Naples. Elle avait des anneaux d'or, et les lambeaux de sa fine tunique adhéraient encore aux cendres tassées qui ont gardé sa forme. »

Les phrases banales du guide causèrent une vive émotion à Octavien. Il se fit montrer l'endroit exact où ces restes précieux avaient été découverts, et s'il n'eût été contenu par la présence de ses amis, il se serait livré à quelque lyrisme extravagant ; sa poitrine se gonflait, ses yeux se trempaient de furtives moiteurs : cette catastrophe, effacée par vingt siècles d'oubli, le touchait comme un malheur tout récent ; la mort d'une maîtresse ou d'un ami ne l'eût pas affligé davantage, et une larme en retard de deux mille ans tomba, pendant que Max et Fabio avaient le dos tourné, sur la place où cette femme, pour laquelle il se sentait pris d'un amour rétrospectif, avait péri étouffée par la cendre chaude du volcan.

« Assez d'archéologie comme cela ! s'écria Fabio ; nous ne voulons pas écrire une dissertation sur une cruche ou une tuile du temps de Jules César pour devenir membres d'une académie de province, ces souvenirs classiques me creusent l'estomac. Allons dîner, si toutefois la chose est possible, dans cette osteria pittoresque, où j'ai peur qu'on ne nous serve que des

biftecks fossiles et des œufs frais pondus avant la mort
de Pline.

— Je ne dirai pas comme Boileau :

Un sot, quelquefois, ouvre un avis important [15],

fit Max en riant, ce serait malhonnête ; mais cette idée
a du bon. Il eût été pourtant plus joli de festiner ici,
dans un triclinium quelconque, couchés à l'antique,
servis par des esclaves, en manière de Lucullus ou de
Trimalcion. Il est vrai que je ne vois pas beaucoup
d'huîtres du lac Lucrin ; les turbots et les rougets de
l'Adriatique sont absents ; le sanglier d'Apulie manque
sur le marché ; les pains et les gâteaux au miel figurent
au musée de Naples aussi durs que des pierres à côté
de leurs moules vert-de-grisés ; le macaroni cru, saupoudré de cacio-cavallo [16], et quoiqu'il soit détestable,
vaut encore mieux que le néant. Qu'en pense le cher
Octavien ? »

Octavien, qui regrettait fort de ne pas s'être trouvé
à Pompéi le jour de l'éruption du Vésuve pour sauver
la dame aux anneaux d'or et mériter ainsi son amour,
n'avait pas entendu une phrase de cette conversation
gastronomique. Les deux derniers mots prononcés par
Max le frappèrent seuls, et comme il n'avait pas envie
d'entamer une discussion, il fit, à tout hasard, un signe
d'assentiment, et le groupe amical reprit, en côtoyant
les remparts, le chemin de l'hôtellerie.

L'on dressa la table sous l'espèce de porche ouvert
qui sert de vestibule à l'osteria, et dont les murailles,
crépies à la chaux, étaient décorées de quelques croûtes
qualifiées par l'hôte : Salvator Rosa, Espagnolet, cavalier Massimo et autres noms célèbres de l'école napolitaine, qu'il se crut obligé d'exalter [17].

« Hôte vénérable, dit Fabio, ne déployez pas votre
éloquence en pure perte. Nous ne sommes pas des
Anglais, et nous préférons les jeunes filles aux vieilles
toiles. Envoyez-nous plutôt la liste de vos vins par

cette belle brune, aux yeux de velours, que j'ai aperçue dans l'escalier. »

Le palforio, comprenant que ses hôtes n'appartenaient pas au genre mystifiable des philistins et des bourgeois, cessa de vanter sa galerie pour glorifier sa cave. D'abord, il avait tous les vins des meilleurs crus : Château-Margaux, grand-Lafite retour des Indes, Sillery de Moët, Hochmeyer, Scarlat-wine, Porto et porter, ale et gingerbeer, Lacryma-Christi blanc et rouge, Capri et Falerne.

« Quoi ! tu as du vin de Falerne, animal, et tu le mets à la fin de ta nomenclature ; tu nous fais subir une litanie œnologique insupportable, dit Max en sautant à la gorge de l'hôtelier avec un mouvement de fureur comique ; mais tu n'as donc pas le sentiment de la couleur locale ? tu es donc indigne de vivre dans ce voisinage antique ? Est-il bon au moins, ton Falerne ? a-t-il été mis en amphore sous le consul Plancus ? — *consule Planco.*

— Je ne connais pas le consul Plancus, et mon vin n'est pas mis en amphore, mais il est vieux et coûte dix carlins la bouteille », répondit l'hôte.

Le jour était tombé et la nuit était venue, nuit sereine et transparente, plus claire, à coup sûr, que le plein midi de Londres ; la terre avait des tons d'azur et le ciel des reflets d'argent d'une douceur inimaginable ; l'air était si tranquille que la flamme des bougies posées sur la table n'oscillait même pas.

Un jeune garçon jouant de la flûte s'approcha de la table et se tint debout, fixant ses yeux sur les trois convives, dans une attitude de bas-relief, et soufflant dans son instrument aux sons doux et mélodieux, quelqu'une de ces cantilènes populaires en mode mineur dont le charme est pénétrant.

Peut-être ce garçon descendait-il en droite ligne du flûteur qui précédait Duilius.

« Notre repas s'arrange d'une façon assez antique ; il ne nous manque que des danseuses gaditanes et des

couronnes de lierre, dit Fabio en se versant une large
rasade de vin de Falerne.

— Je me sens en veine de faire des citations latines
comme un feuilleton des *Débats* ; il me revient des
strophes d'ode, ajouta Max.

— Garde-les pour toi, s'écrièrent Octavien et Fabio,
justement alarmés ; rien n'est indigeste comme le latin
à table. »

La conversation entre jeunes gens qui, cigare à la
bouche, le coude sur la table, regardent un certain
nombre de flacons vidés, surtout lorsque le vin est
capiteux, ne tarde pas à tourner sur les femmes. Chacun exposa son système, dont voici à peu près le
résumé.

Fabio ne faisait cas que de la beauté et de la jeunesse. Voluptueux et positif, il ne se payait pas d'illusions et n'avait en amour aucun préjugé. Une paysanne
lui plaisait autant qu'une duchesse, pourvu qu'elle fût
belle ; le corps le touchait plus que la robe ; il riait
beaucoup de certains de ses amis amoureux de
quelques mètres de soie et de dentelles, et disait qu'il
serait plus logique d'être épris d'un étalage de marchand de nouveautés. Ces opinions, fort raisonnables
au fond, et qu'il ne cachait pas, le faisaient passer pour
un homme excentrique.

Max, moins artiste que Fabio, n'aimait, lui, que les
entreprises difficiles, que les intrigues compliquées ; il
cherchait des résistances à vaincre, des vertus à
séduire, et conduisait l'amour comme une partie
d'échecs, avec des coups médités longtemps, des effets
suspendus, des surprises et des stratagèmes dignes de
Polybe. Dans un salon, la femme qui paraissait avoir
le moins de sympathie à son endroit, était celle qu'il
choisissait pour but de ses attaques ; la faire passer de
l'aversion à l'amour par des transitions habiles, était
pour lui un plaisir délicieux ; s'imposer aux âmes qui
le repoussaient, mater les volontés rebelles à son ascendant, lui semblait le plus doux des triomphes. Comme
certains chasseurs qui courent les champs, les bois et

les plaines par la pluie, le soleil et la neige, avec des fatigues excessives et une ardeur que rien ne rebute, pour un maigre gibier que les trois quarts du temps ils dédaignent de manger, Max, la proie atteinte, ne s'en souciait plus, et se remettait en quête presque aussitôt.

Pour Octavien, il avouait que la réalité ne le séduisait guère, non qu'il fît des rêves de collégien tout pétris de lis et de roses comme un madrigal de Demoustier, mais il y avait autour de toute beauté trop de détails prosaïques et rebutants ; trop de pères radoteurs et décorés ; de mères coquettes, portant des fleurs naturelles dans de faux cheveux ; de cousins rougeauds et méditant des déclarations ; de tantes ridicules, amoureuses de petits chiens. Une gravure à l'aqua-tinte, d'après Horace Vernet ou Delaroche, accrochée dans la chambre d'une femme, suffisait pour arrêter chez lui une passion naissante. Plus poétique encore qu'amoureux, il demandait une terrasse de l'Isola-Bella, sur le lac Majeur, par un beau clair de lune, pour encadrer un rendez-vous. Il eût voulu enlever son amour du milieu de la vie commune et en transporter la scène dans les étoiles. Aussi s'était-il épris tour à tour d'une passion impossible et folle pour tous les grands types féminins conservés par l'art ou l'histoire. Comme Faust, il avait aimé Hélène [18], et il aurait voulu que les ondulations des siècles apportassent jusqu'à lui une de ces sublimes personnifications des désirs et des rêves humains, dont la forme, invisible pour les yeux vulgaires, subsiste toujours dans l'espace et le temps. Il s'était composé un sérail idéal avec Sémiramis, Aspasie, Cléopâtre, Diane de Poitiers, Jeanne d'Aragon. Quelquefois aussi il aimait des statues, et un jour, en passant au Musée devant la Vénus de Milo, il s'était écrié : « Oh ! qui te rendra les bras pour m'écraser contre ton sein de marbre ! » À Rome, la vue d'une épaisse chevelure nattée exhumée d'un tombeau antique l'avait jeté dans un bizarre délire ; il avait essayé, au moyen de deux ou trois de ces cheveux obtenus d'un gardien séduit à prix d'or, et remis à une somnambule d'une grande

puissance, d'évoquer l'ombre et la forme de cette morte ;
mais le fluide conducteur s'était évaporé après tant
d'années, et l'apparition n'avait pu sortir de la nuit
éternelle.

Comme Fabio l'avait deviné devant la vitrine des
Studii, l'empreinte recueillie dans la cave de la villa
d'Arrius Diomèdes excitait chez Octavien des élans
insensés vers un idéal rétrospectif ; il tentait de sortir
du temps et de la vie, et de transposer son âme au
siècle de Titus.

Max et Fabio se retirèrent dans leur chambre, et, la
tête un peu alourdie par les classiques fumées du
Falerne, ne tardèrent pas à s'endormir. Octavien, qui
avait souvent laissé son verre plein devant lui, ne voulant pas troubler par une ivresse grossière l'ivresse
poétique qui bouillonnait dans son cerveau, sentit à
l'agitation de ses nerfs que le sommeil ne lui viendrait
pas, et sortit de l'osteria à pas lents pour rafraîchir son
front et calmer sa pensée à l'air de la nuit.

Ses pieds, sans qu'il en eût conscience, le portèrent
à l'entrée par laquelle on pénètre dans la ville morte,
il déplaça la barre de bois qui la ferme et s'engagea au
hasard dans les décombres.

La lune illuminait de sa lueur blanche les maisons
pâles, divisant les rues en deux tranches de lumière
argentée et d'ombre bleuâtre. Ce jour nocturne, avec
ses teintes ménagées, dissimulait la dégradation des
édifices. L'on ne remarquait pas, comme à la clarté
crue du soleil, les colonnes tronquées, les façades sillonnées de lézardes, les toits effondrés par l'éruption ;
les parties absentes se complétaient par la demi-teinte,
et un rayon brusque, comme une touche de sentiment
dans l'esquisse d'un tableau, indiquait tout un ensemble
écroulé. Les génies taciturnes de la nuit semblaient
avoir réparé la cité fossile pour quelque représentation
d'une vie fantastique.

Quelquefois même Octavien crut voir se glisser de
vagues formes humaines dans l'ombre ; mais elles
s'évanouissaient dès qu'elles atteignaient la portion

éclairée. De sourds chuchotements, une rumeur indéfi-
nie, voltigeaient dans le silence. Notre promeneur les
attribua d'abord à quelque papillonnement de ses yeux,
à quelque bourdonnement de ses oreilles, — ce pouvait
être aussi un jeu d'optique, un soupir de la brise
marine, ou la fuite à travers les orties d'un lézard ou
d'une couleuvre, car tout vit dans la nature, même la
mort, tout bruit, même le silence. Cependant il éprouvait une espèce d'angoisse involontaire, un léger frisson, qui pouvait être causé par l'air froid de la nuit, et
faisait frémir sa peau. Il retourna deux ou trois fois la
tête ; il ne se sentait plus seul comme tout à l'heure
dans la ville déserte. Ses camarades avaient-ils eu la
même idée que lui, et le cherchaient-ils à travers ces
ruines ? Ces formes entrevues, ces bruits indistincts de
pas, était-ce Max et Fabio marchant et causant, et disparus à l'angle d'un carrefour ? Cette explication toute
naturelle, Octavien comprenait à son trouble qu'elle
n'était pas vraie, et les raisonnements qu'il faisait là-
dessus à part lui ne le convainquaient pas. La solitude
et l'ombre s'étaient peuplées d'êtres invisibles qu'il
dérangeait ; il tombait au milieu d'un mystère, et l'on
semblait attendre qu'il fût parti pour commencer.
Telles étaient les idées extravagantes qui lui traversaient la cervelle et qui prenaient beaucoup de vraisem-
blance de l'heure, du lieu et de mille détails alarmants
que comprendront ceux qui se sont trouvés de nuit dans
quelque vaste ruine.

En passant devant une maison qu'il avait remarquée
pendant le jour et sur laquelle la lune donnait en plein,
il vit, dans un état d'intégrité parfaite, un portique dont
il avait cherché à rétablir l'ordonnance : quatre
colonnes d'ordre dorique cannelées jusqu'à mi-hauteur, et le fût enveloppé comme d'une draperie pourpre
d'une teinte de minium, soutenaient une cimaise coloriée d'ornements polychromes, que le décorateur semblait avoir achevée hier ; sur la paroi latérale de la
porte un molosse de Laconie, exécuté à l'encaustique
et accompagné de l'inscription sacramentelle : *Cave*

canem, aboyait à la lune et aux visiteurs avec une fureur peinte. Sur le seuil de mosaïque le mot *Ave*, en lettres osques et latines, saluait les hôtes de ses syllabes amicales. Les murs extérieurs, teints d'ocre et de rubrique, n'avaient pas une crevasse. La maison s'était exhaussée d'un étage, et le toit de tuiles, dentelé d'un acrotère de bronze, projetait son profil intact sur le bleu léger du ciel où pâlissaient quelques étoiles.

Cette restauration étrange, faite de l'après-midi au soir par un architecte inconnu, tourmentait beaucoup Octavien, sûr d'avoir vu cette maison le jour même dans un fâcheux état de ruine. Le mystérieux reconstructeur avait travaillé bien vite, car les habitations voisines avaient le même aspect récent et neuf ; tous les piliers étaient coiffés de leurs chapiteaux ; pas une pierre, pas une brique, pas une pellicule de stuc, pas une écaille de peinture ne manquaient aux parois luisantes des façades, et par l'interstice des péristyles on entrevoyait, autour du bassin de marbre du cavædium, des lauriers roses et blancs, des myrtes et des grenadiers. Tous les historiens s'étaient trompés : l'éruption n'avait pas eu lieu, ou bien l'aiguille du temps avait reculé de vingt heures séculaires sur le cadran de l'éternité.

Octavien, surpris au dernier point, se demanda s'il dormait tout debout et marchait dans un rêve. Il s'interrogea sérieusement pour savoir si la folie ne faisait pas danser devant lui ses hallucinations ; mais il fut obligé de reconnaître qu'il n'était ni endormi ni fou.

Un changement singulier avait eu lieu dans l'atmosphère ; de vagues teintes roses se mêlaient, par dégradations violettes, aux lueurs azurées de la lune ; le ciel s'éclaircissait sur les bords ; on eût dit que le jour allait paraître. Octavien tira sa montre ; elle marquait minuit. Craignant qu'elle ne fût arrêtée, il poussa le ressort de la répétition ; la sonnerie tinta douze fois ; il était bien minuit, et cependant la clarté allait toujours augmentant, la lune se fondait dans l'azur de plus en plus lumineux ; le soleil se levait.

Alors Octavien, en qui toutes les idées de temps se brouillaient, put se convaincre qu'il se promenait non dans une Pompéi morte, froid cadavre de ville qu'on a tiré à demi de son linceul, mais dans une Pompéi vivante, jeune, intacte, sur laquelle n'avaient pas coulé les torrents de boue brûlante du Vésuve.

Un prodige inconcevable le reportait, lui, Français du XIXᵉ siècle, au temps de Titus, non en esprit, mais en réalité, ou faisait revenir à lui, du fond du passé, une ville détruite avec ses habitants disparus ; car un homme vêtu à l'antique venait de sortir d'une maison voisine.

Cet homme portait les cheveux courts et la barbe rasée, une tunique de couleur brune et un manteau grisâtre, dont les bouts étaient retroussés de manière à ne pas gêner sa marche ; il allait d'un pas rapide, presque cursif, et passa à côté d'Octavien sans le voir. Un panier de sparterie pendait à son bras, et il se dirigeait vers le Forum Nundinarium ; — c'était un esclave, un Davus quelconque allant au marché ; il n'y avait pas à s'y tromper.

Des bruits de roues se firent entendre, et un char antique, traîné par des bœufs blancs et chargé de légumes, s'engagea dans la rue. À côté de l'attelage marchait un bouvier aux jambes nues et brûlées par le soleil, aux pieds chaussés de sandales, et vêtu d'une espèce de chemise de toile bouffant à la ceinture ; un chapeau de paille conique, rejeté derrière le dos et retenu au col par la mentonnière, laissait voir sa tête d'un type inconnu aujourd'hui, son front bas traversé de dures nodosités, ses cheveux crépus et noirs, son nez droit, ses yeux tranquilles comme ceux de ses bœufs, et son cou d'Hercule campagnard. Il touchait gravement ses bêtes de l'aiguillon, avec une pose de statue à faire tomber Ingres en extase.

Le bouvier aperçut Octavien et parut surpris, mais il continua sa route ; une fois il retourna la tête, ne trouvant pas sans doute d'explication à l'aspect de ce personnage étrange pour lui, mais laissant, dans sa placide stupidité rustique, le mot de l'énigme à de plus habiles.

Des paysans campaniens parurent aussi, poussant devant eux des ânes chargés d'outres de vin, et faisant tinter des sonnettes d'airain ; leur physionomie différait de celle des paysans d'aujourd'hui comme une médaille diffère d'un sou.

La ville se peuplait graduellement comme un de ces tableaux de diorama, d'abord déserts, et qu'un changement d'éclairage anime de personnages invisibles jusque-là.

Les sentiments qu'éprouvait Octavien avaient changé de nature. Tout à l'heure, dans l'ombre trompeuse de la nuit, il était en proie à ce malaise dont les braves ne se défendent pas, au milieu de circonstances inquiétantes et fantastiques que la raison ne peut expliquer. Sa vague terreur s'était changée en stupéfaction profonde ; il ne pouvait douter, à la netteté de leurs perceptions, du témoignage de ses sens, et cependant ce qu'il voyait était parfaitement incroyable. — Mal convaincu encore, il cherchait par la constatation de petits détails réels à se prouver qu'il n'était pas le jouet d'une hallucination. — Ce n'étaient pas des fantômes qui défilaient sous ses yeux, car la vive lumière du soleil les illuminait avec une réalité irrécusable, et leurs ombres allongées par le matin se projetaient sur les trottoirs et les murailles.

Ne comprenant rien à ce qui lui arrivait, Octavien, ravi au fond de voir un de ses rêves les plus chers accompli, ne résista plus à son aventure, il se laissa faire à toutes ces merveilles ; sans prétendre s'en rendre compte ; il se dit que puisque en vertu d'un pouvoir mystérieux il lui était donné de vivre quelques heures dans un siècle disparu, il ne perdrait pas son temps à chercher la solution d'un problème incompréhensible, et il continua bravement sa route, en regardant à droite et à gauche ce spectacle si vieux et si nouveau pour lui. Mais à quelle époque de la vie de Pompéi était-il transporté ? Une inscription d'édilité, gravée sur une muraille, lui apprit, par le nom des personnages publics, qu'on était au commencement du règne de Titus, — soit en l'an 79 de notre ère. — Une idée subite traversa l'âme d'Octavien ; la femme dont il avait admiré l'empreinte au musée de Naples devait être vivante, puisque l'éruption du Vésuve dans laquelle elle avait péri eut lieu le 24 août de cette même année ; il pouvait donc la retrouver, la voir, lui parler... Le désir fou qu'il avait ressenti à l'aspect de cette cendre moulée sur des contours divins allait peut-être se satisfaire, car rien ne devait être impossible à un amour qui avait eu la force de faire reculer le temps, et passer deux fois la même heure dans le sablier de l'éternité.

Pendant qu'Octavien se livrait à ces réflexions, de belles jeunes filles se rendaient aux fontaines, soutenant du bout de leurs doigts blancs des urnes en équilibre sur leur tête ; des patriciens en toges blanches bordées de bandes de pourpre, suivis de leur cortège de clients, se dirigeaient vers le forum. Les acheteurs se pressaient autour des boutiques, toutes désignées par des enseignes sculptées et peintes, et rappelant par leur petitesse et leur forme les boutiques moresques d'Alger ; au-dessus de la plupart de ces échoppes, un glorieux phallus de terre cuite colorié et l'inscription *hic habitat felicitas* [19], témoignait de précautions superstitieuses contre le mauvais œil ; Octavien remarqua même une boutique d'amulettes dont l'étalage était chargé de cornes, de branches de corail bifurquées, et de petits Priapes en or, comme on en trouve encore à Naples aujourd'hui, pour se préserver de la jettature [20], et il se dit qu'une superstition durait plus qu'une religion.

En suivant le trottoir qui borde chaque rue de Pompéi, et enlève ainsi aux Anglais la confortabilité de cette invention, Octavien se trouva face à face avec un beau jeune homme, de son âge à peu près, vêtu d'une tunique couleur de safran, et drapé d'un manteau de fine laine blanche, souple comme du cachemire. La

vue d'Octavien, coiffé de l'affreux chapeau moderne,
sanglé dans une mesquine redingote noire, les jambes
emprisonnées dans un pantalon, les pieds pincés par
des bottes luisantes, parut surprendre le jeune Pompéien, comme nous étonnerait, sur le boulevard de
Gand, un Ioway ou un Botocudo avec ses plumes, ses
colliers de griffes d'ours et ses tatouages baroques.
Cependant, comme c'était un jeune homme bien élevé,
il n'éclata pas de rire au nez d'Octavien, et prenant en
pitié ce pauvre barbare égaré dans cette ville græco-
romaine, il lui dit d'une voix accentuée et douce :

« *Advena, salve*[21]. »

Rien n'était plus naturel qu'un habitant de Pompéi,
sous le règne du divin empereur Titus, très puissant et
très auguste, s'exprimât en latin, et pourtant Octavien
tressaillit en entendant cette langue morte dans une
bouche vivante. C'est alors qu'il se félicita d'avoir été
fort en thème, et remporté des prix au concours général. Le latin enseigné par l'Université lui servit en cette
occasion unique, et rappelant en lui ses souvenirs de
classe, il répondit au salut du Pompéien en style de *De
viris illustribus* et de *Selectæ e profanis*[22], d'une façon
suffisamment intelligible, mais avec un accent parisien
qui fit sourire le jeune homme.

« Il te sera peut-être plus facile de parler grec, dit le
Pompéien ; je sais aussi cette langue, car j'ai fait mes
études à Athènes.

— Je sais encore moins de grec que de latin, répondit Octavien ; je suis du pays des Gaulois, de Paris, de
Lutèce.

— Je connais ce pays. Mon aïeul a fait la guerre
dans les Gaules sous le grand Jules César. Mais quel
étrange costume portes-tu ? Les Gaulois que j'ai vus à
Rome n'étaient pas habillés ainsi. »

Octavien entreprit de faire comprendre au jeune
Pompéien que vingt siècles s'étaient écoulés depuis la
conquête de la Gaule par Jules César, et que la mode
avait pu changer ; mais il y perdit son latin, et à vrai
dire ce n'était pas grand-chose.

« Je me nomme Rugus Holconius, et ma maison est
la tienne, dit le jeune homme ; à moins que tu ne préfères la liberté de la taverne : on est bien à l'auberge
d'Albinus, près de la porte du faubourg d'Augustus
Felix, et à l'hôtellerie de Sarinus, fils de Publius, près
de la deuxième tour ; mais si tu veux, je te servirai de
guide dans cette ville inconnue pour toi ; — tu me
plais, jeune barbare, quoique tu aies essayé de te jouer
de ma crédulité en prétendant que l'empereur Titus,
qui règne aujourd'hui, était mort depuis deux mille ans,
et que le Nazaréen, dont les infâmes sectateurs, enduits
de poix, ont éclairé les jardins de Néron, trône seul en
maître dans le ciel désert, d'où les grands dieux sont
tombés. — Par Pollux ! ajouta-t-il en jetant les yeux
sur une inscription rouge tracée à l'angle d'une rue, tu
arrives à propos, l'on donne *La Casina* de Plaute [23],
récemment remise au théâtre ; c'est une curieuse et
bouffonne comédie qui t'amusera, n'en comprendrais-
tu que la pantomime. Suis-moi, c'est bientôt l'heure ;
je te ferai placer au banc des hôtes et des étrangers. »

Et Rufus Holconius se dirigea du côté du petit
théâtre comique que les trois amis avaient visité dans
la journée.

Le Français et le citoyen de Pompéi prirent les rues
de la Fontaine d'Abondance, des Théâtres, longèrent
le collège et le temple d'Isis, l'atelier du statuaire, et
entrèrent dans l'Odéon ou théâtre comique par un
vomitoire latéral. Grâce à la recommandation d'Holconius, Octavien fut placé près du proscenium, un endroit
qui répondrait à nos baignoires d'avant-scène. Tous les
regards se tournèrent aussitôt vers lui avec une curiosité bienveillante et un léger susurrement courut dans
l'amphithéâtre.

La pièce n'était pas encore commencée ; Octavien
en profita pour regarder la salle. Les gradins demi-cir-
culaires, terminés de chaque côté par une magnifique
patte de lion sculptée en lave du Vésuve, partaient en
s'élargissant d'un espace vide correspondant à notre
parterre, mais beaucoup plus restreint, et pavé d'une

mosaïque de marbres grecs ; un gradin plus large formait, de distance en distance, une zone distinctive, et
quatre escaliers correspondant aux vomitoires et montant de la base au sommet de l'amphithéâtre le divisaient en cinq coins plus larges du haut que du bas.
Les spectateurs, munis de leurs billets, consistant en
petites lames d'ivoire où étaient désignés, par leurs
numéros d'ordre, la travée, le coin et le gradin, avec le
titre de la pièce représentée et le nom de son auteur,
arrivaient aisément à leurs places. Les magistrats, les
nobles, les hommes mariés, les jeunes gens, les soldats,
dont on voyait luire les casques de bronze, occupaient
des rangs séparés. — C'était un spectacle admirable
que ces belles toges et ces larges manteaux blancs bien
drapés, s'étalant sur les premiers gradins et contrastant
avec les parures variées des femmes, placées au-dessus, et les capes grises des gens du peuple, relégués
aux bancs supérieurs, près des colonnes qui supportent
le toit, et qui laissaient apercevoir, par leurs interstices,
un ciel d'un bleu intense comme le champ d'azur d'une
panathénée ; — une fine pluie d'eau, aromatisée de
safran, tombait des frises en gouttelettes imperceptibles, et parfumait l'air qu'elle rafraîchissait. Octavien
pensa aux émanations fétides qui vicient l'atmosphère
de nos théâtres, si incommodes qu'on peut les considérer comme des lieux de torture, et il trouva que la civilisation n'avait pas beaucoup marché.

Le rideau, soutenu par une poutre transversale,
s'abîma dans les profondeurs de l'orchestre, les musiciens s'installèrent dans leur tribune, et le Prologue
parut vêtu grotesquement et la tête coiffée d'un masque
difforme, adapté comme un casque.

Le Prologue, après avoir salué l'assistance et
demandé les applaudissements, commença une argu-
mentation bouffonne. « Les vieilles pièces, disait-il,
étaient comme le vin qui gagne avec les années, et *La
Casina*, chère aux vieillards, ne devait pas moins l'être
aux jeunes gens ; tous pouvaient y prendre plaisir : les
uns parce qu'ils la connaissaient, les autres parce qu'ils

ne la connaissaient pas. La pièce avait été, du reste, remise avec soin, et il fallait l'écouter l'âme libre de tout souci, sans penser à ses dettes, ni à ses créanciers, car on n'arrête pas au théâtre ; c'était un jour heureux, il faisait beau, et les alcyons planaient sur le forum. » Puis il fit une analyse de la comédie que les acteurs allaient représenter, avec un détail qui prouve que la surprise entrait pour peu de chose dans le plaisir que les anciens prenaient au théâtre ; il raconta comment le vieillard Stalino, amoureux de sa belle esclave Casina, veut la marier à son fermier Olympio, époux complaisant qu'il remplacera dans la nuit des noces ; et comment Lycostrata, la femme de Stalino, pour contrecarrer la luxure de son vicieux mari, veut unir Casina à l'écuyer Chalinus, dans l'idée de favoriser les amours de son fils ; enfin la manière dont Stalino, mystifié, prend un jeune esclave déguisé pour Casina, qui, reconnue libre et de naissance ingénue, épouse le jeune maître, qu'elle aime et dont elle est aimée.

Le jeune Français regardait distraitement les acteurs, avec leurs masques aux bouches de bronze, s'évertuer sur la scène ; les esclaves couraient çà et là pour simuler l'empressement ; le vieillard hochait la tête et tendait ses mains tremblantes ; la matrone, le verbe haut, l'air revêche et dédaigneux, se carrait dans son importance et querellait son mari, au grand amusement de la salle. — Tous ces personnages entraient et sortaient par trois portes pratiquées dans le mur du fond et communiquant au foyer des acteurs. — La maison de Stalino occupait un coin du théâtre, et celle de son vieil ami Alcesimus lui faisait face. Ces décorations, quoique très bien peintes, étaient plutôt représentatives de l'idée d'un lieu que du lieu lui-même, comme les coulisses vagues du théâtre classique.

Quand la pompe nuptiale conduisant la fausse Casina fit son entrée sur la scène, un immense éclat de rire, comme celui qu'Homère attribue aux dieux, circula sur tous les bancs de l'amphithéâtre, et des tonnerres d'applaudissements firent vibrer les échos de l'enceinte ; mais Octavien n'écoutait plus et ne regardait plus.

Dans la travée des femmes, il venait d'apercevoir une créature d'une beauté merveilleuse. À dater de ce moment, les charmants visages qui avaient attiré son œil s'éclipsèrent comme les étoiles devant Phœbé ; tout s'évanouit, tout disparut comme dans un songe ; un brouillard estompa les gradins fourmillants de monde, et la voix criarde des acteurs semblait se perdre dans un éloignement infini.

Il avait reçu au cœur comme une commotion électrique, et il lui semblait qu'il jaillissait des étincelles de sa poitrine lorsque le regard de cette femme se tournait vers lui.

Elle était brune et pâle ; ses cheveux ondés et crespelés, noirs comme ceux de la Nuit, se relevaient légèrement vers les tempes, à la mode grecque, et dans son visage d'un ton mat brillaient des yeux sombres et doux, chargés d'une indéfinissable expression de tristesse voluptueuse et d'ennui passionné ; sa bouche, dédaigneusement arquée à ses coins, protestait par l'ardeur vivace de sa pourpre enflammée contre la blancheur tranquille du masque ; son col présentait ces belles lignes pures qu'on ne retrouve à présent que dans les statues. Ses bras étaient nus jusqu'à l'épaule, et de la pointe de ses seins orgueilleux, soulevant sa tunique d'un rose mauve, partaient deux plis qu'on aurait pu croire fouillés dans le marbre par Phidias ou Cléomène.

La vue de cette gorge d'un contour si correct, d'une coupe si pure, troubla magnétiquement Octavien ; il lui sembla que ces rondeurs s'adaptaient parfaitement à l'empreinte en creux du musée de Naples, qui l'avait jeté dans une si ardente rêverie, et une voix lui cria au fond du cœur que cette femme était bien la femme étouffée par la cendre du Vésuve à la villa d'Arrius Diomèdes. Par quel prodige la voyait-il vivante, assistant à la représentation de *La Casina* de Plaute ? Il ne chercha pas à se l'expliquer ; d'ailleurs, comment était-

il là lui-même ? Il accepta sa présence comme dans le
rêve on admet l'intervention de personnes mortes
depuis longtemps et qui agissent pourtant avec les
apparences de la vie ; d'ailleurs son émotion ne lui permettait aucun raisonnement. Pour lui, la roue du temps
était sortie de son ornière[24], et son désir vainqueur
choisissait sa place parmi les siècles écoulés ! Il se
trouvait face à face avec sa chimère, une des plus insaisissables, une chimère rétrospective. Sa vie se remplissait d'un seul coup.

En regardant cette tête si calme et si passionnée, si
froide et si ardente, si morte et si vivace, il comprit
qu'il avait devant lui son premier et son dernier amour, sa
coupe d'ivresse suprême ; il sentit s'évanouir comme des
ombres légères les souvenirs de toutes les femmes qu'il
avait cru aimer, et son âme redevenir vierge de toute
émotion antérieure. Le passé disparut.

Cependant la belle Pompéienne, le menton appuyé
sur la paume de la main, lançait sur Octavien, tout en
ayant l'air de s'occuper de la scène, le regard velouté
de ses yeux nocturnes, et ce regard lui arrivait lourd et
brûlant comme un jet de plomb fondu. Puis elle se
pencha vers l'oreille d'une fille assise à son côté.

La représentation s'acheva ; la foule s'écoula par les
vomitoires. Octavien, dédaignant les bons offices de
son guide Holconius, s'élança par la première sortie
qui s'offrit à ses pas. À peine eut-il atteint la porte,
qu'une main se posa sur son bras, et qu'une voix féminine lui dit d'un ton bas, mais de manière à ce qu'il ne
perdît pas un mot :

« Je suis Tyché Novoleja, commise aux plaisirs
d'Arria Marcella, fille d'Arrius Diomèdes. Ma maîtresse vous aime, suivez-moi. »

Arria Marcella venait de monter dans sa litière portée par quatre forts esclaves syriens nus jusqu'à la ceinture, et faisant miroiter au soleil leurs torses de bronze.
Le rideau de la litière s'entrouvrit, et une main pâle,
étoilée de bagues, fit un signe amical à Octavien,
comme pour confirmer les paroles de la suivante. Le

pli de pourpre retomba, et la litière s'éloigna au pas cadencé des esclaves.

Tyché fit passer Octavien par des chemins détournés, coupant les rues en posant légèrement le pied sur les pierres espacées qui relient les trottoirs et entre lesquelles roulent les roues des chars, et se dirigeant à travers le dédale avec la précision que donne la familiarité d'une ville. Octavien remarqua qu'il franchissait des quartiers de Pompéi que les fouilles n'ont pas découverts, et qui lui étaient en conséquence complètement inconnus. Cette circonstance étrange parmi tant d'autres ne l'étonna pas. Il était décidé à ne s'étonner de rien. Dans toute cette fantasmagorie archaïque, qui eût fait devenir un antiquaire fou de bonheur, il ne voyait plus que l'œil noir et profond d'Arria Marcella et cette gorge superbe victorieuse des siècles, et que la destruction même a voulu conserver.

Ils arrivèrent à une porte dérobée, qui s'ouvrit et se ferma aussitôt, et Octavien se trouva dans une cour entourée de colonnes de marbre grec d'ordre ionique peintes, jusqu'à la moitié de leur hauteur, d'un jaune vif, et le chapiteau relevé d'ornements rouges et bleus[25] ; une guirlande d'aristoloche suspendait ses larges feuilles vertes en forme de cœur aux saillies de l'architecture comme une arabesque naturelle, et près d'un bassin encadré de plantes, un flamant rose se tenait debout sur une patte, fleur de plume parmi les fleurs végétales.

Des panneaux de fresque représentant des architectures capricieuses ou des paysages de fantaisie décoraient les murailles. Octavien vit tous ces détails d'un coup d'œil rapide, car Tyché le remit aux mains des esclaves baigneurs qui firent subir à son impatience toutes les recherches des thermes antiques. Après avoir passé par les différents degrés de chaleur vaporisée, supporté le racloir du strigillaire, senti ruisseler sur lui les cosmétiques et les huiles parfumées, il fut revêtu d'une tunique blanche, et retrouva à l'autre porte

Tyché, qui lui prit la main et le conduisit dans une autre salle extrêmement ornée.

Sur le plafond étaient peints, avec une pureté de dessin, un éclat de coloris et une liberté de touche qui sentaient le grand maître et non plus le simple décorateur à l'adresse vulgaire, Mars, Vénus et l'Amour ; une frise composée de cerfs, de lièvres et d'oiseaux se jouant parmi les feuillages régnait au-dessus d'un revêtement de marbre cipolin ; la mosaïque du pavé, travail merveilleux dû peut-être à Sosimus de Pergame, représentait des reliefs de festin exécutés avec un art qui faisait illusion.

Au fond de la salle, sur un biclinium ou lit à deux places, était accoudée Arria Marcella dans une pose voluptueuse et sereine qui rappelait la femme couchée de Phidias sur le fronton du Parthénon ; ses chaussures, brodées de perles, gisaient au bas du lit, et son beau pied nu, plus pur et plus blanc que le marbre, s'allongeait au bout d'une légère couverture de byssus jetée sur elle.

Deux boucles d'oreilles faites en forme de balance et portant des perles sur chaque plateau tremblaient dans la lumière au long de ses joues pâles ; un collier de boules d'or, soutenant des grains allongés en poire, circulait sur sa poitrine laissée à demi découverte par le pli négligé d'un peplum de couleur paille bordé d'une grecque noire ; une bandelette noir et or passait et luisait par places dans ses cheveux d'ébène, car elle avait changé de costume en revenant du théâtre ; autour de son bras, comme l'aspic autour du bras de Cléopâtre, un serpent d'or, aux yeux de pierreries, s'enroulait à plusieurs reprises et cherchait à se mordre la queue.

Une petite table à pieds de griffons, incrustée de nacre, d'argent et d'ivoire, était dressée près du lit à deux places, chargée de différents mets servis dans des plats d'argent et d'or ou de terre émaillée de peintures précieuses. On y voyait un oiseau du Phase [26] couché dans ses plumes, et divers fruits que leurs saisons empêchent de se rencontrer ensemble.

Tout paraissait indiquer qu'on attendait un hôte : des fleurs fraîches jonchaient le sol, et les amphores de vin étaient plongées dans des urnes pleines de neige.

Arria Marcella fit signe à Octavien de s'étendre à côté d'elle sur le biclinium et de prendre part au repas ; — le jeune homme, à demi fou de surprise et d'amour, prit au hasard quelques bouchées sur les plats que lui tendaient de petits esclaves asiatiques aux cheveux frisés, à la courte tunique. Arria ne mangeait pas, mais elle portait souvent à ses lèvres un vaste myrrhin aux teintes opalines rempli d'un vin d'une pourpre sombre comme du sang figé ; à mesure qu'elle buvait, une imperceptible vapeur rose montait à ses joues pâles, de son cœur qui n'avait pas battu depuis tant d'années ; cependant son bras nu, qu'Octavien effleura en soulevant sa coupe, était froid comme la peau d'un serpent ou le marbre d'une tombe.

« Oh ! lorsque tu t'es arrêté aux Studii à contempler le morceau de boue durcie qui conserve ma forme, dit Arria Marcella en tournant son long regard humide vers Octavien, et que ta pensée s'est élancée ardemment vers moi, mon âme l'a senti dans ce monde où je flotte invisible pour les yeux grossiers ; la croyance fait le dieu, et l'amour fait la femme. On n'est véritablement morte que quand on n'est plus aimée ; ton désir m'a rendu la vie, la puissante évocation de ton cœur a supprimé les distances qui nous séparaient. »

L'idée d'évocation amoureuse qu'exprimait la jeune femme, rentrait dans les croyances philosophiques d'Octavien, croyances que nous ne sommes pas loin de partager.

En effet, rien ne meurt, tout existe toujours ; nulle force ne peut anéantir ce qui fut une fois. Toute action, toute parole, toute forme, toute pensée tombée dans l'océan universel des choses y produit des cercles qui vont s'élargissant jusqu'aux confins de l'éternité. La figuration matérielle ne disparaît que pour les regards vulgaires, et les spectres qui s'en détachent peuplent l'infini. Pâris continue d'enlever Hélène dans une région inconnue de l'espace. La galère de Cléopâtre gonfle ses voiles de soie sur l'azur d'un Cydnus idéal. Quelques esprits passionnés et puissants ont pu amener à eux des siècles écoulés en apparence, et faire revivre des personnages morts pour tous. Faust a eu pour maîtresse la fille de Tyndare[27], et l'a conduite à son château gothique, du fond des abîmes mystérieux de l'Hadès. Octavien venait de vivre un jour sous le règne de Titus et de se faire aimer d'Arria Marcella, fille d'Arrius Diomèdes, couchée en ce moment près de lui sur un lit antique dans une ville détruite pour tout le monde.

« À mon dégoût des autres femmes, répondit Octavien, à la rêverie invincible qui m'entraînait vers ses types radieux au fond des siècles comme des étoiles provocatrices, je comprenais que je n'aimerais jamais que hors du temps et de l'espace. C'était toi que j'attendais, et ce frêle vestige conservé par la curiosité des hommes m'a par son secret magnétisme mis en rapport avec ton âme. Je ne sais si tu es un rêve ou une réalité, un fantôme ou une femme, si comme Ixion je serre un nuage sur ma poitrine abusée, si je suis le jouet d'un vil prestige de sorcellerie, mais ce que je sais bien, c'est que tu seras mon premier et mon dernier amour.

— Qu'Éros, fils d'Aphrodite, entende ta promesse, dit Arria Marcella en inclinant sa tête sur l'épaule de son amant qui la souleva avec une étreinte passionnée. Oh ! serre-moi sur ta jeune poitrine, enveloppe-moi de ta tiède haleine, j'ai froid d'être restée si longtemps sans amour. » Et contre son cœur Octavien sentait s'élever et s'abaisser ce beau sein, dont le matin même il admirait le moule à travers la vitre d'une armoire de musée ; la fraîcheur de cette belle chair le pénétrait à travers sa tunique et le faisait brûler. La bandelette or et noir s'était détachée de la tête d'Arria passionnément renversée, et ses cheveux se répandaient comme un fleuve noir sur l'oreiller bleu.

Les esclaves avaient emporté la table. On n'entendit plus qu'un bruit confus de baisers et de soupirs. Les

cailles familières, insouciantes de cette scène amoureuse, picoraient sur le pavé de mosaïque les miettes
du festin en poussant de petits cris.

Tout à coup les anneaux d'airain de la portière qui
fermait la chambre glissèrent sur leur tringle, et un
vieillard d'aspect sévère et drapé dans un ample manteau brun parut sur le seuil. Sa barbe grise était séparée
en deux pointes comme celle des Nazaréens, son
visage semblait sillonné par la fatigue des macéra-
tions : une petite croix de bois noir pendait à son col et
ne laissait aucun doute sur sa croyance : il appartenait à
la secte, toute récente alors, des disciples du Christ.

À son aspect, Arria Marcella, éperdue de confusion,
cacha sa figure sous un pli de son manteau, comme un
oiseau qui met la tête sous son aile en face d'un ennemi
qu'il ne peut éviter, pour s'épargner au moins l'horreur
de le voir ; tandis qu'Octavien, appuyé sur son coude,
regardait avec fixité le personnage fâcheux qui entrait
ainsi brusquement dans son bonheur.

« Arria, Arria, dit le personnage austère d'un ton de
reproche, le temps de ta vie n'a-t-il pas suffi à tes
déportements, et faut-il que tes infâmes amours empiè-
tent sur les siècles qui ne t'appartiennent pas ? Ne
peux-tu laisser les vivants dans leur sphère, ta cendre
n'est donc pas encore refroidie depuis le jour où tu
mourus sans repentir sous la pluie de feu du volcan ?
Deux mille ans de mort ne t'ont donc pas calmée, et
tes bras voraces attirent sur ta poitrine de marbre, vide
de cœur, les pauvres insensés enivrés par tes philtres.

— Arrius, grâce, mon père, ne m'accablez pas, au
nom de cette religion morose qui ne fut jamais la mienne ;
moi, je crois à nos anciens dieux qui aimaient la vie,
la jeunesse, la beauté, le plaisir ; ne me replongez pas
dans le pâle néant. Laissez-moi jouir de cette existence
que l'amour m'a rendue.

— Tais-toi, impie, ne me parle pas de tes dieux qui
sont des démons. Laisse aller cet homme enchaîné par
tes impures séductions ; ne l'attire plus hors du cercle
de sa vie que Dieu a mesurée ; retourne dans les limbes

du paganisme avec tes amants asiatiques, romains ou grecs. Jeune chrétien, abandonne cette larve qui te semblerait plus hideuse qu'Empouse et Phorkyas, si tu la pouvais voir telle qu'elle est. »

Octavien, pâle, glacé d'horreur, voulut parler ; mais sa voix resta attachée à son gosier, selon l'expression virgilienne.

« M'obéiras-tu, Arria ? s'écria impérieusement le grand vieillard.

— Non, jamais », répondit Arria, les yeux étincelants, les narines dilatées, les lèvres frémissantes, en entourant le corps d'Octavien de ses beaux bras de statue, froids, durs et rigides comme le marbre. Sa beauté furieuse, exaspérée par la lutte, rayonnait avec un éclat surnaturel à ce moment suprême, comme pour laisser à son jeune amant un inéluctable souvenir.

« Allons, malheureuse, reprit le vieillard, il faut employer les grands moyens, et rendre ton néant palpable et visible à cet enfant fasciné », et il prononça d'une voix pleine de commandement une formule d'exorcisme qui fit tomber des joues d'Arria les teintes pourprées que le vin noir du vase myrrhin y avait fait monter.

En ce moment, la cloche lointaine d'un des villages qui bordent la mer ou des hameaux perdus dans les plis de la montagne fit entendre les premières volées de la Salutation angélique.

À ce son, un soupir d'agonie sortit de la poitrine brisée de la jeune femme. Octavien sentit se desserrer les bras qui l'entouraient ; les draperies qui la couvraient se replièrent sur elles-mêmes, comme si les contours qui les soutenaient se fussent affaissés, et le malheureux promeneur nocturne ne vit plus à côté de lui, sur le lit du festin, qu'une pincée de cendres mêlée de quelques ossements calcinés parmi lesquels brillaient des bracelets et des bijoux d'or, et que des restes informes, tels qu'on les dut découvrir en déblayant la maison d'Arrius Diomèdes.

Il poussa un cri terrible et perdit connaissance.

Le vieillard avait disparu. Le soleil se levait, et la salle ornée tout à l'heure avec tant d'éclat n'était plus qu'une ruine démantelée.

Après avoir dormi d'un sommeil appesanti par les libations de la veille, Max et Fabio se réveillèrent en sursaut, et leur premier soin fut d'appeler leur compagnon, dont la chambre était voisine de la leur, par un de ces cris de ralliement burlesques dont on convient quelquefois en voyage ; Octavien ne répondit pas, pour de bonnes raisons. Fabio et Max, ne recevant pas de réponse, entrèrent dans la chambre de leur ami, et virent que le lit n'avait pas été défait.

« Il se sera endormi sur quelque chaise, dit Fabio, sans pouvoir gagner sa couchette ; car il n'a pas la tête forte, ce cher Octavien ; et il sera sorti de bonne heure pour dissiper les fumées du vin à la fraîcheur matinale.

— Pourtant il n'avait guère bu, ajouta Max par manière de réflexion. Tout ceci me semble assez étrange. Allons à sa recherche. »

Les deux amis, aidés du cicerone, parcoururent toutes les rues, carrefours, places et ruelles de Pompéi, entrèrent dans toutes les maisons curieuses où ils supposèrent qu'Octavien pouvait être occupé à copier une peinture ou à relever une inscription, et finirent par le trouver évanoui sur la mosaïque disjointe d'une petite chambre à demi écroulée. Ils eurent beaucoup de peine à le faire revenir à lui, et quand il eut repris connaissance, il ne donna pas d'autre explication, sinon qu'il avait eu la fantaisie de voir Pompéi au clair de la lune, et qu'il avait été pris d'une syncope qui, sans doute, n'aurait pas de suite.

La petite bande retourna à Naples par le chemin de fer, comme elle était venue, et le soir, dans leur loge, à San Carlo, Max et Fabio regardaient à grand renfort de jumelles sautiller dans un ballet, sur les traces d'Amalia Ferraris, la danseuse alors en vogue, un essaim de nymphes culottées, sous leurs jupes de gaze, d'un affreux caleçon vert monstre qui les faisait ressembler à des grenouilles piquées de la tarentule. Octavien, pâle, les yeux troubles, le maintien accablé, ne paraissait pas se douter de ce qui se passait sur la scène, tant, après les merveilleuses aventures de la nuit, il avait peine à reprendre le sentiment de la vie réelle.

À dater de cette visite à Pompéi, Octavien fut en proie à une mélancolie morne, que la bonne humeur et les plaisanteries de ses compagnons aggravaient plutôt qu'elles ne la soulageaient ; l'image d'Arria Marcella le poursuivait toujours, et le triste dénouement de sa bonne fortune fantastique n'en détruisait pas le charme.

N'y pouvant plus tenir, il retourna secrètement à Pompéi et se promena, comme la première fois, dans les ruines, au clair de lune, le cœur palpitant d'un espoir insensé, mais l'hallucination ne se renouvela pas ; il ne vit que des lézards fuyant sur les pierres ; il n'entendit que des piaulements d'oiseaux de nuit effrayés ; il ne rencontra plus son ami Rufus Holconius ; Tyché ne vint pas lui mettre sa main fluette sur le bras ; Arria Marcella resta obstinément dans la poussière.

En désespoir de cause, Octavien s'est marié dernièrement à une jeune et charmante Anglaise, qui est folle de lui. Il est parfait pour sa femme ; cependant Ellen, avec cet instinct du cœur que rien ne trompe, sent que son mari est amoureux d'une autre ; mais de qui ? C'est ce que l'espionnage le plus actif n'a pu lui apprendre. Octavien n'entretient pas de danseuse ; dans le monde, il n'adresse aux femmes que des galanteries banales ; il a même répondu très froidement aux avances marquées d'une princesse russe, célèbre par sa beauté et sa coquetterie. Un tiroir secret, ouvert pendant l'absence de son mari, n'a fourni aucune preuve d'infidélité aux soupçons d'Ellen. Mais comment pourrait-elle s'aviser d'être jalouse de Marcella, fille d'Arrius Diomèdes, affranchi de Tibère ?

AVATAR

CONTE [1]

I

Personne ne pouvait rien comprendre à la maladie qui minait lentement Octave de Saville. Il ne gardait pas le lit et menait son train de vie ordinaire ; jamais une plainte ne sortait de ses lèvres, et cependant il dépérissait à vue d'œil. Interrogé par les médecins que le forçait à consulter la sollicitude de ses parents et de ses amis, il n'accusait aucune souffrance précise, et la science ne découvrait en lui nul symptôme alarmant : sa poitrine auscultée rendait un son favorable, et à peine si l'oreille appliquée sur son cœur y surprenait quelque battement trop lent ou trop précipité ; il ne toussait pas, n'avait pas la fièvre, mais la vie se retirait de lui et fuyait par une de ces fentes invisibles dont l'homme est plein, au dire de Térence [2].

Quelquefois une bizarre syncope le faisait pâlir et froidir comme un marbre. Pendant une ou deux minutes on eût pu le croire mort ; puis le balancier, arrêté par un doigt mystérieux, n'étant plus retenu, reprenait son mouvement, et Octave paraissait se réveiller d'un songe. On l'avait envoyé aux eaux ; mais les nymphes thermales ne purent rien pour lui. Un voyage à Naples ne produisit pas un meilleur résultat. Ce beau soleil si vanté lui avait semblé noir comme celui de la gravure d'Albert Dürer ; la chauve-souris qui porte écrit dans son aile ce mot : *melancholia*, fouettait cet azur étincelant de ses membranes poussié-

reuses et voletait entre la lumière et lui ; il s'était senti
glacé sur le quai de la Mergellina, où les lazzaroni
demi-nus se cuisent et donnent à leur peau une patine
de bronze.

Il était donc revenu à son petit appartement de la rue
Saint-Lazare et avait repris en apparence ses habitudes
anciennes.

Cet appartement était aussi confortablement meublé
que peut l'être une garçonnière. Mais comme un intérieur prend à la longue la physionomie et peut-être la
pensée de celui qui l'habite, le logis d'Octave s'était
peu à peu attristé ; le damas des rideaux avait pâli et
ne laissait plus filtrer qu'une lumière grise. Les grands
bouquets de pivoines se flétrissaient sur le fond moins
blanc du tapis ; l'or des bordures encadrant quelques
aquarelles et quelques esquisses de maîtres avait lentement rougi sous une implacable poussière ; le feu
découragé s'éteignait et fumait au milieu des cendres.
La vieille pendule de Boule incrustée de cuivre et
d'écaille verte retenait le bruit de son tic-tac, et le
timbre des heures ennuyées parlait bas comme on fait
dans une chambre de malade ; les portes retombaient
silencieuses, et les pas des rares visiteurs s'amortis-
saient sur la moquette ; le rire s'arrêtait de lui-même
en pénétrant dans ces chambres mornes, froides et obscures, où cependant rien ne manquait du luxe moderne,
Jean, le domestique d'Octave, s'y glissait comme une
ombre, un plumeau sous le bras, un plateau sur la main,
car, impressionné à son insu de la mélancolie du lieu,
il avait fini par perdre sa loquacité. — Aux murailles
pendaient en trophée des gants de boxe, des masques
et des fleurets ; mais il était facile de voir qu'on n'y
avait pas touché depuis longtemps ; des livres pris et
jetés insouciamment traînaient sur tous les meubles,
comme si Octave eût voulu, par cette lecture machi-
nale, endormir une idée fixe. Une lettre commencée,
dont le papier avait jauni, semblait attendre depuis des
mois qu'on l'achevât, et s'étalait comme un muet
reproche au milieu du bureau. Quoique habité, l'appar-

tement paraissait désert. La vie en était absente, et en y entrant on recevait à la figure cette bouffée d'air froid qui sort des tombeaux quand on les ouvre.

Dans cette lugubre demeure où jamais une femme n'aventurait le bout de sa bottine, Octave se trouvait plus à l'aise que partout ailleurs, — ce silence, cette tristesse et cet abandon lui convenaient ; le joyeux tumulte de la vie l'effarouchait, quoiqu'il fît parfois des efforts pour s'y mêler ; mais il revenait plus sombre des mascarades, des parties ou des soupers où ses amis l'entraînaient ; aussi ne luttait-il plus contre cette douleur mystérieuse, et laissait-il aller les jours avec l'indifférence d'un homme qui ne compte pas sur le lendemain. Il ne formait aucun projet, ne croyant plus à l'avenir, et il avait tacitement envoyé à Dieu sa démission de la vie, attendant qu'il l'acceptât. Pourtant, si vous vous imaginiez une figure amaigrie et creusée, un teint terreux, des membres exténués, un grand ravage extérieur, vous vous tromperiez ; tout au plus apercevait-on quelques meurtrissures de bistre sous les paupières, quelques nuances orangées autour de l'orbite, quelque attendrissement aux tempes sillonnées de veines bleuâtres. Seulement l'étincelle de l'âme ne brillait pas dans l'œil, dont la volonté, l'espérance et le désir s'étaient envolés. Ce regard mort dans ce jeune visage formait un contraste étrange, et produisait un effet plus pénible que le masque décharné, aux yeux allumés de fièvre, de la maladie ordinaire.

Octave avait été, avant de languir de la sorte, ce qu'on nomme un joli garçon, et il l'était encore : d'épais cheveux noirs, aux boucles abondantes, se massaient, soyeux et lustrés, de chaque côté de ses tempes ; ses yeux longs, veloutés, d'un bleu nocturne, frangés de cils recourbés, s'allumaient parfois d'une étincelle humide ; dans le repos, et lorsque nulle passion ne les animait, ils se faisaient remarquer par cette quiétude sereine qu'ont les yeux des Orientaux, lorsque à la porte d'un café de Smyrne ou de Constantinople ils font le kief après avoir fumé leur narghilé. Son teint n'avait jamais été coloré, et ressemblait à ces teints méridionaux d'un blanc olivâtre qui ne produisent tout leur effet qu'aux lumières ; sa main était fine et délicate, son pied étroit et cambré. Il se mettait bien, sans précéder la mode ni la suivre en retardataire, et savait à merveille faire valoir ses avantages naturels. Quoiqu'il n'eût aucune prétention de dandy ou de gentleman rider, s'il se fût présenté au Jockey-Club il n'eût pas été refusé.

Comment se faisait-il que, jeune, beau, riche, avec tant de raisons d'être heureux, un jeune homme se consumât si misérablement ? Vous allez dire qu'Octave était blasé, que les romans à la mode du jour lui avaient gâté la cervelle de leurs idées malsaines, qu'il ne croyait à rien, que de sa jeunesse et de sa fortune gaspillées en folles orgies il ne lui restait que des dettes ; — toutes ces suppositions manquent de vérité. — Ayant fort peu usé des plaisirs, Octave ne pouvait en être dégoûté ; il n'était ni splénétique, ni romanesque, ni athée, ni libertin, ni dissipateur ; sa vie avait été jusqu'alors mêlée d'études et de distractions comme celle des autres jeunes gens ; il s'asseyait le matin au cours de la Sorbonne, et le soir il se plantait sur l'escalier de l'Opéra pour voir s'écouler la cascade des toilettes. On ne lui connaissait ni fille de marbre ni duchesse, et il dépensait son revenu sans faire mordre ses fantaisies au capital, — son notaire l'estimait ; — c'était donc un personnage tout uni, incapable de se jeter au glacier de Manfred ou d'allumer le réchaud d'Escousse. Quant à la cause de l'état singulier où il se trouvait et qui mettait en défaut la science de la faculté, nous n'osons l'avouer, tellement la chose est invraisemblable à Paris, au dix-neuvième siècle, et nous laissons le soin de la dire à notre héros lui-même.

Comme les médecins ordinaires n'entendaient rien à cette maladie étrange, car on n'a pas encore disséqué d'âme aux amphithéâtres d'anatomie, on eut recours en dernier lieu à un docteur singulier, revenu des Indes après un long séjour, et qui passait pour opérer des cures merveilleuses.

Octave, pressentant une perspicacité supérieure et capable de pénétrer son secret, semblait redouter la visite du docteur, et ce ne fut que sur les instances réitérées de sa mère qu'il consentit à recevoir M. Balthazar Cherbonneau.

Quand le docteur entra, Octave était à demi couché sur un divan : un coussin étayait sa tête, un autre lui soutenait le coude, un troisième lui couvrait les pieds ; une gandoura l'enveloppait de ses plis souples et moelleux ; il lisait ou plutôt il tenait un livre, car ses yeux arrêtés sur une page ne regardaient pas. Sa figure était pâle, mais, comme nous l'avons dit, ne présentait pas d'altération bien sensible. Une observation superficielle n'aurait pas cru au danger chez ce jeune malade, dont le guéridon supportait une boîte à cigares au lieu des fioles, des lochs, des potions, des tisanes, et autres pharmacopées de rigueur en pareil cas. Ses traits purs, quoiqu'un peu fatigués, n'avaient presque rien perdu de leur grâce, et, sauf l'atonie profonde et l'incurable désespérance de l'œil, Octave eût semblé jouir d'une santé normale.

Quelque indifférent que fût Octave, l'aspect bizarre du docteur le frappa. M. Balthazar Cherbonneau avait l'air d'une figure échappée d'un conte fantastique d'Hoffmann et se promenant dans la réalité stupéfaite de voir cette création falote. Sa face extrêmement basanée était comme dévorée par un crâne énorme que la chute des cheveux faisait paraître plus vaste encore. Ce crâne nu, poli comme de l'ivoire, avait gardé ses teintes blanches, tandis que le masque, exposé aux rayons du soleil, s'était revêtu, grâce aux superpositions des couches du hâle, d'un ton de vieux chêne ou de portrait enfumé. Les méplats, les cavités et les saillies des os s'y accentuaient si vigoureusement, que le peu de chair qui les recouvrait ressemblait, avec ses mille rides fripées, à une peau mouillée appliquée sur une tête de mort. Les rares poils gris qui flânaient

encore sur l'occiput, massés en trois maigres mèches
dont deux se dressaient au-dessus des oreilles et dont
la troisième partait de la nuque pour mourir à la naissance du front, faisaient regretter l'usage de l'antique
perruque à marteaux ou de la moderne tignasse de
chiendent, et couronnaient d'une façon grotesque cette
physionomie de casse-noisette. Mais ce qui occupait
invinciblement chez le docteur, c'étaient les yeux ; au
milieu de ce visage tanné par l'âge, calciné à des cieux
incandescents, usé dans l'étude, où les fatigues de la
science et de la vie s'écrivaient en sillages profonds,
en pattes d'oie rayonnantes, en plis plus pressés que
les feuillets d'un livre, étincelaient deux prunelles d'un
bleu de turquoise, d'une limpidité, d'une fraîcheur et
d'une jeunesse inconcevables. Ces étoiles bleues brillaient au fond d'orbites brunes et de membranes
concentriques dont les cercles fauves rappelaient
vaguement les plumes disposées en auréole autour de
la prunelle nyctalope des hiboux. On eût dit que, par
quelque sorcellerie apprise des brahmes et des pandits,
le docteur avait volé des yeux d'enfant et se les était
ajustés dans sa face de cadavre. Chez le vieillard le
regard marquait vingt ans ; chez le jeune homme il en
marquait soixante.

Le costume était le costume classique du médecin :
habit et pantalon de drap noir, gilet de soie de même
couleur, et sur la chemise un gros diamant, présent de
quelque rajah ou de quelque nabab. Mais ces vêtements
flottaient comme s'ils eussent été accrochés à un porte-
manteau, et dessinaient des plis perpendiculaires que
les fémurs et les tibias du docteur cassaient en angles
aigus lorsqu'il s'asseyait. Pour produire cette maigreur
phénoménale, le dévorant soleil de l'Inde n'avait pas
suffi. Sans doute Balthazar Cherbonneau s'était soumis, dans quelque but d'initiation, aux longs jeûnes des
fakirs et tenu sur la peau de gazelle auprès des yoghis
entre les quatre réchauds ardents ; mais cette déperdi-
tion de substance n'accusait aucun affaiblissement.
Des ligaments solides et tendus sur les mains comme

les cordes sur le manche d'un violon reliaient entre eux les osselets décharnés des phalanges et les faisaient mouvoir sans trop de grincements.

Le docteur s'assit sur le siège qu'Octave lui désignait de la main à côté du divan, en faisant des coudes comme un mètre qu'on reploie et avec des mouvements qui indiquaient l'habitude invétérée de s'accroupir sur des nattes. Ainsi placé, M. Cherbonneau tournait le dos à la lumière, qui éclairait en plein le visage de son malade, situation favorable à l'examen et que prennent volontiers les observateurs, plus curieux de voir que d'être vus. Quoique la figure du docteur fût baignée d'ombre et que le haut de son crâne, luisant et arrondi comme un gigantesque œuf d'autruche, accrochât seul au passage un rayon du jour, Octave distinguait la scintillation des étranges prunelles bleues qui semblaient douées d'une lueur propre comme les corps phosphorescents : il en jaillissait un rayon aigu et clair que le jeune malade recevait en pleine poitrine avec cette sensation de picotement et de chaleur produite par l'émétique.

« Eh bien, monsieur, dit le docteur après un moment de silence pendant lequel il parut résumer les indices reconnus dans son inspection rapide, je vois déjà qu'il ne s'agit pas avec vous d'un cas de pathologie vulgaire ; vous n'avez aucune de ces maladies cataloguées, à symptômes bien connus, que le médecin guérit ou empire ; et quand j'aurai causé quelques minutes, je ne vous demanderai pas du papier pour y tracer une anodine formule du *Codex* au bas de laquelle j'apposerai une signature hiéroglyphique et que votre valet de chambre portera au pharmacien du coin. »

Octave sourit faiblement, comme pour remercier M. Cherbonneau de lui épargner d'inutiles et fastidieux remèdes.

« Mais, continua le docteur, ne vous réjouissez pas si vite ; de ce que vous n'avez ni hypertrophie du cœur, ni tubercules au poumon, ni ramollissement de la moelle épinière, ni épanchement séreux au cerveau, ni fièvre typhoïde ou nerveuse, il ne s'ensuit pas que vous soyez en bonne santé. Donnez-moi votre main. »

Croyant que M. Cherbonneau allait lui tâter le pouls et s'attendant à lui voir tirer sa montre à secondes, Octave retroussa la manche de sa gandoura, mit son poignet à découvert et le tendit machinalement au docteur. Sans chercher du pouce cette pulsation rapide ou lente qui indique si l'horloge de la vie est détraquée chez l'homme, M. Cherbonneau prit dans sa patte brune, dont les doigts osseux ressemblaient à des pinces de crabe, la main fluette, veinée et moite du jeune homme ; il la palpa, la pétrit, la malaxa en quelque sorte comme pour se mettre en communication magnétique avec son sujet. Octave, bien qu'il fût sceptique en médecine, ne pouvait s'empêcher d'éprouver une certaine émotion anxieuse, car il lui semblait que le docteur lui soutirait l'âme par cette pression, et le sang avait tout à fait abandonné ses pommettes.

« Cher monsieur Octave, dit le médecin en laissant aller la main du jeune homme, votre situation est plus grave que vous ne pensez, et la science, telle du moins que la pratique la vieille routine européenne, n'y peut rien : vous n'avez plus la volonté de vivre, et votre âme se détache insensiblement de votre corps ; il n'y a chez vous ni hypocondrie, ni lypémanie, ni tendance mélancolique au suicide. — Non ! — cas rare et curieux, vous pourriez, si je ne m'y opposais, mourir sans aucune lésion intérieure ou externe appréciable. Il était temps de m'appeler, car l'esprit ne tient plus à la chair que par un fil ; mais nous allons y faire un bon nœud. »

Et le docteur se frotta joyeusement les mains en grimaçant un sourire qui détermina un remous de rides dans les mille plis de sa figure.

« Monsieur Cherbonneau, je ne sais si vous me guérirez, et, après tout, je n'en ai nulle envie, mais je dois avouer que vous avez pénétré du premier coup la cause de l'état mystérieux où je me trouve. Il me semble que mon corps est devenu perméable, et laisse échapper mon moi comme un crible l'eau par ses trous. Je me sens fondre dans le grand tout, et j'ai peine à me distinguer du milieu où je plonge. La vie dont j'accomplis, autant que possible, la pantomime habituelle, pour ne pas chagriner mes parents et mes amis, me paraît si loin de moi, qu'il y a des instants où je me crois déjà sorti de la sphère humaine : je vais et je viens par les motifs qui me déterminaient autrefois, et dont l'impulsion mécanique dure encore, mais sans participer à ce que je fais. Je me mets à table aux heures ordinaires, et je parais manger et boire, quoique je ne sente aucun goût aux plats les plus épicés et aux vins les plus forts : la lumière du soleil me semble pâle comme celle de la lune, et les bougies ont des flammes noires. J'ai froid aux plus chauds jours de l'été ; parfois il se fait en moi un grand silence comme si mon cœur ne battait plus et que les rouages intérieurs fussent arrêtés par une cause inconnue. La mort ne doit pas être différente de cet état si elle est appréciable pour les défunts.

— Vous avez, reprit le docteur, une impossibilité de vivre chronique, maladie toute morale et plus fréquente qu'on ne pense. La pensée est une force qui peut tuer comme l'acide prussique, comme l'étincelle de la bouteille de Leyde, quoique la trace de ses ravages ne soit pas saisissable aux faibles moyens d'analyse dont la science vulgaire dispose. Quel chagrin a enfoncé son bec crochu dans votre foie ? Du haut de quelle ambition secrète êtes-vous retombé brisé et moulu ? Quel désespoir amer ruminez-vous dans l'immobilité ? Est-ce la soif du pouvoir qui vous tourmente ? Avez-vous renoncé volontairement à un but placé hors de la portée humaine ? — Vous êtes bien jeune pour cela. — Une femme vous a-t-elle trompé ?

— Non, docteur, répondit Octave, je n'ai pas même eu ce bonheur.

— Et cependant, reprit M. Balthazar Cherbonneau, je lis dans vos yeux ternes, dans l'habitude découragée de votre corps, dans le timbre sourd de votre voix, le titre d'une pièce de Shakespeare aussi nettement que s'il était estampé en lettres d'or sur le dos d'une reliure de maroquin.

— Et quelle est cette pièce que je traduis sans le savoir ? dit Octave, dont la curiosité s'éveillait malgré lui.

— *Love's labour's lost*, continua le docteur avec une pureté d'accent qui trahissait un long séjour dans les possessions anglaises de l'Inde.

— Cela veut dire, si je ne me trompe, *peines d'amour perdues*.

— Précisément. »

Octave ne répondit pas ; une légère rougeur colora ses joues, et, pour se donner une contenance, il se mit à jouer avec le gland de sa cordelière : le docteur avait reployé une de ses jambes sur l'autre, ce qui produisit l'effet des os en sautoir gravés sur les tombes, et se tenait le pied avec la main à la mode orientale. Ses yeux bleus se plongeaient dans les yeux d'Octave et les interrogeaient d'un regard impérieux et doux.

« Allons, dit M. Balthazar Cherbonneau, ouvrez-vous à moi, je suis le médecin des âmes, vous êtes mon malade, et, comme le prêtre catholique à son pénitent, je vous demande une confession complète, et vous pourrez la faire sans vous mettre à genoux.

— À quoi bon ? En supposant que vous ayez deviné juste, vous raconter mes douleurs ne les soulagerait pas. Je n'ai pas le chagrin bavard, — aucun pouvoir humain, même le vôtre, ne saurait me guérir.

— Peut-être, fit le docteur en s'établissant plus carrément dans son fauteuil, comme quelqu'un qui se dispose à écouter une confidence d'une certaine longueur.

— Je ne veux pas, reprit Octave, que vous m'accusiez d'un entêtement puéril, et vous laisser, par mon mutisme, un moyen de vous laver les mains de mon trépas ; mais, puisque vous y tenez, je vais vous raconter mon histoire ; — vous en avez deviné le fond, je ne vous disputerai pas les détails. Ne vous attendez à rien de singulier ou de romanesque. C'est une aventure très simple, très commune, très usée ; mais, comme dit la chanson de Henri Heine, celui à qui elle arrive la trouve toujours nouvelle, et il en a le cœur brisé. En vérité, j'ai honte de dire quelque chose de si vulgaire à un homme qui a vécu dans les pays les plus fabuleux et les plus chimériques.

— N'ayez aucune crainte ; il n'y a plus que le commun qui soit extraordinaire pour moi, dit le docteur en souriant.

— Eh bien, docteur, je me meurs d'amour. »

II

« Je me trouvais à Florence vers la fin de l'été, en 184., la plus belle saison pour voir Florence. J'avais du temps, de l'argent, de bonnes lettres de recommandation, et alors j'étais un jeune homme de belle humeur, ne demandant pas mieux que de s'amuser. Je m'installai sur le Long-Arno, je louai une calèche et je me laissai aller à cette douce vie florentine qui a tant de charme pour l'étranger. Le matin, j'allais visiter quelque église, quelque palais ou quelque galerie tout à mon aise, sans me presser, ne voulant pas me donner cette indigestion de chefs-d'œuvre qui, en Italie, fait venir aux touristes trop hâtifs la nausée de l'art ; tantôt je regardais les portes de bronze du baptistère, tantôt le Persée de Benvenuto sous la loggia dei Lanzi, le portrait de la Fornarina aux Offices, ou bien encore la Vénus de Canova au palais Pitti, mais jamais plus d'un objet à la fois. Puis je déjeunais au café Doney, d'une tasse de café à la glace, je fumais quelques cigares, parcourais les journaux, et, la boutonnière fleurie de gré ou de force par ces jolies bouquetières coiffées de grands chapeaux de paille qui stationnent devant le café, je rentrais chez moi faire la sieste ; à trois heures, la calèche venait me prendre et me transportait aux *Cascines*. Les Cascines sont à Florence ce que le bois de Boulogne est à Paris, avec cette différence que tout le monde s'y connaît, et que le rond-point forme un salon en plein air, où les fauteuils sont remplacés par des voitures, arrêtées et rangées en demi-cercle. Les femmes, en grande toilette, à demi couchées sur les coussins, reçoivent les visites des amants et des attentifs, des dandys et des attachés de légation, qui se tiennent debout et chapeau bas sur le marchepied. — Mais vous savez cela tout aussi bien que moi. — Là se forment les projets pour la soirée, s'assignent les rendez-vous, se donnent les réponses, s'acceptent les invitations ; c'est comme une Bourse du plaisir qui se tient de trois heures à cinq heures, à l'ombre de beaux arbres, sous le ciel le plus doux du monde. Il est obligatoire, pour tout être un peu bien situé, de faire chaque jour une apparition aux Cascines. Je n'avais garde d'y manquer, et le soir, après dîner, j'allais dans quelques salons, ou à la Pergola, lorsque la cantatrice en valait la peine.

« Je passai ainsi un des plus heureux mois de ma vie ; mais ce bonheur ne devait pas durer. Une magnifique calèche fit un jour son début aux Cascines. Ce superbe produit de la carrosserie de Vienne, chef-d'œuvre de Laurenzi, miroité d'un vernis étincelant, historié d'un blason presque royal, était attelé de la plus belle paire de chevaux qui ait jamais piaffé à Hyde-Park ou à Saint-James au Drawing-Room de la reine Victoria, et mené à la Daumont de la façon la plus correcte par un tout jeune jockey en culotte de peau blanche et en casaque verte ; les cuivres des harnais, les boîtes des roues, les poignées des portières brillaient comme de l'or et lançaient des éclairs au soleil ; tous les regards suivaient ce splendide équipage qui, après avoir décrit sur le sable une courbe aussi régulière que si elle eût été tracée au compas, alla se ranger auprès des voitures. La calèche n'était pas vide, comme vous le pensez bien ; mais dans la rapidité du mouvement on n'avait pu distinguer qu'un bout de bottine allongé sur le coussin du devant, un large pli de châle et le disque d'une ombrelle frangée de soie blanche. L'ombrelle se referma et l'on vit resplendir une femme d'une beauté incomparable. J'étais à cheval et je pus m'approcher assez pour ne perdre aucun détail de ce chef-d'œuvre humain. L'étrangère portait une robe de ce vert d'eau glacé d'argent qui fait paraître noire comme une taupe toute femme dont le teint n'est pas irréprochable, — une insolence de blonde sûre d'elle-même. — Un grand crêpe de Chine blanc, tout bossué de broderies de la même couleur, l'enveloppait de sa draperie souple et fripée à petits plis, comme une tunique de Phidias. Le visage avait pour auréole un chapeau de la plus fine paille de Florence, fleuri de myosotis et de délicates plantes aquatiques aux étroites feuilles glauques ; pour tout bijou, un lézard d'or constellé de turquoises cerclait le bras qui tenait le manche d'ivoire de l'ombrelle.

« Pardonnez, cher docteur, cette description de journal de mode à un amant pour qui ces menus souvenirs prennent une importance énorme. D'épais bandeaux blonds crespelés, dont les annelures formaient comme des vagues de lumière, descendaient en nappes opulentes des deux côtés de son front plus blanc et plus pur que la neige vierge tombée dans la nuit sur le plus haut sommet d'une Alpe ; des cils longs et déliés comme ces fils d'or que les miniaturistes du moyen âge font rayonner autour des têtes de leurs anges, voilaient à demi ses prunelles d'un bleu vert pareil à ces lueurs qui traversent les glaciers par certains effets de soleil ; sa bouche, divinement dessinée, présentait ces teintes pourprées qui lavent les valves des conques de Vénus, et ses joues ressemblaient à de timides roses blanches que ferait rougir l'aveu du rossignol ou le baiser du papillon ; aucun pinceau humain ne saurait rendre ce teint d'une suavité, d'une fraîcheur et d'une transparence immatérielles, dont les couleurs ne paraissaient pas dues au sang grossier qui enlumine nos fibres ; les premières rougeurs de l'aurore sur la cime des sierras-nevadas, le ton carné de quelques camélias blancs, à l'onglet de leurs pétales, le marbre de Paros, entrevu à travers un voile de gaze rose, peuvent seuls en donner une idée lointaine. Ce qu'on apercevait du

col entre les brides du chapeau et le haut du châle étincelait d'une blancheur irisée, au bord des contours, de
vagues reflets d'opale. Cette tête éclatante ne saisissait
pas d'abord par le dessin, mais bien par les coloris,
comme les belles productions de l'école vénitienne,
quoique ses traits fussent aussi purs et aussi délicats
que ceux des profils antiques découpés dans l'agate des
camées.

« Comme Roméo oublie Rosalinde à l'aspect de
Juliette, à l'apparition de cette beauté suprême j'oubliai
mes amours d'autrefois. Les pages de mon cœur rede-
vinrent blanches ; tout nom, tout souvenir en disparurent. Je ne comprenais pas comment j'avais pu trouver
quelque attrait dans ces liaisons vulgaires que peu de
jeunes gens évitent, et je me les reprochai comme de
coupables infidélités. Une vie nouvelle data pour moi
de cette fatale rencontre.

« La calèche quitta les Cascines et reprit le chemin
de la ville, emportant l'éblouissante vision ; je mis mon
cheval auprès de celui d'un jeune Russe très aimable,
grand coureur d'eaux, répandu dans tous les salons
cosmopolites d'Europe, et qui connaissait à fond le
personnel voyageur de la haute vie ; j'amenai la
conversation sur l'étrangère, et j'appris que c'était la
comtesse Prascovie Labinska, une Lithuanienne de
naissance illustre et de grande fortune, dont le mari
faisait depuis deux ans la guerre du Caucase.

« Il est inutile de vous dire quelles diplomaties je
mis en œuvre pour être reçu chez la comtesse que l'absence du comte rendait très réservée à l'endroit des
présentations ; enfin, je fus admis ; — deux princesses
douairières et quatre baronnes hors d'âge répondaient
de moi sur leur antique vertu.

« La comtesse Labinska avait loué une villa magnifique, ayant appartenu jadis aux Salviati, à une demi-
lieue de Florence, et en quelques jours elle avait su
installer tout le confortable moderne dans l'antique
manoir, sans en troubler en rien la beauté sévère et
l'élégance sérieuse. De grandes portières armoriées

s'agrafaient heureusement aux arcades ogivales ; des fauteuils et des meubles de forme ancienne s'harmonisaient avec les murailles couvertes de boiseries brunes ou de fresques d'un ton amorti et passé comme celui des vieilles tapisseries ; aucune couleur trop neuve, aucun or trop brillant n'agaçait l'œil, et le présent ne dissonait pas au milieu du passé. — La comtesse avait l'air si naturellement châtelaine, que le vieux palais semblait bâti exprès pour elle.

« Si j'avais été séduit par la radieuse beauté de la comtesse, je le fus bien davantage encore au bout de quelques visites par son esprit si rare, si fin, si étendu ; quand elle parlait sur quelque sujet intéressant, l'âme lui venait à la peau, pour ainsi dire, et se faisait visible. Sa blancheur s'illuminait, comme l'albâtre d'une lampe, d'un rayon intérieur : il y avait dans son teint de ces scintillations phosphorescentes, de ces tremblements lumineux dont parle Dante lorsqu'il peint les splendeurs du paradis ; on eût dit un ange se détachant en clair sur un soleil. Je restais ébloui, extatique et stupide. Abîmé dans la contemplation de sa beauté, ravi aux sons de sa voix céleste qui faisait de chaque idiome une musique ineffable, lorsqu'il me fallait absolument répondre, je balbutiais quelques mots incohérents qui devaient lui donner la plus pauvre idée de mon intelligence ; quelquefois même un imperceptible sourire d'une ironie amicale passait comme une lueur rose sur ses lèvres charmantes à certaines phrases, qui dénotaient, de ma part, un trouble profond ou une incurable sottise.

« Je ne lui avais encore rien dit de mon amour ; devant elle j'étais sans pensée, sans force, sans courage ; mon cœur battait comme s'il voulait sortir de ma poitrine et s'élancer sur les genoux de sa souveraine. Vingt fois j'avais résolu de m'expliquer, mais une insurmontable timidité me retenait ; le moindre air froid ou réservé de la comtesse me causait des transes mortelles, et comparables à celles du condamné qui, la tête sur le billot, attend que l'éclair de la hache lui traverse le cou. Des contractions nerveuses m'étranglaient, des sueurs glacées baignaient mon corps. Je rougissais, je pâlissais et je sortais sans avoir rien dit, ayant peine à trouver la porte et chancelant comme un homme ivre sur les marches du perron.

« Lorsque j'étais dehors, mes facultés me revenaient et je lançais au vent les dithyrambes les plus enflammés. J'adressais à l'idole absente mille déclarations d'une éloquence irrésistible. J'égalais dans ces apostrophes muettes les grands poètes de l'amour. — Le Cantique des cantiques de Salomon avec son vertigineux parfum oriental et son lyrisme halluciné de haschich, les sonnets de Pétrarque avec leurs subtilités platoniques et leurs délicatesses éthérées, l'Intermezzo de Henri Heine avec sa sensibilité nerveuse et délirante n'approchent pas de ces effusions d'âme intarissables où s'épuisait ma vie. Au bout de chacun de ces monologues, il me semblait que la comtesse vaincue devait descendre du ciel sur mon cœur, et plus d'une fois je me croisai les bras sur ma poitrine, pensant les refermer sur elle.

« J'étais si complètement possédé que je passais des heures à murmurer en façon de litanies d'amour ces deux mots : — Prascovie Labinska, — trouvant un charme indéfinissable dans ces syllabes tantôt égrenées lentement comme des perles, tantôt dites avec la volubilité fiévreuse du dévot que sa prière même exalte. D'autres fois, je traçais le nom adoré sur les plus belles feuilles de vélin, en y apportant des recherches calligraphiques des manuscrits du moyen âge, rehauts d'or, fleurons d'azur, ramages de sinople. J'usais à ce labeur d'une minutie passionnée et d'une perfection puérile les longues heures qui séparaient mes visites à la comtesse. Je ne pouvais lire ni m'occuper de quoi que ce fût. Rien ne m'intéressait hors de Prascovie, et je ne décachetais même pas les lettres qui me venaient de France. À plusieurs reprises je fis des efforts pour sortir de cet état ; j'essayai de me rappeler les axiomes de séduction acceptés par les jeunes gens, les stratagèmes

qu'emploient les Valmont du café de Paris et les don
Juan du Jockey-Club ; mais à l'exécution le cœur me
manquait, et je regrettais de ne pas avoir, comme le
Julien Sorel de Stendhal, un paquet d'épîtres progres-
sives à copier pour les envoyer à la comtesse. Je me
contentais d'aimer, me donnant tout entier sans rien
demander en retour, sans espérance même lointaine,
car mes rêves les plus audacieux osaient à peine effleurer de leurs lèvres le bout des doigts rosés de Prascovie. Au xvᵉ siècle, le jeune novice le front sur les
marches de l'autel, le chevalier agenouillé dans sa
roide armure, ne devaient pas avoir pour la madone
une adoration plus prosternée. »

M. Balthazar Cherbonneau avait écouté Octave avec
une attention profonde, car pour lui le récit du jeune
homme n'était pas seulement une histoire romanesque,
et il se dit comme à lui-même pendant une pause du
narrateur : « Oui, voilà bien le diagnostic de l'amour-
passion, une maladie curieuse et que je n'ai rencontrée
qu'une fois, — à Chandernagor, — chez une jeune
paria éprise d'un brahme ; elle en mourut, la pauvre
fille, mais c'était une sauvage ; vous, monsieur Octave,
vous êtes un civilisé, et nous vous guérirons. » Sa
parenthèse fermée, il fit signe de la main à M. de
Saville de continuer ; et, reployant sa jambe sur la
cuisse comme la patte articulée d'une sauterelle, de
manière à faire soutenir son menton par son genou, il
s'établit dans cette position impossible pour tout autre,
mais qui semblait spécialement commode pour lui.

« Je ne veux pas vous ennuyer du détail de mon
martyre secret, continua Octave ; j'arrive à une scène
décisive. Un jour, ne pouvant plus modérer mon impérieux désir de voir la comtesse, je devançai l'heure de
ma visite accoutumée ; il faisait un temps orageux et
lourd. Je ne trouvai pas Mme Labinska au salon. Elle
s'était établie sous un portique soutenu de sveltes
colonnes, ouvrant sur une terrasse par laquelle on descendait au jardin ; elle avait fait apporter là son piano,
un canapé et des chaises de jonc ; des jardinières,

comblées de fleurs splendides — nulle part elles ne
sont si fraîches ni si odorantes qu'à Florence — remplissaient les entre-colonnements, et imprégnaient de
leur parfum les rares bouffées de brise qui venaient de
l'Apennin. Devant soi, par l'ouverture des arcades,
l'on apercevait les ifs et les buis taillés du jardin, d'où
s'élançaient quelques cyprès centenaires, et que peuplaient des marbres mythologiques dans le goût tourmenté de Baccio Bandinelli ou de l'Ammanato. Au
fond, au-dessus de la silhouette de Florence, s'arrondissait le dôme de Santa Maria del Fiore et jaillissait
le beffroi carré du Palazzo Vecchio.

« La comtesse était seule, à demi couchée sur le
canapé de jonc ; jamais elle ne m'avait paru si belle ;
son corps nonchalant, alangui par la chaleur, baignait
comme celui d'une nymphe marine dans l'écume
blanche d'un ample peignoir de mousseline des Indes
que bordait du haut en bas une garniture bouillonnée
comme la frange d'argent d'une vague ; une broche en
acier niellé du Khorassan fermait à la poitrine cette
robe aussi légère que la draperie qui voltige autour de
la Victoire rattachant sa sandale. Des manches ouvertes
à partir de la saignée, comme les pistils du calice d'une
fleur, sortaient ses bras d'un ton plus pur que celui de
l'albâtre où les statuaires florentins taillent des copies
de statues antiques ; un large ruban noir noué à la ceinture, et dont les bouts retombaient, tranchait vigoureusement sur toute cette blancheur. Ce que ce contraste
de nuances attribuées au deuil aurait pu avoir de triste,
était égayé par le bec d'une petite pantoufle circassienne sans quartier en maroquin bleu, gaufrée d'arabesques jaunes, qui pointait sous le dernier pli de la
mousseline.

« Les cheveux blonds de la comtesse, dont les bandeaux bouffants, comme s'ils eussent été soulevés par
un souffle, découvraient son front pur et ses tempes
transparentes, formaient comme un nimbe, où la
lumière pétillait en étincelles d'or.

« Près d'elle, sur une chaise, palpitait au vent un

grand chapeau de paille de riz, orné de longs rubans noirs pareils à celui de la robe, et gisait une paire de gants de Suède qui n'avaient pas été mis. À mon aspect, Prascovie ferma le livre qu'elle lisait — les poésies de Mickiewicz — et me fit un petit signe de tête bienveillant ; elle était seule, — circonstance favorable et rare. — Je m'assis en face d'elle sur le siège qu'elle me désigna. Un de ces silences, pénibles quand ils se prolongent, régna quelques minutes entre nous. Je ne trouvais à mon service aucune de ces banalités de la conversation ; ma tête s'embarrassait, des vagues de flammes me montaient du cœur aux yeux, et mon amour me criait : « Ne perds pas cette occasion suprême. »

« J'ignore ce que j'eusse fait, si la comtesse, devinant la cause de mon trouble, ne se fût redressée à demi en tendant vers moi sa belle main, comme pour me fermer la bouche.

« — Ne dites pas un mot, Octave ; vous m'aimez, je le sais, je le sens, je le crois ; je ne vous en veux point, car l'amour est involontaire. D'autres femmes plus sévères se montreraient offensées ; moi, je vous plains, car je ne puis vous aimer, et c'est une tristesse pour moi d'être votre malheur. — Je regrette que vous m'ayez rencontrée, et maudis le caprice qui m'a fait quitter Venise pour Florence. J'espérais d'abord que ma froideur persistante vous lasserait et vous éloignerait ; mais le vrai amour, dont je vois tous les signes dans vos yeux, ne se rebute de rien. Que ma douceur ne fasse naître en vous aucune illusion, aucun rêve, et ne prenez pas ma pitié pour un encouragement. Un ange au bouclier de diamant, à l'épée flamboyante, me garde contre toute séduction, mieux que la religion, mieux que le devoir, mieux que la vertu ; — et cet ange, c'est mon amour : — J'adore le comte Labinski. J'ai le bonheur d'avoir trouvé la passion dans le mariage. »

« Un flot de larmes jaillit de mes paupières à cet

aveu si franc, si loyal et si noblement pudique, et je sentis en moi se briser le ressort de ma vie.

« Prascovie, émue, se leva, et, par un mouvement gracieux de pitié féminine, passa son mouchoir de batiste sur mes yeux :

« — Allons, ne pleurez pas, me dit-elle, je vous le défends. Tâchez de penser à autre chose, imaginez que je suis partie à tout jamais, que je suis morte ; oubliez-moi. Voyagez, travaillez, faites du bien, mêlez-vous activement à la vie humaine ; consolez-vous dans un art ou un amour... »

« Je fis un geste de dénégation.

« — Croyez-vous souffrir moins en continuant à me voir ? reprit la comtesse ; venez, je vous recevrai toujours. Dieu dit qu'il faut pardonner à ses ennemis ; pourquoi traiterait-on plus mal ceux qui nous aiment ? Cependant l'absence me paraît un remède plus sûr. — Dans deux ans nous pourrons nous serrer la main sans péril, — pour vous », ajouta-t-elle en essayant de sourire.

« Le lendemain je quittai Florence ; mais ni l'étude, ni les voyages, ni le temps, n'ont diminué ma souffrance, et je me sens mourir : ne m'en empêchez pas, docteur !

— Avez-vous revu la comtesse Prascovie Labinska ? » dit le docteur, dont les yeux bleus scintillaient bizarrement.

« — Non, répondit Octave, mais elle est à Paris. » Et il tendit à M. Balthazar Cherbonneau une carte gravée sur laquelle on lisait :

« La comtesse Prascovie Labinska est chez elle le jeudi. »

III

Parmi les promeneurs assez rares alors qui suivaient aux Champs-Élysées l'avenue Gabriel, à partir de l'ambassade ottomane jusqu'à l'Élysée Bourbon, préférant au tourbillon poussiéreux et à l'élégant fracas de la grande chaussée l'isolement, le silence et la calme fraîcheur de cette route bordée d'arbres d'un côté et de l'autre de jardins, il en est peu qui ne se fussent arrêtés, tout rêveurs et avec un sentiment d'admiration mêlé d'envie, devant une poétique et mystérieuse retraite, où, chose rare, la richesse semblait loger le bonheur.

À qui n'est-il pas arrivé de suspendre sa marche à la grille d'un parc, de regarder longtemps la blanche villa à travers les massifs de verdure, et de s'éloigner le cœur gros, comme si le rêve de sa vie était caché derrière ces murailles ? Au contraire, d'autres habitations, vues ainsi du dehors, vous inspirent une tristesse indéfinissable ; l'ennui, l'abandon, la désespérance glacent la façade de leurs teintes grises et jaunissent les cimes à demi chauves des arbres ; les statues ont des lèpres de mousse, les fleurs s'étiolent, l'eau des bassins verdit, les mauvaises herbes envahissent les sentiers malgré le racloir ; les oiseaux, s'il y en a, se taisent.

Les jardins en contre-bas de l'allée en étaient séparés par un saut-de-loup et se prolongeaient en bandes plus ou moins larges jusqu'aux hôtels, dont la façade donnait sur la rue du Faubourg-Saint-Honoré. Celui dont nous parlons se terminait au fossé par un remblai qui soutenait un mur de grosses roches choisies pour l'irrégularité curieuse de leurs formes, et qui, se relevant de chaque côté en manière de coulisses, encadraient de leurs aspérités rugueuses et de leurs masses sombres le frais et vert paysage resserré entre elles.

Dans les anfractuosités de ces roches, le cactier raquette, l'asclépiade incarnate, le millepertuis, la saxifrage, le cymbalaire, la joubarbe, la lychnide des Alpes, le lierre d'Irlande trouvaient assez de terre végétale pour nourrir leurs racines et découpaient leurs verdures variées sur le fond vigoureux de la pierre ; — un peintre n'eût pas disposé, au premier plan de son tableau, un meilleur repoussoir.

Les murailles latérales qui fermaient ce paradis terrestre disparaissaient sous un rideau de plantes grimpantes, aristoloches, grenadilles bleues, campanules, chèvrefeuille, gypsophiles, glycines de Chine, périploca de Grèce dont les griffes, les vrilles et les tiges s'enlaçaient à un treillis vert, car le bonheur lui-même ne veut pas être emprisonné ; et grâce à cette disposition le jardin ressemblait à une clairière dans une forêt plutôt qu'à un parterre assez étroit circonscrit par les clôtures de la civilisation.

Un peu en arrière des masses de rocaille, étaient groupés quelques bouquets d'arbres au port élégant, à la frondaison vigoureuse, dont les feuillages contrastaient pittoresquement : vernis du Japon, tuyas du Canada, planes de Virginie, frênes verts, saules blancs, micocouliers de Provence, que dominaient deux ou trois mélèzes. Au-delà des arbres s'étalait un gazon de ray-grass, dont pas une pointe d'herbe ne dépassait l'autre, un gazon plus fin, plus soyeux que le velours d'un manteau de reine, de cet idéal vert d'émeraude qu'on n'obtient qu'en Angleterre devant le perron des manoirs féodaux, moelleux tapis naturel que l'œil aime à caresser et que le pas craint de fouler, moquette végétale où, le jour, peuvent seuls se rouler au soleil la gazelle familière avec le jeune baby ducal dans sa robe de dentelles, et, la nuit, glisser au clair de lune quelque Titania du West-End la main enlacée à celle d'un Oberon porté sur le livre du peerage et du baronetage.

Une allée de sable tamisé au crible, de peur qu'une valve de conque ou qu'un angle de silex ne blessât les pieds aristocratiques qui y laissaient leur délicate empreinte, circulait comme un ruban jaune autour de cette nappe verte, courte et drue, que le rouleau égalisait, et dont la pluie factice de l'arrosoir entretenait la fraîcheur humide, même aux jours les plus desséchants de l'été.

Au bout de la pièce de gazon éclatait, à l'époque où se passe cette histoire, un vrai feu d'artifice fleuri tiré par un massif de géraniums, dont les étoiles écarlates flamboyaient sur le fond brun d'une terre de bruyère.

L'élégante façade de l'hôtel terminait la perspective ; de sveltes colonnes d'ordre ionique soutenant l'attique surmonté à chaque angle d'un gracieux groupe de marbre, lui donnaient l'apparence d'un temple grec transporté là par le caprice d'un million-naire, et corrigeaient, en éveillant une idée de poésie et d'art, tout ce que ce luxe aurait pu avoir de trop fastueux ; dans les entre-colonnements, des stores rayés de larges bandes roses et presque toujours baissés abritaient et dessinaient les fenêtres, qui s'ouvraient de plain-pied sous le portique comme des portes de glace.

Lorsque le ciel fantasque de Paris daignait étendre un pan d'azur derrière ce palazzino, les lignes s'en des-sinaient si heureusement entre les touffes de verdure, qu'on pouvait les prendre pour le pied-à-terre de la Reine des fées, ou pour un tableau de Baron agrandi.

De chaque côté de l'hôtel s'avançaient dans le jardin deux serres formant ailes, dont les parois de cristal se diamantaient au soleil entre leurs nervures dorées, et faisaient à une foule de plantes exotiques les plus rares et les plus précieuses l'illusion de leur climat natal.

Si quelque poète matineux eût passé avenue Gabriel aux premières rougeurs de l'aurore, il eût entendu le rossignol achever les derniers trilles de son nocturne, et vu le merle se promener en pantoufles jaunes dans l'allée du jardin comme un oiseau qui est chez lui ; mais la nuit, après que les roulements des voitures revenant de l'Opéra se sont éteints au milieu du silence de la vie endormie, ce même poète aurait vaguement distingué une ombre blanche au bras d'un beau jeune homme, et serait remonté dans sa mansarde solitaire l'âme triste jusqu'à la mort.

C'était là qu'habitaient depuis quelque temps — le lecteur l'a sans doute déjà deviné — la comtesse Pras-covie Labinska et son mari le comte Olaf Labinski, revenu de la guerre du Caucase après une glorieuse campagne, où, s'il ne s'était pas battu corps à corps avec le mystique et insaisissable Schamyl, certaine-ment il avait eu affaire aux plus fanatiquement dévoués des Mourides de l'illustre scheikh. Il avait évité les

balles comme les braves les évitent, en se précipitant
au-devant d'elles, et les damas courbes des sauvages
guerriers s'étaient brisés sur sa poitrine sans l'entamer.
Le courage est une cuirasse sans défaut. Le comte
Labinski possédait cette valeur folle des races slaves,
qui aiment le péril pour le péril, et auxquelles peut
s'appliquer encore ce refrain d'un vieux chant scandi-
nave : « Ils tuent, meurent et rient ! »

Avec quelle ivresse s'étaient retrouvés ces deux
époux, pour qui le mariage n'était que la passion permise par Dieu et par les hommes, Thomas Moore pourrait seul le dire en style d'*Amour des Anges* ! Il faudrait
que chaque goutte d'encre se transformât dans notre
plume en goutte de lumière, et que chaque mot s'éva-
porât sur le papier en jetant une flamme et un parfum
comme un grain d'encens. Comment peindre ces deux
âmes fondues en une seule et pareilles à deux larmes
de rosée qui, glissant sur un pétale de lis, se rencon-
trent, se mêlent, s'absorbent l'une l'autre et ne font
plus qu'une perle unique ? Le bonheur est une chose
si rare en ce monde, que l'homme n'a pas songé à
inventer des paroles pour le rendre, tandis que le vocabulaire des souffrances morales et physiques remplit
d'innombrables colonnes dans le dictionnaire de toutes
les langues.

Olaf et Prascovie s'étaient aimés tout enfants ;
jamais leur cœur n'avait battu qu'à un seul nom ; ils
savaient presque dès le berceau qu'ils s'appartien-
draient, et le reste du monde n'existait pas pour eux ;
on eût dit que les morceaux de l'androgyne de Platon[3],
qui se cherchent en vain depuis le divorce primitif,
s'étaient retrouvés et réunis en eux ; ils formaient cette
dualité dans l'unité, qui est l'harmonie complète, et,
côte à côte, ils marchaient, ou plutôt ils volaient à travers la vie d'un essor égal, soutenu, planant comme
deux colombes que le même désir appelle, pour nous
servir de la belle expression de Dante[4].

Afin que rien ne troublât cette félicité, une fortune
immense l'entourait comme d'une atmosphère d'or.

Dès que ce couple radieux paraissait, la misère consolée quittait ses haillons, ses larmes se séchaient ; car
Olaf et Prascovie avaient le noble égoïsme du bonheur,
et ils ne pouvaient souffrir une douleur dans leur
rayonnement.

Depuis que le polythéisme a emporté avec lui ces
jeunes dieux, ces génies souriants, ces éphèbes célestes
aux formes d'une perfection si absolue, d'un rythme si
harmonieux, d'un idéal si pur, et que la Grèce antique
ne chante plus l'hymne de la beauté en strophes de
paros, l'homme a cruellement abusé de la permission
qu'on lui a donnée d'être laid, et, quoique fait à
l'image de Dieu, le représente assez mal. Mais le
comte Labinski n'avait pas profité de cette licence ;
l'ovale un peu allongé de sa figure, son nez mince,
d'une coupe hardie et fine, sa lèvre fermement dessinée, qu'accentuait une moustache blonde aiguisée à ses
pointes, son menton relevé et frappé d'une fossette, ses
yeux noirs, singularité piquante, étrangeté gracieuse,
lui donnaient l'air d'un de ces anges guerriers, saint
Michel ou Raphaël, qui combattent le démon, revêtus
d'armures d'or. Il eût été trop beau sans l'éclair mâle
de ses sombres prunelles et la couche hâlée que le
soleil d'Asie avait déposée sur ses traits.

Le comte était de taille moyenne, mince, svelte, nerveux, cachant des muscles d'acier sous une apparente
délicatesse ; et lorsque, dans quelque bal d'ambassade,
il revêtait son costume de magnat, tout chamarré d'or,
tout étoilé de diamants, tout brodé de perles, il passait
parmi les groupes comme une apparition étincelante,
excitant la jalousie des hommes et l'amour des
femmes, que Prascovie lui rendait indifférentes. —
Nous n'ajoutons pas que le comte possédait les dons de
l'esprit comme ceux du corps ; les fées bienveillantes
l'avaient doué à son berceau, et la méchante sorcière
qui gâte tout s'était montrée de bonne humeur ce jour-
là.

Vous comprenez qu'avec un tel rival, Octave de
Saville avait peu de chance, et qu'il faisait bien de se

laisser tranquillement mourir sur les coussins de son
divan, malgré l'espoir qu'essayait de lui remettre au
cœur le fantastique docteur Balthazar Cherbonneau. —
Oublier Prascovie eût été le seul moyen, mais c'était
la chose impossible ; la revoir, à quoi bon ? Octave
sentait que la résolution de la jeune femme ne faiblirait
jamais dans son implacabilité douce, dans sa froideur
compatissante. Il avait peur que ses blessures non cica-
trisées ne se rouvrissent et ne saignassent devant celle
qui l'avait tué innocemment, et il ne voulait pas l'accuser, la douce meurtrière aimée !

IV

Deux ans s'étaient écoulés depuis le jour où la
comtesse Labinska avait arrêté sur les lèvres d'Octave
la déclaration d'amour qu'elle ne devait pas entendre ;
Octave, tombé du haut de son rêve, s'était éloigné,
ayant au foie le bec d'un chagrin noir, et n'avait pas
donné de ses nouvelles à Prascovie. L'unique mot qu'il
eût pu lui écrire était le seul défendu. Mais plus d'une
fois la pensée de la comtesse effrayée de ce silence
s'était reportée avec mélancolie sur son pauvre adorateur : — l'avait-il oubliée ? Dans sa divine absence de
coquetterie, elle le souhaitait sans le croire, car l'inex-
tinguible flamme de la passion illuminait les yeux
d'Octave, et la comtesse n'avait pu s'y méprendre.
L'amour et les dieux se reconnaissent au regard : cette
idée traversait comme un petit nuage le limpide azur
de son bonheur, et lui inspirait la légère tristesse des
anges qui, dans le ciel, se souviennent de la terre ; son
âme charmante souffrait de savoir là-bas quelqu'un
malheureux à cause d'elle ; mais que peut l'étoile d'or
scintillante au haut du firmament pour le pâtre obscur
qui lève vers elle des bras éperdus ? Aux temps mythologiques, Phœbé descendit bien des cieux en rayons
d'argent sur le sommeil d'Endymion ; mais elle n'était
pas mariée à un comte polonais.

Dès son arrivée à Paris, la comtesse Labinska avait

envoyé à Octave cette invitation banale que le docteur Balthazar Cherbonneau tournait distraitement entre ses doigts, et en ne le voyant pas venir, quoiqu'elle l'eût voulu, elle s'était dit avec un mouvement de joie involontaire : « Il m'aime toujours ! » C'était cependant une femme d'une angélique pureté et chaste comme la neige du dernier sommet de l'Himalaya.

Mais Dieu lui-même, au fond de son infini, n'a pour se distraire de l'ennui des éternités que le plaisir d'entendre battre pour lui le cœur d'une pauvre petite créature périssable sur un chétif globe, perdu dans l'immensité. Prascovie n'était pas plus sévère que Dieu, et le comte Olaf n'eût pu blâmer cette délicate volupté d'âme.

« Votre récit, que j'ai écouté attentivement, dit le docteur à Octave, me prouve que tout espoir de votre part serait chimérique. Jamais la comtesse ne partagera votre amour.

— Vous voyez bien, monsieur Cherbonneau, que j'avais raison de ne pas chercher à retenir ma vie qui s'en va.

— J'ai dit qu'il n'y avait pas d'espoir avec les moyens ordinaires, continua le docteur ; mais il existe des puissances occultes que méconnaît la science moderne, et dont la tradition s'est conservée dans ces pays étranges nommés barbares par une civilisation ignorante. Là, aux premiers jours du monde, le genre humain, en contact immédiat avec les forces vives de la nature, savait des secrets qu'on croit perdus, et que n'ont point emportés dans leurs migrations les tribus qui, plus tard, ont formé les peuples. Ces secrets furent transmis d'abord d'initié à initié, dans les profondeurs mystérieuses des temples, écrits ensuite en idiomes sacrés incompréhensibles au vulgaire, sculptés en panneaux d'hiéroglyphes le long des parois cryptiques d'Ellora ; vous trouverez encore sur les croupes du mont Mérou, d'où s'échappe le Gange, au bas de l'escalier de marbre blanc de Bénarès la ville sainte, au fond des pagodes en ruines de Ceylan, quelques brahmes centenaires épelant des manuscrits inconnus, quelques yoghis occupés à redire l'ineffable monosyllabe *om* sans s'apercevoir que les oiseaux du ciel nichent dans leur chevelure ; quelques fakirs dont les épaules portent les cicatrices des crochets de fer de Jaggernat, qui les possèdent ces arcanes perdus et en obtiennent des résultats merveilleux lorsqu'ils daignent s'en servir. — Notre Europe, tout absorbée par les intérêts matériels, ne se doute pas du degré de spiritualisme où sont arrivés les pénitents de l'Inde : des jeûnes absolus, des contemplations effrayantes de fixité, des postures impossibles gardées pendant des années entières, atténuent si bien leurs corps, que vous diriez, à les voir accroupis sous un soleil de plomb, entre des brasiers ardents, laissant leurs ongles grandis leur percer la paume des mains, des momies égyptiennes retirées de leur caisse et ployées en des attitudes de singe ; leur enveloppe humaine n'est plus qu'une chrysalide, que l'âme, papillon immortel, peut quitter ou reprendre à volonté. Tandis que leur maigre dépouille reste là, inerte, horrible à voir, comme une larve nocturne surprise par le jour, leur esprit, libre de tous liens, s'élance, sur les ailes de l'hallucination, à des hauteurs incalculables, dans les mondes surnaturels. Ils ont des visions et des rêves étranges ; ils suivent d'extase en extase les ondulations que font les âges disparus sur l'océan de l'éternité ; ils parcourent l'infini en tous sens, assistent à la création des univers, à la genèse des dieux et à leurs métamorphoses ; la mémoire leur revient des sciences englouties par les cataclysmes plutoniens et diluviens, des rapports oubliés de l'homme et des éléments. Dans cet état bizarre, ils marmottent des mots appartenant à des langues qu'aucun peuple ne parle plus depuis des milliers d'années sur la surface du globe, ils retrouvent le verbe primordial, le verbe qui a fait jaillir la lumière des antiques ténèbres : on les prend pour des fous ; ce sont presque des dieux ! »

Ce préambule singulier surexcitait au dernier point l'attention d'Octave, qui, ne sachant où M. Balthazar Cherbonneau voulait en venir, fixait sur lui des yeux étonnés et pétillants d'interrogations : il ne devinait pas quel rapport pouvaient offrir les pénitents de l'Inde avec son amour pour la comtesse Prascovie Labinska.

Le docteur, devinant la pensée d'Octave, lui fit un signe de main comme pour prévenir ses questions, et lui dit : « Patience, mon cher malade ; vous allez comprendre tout à l'heure que je ne me livre pas à une digression inutile. — Las d'avoir interrogé avec le scalpel, sur le marbre des amphithéâtres, des cadavres qui ne me répondaient pas et ne me laissaient voir que la mort quand je cherchais la vie, je formai le projet — un projet aussi hardi que celui de Prométhée escaladant le ciel pour y ravir le feu — d'atteindre et de surprendre l'âme, de l'analyser et de la disséquer pour ainsi dire ; j'abandonnai l'effet pour la cause, et pris en dédain profond la science matérialiste dont le néant m'était prouvé. Agir sur ces formes vagues, sur ces assemblages fortuits de molécules aussitôt dissous, me semblait la fonction d'un empirisme grossier. J'essayai par le magnétisme de relâcher les liens qui enchaînent l'esprit à son enveloppe ; j'eus bientôt dépassé Mesmer, Deslon, Maxwel, Puységur, Deleuze et les plus habiles, dans des expériences vraiment prodigieuses, mais qui ne me contentaient pas encore : catalepsie, somnambulisme, vue à distance, lucidité extatique, je produisis à volonté tous ces effets inexplicables pour la foule, simples et compréhensibles pour moi. — Je remontai plus haut : des ravissements de Cardan et de saint Thomas d'Aquin je passai aux crises nerveuses des Pythies ; je découvris les arcanes des Époptes grecs et des Nebiim hébreux ; je m'initiai rétrospectivement aux mystères de Trophonius et d'Esculape, reconnaissant toujours dans les merveilles qu'on en raconte une concentration ou une expansion de l'âme provoquée soit par le geste, soit par le regard, soit par la parole, soit par la volonté ou tout autre agent inconnu. — Je refis un à un tous les miracles d'Apollonius de Tyane. — Pourtant mon rêve scientifique n'était pas accompli ; l'âme m'échappait toujours ; je la pressentais, je l'entendais, j'avais de l'action sur elle ; j'engourdissais ou j'excitais ses facultés ; mais entre elle et moi il y avait un voile de chair que je ne pouvais écarter sans qu'elle s'envolât ; j'étais comme l'oiseleur qui tient un oiseau sous un filet qu'il n'ose relever, de peur de voir sa proie ailée se perdre dans le ciel.

« Je partis pour l'Inde, espérant trouver le mot de l'énigme dans ce pays de l'antique sagesse. J'appris le sanscrit et le prâcrit, les idiomes savants et vulgaires : je pus converser avec les pandits et les brahmes. Je traversai les jungles où rauque le tigre aplati sur ses pattes ; je longeai les étangs sacrés qu'écaille le dos des crocodiles ; je franchis les forêts impénétrables barricadées de lianes, faisant envoler des nuées de chauves-souris et de singes, me trouvant face à face avec l'éléphant au détour du sentier frayé par les bêtes fauves pour arriver à la cabane de quelque yoghi célèbre en communication avec les Mounis, et je m'assis des jours entiers près de lui, partageant sa peau de gazelle, pour noter les vagues incantations que murmurait l'extase sur ses lèvres noires et fendillées. Je saisis de la sorte des mots tout-puissants, des formules évocatrices, des syllabes du Verbe créateur.

« J'étudiai les sculptures symboliques dans les chambres intérieures des pagodes que n'a vues nul œil profane et où une robe de brahme me permettait de pénétrer ; je lus bien des mystères cosmogoniques, bien des légendes de civilisations disparues ; je découvris le sens des emblèmes que tiennent dans leurs mains multiples ces dieux hybrides et touffus comme la nature de l'Inde ; je méditai sur le cercle de Brahma, le lotus de Wishnou, le cobra capello de Shiva, le dieu bleu. Ganésa, déroulant sa trompe de pachyderme et clignant ses petits yeux frangés de longs cils, semblait sourire à mes efforts et encourager mes recherches. Toutes ces figures monstrueuses me disaient dans leur langue de pierre : "Nous ne sommes que des formes, c'est l'esprit qui agite la masse."

« Un prêtre du temple de Tirounamalay, à qui je fis part de l'idée qui me préoccupait, m'indiqua, comme parvenu au plus haut degré de sublimité, un pénitent qui habitait une des grottes de l'île d'Éléphanta. Je le trouvai, adossé au mur de la caverne, enveloppé d'un bout de sparterie, les genoux au menton, les doigts croisés sur les jambes, dans un état d'immobilité absolue ; ses prunelles retournées ne laissaient voir que le blanc, ses lèvres bridaient sur ses dents déchaussées ; sa peau, tannée par une incroyable maigreur, adhérait aux pommettes ; ses cheveux, rejetés en arrière, pendaient par mèches roides comme des filaments de plantes du sourcil d'une roche ; sa barbe s'était divisée en deux flots qui touchaient presque terre, et ses ongles se recourbaient en serres d'aigle.

« Le soleil l'avait desséché et noirci de façon à donner à sa peau d'Indien, naturellement brune, l'apparence du basalte ; ainsi posé, il ressemblait de forme et de couleur à un vase canopique. Au premier aspect, je le crus mort. Je secouai ses bras comme ankylosés par une roideur cataleptique, je lui criai à l'oreille de ma voix la plus forte les paroles sacramentelles qui devaient me révéler à lui comme initié ; il ne tressaillit pas, ses paupières restèrent immobiles. — J'allais m'éloigner, désespérant d'en tirer quelque chose, lorsque j'entendis un pétillement singulier ; une étincelle bleuâtre passa devant mes yeux avec la fulgurante rapidité d'une lueur électrique, voltigea une seconde sur les lèvres entr'ouvertes du pénitent, et disparut.

« Brahma-Logum (c'était le nom du saint personnage) sembla se réveiller d'une léthargie : ses prunelles reprirent leur place ; il me regarda avec un regard humain et répondit à mes questions. "Eh bien, tes désirs sont satisfaits : tu as vu une âme. Je suis parvenu à détacher la mienne de mon corps quand il me plaît ; — elle en sort, elle y rentre comme une abeille lumineuse, perceptible aux yeux seuls des adeptes. J'ai tant jeûné, tant prié, tant médité, je me suis macéré si rigoureusement, que j'ai pu dénouer les liens terrestres qui

l'enchaînent, et que Wishnou, le dieu aux dix incarnations, m'a révélé le mot mystérieux qui la guide dans
ses Avatars à travers les formes différentes. — Si,
après avoir fait les gestes consacrés, je prononçais ce
mot, ton âme s'envolerait pour animer l'homme ou la
bête que je lui désignerais. Je te lègue ce secret, que je
possède seul maintenant au monde. Je suis bien aise
que tu sois venu, car il me tarde de me fondre dans le
sein de l'incréé, comme une goutte d'eau dans la mer."
Et le pénitent me chuchota d'une voix faible comme le
dernier râle d'un mourant, et pourtant distincte,
quelques syllabes qui me firent passer sur le dos ce
petit frisson dont parle Job.

— Que voulez-vous dire, docteur ? s'écria Octave ;
je n'ose sonder l'effrayante profondeur de votre
pensée.

— Je veux dire, répondit tranquillement M. Balthazar Cherbonneau, que je n'ai pas oublié la formule
magique de mon ami Brahma-Logum, et que la
comtesse Prascovie serait bien fine si elle reconnaissait
l'âme d'Octave de Saville dans le corps d'Olaf
Labinski. »

V

La réputation du docteur Balthazar Cherbonneau
comme médecin et comme thaumaturge commençait à
se répandre dans Paris ; ses bizarreries, affectées ou
vraies, l'avaient mis à la mode. Mais, loin de chercher
à se faire, comme on dit, une clientèle, il s'efforçait de
rebuter les malades en leur fermant sa porte ou en leur
ordonnant des prescriptions étranges, des régimes
impossibles. Il n'acceptait que des cas désespérés, renvoyant à ses confrères avec un dédain superbe les vulgaires fluxions de poitrine, les banales entérites, les
bourgeoises fièvres typhoïdes, et dans ces occasions
suprêmes il obtenait des guérisons vraiment inconcevables. Debout à côté du lit, il faisait des gestes
magiques sur une tasse d'eau, et des corps déjà roides

et froids, tout prêts pour le cercueil, après avoir avalé quelques gouttes de ce breuvage en desserrant des mâchoires crispées par l'agonie, reprenaient la souplesse de la vie, les couleurs de la santé, et se redressaient sur leur séant, promenant autour d'eux des regards accoutumés déjà aux ombres du tombeau. Aussi l'appelait-on le médecin des morts ou le résurrectionniste. Encore ne consentait-il pas toujours à opérer ces cures, et souvent refusait-il des sommes énormes de la part de riches moribonds. Pour qu'il se décidât à entrer en lutte avec la destruction, il fallait qu'il fût touché de la douleur d'une mère implorant le salut d'un enfant unique, du désespoir d'un amant demandant la grâce d'une maîtresse adorée, ou qu'il jugeât la vie menacée utile à la poésie, à la science et au progrès du genre humain. Il sauva de la sorte un charmant baby dont le croup serrait la gorge avec ses doigts de fer, une délicieuse jeune fille phtisique au dernier degré, un poëte en proie au *delirium tremens*, un inventeur attaqué d'une congestion cérébrale et qui allait enfouir le secret de sa découverte sous quelques pelletées de terre. Autrement il disait qu'on ne devait pas contrarier la nature, que certaines morts avaient leur raison d'être, et qu'on risquait, en les empêchant, de déranger quelque chose dans l'ordre universel. Vous voyez bien que M. Balthazar Cherbonneau était le docteur le plus paradoxal du monde, et qu'il avait rapporté de l'Inde une excentricité complète ; mais sa renommée de magnétiseur l'emportait encore sur sa gloire de médecin ; il avait donné devant un petit nombre d'élus quelques séances dont on racontait des merveilles à troubler toutes les notions du possible ou de l'impossible, et qui dépassaient les prodiges de Cagliostro.

Le docteur habitait le rez-de-chaussée d'un vieil hôtel de la rue du Regard, un appartement en enfilade comme on les faisait jadis, et dont les hautes fenêtres ouvraient sur un jardin planté de grands arbres au tronc noir, au grêle feuillage vert. Quoiqu'on fût en été, de puissants calorifères soufflaient par leurs bouches gril-

lées de laiton des trombes d'air brûlant dans les vastes
salles, et en maintenaient la température à trente-cinq
ou quarante degrés de chaleur, car M. Balthazar Cherbonneau, habitué au climat incendiaire de l'Inde, gre-
lottait à nos pâles soleils, comme ce voyageur qui,
revenu des sources du Nil Bleu, dans l'Afrique centrale, tremblait de froid au Caire, et il ne sortait jamais
qu'en voiture fermée, frileusement emmailloté d'une
pelisse de renard bleu de Sibérie, et les pieds posés sur
un manchon de fer-blanc rempli d'eau bouillante.

Il n'y avait d'autres meubles dans ces salles que des
divans bas en étoffes malabares historiées d'éléphants
chimériques et d'oiseaux fabuleux, des étagères découpées, coloriées et dorées avec une naïveté barbare par
les naturels de Ceylan, des vases du Japon pleins de
fleurs exotiques ; et sur le plancher s'étalait, d'un bout
à l'autre de l'appartement, un de ces tapis funèbres à
ramages noirs et blancs que tissent pour pénitence les
Thuggs en prison, et dont la trame semble faite avec le
chanvre de leurs cordes d'étrangleurs ; quelques idoles
indoues, de marbre ou de bronze, aux longs yeux en
amande, au nez cerclé d'anneaux, aux lèvres épaisses
et souriantes, aux colliers de perles descendant jusqu'au nombril, aux attributs singuliers et mystérieux,
croisaient leurs jambes sur des piédouches dans les
encoignures ; — le long des murailles étaient appen-
dues des miniatures gouachées, œuvre de quelque
peintre de Calcutta ou de Lucknow, qui représentaient
les neuf *Avatars* déjà accomplis de Wishnou, en poisson, en tortue, en cochon, en lion à tête humaine, en
nain brahmine, en Rama, en héros combattant le géant
aux mille bras Cartasuciriargunen, en Kritsna, l'enfant
miraculeux dans lequel des rêveurs voient un Christ
indien ; en Bouddha, adorateur du grand dieu Maha-
devi ; et, enfin, le montraient endormi, au milieu de la
mer lactée, sur la couleuvre aux cinq têtes recourbées
en dais, attendant l'heure de prendre, pour dernière
incarnation, la forme de ce cheval blanc ailé qui, en

laissant retomber son sabot sur l'univers, doit amener la fin du monde.

Dans la salle du fond, chauffée plus fortement encore que les autres, se tenait M. Balthazar Cherbonneau, entouré de livres sanscrits tracés au poinçon sur de minces lames de bois percées d'un trou et réunies par un cordon de manière à ressembler plus à des persiennes qu'à des volumes comme les entend la librairie européenne. Une machine électrique, avec ses bouteilles remplies de feuilles d'or et ses disques de verre tournés par des manivelles, élevait sa silhouette inquiétante et compliquée au milieu de la chambre, à côté d'un baquet mesmérique où plongeait une lance de métal et d'où rayonnaient de nombreuses tiges de fer. M. Cherbonneau n'était rien moins que charlatan et ne cherchait pas la mise en scène, mais cependant il était difficile de pénétrer dans cette retraite bizarre sans éprouver un peu de l'impression que devaient causer autrefois les laboratoires d'alchimie.

Le comte Olaf Labinski avait entendu parler des miracles réalisés par le docteur, et sa curiosité demi-crédule s'était allumée. Les races slaves ont un penchant naturel au merveilleux, que ne corrige pas toujours l'éducation la plus soignée, et d'ailleurs des témoins dignes de foi qui avaient assisté à ces séances en disaient de ces choses qu'on ne peut croire sans les avoir vues, quelque confiance qu'on ait dans le narrateur. Il alla donc visiter le thaumaturge.

Lorsque le comte Labinski entra chez le docteur Balthazar Cherbonneau, il se sentit comme entouré d'une vague flamme ; tout son sang afflua vers sa tête, les veines des tempes lui sifflèrent ; l'extrême chaleur qui régnait dans l'appartement le suffoquait ; les lampes où brûlaient des huiles aromatiques, les larges fleurs de Java balançant leurs énormes calices comme des encensoirs l'enivraient de leurs émanations vertigineuses et de leurs parfums asphyxiants. Il fit quelques pas en chancelant vers M. Cherbonneau, qui se tenait accroupi sur son divan, dans une de ces étranges poses

de fakir ou de sannyâsi, dont le prince Soltikoff a si
pittoresquement illustré son voyage de l'Inde. On eût
dit, à le voir dessinant les angles de ses articulations
sous les plis de ses vêtements, une araignée humaine
pelotonnée au milieu de sa toile et se tenant immobile
devant sa proie. À l'apparition du comte, ses prunelles
de turquoise s'illuminèrent de lueurs phosphorescentes
au centre de leur orbite dorée du bistre de l'hépatite, et
s'éteignirent aussitôt comme recouvertes par une taie
volontaire. Le docteur étendit la main vers Olaf, dont
il comprit le malaise, et en deux ou trois passes l'entoura d'une atmosphère de printemps, lui créant un
frais paradis dans cet enfer de chaleur.

« Vous trouvez-vous mieux à présent ? Vos poumons, habitués aux brises de la Baltique qui arrivent
toutes froides encore de s'être roulées sur les neiges
centenaires du pôle, devaient haleter comme des souf-
flets de forge à cet air brûlant, où cependant je grelotte,
moi, cuit, recuit et comme calciné aux fournaises du
soleil. »

Le comte Olaf Labinski fit un signe pour témoigner
qu'il ne souffrait plus de la haute température de l'appartement.

« Eh bien, dit le docteur avec un accent de bonhomie, vous avez entendu parler sans doute de mes tours
de passe-passe, et vous voulez avoir un échantillon de
mon savoir-faire ; oh ! je suis plus fort que Comus,
Comte ou Bosco.

— Ma curiosité n'est pas si frivole, répondit le
comte, et j'ai plus de respect pour un des princes de la
science.

— Je ne suis pas un savant dans l'acception qu'on
donne à ce mot ; mais au contraire, en étudiant certaines choses que la science dédaigne, je me suis rendu
maître de forces occultes inemployées, et je produis
des effets qui semblent merveilleux, quoique naturels.
À force de la guetter, j'ai quelquefois surpris l'âme, —
elle m'a fait des confidences dont j'ai profité et dit des
mots que j'ai retenus. L'esprit est tout, la matière

n'existe qu'en apparence ; l'univers n'est peut-être qu'un rêve de Dieu ou qu'une irradiation du Verbe dans l'immensité. Je chiffonne à mon gré la guenille du corps, j'arrête ou je précipite la vie, je déplace les sens, je supprime l'espace, j'anéantis la douleur sans avoir besoin de chloroforme, d'éther ou de toute autre drogue anesthésique. Armé de la volonté, cette électricité intellectuelle, je vivifie ou je foudroie. Rien n'est plus opaque pour mes yeux ; mon regard traverse tout ; je vois distinctement les rayons de la pensée, et comme on projette les spectres solaires sur un écran, je peux les faire passer par mon prisme invisible et les forcer à se réfléchir sur la toile blanche de mon cerveau. Mais tout cela est peu de chose à côté des prodiges qu'accomplissent certains yoghis de l'Inde, arrivés au plus sublime degré d'ascétisme. Nous autres Européens, nous sommes trop légers, trop distraits, trop futiles, trop amoureux de notre prison d'argile pour y ouvrir de bien larges fenêtres sur l'éternité et sur l'infini. Cependant j'ai obtenu quelques résultats assez étranges, et vous allez en juger », dit le docteur Balthazar Cherbonneau en faisant glisser sur leur tringle les anneaux d'une lourde portière qui masquait une sorte d'alcôve pratiquée dans le fond de la salle.

À la clarté d'une flamme d'esprit-de-vin qui oscillait sur un trépied de bronze, le comte Olaf Labinski aperçut un spectacle effrayant qui le fit frissonner malgré sa bravoure. Une table de marbre noir supportait le corps d'un jeune homme nu jusqu'à la ceinture et gardant une immobilité cadavérique ; de son torse hérissé de flèches comme celui de saint Sébastien, il ne coulait pas une goutte de sang ; on l'eût pris pour une image de martyr coloriée, où l'on aurait oublié de teindre de cinabre les lèvres des blessures.

« Cet étrange médecin, dit en lui-même Olaf, est peut-être un adorateur de Shiva, et il aura sacrifié cette victime à son idole. »

« Oh ! il ne souffre pas du tout ; piquez-le sans crainte, pas un muscle de sa face ne bougera » ; et le docteur lui enlevait les flèches du corps, comme l'on retire les épingles d'une pelote.

Quelques mouvements rapides de mains dégagèrent le patient du réseau d'effluves qui l'emprisonnait, et il s'éveilla le sourire de l'extase sur les lèvres comme sortant d'un rêve bienheureux. M. Balthazar Cherbonneau le congédia du geste, et il se retira par une petite porte coupée dans la boiserie dont l'alcôve était revêtue.

« J'aurais pu lui couper une jambe ou un bras sans qu'il s'en aperçût, dit le docteur en plissant ses rides en façon de sourire ; je ne l'ai pas fait parce que je ne crée pas encore, et que l'homme, inférieur au lézard en cela, n'a pas une sève assez puissante pour reformer les membres qu'on lui retranche. Mais si je ne crée pas, en revanche je rajeunis. » Et il enleva le voile qui recouvrait une femme âgée magnétiquement endormie sur un fauteuil, non loin de la table de marbre noir ; ses traits, qui avaient pu être beaux, étaient flétris, et les ravages du temps se lisaient sur les contours amaigris de ses bras, de ses épaules et de sa poitrine. Le docteur fixa sur elle pendant quelques minutes, avec une intensité opiniâtre, les regards de ses prunelles bleues ; les lignes altérées se raffermirent, le galbe du sein reprit sa pureté virginale, une chair blanche et satinée remplit les maigreurs du col ; les joues s'arrondirent et se veloutèrent comme des pêches de toute la fraîcheur de la jeunesse ; les yeux s'ouvrirent scintillants dans un fluide vivace ; le masque de vieillesse, enlevé comme par magie, laissait voir la belle jeune femme disparue depuis longtemps.

« Croyez-vous que la fontaine de Jouvence ait versé quelque part ses eaux miraculeuses ? dit le docteur au comte stupéfait de cette transformation. Je le crois, moi, car l'homme n'invente rien, et chacun de ses rêves est une divination ou un souvenir. — Mais abandonnons cette forme un instant repétrie par ma volonté, et consultons cette jeune fille qui dort tranquillement dans ce coin. Interrogez-la, elle en sait plus long que les pythies et les sibylles. Vous pouvez l'envoyer dans un de vos sept châteaux de Bohême, lui demander ce que renferme le plus secret de vos tiroirs, elle vous le dira, car il ne faudra pas à son âme plus d'une seconde pour faire le voyage ; chose, après tout, peu surprenante, puisque l'électricité parcourt soixante-dix mille lieues dans le même espace de temps, et l'électricité est à la pensée ce qu'est le fiacre au wagon. Donnez-lui la main pour vous mettre en rapport avec elle ; vous n'aurez pas besoin de formuler votre question, elle la lira dans votre esprit. »

La jeune fille, d'une voix atone comme celle d'une ombre, répondit à l'interrogation mentale du comte :

« Dans le coffret de cèdre il y a un morceau de terre saupoudrée de sable fin sur lequel se voit l'empreinte d'un petit pied.

— A-t-elle deviné juste ? » dit le docteur négligemment et comme sûr de l'infaillibilité de sa somnambule.

Une éclatante rougeur couvrit les joues du comte. Il avait, en effet, au premier temps de leurs amours, enlevé dans une allée d'un parc l'empreinte d'un pas de Prascovie, et il la gardait comme une relique au fond d'une boîte incrustée de nacre et d'argent, du plus précieux travail, dont il portait la clef microscopique suspendue à son cou par un jaseron de Venise.

M. Balthazar Cherbonneau, qui était un homme de bonne compagnie, voyant l'embarras du comte, n'insista pas et le conduisit à une table sur laquelle était posée une eau aussi claire que le diamant.

« Vous avez sans doute entendu parler du miroir magique où Méphistophélès fait voir à Faust l'image d'Hélène[5] ; sans avoir un pied de cheval dans mon bas de soie et deux plumes de coq à mon chapeau, je puis vous régaler de cet innocent prodige. Penchez-vous sur cette coupe et pensez fixement à la personne que vous désirez faire apparaître ; vivante ou morte, lointaine ou rapprochée, elle viendra à votre appel, du bout du monde ou des profondeurs de l'histoire. »

Le comte s'inclina sur la coupe, dont l'eau se troubla bientôt sous son regard et prit des teintes opalines, comme si l'on y eût versé une goutte d'essence ; un cercle irisé des couleurs du prisme couronna les bords du vase, encadrant le tableau qui s'ébauchait déjà sous le nuage blanchâtre.

Le brouillard se dissipa. — Une jeune femme en peignoir de dentelles, aux yeux vert de mer, aux cheveux d'or crespelés, laissant errer comme des papillons blancs ses belles mains distraites sur l'ivoire du clavier, se dessina ainsi que sous une glace au fond de l'eau redevenue transparente, avec une perfection si merveilleuse qu'elle eût fait mourir tous les peintres de désespoir : — c'était Prascovie Labinska, qui, sans le savoir, obéissait à l'évocation passionnée du comte.

« Et maintenant passons à quelque chose de plus curieux », dit le docteur en prenant la main du comte et en la posant sur une des tiges de fer du baquet mesmérique. Olaf n'eut pas plutôt touché le métal chargé d'un magnétisme fulgurant, qu'il tomba comme foudroyé.

Le docteur le prit dans ses bras, l'enleva comme une plume, le posa sur un divan, sonna, et dit au domestique qui parut au seuil de la porte :

« Allez chercher M. Octave de Saville. »

VI

Le roulement d'un coupé se fit entendre dans la cour silencieuse de l'hôtel, et presque aussitôt Octave se présenta devant le docteur ; il resta stupéfait lorsque M. Cherbonneau lui montra le comte Olaf Labinski étendu sur un divan avec les apparences de la mort. Il crut d'abord à un assassinat et resta quelques instants muet d'horreur ; mais, après un examen plus attentif, il s'aperçut qu'une respiration presque imperceptible abaissait et soulevait la poitrine du jeune dormeur.

« Voilà, dit le docteur, votre déguisement tout préparé ; il est un peu plus difficile à mettre qu'un domino loué chez Babin ; mais Roméo, en montant au balcon de Vérone, ne s'inquiète pas du danger qu'il y a de se casser le cou ; il sait que Juliette l'attend là-haut dans la chambre sous ses voiles de nuit ; et la comtesse Prascovie Labinska vaut bien la fille des Capulets. »

Octave, troublé par l'étrangeté de la situation, ne répondait rien ; il regardait toujours le comte, dont la tête légèrement rejetée en arrière posait sur un coussin, et qui ressemblait à ces effigies de chevaliers couchés au-dessus de leurs tombeaux dans les cloîtres gothiques, ayant sous leur nuque roidie un oreiller de marbre sculpté. Cette belle et noble figure qu'il allait déposséder de son âme lui inspirait malgré lui quelques remords.

Le docteur prit la rêverie d'Octave pour de l'hésitation : un vague sourire de dédain erra sur le pli de ses lèvres, et il lui dit :

« Si vous n'êtes pas décidé, je puis réveiller le comte, qui s'en retournera comme il est venu, émerveillé de mon pouvoir magnétique ; mais, pensez-y bien, une telle occasion peut ne jamais se retrouver. Pourtant, quelque intérêt que je porte à votre amour, quelque désir que j'aie de faire une expérience qui n'a jamais été tentée en Europe, je ne dois pas vous cacher que cet échange d'âmes a ses périls. Frappez votre poitrine, interrogez votre cœur. — Risquez-vous franchement votre vie sur cette carte suprême ? L'amour est fort comme la mort, dit la Bible.

— Je suis prêt, répondit simplement Octave.

— Bien, jeune homme, s'écria le docteur en frottant ses mains brunes et sèches avec une rapidité extraordinaire, comme s'il eût voulu allumer du feu à la manière des sauvages. — Cette passion qui ne recule devant rien me plaît. Il n'y a que deux choses au monde : la passion et la volonté. Si vous n'êtes pas heureux, ce ne sera certes pas de ma faute. Ah ! mon vieux Brahma-Logum, tu vas voir du fond du ciel d'Indra où les apsaras t'entourent de leurs chœurs voluptueux, si j'ai oublié la formule irrésistible que tu m'as râlée à

l'oreille en abandonnant ta carcasse momifiée. Les
mots et les gestes, j'ai tout retenu. — À l'œuvre ! à
l'œuvre ! Nous allons faire dans notre chaudron une
étrange cuisine, comme les sorcières de Macbeth, mais
sans l'ignoble sorcellerie du Nord. — Placez-vous
devant moi, assis dans ce fauteuil ; abandonnez-vous
en toute confiance à mon pouvoir. Bien ! les yeux sur
les yeux, les mains contre les mains. — Déjà le charme
agit. Les notions de temps et d'espace se perdent, la
conscience du moi s'efface, les paupières s'abaissent ;
les muscles, ne recevant plus d'ordres du cerveau, se
détendent ; la pensée s'assoupit, tous les fils délicats
qui retiennent l'âme au corps sont dénoués. Brahma,
dans l'œuf d'or où il rêva dix mille ans, n'était pas plus
séparé des choses extérieures ; saturons-le d'effluves,
baignons-le de rayons. »

Le docteur, tout en marmottant ces phrases entrecoupées, ne discontinuait pas un seul instant ses passes :
de ses mains tendues jaillissaient des jets lumineux qui
allaient frapper le front ou le cœur du patient, autour
duquel se formait peu à peu une sorte d'atmosphère
visible, phosphorescente comme une auréole.

« Très bien ! fit M. Balthazar Cherbonneau, s'ap-
plaudissant lui-même de son ouvrage. Le voilà comme
je le veux. Voyons, voyons, qu'est-ce qui résiste
encore par là ? s'écria-t-il après une pause, comme s'il
lisait à travers le crâne d'Octave le dernier effort de la
personnalité près de s'anéantir. Quelle est cette idée
mutine qui, chassée des circonvolutions de la cervelle,
tâche de se soustraire à mon influence en se peloton-
nant sur la monade primitive, sur le point central de la
vie ? Je saurai bien la rattraper et la mater. »

Pour vaincre cette involontaire rébellion, le docteur
rechargea plus puissamment encore la batterie magnétique de son regard, et atteignit la pensée en révolte
entre la base du cervelet et l'insertion de la moelle
épinière, le sanctuaire le plus caché, le tabernacle le
plus mystérieux de l'âme. Son triomphe était complet.

Alors il se prépara avec une solennité majestueuse à

l'expérience inouïe qu'il allait tenter ; il se revêtit comme un mage d'une robe de lin, il lava ses mains dans une eau parfumée, il tira de diverses boîtes des poudres dont il se fit aux joues et au front des tatouages hiératiques ; il ceignit son bras du cordon des brahmes, lut deux ou trois Slocas des poèmes sacrés, et n'omit aucun des rites minutieux recommandés par le sannyâsi des grottes d'Éléphanta.

Ces cérémonies terminées, il ouvrit toutes grandes les bouches de chaleur, et bientôt la salle fut remplie d'une atmosphère embrasée qui eût fait se pâmer les tigres dans les jungles, se craqueler leur cuirasse de vase sur le cuir rugueux des buffles, et s'épanouir avec une détonation la large fleur de l'aloès.

« Il ne faut pas que ces deux étincelles du feu divin, qui vont se trouver nues tout à l'heure et dépouillées pendant quelques secondes de leur enveloppe mortelle, pâlissent ou s'éteignent dans notre air glacial », dit le docteur en regardant le thermomètre, qui marquait alors 120 degrés Fahrenheit.

Le docteur Balthazar Cherbonneau, entre ces deux corps inertes, avait l'air, dans ses blancs vêtements, du sacrificateur d'une de ces religions sanguinaires qui jetaient des cadavres d'hommes sur l'autel de leurs dieux. Il rappelait ce prêtre de Vitziliputzili[6], la farouche idole mexicaine dont parle Henri Heine dans une de ses ballades, mais ses intentions étaient à coup sûr plus pacifiques.

Il s'approcha du comte Olaf Labinski toujours immobile, et prononça l'ineffable syllabe, qu'il alla rapidement répéter sur Octave profondément endormi. La figure ordinairement bizarre de M. Cherbonneau avait pris en ce moment une majesté singulière ; la grandeur du pouvoir dont il disposait ennoblissait ses traits désordonnés, et si quelqu'un l'eût vu accomplissant ces rites mystérieux avec une gravité sacerdotale, il n'eût pas reconnu en lui le docteur hoffmannique qui appelait, en le défiant, le crayon de la caricature.

Il se passa alors des choses bien étranges : Octave

de Saville et le comte Olaf Labinski parurent agités simultanément comme d'une convulsion d'agonie, leur visage se décomposa, une légère écume leur monta aux lèvres ; la pâleur de la mort décolora leur peau ; cependant deux petites lueurs bleuâtres et tremblotantes scintillaient incertaines au-dessus de leurs têtes.

À un geste fulgurant du docteur qui semblait leur tracer leur route dans l'air, les deux points phosphoriques se mirent en mouvement, et, laissant derrière eux un sillage de lumière, se rendirent à leur demeure nouvelle : l'âme d'Octave occupa le corps du comte Labinski, l'âme du comte celui d'Octave : l'avatar était accompli.

Une légère rougeur des pommettes indiquait que la vie venait de rentrer dans ces argiles humaines restées sans âme pendant quelques secondes, et dont l'Ange noir eût fait sa proie sans la puissance du docteur.

La joie du triomphe faisait flamboyer les prunelles bleues de Cherbonneau, qui se disait en marchant à grands pas dans la chambre : « Que les médecins les plus vantés en fassent autant, eux si fiers de raccommoder tant bien que mal l'horloge humaine lorsqu'elle se détraque : Hippocrate, Galien, Paracelse, Van Helmont, Boerhaave, Tronchin, Hahnemann, Rasori[7], le moindre fakir indien, accroupi sur l'escalier d'une pagode, en sait mille fois plus long que vous ! Qu'importe le cadavre quand on commande à l'esprit ! »

En finissant sa période, le docteur Balthazar Cherbonneau fit plusieurs cabrioles d'exultation, et dansa comme les montagnes dans le Schirhasch-Schirim du roi Salomon ; il faillit même tomber sur le nez, s'étant pris le pied aux plis de sa robe brahminique, petit accident qui le rappela à lui-même et lui rendit tout son sang-froid.

« Réveillons nos dormeurs », dit M. Cherbonneau après avoir essuyé les raies de poudre colorées dont il s'était strié la figure et dépouillé son costume de brahme, — et, se plaçant devant le corps du comte Labinski habité par l'âme d'Octave, il fit les passes nécessaires pour le tirer de l'état somnambulique, secouant à chaque geste ses doigts chargés du fluide qu'il enlevait.

Au bout de quelques minutes, Octave-Labinski (désormais nous le désignerons de la sorte pour la clarté du récit) se redressa sur son séant, passa ses mains sur ses yeux et promena autour de lui un regard étonné que la conscience du moi n'illuminait pas encore. Quand la perception nette des objets lui fut revenue, la première chose qu'il aperçut, ce fut sa forme placée en dehors de lui sur un divan. Il se voyait ! non pas réfléchi par un miroir, mais en réalité. Il poussa un cri, — ce cri ne résonna pas avec le timbre de sa voix et lui causa une sorte d'épouvante ; — l'échange d'âmes ayant eu lieu pendant le sommeil magnétique, il n'en avait pas gardé mémoire et éprouvait un malaise singulier. Sa pensée, servie par de nouveaux organes, était comme un ouvrier à qui l'on a retiré ses outils habituels pour lui en donner d'autres. Psyché dépaysée battait de ses ailes inquiètes la voûte de ce crâne inconnu, et se perdait dans les méandres de cette cervelle où restaient encore quelques traces d'idées étrangères.

« Eh bien, dit le docteur lorsqu'il eut suffisamment joui de la surprise d'Octave-Labinski, que vous semble de votre nouvelle habitation ? Votre âme se trouve-t-elle bien installée dans le corps de ce charmant cavalier, hetman, hospodar ou magnat, mari de la plus belle femme du monde ? Vous n'avez plus envie de vous laisser mourir comme c'était votre projet la première fois que je vous ai vu dans votre triste appartement de la rue Saint-Lazare, maintenant que les portes de l'hôtel Labinski vous sont toutes grandes ouvertes et que vous n'avez plus peur que Prascovie ne vous mette la main devant la bouche, comme à la villa Salviati, lorsque vous voudrez lui parler d'amour ! Vous voyez bien que le vieux Balthazar Cherbonneau, avec sa figure de macaque, qu'il ne tiendrait qu'à lui de changer pour une autre, possède encore dans son sac à malices d'assez bonnes recettes.

— Docteur, répondit Octave-Labinski, vous avez le pouvoir d'un Dieu, ou, tout au moins, d'un démon.

— Oh ! oh ! n'ayez pas peur, il n'y a pas la moindre diablerie là dedans. Votre salut ne périclite pas : je ne vais pas vous faire signer un pacte avec un parafe rouge. Rien n'est plus simple que ce qui vient de se passer. Le Verbe qui a créé la lumière peut bien déplacer une âme. Si les hommes voulaient écouter Dieu à travers le temps et l'infini, ils en feraient, ma foi, bien d'autres.

— Par quelle reconnaissance, par quel dévouement reconnaître cet inestimable service ?

— Vous ne me devez rien ; vous m'intéressiez, et pour un vieux lascar comme moi, tanné à tous les soleils, bronzé à tous les événements, une émotion est une chose rare. Vous m'avez révélé l'amour, et vous savez que nous autres rêveurs un peu alchimistes, un peu magiciens, un peu philosophes, nous cherchons tous plus ou moins l'absolu. Mais levez-vous donc, remuez-vous, marchez, et voyez si votre peau neuve ne vous gêne pas aux entournures. »

Octave-Labinski obéit au docteur et fit quelques tours par la chambre ; il était déjà moins embarrassé ; quoique habité par une autre âme, le corps du comte conservait l'impulsion de ses anciennes habitudes, et l'hôte récent se confia à ses souvenirs physiques, car il lui importait de prendre la démarche, l'allure, le geste du propriétaire expulsé.

« Si je n'avais opéré moi-même tout à l'heure le déménagement de vos âmes, je croirais, dit en riant le docteur Balthazar Cherbonneau, qu'il ne s'est rien passé que d'ordinaire pendant cette soirée, et je vous prendrais pour le véritable, légitime et authentique comte lithuanien Olaf Labinski, dont le moi sommeille encore là-bas dans la chrysalide que vous avez dédaigneusement laissée. Mais minuit va sonner bientôt ; partez pour que Prascovie ne vous gronde pas et ne

vous accuse pas de lui préférer le lansquenet ou le bac-
cara. Il ne faut pas commencer votre vie d'époux par
une querelle, ce serait de mauvais augure. Pendant ce
temps, je m'occuperai de réveiller votre ancienne enveloppe avec toutes les précautions et les égards qu'elle
mérite. »

Reconnaissant la justesse des observations du docteur, Octave-Labinski se hâta de sortir. Au bas du perron piaffaient d'impatience les magnifiques chevaux
bais du comte, qui, en mâchant leurs mors, avaient
devant eux couvert le pavé d'écume. — Au bruit de
pas du jeune homme, un superbe chasseur vert, de la
race perdue des heiduques, se précipita vers le marchepied, qu'il abattit avec fracas. Octave, qui s'était
d'abord dirigé machinalement vers son modeste brougham, s'installa dans le haut et splendide coupé, et dit
au chasseur, qui jeta le mot au cocher : « À l'hôtel ! »
La portière à peine fermée, les chevaux partirent en
faisant des courbettes, et le digne successeur des
Almanzor et des Azolan se suspendit aux larges cordons de passementerie avec une prestesse que n'aurait
pas laissé supposer sa grande taille.

Pour des chevaux de cette allure la course n'est pas
longue de la rue du Regard au faubourg Saint-Honoré ;
l'espace fut dévoré en quelques minutes, et le cocher
cria de sa voix de Stentor : « La porte ! »

Les deux immenses battants, poussés par le suisse,
livrèrent passage à la voiture, qui tourna dans une
grande cour sablée et vint s'arrêter avec une précision
remarquable sous une marquise rayée de blanc et de
rose.

La cour, qu'Octave-Labinski détailla avec cette rapidité de vision que l'âme acquiert en certaines occasions
solennelles, était vaste, entourée de bâtiments symétriques, éclairée par des lampadaires de bronze dont le
gaz dardait ses langues blanches dans des fanaux de
cristal semblables à ceux qui ornaient autrefois le
Bucentaure, et sentait le palais plus que l'hôtel ; des
caisses d'orangers dignes de la terrasse de Versailles

étaient posées de distance en distance sur la marge
d'asphalte qui encadrait comme une bordure le tapis
de sable formant le milieu.

Le pauvre amoureux transformé, en mettant le pied
sur le seuil, fut obligé de s'arrêter quelques secondes
et de poser sa main sur son cœur pour en comprimer
les battements. Il avait bien le corps du comte Olaf
Labinski, mais il n'en possédait que l'apparence physique ; toutes les notions que contenait cette cervelle
s'étaient enfuies avec l'âme du premier propriétaire, —
la maison qui désormais devait être la sienne lui était
inconnue, il en ignorait les dispositions intérieures ; —
un escalier se présentait devant lui, il le suivit à tout
hasard, sauf à mettre son erreur sur le compte d'une
distraction.

Les marches de pierre poncée éclataient de blancheur et faisaient ressortir le rouge opulent de la large
bande de moquette retenue par des baguettes de cuivre
doré qui dessinait au pied son moelleux chemin ; des
jardinières remplies des plus belles fleurs exotiques
montaient chaque degré avec vous.

Une immense lanterne découpée et fenestrée, suspendue à un gros câble de soie pourpre orné de
houppes et de nœuds, faisait courir des frissons d'or
sur les murs revêtus d'un stuc blanc et poli comme
le marbre, et projetait une masse de lumière sur une
répétition de la main de l'auteur, d'un des plus célèbres
groupes de Canova, *L'Amour embrassant Psyché*.

Le palier de l'étage unique était pavé de mosaïques
d'un précieux travail, et aux parois, des cordes de soie
suspendaient quatre tableaux de Paris Bordone, de
Bonifazzio, de Palma le Vieux et de Paul Véronèse,
dont le style architectural et pompeux s'harmonisait
avec la magnificence de l'escalier.

Sur ce palier s'ouvrait une haute porte de serge relevée de clous dorés ; Octave-Labinski la poussa et se
trouva dans une vaste antichambre où sommeillaient
quelques laquais en grande tenue, qui, à son approche,
se levèrent comme poussés par des ressorts et se rangè-

rent le long des murs avec l'impassibilité d'esclaves orientaux.

Il continua sa route. Un salon blanc et or, où il n'y avait personne, suivait l'antichambre. Octave tira une sonnette. Une femme de chambre parut.

« Madame peut-elle me recevoir ?

— Madame la comtesse est en train de se déshabiller, mais tout à l'heure elle sera visible. »

VII

Resté seul avec le corps d'Octave de Saville, habité par l'âme du comte Olaf Labinski, le docteur Balthazar Cherbonneau se mit en devoir de rendre cette forme inerte à la vie ordinaire. Au bout de quelques passes, Olaf-de Saville (qu'on nous permette de réunir ces deux noms pour désigner un personnage double) sortit comme un fantôme des limbes du profond sommeil, ou plutôt de la catalepsie qui l'enchaînait, immobile et roide, sur l'angle du divan ; il se leva avec un mouvement automatique que la volonté ne dirigeait pas encore, et chancelant sous un vertige mal dissipé. Les objets vacillaient autour de lui, les incarnations de Wishnou dansaient la sarabande le long des murailles, le docteur Cherbonneau lui apparaissait sous la figure du sannyâsi d'Éléphanta, agitant ses bras comme des ailerons d'oiseau et roulant ses prunelles bleues dans des orbes de rides brunes, pareils à des cercles de besicles ; — les spectacles étranges auxquels il avait assisté avant de tomber dans l'anéantissement magnétique réagissaient sur sa raison, et il ne se reprenait que lentement à la réalité : il était comme un dormeur réveillé brusquement d'un cauchemar, qui prend encore pour des spectres ses vêtements épars sur les meubles, avec de vagues formes humaines, et pour des yeux flamboyants de cyclope les patères de cuivre des rideaux, simplement illuminées par le reflet de la veilleuse.

Peu à peu cette fantasmagorie s'évapora ; tout revint à son aspect naturel ; M. Balthazar Cherbonneau ne fut plus un pénitent de l'Inde, mais un simple docteur en médecine, qui adressait à son client un sourire d'une bonhomie banale.

« Monsieur le comte est-il satisfait des quelques expériences que j'ai eu l'honneur de faire devant lui ? disait-il avec un ton d'obséquieuse humilité où l'on aurait pu démêler une légère nuance d'ironie ; — j'ose espérer qu'il ne regrettera pas trop sa soirée et qu'il partira convaincu que tout ce qu'on raconte sur le magnétisme n'est pas fable et jonglerie, comme le prétend la science officielle. »

Olaf-de Saville répondit par un signe de tête en manière d'assentiment, et sortit de l'appartement accompagné du docteur Cherbonneau, qui lui faisait de profonds saluts à chaque porte.

Le brougham s'avança en rasant les marches, et l'âme du mari de la comtesse Labinska y monta avec le corps d'Octave de Saville sans trop se rendre compte que ce n'était là ni sa livrée ni sa voiture.

Le cocher demanda où monsieur allait.

« Chez moi », répondit Olaf-de Saville, confusément étonné de ne pas reconnaître la voix du chasseur vert qui, ordinairement, lui adressait cette question avec un accent hongrois des plus prononcés. Le brougham où il se trouvait était tapissé de damas bleu foncé ; un satin bouton d'or capitonnait son coupé, et le comte s'étonnait de cette différence tout en l'acceptant comme on fait dans le rêve où les objets habituels se présentent sous des aspects tout autres sans pourtant cesser d'être reconnaissables ; il se sentait aussi plus petit que de coutume ; en outre, il lui semblait être venu en habit chez le docteur, et, sans se souvenir d'avoir changé de vêtement, il se voyait habillé d'un paletot d'été en étoffe légère qui n'avait jamais fait partie de sa garde-robe ; son esprit éprouvait une gêne inconnue, et ses pensées, le matin si lucides, se débrouillaient péniblement. Attribuant cet état singulier aux scènes étranges de la soirée, il ne s'en occupa plus, il appuya sa tête à l'angle de la voiture, et se laissa aller à une rêverie flottante, à une vague somnolence qui n'était ni la veille ni le sommeil.

Le brusque arrêt du cheval et la voix du cocher criant « La porte ! » le rappelèrent à lui ; il baissa la glace, mit la tête dehors et vit à la clarté du réverbère une rue inconnue, une maison qui n'était pas la sienne.

« Où diable me mènes-tu, animal ? s'écria-t-il ; sommes-nous donc faubourg Saint-Honoré, hôtel Labinski ?

— Pardon, monsieur ; je n'avais pas compris », grommela le cocher en faisant prendre à sa bête la direction indiquée.

Pendant le trajet, le comte transfiguré se fit plusieurs questions auxquelles il ne pouvait répondre. Comment sa voiture était-elle partie sans lui, puisqu'il avait donné ordre qu'on l'attendît ? Comment se trouvait-il lui-même dans la voiture d'un autre ? Il supposa qu'un léger mouvement de fièvre troublait la netteté de ses perceptions, ou que peut-être le docteur thaumaturge, pour frapper plus vivement sa crédulité, lui avait fait respirer pendant son sommeil quelque flacon de haschich ou de toute autre drogue hallucinatrice dont une nuit de repos dissiperait les illusions.

La voiture arriva à l'hôtel Labinski ; le suisse, interpellé, refusa d'ouvrir la porte, disant qu'il n'y avait pas de réception ce soir-là, que monsieur était rentré depuis plus d'une heure et madame retirée dans ses appartements.

« Drôle, es-tu ivre ou fou ? dit Olaf-de Saville en repoussant le colosse qui se dressait gigantesquement sur le seuil de la porte entre-bâillée, comme une de ces statues en bronze qui, dans les contes arabes, défendent aux chevaliers errants l'accès des châteaux enchantés.

— Ivre ou fou vous-même, mon petit monsieur, répliqua le suisse, qui, de cramoisi qu'il était naturellement, devint bleu de colère.

— Misérable ! rugit Olaf-de Saville, si je ne me respectais...

— Taisez-vous ou je vais vous casser sur mon

genou et jeter vos morceaux sur le trottoir, répliqua le géant en ouvrant une main plus large et plus grande que la colossale main de plâtre exposée chez le gantier de la rue Richelieu ; il ne faut pas faire le méchant avec moi, mon petit jeune homme, parce qu'on a bu une ou deux bouteilles de vin de Champagne de trop. »

Olaf-de Saville, exaspéré, repoussa le suisse si rudement, qu'il pénétra sous le porche. Quelques valets qui n'étaient pas couchés encore accoururent au bruit de l'altercation.

« Je te chasse, bête brute, brigand, scélérat ! je ne veux pas même que tu passes la nuit à l'hôtel ; sauve-toi, ou je te tue comme un chien enragé. Ne me fais pas verser l'ignoble sang d'un laquais. »

Et le comte, dépossédé de son corps, s'élançait les yeux injectés de rouge, l'écume aux lèvres, les poings crispés, vers l'énorme suisse, qui, rassemblant les deux mains de son agresseur dans une des siennes, les y maintint presque écrasées par l'étau de ses gros doigts courts, charnus et noueux comme ceux d'un tortionnaire du moyen âge.

« Voyons, du calme, disait le géant, assez bonasse au fond, qui ne redoutait plus rien de son adversaire et lui imprimait quelques saccades pour le tenir en respect. — Y a-t-il du bon sens de se mettre dans des états pareils quand on est vêtu en homme du monde, et de venir ensuite comme un perturbateur faire des tapages nocturnes dans les maisons respectables ? On doit des égards au vin, et il doit être fameux celui qui vous a si bien grisé ! c'est pourquoi je ne vous assomme pas, et je me contenterai de vous poser délicatement dans la rue, où la patrouille vous ramassera si vous continuez vos esclandres ; — un petit air de violon vous rafraîchira les idées.

— Infâmes, s'écria Olaf-de Saville en interpellant les laquais, vous laissez insulter par cette abjecte canaille votre maître, le noble comte Labinski ! »

À ce nom, la valetaille poussa d'un commun accord une immense huée ; un éclat de rire énorme, homérique, convulsif, souleva toutes ces poitrines chamarrées de galons : « Ce petit monsieur qui se croit le comte Labinski ! ha ! ha ! hi ! hi ! l'idée est bonne ! »

Une sueur glacée mouilla les tempes d'Olaf-de-Saville. Une pensée aiguë lui traversa la cervelle comme un lame d'acier, et il sentit se figer la moelle de ses os. Smarra lui avait-il mis son genou sur la poitrine ou vivait-il de la vie réelle ? Sa raison avait-elle sombré dans l'océan sans fond du magnétisme, ou était-il le jouet de quelque machination diabolique ? — Aucun de ses laquais si tremblants, si soumis, si prosternés devant lui, ne le reconnaissait. Lui avait-on changé son corps comme son vêtement et sa voiture ?

« Pour que vous soyez bien sûr de n'être pas le comte Labinski, dit un des plus insolents de la bande, regardez là-bas, le voilà lui-même qui descend le perron, attiré par le bruit de votre algarade. »

Le captif du suisse tourna les yeux vers le fond de la cour, et vit debout sous l'aüvent de la marquise un jeune homme de taille élégante et svelte, à figure ovale, aux yeux noirs, au nez aquilin, à la moustache fine, qui n'était autre que lui-même, ou son spectre modelé par le diable, avec une ressemblance à faire illusion.

Le suisse lâcha les mains qu'il tenait prisonnières. Les valets se rangèrent respectueusement contre la muraille, le regard baissé, les mains pendantes, dans une immobilité absolue, comme les icoglans à l'approche du padischah ; ils rendaient à ce fantôme les honneurs qu'ils refusaient au comte véritable.

L'époux de Prascovie, quoique intrépide comme un Slave, c'est tout dire, ressentit un effroi indicible à l'approche de ce Ménechme, qui, plus terrible que celui du théâtre, se mêlait à la vie positive et rendait son jumeau méconnaissable.

Une ancienne légende de famille lui revint en mémoire et augmenta encore sa terreur. Chaque fois qu'un Labinski devait mourir, il en était averti par l'apparition d'un fantôme absolument pareil à lui. Parmi les nations du Nord, voir son double, même en rêve, a

toujours passé pour un présage fatal, et l'intrépide
guerrier du Caucase, à l'aspect de cette vision extérieure de son moi, fut saisi d'une insurmontable horreur superstitieuse ; lui qui eût plongé son bras dans la
gueule des canons prêts à tirer, il recula devant lui-
même.

Octave-Labinski s'avança vers son ancienne forme,
où se débattait, s'indignait et frissonnait l'âme du
comte, et lui dit d'un ton de politesse hautaine et glaciale :

« Monsieur, cessez de vous compromettre avec ces
valets. Monsieur le comte Labinski, si vous voulez lui
parler, est visible de midi à deux heures. Madame la
comtesse reçoit le jeudi les personnes qui ont eu l'honneur de lui être présentées. »

Cette phrase débitée lentement et en donnant de la
valeur à chaque syllabe, le faux comte se retira d'un
pas tranquille, et les portes se refermèrent sur lui.

On porta dans la voiture Olaf-de Saville évanoui.
Lorsqu'il reprit ses sens, il était couché sur un lit qui
n'avait pas la forme du sien, dans une chambre où il
ne se rappelait pas être jamais entré ; près de lui se
tenait un domestique étranger qui lui soulevait la tête
et lui faisait respirer un flacon d'éther.

« Monsieur se sent-il mieux ? demanda Jean au
comte, qu'il prenait pour son maître.

— Oui, répondit Olaf-de Saville ; ce n'était qu'une
faiblesse passagère.

— Puis-je me retirer ou faut-il que je veille, monsieur ?

— Non, laissez-moi seul ; mais, avant de vous retirer, allumez les torchères près de la glace.

— Monsieur n'a pas peur que cette vive clarté ne
l'empêche de dormir ?

— Nullement ; d'ailleurs je n'ai pas sommeil
encore.

— Je ne me coucherai pas, et si monsieur a besoin
de quelque chose, j'accourrai au premier coup de son-

nette », dit Jean, intérieurement alarmé de la pâleur et des traits décomposés du comte.

Lorsque Jean se fut retiré après avoir allumé les bougies, le comte s'élança vers la glace, et, dans le cristal profond et pur où tremblait la scintillation des lumières, il vit une tête jeune, douce et triste, aux abondants cheveux noirs, aux prunelles d'un azur sombre, aux joues pâles, duvetée d'une barbe soyeuse et brune, une tête qui n'était pas la sienne, et qui du fond du miroir le regardait avec un air surpris. Il s'efforça d'abord de croire qu'un mauvais plaisant encadrait son masque dans la bordure incrustée de cuivre et de burgau de la glace à biseaux vénitiens. Il passa la main derrière ; il ne sentit que les planches du parquet ; il n'y avait personne.

Ses mains, qu'il tâta, étaient plus maigres, plus longues, plus veinées ; au doigt annulaire saillait en bosse une grosse bague d'or avec un chaton d'aventurine sur laquelle un blason était gravé, — un écu fascé de gueules et d'argent, et pour timbre un tortil de baron. Cet anneau n'avait jamais appartenu au comte, qui portait d'or à l'aigle de sable essorant, becqué, patté et onglé de même ; le tout surmonté de la couronne à perles. Il fouilla ses poches, il y trouva un petit portefeuille contenant des cartes de visite avec ce nom : « Octave de Saville ».

Le rire des laquais à l'hôtel Labinski, l'apparition de son double, la physionomie inconnue substituée à sa réflexion dans le miroir pouvaient être, à la rigueur, les illusions d'un cerveau malade ; mais ces habits différents, cet anneau qu'il ôtait de son doigt, étaient des preuves matérielles, palpables, des témoignages impossibles à récuser. Une métamorphose complète s'était opérée en lui à son insu ; un magicien, à coup sûr, un démon peut-être, lui avait volé sa forme, sa noblesse, son nom, toute sa personnalité, en ne lui laissant que son âme sans moyens de la manifester.

Les histoires fantastiques de Pierre Schlemil et de la Nuit de Saint-Sylvestre lui revinrent en mémoire ; mais les personnages de Lamothe-Fouqué et d'Hoffmann n'avaient perdu, l'un que son ombre, l'autre que son reflet ; et si cette privation bizarre d'une projection que tout le monde possède inspirait des soupçons inquiétants, personne du moins ne leur niait qu'ils ne fussent eux-mêmes.

Sa position, à lui, était bien autrement désastreuse : il ne pouvait réclamer son titre de comte Labinski avec la forme dans laquelle il se trouvait emprisonné. Il passerait aux yeux de tout le monde pour un impudent imposteur, ou tout au moins pour un fou. Sa femme même le méconnaîtrait affublé de cette apparence mensongère. — Comment prouver son identité ? Certes, il y avait mille circonstances intimes, mille détails mystérieux inconnus de toute autre personne, qui, rappelés à Prascovie, lui feraient reconnaître l'âme de son mari sous ce déguisement ; mais que vaudrait cette conviction isolée, au cas où il l'obtiendrait, contre l'unanimité de l'opinion ? Il était bien réellement et bien absolument dépossédé de son moi. Autre anxiété : sa transformation se bornait-elle au changement extérieur de la taille et des traits, ou habitait-il en réalité le corps d'un autre ? En ce cas, qu'avait-on fait du sien ? Un puits de chaux l'avait-il consumé ou était-il devenu la propriété d'un hardi voleur ? Le double aperçu à l'hôtel Labinski pouvait être un spectre, une vision, mais aussi un être physique, vivant, installé dans cette peau que lui aurait dérobée, avec une habileté infernale, ce médecin à figure de fakir.

Une idée affreuse lui mordit le cœur de ses crochets de vipère : « Mais ce comte de Labinski fictif, pétri dans ma forme par les mains du démon, ce vampire qui habite maintenant mon hôtel, à qui mes valets obéissent contre moi, peut-être à cette heure met-il son pied fourchu sur le seuil de cette chambre où je n'ai jamais pénétré que le cœur ému comme le premier soir, et Prascovie lui sourit-elle doucement et penche-t-elle avec une rougeur divine sa tête charmante sur cette épaule parafée de la griffe du diable, prenant pour moi cette larve menteuse, ce brucolaque, cette empouse, ce hideux fils de la nuit et de l'enfer. Si je courais à l'hôtel, si j'y mettais le feu pour crier, dans les flammes, à Prascovie : « On te trompe, ce n'est pas Olaf ton bien-aimé que tu tiens sur ton cœur ! Tu vas commettre innocemment un crime abominable et dont mon âme désespérée se souviendra encore quand les éternités se seront fatigué les mains à retourner leurs sabliers ! »

Des vagues enflammées affluaient au cerveau du comte, il poussait des cris de rage inarticulés, se mordait les poings, tournait dans la chambre comme une bête fauve. La folie allait submerger l'obscure conscience qu'il lui restait de lui-même ; il courut à la toilette d'Octave, remplit une cuvette d'eau et y plongea sa tête, qui sortit fumante de ce bain glacé.

Le sang-froid lui revint. Il se dit que le temps du magisme et de la sorcellerie était passé ; que la mort seule déliait l'âme du corps ; qu'on n'escamotait pas de la sorte, au milieu de Paris, un comte polonais accrédité de plusieurs millions chez Rothschild, allié aux plus grandes familles, mari aimé d'une femme à la mode, décoré de l'ordre de Saint-André de première classe, et que tout cela n'était sans doute qu'une plaisanterie d'assez mauvais goût de M. Balthazar Cherbonneau, qui s'expliquerait le plus naturellement du monde, comme les épouvantails des romans d'Anne Radcliffe.

Comme il était brisé de fatigue, il se jeta sur le lit d'Octave et s'endormit d'un sommeil lourd, opaque, semblable à la mort, qui durait encore lorsque Jean, croyant son maître éveillé, vint poser sur la table les lettres et les journaux.

VIII

Le comte ouvrit les yeux et promena autour de lui un regard investigateur ; il vit une chambre à coucher confortable, mais simple ; un tapis ocellé, imitant la peau de léopard, couvrait le plancher ; des rideaux de

tapisserie, que Jean venait d'entr'ouvrir, pendaient aux
fenêtres et masquaient les portes ; les murs étaient tendus d'un papier velouté vert uni, simulant le drap. Une
pendule formée d'un bloc de marbre noir, au cadran de
platine, surmontée de la statuette en argent oxydé de
la Diane de Gabies, réduite par Barbedienne, et accom-
pagnée de deux coupes antiques, aussi en argent, décorait la cheminée en marbre blanc à veines bleuâtres ;
le miroir de Venise où le comte avait découvert la
veille qu'il ne possédait plus sa figure habituelle, et un
portrait de femme âgée, peint par Flandrin, sans doute
celui de la mère d'Octave, étaient les seuls ornements
de cette pièce, un peu triste et sévère ; un divan, un
fauteuil à la Voltaire placé près de la cheminée, une
table à tiroirs, couverte de papiers et de livres, composaient un ameublement commode, mais qui ne rappelait en rien les somptuosités de l'hôtel Labinski.

« Monsieur se lève-t-il ? » dit Jean de cette voix
ménagée qu'il s'était faite pendant la maladie d'Octave, et en présentant au comte la chemise de couleur,
le pantalon de flanelle à pied et la gandoura d'Alger,
vêtements du matin de son maître. Quoiqu'il répugnât
au comte de mettre les habits d'un étranger, à moins
de rester nu il lui fallait accepter ceux que lui présentait
Jean, et il posa ses pieds sur la peau d'ours soyeuse et
noire qui servait de descente de lit.

Sa toilette fut bientôt achevée, et Jean, sans paraître
concevoir le moindre doute sur l'identité du faux
Octave de Saville qu'il aidait à s'habiller, lui dit : « À
quelle heure monsieur désire-t-il déjeuner ?

— À l'heure ordinaire », répondit le comte, qui, afin
de ne pas éprouver d'empêchement dans les démarches
qu'il comptait faire pour recouvrer sa personnalité,
avait résolu d'accepter extérieurement son incompréhensible transformation.

Jean se retira, et Olaf-de Saville ouvrit les deux
lettres qui avaient été apportées avec les journaux,
espérant y trouver quelques renseignements ; la première contenait des reproches amicaux, et se plaignait

de bonnes relations de camaraderie interrompues sans motif ; un nom inconnu pour lui la signait. La seconde était du notaire d'Octave, et le pressait de venir toucher un quartier de rente échu depuis longtemps, ou du moins d'assigner un emploi à ces capitaux qui restaient improductifs.

« Ah çà, il paraît, se dit le comte, que l'Octave de Saville dont j'occupe la peau bien contre mon gré existe réellement ; ce n'est point un être fantastique, un personnage d'Achim d'Arnim ou de Clément Brentano : il a un appartement, des amis, un notaire, des rentes à émarger, tout ce qui constitue l'état civil d'un gentleman. Il me semble bien cependant que je suis le comte Olaf Labinski. »

Un coup d'œil jeté sur le miroir le convainquit que cette opinion ne serait partagée de personne ; à la pure clarté du jour, aux douteuses lueurs des bougies, le reflet était identique.

En continuant la visite domiciliaire, il ouvrit les tiroirs de la table : dans l'un il trouva des titres de propriété, deux billets de mille francs et cinquante louis, qu'il s'appropria sans scrupule pour les besoins de la campagne qu'il allait commencer, et dans l'autre un portefeuille en cuir de Russie fermé par une serrure à secret.

Jean entra, en annonçant M. Alfred Humbert, qui s'élança dans la chambre avec la familiarité d'un ancien ami, sans attendre que le domestique vînt lui rendre la réponse du maître.

« Bonjour, Octave, dit le nouveau venu, beau jeune homme à l'air cordial et franc ; que fais-tu, que deviens-tu, es-tu mort ou vivant ? On ne te voit nulle part ; on t'écrit, tu ne réponds pas. — Je devrais te bouder, mais, ma foi, je n'ai pas d'amour-propre en affection, et je viens te serrer la main. — Que diable ! on ne peut pas laisser mourir de mélancolie son camarade de collège au fond de cet appartement lugubre comme la cellule de Charles-Quint au monastère de Yuste. Tu te figures que tu es malade, tu t'ennuies, voilà tout ; mais je te forcerai à te distraire, et je vais t'emmener d'autorité à un joyeux déjeuner où Gustave Raimbaud enterre sa liberté de garçon. »

En débitant cette tirade d'un ton moitié fâché, moitié comique, il secouait vigoureusement à la manière anglaise la main du comte qu'il avait prise.

« Non, répondit le mari de Prascovie, entrant dans l'esprit de son rôle, je suis plus souffrant aujourd'hui que d'ordinaire ; je ne me sens pas en train ; je vous attristerais et vous gêneriez.

— En effet, tu es bien pâle et tu as l'air fatigué : à une occasion meilleure ! Je me sauve, car je suis en retard de trois douzaines d'huîtres vertes et d'une bouteille de vin de Sauternes, dit Alfred en se dirigeant vers la porte : Raimbaud sera fâché de ne pas te voir. »

Cette visite augmenta la tristesse du comte. — Jean le prenait pour son maître, Alfred pour son ami. Une dernière épreuve lui manquait. La porte s'ouvrit ; une dame dont les bandeaux étaient entremêlés de fils d'argent, et qui ressemblait d'une manière frappante au portrait suspendu à la muraille, entra dans la chambre, s'assit sur le divan, et dit au comte :

« Comment vas-tu, mon pauvre Octave ? Jean m'a dit que tu étais rentré tard hier, et dans un état de faiblesse alarmante ; ménage-toi bien, mon cher fils, car tu sais combien je t'aime, malgré le chagrin que me cause cette inexplicable tristesse dont tu n'as jamais voulu me confier le secret.

— Ne craignez rien, ma mère, cela n'a rien de grave, répondit Olaf-de Saville ; je suis beaucoup mieux aujourd'hui. »

Madame de Saville, rassurée, se leva et sortit, ne voulant pas gêner son fils, qu'elle savait ne pas aimer à être troublé longtemps dans sa solitude.

« Me voilà bien définitivement Octave de Saville, s'écria le comte lorsque la vieille dame fut partie ; sa mère me reconnaît et ne devine pas une âme étrangère sous l'épiderme de son fils. Je suis donc à jamais peut-être claquemuré dans cette enveloppe ; quelle étrange prison pour un esprit que le corps d'un autre ! Il est dur pourtant de renoncer à être le comte Olaf Labinski, de perdre son blason, sa femme, sa fortune, et de se voir réduit à une chétive existence bourgeoise. Oh ! je la déchirerai, pour en sortir, cette peau de Nessus qui s'attache à mon moi, et je ne la rendrai qu'en pièces à son premier possesseur. Si je retournais à l'hôtel ? Non ! — Je ferais un scandale inutile, et le suisse me jetterait à la porte, car je n'ai plus de vigueur dans cette robe de chambre de malade ; voyons, cherchons, car il faut que je sache un peu la vie de cet Octave de Saville qui est moi maintenant. » Et il essaya d'ouvrir le porte-feuille. Le ressort touché par hasard céda, et le comte tira, des poches de cuir, d'abord plusieurs papiers, noircis d'une écriture serrée et fine, ensuite un carré de vélin ; — sur le carré de vélin une main peu habile, mais fidèle, avait dessiné, avec la mémoire du cœur et la ressemblance que n'atteignent pas toujours les grands artistes, un portrait au crayon de la comtesse Prascovie Labinska, qu'il était impossible de ne pas reconnaître du premier coup d'œil.

Le comte demeura stupéfait de cette découverte. À la surprise succéda un furieux mouvement de jalousie ; comment le portrait de la comtesse se trouvait-il dans le portefeuille secret de ce jeune homme inconnu, d'où lui venait-il, qui l'avait fait, qui l'avait donné ? Cette Prascovie si religieusement adorée serait-elle descendue de son ciel d'amour dans une intrigue vulgaire ? Quelle raillerie infernale l'incarnait, lui, le mari, dans le corps de l'amant de cette femme, jusque-là crue si pure ? — Après avoir été l'époux, il allait être le galant ! Sarcastique métamorphose, renversement de position à devenir fou, il pourrait se tromper lui-même, être à la fois Clitandre et George Dandin !

Toutes ces idées bourdonnaient tumultueusement dans son crâne ; il sentait sa raison près de s'échapper, et il fit, pour reprendre un peu de calme, un effort suprême de volonté. Sans écouter Jean qui l'avertissait

que le déjeuner était servi, il continua avec une trépida-
tion nerveuse l'examen du portefeuille mystérieux.

Les feuillets composaient une espèce de journal psychologique, abandonné et repris à diverses époques ;
en voici quelques fragments, dévorés par le comte avec
une curiosité anxieuse :

« Jamais elle ne m'aimera, jamais, jamais ! J'ai lu
dans ses yeux si doux ce mot si cruel, que Dante n'en
a pas trouvé de plus dur pour l'inscrire sur les portes
de bronze de la Cité Dolente : "Perdez tout espoir."
Qu'ai-je fait à Dieu pour être damné vivant ? Demain,
après-demain, toujours, ce sera la même chose ! Les
astres peuvent entre-croiser leurs orbes, les étoiles en
conjonction former des nœuds, rien dans mon sort ne
changera. D'un mot, elle a dissipé le rêve ; d'un geste,
brisé l'aile à la chimère. Les combinaisons fabuleuses
des impossibilités ne m'offrent aucune chance ; les
chiffres, rejetés un milliard de fois dans la roue de la
fortune, n'en sortiraient pas, — il n'y a pas de numéro
gagnant pour moi ! »

« Malheureux que je suis ! je sais que le paradis
m'est fermé et je reste stupidement assis au seuil, le
dos appuyé à la porte, qui ne doit pas s'ouvrir, et je
pleure en silence, sans secousses, sans efforts, comme
si mes yeux étaient des sources d'eau vive. Je n'ai pas
le courage de me lever et de m'enfoncer au désert
immense ou dans la Babel tumultueuse des hommes. »

« Quelquefois, quand, la nuit, je ne puis dormir, je
pense à Prascovie ; — si je dors, j'en rêve ; — oh !
qu'elle était belle ce jour-là, dans le jardin de la villa
Salviati, à Florence ! — cette robe blanche et ces
rubans noirs, — c'était charmant et funèbre ! Le blanc
pour elle, le noir pour moi ! — Quelquefois les rubans,
remués par la brise, formaient une croix sur ce fond
d'éclatante blancheur ; un esprit invisible disait tout
bas la messe de mort de mon cœur. »

« Si quelque catastrophe inouïe mettait sur mon
front la couronne des empereurs et des califes, si la
terre saignait pour moi ses veines d'or, si les mines

de diamant de Golconde et de Visapour me laissaient fouiller dans leurs gangues étincelantes, si la lyre de Byron résonnait sous mes doigts, si les plus parfaits chefs-d'œuvre de l'art antique et moderne me prêtaient leurs beautés, si je découvrais un monde, eh bien, je n'en serais pas plus avancé pour cela ! »

« À quoi tient la destinée ! J'avais envie d'aller à Constantinople, je ne l'aurais pas rencontrée ; je reste à Florence, je la vois et je meurs. »

« Je me serais bien tué ; mais elle respire dans cet air où nous vivons, et peut-être ma lèvre avide aspirera-t-elle — ô bonheur ineffable ! — un effluve lointain de ce souffle embaumé ; et puis l'on assignerait à mon âme coupable une planète d'exil, et je n'aurais pas la chance de me faire aimer d'elle dans l'autre vie. — Être encore séparés là-bas, elle au paradis, moi en enfer : pensée accablante ! »

« Pourquoi faut-il que j'aime précisément la seule femme qui ne peut m'aimer ! d'autres qu'on dit belles, qui étaient libres, me souriaient de leur sourire le plus tendre et semblaient appeler un aveu qui ne venait pas. Oh ! qu'il est heureux, lui ! Quelle sublime vie antérieure Dieu récompense-t-il en lui par le don magnifique de cet amour ? »

... Il était inutile d'en lire davantage. Le soupçon que le comte avait pu concevoir à l'aspect du portrait de Prascovie s'était évanoui dès les premières lignes de ces tristes confidences. Il comprit que l'image chérie, recommencée mille fois, avait été caressée loin du modèle avec cette patience infatigable de l'amour malheureux, et que c'était la madone d'une petite chapelle mystique, devant laquelle s'agenouillait l'adoration sans espoir.

« Mais si cet Octave avait fait un pacte avec le diable pour me dérober mon corps et surprendre sous ma forme l'amour de Prascovie ! »

L'invraisemblance, au XIXe siècle, d'une pareille supposition, la fit bientôt abandonner au comte, qu'elle avait cependant étrangement troublé.

Souriant lui-même de sa crédulité, il mangea, refroidi, le déjeuner servi par Jean, s'habilla et demanda la voiture. Lorsqu'on eut attelé, il se fit conduire chez le docteur Balthazar Cherbonneau ; il traversa ces salles où la veille il était entré s'appelant encore le comte Olaf Labinski, et d'où il était sorti salué par tout le monde du nom d'Octave de Saville. Le docteur était assis, comme à son ordinaire, sur le divan de la pièce du fond, tenant son pied dans sa main, et paraissait plongé dans une méditation profonde.

Au bruit des pas du comte, le docteur releva la tête.

« Ah ! c'est vous, mon cher Octave ; j'allais passer chez vous ; mais c'est bon signe quand le malade vient voir le médecin.

— Toujours Octave ! dit le comte, je crois que j'en deviendrai fou de rage ! »

Puis, se croisant les bras, il se plaça devant le docteur, et, le regardant avec une fixité terrible :

« Vous savez bien, monsieur Balthazar Cherbonneau, que je ne suis pas Octave, mais le comte Olaf Labinski, puisque hier soir vous m'avez, ici même, volé ma peau au moyen de vos sorcelleries exotiques. »

À ces mots, le docteur partit d'un énorme éclat de rire, se renversa sur ses coussins, et se mit les poings au côté pour contenir les convulsions de sa gaieté.

« Modérez, docteur, cette joie intempestive dont vous pourriez vous repentir. Je parle sérieusement.

— Tant pis, tant pis ! cela prouve que l'anesthésie et l'hypocondrie pour laquelle je vous soignais se tournent en démence. Il faudra changer le régime, voilà tout.

— Je ne sais à quoi tient, docteur du diable, que je ne vous étrangle de mes mains », cria le comte en s'avançant vers Cherbonneau.

Le docteur sourit de la menace du comte, qu'il toucha du bout d'une petite baguette d'acier. — Olaf-de Saville reçut une commotion terrible et crut qu'il avait le bras cassé.

« Oh ! nous avons les moyens de réduire les malades lorsqu'ils se regimbent, dit-il en laissant tomber sur lui ce regard froid comme une douche, qui dompte les fous et fait s'aplatir les lions sur le ventre. Retournez chez vous, prenez un bain, cette surexcitation se calmera. »

Olaf-de Saville, étourdi par la secousse électrique, sortit de chez le docteur Cherbonneau plus incertain et plus troublé que jamais. Il se fit conduire à Passy chez le docteur B***[8], pour le consulter.

« Je suis, dit-il au médecin célèbre, en proie à une hallucination bizarre ; lorsque je me regarde dans une glace, ma figure ne m'apparaît pas avec ses traits habituels ; la forme des objets qui m'entourent est changée ; je ne reconnais ni les murs ni les meubles de ma chambre ; il me semble que je suis une autre personne que moi-même.

— Sous quel aspect vous voyez-vous ? demanda le médecin ; l'erreur peut venir des yeux ou du cerveau.

— Je me vois des cheveux noirs, des yeux bleu foncé, un visage pâle encadré de barbe.

— Un signalement de passe-port ne serait pas plus exact : il n'y a chez vous ni hallucination intellectuelle, ni perversion de la vue. Vous êtes, en effet, tel que vous dites.

— Mais non ! J'ai réellement les cheveux blonds, les yeux noirs, le teint hâlé et une moustache effilée à la hongroise.

— Ici, répondit le médecin, commence une légère altération des facultés intellectuelles.

— Pourtant, docteur, je ne suis nullement fou.

— Sans doute. Il n'y a que les sages qui viennent chez moi tout seuls. Un peu de fatigue, quelque excès d'étude ou de plaisir aura causé ce trouble. Vous vous trompez ; la vision est réelle, l'idée est chimérique : au lieu d'être un blond qui se voit brun, vous êtes un brun qui se croit blond.

— Pourtant je suis sûr d'être le comte Olaf

Labinski, et tout le monde depuis hier m'appelle Octave de Saville.

— C'est précisément ce que je disais, répondit le docteur. Vous êtes M. de Saville et vous vous imaginez être M. le comte Labinski, que je me souviens d'avoir vu, et qui, en effet, est blond. — Cela explique parfaitement comment vous vous trouvez une autre figure dans le miroir ; cette figure, qui est la vôtre, ne répond point à votre idée intérieure et vous surprend. — Réfléchissez à ceci, que tout le monde vous nomme M. de Saville et par conséquent ne partage pas votre croyance. Venez passer une quinzaine de jours ici : les bains, le repos, les promenades sous les grands arbres dissiperont cette influence fâcheuse. »

Le comte baissa la tête et promit de revenir. Il ne savait plus que croire. Il retourna à l'appartement de la rue Saint-Lazare, et vit par hasard sur la table la carte d'invitation de la comtesse Labinska, qu'Octave avait montrée à M. Cherbonneau.

« Avec ce talisman, s'écria-t-il, demain je pourrai la voir ! »

IX

Lorsque les valets eurent porté à sa voiture le vrai comte Labinski chassé de son paradis terrestre par le faux ange gardien debout sur le seuil, l'Octave transfiguré rentra dans le petit salon blanc et or pour attendre le loisir de la comtesse.

Appuyé contre le marbre blanc de la cheminée dont l'âtre était rempli de fleurs, il se voyait répété au fond de la glace placée en symétrie sur la console à pieds tarabiscotés et dorés. Quoiqu'il fût dans le secret de sa métamorphose, ou, pour parler plus exactement, de sa transposition, il avait peine à se persuader que cette image si différente de la sienne fût le double de sa propre figure, et il ne pouvait détacher ses yeux de ce fantôme étranger qui était cependant devenu lui. Il se regardait et voyait un autre. Involontairement il cherchait si le comte Olaf n'était pas accoudé près de lui à la tablette de la cheminée projetant sa réflexion au miroir ; mais il était bien seul ; le docteur Cherbonneau avait fait les choses en conscience.

Au bout de quelques minutes, Octave-Labinski ne songea plus au merveilleux avatar qui avait fait passer son âme dans le corps de l'époux de Prascovie ; ses pensées prirent un cours plus conforme à sa situation. Cet événement incroyable, en dehors de toutes les possibilités, et que l'espérance la plus chimérique n'eût pas osé rêver en son délire, était arrivé ! Il allait se trouver en présence de la belle créature adorée, et elle ne le repousserait pas ! La seule combinaison qui pût concilier son bonheur avec l'immaculée vertu de la comtesse s'était réalisée !

Près de ce moment suprême, son âme éprouvait des transes et des anxiétés affreuses : les timidités du véritable amour la faisaient défaillir comme si elle habitait encore la forme dédaignée d'Octave de Saville.

L'entrée de la femme de chambre mit fin à ce tumulte de pensées qui se combattaient. À son approche il ne put maîtriser un soubresaut nerveux, et tout son sang afflua vers son cœur lorsqu'elle lui dit :

« Madame la comtesse peut à présent recevoir monsieur. »

Octave Labinski suivit la femme de chambre, car il ne connaissait pas les êtres de l'hôtel, et ne voulait pas trahir son ignorance par l'incertitude de sa démarche.

La femme de chambre l'introduisit dans une pièce assez vaste, un cabinet de toilette orné de toutes les recherches du luxe le plus délicat. Une suite d'armoires d'un bois précieux, sculptées par Knecht et Lienhart, et dont les battants étaient séparés par des colonnes torses autour desquelles s'enroulaient en spirales de légères brindilles de convolvulus aux feuilles en cœur et aux fleurs en clochettes découpées avec un art infini, formait une espèce de boiserie architecturale, un portique d'ordre capricieux d'une élégance rare et d'une exécution achevée ; dans ces armoires étaient serrés les

robes de velours et de moire, les cachemires, les man-
telets, les dentelles, les pelisses de martre-zibeline, de
renard bleu, les chapeaux aux mille formes, tout l'attirail de la jolie femme.

En face se répétait le même motif, avec cette différence que les panneaux pleins étaient remplacés par
des glaces jouant sur des charnières comme des feuilles
de paravent, de façon que l'on pût s'y voir de face, de
profil, par derrière, et juger de l'effet d'un corsage ou
d'une coiffure.

Sur la troisième face régnait une longue toilette pla-
quée d'albâtre-onyx, où des robinets d'argent dégor-
geaient l'eau chaude et froide dans d'immenses jattes
du Japon enchâssées par des découpures circulaires du
même métal ; des flacons en cristal de Bohême, qui,
aux feux des bougies, étincelaient comme des diamants
et des rubis, contenaient les essences et les parfums.

Les murailles et le plafond étaient capitonnés de
satin vert d'eau, comme l'intérieur d'un écrin. Un épais
tapis de Smyrne, aux teintes moelleusement assorties,
ouatait le plancher.

Au milieu de la chambre, sur un socle de velours
vert, était posé un grand coffre de forme bizarre, en
acier de Khorassan ciselé, niellé et ramagé d'arabesques d'une complication à faire trouver simples les
ornements de la salle des Ambassadeurs à l'Alhambra.
L'art oriental semblait avoir dit son dernier mot dans
ce travail merveilleux, auquel les doigts de fées des
Péris avaient dû prendre part. C'était dans ce coffre
que la comtesse Prascovie Labinska enfermait ses
parures, des joyaux dignes d'une reine, et qu'elle ne
mettait que fort rarement, trouvant avec raison qu'ils
ne valaient pas la place qu'ils couvraient. Elle était trop
belle pour avoir besoin d'être riche : son instinct de
femme le lui disait. Aussi ne leur faisait-elle voir les
lumières que dans les occasions solennelles où le faste
héréditaire de l'antique maison Labinski devait paraître
avec toute sa splendeur. Jamais diamants ne furent
moins occupés.

Près de la fenêtre, dont les amples rideaux retombaient en plis puissants, devant une toilette à la duchesse, en face d'un miroir que lui penchaient deux anges sculptés par Mlle de Fauveau avec cette élégance longue et fluette qui caractérise son talent, illuminée de la lumière blanche de deux torchères à six bougies, se tenait assise la comtesse Prascovie Labinska, radieuse de fraîcheur et de beauté. Un burnous de Tunis d'une finesse idéale, rubanné de raies bleues et blanches alternativement opaques et transparentes, l'enveloppait comme un nuage souple ; la légère étoffe avait glissé sur le tissu satiné des épaules et laissait voir la naissance et les attaches d'un col qui eût fait paraître gris le col de neige du cygne. Dans l'interstice des plis bouillonnaient les dentelles d'un peignoir de batiste, parure nocturne que ne retenait aucune ceinture ; les cheveux de la comtesse étaient défaits et s'allongeaient derrière elle en nappes opulentes comme le manteau d'une impératrice. — Certes, les torsades d'or fluide dont la Vénus Aphrodite exprimait des perles, agenouillée dans sa conque de nacre, lorsqu'elle sortit comme une fleur des mers de l'azur ionien, étaient moins blondes, moins épaisses, moins lourdes ! Mêlez l'ambre du Titien et l'argent de Paul Véronèse avec le vernis d'or de Rembrandt ; faites passer le soleil à travers la topaze, et vous n'obtiendrez pas encore le ton merveilleux de cette opulente chevelure, qui semblait envoyer la lumière au lieu de la recevoir, et qui eût mérité mieux que celle de Bérénice de flamboyer, constellation nouvelle, parmi les anciens astres ! Deux femmes la divisaient, la polissaient, la crespelaient et l'arrangeaient en boucles soigneusement massées pour que le contact de l'oreiller ne la froissât pas.

Pendant cette opération délicate, la comtesse faisait danser au bout de son pied une babouche de velours blanc brodée de canetille d'or, petite à rendre jalouses les khanoums et les odalisques du Padischah. Parfois, rejetant les plis soyeux du burnous, elle découvrait son bras blanc, et repoussait de la main quelques cheveux échappés, avec un mouvement d'une grâce mutine.

Ainsi abandonnée dans sa pose nonchalante, elle rappelait ces sveltes figures de toilettes grecques qui ornent les vases antiques et dont aucun artiste n'a pu retrouver le pur et suave contour, la beauté jeune et légère ; elle était mille fois plus séduisante encore que dans le jardin de la villa Salviati à Florence ; et si Octave n'avait pas été déjà fou d'amour, il le serait infailliblement devenu ; mais, par bonheur, on ne peut rien ajouter à l'infini.

Octave-Labinski sentit à cet aspect, comme s'il eût vu le spectacle le plus terrible, ses genoux s'entre-choquer et se dérober sous lui. Sa bouche se sécha, et l'angoisse lui étreignit la gorge comme la main d'un Thugg ; des flammes rouges tourbillonnèrent autour de ses yeux. Cette beauté le médusait.

Il fit un effort de courage, se disant que ces manières effarées et stupides, convenables à un amant repoussé, seraient parfaitement ridicules de la part d'un mari, quelque épris qu'il pût être encore de sa femme, et il marcha assez résolument vers la comtesse.

« Ah ! c'est vous, Olaf ! Comme vous rentrez tard ce soir ! » dit la comtesse sans se retourner, car sa tête était maintenue par les longues nattes que tressaient ses femmes, et la dégageant des plis du burnous, elle lui tendit une de ses belles mains.

Octave-Labinski saisit cette main plus douce et plus fraîche qu'une fleur, la porta à ses lèvres et y imprima un long, un ardent baiser, — toute son âme se concentrait sur cette petite place.

Nous ne savons quelle délicatesse de sensitive, quel instinct de pudeur divine, quelle intuition irraisonnée du cœur avertit la comtesse : mais un nuage rose couvrit subitement sa figure, son col et ses bras, qui prirent cette teinte dont se colore sur les hautes montagnes la neige vierge surprise par le premier baiser du soleil. Elle tressaillit et dégagea lentement sa main, demi-fâchée, demi-honteuse ; les lèvres d'Octave lui avaient produit comme une impression de fer rouge. Cependant elle se remit bientôt et sourit de son enfantillage.

« Vous ne me répondez pas, cher Olaf ; savez-vous qu'il y a plus de six heures que je ne vous ai vu ; vous me négligez, dit-elle d'un ton de reproche ; autrefois vous ne m'auriez pas abandonnée ainsi toute une longue soirée. Avez-vous pensé à moi seulement ?

— Toujours, répondit Octave-Labinski.

— Oh ! non, pas toujours ; je sens quand vous pensez à moi, même de loin. Ce soir, par exemple, j'étais seule, assise à mon piano, jouant un morceau de Weber et berçant mon ennui de musique ; votre âme a voltigé quelques minutes autour de moi dans le tourbillon sonore des notes ; puis elle s'est envolée je ne sais où sur le dernier accord, et n'est pas revenue. Ne mentez pas, je suis sûre de ce que je dis. »

Prascovie, en effet, ne se trompait pas ; c'était le moment où chez le docteur Balthazar Cherbonneau le comte Olaf Labinski se penchait sur le verre d'eau magique, évoquant une image adorée de toute la force d'une pensée fixe. À dater de là, le comte, submergé dans l'océan sans fond du sommeil magnétique, n'avait plus eu ni idée, ni sentiment, ni volition.

Les femmes, ayant achevé la toilette nocturne de la comtesse, se retirèrent ; Octave-Labinski restait toujours debout, suivant Prascovie d'un regard enflammé.
— Gênée et brûlée par ce regard, la comtesse s'enveloppa de son burnous comme la Polymnie de sa draperie. Sa tête seule apparaissait au-dessus des plis blancs et bleus, inquiète, mais charmante.

Bien qu'aucune pénétration humaine n'eût pu deviner le mystérieux déplacement d'âmes opéré par le docteur Cherbonneau au moyen de la formule du sannyâsi Brahma-Logum, Prascovie ne reconnaissait pas, dans les yeux d'Octave-Labinski, l'expression ordinaire des yeux d'Olaf, celle d'un amour pur, calme, égal, éternel comme l'amour des anges ; — une passion terrestre incendiait ce regard, qui la troublait et la faisait rougir. — Elle ne se rendait pas compte de ce qui s'était passé, mais il s'était passé quelque chose. Mille suppositions étranges lui traversèrent la pensée : n'était-elle plus pour Olaf qu'une femme vulgaire, désirée pour sa beauté comme une courtisane ? l'accord sublime de leurs âmes avait-il été rompu par quelque dissonance qu'elle ignorait ? Olaf en aimait-il une autre ? les corruptions de Paris avaient-elles souillé ce chaste cœur ? Elle se posa rapidement ces questions sans pouvoir y répondre d'une manière satisfaisante, et se dit qu'elle était folle ; mais, au fond, elle sentait qu'elle avait raison. Une terreur secrète l'envahissait comme si elle eût été en présence d'un danger inconnu, mais deviné par cette seconde vue de l'âme, à laquelle on a toujours tort de ne pas obéir.

Elle se leva agitée et nerveuse et se dirigea vers la porte de sa chambre à coucher. Le faux comte l'accompagna, un bras sur la taille, comme Othello reconduit Desdémone à chaque sortie dans la pièce de Shakspeare ; mais quand elle fut sur le seuil, elle se retourna, s'arrêta un instant, blanche et froide comme une statue, jeta un coup d'œil effrayé au jeune homme, entra, ferma la porte vivement et poussa le verrou.

« Le regard d'Octave ! » s'écria-t-elle en tombant à demi évanouie sur une causeuse. Quand elle eut repris ses sens, elle se dit : « Mais comment se fait-il que ce regard, dont je n'ai jamais oublié l'expression, étincelle ce soir dans les yeux d'Olaf ? Comment en ai-je vu la flamme sombre et désespérée luire à travers les prunelles de mon mari ? Octave est-il mort ? Est-ce son âme qui a brillé un instant devant moi comme pour me dire adieu avant de quitter cette terre ? Olaf ! Olaf ! si je me suis trompée, si j'ai cédé follement à de vaines terreurs, tu me pardonneras ; mais si je t'avais accueilli ce soir, j'aurais cru me donner à un autre. »

La comtesse s'assura que le verrou était bien poussé, alluma la lampe suspendue au plafond, se blottit dans son lit comme un enfant peureux avec un sentiment d'angoisse indéfinissable, et ne s'endormit que vers le matin : des rêves incohérents et bizarres tourmentèrent son sommeil agité. — Des yeux ardents — les yeux d'Octave — se fixaient sur elle du fond d'un brouillard et lui lançaient des jets de feu, pendant qu'au pied de son lit une figure noire et sillonnée de rides se tenait accroupie, marmottant des syllabes d'une langue inconnue ; le comte Olaf parut aussi dans ce rêve absurde, mais revêtu d'une forme qui n'était pas la sienne.

Nous n'essaierons pas de peindre le désappointement d'Octave lorsqu'il se trouva en face d'une porte fermée et qu'il entendit le grincement intérieur du verrou. Sa suprême espérance s'écroulait. Eh quoi ! il avait eu recours à des moyens terribles, étranges ; il s'était livré à un magicien, peut-être à un démon, en risquant sa vie dans ce monde et son âme dans l'autre pour conquérir une femme qui lui échappait, quoique livrée à lui sans défense par les sorcelleries de l'Inde. Repoussé comme amant, il l'était encore comme mari ; l'invincible pureté de Prascovie déjouait les machinations les plus infernales. Sur le seuil de la chambre à coucher elle lui était apparue comme un ange blanc de Swedenborg foudroyant le mauvais esprit.

Il ne pouvait rester toute la nuit dans cette situation ridicule ; il chercha l'appartement du comte, et au bout d'une enfilade de pièces il en vit une où s'élevait un lit aux colonnes d'ébène, aux rideaux de tapisserie, où parmi les ramages et les arabesques étaient brodés des blasons. Des panoplies d'armes orientales, des cuirasses et des casques de chevaliers atteints par le reflet d'une lampe, jetaient des lueurs vagues dans l'ombre ; un cuir de Bohême gaufré d'or miroitait sur les murs. Trois ou quatre grands fauteuils sculptés, un bahut tout historié de figurines complétaient cet ameublement d'un goût féodal, et qui n'eût pas été déplacé dans la grande salle d'un manoir gothique ; ce n'était pas de la part du comte frivole imitation de la mode, mais pieux souvenir. Cette chambre reproduisait exactement celle qu'il habitait chez sa mère, et quoiqu'on l'eût

souvent raillé — sur ce décor de cinquième acte, — il
avait toujours refusé d'en changer le style.

Octave-Labinski, épuisé de fatigues et d'émotions,
se jeta sur le lit et s'endormit en maudissant le docteur
Balthazar Cherbonneau. Heureusement, le jour lui
apporta des idées plus riantes ; il se promit de se conduire
désormais d'une façon plus modérée, d'éteindre son
regard, et de prendre les manières d'un mari ; aidé par
le valet de chambre du comte, il fit une toilette sérieuse
et se rendit d'un pas tranquille dans la salle à manger,
où madame la comtesse l'attendait pour déjeuner.

X

Octave-Labinski descendit sur les pas du valet de
chambre, car il ignorait où se trouvait la salle à manger
dans cette maison dont il paraissait le maître ; la salle
à manger était une vaste pièce au rez-de-chaussée donnant sur la cour, d'un style noble et sévère, qui tenait
à la fois du manoir et de l'abbaye : — des boiseries de
chêne brun d'un ton chaud et riche, divisées en panneaux et en compartiments symétriques, montaient jusqu'au plafond, où des poutres en saillie et sculptées
formaient des caissons hexagones coloriés en bleu et
ornés de légères arabesques d'or ; dans les panneaux
longs de la boiserie, Philippe Rousseau avait peint les
quatre saisons symbolisées, non pas par des figures
mythologiques, mais par des trophées de nature morte
composés de productions se rapportant à chaque
époque de l'année ; des chasses de Jadin faisaient pendant aux natures mortes de Ph. Rousseau, et au-dessus
de chaque peinture rayonnait, comme un disque de
bouclier, un immense plat de Bernard Palissy ou de
Léonard de Limoges, de porcelaine du Japon, de majo-
lique ou de poterie arabe, au vernis irisé par toutes les
couleurs du prisme ; des massacres de cerfs, des cornes
d'aurochs alternaient avec les faïences, et, aux deux
bouts de la salle, de grands dressoirs, hauts comme des
retables d'églises espagnoles, élevaient leur architec-

ture ouvragée et sculptée d'ornements à rivaliser avec les plus beaux ouvrages de Berruguete, de Cornejo Duque et de Verbruggen ; sur leurs rayons à crémaillère brillaient confusément l'antique argenterie de la famille des Labinski, des aiguières aux anses chimériques, des salières à la vieille mode, des hanaps, des coupes, des pièces de surtout contournées par la bizarre fantaisie allemande, et dignes de tenir leur place dans le trésor de la Voûte-Verte de Dresde. En face des argenteries antiques étincelaient les produits merveilleux de l'orfèvrerie moderne, les chefs-d'œuvre de Wagner, de Duponchel, de Rudolphi, de Froment-Meurice ; thés en vermeil à figurines de Feuchère et de Vechte, plateaux niellés, seaux à vin de Champagne aux anses de pampre, aux bacchanales en bas-relief ; réchauds élégants comme des trépieds de Pompéi : sans parler des cristaux de Bohême, des verreries de Venise, des services en vieux Saxe et en vieux Sèvres.

Des chaises de chêne garnies de maroquin vert étaient rangées le long des murs, et sur la table aux pieds sculptés en serre d'aigle, tombait du plafond une lumière égale et pure tamisée par les verres blancs dépolis garnissant le caisson central laissé vide. — Une transparente guirlande de vigne encadrait ce panneau laiteux de ses feuillages verts.

Sur la table, servie à la russe, les fruits entourés d'un cordon de violettes étaient déjà posés, et les mets attendaient le couteau des convives sous leurs cloches de métal poli, luisantes comme des casques d'émirs ; un samovar de Moscou lançait en sifflant son jet de vapeur ; deux valets, en culotte courte et en cravate blanche, se tenaient immobiles et silencieux derrière les deux fauteuils, placés en face l'un de l'autre, pareils à deux statues de la domesticité.

Octave s'assimila tous ces détails d'un coup d'œil rapide pour n'être pas involontairement préoccupé par la nouveauté d'objets qui auraient dû lui être familiers.

Un glissement léger sur les dalles, un froufrou de taffetas lui fit retourner la tête. C'était la comtesse

Prascovie Labinska qui approchait et qui s'assit après
lui avoir fait un petit signe amical.

Elle portait un peignoir de soie quadrillée vert et
blanc, garni d'une ruche de même étoffe découpée en
dents de loup ; ses cheveux massés en épais bandeaux
sur les tempes, et roulés à la naissance de la nuque en
une torsade d'or semblable à la volute d'un chapiteau
ionien, lui composaient une coiffure aussi simple que
noble, et à laquelle un statuaire grec n'eût rien voulu
changer ; son teint de rose carnée était un peu pâli par
l'émotion de la veille et le sommeil agité de la nuit ;
une imperceptible auréole nacrée entourait ses yeux
ordinairement si calmes et si purs ; elle avait l'air
fatigué et languissant ; mais, ainsi attendrie, sa beauté
n'en était que plus pénétrante, elle prenait quelque
chose d'humain ; la déesse se faisait femme ; l'ange,
reployant ses ailes, cessait de planer.

Plus prudent cette fois, Octave voila la flamme de
ses yeux et masqua sa muette extase d'un air indifférent.

La comtesse allongea son petit pied chaussé d'une
pantoufle en peau mordorée, dans la laine soyeuse du
tapis-gazon placé sous la table pour neutraliser le froid
contact de la mosaïque de marbre blanc et de brocatelle
de Vérone qui pavait la salle à manger, fit un léger
mouvement d'épaules comme glacée par un dernier
frisson de fièvre, et, fixant ses beaux yeux d'un bleu
polaire sur le convive qu'elle prenait pour son mari,
car le jour avait fait évanouir les pressentiments, les
terreurs et les fantômes nocturnes, elle lui dit d'une
voix harmonieuse et tendre, pleine de chastes câline-
ries, une phrase en polonais ! ! ! Avec le comte elle
se servait souvent de la chère langue maternelle aux
moments de douceur et d'intimité, surtout en présence
des domestiques français, à qui cet idiome était
inconnu.

Le Parisien Octave savait le latin, l'italien, l'espagnol, quelques mots d'anglais ; mais, comme tous les
Gallo-Romains, il ignorait entièrement les langues

slaves. — Les chevaux de frise de consonnes qui
défendent les rares voyelles du polonais lui en eussent
interdit l'approche quand bien même il eût voulu s'y
frotter. — À Florence, la comtesse lui avait toujours
parlé français ou italien, et la pensée d'apprendre
l'idiome dans lequel Mickiewicz a presque égalé
Byron ne lui était pas venue. On ne songe jamais à
tout.

À l'audition de cette phrase il se passa dans la cervelle du comte, habitée par le *moi* d'Octave, un très
singulier phénomène : les sons étrangers au Parisien,
suivant les replis d'une oreille slave, arrivèrent à l'endroit habituel où l'âme d'Olaf les accueillait pour les
traduire en pensées, et y évoquèrent une sorte de
mémoire physique ; leur sens apparut confusément à
Octave ; des mots enfouis dans les circonvolutions
cérébrales, au fond des tiroirs secrets du souvenir, se
présentèrent en bourdonnant, tout prêts à la réplique ;
mais ces réminiscences vagues, n'étant pas mises en
communication avec l'esprit, se dissipèrent bientôt, et
tout redevint opaque. L'embarras du pauvre amant était
affreux ; il n'avait pas songé à ces complications en
gantant la peau du comte Olaf Labinski, et il comprit
qu'en volant la forme d'un autre on s'exposait à de
rudes déconvenues.

Prascovie, étonnée du silence d'Octave, et croyant
que, distrait par quelque rêverie, il ne l'avait pas entendue, répéta sa phrase lentement et d'une voix plus
haute.

S'il entendait mieux le son des mots, le faux comte
n'en comprenait pas davantage la signification ; il faisait des efforts désespérés pour deviner de quoi il pouvait s'agir ; mais pour qui ne les sait pas, les compactes
langues du Nord n'ont aucune transparence, et si un
Français peut soupçonner ce que dit une Italienne, il
sera comme sourd en écoutant parler une Polonaise. —
Malgré lui, une rougeur ardente couvrit ses joues ; il
se mordit les lèvres et, pour se donner une contenance,
découpa rageusement le morceau placé sur son assiette.

« On dirait en vérité, mon cher seigneur, dit la comtesse, cette fois, en français, que vous ne m'entendez pas, ou que vous ne me comprenez point...

— En effet, balbutia Octave-Labinski, ne sachant trop ce qu'il disait... cette diable de langue est si difficile !

— Difficile ! oui, peut-être pour des étrangers, mais pour celui qui l'a bégayée sur les genoux de sa mère, elle jaillit des lèvres comme le souffle de la vie, comme l'effluve même de la pensée.

— Oui, sans doute, mais il y a des moments où il me semble que je ne la sais plus.

— Que contez-vous là, Olaf ? quoi ! vous l'auriez oubliée, la langue de vos aïeux, la langue de la sainte patrie, la langue qui vous fait reconnaître vos frères parmi les hommes, et, ajouta-t-elle plus bas, la langue dans laquelle vous m'avez dit la première fois que vous m'aimiez !

— L'habitude de me servir d'un autre idiome... ajouta Octave-Labinski à bout de raisons.

— Olaf, répliqua la comtesse d'un ton de reproche, je vois que Paris vous a gâté ; j'avais raison de ne pas vouloir y venir. Qui m'eût dit que lorsque le noble comte Labinski retournerait dans ses terres, il ne saurait plus répondre aux félicitations de ses vassaux ? »

Le charmant visage de Prascovie prit une expression douloureuse ; pour la première fois la tristesse jeta son ombre sur ce front pur comme celui d'un ange ; ce singulier oubli la froissait au plus tendre de l'âme, et lui paraissait presque une trahison.

Le reste du déjeuner se passa silencieusement : Prascovie boudait celui qu'elle prenait pour le comte. Octave était au supplice, car il craignait d'autres questions qu'il eût été forcé de laisser sans réponse.

La comtesse se leva et rentra dans ses appartements.

Octave, resté seul, jouait avec le manche d'un couteau qu'il avait envie de se planter au cœur, car sa position était intolérable : il avait compté sur une surprise, et maintenant il se trouvait engagé dans les méandres sans issue pour lui d'une existence qu'il ne connaissait pas : en prenant son corps au comte Olaf Labinski, il eût fallu lui dérober aussi ses notions antérieures, les langues qu'il possédait, ses souvenirs d'enfance, les mille détails intimes qui composent le *moi* d'un homme, les rapports liant son existence aux autres existences : et pour cela tout le savoir du docteur Balthazar Cherbonneau n'eût pas suffi. Quelle rage ! être dans ce paradis dont il osait à peine regarder le seuil de loin ; habiter sous le même toit que Prascovie, la voir, lui parler, baiser sa belle main avec les lèvres mêmes de son mari, et ne pouvoir tromper sa pudeur céleste, et se trahir à chaque instant par quelque inexplicable stupidité ! « Il était écrit là-haut que Prascovie ne m'aimerait jamais ! Pourtant j'ai fait le plus grand sacrifice auquel puisse descendre l'orgueil humain : j'ai renoncé à mon *moi* et consenti à profiter sous une forme étrangère de caresses destinées à un autre ! »

Il en était là de son monologue quand un groom s'inclina devant lui avec tous les signes du plus profond respect, en lui demandant quel cheval il monterait aujourd'hui...

Voyant qu'il ne répondait pas, le groom se hasarda, tout effrayé d'une telle hardiesse, à murmurer :

« Vultur ou Rustem ? ils ne sont pas sortis depuis huit jours.

— Rustem », répondit Octave-Labinski, comme il eût dit Vultur, mais le dernier nom s'était accroché à son esprit distrait.

Il s'habilla de cheval et partit pour le bois de Boulogne, voulant faire prendre un bain d'air à son exaltation nerveuse.

Rustem, bête magnifique de la race Nedji, qui portait sur son poitrail, dans un sachet oriental de velours brodé d'or, ses titres de noblesse remontant aux premières années de l'Hégire, n'avait pas besoin d'être excité. Il semblait comprendre la pensée de celui qui le montait, et dès qu'il eut quitté le pavé et pris la terre, il partit comme une flèche sans qu'Octave lui fit sentir l'éperon. Après deux heures d'une course furieuse, le cavalier et la bête rentrèrent à l'hôtel, l'un calmé, l'autre fumant et les naseaux rouges.

Le comte supposé entra chez la comtesse, qu'il trouva dans son salon, vêtue d'une robe de taffetas blanc à volants étagés jusqu'à la ceinture, un nœud de rubans au coin de l'oreille, car c'était précisément le jeudi, — le jour où elle restait chez elle et recevait ses visites.

« Eh bien, lui dit-elle avec un gracieux sourire, car la bouderie ne pouvait rester longtemps sur ses belles lèvres, avez-vous rattrapé votre mémoire en courant dans les allées du bois ?

— Mon Dieu, non, ma chère, répondit Octave-Labinski ; mais il faut que je vous fasse une confidence.

— Ne connais-je pas d'avance toutes vos pensées ? ne sommes-nous plus transparents l'un pour l'autre ?

— Hier, je suis allé chez ce médecin dont on parle tant.

— Oui, le docteur Balthazar Cherbonneau, qui a fait un long séjour aux Indes et a, dit-on, appris des brahmes une foule de secrets plus merveilleux les uns que les autres. — Vous vouliez même m'emmener ; mais je ne suis pas curieuse, — car je sais que vous m'aimez, et cette science me suffit.

— Il a fait devant moi des expériences si étranges, opéré de tels prodiges, que j'en ai l'esprit troublé encore. Cet homme bizarre, qui dispose d'un pouvoir irrésistible, m'a plongé dans un sommeil magnétique si profond, qu'à mon réveil je ne me suis plus trouvé les mêmes facultés : j'avais perdu la mémoire de bien des choses ; le passé flottait dans un brouillard confus : seul, mon amour pour vous était demeuré intact.

— Vous avez eu tort, Olaf, de vous soumettre à l'influence de ce docteur. Dieu, qui a créé l'âme, a le droit d'y toucher ; mais l'homme, en l'essayant, commet une

action impie, dit d'un ton grave la comtesse Prascovie
Labinska. — J'espère que vous n'y retournerez plus,
et que, lorsque je vous dirai quelque chose d'aimable
— en polonais, — vous me comprendrez comme autrefois. »

Octave, pendant sa promenade à cheval, avait imaginé cette excuse de magnétisme pour pallier les
bévues qu'il ne pouvait manquer d'entasser dans son
existence nouvelle ; mais il n'était pas au bout de ses
peines. — Un domestique, ouvrant le battant de la
porte, annonça un visiteur.

« M. Octave de Saville. »

Quoiqu'il dût s'attendre un jour ou l'autre à cette
rencontre, le véritable Octave pâlit à ces simples mots
comme si la trompette du jugement dernier lui eût
brusquement éclaté à l'oreille. Il eut besoin de faire
appel à tout son courage et de se dire qu'il avait l'avantage de la situation pour ne pas chanceler ; instinctivement il enfonça ses doigts dans le dos d'une causeuse,
et réussit ainsi à se maintenir debout avec une apparence ferme et tranquille.

Le comte Olaf, revêtu de l'apparence d'Octave,
s'avança vers la comtesse qu'il salua profondément.

« M. le comte Labinski... M. Octave de Saville... »
fit la comtesse Labinska en présentant les gentilshommes l'un à l'autre.

Les deux hommes se saluèrent froidement en se lançant des regards fauves à travers le masque de marbre
de la politesse mondaine, qui recouvre parfois tant
d'atroces passions.

« Vous m'avez tenu rigueur depuis Florence, monsieur Octave, dit la comtesse d'une voix amicale et
familière, et j'avais peur de quitter Paris sans vous
voir. — Vous étiez plus assidu à la villa Salviati, et
vous comptiez alors parmi mes fidèles.

— Madame, répondit d'un ton contraint le faux
Octave, j'ai voyagé, j'ai été souffrant, malade même,
et, en recevant votre gracieuse invitation, je me suis
demandé si j'en profiterais, car il ne faut pas être

égoïste et abuser de l'indulgence qu'on veut bien avoir pour un ennuyeux.

— Ennuyé peut-être ; ennuyeux, non, répliqua la comtesse ; vous avez toujours été mélancolique, — mais un de vos poètes ne dit-il pas de la mélancolie :
Après l'oisiveté, c'est le meilleur des maux [9].

— C'est un bruit que font courir les gens heureux pour se dispenser de plaindre ceux qui souffrent », dit Olaf-de Saville.

La comtesse jeta un regard d'une ineffable douceur sur le comte, enfermé dans la forme d'Octave, comme pour lui demander pardon de l'amour qu'elle lui avait involontairement inspiré.

« Vous me croyez plus frivole que je ne suis ; toute douleur vraie a ma pitié, et, si je ne puis la soulager, j'y sais compatir. — Je vous aurais voulu heureux, cher monsieur Octave ; mais pourquoi vous êtes-vous cloîtré dans votre tristesse, refusant obstinément la vie qui venait à vous avec ses bonheurs, ses enchantements et ses devoirs ? Pourquoi avez-vous refusé l'amitié que je vous offrais ? »

Ces phrases si simples et si franches impressionnaient diversement les deux auditeurs. — Octave y entendait la confirmation de la sentence prononcée au jardin Salviati, par cette belle bouche que jamais ne souilla le mensonge ; Olaf y puisait une preuve de plus de l'inaltérable vertu de la femme, qui ne pouvait succomber que par un artifice diabolique. Aussi une rage subite s'empara de lui en voyant son spectre animé par une autre âme installé dans sa propre maison, et il s'élança à la gorge du faux comte.

« Voleur, brigand, scélérat, rends-moi ma peau ! »

À cette action si extraordinaire, la comtesse se pendit à la sonnette, des laquais emportèrent le comte.

« Ce pauvre Octave est devenu fou ! » dit Prascovie pendant que l'on emmenait Olaf, qui se débattait vainement.

« Oui, répondit le véritable Octave, fou d'amour ! Comtesse, vous êtes décidément trop belle ! »

XI

Deux heures après cette scène, le faux comte reçut du vrai une lettre fermée avec le cachet d'Octave de Saville, — le malheureux dépossédé n'en avait pas d'autres à sa disposition. Cela produisit un effet bizarre à l'usurpateur de l'entité d'Olaf Labinski de décacheter une missive scellée de ses armes, mais tout devait être singulier dans cette position anormale.

La lettre contenait les lignes suivantes, tracées d'une main contrainte et d'une écriture qui semblait contrefaite, car Olaf n'avait pas l'habitude d'écrire avec les doigts d'Octave :

« Lue par tout autre que par vous, cette lettre paraîtrait datée des Petites-Maisons, mais vous me comprendrez. Un concours inexplicable de circonstances fatales, qui ne se sont peut-être jamais produites depuis que la terre tourne autour du soleil, me force à une action que nul homme n'a faite. Je m'écris à moi-même et mets sur cette adresse un nom qui est le mien, un nom que vous m'avez volé avec ma personne. De quelles machinations ténébreuses suis-je victime, dans quel cercle d'illusions infernales ai-je mis le pied, je l'ignore ; — vous le savez, sans doute. Ce secret, si vous n'êtes point un lâche, le canon de mon pistolet ou la pointe de mon épée vous le demandera sur un terrain où tout homme honorable ou infâme répond aux questions qu'on lui pose ; il faut que demain l'un de nous ait cessé de voir la lumière du ciel. Ce large univers est maintenant trop étroit pour nous deux : — je tuerai mon corps habité par votre esprit imposteur ou vous tuerez le vôtre, où mon âme s'indigne d'être emprisonnée. — N'essayez pas de me faire passer pour fou, — j'aurai le courage d'être raisonnable, et, partout où je vous rencontrerai, je vous insulterai avec une politesse de gentilhomme, avec un sang-froid de diplomate ; les moustaches de M. le comte Olaf Labinski peuvent déplaire à M. Octave de Saville, et tous les jours on se marche sur le pied à la sortie de l'Opéra, mais j'espère que mes phrases, bien qu'obscures, n'auront aucune ambiguïté pour vous, et que mes témoins s'entendront parfaitement avec les vôtres pour l'heure, le lieu et les conditions du combat. »

Cette lettre jeta Octave dans une grande perplexité. Il ne pouvait refuser le cartel du comte, et cependant il lui répugnait de se battre avec lui-même, car il avait gardé pour son ancienne enveloppe une certaine tendresse. L'idée d'être obligé à ce combat par quelque outrage éclatant le fit se décider pour l'acceptation, quoique, à la rigueur, il pût mettre à son adversaire la camisole de force de la folie et lui arrêter ainsi le bras, mais ce moyen violent répugnait à sa délicatesse. Si, entraîné par une passion inéluctable, il avait commis un acte répréhensible et caché l'amant sous le masque de l'époux pour triompher d'une vertu au-dessus de toutes les séductions, il n'était pas pourtant un homme sans honneur et sans courage ; ce parti extrême, il ne l'avait d'ailleurs pris qu'après trois ans de luttes et de souffrances, au moment où sa vie, consumée par l'amour, allait lui échapper. Il ne connaissait pas le comte ; il n'était pas son ami ; il ne lui devait rien, et il avait profité du moyen hasardeux que lui offrait le docteur Balthazar Cherbonneau.

Où prendre des témoins ? sans doute parmi les amis du comte ; mais Octave, depuis un jour qu'il habitait l'hôtel, n'avait pu se lier avec eux.

Sur la cheminée s'arrondissaient deux coupes de céladon craquelé, dont les anses étaient formées par des dragons d'or. L'une contenait des bagues, des épingles, des cachets et autres menus bijoux ; — l'autre des cartes de visite où, sous des couronnes de duc, de marquis, de comte, en gothique, en ronde, en anglaise, étaient inscrits par des graveurs habiles une foule de noms polonais, russes, hongrois, allemands, italiens, espagnols, attestant l'existence voyageuse du comte, qui avait des amis dans tous les pays.

Octave en prit deux au hasard : le comte Zamoieczki et le marquis de Sepulveda. — Il ordonna d'atteler et se fit conduire chez eux. Il les trouva l'un et l'autre. Ils ne parurent pas surpris de la requête de celui qu'ils prenaient pour le comte Olaf Labinski. — Totalement dénués de la sensibilité des témoins bourgeois, ils ne demandèrent pas si l'affaire pouvait s'arranger et gardèrent un silence de bon goût sur le motif de la querelle, en parfaits gentilshommes qu'ils étaient.

De son côté, le comte véritable, ou, si vous l'aimez mieux, le faux Octave, était en proie à un embarras pareil ; il se souvint d'Alfred Humbert et de Gustave Raimbaud, au déjeuner duquel il avait refusé d'assister, et il les décida à le servir en cette rencontre. — Les deux jeunes gens marquèrent quelque étonnement de voir engager dans un duel leur ami, qui depuis un an n'avait presque pas quitté sa chambre, et dont ils savaient l'humeur plus pacifique que batailleuse ; mais, lorsqu'il leur eut dit qu'il s'agissait d'un combat à mort pour un motif qui ne devait pas être révélé, ils ne firent plus d'objections et se rendirent à l'hôtel Labinski.

Les conditions furent bientôt réglées. Une pièce d'or jetée en l'air décida de l'arme, les adversaires ayant déclaré que l'épée ou le pistolet leur convenait également. On devait se rendre au bois de Boulogne à six heures du matin dans l'avenue des Poteaux, près de ce toit de chaume soutenu par des piliers rustiques, à cette place libre d'arbres où le sable tassé présente une arène propre à ces sortes de combats.

Lorsque tout fut convenu, il était près de minuit, et Octave se dirigea vers la porte de l'appartement de Prascovie. Le verrou était tiré comme la veille, et la voix moqueuse de la comtesse lui jeta cette raillerie à travers la porte :

« Revenez quand vous saurez le polonais, je suis trop patriote pour recevoir un étranger chez moi. »

Le matin, le docteur Cherbonneau, qu'Octave avait prévenu, arriva portant une trousse d'instruments de chirurgie et un paquet de bandelettes. — Ils montèrent ensemble en voiture. MM. Zamoieczki et de Sepulveda suivaient dans leur coupé.

« Eh bien, mon cher Octave, dit le docteur, l'aventure tourne donc déjà au tragique ? J'aurais dû laisser dormir le comte dans votre corps une huitaine de jours sur mon divan. J'ai prolongé au-delà de cette limite des sommeils magnétiques. Mais on a beau avoir étudié la sagesse chez les brahmes, les pandits et les sanniâsys de l'Inde, on oublie toujours quelque chose, et il se trouve des imperfections au plan le mieux combiné. Mais comment la comtesse Prascovie a-t-elle accueilli son amoureux de Florence ainsi déguisé ?

— Je crois, répondit Octave, qu'elle m'a reconnu malgré ma métamorphose, ou bien c'est son ange gardien qui lui a soufflé à l'oreille de se méfier de moi ; je l'ai trouvée aussi chaste, aussi froide, aussi pure que la neige du pôle. Sous une forme aimée, son âme exquise devinait sans doute une âme étrangère. — Je vous disais bien que vous ne pouviez rien pour moi ; je suis plus malheureux encore que lorsque vous m'avez fait votre première visite.

— Qui pourrait assigner une borne aux facultés de l'âme, dit le docteur Balthazar Cherbonneau d'un air pensif, surtout lorsqu'elle n'est altérée par aucune pensée terrestre, souillée par aucun limon humain, et se maintient telle qu'elle est sortie des mains du Créateur dans la lumière, la contemplation de l'amour ? — Oui, vous avez raison, elle vous a reconnu ; son angélique pudeur a frissonné sous le regard du désir et, par instinct, s'est voilée de ses ailes blanches. Je vous plains, mon pauvre Octave ! votre mal est en effet irrémédiable. — Si nous étions au moyen âge, je vous dirais : Entrez dans un cloître.

— J'y ai souvent pensé », répondit Octave.

On était arrivé. — Le coupé du faux Octave stationnait déjà à l'endroit désigné.

Le bois présentait à cette heure matinale un aspect véritablement pittoresque que la fashion lui fait perdre dans la journée : l'on était à ce point de l'été où le soleil n'a pas encore eu le temps d'assombrir le vert du feuillage ; des teintes fraîches, transparentes, lavées par la rosée de la nuit, nuançaient les massifs, et il s'en dégageait un parfum de jeune végétation. Les arbres, à cet endroit, sont particulièrement beaux, soit qu'ils aient rencontré un terrain plus favorable, soit qu'ils survivent seuls d'une plantation ancienne ; leurs troncs vigoureux, plaqués de mousse ou satinés d'une écorce d'argent, s'agrafent au sol par des racines noueuses, projettent des branches aux coudes bizarres, et pourraient servir de modèles aux études des peintres et des décorateurs qui vont bien loin en chercher de moins remarquables. Quelques oiseaux que les bruits du jour font taire pépiaient gaiement sous la feuillée ; un lapin furtif traversait en trois bonds le sable de l'allée et courait se cacher dans l'herbe, effrayé du bruit des roues.

Ces poésies de la nature surprise en déshabillé occupaient peu, comme vous le pensez, les deux adversaires et leurs témoins.

La vue du docteur Cherbonneau fit une impression désagréable sur le comte Olaf Labinski ; mais il se remit bien vite.

L'on mesura les épées, l'on assigna les places aux combattants, qui, après avoir mis habit bas, tombèrent en garde pointe contre pointe.

Les témoins crièrent : « Allez ! »

Dans tout duel, quel que soit l'acharnement des adversaires, il y a un moment d'immobilité solennelle ; chaque combattant étudie son ennemi en silence et fait son plan, méditant l'attaque et se préparant à la riposte ; puis les épées se cherchent, s'agacent, se tâtent pour ainsi dire sans se quitter : cela dure quelques secondes, qui paraissent des minutes, des heures, à l'anxiété des assistants.

Ici, les conditions du duel, en apparence ordinaires pour les spectateurs, étaient si étranges pour les combattants, qu'ils restèrent ainsi en garde plus longtemps que de coutume. En effet, chacun avait devant soi son propre corps et devait enfoncer l'acier dans une chair qui lui appartenait encore la veille. — Le combat se compliquait d'une sorte de suicide non prévue, et, quoique braves tous deux, Octave et le comte éprouvaient une instinctive horreur à se trouver l'épée à la main en face de leurs fantômes et prêts à fondre sur eux-mêmes.

Les témoins impatientés allaient crier encore une fois : « Messieurs, mais allez donc ! » lorsque les fers se froissèrent enfin sur leurs carres.

Quelques attaques furent parées avec prestesse de part et d'autre.

Le comte, grâce à son éducation militaire, était un habile tireur ; il avait moucheté le plastron des maîtres les plus célèbres ; mais, s'il possédait toujours la théorie, il n'avait plus pour l'exécution ce bras nerveux habitué à tailler des croupières aux Mourides de Schamyl ; c'était le faible poignet d'Octave qui tenait son épée.

Au contraire, Octave, dans le corps du comte, se trouvait une vigueur inconnue, et, quoique moins savant, il écartait toujours de sa poitrine le fer qui la cherchait.

Vainement Olaf s'efforçait d'atteindre son adversaire et risquait des bottes hasardeuses. Octave, plus froid et plus ferme, déjouait toutes les feintes.

La colère commençait à s'emparer du comte, dont le jeu devenait nerveux et désordonné. Quitte à rester Octave de Saville, il voulait tuer ce corps imposteur qui pouvait tromper Prascovie, pensée qui le jetait en d'inexprimables rages.

Au risque de se faire transpercer, il essaya un coup droit pour arriver, à travers son propre corps, à l'âme et à la vie de son rival ; mais l'épée d'Octave se lia autour de la sienne avec un mouvement si preste, si sec, si irrésistible, que le fer, arraché de son poing, jaillit en l'air et alla tomber quelques pas plus loin.

La vie d'Olaf était à la discrétion d'Octave : il n'avait qu'à se fendre pour le percer de part en part. — La figure du comte se crispa, non qu'il eût peur de la mort, mais il pensait qu'il allait laisser sa femme à ce voleur de corps, que rien désormais ne pourrait démasquer.

Octave, loin de profiter de son avantage, jeta son épée, et, faisant signe aux témoins de ne pas intervenir, marcha vers le comte stupéfait, qu'il prit par le bras et qu'il entraîna dans l'épaisseur du bois.

« Que me voulez-vous ? dit le comte. Pourquoi ne pas me tuer lorsque vous pouvez le faire ? Pourquoi ne pas continuer le combat, après m'avoir laissé reprendre mon épée, s'il vous répugnait de frapper un homme sans armes ? Vous savez bien que le soleil ne doit pas projeter ensemble nos deux ombres sur le sable, et qu'il faut que la terre absorbe l'un de nous.

— Écoutez-moi patiemment, répondit Octave. Votre bonheur est entre mes mains. Je puis garder toujours ce corps où je loge aujourd'hui et qui vous appartient en propriété légitime : je me plais à le reconnaître maintenant qu'il n'y a pas de témoins près de nous, et que les oiseaux seuls, qui n'iront pas le redire, peuvent nous entendre ; si nous recommençons le duel, je vous tuerai. Le comte Olaf Labinski, que je représente du moins mal que je peux, est plus fort à l'escrime qu'Octave de Saville, dont vous avez maintenant la figure, et que je serai forcé, bien à regret, de supprimer ; et cette mort, quoique non réelle, puisque mon âme y survivrait, désolerait ma mère. »

Le comte, reconnaissant la vérité de ces observations, garda un silence qui ressemblait à une sorte d'acquiescement.

« Jamais, continua Octave, vous ne parviendrez, si je m'y oppose, à vous réintégrer dans votre individualité ; vous voyez à quoi ont abouti vos deux essais. D'autres tentatives vous feraient prendre pour un monomane. Personne ne croira un mot de vos allégations, et, lorsque vous prétendrez être le comte Olaf Labinski, tout le monde vous éclatera de rire au nez, comme vous avez déjà pu vous en convaincre. On vous enfermera, et vous passerez le reste de votre vie à protester sous les douches que vous êtes effectivement l'époux de la belle comtesse Prascovie Labinska. Les âmes compatissantes diront en vous entendant : "Ce pauvre Octave !" Vous serez méconnu comme le Chabert de Balzac, qui voulait prouver qu'il n'était pas mort. »

Cela était si mathématiquement vrai, que le comte abattu laissa tomber sa tête sur sa poitrine.

« Puisque vous êtes pour le moment Octave de Saville, vous avez sans doute fouillé ses tiroirs, feuilleté ses papiers ; et vous n'ignorez pas qu'il nourrit depuis trois ans pour la comtesse Prascovie Labinska un amour éperdu, sans espoir, qu'il a vainement tenté de s'arracher du cœur et qui ne s'en ira qu'avec sa vie, s'il ne le suit pas encore dans la tombe.

— Oui, je le sais, fit le comte en se mordant les lèvres.

— Eh bien, pour parvenir à elle j'ai employé un moyen horrible, effrayant, et qu'une passion délirante pouvait seule risquer ; le docteur Cherbonneau a tenté pour moi une œuvre à faire reculer les thaumaturges de tous les pays et de tous les siècles. Après nous avoir tous deux plongés dans le sommeil, il a fait magnétiquement changer nos âmes d'enveloppe. Miracle inutile ! Je vais vous rendre votre corps : Prascovie ne m'aime pas ! Dans la forme de l'époux elle a reconnu l'âme de l'amant ; son regard s'est glacé sur le seuil de la chambre conjugale comme au jardin de la villa Salviati. »

Un chagrin si vrai se trahissait dans l'accent d'Octave, que le comte ajouta foi à ses paroles.

« Je suis un amoureux, ajouta Octave en souriant, et non pas un voleur ; et, puisque le seul bien que j'aie désiré sur cette terre ne peut m'appartenir, je ne vois pas pourquoi je garderais vos titres, vos châteaux, vos terres, votre argent, vos chevaux, vos armes. — Allons, donnez-moi le bras, ayons l'air réconciliés, remercions nos témoins, prenons avec nous le docteur Cherbonneau, et retournons au laboratoire magique d'où nous sommes sortis transfigurés ; le vieux brahme saura bien défaire ce qu'il a fait. »

« Messieurs, dit Octave, soutenant pour quelques minutes encore le rôle du comte Olaf Labinski, nous avons échangé, mon adversaire et moi, des explications confidentielles qui rendent la continuation du combat inutile. Rien n'éclaircit les idées entre honnêtes gens comme de froisser un peu le fer. »

MM. Zamoieczki et Sepulveda remontèrent dans leur voiture. Alfred Humbert et Gustave Raimbaud regagnèrent leur coupé. — Le comte Olaf Labinski, Octave de Saville et le docteur Balthazar se dirigèrent grand train vers la rue du Regard.

XII

Pendant le trajet du bois de Boulogne à la rue du Regard, Octave de Saville dit au docteur Cherbonneau :

« Mon cher docteur, je vais mettre encore une fois votre science à l'épreuve : il faut réintégrer nos âmes chacune dans son domicile habituel. — Cela ne doit pas vous être difficile ; j'espère que M. le comte Labinski ne vous en voudra pas pour lui avoir fait changer un palais contre une chaumière et loger quelques heures sa personnalité brillante dans mon pauvre individu. Vous possédez d'ailleurs une puissance à ne craindre aucune vengeance. »

Après avoir fait un signe d'acquiescement, le docteur Balthazar Cherbonneau dit : « L'opération sera beaucoup plus simple cette fois-ci que l'autre ; les imperceptibles filaments qui retiennent l'âme au corps ont été brisés récemment chez vous et n'ont pas eu le temps de se renouer, et vos volontés ne feront pas cet obstacle qu'oppose au magnétiseur la résistance instinctive du magnétisé. M. le comte pardonnera sans doute à un vieux savant comme moi de n'avoir pu résister au plaisir de pratiquer une expérience pour laquelle on ne trouve pas beaucoup de sujets, puisque cette tentative n'a servi d'ailleurs qu'à confirmer avec éclat une vertu qui pousse la délicatesse jusqu'à la divination, et triomphe là où toute autre eût succombé. Vous regarderez, si vous voulez, comme un rêve bizarre cette transformation passagère, et peut-être plus tard ne serez-vous pas fâché d'avoir éprouvé cette sensation étrange que très peu d'hommes ont connue, celle d'avoir habité deux corps. — La métempsycose n'est pas une doctrine nouvelle ; mais, avant de transmigrer dans une autre existence, les âmes boivent la coupe d'oubli, et tout le monde ne peut pas, comme Pythagore, se souvenir d'avoir assisté à la guerre de Troie.

— Le bienfait de me réinstaller dans mon individualité, répondit poliment le comte, équivaut au désagrément d'en avoir été exproprié, cela soit dit sans aucune mauvaise intention pour M. Octave de Saville que je suis encore et que je vais cesser d'être. »

Octave sourit avec les lèvres du comte Labinski à cette phrase, qui n'arrivait à son adresse qu'à travers une enveloppe étrangère, et le silence s'établit entre ces trois personnages, à qui leur situation anormale rendait toute conversation difficile.

Le pauvre Octave songeait à son espoir évanoui, et ses pensées n'étaient pas, il faut l'avouer, précisément couleur de rose. Comme tous les amants rebutés, il se demandait encore pourquoi il n'était pas aimé — comme si l'amour avait un pourquoi ! La seule raison qu'on en puisse donner est le *parce que*, réponse logique dans son laconisme entêté, que les femmes opposent à toutes les questions embarrassantes. Cependant il se reconnaissait vaincu et sentait que le ressort de la vie, retendu chez lui un instant par le docteur Cherbonneau, était de nouveau brisé et bruissait dans son cœur comme celui d'une montre qu'on a laissée tomber à terre. Octave n'aurait pas voulu causer à sa mère le chagrin de son suicide, et il cherchait un endroit où s'éteindre silencieusement de son chagrin inconnu sous le nom scientifique d'une maladie plausible. S'il eût été peintre, poète ou musicien, il aurait cristallisé sa douleur en chefs-d'œuvre, et Prascovie vêtue de blanc, couronnée d'étoiles, pareille à la Béatrice de Dante, aurait plané sur son inspiration comme un ange lumineux ; mais, nous l'avons dit en commençant cette histoire, bien qu'instruit et distingué, Octave n'était pas un de ces esprits d'élite qui impriment sur ce monde la trace de leur passage. Âme obscurément sublime, il ne savait qu'aimer et mourir.

La voiture entra dans la cour du vieil hôtel de la rue du Regard, cour au pavé serti d'herbe verte où les pas des visiteurs avaient frayé un chemin et que les hautes murailles grises des constructions inondaient d'ombres froides comme celles qui tombent des arcades d'un cloître : le Silence et l'Immobilité veillaient sur le seuil comme deux statues invisibles pour protéger la méditation du savant.

Octave et le comte descendirent, et le docteur franchit le marchepied d'un pas plus leste qu'on n'aurait pu l'attendre de son âge et sans s'appuyer au bras que le valet de pied lui présentait avec cette politesse que les laquais de grande maison affectent pour les personnes faibles ou âgées.

Dès que les doubles portes se furent refermées sur eux, Olaf et Octave se sentirent enveloppés par cette chaude atmosphère qui rappelait au docteur celle de l'Inde et où seulement il pouvait respirer à l'aise, mais qui suffoquait presque les gens qui n'avaient pas été comme lui torréfiés trente ans aux soleils tropicaux. Les incarnations de Wishnou grimaçaient toujours dans leurs cadres, plus bizarres au jour qu'à la lumière ; Shiva, le dieu bleu, ricanait sur son socle, et Dourga, mordant sa lèvre calleuse de ses dents de sanglier, semblait agiter son chapelet de crânes. Le logis gardait son impression mystérieuse et magique.

Le docteur Balthazar Cherbonneau conduisit ses deux sujets dans la pièce où s'était opérée la première transformation ; il fit tourner le disque de verre de la machine électrique, agita les tiges de fer du baquet mesmérien, ouvrit les bouches de chaleur de façon à faire monter rapidement la température, lut deux ou trois lignes sur des papyrus si anciens qu'ils ressem-

blaient à de vieilles écorces prêtes à tomber en poussière, et, lorsque quelques minutes furent écoulées, il
dit à Octave et au comte :

« Messieurs, je suis à vous ; voulez-vous que nous
commencions ? »

Pendant que le docteur se livrait à ces préparatifs,
des réflexions inquiétantes passaient par la tête du
comte.

« Lorsque je serai endormi, que va faire de mon âme
ce vieux magicien à figure de macaque qui pourrait
bien être le diable en personne ? — La restituera-t-il à
mon corps, ou l'emportera-t-il en enfer avec lui ? Cet
échange qui doit me rendre mon bien n'est-il qu'un
nouveau piège, une combinaison machiavélique pour
quelque sorcellerie dont le but m'échappe ? Pourtant,
ma position ne saurait guère empirer. Octave possède
mon corps, et, comme il le disait très bien ce matin, en
le réclamant sous ma figure actuelle je me ferais enfermer comme fou. S'il avait voulu se débarrasser définitivement de moi, il n'avait qu'à pousser la pointe de
son épée ; j'étais désarmé, à sa merci ; la justice des
hommes n'avait rien à y voir ; les formes du duel
étaient parfaitement régulières et tout s'était passé
selon l'usage. — Allons ! pensons à Prascovie, et pas
de terreur enfantine ! Essayons du seul moyen qui me
reste de la reconquérir ! »

Et il prit comme Octave la tige de fer que le docteur
Balthazar Cherbonneau lui présentait.

Fulgurés par les conducteurs de métal chargés à
outrance de fluide magnétique, les deux jeunes gens
tombèrent bientôt dans un anéantissement si profond
qu'il eût ressemblé à la mort pour toute personne non
prévenue : le docteur fit les passes, accomplit les rites,
prononça les syllabes comme la première fois, et bientôt deux petites étincelles apparurent au-dessus d'Octave et du comte avec un tremblement lumineux ; le
docteur reconduisit à sa demeure primitive l'âme du
comte Olaf Labinski, qui suivit d'un vol empressé le
geste du magnétiseur.

Pendant ce temps, l'âme d'Octave s'éloignait lentement du corps d'Olaf, et, au lieu de rejoindre le sien, s'élevait, s'élevait comme toute joyeuse d'être libre, et ne paraissait pas se soucier de rentrer dans sa prison. Le docteur se sentit pris de pitié pour cette Psyché qui palpitait des ailes, et se demanda si c'était un bienfait de la ramener vers cette vallée de misère. Pendant cette minute d'hésitation, l'âme montait toujours. Se rappelant son rôle, M. Cherbonneau répéta de l'accent le plus impérieux l'irrésistible monosyllabe et fit une passe fulgurante de volonté ; la petite lueur tremblotante était déjà hors du cercle d'attraction, et, traversant la vitre supérieure de la croisée, elle disparut.

Le docteur cessa des efforts qu'il savait superflus et réveilla le comte, qui, en se voyant dans un miroir avec ses traits habituels, poussa un cri de joie, jeta un coup d'œil sur le corps toujours immobile d'Octave comme pour se prouver qu'il était bien définitivement débarrassé de cette enveloppe, et s'élança dehors, après avoir salué de la main M. Balthazar Cherbonneau.

Quelques instants après, le roulement sourd d'une voiture sous la voûte se fit entendre, et le docteur Balthazar Cherbonneau resta seul face à face avec le cadavre d'Octave de Saville.

« Par la trompe de Ganésa ! s'écria l'élève du brahme d'Éléphanta lorsque le comte fut parti, voilà une fâcheuse affaire ; j'ai ouvert la porte de la cage, l'oiseau s'est envolé, et le voilà déjà hors de la sphère de ce monde, si loin que le sannyâsi Brahma-Logum lui-même ne le rattraperait pas ; je reste avec un corps sur les bras. Je puis bien le dissoudre dans un bain corrosif si énergique qu'il n'en resterait pas un atome appréciable, ou en faire en quelques heures une momie de Pharaon pareille à celles qu'enferment ces boîtes bariolées d'hiéroglyphes ; mais on commencerait des enquêtes, on fouillerait mon logis, on ouvrirait mes caisses, on me ferait subir toutes sortes d'interrogatoires ennuyeux... »

Ici, une idée lumineuse traversa l'esprit du docteur ;

il saisit une plume et traça rapidement quelques lignes sur une feuille de papier qu'il serra dans le tiroir de sa table.

Le papier contenait ces mots :

« N'ayant ni parents, ni collatéraux, je lègue tous mes biens à M. Octave de Saville, pour qui j'ai une affection particulière, — à la charge de payer un legs de cent mille francs à l'hôpital brahminique de Ceylan, pour les animaux vieux, fatigués ou malades, de servir douze cents francs de rente viagère à mon domestique indien et à mon domestique anglais, et de remettre à la bibliothèque Mazarine le manuscrit des lois de Manou. »

Ce testament fait à un mort par un vivant n'est pas une des choses les moins bizarres de ce conte invraisemblable et pourtant réel ; mais cette singularité va s'expliquer sur-le-champ.

Le docteur toucha le corps d'Octave de Saville, que la chaleur de la vie n'avait pas encore abandonné, regarda dans la glace son visage ridé, tanné et rugueux comme une peau de chagrin, d'un air singulièrement dédaigneux, et faisant sur lui le geste avec lequel on jette un vieil habit lorsque le tailleur vous en apporte un neuf, il murmura la formule du sannyâsi Brahma-Logum.

Aussitôt le corps du docteur Balthazar Cherbonneau roula comme foudroyé sur le tapis, et celui d'Octave de Saville se redressa fort, alerte et vivace.

Octave-Cherbonneau se tint debout quelques minutes devant cette dépouille maigre, osseuse et livide qui, n'étant plus soutenue par l'âme puissante qui la vivifiait tout à l'heure, offrit presque aussitôt les signes de la plus extrême sénilité, et prit rapidement une apparence cadavéreuse.

« Adieu, pauvre lambeau humain, misérable guenille percée au coude, élimée sur toutes les coutures, que j'ai traînée soixante-dix ans dans les cinq parties du monde ! tu m'as fait un assez bon service, et je ne te quitte pas sans quelque regret. On s'habitue l'un et l'autre à vivre si longtemps ensemble ! Mais avec cette jeune enveloppe, que ma science aura bientôt rendue robuste, je pourrai étudier, travailler, lire encore quelques mots du grand livre, sans que la mort le ferme au paragraphe le plus intéressant en disant : « C'est assez ! »

Cette oraison funèbre adressée à lui-même, Octave-Cherbonneau sortit d'un pas tranquille pour aller prendre possession de sa nouvelle existence.

Le comte Olaf Labinski était retourné à son hôtel et avait fait demander tout de suite si la comtesse pouvait le recevoir.

Il la trouva assise sur un banc de mousse, dans la serre, dont les panneaux de cristal relevés à demi laissaient passer un air tiède et lumineux, au milieu d'une véritable forêt vierge de plantes exotiques et tropicales ; elle lisait Novalis, un des auteurs les plus subtils, les plus raréfiés, les plus immatériels qu'ait produit le spiritualisme allemand ; la comtesse n'aimait pas les livres qui peignent la vie avec des couleurs réelles et fortes, — et la vie lui paraissait un peu grossière à force d'avoir vécu dans un monde d'élégance, d'amour et de poésie.

Elle jeta son livre et leva lentement les yeux vers le comte. Elle craignait de rencontrer encore dans les prunelles noires de son mari ce regard ardent, orageux, chargé de pensées mystérieuses, qui l'avait si péniblement troublée et qui lui semblait — appréhension folle, idée extravagante, — le regard d'un autre !

Dans les yeux d'Olaf éclatait une joie sereine, brûlait d'un feu égal un amour chaste et pur ; l'âme étrangère qui avait changé l'expression de ses traits s'était envolée pour toujours : Prascovie reconnut aussitôt son Olaf adoré, et une rapide rougeur de plaisir nuança ses joues transparentes. — Quoiqu'elle ignorât les transformations opérées par le docteur Cherbonneau, sa délicatesse de sensitive avait pressenti tous ces changements sans pourtant qu'elle s'en rendît compte.

« Que lisiez-vous là, chère Prascovie ? dit Olaf en

ramassant sur la mousse le livre relié de maroquin bleu. — Ah ! l'histoire de Henri d'Ofterdingen, — c'est le même volume que je suis allé vous chercher à franc étrier à Mohilev, — un jour que vous aviez manifesté à table le désir de l'avoir. À minuit il était sur votre guéridon, à côté de votre lampe ; mais aussi Ralph en est resté poussif !

— Et je vous ai dit que jamais plus je ne manifesterais la moindre fantaisie devant vous. Vous êtes du caractère de ce grand d'Espagne qui priait sa maîtresse de ne pas regarder les étoiles, puisqu'il ne pouvait les lui donner.

— Si tu en regardais une, répondit le comte, j'essaierais de monter au ciel et de l'aller demander à Dieu. »

Tout en écoutant son mari, la comtesse repoussait une mèche révoltée de ses bandeaux qui scintillait comme une flamme dans un rayon d'or. Ce mouvement avait fait glisser sa manche et mis à nu son beau bras que cerclait au poignet le lézard constellé de turquoises qu'elle portait le jour de cette apparition aux Cascines, si fatale pour Octave.

« Quelle peur, dit le comte, vous a causée jadis ce pauvre petit lézard que j'ai tué d'un coup de badine lorsque, pour la première fois, vous êtes descendue au jardin sur mes instantes prières ! Je le fis mouler en or et orner de quelques pierres ; mais, même à l'état de bijou, il vous semblait toujours effrayant, et ce n'est qu'au bout d'un certain temps que vous vous décidâtes à le porter.

— Oh ! J'y suis habituée tout à fait maintenant, et c'est de mes joyaux celui que je préfère, car il me rappelle un bien cher souvenir.

— Oui, reprit le comte ; ce jour-là, nous convînmes que, le lendemain, je vous ferais demander officiellement en mariage à votre tante. »

La comtesse, qui retrouvait le regard, l'accent du vrai Olaf, se leva, rassurée d'ailleurs par ces détails intimes, lui sourit, lui prit le bras et fit avec lui quelques tours dans la serre, arrachant au passage, de sa main restée libre, quelques fleurs dont elle mordait les pétales de ses lèvres fraîches, comme cette Vénus de Schiavone qui mange des roses.

« Puisque vous avez si bonne mémoire aujourd'hui, dit-elle en jetant la fleur qu'elle coupait de ses dents de perle, vous devez avoir retrouvé l'usage de votre langue maternelle... que vous ne saviez plus hier.

— Oh ! répondit le comte en polonais, c'est celle que mon âme parlera dans le ciel pour te dire que je t'aime, si les âmes gardent au paradis un langage humain. »

Prascovie, tout en marchant, inclina doucement sa tête sur l'épaule d'Olaf.

« Cher cœur, murmura-t-elle, vous voilà tel que je vous aime. Hier vous me faisiez peur, et je vous ai fui comme un étranger. »

Le lendemain, Octave de Saville, animé par l'esprit du vieux docteur, reçut une lettre lisérée de noir, qui le priait d'assister au service, convoi et enterrement de M. Balthazar Cherbonneau.

Le docteur, revêtu de sa nouvelle apparence, suivit son ancienne dépouille au cimetière, se vit enterrer, écouta d'un air de componction fort bien joué les discours que l'on prononça sur sa fosse, et dans lesquels on déplorait la perte irréparable que venait de faire la science ; puis il retourna rue Saint-Lazare, et attendit l'ouverture du testament qu'il avait écrit en sa faveur.

Ce jour-là on lut aux *faits divers* dans les journaux du soir :

« M. le docteur Balthazar Cherbonneau, connu par le long séjour qu'il a fait aux Indes, ses connaissances philologiques et ses cures merveilleuses, a été trouvé mort, hier, dans son cabinet de travail. L'examen minutieux du corps éloigne entièrement l'idée d'un crime. M. Cherbonneau a sans doute succombé à des fatigues intellectuelles excessives ou péri dans quelque expérience audacieuse. On dit qu'un testament olographe découvert dans le bureau du docteur lègue à la bibliothèque Mazarine des manuscrits extrêmement précieux, et nomme pour son héritier un jeune homme appartenant à une famille distinguée, M. O. de S. »

JETTATURA[1]

I

Le *Léopold*, superbe bateau à vapeur toscan qui fait le trajet de Marseille à Naples, venait de doubler la pointe de Procida. Les passagers étaient tous sur le pont, guéris du mal de mer par l'aspect de la terre, plus efficace que les bonbons de Malte et autres recettes employées en pareil cas.

Sur le tillac, dans l'enceinte réservée aux premières places, se tenaient des Anglais tâchant de se séparer les uns des autres le plus possible et de tracer autour d'eux un cercle de démarcation infranchissable ; leurs figures splénétiques étaient soigneusement rasées, leurs cravates ne faisaient pas un faux pli, leurs cols de chemises roides et blancs ressemblaient à des angles de papier bristol ; des gants de peau de Suède tout frais recouvraient leurs mains, et le vernis de lord Elliot miroitait sur leurs chaussures neuves. On eût dit qu'ils sortaient d'un des compartiments de leurs nécessaires ; dans leur tenue correcte, aucun des petits désordres de toilette, conséquence ordinaire du voyage. Il y avait là des lords, des membres de la chambre des Communes, des marchands de la Cité, des tailleurs de Regent's street et des couteliers de Sheffield tous convenables, tous graves, tous immobiles, tous ennuyés. Les femmes ne manquaient pas non plus, car les Anglaises ne sont pas sédentaires comme les femmes des autres pays, et profitent du plus léger prétexte pour quitter leur île. Auprès des ladies et des mistresses, beautés à leur automne, vergetées des couleurs de la couperose, rayonnaient, sous leur voile de gaze bleue, de jeunes misses au teint pétri de crème et de fraises, aux brillantes spirales de cheveux blonds, aux dents longues et blanches, rappelant les types affectionnés par les keepsakes, et justifiant les gravures d'outre-Manche du reproche de mensonge qu'on leur adresse souvent. Ces charmantes personnes modulaient, chacune de son côté, avec le plus délicieux accent britannique, la phrase sacramentelle : « *Vedi Napoli e poi mori* », consultaient leur Guide de voyage ou prenaient note de leurs impressions sur leur carnet, sans faire la moindre attention aux œillades à la don Juan de quelques fats parisiens qui rôdaient autour d'elles, pendant que les mamans irritées murmuraient à demi-voix contre l'impropriété française.

Sur la limite du quartier aristocratique se promenaient, fumant des cigares, trois ou quatre jeunes gens qu'à leur chapeau de paille ou de feutre gris, à leurs paletots-sacs constellés de larges boutons de corne, à leur vaste pantalon de coutil, il était facile de reconnaître pour des artistes, indication que confirmaient d'ailleurs leurs moustaches à la Van Dyck, leurs cheveux bouclés à la Rubens ou coupés en brosse à la Paul Véronèse ; ils tâchaient, mais dans un tout autre but que les dandies, de saisir quelques profils de ces beautés que leur peu de fortune les empêchait d'approcher de plus près, et cette préoccupation les distrayait un peu du magnifique panorama étalé devant leurs yeux.

À la pointe du navire, appuyés au bastingage ou assis sur des paquets de cordages enroulés, étaient groupés les pauvres gens des troisièmes places, achevant les provisions que les nausées leur avaient fait garder intactes, et n'ayant pas un regard pour le plus admirable spectacle du monde, car le sentiment de la nature est le privilège des esprits cultivés, que les nécessités matérielles de la vie n'absorbent pas entièrement.

Il faisait beau ; les vagues bleues se déroulaient à larges plis, ayant à peine la force d'effacer le sillage du bâtiment ; la fumée du tuyau, qui formait les nuages de ce ciel splendide, s'en allait lentement en légers flocons d'ouate, et les palettes des roues, se démenant dans une poussière diamantée où le soleil suspendait des iris, brassaient l'eau avec une activité joyeuse, comme si elles eussent eu la conscience de la proximité du port.

Cette longue ligne de collines qui, de Pausilippe au Vésuve, dessine le golfe merveilleux au fond duquel Naples se repose comme une nymphe marine se séchant sur la rive après le bain, commençait à prononcer ses ondulations violettes, et se détachait en traits plus fermes de l'azur éclatant du ciel ; déjà quelques points de blancheur, piquant le fond plus sombre des terres, trahissaient la présence des villas répandues dans la campagne. Des voiles de bateaux pêcheurs rentrant au port glissaient sur le bleu uni comme des plumes de cygne promenées par la brise, et montraient l'activité humaine sur la majestueuse solitude de la mer.

Après quelques tours de roue, le château Saint-Elme et le couvent Saint-Martin se profilèrent d'une façon distincte au sommet de la montagne où Naples s'adosse, par-dessus les dômes des églises, les terrasses des hôtels, les toits des maisons, les façades des palais, et les verdures des jardins encore vaguement ébauchés dans une vapeur lumineuse. — Bientôt le château de l'Œuf, accroupi sur son écueil lavé d'écume, sembla s'avancer vers le bateau à vapeur, et le môle avec son phare s'allongea comme un bras tenant un flambeau.

À l'extrémité de la baie, le Vésuve, plus rapproché, changea les teintes bleuâtres dont l'éloignement le revêtait pour des tons plus vigoureux et plus solides ; ses flancs se sillonnèrent de ravines et de coulées de laves refroidies, et de son cône tronqué comme des trous d'une cassolette, sortirent très visiblement de petits jets de fumée blanche qu'un souffle de vent faisait trembler.

On distinguait nettement Chiatamone, Pizzo Falcone, le quai de Santa Lucia, tout bordé d'hôtels, le Palazzo Reale avec ses rangées de balcons, le Palazzo Nuovo flanqué de ses tours à moucharabys, l'Arsenal, et les vaisseaux de toutes nations, entremêlant leurs mâts et leurs espars comme les arbres d'un bois dépouillé de feuilles, lorsque sortit de sa cabine un passager qui ne s'était pas fait voir de toute la traversée, soit que le mal de mer l'eût retenu dans son cadre, soit que par sauvagerie il n'eût pas voulu se mêler au reste des voyageurs, ou bien que ce spectacle, nouveau pour la plupart, lui fût dès longtemps familier et ne lui offrît plus d'intérêt.

C'était un jeune homme de vingt-six à vingt-huit ans, ou du moins auquel on était tenté d'attribuer cet âge au premier abord, car lorsqu'on le regardait avec attention on le trouvait ou plus jeune ou plus vieux, tant sa physionomie énigmatique mélangeait la fraîcheur et la fatigue. Ses cheveux d'un blond obscur tiraient sur cette nuance que les Anglais appellent *auburn*, et s'incendiaient au soleil de reflets cuivrés et métalliques, tandis que dans l'ombre ils paraissaient presque noirs ; son profil offrait des lignes purement accusées, un front dont un phrénologue eût admiré les protubérances, un nez d'une noble courbe aquiline, des lèvres bien coupées, et un menton dont la rondeur puissante faisait penser aux médailles antiques ; et cependant tous ces traits, beaux en eux-mêmes, ne composaient point un ensemble agréable. Il leur manquait cette mystérieuse harmonie qui adoucit les contours et les fond les uns dans les autres [2]. La légende parle d'un peintre italien qui, voulant représenter l'archange rebelle, lui composa un masque de beautés disparates, et arriva ainsi à un effet de terreur bien plus grand qu'au moyen des cornes, des sourcils circonflexes et de la bouche en rictus. Le visage de l'étranger produisait une impression de ce genre. Ses yeux surtout étaient extraordinaires ; les cils noirs qui les bordaient contrastaient avec la couleur gris pâle des prunelles et le ton châtain brûlé des cheveux. Le peu d'épaisseur des os du nez les faisait paraître plus rapprochés que les mesures des principes de dessin ne le permettent, et, quant à leur expression, elle était vraiment indéfinissable. Lorsqu'ils ne s'arrêtaient sur rien, une vague mélancolie, une tendresse languissante s'y peignaient dans une lueur humide ; s'ils se fixaient sur quelque personne ou quelque objet, les sourcils se rapprochaient, se crispaient, et modelaient une ride perpendiculaire dans la peau du front : les prunelles, de grises devenaient vertes, se tigraient de points noirs, se striaient de fibrilles jaunes ; le regard en jaillissait aigu, presque blessant ; puis tout reprenait sa placidité première, et le personnage à tournure méphistophélique redevenait un jeune homme du monde — membre du Jockey-Club, si vous voulez — allant passer la saison à Naples, et satisfait de mettre le pied sur un pavé de lave moins mobile que le pont du *Léopold*.

Sa tenue était élégante sans attirer l'œil par aucun détail voyant : une redingote bleu foncé, une cravate noire à pois dont le nœud n'avait rien d'apprêté ni de négligé non plus, un gilet de même dessin que la cravate, un pantalon gris clair, tombant sur une botte fine, composaient sa toilette ; la chaîne qui retenait sa montre était d'or tout uni, et un cordon de soie plate suspendait son pince-nez ; sa main bien gantée agitait une petite canne mince en cep de vigne tordu terminé par un écusson d'argent.

Il fit quelques pas sur le pont, laissant errer vaguement son regard vers la rive qui se rapprochait et sur laquelle on voyait rouler les voitures, fourmiller la population et stationner ces groupes d'oisifs pour qui l'arrivée d'une diligence ou d'un bateau à vapeur est un spectacle toujours intéressant et toujours neuf quoiqu'ils l'aient contemplé mille fois.

Déjà se détachait du quai une escadrille de canots, de chaloupes, qui se préparaient à l'assaut du *Léopold*, chargés d'un équipage de garçons d'hôtel, de domestiques de place, de facchini et autres canailles variées habituées à considérer l'étranger comme une proie ; chaque barque faisait force de rames pour arriver la première, et les mariniers échangeaient, selon la coutume, des injures, des vociférations capables d'effrayer des gens peu au fait des mœurs de la basse classe napolitaine.

Le jeune homme aux cheveux *auburn* avait, pour mieux saisir les détails du point de vue qui se déroulait devant lui, posé son lorgnon double sur son nez ; mais son attention, détournée du spectacle sublime de la baie par le concert de criailleries qui s'élevait de la flottille, se concentra sur les canots ; sans doute le bruit l'importunait, car ses sourcils se contractèrent, la ride de son front se creusa, et le gris de ses prunelles prit une teinte jaune.

Une vague inattendue, venue du large et courant sur la mer, ourlée d'une frange d'écume, passa sous le bateau à vapeur, qu'elle souleva et laissa retomber lourdement, se brisa sur le quai en millions de paillettes, mouilla les promeneurs tout surpris de cette douche subite, et fit, par la violence de son ressac, s'entre-choquer si rudement les embarcations, que trois ou quatre facchini tombèrent à l'eau. L'accident n'était pas grave, car ces drôles nagent tous comme des poissons ou des dieux marins, et quelques secondes après ils reparurent, les cheveux collés aux tempes, crachant l'eau amère par la bouche et les narines, et aussi étonnés, à coup sûr, de ce plongeon, que put l'être Télémaque, fils d'Ulysse, lorsque Minerve, sous la figure du sage Mentor, le lança du haut d'une roche à la mer pour l'arracher à l'amour d'Eucharis.

Derrière le voyageur bizarre, à distance respectueuse, restait debout, auprès d'un entassement de malles, un petit groom, espèce de vieillard de quinze ans, gnome en livrée, ressemblant à ces nains que la patience chinoise élève dans des potiches pour les empêcher de grandir ; sa face plate, où le nez faisait à peine saillie, semblait avoir été comprimée dès l'enfance, et ses yeux à fleur de tête avaient cette douceur que certains naturalistes trouvent à ceux du crapaud. Aucune gibbosité n'arrondissait ses épaules ni ne bombait sa poitrine ; cependant il faisait naître l'idée d'un bossu, quoiqu'on eût vainement cherché sa bosse. En somme, c'était un groom très convenable, qui eût pu se présenter sans entraînement aux races d'Ascott ou aux courses de Chantilly ; tout gentleman-rider l'eût accepté sur sa mauvaise mine. Il était déplaisant, mais irréprochable en son genre, comme son maître.

L'on débarqua ; les porteurs, après des échanges d'injures plus qu'homériques, se divisèrent les étrangers et les bagages, et prirent le chemin des différents hôtels dont Naples est abondamment pourvu.

Le voyageur au lorgnon et son groom se dirigèrent vers l'hôtel de Rome, suivis d'une nombreuse phalange de robustes facchini qui faisaient semblant de suer et de haleter sous le poids d'un carton à chapeau ou d'une légère boîte, dans l'espoir naïf d'un plus large pourboire, tandis que quatre ou cinq de leurs camarades, mettant en relief des muscles aussi puissants que ceux de l'Hercule qu'on admire aux Studii [3], poussaient une charrette à bras où ballottaient deux malles de grandeur médiocre et de pesanteur modérée.

Quand on fut arrivé aux portes de l'hôtel et que le *padron di casa* eut désigné au nouveau survenant l'appartement qu'il devait occuper, les porteurs, bien qu'ils eussent reçu environ le triple du prix de leur course, se livrèrent à des gesticulations effrénées et à des discours où les formules suppliantes se mêlaient aux menaces dans la proportion la plus comique ; ils parlaient tous à la fois avec une volubilité effrayante, réclamant un surcroît de paye, et jurant leurs grands dieux qu'ils n'avaient pas été suffisamment récompensés de leur fatigue. — Paddy, resté seul pour leur tenir tête, car son maître, sans s'inquiéter de ce tapage, avait déjà gravi l'escalier, ressemblait à un singe entouré par une meute de dogues : il essaya, pour calmer cet ouragan de bruit, un petit bout de harangue dans sa langue maternelle, c'est-à-dire en anglais. La harangue obtint peu de succès. Alors, fermant les poings et ramenant ses bras à la hauteur de sa poitrine, il prit une pose de boxe très correcte, à la grande hilarité des facchini, et, d'un coup droit digne d'Adams ou de Tom Cribbs et porté au creux de l'estomac, il envoya le géant de la bande rouler les quatre fers en l'air sur les dalles de lave du pavé.

Cet exploit mit en fuite la troupe ; le colosse se releva lourdement, tout brisé de sa chute ; et sans chercher à tirer vengeance de Paddy, il s'en alla frottant de sa main, avec force contorsions, l'empreinte bleuâtre qui commençait à iriser sa peau, persuadé qu'un démon devait être caché sous la jaquette de ce macaque, bon tout au plus à faire de l'équitation sur le dos d'un chien, et qu'il aurait cru pouvoir renverser d'un souffle.

L'étranger, ayant fait appeler le *padron di casa*, lui demanda si une lettre à l'adresse de M. Paul d'Aspremont n'avait pas été remise à l'hôtel de Rome ; l'hôtelier répondit qu'une lettre portant cette suscription attendait, en effet, depuis une semaine, dans le casier des correspondances, et il s'empressa de l'aller chercher.

La lettre, enfermée dans une épaisse enveloppe de papier cream-lead azuré et vergé, scellée d'un cachet de cire aventurine, était écrite de ce caractère penché aux pleins anguleux, aux déliés cursifs, qui dénote une haute éducation aristocratique, et que possèdent, un peu trop uniformément peut-être, les jeunes Anglaises de bonne famille.

Voici ce que contenait ce pli, ouvert par M. d'Aspremont avec une hâte qui n'avait peut-être pas la seule curiosité pour motif :

« Mon cher monsieur Paul,

« Nous sommes arrivés à Naples depuis deux mois. Pendant le voyage fait à petites journées mon oncle s'est plaint amèrement de la chaleur, des moustiques, du vin, du beurre, des lits ; il jurait qu'il faut être véritablement fou pour quitter un confortable cottage, à quelques milles de Londres, et se promener sur des routes poussiéreuses bordées d'auberges détestables, où d'honnêtes chiens anglais ne voudraient pas passer une nuit ; mais tout en grognant il m'accompagnait, et je l'aurais mené au bout du monde ; il ne se porte pas plus mal, et moi je me porte mieux. — Nous sommes installés sur le bord de la mer, dans une maison blanchie à la chaux et enfouie dans une sorte de forêt vierge d'orangers, de citronniers, de myrtes, de lauriers-roses et autres végétations exotiques. — Du haut de la terrasse on jouit d'une vue merveilleuse, et vous y trouverez tous les soirs une tasse de thé ou une limonade à la neige, à votre choix. Mon oncle, que vous avez fasciné, je ne sais pas comment, sera enchanté de vous serrer la main. Est-il nécessaire d'ajouter que votre servante n'en sera pas fâchée non plus, quoique vous lui ayez coupé les doigts avec votre bague, en lui disant adieu sur la jetée de Folkestone.

« ALICIA W. »

II

Paul d'Aspremont, après s'être fait servir à dîner dans sa chambre, demanda une calèche. Il y en a toujours qui stationnent autour des grands hôtels, n'attendant que la fantaisie des voyageurs ; le désir de Paul fut donc accompli sur-le-champ. Les chevaux de louage napolitains sont maigres à faire paraître Rossinante surchargée d'embonpoint ; leurs têtes décharnées, leurs côtes apparentes comme des cercles de tonneaux, leur échine saillante toujours écorchée, semblent implorer à titre de bienfait le couteau de l'équarrisseur, car donner de la nourriture aux animaux est regardé comme un soin superflu par l'insouciance méridionale ; les harnais, rompus la plupart du temps, ont des suppléments de corde, et quand le cocher a rassemblé ses guides et fait clapper sa langue pour décider le départ, on croirait que les chevaux vont s'évanouir et la voiture se dissiper en fumée comme le carrosse de Cendrillon lorsqu'elle revient du bal passé minuit, malgré l'ordre de la fée. Il n'en est rien cependant ; les rosses se roidissent sur leurs jambes et, après quelques titubations, prennent un galop qu'elles ne quittent plus : le cocher leur communique son ardeur, et la mèche de son fouet sait faire jaillir la dernière étincelle de vie cachée dans ces carcasses. Cela piaffe, agite la tête, se donne des airs fringants, écarquille l'œil, élargit la narine, et soutient une allure que n'égaleraient pas les plus rapides trotteurs anglais. Comment ce phénomène s'accomplit-il, et quelle puissance fait courir ventre à terre des bêtes mortes ? C'est ce que nous n'expliquerons pas. Toujours est-il que ce miracle a lieu journellement à Naples et que personne n'en témoigne de surprise.

La calèche de M. Paul d'Aspremont volait à travers la foule compacte, rasant les boutiques d'acquajoli aux guirlandes de citrons, les cuisines de fritures ou de macaronis en plein vent, les étalages de fruits de mer et les tas de pastèques disposés sur la voie publique comme les boulets dans les parcs d'artillerie. À peine si les lazzaroni couchés le long des murs, enveloppés de leurs cabans, daignaient retirer leurs jambes pour les soustraire à l'atteinte des attelages ; de temps à autre, un corricolo [4], filant entre ses grandes roues écarlates, passait encombré d'un monde de moines, de nourrices, de facchini et de polissons, à côté de la calèche dont il frisait l'essieu au milieu d'un nuage de poussière et de bruit. Les corricoli sont proscrits maintenant, et il est défendu d'en créer de nouveaux ; mais on peut ajouter une caisse neuve à de vieilles roues, ou des roues neuves à une vieille caisse : moyen ingénieux qui permet à ces bizarres véhicules de durer longtemps encore, à la grande satisfaction des amateurs de couleur locale.

Notre voyageur ne prêtait qu'une attention fort distraite à ce spectacle animé et pittoresque qui eût certes absorbé un touriste n'ayant pas trouvé à l'hôtel de Rome un billet à son adresse, signé ALICIA W.

Il regardait vaguement la mer limpide et bleue, où se distinguaient, dans une lumière brillante, et nuancées par le lointain de teintes d'améthyste et de saphir, les belles îles semées en éventail à l'entrée du golfe, Capri, Ischia, Nisida, Procida, dont les noms harmonieux résonnent comme des dactyles grecs, mais son âme n'était pas là ; elle volait à tire-d'aile du côté de Sorrente, vers la petite maison blanche enfouie dans la verdure dont parlait la lettre d'Alicia. En ce moment la figure de M. d'Aspremont n'avait pas cette expression indéfinissablement déplaisante qui la caractérisait quand une joie intérieure n'en harmonisait pas les perfections disparates : elle était vraiment belle et sympathique, pour nous servir d'un mot cher aux Italiens ; l'arc de ses sourcils était détendu ; les coins de sa bouche ne s'abaissaient pas dédaigneusement, et une lueur tendre illuminait ses yeux calmes : — on eût parfaitement compris en le voyant alors les sentiments que semblaient indiquer à son endroit les phrases demi-tendres, demi-moqueuses écrites sur le papier cream-lead. Son originalité soutenue de beaucoup de distinction ne devait pas déplaire à une jeune miss, librement élevée à la manière anglaise par un vieil oncle très indulgent.

Au train dont le cocher poussait ses bêtes, l'on eut bientôt dépassé Chiaja, la Marinella, et la calèche roula dans la campagne sur cette route remplacée aujourd'hui par un chemin de fer. Une poussière noire, pareille à du charbon pilé, donne un aspect plutonique à toute cette plage que recouvre un ciel étincelant et que lèche une mer du plus suave azur ; c'est la suie du Vésuve tamisée par le vent qui saupoudre cette rive, et fait ressembler les maisons de Portici et de Torre del Greco à des usines de Birmingham. M. d'Aspremont ne s'occupa nullement du contraste de la terre d'ébène et du ciel de saphir, il lui tardait d'être arrivé. Les plus beaux chemins sont longs lorsque miss Alicia vous attend au bout, et qu'on lui a dit adieu il y a six mois sur la jetée de Folkestone : le ciel et la mer de Naples y perdent leur magie.

La calèche quitta la route, prit un chemin de traverse, et s'arrêta devant une porte formée de deux piliers de briques blanchies, surmontées d'urnes de terre rouge, où des aloès épanouissaient leurs feuilles pareilles à des lames de fer-blanc et pointues comme des poignards. Une claire-voie peinte en vert servait de fermeture. La muraille était remplacée par une haie de cactus, dont les pousses faisaient des coudes difformes et entremêlaient inextricablement leurs raquettes épineuses.

Au-dessus de la haie, trois ou quatre énormes figuiers étalaient par masses compactes leurs larges feuilles d'un vert métallique avec une vigueur de végétation tout africaine ; un grand pin parasol balançait son ombelle, et c'est à peine si, à travers les interstices de ces frondaisons luxuriantes, l'œil pouvait démêler la façade de la maison brillant par plaques blanches derrière ce rideau touffu.

Une servante basanée, aux cheveux crépus, et si épais que le peigne s'y serait brisé, accourut au bruit de la voiture, ouvrit la claire-voie, et, précédant M. d'Aspremont dans une allée de lauriers-roses dont les branches lui caressaient la joue avec leurs fleurs, elle le conduisit à la terrasse où miss Alicia Ward prenait le thé en compagnie de son oncle.

Par un caprice très convenable chez une jeune fille blasée sur tous les conforts et toutes les élégances, et peut-être aussi pour contrarier son oncle, dont elle raillait les goûts bourgeois, miss Alicia avait choisi, de préférence à des logis civilisés, cette villa, dont les maîtres voyageaient, et qui était restée plusieurs années sans habitants. Elle trouvait dans ce jardin abandonné, et presque revenu à l'état de nature, une poésie sauvage qui lui plaisait ; sous l'actif climat de Naples, tout avait poussé avec une activité prodigieuse. Orangers, myrtes, grenadiers, limons, s'en étaient donné à cœur joie, et les branches, n'ayant plus à craindre la serpette de l'émondeur, se donnaient la main d'un bout de l'allée à l'autre, ou pénétraient familièrement dans les chambres par quelque vitre brisée. — Ce n'était pas, comme dans le Nord, la tristesse d'une maison déserte, mais la gaieté folle et la pétulance heureuse de la nature du Midi livrée à elle-même ; en l'absence du maître, les végétaux exubérants se donnaient le plaisir d'une débauche de feuilles, de fleurs, de fruits et de parfums ; ils reprenaient la place que l'homme leur dispute.

Lorsque le commodore — c'est ainsi qu'Alicia appelait familièrement son oncle — vit ce fourré impénétrable et à travers lequel on n'aurait pu s'avancer qu'à l'aide d'un sabre d'abattage, comme dans les forêts d'Amérique, il jeta les hauts cris et prétendit que sa nièce était décidément folle. Mais Alicia lui promit gravement de faire pratiquer de la porte d'entrée au salon et du salon à la terrasse un passage suffisant pour un tonneau de malvoisie — seule concession qu'elle pouvait accorder au positivisme avunculaire. — Le commodore se résigna, car il ne savait pas résister à sa nièce, et en ce moment, assis vis-à-vis d'elle sur la terrasse, il buvait à petits coups, sous prétexte de thé, une grande tasse de rhum.

Cette terrasse, qui avait principalement séduit la jeune miss, était en effet fort pittoresque, et mérite une description particulière, car Paul d'Aspremont y reviendra souvent, et il faut peindre le décor des scènes que l'on raconte.

On montait à cette terrasse, dont les pans à pic dominaient un chemin creux, par un escalier de larges dalles disjointes où prospéraient de vivaces herbes sauvages. Quatre colonnes frustes, tirées de quelque ruine antique et dont les chapiteaux perdus avaient été remplacés par des dés de pierre, soutenaient un treillage de perches enlacées et plafonnées de vigne. Des garde-fous tombaient en nappes et en guirlandes les lambruches et les plantes pariétaires. Au pied des murs, le figuier d'Inde, l'aloès, l'arbousier poussaient dans un désordre charmant, et au-delà d'un bois que dépassaient un palmier et trois pins d'Italie, la vue s'étendait sur des ondulations de terrain semées de blanches villas, s'arrêtait sur la silhouette violâtre du Vésuve, ou se perdait sur l'immensité bleue de la mer.

Lorsque M. Paul d'Aspremont parut au sommet de l'escalier, Alicia se leva, poussa un petit cri de joie et fit quelques pas à sa rencontre. Paul lui prit la main à l'anglaise, mais la jeune fille éleva cette main prisonnière à la hauteur des lèvres de son ami avec un mouvement plein de gentillesse enfantine et de coquetterie ingénue.

Le commodore essaya de se dresser sur ses jambes un peu goutteuses, et il y parvint après quelques grimaces de douleur qui contrastaient comiquement avec l'air de jubilation épanoui sur sa large face ; il s'approcha d'un pas assez alerte pour lui du charmant groupe des deux jeunes gens, et tenailla la main de Paul de manière à lui mouler les doigts en creux les uns contre les autres, ce qui est la suprême expression de la vieille cordialité britannique.

Miss Alicia Ward appartenait à cette variété d'Anglaises brunes qui réalisent un idéal dont les conditions semblent se contrarier : c'est-à-dire une peau d'une blancheur éblouissante à rendre jaune le lait, la neige, le lis, l'albâtre, la cire vierge, et tout ce qui sert aux poètes à faire des comparaisons blanches ; des lèvres de cerise, et des cheveux aussi noirs que la nuit sur les ailes du corbeau. L'effet de cette opposition est irrésistible et produit une beauté à part dont on ne saurait trouver l'équivalent ailleurs. — Peut-être quelques Circassiennes élevées dès l'enfance au sérail offrent-elles ce teint miraculeux, mais il faut nous en fier là-dessus aux exagérations de la poésie orientale et aux gouaches de Lewis représentant les harems du Caire. Alicia était assurément le type le plus parfait de ce genre de beauté.

L'ovale allongé de sa tête, son teint d'une incompa-

rable pureté, son nez fin, mince, transparent, ses yeux
d'un bleu sombre frangés de longs cils qui palpitaient
sur ses joues rosées comme des papillons noirs lorsqu'elle abaissait ses paupières, ses lèvres colorées
d'une pourpre éclatante, ses cheveux tombant en
volutes brillantes comme des rubans de satin de chaque
côté de ses joues et de son col de cygne, témoignaient
en faveur de ces romanesques figures de femmes de
Maclise, qui, à l'Exposition universelle, semblaient de
charmantes impostures.

Alicia portait une robe de grenadine à volants fes-
tonnés et brodés de palmettes rouges, qui s'accordaient
à merveille avec les tresses de corail à petits grains
composant sa coiffure, son collier et ses bracelets ;
cinq pampilles suspendues à une perle de corail à
facettes tremblaient au lobe de ses oreilles petites et
délicatement enroulées. — Si vous blâmez cet abus du
corail, songez que nous sommes à Naples, et que les
pêcheurs sortent tout exprès de la mer pour vous présenter ces branches que l'air rougit.

Nous vous devons, après le portrait de miss Alicia
Ward, ne fût-ce que pour faire opposition, tout au
moins une caricature du commodore à la manière de
Hogarth.

Le commodore, âgé de quelque soixante ans, présentait cette particularité d'avoir la face d'un cramoisi uniformément enflammé, sur lequel tranchaient des
sourcils blancs et des favoris de même couleur, et
taillés en côtelettes, ce qui le rendait pareil à un vieux
Peau-Rouge qui se serait tatoué avec de la craie. Les
coups de soleil, inséparables d'un voyage d'Italie,
avaient ajouté quelques couches de plus à cette ardente
coloration, et le commodore faisait involontairement
penser à une grosse praline entourée de coton. Il était
habillé des pieds à la tête, veste, gilet, pantalon et
guêtres, d'une étoffe vigogne d'un gris vineux, et que
le tailleur avait dû affirmer, sur son honneur, être la
nuance la plus à la mode et la mieux portée, en quoi
peut-être ne mentait-il pas. Malgré ce teint enluminé et

ce vêtement grotesque, le commodore n'avait nullement l'air commun. Sa propreté rigoureuse, sa tenue
irréprochable et ses grandes manières indiquaient le
parfait gentleman, quoiqu'il eût plus d'un rapport extérieur avec les Anglais de vaudeville comme les paro-
dient Hoffmann ou Levassor. Son caractère, c'était
d'adorer sa nièce et de boire beaucoup de porto et de
rhum de la Jamaïque pour entretenir l'humide radical,
d'après la méthode du caporal Trimm.

« Voyez comme je me porte bien maintenant et
comme je suis belle ! Regardez mes couleurs ; je n'en
ai pas encore autant que mon oncle ; cela ne viendra
pas, il faut l'espérer. — Pourtant ici j'ai du rose, du
vrai rose, dit Alicia en passant sur sa joue son doigt
effilé terminé par un ongle luisant comme l'agate ; j'ai
engraissé aussi, et l'on ne sent plus ces pauvres petites
salières qui me faisaient tant de peine lorsque j'allais
au bal. Dites, faut-il être coquette pour se priver pendant trois mois de la compagnie de son fiancé, afin
qu'après l'absence il vous retrouve fraîche et superbe ! »

Et en débitant cette tirade du ton enjoué et sautillant
qui lui était familier, Alicia se tenait debout devant
Paul comme pour provoquer et défier son examen.

« N'est-ce pas, ajouta le commodore, qu'elle est
robuste à présent et superbe comme ces filles de Procida qui portent des amphores grecques sur la tête ?

— Assurément, commodore, répondit Paul ; miss
Alicia n'est pas devenue plus belle, c'était impossible,
mais elle est visiblement en meilleure santé que lorsque, par coquetterie, à ce qu'elle prétend, elle m'a
imposé cette pénible séparation. »

Et son regard s'arrêtait avec une fixité étrange sur la
jeune fille posée devant lui.

Soudain les jolies couleurs roses qu'elle se vantait
d'avoir conquises disparurent des joues d'Alicia,
comme la rougeur du soir quitte les joues de neige de
la montagne quand le soleil s'enfonce à l'horizon ;
toute tremblante, elle porta la main à son cœur ; sa
bouche charmante et pâlie se contracta.

Paul alarmé se leva, ainsi que le commodore ; les vives couleurs d'Alicia avaient reparu ; elle souriait avec un peu d'effort.

« Je vous ai promis une tasse de thé ou un sorbet ; quoique Anglaise, je vous conseille le sorbet. La neige vaut mieux que l'eau chaude, dans ce pays voisin de l'Afrique, et où le sirocco arrive en droite ligne. »

Tous les trois prirent place autour de la table de pierre, sous le plafond des pampres ; le soleil s'était plongé dans la mer, et le jour bleu qu'on appelle la nuit à Naples succédait au jour jaune. La lune semait des pièces d'argent sur la terrasse, par les déchiquetures du feuillage ; — la mer bruissait sur la rive comme un baiser, et l'on entendait au loin le frisson de cuivre des tambours de basque accompagnant les tarentelles...

Il fallut se quitter ; — Vicè, la fauve servante à chevelure crépue, vint avec un falot pour reconduire Paul à travers les dédales du jardin. Pendant qu'elle servait les sorbets et l'eau de neige, elle avait attaché sur le nouveau venu un regard mélangé de curiosité et de crainte. Sans doute, le résultat de l'examen n'avait pas été favorable pour Paul, car le front de Vicè, jaune déjà comme un cigare, s'était rembruni encore, et, tout en accompagnant l'étranger, elle dirigeait contre lui, de façon à ce qu'il ne pût l'apercevoir, le petit doigt et l'index de sa main, tandis que les deux autres doigts, repliés sous la paume, se joignaient au pouce comme pour former un signe cabbalistique.

III

L'ami d'Alicia revint à l'hôtel de Rome par le même chemin : la beauté de la soirée était incomparable ; une lune pure et brillante versait sur l'eau d'un azur diaphane une longue traînée de paillettes d'argent dont le fourmillement perpétuel, causé par le clapotis des vagues, multipliait l'éclat. Au large, les barques de pêcheurs, portant à la proue un fanal de fer rempli d'étoupes enflammées, piquaient la mer d'étoiles rouges et traînaient après elles des sillages écarlates ; la fumée du Vésuve, blanche le jour, s'était changée en colonne lumineuse et jetait aussi son reflet sur le golfe. En ce moment la baie présentait cet aspect invraisemblable pour des yeux septentrionaux et que lui donnent ces gouaches italiennes encadrées de noir, si répandues il y a quelques années, et plus fidèles qu'on ne pense dans leur exagération crue.

Quelques lazzaroni noctambules vaguaient encore sur la rive, émus, sans le savoir, de ce spectacle magique, et plongeaient leurs grands yeux noirs dans l'étendue bleuâtre. D'autres, assis sur le bordage d'une barque échouée, chantaient l'air de *Lucie* ou la romance populaire alors en vogue : « *Ti voglio ben' assai* », d'une voix qu'auraient enviée bien des ténors payés cent mille francs. Naples se couche tard, comme toutes les villes méridionales ; cependant les fenêtres s'éteignaient peu à peu, et les seuls bureaux de loterie, avec leurs guirlandes de papier de couleur, leurs numéros favoris et leur éclairage scintillant, étaient ouverts encore, prêts à recevoir l'argent des joueurs capricieux que la fantaisie de mettre quelques carlins ou quelques ducats sur un chiffre rêvé pouvait prendre en rentrant chez eux.

Paul se mit au lit, tira sur lui les rideaux de gaze de la moustiquaire, et ne tarda pas à s'endormir. Ainsi que cela arrive aux voyageurs après une traversée, sa couche, quoique immobile, lui semblait tanguer et rouler, comme si l'hôtel de Rome eût été le *Léopold*. Cette impression lui fit rêver qu'il était encore en mer et qu'il voyait, sur le môle, Alicia très pâle, à côté de son oncle cramoisi, et qui lui faisait signe de la main de ne pas aborder ; le visage de la jeune fille exprimait une douleur profonde, et en le repoussant elle paraissait obéir contre son gré à une fatalité impérieuse.

Ce songe, qui prenait d'images toutes récentes une réalité extrême, chagrina le dormeur au point de l'éveiller, et il fut heureux de se retrouver dans sa chambre où tremblotait, avec un reflet d'opale, une veilleuse illuminant une petite tour de porcelaine qu'assiégeaient les moustiques en bourdonnant. Pour ne pas retomber sous le coup de ce rêve pénible, Paul lutta contre le sommeil et se mit à penser aux commencements de sa liaison avec miss Alicia, reprenant une à une toutes ces scènes puérilement charmantes d'un premier amour.

Il revit la maison de briques roses, tapissée d'églantiers et de chèvrefeuilles, qu'habitait à Richmond miss Alicia avec son oncle, et où l'avait introduit, à son premier voyage en Angleterre, une de ces lettres de recommandation dont l'effet se borne ordinairement à une invitation à dîner. Il se rappela la robe blanche de mousseline des Indes, ornée d'un simple ruban, qu'Alicia, sortie la veille de pension, portait ce jour-là, et la branche de jasmin qui roulait dans la cascade de ses cheveux comme une fleur de la couronne d'Ophélie, emportée par le courant, et ses yeux d'un bleu de velours, et sa bouche un peu entr'ouverte, laissant entrevoir de petites dents de nacre, et son col frêle qui s'allongeait comme celui d'un oiseau attentif, et ses rougeurs soudaines lorsque le regard du jeune gentleman français rencontrait le sien.

Le parloir à boiseries brunes, à tentures de drap vert, orné de gravures de chasse au renard et de steeple-chases coloriés des tons tranchants de l'enluminure anglaise, se reproduisait dans son cerveau comme dans une chambre noire. Le piano allongeait sa rangée de touches pareilles à des dents de douairière. La cheminée, festonnée d'une brindille de lierre d'Irlande, faisait luire sa coquille de fonte frottée de mine de plomb ; les fauteuils de chêne à pieds tournés ouvraient leurs bras garnis de maroquin, le tapis étalait ses rosaces, et miss Alicia, tremblante comme la feuille, chantait de la voix la plus adorablement fausse du monde la romance d'*Anna Bolena*[5], « *deh, non voler costringere* », que Paul, non moins ému, accompagnait à contre-temps, tandis que le commodore, assoupi par une digestion laborieuse et plus cramoisi encore que de coutume, laissait glisser à terre un colossal exemplaire du *Times* avec supplément.

Puis la scène changeait : Paul, devenu plus intime, avait été prié par le commodore de passer quelques jours à son cottage dans le Lincolnshire... Un ancien château féodal, à tours crénelées, à fenêtres gothiques, à demi enveloppé par un immense lierre, mais arrangé intérieurement avec tout le confortable moderne, s'élevait au bout d'une pelouse dont le ray-grass, soigneusement arrosé et foulé, était uni comme du velours ; une allée de sable jaune s'arrondissait autour du gazon et servait de manège à miss Alicia, montée sur un de ces ponies d'Écosse à crinière échevelée qu'aime à peindre sir Edward Landseer, et auxquels il donne un regard presque humain. Paul, sur un cheval bai-cerise que lui avait prêté le commodore, accompagnait miss Ward dans sa promenade circulaire, car le médecin, qui l'avait trouvée un peu faible de poitrine, lui ordonnait l'exercice.

Une autre fois un léger canot glissait sur l'étang, déplaçant les lis d'eau et faisant envoler le martin-pêcheur sous le feuillage argenté des saules. C'était Alicia qui ramait et Paul qui tenait le gouvernail ; qu'elle était jolie dans l'auréole d'or que dessinait autour de sa tête son chapeau de paille traversé par un rayon de soleil ! elle se renversait en arrière pour tirer l'aviron ; le bout verni de sa bottine grise s'appuyait à la planche du banc ; miss Ward n'avait pas un de ces pieds andalous tout courts et ronds comme des fers à repasser que l'on admire en Espagne, mais sa cheville était fine, son cou-de-pied bien cambré, et la semelle de son brodequin, un peu longue peut-être, n'avait pas deux doigts de large.

Le commodore restait *attaché* au rivage, non à cause de sa *grandeur*, mais de son poids qui eût fait sombrer la frêle embarcation ; il attendait sa nièce au débarcadère, et lui jetait avec un soin maternel un mantelet sur les épaules, de peur qu'elle ne se refroidît, — puis, la barque rattachée à son piquet, on revenait *luncher* au château. C'était plaisir de voir comme Alicia, qui ordinairement mangeait aussi peu qu'un oiseau, coupait à l'emporte-pièce de ses dents perlées une rose tranche de jambon d'York mince comme une feuille de papier, et grignotait un petit pain sans en laisser une miette pour les poissons dorés du bassin.

Les jours heureux passent si vite ! De semaine en semaine Paul retardait son départ, et les belles masses de verdure du parc commençaient à revêtir des teintes safranées ; des fumées blanches s'élevaient le matin de l'étang. Malgré le râteau sans cesse promené du jardinier, les feuilles mortes jonchaient le sable de l'allée ; des millions de petites perles gelées scintillaient sur le gazon vert du boulingrin, et le soir on voyait les pies sautiller en se querellant à travers le sommet des arbres chauves.

Alicia pâlissait sous le regard inquiet de Paul et ne conservait de coloré que deux petites taches roses au sommet des pommettes. Souvent elle avait froid, et le feu le plus vif de charbon de terre ne la réchauffait pas. Le docteur avait paru soucieux, et sa dernière ordonnance prescrivait à miss Ward de passer l'hiver à Pise et le printemps à Naples.

Des affaires de famille avaient rappelé Paul en France ; Alicia et le commodore devaient partir pour l'Italie, et la séparation s'était faite à Folkestone. Aucune parole n'avait été prononcée, mais miss Ward regardait Paul comme son fiancé, et le commodore avait serré la main au jeune homme d'une façon significative : on n'écrase ainsi que les doigts d'un gendre.

Paul, ajourné à six mois, aussi longs que six siècles pour son impatience, avait eu le bonheur de trouver Alicia guérie de sa langueur et rayonnante de santé. Ce qui restait encore de l'enfant dans la jeune fille avait disparu ; et il pensait avec ivresse que le commodore n'aurait aucune objection à faire lorsqu'il lui demanderait sa nièce en mariage.

Bercé par ces riantes images, il s'endormit et ne

s'éveilla qu'au jour. Naples commençait déjà son vacarme ; les vendeurs d'eau glacée criaient leur marchandise ; les rôtisseurs tendaient aux passants leurs viandes enfilées dans une perche : penchées à leurs fenêtres, les ménagères paresseuses descendaient au bout d'une ficelle les paniers de provisions qu'elles remontaient chargés de tomates, de poissons et de grands quartiers de citrouille. Les écrivains publics, en habit noir râpé et la plume derrière l'oreille, s'asseyaient à leurs échoppes ; les changeurs disposaient en piles, sur leurs petites tables, les grani, les carlins et les ducats ; les cochers faisaient galoper leurs haridelles quêtant les pratiques matinales, et les cloches de tous les campaniles carillonnaient joyeusement l'*Angelus*.

Notre voyageur, enveloppé de sa robe de chambre, s'accouda au balcon ; de la fenêtre on apercevait Santa Lucia, le fort de l'Œuf, et une immense étendue de mer jusqu'au Vésuve et au promontoire bleu où blanchissaient les vastes casini de Castellamare et où pointaient au loin les villas de Sorrente.

Le ciel était pur ; seulement un léger nuage blanc s'avançait sur la ville, poussé par une brise nonchalante. Paul fixa sur lui ce regard étrange que nous avons déjà remarqué ; ses sourcils se froncèrent. D'autres vapeurs se joignirent au flocon unique, et bientôt un rideau épais de nuées étendit ses plis noirs au-dessus du château de Saint-Elme. De larges gouttes tombèrent sur le pavé de lave, et en quelques minutes se changèrent en une de ces pluies diluviennes qui font des rues de Naples autant de torrents et entraînent les chiens et même les ânes dans les égouts. La foule surprise se dispersa, cherchant des abris ; les boutiques en plein vent déménagèrent à la hâte, non sans perdre une partie de leurs denrées, et la pluie, maîtresse du champ de bataille, courut en bouffées blanches sur le quai désert de Santa Lucia.

Le facchino gigantesque à qui Paddy avait appliqué un si beau coup de poing, appuyé contre un mur sous un balcon dont la saillie le protégeait un peu, ne s'était pas laissé emporter par la déroute générale, et il regardait d'un œil profondément méditatif la fenêtre où s'était accoudé M. Paul d'Aspremont.

Son monologue intérieur se résuma dans cette phrase, qu'il grommela d'un air irrité :

« Le capitaine du *Léopold* aurait bien fait de flanquer ce *forestiere* à la mer » ; et, passant sa main par l'interstice de sa grosse chemise de toile, il toucha le paquet d'amulettes suspendu à son col par un cordon.

IV

Le beau temps ne tarda pas à se rétablir, un vif rayon de soleil sécha en quelques minutes les dernières larmes de l'ondée, et la foule recommença à fourmiller joyeusement sur le quai. Mais Timberio, le portefaix, n'en parut pas moins garder son idée à l'endroit du jeune étranger français, et prudemment il transporta ses pénates hors de la vue des fenêtres de l'hôtel : quelques lazzaroni de sa connaissance lui témoignèrent leur surprise de ce qu'il abandonnait une station excellente pour en choisir une beaucoup moins favorable.

« Je la donne à qui veut la prendre, répondit-il en hochant la tête d'un air mystérieux ; on sait ce qu'on sait. »

Paul déjeuna dans sa chambre, car, soit timidité, soit dédain, il n'aimait pas à se trouver en public ; puis il s'habilla, et pour attendre l'heure convenable de se rendre chez miss Ward, il visita le musée des Studii : il admira d'un œil distrait la précieuse collection de vases campaniens, les bronzes retirés des fouilles de Pompéï, le casque grec d'airain vert-de-grisé contenant encore la tête du soldat qui le portait, le morceau de boue durcie conservant comme un moule l'empreinte d'un charmant torse de jeune femme surprise par l'éruption dans la maison de campagne d'Arrius Diomèdes, l'Hercule Farnèse et sa prodigieuse musculature, la Flore, la Minerve archaïque, les deux Balbus, et la

magnifique statue d'Aristide, le morceau le plus parfait
peut-être que l'Antiquité nous ait laissé. Mais un
amoureux n'est pas un appréciateur bien enthousiaste
des monuments de l'art ; pour lui le moindre profil de
la tête adorée vaut tous les marbres grecs ou romains.

Étant parvenu à user tant bien que mal deux ou trois
heures aux Studii, il s'élança dans sa calèche et se dirigea vers la maison de campagne où demeurait miss
Ward. Le cocher, avec cette intelligence des passions
qui caractérise les natures méridionales, poussait à
outrance ses haridelles, et bientôt la voiture s'arrêta
devant les piliers surmontés de vases de plantes grasses
que nous avons déjà décrits. La même servante vint
entr'ouvrir la claire-voie ; ses cheveux s'entortillaient
toujours en boucles indomptables ; elle n'avait, comme
la première fois, pour tout costume qu'une chemise de
grosse toile brodée aux manches et au col d'agréments
en fil de couleur et qu'un jupon en étoffe épaisse et
bariolée transversalement, comme en portent les
femmes de Procida ; ses jambes, nous devons l'avouer,
étaient dénuées de bas, et elle posait à nu sur la poussière des pieds qu'eût admirés un sculpteur. Seulement
un cordon noir soutenait sur sa poitrine un paquet de
petites breloques de forme singulière en corne et en
corail, sur lequel, à la visible satisfaction de Vicè, se
fixa le regard de Paul.

Miss Alicia était sur la terrasse, le lieu de la maison
où elle se tenait de préférence. Un hamac indien de
coton rouge et blanc, orné de plumes d'oiseau,
accroché à deux des colonnes qui supportaient le plafond de pampres, balançait la nonchalance de la jeune
fille, enveloppée d'un léger peignoir de soie écrue de la
Chine, dont elle fripait impitoyablement les garnitures
tuyautées. Ses pieds, dont on apercevait la pointe à
travers les mailles du hamac, étaient chaussés de pantoufles en fibres d'aloès, et ses beaux bras nus se
recroisaient au-dessus de sa tête, dans l'attitude de la
Cléopâtre antique, car, bien qu'on ne fût qu'au
commencement de mai, il faisait déjà une chaleur

extrême, et des milliers de cigales grinçaient en chœur sous les buissons d'alentour.

Le commodore, en costume de planteur et assis sur un fauteuil de jonc, tirait à temps égaux la corde qui mettait le hamac en mouvement.

Un troisième personnage complétait le groupe : c'était le comte Altavilla, jeune élégant napolitain dont la présence amena sur le front de Paul cette contraction qui donnait à sa physionomie une expression de méchanceté diabolique.

Le comte était, en effet, un de ces hommes qu'on ne voit pas volontiers auprès d'une femme qu'on aime. Sa haute taille avait des proportions parfaites ; des cheveux noirs comme le jais, massés par des touffes abondantes, accompagnaient son front uni et bien coupé ; une étincelle du soleil de Naples scintillait dans ses yeux, et ses dents larges et fortes, mais pures comme des perles, paraissaient encore avoir plus d'éclat à cause du rouge vif de ses lèvres et de la nuance olivâtre de son teint. La seule critique qu'un goût méticuleux eût pu formuler contre le comte, c'est qu'il était trop beau.

Quant à ses habits, Altavilla les faisait venir de Londres, et le dandy le plus sévère eût approuvé sa tenue. Il n'y avait d'italien dans toute sa toilette que des boutons de chemise d'un trop grand prix. Là le goût bien naturel de l'enfant du Midi pour les joyaux se trahissait. Peut-être aussi que partout ailleurs qu'à Naples on eût remarqué comme d'un goût médiocre le faisceau de branches de corail bifurquées, de mains de lave de Vésuve aux doigts repliés ou brandissant un poignard, de chiens allongés sur leurs pattes, de cornes blanches et noires, et autres menus objets analogues qu'un anneau commun suspendait à la chaîne de sa montre ; mais un tour de promenade dans la rue de Tolède ou à la villa Reale eût suffi pour démontrer que le comte n'avait rien d'excentrique en portant à son gilet ces breloques bizarres.

Lorsque Paul d'Aspremont se présenta, le comte, sur

l'instante prière de miss Ward, chantait une de ces délicieuses mélodies populaires napolitaines, sans nom d'auteur, et dont une seule, recueillie par un musicien, suffirait à faire la fortune d'un opéra. — À ceux qui ne les ont pas entendues, sur la rive de Chiaja ou sur le môle, de la bouche d'un lazzarone, d'un pêcheur ou d'une trovatelle, les charmantes romances de Gordigiani en pourront donner une idée. Cela est fait d'un soupir de brise, d'un rayon de lune, d'un parfum d'oranger et d'un battement de cœur.

Alicia, avec sa jolie voix anglaise un peu fausse, suivait le motif qu'elle voulait retenir, et elle fit, tout en continuant, un petit signe amical à Paul, qui la regardait d'un air assez peu aimable, froissé de la présence de ce beau jeune homme.

Une des cordes du hamac se rompit, et miss Ward glissa à terre, mais sans se faire mal ; six mains se tendirent vers elle simultanément. La jeune fille était déjà debout, toute rose de pudeur, car il est *improper* de tomber devant des hommes. Cependant, pas un des chastes plis de sa robe ne s'était dérangé.

« J'avais pourtant essayé ces cordes moi-même, dit le commodore, et miss Ward ne pèse guère plus qu'un colibri. »

Le comte Altavilla hocha la tête d'un air mystérieux : en lui-même évidemment il expliquait la rupture de la corde par une tout autre raison que celle de la pesanteur ; mais, en homme bien élevé, il garda le silence, et se contenta d'agiter la grappe de breloques de son gilet.

Comme tous les hommes qui deviennent maussades et farouches lorsqu'ils se trouvent en présence d'un rival qu'ils jugent redoutable, au lieu de redoubler de grâce et d'amabilité, Paul d'Aspremont, quoiqu'il eût l'usage du monde, ne parvint pas à cacher sa mauvaise humeur ; il ne répondait que par monosyllabes, laissait tomber la conversation, et en se dirigeant vers Altavilla, son regard prenait son expression sinistre ; les fibrilles jaunes se tortillaient sous la transparence grise de ses prunelles comme des serpents d'eau dans le fond d'une source.

Toutes les fois que Paul le regardait ainsi, le comte, par un geste en apparence machinal, arrachait une fleur d'une jardinière placée près de lui et la jetait de façon à couper l'effluve de l'œillade irritée.

« Qu'avez-vous donc à fourrager ainsi ma jardinière ? s'écria miss Alicia Ward, qui s'aperçut de ce manège. Que vous ont fait mes fleurs pour les décapiter ?

— Oh ! rien, miss ; c'est un tic involontaire, répondit Altavilla en coupant de l'ongle une rose superbe qu'il envoya rejoindre les autres.

— Vous m'agacez horriblement, dit Alicia ; et sans le savoir vous choquez une de mes manies. Je n'ai jamais cueilli une fleur. Un bouquet m'inspire une sorte d'épouvante : ce sont des fleurs mortes, des cadavres de roses, de verveines ou de pervenches, dont le parfum a pour moi quelque chose de sépulcral.

— Pour expier les meurtres que je viens de commettre, dit le comte Altavilla en s'inclinant, je vous enverrai cent corbeilles de fleurs vivantes. »

Paul s'était levé, et d'un air contraint tortillait le bord de son chapeau comme minutant une sortie.

« Quoi ! vous partez déjà ? dit miss Ward.

— J'ai des lettres à écrire, des lettres importantes.

— Oh ! le vilain mot que vous venez de prononcer là ! dit la jeune fille avec une petite moue ; est-ce qu'il y a des lettres importantes quand ce n'est pas à moi que vous écrivez ?

— Restez donc, Paul, dit le commodore ; j'avais arrangé dans ma tête un plan de soirée, sauf l'approbation de ma nièce : nous serions allés d'abord boire un verre d'eau de la fontaine de Santa Lucia, qui sent les œufs gâtés, mais qui donne l'appétit ; nous aurions mangé une ou deux douzaines d'huîtres, blanches et rouges, à la poissonnerie, dîné sous une treille dans quelque osteria bien napolitaine, bu du falerne et du lacryma-christi, et terminé le divertissement par une visite au seigneur Pulcinella. Le comte nous eût expliqué les finesses du dialecte. »

Ce plan parut peu séduire M. d'Aspremont, et il se retira après avoir salué froidement.

Altavilla resta encore quelques instants ; et comme miss Ward, fâchée du départ de Paul, n'entra pas dans l'idée du commodore, il prit congé.

Deux heures après, miss Alicia recevait une immense quantité de pots de fleurs, des plus rares, et, ce qui la surprit davantage, une monstrueuse paire de cornes de bœuf de Sicile, transparentes comme le jaspe, polies comme l'agate, qui mesuraient bien trois pieds de long et se terminaient par de menaçantes pointes noires. Une magnifique monture de bronze doré permettait de poser les cornes, le piton en l'air, sur une cheminée, une console ou une corniche.

Vicè, qui avait aidé les porteurs à déballer fleurs et cornes, parut comprendre la portée de ce cadeau bizarre.

Elle plaça bien en évidence, sur la table de pierre, les superbes croissants, qu'on aurait pu croire arrachés au front du taureau divin qui portait Europe, et dit : « Nous voilà maintenant en bon état de défense.

— Que voulez-vous dire, Vicè ? demanda miss Ward.

— Rien... sinon que le signor français a de bien singuliers yeux. »

V

L'heure des repas était passée depuis longtemps, et les feux de charbon qui pendant le jour changeaient en cratère du Vésuve la cuisine de l'hôtel de Rome, s'éteignaient lentement en braise sous les étouffoirs de tôle ; les casseroles avaient repris leur place à leurs clous respectifs et brillaient en rang comme les boucliers sur le bordage d'une trirème antique ; — une lampe de cuivre jaune, semblable à celles qu'on retire des fouilles de Pompéï et suspendue par une triple chaînette à la maîtresse poutre du plafond, éclairait de ses trois mèches plongeant naïvement dans l'huile le centre de la vaste cuisine dont les angles restaient baignés d'ombre.

Les rayons lumineux tombant de haut modelaient avec des jeux d'ombre et de clair très pittoresques un groupe de figures caractéristiques réunies autour de l'épaisse table de bois, toute hachée et sillonnée de coups de tranche-lard, qui occupait le milieu de cette grande salle dont la fumée des préparations culinaires avait glacé les parois de ce bitume si cher aux peintres de l'école de Caravage. Certes, l'Espagnolet ou Salvator Rosa, dans leur robuste amour du vrai, n'eussent pas dédaigné les modèles rassemblés là par le hasard, ou, pour parler plus exactement, par une habitude de tous les soirs.

Il y avait d'abord le chef Virgilio Falsacappa, personnage fort important, d'une stature colossale et d'un embonpoint formidable, qui aurait pu passer pour un des convives de Vitellius si, au lieu d'une veste de basin blanc, il eût porté une toge romaine bordée de pourpre : ses traits prodigieusement accentués formaient comme une espèce de caricature sérieuse de certains types des médailles antiques ; d'épais sourcils noirs saillants d'un demi-pouce couronnaient ses yeux, coupés comme ceux des masques de théâtre ; un énorme nez jetait son ombre sur une large bouche qui semblait garnie de trois rangs de dents comme la gueule du requin. Un fanon puissant comme celui du taureau Farnèse unissait le menton, frappé d'une fossette à y fourrer le poing, à un col d'une vigueur athlétique tout sillonné de veines et de muscles. Deux touffes de favoris, dont chacun eût pu fournir une barbe raisonnable à un sapeur, encadraient cette large face martelée de tons violents ; des cheveux noirs frisés, luisants, où se mêlaient quelques fils argentés, se tordaient sur son crâne en petites mèches courtes, et sa nuque plissée de trois boursouflures transversales débordait du collet de sa veste ; aux lobes de ses oreilles, relevées par les apophyses de mâchoires capables de broyer un bœuf dans une journée, brillaient des boucles d'argent grandes comme le disque de la lune ; tel était maître Virgilio Falsacappa, que son tablier retroussé sur la hanche et son couteau plongé dans une gaine de bois faisaient ressembler à un victimaire plus qu'à un cuisinier.

Ensuite apparaissait Timberio le portefaix, que la gymnastique de sa profession et la sobriété de son régime, consistant en une poignée de macaroni demi-cru et saupoudré de cacio-cavallo, une tranche de pastèque et un verre d'eau à la neige, maintenaient dans un état de maigreur relative, et qui, bien nourri, eût certes atteint l'embonpoint de Falsacappa, tant sa robuste charpente paraissait faite pour supporter un poids énorme de chair. Il n'avait d'autre costume qu'un caleçon, un long gilet d'étoffe brune et un grossier caban jeté sur l'épaule.

Appuyé sur le bord de la table, Scazziga, le cocher de la calèche de louage dont se servait M. Paul d'Aspremont, présentait aussi une physionomie frappante ; ses traits irréguliers et spirituels étaient empreints d'une astuce naïve ; un sourire de commande errait sur ses lèvres moqueuses, et l'on voyait à l'aménité de ses manières qu'il vivait en relation perpétuelle avec les gens comme il faut ; ses habits achetés à la friperie simulaient une espèce de livrée dont il n'était pas médiocrement fier, et qui, dans son idée, mettait une grande distance sociale entre lui et le sauvage Timberio ; sa conversation s'émaillait de mots anglais et français qui ne cadraient pas toujours heureusement avec le sens de ce qu'il voulait dire, mais qui n'en excitaient pas moins l'admiration des filles de cuisine et des marmitons, étonnés de tant de science.

Un peu en arrière se tenaient deux jeunes servantes dont les traits rappelaient avec moins de noblesse, sans doute, ce type si connu des monnaies syracusaines : front bas, nez tout d'une pièce avec le front, lèvres un peu épaisses, menton empâté et fort ; des bandeaux de cheveux d'un noir bleuâtre allaient se rejoindre derrière leur tête à un pesant chignon traversé d'épingles terminées par des boules de corail ; des colliers de même matière cerclaient à triple rang leurs cols de cariatide, dont l'usage de porter les fardeaux sur la tête avait renforcé les muscles. — Des dandies eussent à coup sûr méprisé ces pauvres filles qui conservaient pur de mélange le sang des belles races de la Grande-Grèce ; mais tout artiste, à leur aspect, eût tiré son carnet de croquis et taillé son crayon.

Avez-vous vu à la galerie du maréchal Soult le tableau de Murillo où des chérubins font la cuisine ? Si vous l'avez vu, cela nous dispensera de peindre ici les têtes des trois ou quatre marmitons bouclés et frisés qui complétaient le groupe.

Le conciliabule traitait une question grave. Il s'agissait de M. Paul d'Aspremont, le voyageur français arrivé par le dernier vapeur : la cuisine se mêlait de juger l'appartement.

Timberio le portefaix avait la parole, et il faisait des pauses entre chacune de ses phrases, comme un acteur en vogue, pour laisser à son auditoire le temps d'en bien saisir toute la portée, d'y donner son assentiment ou d'élever des objections.

« Suivez bien mon raisonnement, disait l'orateur ; le *Léopold* est un honnête bateau à vapeur toscan, contre lequel il n'y a rien à objecter, sinon qu'il transporte trop d'hérétiques anglais...

— Les hérétiques anglais paient bien, interrompit Scazziga, rendu plus tolérant par les pourboires.

— Sans doute ; c'est bien le moins que lorsqu'un hérétique fait travailler un chrétien, il le récompense généreusement, afin de diminuer l'humiliation.

— Je ne suis pas humilié de conduire un *forestiere* dans ma voiture ; je ne fais pas, comme toi, métier de bête de somme, Timberio.

— Est-ce que je ne suis pas baptisé aussi bien que toi ? répliqua le portefaix en fronçant le sourcil et en fermant les poings.

— Laissez parler Timberio, s'écria en chœur l'assemblée, qui craignait de voir cette dissertation intéressante tourner en dispute.

— Vous m'accorderez, reprit l'orateur calmé, qu'il faisait un temps superbe lorsque le *Léopold* est entré dans le port ?

— On vous l'accorde, Timberio, fit le chef avec une majesté condescendante.

— La mer était unie comme une glace, continua le facchino, et pourtant une vague énorme a secoué si rudement la barque de Gennaro qu'il est tombé à l'eau avec deux ou trois de ses camarades. — Est-ce naturel ? Gennaro a le pied marin cependant, et il danserait la tarentelle sans balancier sur une vergue.

— Il avait peut-être bu un fiasque d'Asprino de trop, objecta Scazziga, le rationaliste de l'assemblée.

— Pas même un verre de limonade, poursuivit Timberio ; mais il y avait à bord du bateau à vapeur un monsieur qui le regardait d'une certaine manière, — vous m'entendez !

— Oh ! parfaitement, répondit le chœur en allongeant avec un ensemble admirable l'index et le petit doigt.

— Et ce monsieur, dit Timberio, n'était autre que M. Paul d'Aspremont.

— Celui qui loge au numéro 3, demanda le chef, et à qui j'envoie son dîner sur un plateau ?

— Précisément, répondit la plus jeune et la plus jolie des servantes ; je n'ai jamais vu de voyageur plus sauvage, plus désagréable et plus dédaigneux ; il ne m'a adressé ni un regard ni une parole, et pourtant je vaux un compliment, disent tous ces messieurs.

— Vous valez mieux que cela, Gelsomina, ma belle, dit galamment Timberio ; mais c'est un bonheur pour vous que cet étranger ne vous ait pas remarquée.

— Tu es aussi par trop superstitieux, objecta le sceptique Scazziga, que ses relations avec les étrangers avaient rendu légèrement voltairien.

— À force de fréquenter les hérétiques tu finiras par ne plus même croire à saint Janvier.

— Si Gennaro s'est laissé tomber à la mer, ce n'est pas une raison, continua Scazziga qui défendait sa pratique, pour que M. Paul d'Aspremont ait l'influence que tu lui attribues.

— Il te faut d'autres preuves : ce matin je l'ai vu à la fenêtre, l'œil fixé sur un nuage pas plus gros que la plume qui s'échappe d'un oreiller décousu, et aussitôt des vapeurs noires se sont assemblées, et il est tombé une pluie si forte que les chiens pouvaient boire debout. »

Scazziga n'était pas convaincu et hochait la tête d'un air de doute.

« Le groom ne vaut d'ailleurs pas mieux que le maître, continua Timberio, et il faut que ce singe botté ait des intelligences avec le diable pour m'avoir jeté par terre, moi qui le tuerais d'une chiquenaude.

— Je suis de l'avis de Timberio, dit majestueusement le chef de cuisine ; l'étranger mange peu ; il a renvoyé les zuchettes farcies, la friture de poulet et le macaroni aux tomates que j'avais pourtant apprêtés de ma propre main ! Quelque secret étrange se cache sous cette sobriété. Pourquoi un homme riche se priverait-il de mets savoureux et ne prendrait-il qu'un potage aux œufs et une tranche de viande froide ?

— Il a les cheveux roux, dit Gelsomina en passant les doigts dans la noire forêt de ses bandeaux.

— Et les yeux un peu saillants, continua Pepina, l'autre servante.

— Très rapprochés du nez, appuya Timberio.

— Et la ride qui se forme entre ses sourcils se creuse en fer à cheval, dit en terminant l'instruction le formidable Virgilio Falsacappa ; donc il est...

— Ne prononcez pas le mot, c'est inutile, cria le chœur moins Scazziga, toujours incrédule ; nous nous tiendrons sur nos gardes.

— Quand je pense que la police me tourmenterait, dit Timberio, si par hasard je lui laissais tomber une malle de trois cents livres sur la tête, à ce *forestiere* de malheur !

— Scazziga est bien hardi de le conduire, dit Gelsomina.

— Je suis sur mon siège, il ne me voit que le dos, et ses regards ne peuvent faire avec les miens l'angle voulu. D'ailleurs, je m'en moque.

— Vous n'avez pas de religion, Scazziga, dit le colossal Palforio, le cuisinier à formes herculéennes ; vous finirez mal. »

Pendant que l'on dissertait de la sorte sur son compte à la cuisine de l'hôtel de Rome, Paul, que la présence du comte Altavilla chez miss Ward avait mis de mauvaise humeur, était allé se promener à la villa Reale ; et plus d'une fois la ride de son front se creusa, et ses yeux prirent leur regard fixe. Il crut voir Alicia passer en calèche avec le comte et le commodore, et il se précipita vers la portière en posant son lorgnon sur son nez pour être sûr qu'il ne se trompait pas : ce n'était pas Alicia, mais une femme qui lui ressemblait un peu de loin. Seulement, les chevaux de la calèche, effrayés sans doute du mouvement brusque de Paul, s'emportèrent.

Paul prit une glace au café de l'Europe sur le largo du palais : quelques personnes l'examinèrent avec attention, et changèrent de place en faisant un geste singulier.

Il entra au théâtre de Pulcinella, où l'on donnait un spectacle *tutto da ridere*. L'acteur se troubla au milieu de son improvisation bouffonne et resta court ; il se remit pourtant ; mais au beau milieu d'un lazzi, son nez de carton noir se détacha, et il ne put venir à bout de le rajuster, et comme pour s'excuser, d'un signe rapide il expliqua la cause de ses mésaventures, car le regard de Paul, arrêté sur lui, lui ôtait tous ses moyens.

Les spectateurs voisins de Paul s'éclipsèrent un à un ; M. d'Aspremont se leva pour sortir, ne se rendant pas compte de l'effet bizarre qu'il produisait, et dans le couloir il entendait prononcer à voix basse ce mot étrange et dénué de sens pour lui : « Un jettatore ! un jettatore ! »

VI

Le lendemain de l'envoi des cornes, le comte Altavilla fit une visite à miss Ward. La jeune Anglaise prenait le thé en compagnie de son oncle, exactement comme si elle eût été à Ramsgate dans une maison de briques jaunes, et non à Naples sur une terrasse blanchie à la chaux et entourée de figuiers, de cactus et d'aloès ; car un des signes caractéristiques de la race saxonne est la persistance de ses habitudes, quelque contraires qu'elles soient au climat. Le commodore rayonnait : au moyen de morceaux de glace fabriquée chimiquement avec un appareil, car on n'apporte que de la neige des montagnes qui s'élèvent derrière Castellamare, il était parvenu à maintenir son beurre à l'état solide, et il en étalait une couche avec une satisfaction visible sur une tranche de pain coupée en sandwich.

Après ces quelques mots vagues qui précèdent toute conversation et ressemblent aux préludes par lesquels les pianistes tâtent leur clavier avant de commencer leur morceau, Alicia, abandonnant tout à coup les lieux communs d'usage, s'adressa brusquement au jeune comte napolitain :

« Que signifie ce bizarre cadeau de cornes dont vous avez accompagné vos fleurs ? Ma servante Vicè m'a dit que c'était un préservatif contre le *fascino* ; voilà tout ce que j'ai pu tirer d'elle.

— Vicè a raison, répondit le comte Altavilla en s'inclinant.

— Mais qu'est-ce que le *fascino* ? poursuivit la jeune miss ; je ne suis pas au courant de vos superstitions... africaines, car cela doit se rapporter sans doute à quelque croyance populaire.

— Le *fascino* est l'influence pernicieuse qu'exerce la personne douée, ou plutôt affligée du mauvais œil.

— Je fais semblant de vous comprendre, de peur de vous donner une idée défavorable de mon intelligence si j'avoue que le sens de vos paroles m'échappe, dit miss Alicia Ward ; vous m'expliquez l'inconnu par l'inconnu : *mauvais œil* traduit fort mal, pour moi, *fascino* ; comme le personnage de la comédie je sais le latin, mais faites comme si je ne le savais pas.

— Je vais m'expliquer avec toute la clarté possible, répondit Altavilla ; seulement, dans votre dédain britannique, n'allez pas me prendre pour un sauvage et vous demander si mes habits ne cachent pas une peau tatouée de rouge et de bleu. Je suis un homme civilisé ; j'ai été élevé à Paris, je parle anglais et français ; j'ai lu Voltaire ; je crois aux machines à vapeur, aux chemins de fer, aux deux chambres comme Stendhal ; je mange le macaroni avec une fourchette ; — je porte le matin des gants du Suède, l'après-midi des gants de couleur, le soir des gants paille. »

L'attention du commodore, qui beurrait sa deuxième tartine, fut attirée par ce début étrange, et il resta le couteau à la main, fixant sur Altavilla ses prunelles d'un bleu polaire, dont la nuance formait un bizarre contraste avec son teint rouge-brique.

« Voilà des titres rassurants, fit miss Alicia Ward avec un sourire ; et après cela je serais bien défiante si je vous soupçonnais de *barbarie*. Mais ce que vous avez à me dire est donc bien terrible ou bien absurde, que vous prenez tant de circonlocutions pour arriver au fait ?

— Oui, bien terrible, bien absurde et même bien ridicule, ce qui est pire, continua le comte ; si j'étais à Londres ou à Paris, peut-être en rirais-je avec vous, mais ici, à Naples...

— Vous garderez votre sérieux ; n'est-ce pas cela que vous voulez dire ?

— Précisément.

— Arrivons au *fascino*, dit miss Ward, que la gravité d'Altavilla impressionnait malgré elle.

— Cette croyance remonte à la plus haute antiquité.

Il y est fait allusion dans la Bible. Virgile en parle d'un ton convaincu ; les amulettes de bronze trouvées à Pompeïa, à Herculanum, à Stabies, les signes préservatifs dessinés sur les murs des maisons déblayées, montrent combien cette superstition était jadis répandue (Altavilla souligna le mot *superstition* avec une intention maligne). L'Orient tout entier y ajoute foi encore aujourd'hui. Des mains rouges ou vertes sont appliquées de chaque côté de l'une des maisons mauresques pour détourner la mauvaise influence. On voit une main sculptée sur le claveau de la porte du Jugement à l'Alhambra, ce qui prouve que ce *préjugé* est du moins fort ancien s'il n'est pas fondé. Quand des millions d'hommes ont pendant des milliers d'années partagé une opinion, il est probable que cette opinion si généralement reçue s'appuyait sur des faits positifs, sur une longue suite d'observations justifiées par l'événement... J'ai peine à croire, quelque idée avantageuse que j'aie de moi-même, que tant de personnes, dont plusieurs à coup sûr étaient illustres, éclairées et savantes, se soient trompées grossièrement dans une chose où seul je verrais clair...

— Votre raisonnement est facile à rétorquer, interrompit miss Alicia Ward : le polythéisme n'a-t-il pas été la religion d'Hésiode, d'Homère, d'Aristote, de Platon, de Socrate même, qui a sacrifié un coq à Esculape, et d'une foule d'autres personnages d'un génie incontestable ?

— Sans doute, mais il n'y a plus personne aujourd'hui qui sacrifie des bœufs à Jupiter.

— Il vaut bien mieux en faire des beefsteaks et des rumpsteaks, dit sentencieusement le commodore, que l'usage de brûler les cuisses grasses des victimes sur les charbons avait toujours choqué dans Homère.

— On n'offre plus de colombes à Vénus, ni de paons à Junon, ni de boucs à Bacchus ; le christianisme a remplacé ces rêves de marbre blanc dont la Grèce avait peuplé son Olympe ; la vérité a fait évanouir l'erreur, et une infinité de gens redoutent encore les effets du *fascino*, ou, pour lui donner son nom populaire, de la *jettatura*.

— Que le peuple ignorant s'inquiète de pareilles influences, je le conçois, dit miss Ward ; mais qu'un homme de votre naissance et de votre éducation partage cette croyance, voilà ce qui m'étonne.

— Plus d'un qui fait l'esprit fort, répondit le comte, suspend à sa fenêtre une corne, cloue un massacre au-dessus de sa porte, et ne marche que couvert d'amulettes ; moi, je suis franc, et j'avoue sans honte que lorsque je rencontre un *jettatore*, je prends volontiers l'autre côté de la rue, et que si je ne puis éviter son regard, je le conjure de mon mieux par le geste consacré. Je n'y mets pas plus de façon qu'un lazzarone, et je m'en trouve bien. Des mésaventures nombreuses m'ont appris à ne pas dédaigner ces précautions. »

Miss Alicia Ward était une protestante, élevée avec une grande liberté d'esprit philosophique, qui n'admettait rien qu'après examen, et dont la raison droite répugnait à tout ce qui ne pouvait s'expliquer mathématiquement. Les discours du comte la surprenaient. Elle voulut d'abord n'y voir qu'un simple jeu d'esprit ; mais le ton calme et convaincu d'Altavilla lui fit changer d'idée sans la persuader en aucune façon.

« Je vous accorde, dit-elle, que ce préjugé existe, qu'il est fort répandu, que vous êtes sincère dans votre crainte du mauvais œil, et ne cherchez pas à vous jouer de la simplicité d'une pauvre étrangère ; mais donnez-moi quelque raison physique de cette idée superstitieuse, car, dussiez-vous me juger comme un être entièrement dénué de poésie, je suis très incrédule : le fantastique, le mystérieux, l'occulte, l'inexplicable ont fort peu de prise sur moi.

— Vous ne nierez pas, miss Alicia, reprit le comte, la puissance de l'œil humain ; la lumière du ciel s'y combine avec le reflet de l'âme ; la prunelle est une lentille qui concentre les rayons de la vie, et l'électricité intellectuelle jaillit par cette étroite ouverture : le regard d'une femme ne traverse-t-il pas le cœur le plus dur ? Le regard d'un héros n'aimante-t-il pas toute une armée ? Le regard du médecin ne dompte-t-il pas le fou comme une douche froide ? Le regard d'une mère ne fait-il pas reculer les lions ?

— Vous plaidez votre cause avec éloquence, répondit miss Ward, en secouant sa jolie tête ; pardonnez-moi s'il me reste des doutes.

— Et l'oiseau qui, palpitant d'horreur et poussant des cris lamentables, descend du haut d'un arbre, d'où il pourrait s'envoler, pour se jeter dans la gueule du serpent qui le fascine, obéit-il à un préjugé ? a-t-il entendu dans les nids des commères emplumées raconter des histoires de jettatura ? — Beaucoup d'effets n'ont-ils pas eu lieu par des causes inappréciables pour nos organes ? Les miasmes de la fièvre paludéenne, de la peste, du choléra, sont-ils visibles ? Nul œil n'aperçoit le fluide électrique sur la broche du paratonnerre, et pourtant la foudre est soutirée ! Qu'y a-t-il d'absurde à supposer qu'il se dégage de ce disque noir, bleu ou gris, un rayon propice ou fatal ? Pourquoi cet effluve ne serait-il pas heureux ou malheureux d'après le mode d'émission et l'angle sous lequel l'objet le reçoit ?

— Il me semble, dit le commodore, que la théorie du comte a quelque chose de spécieux ; je n'ai jamais pu, moi, regarder les yeux d'or d'un crapaud sans me sentir à l'estomac une chaleur intolérable, comme si j'avais pris de l'émétique ; et pourtant le pauvre reptile avait plus de raison de craindre que moi qui pouvais l'écraser d'un coup de talon.

— Ah ! mon oncle ! si vous vous mettez avec M. d'Altavilla, fit miss Ward, je vais être battue. Je ne suis pas de force à lutter. Quoique j'eusse peut-être bien des choses à objecter contre cette électricité oculaire dont aucun physicien n'a parlé, je veux bien admettre son existence pour un instant, mais quelle efficacité peuvent avoir pour se préserver de leurs funestes effets les immenses cornes dont vous m'avez gratifiée ?

— De même que le paratonnerre avec sa pointe sou-

tire la foudre, répondit Altavilla, ainsi les pitons aigus
de ces cornes sur lesquelles se fixe le regard du jettatore détournent le fluide malfaisant et le dépouillent de
sa dangereuse électricité. Les doigts tendus en avant et
les amulettes de corail rendent le même service.

— Tout ce que vous me contez là est bien fou, monsieur le comte, reprit miss Ward ; et voici ce que j'y
crois comprendre : selon vous, je serais sous le coup du
fascino d'un jettatore bien dangereux ; et vous m'avez
envoyé des cornes comme moyens de défense ?

— Je le crains, miss Alicia, répondit le comte avec
un ton de conviction profonde.

— Il ferait beau voir, s'écria le commodore, qu'un
de ces drôles à l'œil louche essayât de fasciner ma
nièce ! Quoique j'aie dépassé la soixantaine, je n'ai pas
encore oublié mes leçons de boxe. »

Et il fermait son poing en serrant le pouce contre les
doigts pliés.

« Deux doigts suffisent, milord, dit Altavilla en faisant prendre à la main du commodore la position vou-
lue. Le plus ordinairement la jettatura est involontaire ;
elle s'exerce à l'insu de ceux qui possèdent ce don
fatal, et souvent même, lorsque les jettatori arrivent à
la conscience de leur funeste pouvoir, ils en déplorent
les effets plus que personne ; il faut donc les éviter et
non les maltraiter. D'ailleurs, avec les cornes, les
doigts en pointe, les branches de corail bifurquées, on
peut neutraliser ou du moins atténuer leur influence.

— En vérité, c'est fort étrange, dit le commodore,
que le sang-froid d'Altavilla impressionnait malgré lui.

— Je ne me savais pas si fort obsédée par les jettatori ; je ne quitte guère cette terrasse, si ce n'est pour
aller faire, le soir, un tour en calèche le long de la villa
Reale, avec mon oncle, et je n'ai rien remarqué qui pût
donner lieu à votre supposition, dit la jeune fille dont
la curiosité s'éveillait, quoique son incrédulité fût toujours la même. Sur qui se portent vos soupçons ?

— Ce ne sont pas des soupçons, miss Ward ; ma

certitude est complète, répondit le jeune comte napolitain.

— De grâce, révélez-nous le nom de cet être
fatal ! » dit miss Ward avec une légère nuance de
moquerie.

Altavilla garda le silence.

« Il est bon de savoir de qui l'on doit se défier »,
ajouta le commodore.

Le jeune comte napolitain parut se recueillir ; —
puis il se leva, s'arrêta devant l'oncle de miss Ward,
lui fit un salut respectueux et lui dit :

« Milord Ward, je vous demande la main de votre
nièce. »

À cette phrase inattendue, Alicia devint toute rose,
et le commodore passa du rouge à l'écarlate.

Certes, le comte Altavilla pouvait prétendre à la
main de miss Ward ; il appartenait à une des plus
anciennes et plus nobles familles de Naples ; il était
beau, jeune, riche, très bien en cour, parfaitement
élevé, d'une élégance irréprochable ; sa demande, en
elle-même, n'avait donc rien de choquant ; mais elle
venait d'une manière si soudaine, si étrange ; elle ressortait si peu de la conversation entamée, que la stupéfaction de l'oncle et de la nièce était tout à fait
convenable. Aussi Altavilla n'en parut-il ni surpris ni
découragé, et attendit-il la réponse de pied ferme.

« Mon cher comte, dit enfin le commodore, un peu
remis de son trouble, votre proposition m'étonne —
autant qu'elle m'honore. — En vérité, je ne sais que
vous répondre ; je n'ai pas consulté ma nièce. — On
parlait de fascino, de jettatura, de cornes, d'amulettes,
de mains ouvertes ou fermées, de toutes sortes de
choses qui n'ont aucun rapport au mariage, et puis
voilà que vous me demandez la main d'Alicia ! —
Cela ne se suit pas du tout, et vous ne m'en voudrez
pas si je n'ai pas des idées bien nettes à ce sujet. Cette
union serait à coup sûr très convenable, mais je croyais
que ma nièce avait d'autres intentions. Il est vrai qu'un

vieux loup de mer comme moi ne lit pas bien couram-
ment dans le cœur des jeunes filles... »

Alicia, voyant son oncle s'embrouiller, profita du
temps d'arrêt qu'il prit après sa dernière phrase pour
faire cesser une scène qui devenait gênante, et dit au
Napolitain :

« Comte, lorsqu'un galant homme demande loyale-
ment la main d'une honnête jeune fille, il n'y a pas
lieu pour elle de s'offenser, mais elle a droit d'être
étonnée de la forme bizarre donnée à cette demande.
Je vous priais de me dire le nom du prétendu jettatore
dont l'influence peut, selon vous, m'être nuisible, et
vous faites brusquement à mon oncle une proposition
dont je ne démêle pas le motif.

— C'est, répondit Altavilla, qu'un gentilhomme ne
se fait pas volontiers dénonciateur, et qu'un mari seul
peut défendre sa femme. Mais prenez quelques jours
pour réfléchir. Jusque-là, les cornes exposées d'une
façon bien visible suffiront, je l'espère, à vous garantir
de tout événement fâcheux. »

Cela dit, le comte se leva et sortit après avoir salué
profondément.

Vicè, la fauve servante aux cheveux crépus, qui
venait pour emporter la théière et les tasses, avait, en
montant lentement l'escalier de la terrasse, entendu la
fin de la conversation ; elle nourrissait contre Paul
d'Aspremont toute l'aversion qu'une paysanne des
Abruzzes, apprivoisée à peine par deux ou trois ans
de domesticité, peut avoir à l'endroit d'un *forestiere*
soupçonné de jettature ; elle trouvait d'ailleurs le
comte Altavilla superbe, et ne concevait pas que miss
Ward pût lui préférer un jeune homme chétif et pâle
dont elle, Vicè, n'eût pas voulu, quand même il n'aurait pas eu le fascino. Aussi, n'appréciant pas la délicatesse de procédé du comte, et désirant soustraire sa
maîtresse, qu'elle aimait, à une nuisible influence, Vicè
se pencha vers l'oreille de miss Ward et lui dit :

« Le nom que vous cache le comte Altavilla, je le
sais, moi.

— Je vous défends de me le dire, Vicè, si vous tenez à mes bonnes grâces, répondit Alicia. Vraiment toutes ces superstitions sont honteuses, et je les braverai en fille chrétienne qui ne craint que Dieu. »

VII

« Jettatore ! Jettatore ! Ces mots s'adressaient bien à moi, se disait Paul d'Aspremont en rentrant à l'hôtel ; j'ignore ce qu'ils signifient, mais ils doivent assurément renfermer un sens injurieux ou moqueur. Qu'ai-je dans ma personne de singulier, d'insolite ou de ridicule pour attirer ainsi l'attention d'une manière défavorable ? Il me semble, quoique l'on soit assez mauvais juge de soi-même, que je ne suis ni beau, ni laid, ni grand, ni petit, ni maigre, ni gros, et que je puis passer inaperçu dans la foule. Ma mise n'a rien d'excentrique ; je ne suis pas coiffé d'un turban illuminé de bougies comme M. Jourdain dans la cérémonie du *Bourgeois gentilhomme* ; je ne porte pas une veste brodée d'un soleil d'or dans le dos ; un nègre ne me précède pas jouant des timbales ; mon individualité parfaitement inconnue, du reste, à Naples, se dérobe sous le vêtement uniforme, domino de la civilisation moderne, et je suis dans tout pareil aux élégants qui se promènent rue de Tolède ou au largo du Palais, sauf un peu moins de cravate, un peu moins d'épingle, un peu moins de chemise brodée, un peu moins de gilet, un peu moins de chaînes d'or et beaucoup moins de frisure.

— Peut-être ne suis-je pas assez frisé ! — Demain je me ferai donner un coup de fer par le coiffeur de l'hôtel. Cependant l'on a ici l'habitude de voir des étrangers, et quelques imperceptibles différences de toilette ne suffisent pas à justifier le mot mystérieux et le geste bizarre que ma présence provoque. J'ai remarqué, d'ailleurs, une expression d'antipathie et d'effroi dans les yeux des gens qui s'écartaient de mon chemin. Que puis-je avoir fait à ces gens que je rencontre pour la première fois ? Un voyageur, ombre qui passe pour ne plus revenir, n'excite partout que l'indifférence, à moins qu'il n'arrive de quelque région éloignée et ne soit l'échantillon d'une race inconnue ; mais les paquebots jettent toutes les semaines sur le môle des milliers de touristes dont je ne diffère en rien. Qui s'en inquiète, excepté les facchini, les hôteliers et les domestiques de place ? Je n'ai pas tué mon frère, puisque je n'en avais pas, et je ne dois pas être marqué par Dieu du signe de Caïn, et pourtant les hommes se troublent et s'éloignent à mon aspect : à Paris, à Londres, à Vienne, dans toutes les villes que j'ai habitées, je ne me suis jamais aperçu que je produisisse un effet semblable ; l'on m'a trouvé quelquefois fier, dédaigneux, sauvage ; l'on m'a dit que j'affectais le *sneer* anglais, que j'imitais lord Byron, mais j'ai reçu partout l'accueil dû à un gentleman, et mes avances, quoique rares, n'en étaient que mieux appréciées. Une traversée de trois jours de Marseille à Naples ne peut pas m'avoir changé à ce point d'être devenu odieux ou grotesque, moi que plus d'une femme a distingué et qui ai su toucher le cœur de miss Alicia Ward, une délicieuse jeune fille, une créature céleste, un ange de Thomas Moore ! »

Ces réflexions, raisonnables assurément, calmèrent un peu Paul d'Aspremont, et il se persuada qu'il avait attaché à la mimique exagérée des Napolitains, le peuple le plus gesticulateur du monde, un sens dont elle était dénuée.

Il était tard. — Tous les voyageurs, à l'exception de Paul, avaient regagné leurs chambres respectives ; Gelsomina, l'une des servantes dont nous avons esquissé la physionomie dans le conciliabule tenu à la cuisine sous la présidence de Virgilio Falsacappa, attendait que Paul fût rentré pour mettre les barres de clôture à la porte. Nanella, l'autre fille, dont c'était le tour de veiller, avait prié sa compagne plus hardie de tenir sa place, ne voulant pas se rencontrer avec le *forestiere* soupçonné de jettature ; aussi Gelsomina était-elle sous les armes : un énorme paquet d'amulettes se hérissait sur sa poitrine, et cinq petites cornes de corail tremblaient au lieu de pampilles à la perle taillée de ses boucles d'oreilles ; sa main, repliée d'avance, tendait l'index et le petit doigt avec une correction que le révérend curé Andréa de Jorio, auteur de la *Mimica degli antichi investigata nel gestire napoletano* [6], eût assurément approuvée.

La brave Gelsomina, dissimulant sa main derrière un pli de sa jupe, présenta le flambeau à M. d'Aspremont, et dirigea sur lui un regard aigu, persistant, presque provocateur, d'une expression si singulière que le jeune homme en baissa les yeux : circonstance qui parut faire beaucoup de plaisir à cette belle fille.

À la voir immobile et droite, allongeant le flambeau avec un geste de statue, le profil découpé par une ligne lumineuse, l'œil fixe et flamboyant, on eût dit la Némésis antique cherchant à déconcerter un coupable.

Lorsque le voyageur eut monté l'escalier et que le bruit de ses pas se fut éteint dans le silence, Gelsomina releva la tête d'un air de triomphe, et dit : « Je lui ai joliment fait rentrer son regard dans la prunelle, à ce vilain monsieur, que saint Janvier confonde ; je suis sûre qu'il ne m'arrivera rien de fâcheux. »

Paul dormit mal et d'un sommeil agité ; il fut tourmenté par toutes sortes de rêves bizarres se rapportant aux idées qui avaient préoccupé sa veille : il se voyait entouré de figures grimaçantes et monstrueuses, exprimant la haine, la colère et la peur ; puis les figures s'évanouissaient ; des doigts longs, maigres, osseux, à phalanges noueuses, sortant de l'ombre et rougis d'une clarté infernale, le menaçaient en faisant des signes cabalistiques ; les ongles de ces doigts, se recourbant en griffes de tigre, en serres de vautour, s'approchaient de plus en plus de son visage et semblaient chercher à lui vider l'orbite des yeux. Par un effort suprême, il parvint à écarter ces mains, voltigeant sur des ailes de chauve-souris ; mais aux mains crochues succédèrent des massacres de bœufs, de buffles et de cerfs, crânes blanchis animés d'une vie morte, qui l'assaillaient de leurs cornes et de leurs ramures et le forçaient à se jeter à la mer, où il se déchirait le corps sur une forêt de corail aux branches pointues ou bifurquées ; — une vague le rapportait à la côte, moulu, brisé, à demi mort ; et, comme le don Juan de lord Byron, il entrevoyait à travers son évanouissement une tête charmante qui se penchait vers lui ; — ce n'était pas Haydée, mais Alicia, plus belle encore que l'être imaginaire créé par le poète. La jeune fille faisait de vains efforts pour tirer sur le sable le corps que la mer voulait reprendre, et demandait à Vicè, la fauve servante, une aide que celle-ci lui refusait en riant d'un rire féroce : les bras d'Alicia se fatiguaient, et Paul retombait au gouffre.

Ces fantasmagories confusément effrayantes, vaguement horribles, et d'autres plus insaisissables encore, rappelant les fantômes informes ébauchés dans l'ombre opaque des aquatintes de Goya, torturèrent le dormeur jusqu'aux premières lueurs du matin ; son âme, affranchie par l'anéantissement du corps, semblait deviner ce que sa pensée éveillée ne pouvait comprendre, et tâchait de traduire ses pressentiments en image dans la chambre noire du rêve.

Paul se leva brisé, inquiet, comme mis sur la trace d'un malheur caché par ces cauchemars dont il craignait de sonder le mystère ; il tournait autour du fatal secret, fermant les yeux pour ne pas voir et les oreilles pour ne pas entendre ; jamais il n'avait été plus triste ; il doutait même d'Alicia ; l'air de fatuité heureuse du comte napolitain, la complaisance avec laquelle la jeune fille l'écoutait, la mine approbative du commodore, tout cela lui revenait en mémoire enjolivé de mille détails cruels, lui noyait le cœur d'amertume et ajoutait encore à sa mélancolie.

La lumière a ce privilège de dissiper le malaise causé par les visions nocturnes. Smarra, offusqué, s'enfuit en agitant ses ailes membraneuses, lorsque le jour tire ses flèches d'or dans la chambre par l'interstice des rideaux. — Le soleil brillait d'un éclat joyeux, le ciel était pur, et sur le bleu de la mer scintillaient des millions de paillettes : peu à peu Paul se rasséréna ; il oublia ses rêves fâcheux et les impressions bizarres de la veille, ou, s'il y pensait, c'était pour s'accuser d'extravagance.

Il alla faire un tour à Chiaja pour s'amuser du spectacle de la pétulance napolitaine ; les marchands criaient leurs denrées sur des mélopées bizarres en dialecte populaire, inintelligible pour lui qui ne savait que l'italien, avec des gestes désordonnés et une furie d'action inconnue dans le Nord ; mais toutes les fois qu'il s'arrêtait près d'une boutique, le marchand prenait un air alarmé, murmurait quelque imprécation à mi-voix, et faisait le geste d'allonger les doigts comme s'il eût voulu le poignarder de l'auriculaire et de l'index ; les commères, plus hardies, l'accablaient d'injures et lui montraient le poing.

VIII

M. d'Aspremont crut, en s'entendant injurier par la populace de Chiaja, qu'il était l'objet de ces litanies grossièrement burlesques dont les marchands de poisson régalent les gens bien mis qui traversent le marché ; mais une répulsion si vive, un effroi si vrai se peignaient dans tous les yeux, qu'il fut bien forcé de renoncer à cette interprétation ; le mot *jettatore*, qui avait déjà frappé ses oreilles au théâtre de San Carlino, fut encore prononcé, et avec une expression menaçante cette fois ; il s'éloigna donc à pas lents, ne fixant plus sur rien ce regard, cause de tant de trouble. En longeant les maisons pour se soustraire à l'attention publique, Paul arriva à un étalage de bouquiniste ; il s'y arrêta, remua et ouvrit quelques livres, en manière de contenance : il tournait ainsi le dos aux passants, et sa figure à demi cachée par les feuillets évitait toute occasion d'insulte. Il avait bien pensé un instant à charger cette canaille à coups de canne ; la vague terreur superstitieuse qui commençait à s'emparer de lui l'en avait empêché. Il se souvint qu'ayant une fois frappé un cocher insolent d'une légère badine, il l'avait attrapé à la tempe et tué sur le coup, meurtre involontaire dont il ne s'était pas consolé. Après avoir pris et reposé plusieurs volumes dans leur case, il tomba sur le traité de la *Jettatura* du signor Niccolo Valetta : ce titre rayonna à ses yeux en caractères de flamme, et le livre lui parut placé là par la main de la fatalité ; il jeta au bouquiniste, qui le regardait d'un air narquois, en faisant brimbaler deux ou trois cornes noires mêlées aux breloques de sa montre, les six ou huit carlins, prix du volume, et courut à l'hôtel s'enfermer dans sa chambre pour commencer cette lecture qui devait éclaircir et fixer les doutes dont il était obsédé depuis son séjour à Naples.

Le bouquin du signor Valetta est aussi répandu à Naples que les *Secrets du grand Albert*, l'*Etteila* ou la *Clef des songes* peuvent l'être à Paris. Valetta définit la jettature, enseigne à quelles marques on peut la reconnaître, par quels moyens on s'en préserve ; il divise les jettatori en plusieurs classes, d'après leur degré de malfaisance, et agite toutes les questions qui se rattachent à cette grave matière.

S'il eût trouvé ce livre à Paris, d'Aspremont l'eût feuilleté distraitement comme un vieil almanach farci d'histoires ridicules, et eût ri du sérieux avec lequel l'auteur traite ces billevesées ; dans la disposition d'esprit où il était, hors de son milieu naturel, préparé à la crédulité par une foule de petits incidents, il le lut avec une secrète horreur, comme un profane épelant sur un grimoire des évocations d'esprits et des formules de cabbale. Quoiqu'il n'eût pas cherché à les pénétrer, les secrets de l'enfer se révélaient à lui ; il ne pouvait plus s'empêcher de les savoir, et il avait maintenant la conscience de son pouvoir fatal : il était jettatore ! Il fallait bien en convenir vis-à-vis de lui-même : tous les signes distinctifs décrits par Valetta, il les possédait.

Quelquefois il arrive qu'un homme qui jusque-là s'était cru doué d'une santé parfaite, ouvre par hasard

ou par distraction un livre de médecine, et, en lisant la
description pathologique d'une maladie, s'en recon-
naisse atteint ; éclairé par une lueur fatale, il sent à
chaque symptôme rapporté tressaillir douloureusement
en lui quelque organe obscur, quelque fibre cachée
dont le jeu lui échappait, et il pâlit en comprenant si
prochaine une mort qu'il croyait bien éloignée. — Paul
éprouva un effet analogue.

Il se mit devant une glace et se regarda avec une
intensité effrayante : cette perfection disparate, composée de beautés qui ne se trouvent pas ordinairement
ensemble, le faisait plus que jamais ressembler à l'archange déchu, et rayonnait sinistrement dans le fond
noir du miroir ; les fibrilles de ses prunelles se tordaient comme des vipères convulsives ; ses sourcils
vibraient pareils à l'arc d'où vient de s'échapper la
flèche mortelle ; la ride blanche de son front faisait
penser à la cicatrice d'un coup de foudre, et dans ses
cheveux rutilants paraissaient flamber des flammes
infernales ; la pâleur marmoréenne de la peau donnait
encore plus de relief à chaque trait de cette physionomie vraiment terrible.

Paul se fit peur à lui-même : il lui semblait que les
effluves de ses yeux, renvoyés par le miroir, lui revenaient en dards empoisonnés : figurez-vous Méduse
regardant sa tête horrible et charmante dans le fauve
reflet d'un bouclier d'airain.

L'on nous objectera peut-être qu'il est difficile de
croire qu'un jeune homme du monde, imbu de la
science moderne, ayant vécu au milieu du scepticisme
de la civilisation, ait pu prendre au sérieux un préjugé
populaire, et s'imaginer être doué fatalement d'une
malfaisance mystérieuse. Mais nous répondrons qu'il
y a un magnétisme irrésistible dans la pensée générale,
qui vous pénètre malgré vous, et contre lequel une
volonté unique ne lutte pas toujours efficacement : tel
arrive à Naples se moquant de la jettature, qui finit par
se hérisser de précautions cornues et fuir avec terreur
tout individu à l'œil suspect. Paul d'Aspremont se trou-

vait dans une position encore plus grave : — il avait
lui-même le fascino, — et chacun l'évitait, ou faisait
en sa présence les signes préservatifs recommandés par
le signor Valetta. Quoique sa raison se révoltât contre
une pareille appréciation, il ne pouvait s'empêcher de
reconnaître qu'il présentait tous les indices dénoncia-
teurs de la jettatura. — L'esprit humain, même le plus
éclairé, garde toujours un coin sombre, où s'accroupis-
sent les hideuses chimères de la crédulité, où s'accro-
chent les chauves-souris de la superstition. La vie
ordinaire elle-même est si pleine de problèmes inso-
lubles, que l'impossible y devient probable. On peut
croire ou nier tout : à un certain point de vue, le rêve
existe autant que la réalité.

Paul se sentit pénétré d'une immense tristesse. — Il
était un monstre ! — Bien que doué des instincts les
plus affectueux et de la nature la plus bienveillante, il
portait le malheur avec lui ; son regard, involontairement chargé de venin, nuisait à ceux sur qui il s'arrêtait, quoique dans une intention sympathique. Il avait
l'affreux privilège de réunir, de concentrer, de distiller
les miasmes morbides, les électricités dangereuses, les
influences fatales de l'atmosphère, pour les darder
autour de lui. Plusieurs circonstances de sa vie, qui
jusque-là lui avaient semblé obscures et dont il avait
vaguement accusé le hasard, s'éclairaient maintenant
d'un jour livide : il se rappelait toutes sortes de mésaventures énigmatiques, de malheurs inexpliqués, de
catastrophes sans motifs dont il tenait à présent le mot ;
des concordances bizarres s'établissaient dans son
esprit et le confirmaient dans la triste opinion qu'il
avait prise de lui-même.

Il remonta sa vie année par année ; il se rappela sa
mère morte en lui donnant le jour ; la fin malheureuse
de ses petits amis de collège, dont le plus cher s'était
tué en tombant d'un arbre, sur lequel lui, Paul, le regardait grimper ; cette partie de canot si joyeusement
commencée avec deux camarades, et d'où il était
revenu seul, après des efforts inouïs pour arracher des

herbes les corps des pauvres enfants noyés par le chavirement de la barque ; l'assaut d'armes où son fleuret, brisé près du bouton et transformé ainsi en épée, avait blessé si dangereusement son adversaire, — un jeune homme qu'il aimait beaucoup : — à coup sûr, tout cela pouvait s'expliquer rationnellement, et Paul l'avait fait ainsi jusqu'alors ; pourtant, ce qu'il y avait d'accidentel et de fortuit dans ces événements lui paraissait dépendre d'une autre cause depuis qu'il connaissait le livre de Valetta : l'influence fatale, le fascino, la jettatura, devaient réclamer leur part de ces catastrophes. Une telle continuité de malheurs autour du même personnage n'était pas *naturelle*.

Une autre circonstance plus récente lui revint en mémoire, avec tous ses détails horribles, et ne contribua pas peu à l'affermir dans sa désolante croyance.

À Londres, il allait souvent au théâtre de la Reine, où la grâce d'une jeune danseuse anglaise l'avait particulièrement frappé. Sans en être plus épris qu'on ne l'est d'une gracieuse figure de tableau ou de gravure, il la suivait du regard parmi ses compagnes du corps de ballet, à travers le tourbillon des manœuvres chorégraphiques ; il aimait ce visage doux et mélancolique, cette pâleur délicate que ne rougissait jamais l'animation de la danse, ces beaux cheveux d'un blond soyeux et lustré, couronnés, suivant le rôle, d'étoiles ou de fleurs, ce long regard perdu dans l'espace, ces épaules d'une chasteté virginale frissonnant sous la lorgnette, ces jambes qui soulevaient à regret leurs nuages de gaze et luisaient sous la soie comme le marbre d'une statue antique ; chaque fois qu'elle passait devant la rampe, il la saluait de quelque petit signe d'admiration furtif, ou s'armait de son lorgnon pour la mieux voir.

Un soir, la danseuse, emportée par le vol circulaire d'une valse, rasa de plus près cette étincelante ligne de feu qui sépare au théâtre le monde idéal du monde réel ; ses légères draperies de sylphide palpitaient comme des ailes de colombe prêtes à prendre l'essor. Un bec de gaz tira sa langue bleue et blanche, et atteignit l'étoffe aérienne. En un moment la flamme environna la jeune fille, qui dansa quelques secondes comme un feu follet au milieu d'une lueur rouge, et se jeta vers la coulisse, éperdue, folle de terreur, dévorée vive par ses vêtements incendiés. — Paul avait été très douloureusement ému de ce malheur, dont parlèrent tous les journaux du temps, où l'on pourrait retrouver le nom de la victime, si l'on était curieux de le savoir. Mais son chagrin n'était pas mélangé de remords. Il ne s'attribuait aucune part dans l'accident qu'il déplorait plus que personne.

Maintenant il était persuadé que son obstination à la poursuivre du regard n'avait pas été étrangère à la mort de cette charmante créature. Il se considérait comme son assassin ; il avait horreur de lui-même et aurait voulu n'être jamais né.

À cette prostration succéda une réaction violente ; il se mit à rire d'un rire nerveux, jeta au diable le livre de Valetta et s'écria : « Vraiment je deviens imbécile ou fou ! Il faut que le soleil de Naples m'ait tapé sur la tête. Que diraient mes amis du club s'ils apprenaient que j'ai sérieusement agité dans ma conscience cette belle question — à savoir si je suis ou non jettatore ! »

Paddy frappa discrètement à la porte. — Paul ouvrit, et le groom, formaliste dans son service, lui présenta sur le cuir verni de sa casquette, en s'excusant de ne pas avoir de plateau d'argent, une lettre de la part de miss Alicia.

M. d'Aspremont rompit le cachet et lut ce qui suit :

« Est-ce que vous me boudez, Paul ? — Vous n'êtes pas venu hier soir, et votre sorbet au citron s'est fondu mélancoliquement sur la table. Jusqu'à neuf heures j'ai eu l'oreille aux aguets, cherchant à distinguer le bruit des roues de votre voiture à travers le chant obstiné des grillons et les ronflements des tambours de basque ; alors il a fallu perdre tout espoir, et j'ai querellé le commodore. Admirez comme les femmes sont justes ! — Pulcinella avec son nez noir, don Limon et donna Pangrazia ont donc bien du charme pour vous ?

car je sais par ma police que vous avez passé votre
soirée à San Carlino. De ces prétendues lettres importantes, vous n'en avez pas écrit une seule. Pourquoi ne
pas avouer tout bonnement et tout bêtement que vous
êtes jaloux du comte Altavilla ? Je vous croyais plus
orgueilleux, et cette modestie de votre part me touche.
— N'ayez aucune crainte, M. d'Altavilla est trop beau,
et je n'ai pas le goût des Apollons à breloques. Je
devrais afficher à votre endroit un mépris superbe et vous
dire que je ne me suis pas aperçue de votre absence ; mais
la vérité est que j'ai trouvé le temps fort long, que j'étais
de très mauvaise humeur, très nerveuse, et que j'ai
manqué de battre Vicè qui riait comme une folle — je
ne sais pourquoi, par exemple.

                                          « A.W. »

Cette lettre enjouée et moqueuse ramena tout à fait
les idées de Paul aux sentiments de la vie réelle. Il
s'habilla, ordonna de faire avancer la voiture, et bientôt
le voltairien Scazziga fit claquer son fouet incrédule
aux oreilles de ses bêtes qui se lancèrent au galop sur
le pavé de lave, à travers la foule toujours compacte
sur le quai de Santa Lucia.

« Scazziga, quelle mouche vous pique ? vous allez
causer quelque malheur ! » s'écria M. d'Aspremont. Le
cocher se retourna vivement pour répondre, et le regard
irrité de Paul l'atteignit en plein visage. — Une pierre
qu'il n'avait pas vue souleva une des roues de devant,
et il tomba de son siège par la violence du heurt, mais
sans lâcher ses rênes. — Agile comme un singe, il
remonta d'un saut à sa place, ayant au front une bosse
grosse comme un œuf de poule.

« Du diable si je me retourne maintenant quand tu
me parleras ! — grommela-t-il entre ses dents. Timberio, Falsacappa et Gelsomina avaient raison, — c'est
un jettatore ! Demain, j'achèterai une paire de cornes.
Si ça ne peut pas faire de bien, ça ne peut pas faire de
mal. »

Ce petit incident fut désagréable à Paul ; il le ramenait dans le cercle magique dont il voulait sortir : une pierre se trouve tous les jours sous la roue d'une voiture, un cocher maladroit se laisse choir de son siège — rien n'est plus simple et plus vulgaire. Cependant l'*effet* avait suivi la *cause* de si près, la chute de Scazziga coïncidait si justement avec le *regard* qu'il lui avait lancé, que ses appréhensions lui revinrent :

« J'ai bien envie, se dit-il, de quitter dès demain ce pays extravagant, où je sens ma cervelle ballotter dans mon crâne comme une noisette sèche dans sa coquille. Mais si je confiais mes craintes à miss Ward, elle en rirait, et le climat de Naples est favorable à sa santé. — Sa santé ! mais elle se portait bien avant de me connaître ! Jamais ce nid de cygnes balancé sur les eaux, qu'on nomme l'Angleterre, n'avait produit une enfant plus blanche et plus rose ! La vie éclatait dans ses yeux pleins de lumière, s'épanouissait sur ses joues fraîches et satinées ; un sang riche et pur courait en veines bleues sous sa peau transparente ; on sentait à travers sa beauté une force gracieuse ! Comme sous mon regard elle a pâli, maigri, changé ! Comme ses mains délicates devenaient fluettes ! Comme ses yeux si vifs s'entouraient de pénombres attendries ! On eût dit que la consomption lui posait ses doigts osseux sur l'épaule. — En mon absence, elle a bien vite repris ses vives couleurs ; le souffle joue librement dans sa poitrine que le médecin interrogeait avec crainte ; délivrée de mon influence funeste, elle vivrait de longs jours. — N'est-ce pas moi qui la tue ? — L'autre soir, n'a-t-elle pas éprouvé, pendant que j'étais là, une souffrance si aiguë que ses joues se sont décolorées comme au souffle froid de la mort ? — Ne lui fais-je pas la jettatura sans le vouloir ? — Mais peut-être aussi n'y a-t-il là rien que de naturel. — Beaucoup de jeunes Anglaises ont des prédispositions aux maladies de poitrine. »

Ces pensées occupèrent Paul d'Aspremont pendant la route. Lorsqu'il se présenta sur la terrasse, séjour habituel de miss Ward et du commodore, les immenses cornes de bœuf de Sicile, présent du comte Altavilla, recourbaient leurs croissants jaspés à l'endroit le plus en vue. Voyant que Paul les remarquait, le commodore devint bleu : ce qui était sa manière de rougir, car, moins délicat que sa nièce, il avait reçu les confidences de Vicè...

Alicia, avec un geste de parfait dédain, fit signe à la servante d'emporter les cornes et fixa sur Paul son bel œil plein d'amour, de courage et de foi.

« Laissez-les à leur place, dit Paul à Vicè ; elles sont fort belles. »

IX

L'observation de Paul sur les cornes données par le comte Altavilla parut faire plaisir au commodore ; Vicè sourit, montrant sa denture dont les canines séparées et pointues brillaient d'une blancheur féroce ; Alicia, d'un coup de paupière rapide, sembla poser à son ami une question qui resta sans réponse.

Un silence gênant s'établit.

Les premières minutes d'une visite même cordiale, familière, attendue et renouvelée tous les jours, sont ordinairement embarrassées. Pendant l'absence, n'eût-elle duré que quelques heures, il s'est reformé autour de chacun une atmosphère invisible contre laquelle se brise l'effusion. C'est comme une glace parfaitement transparente qui laisse apercevoir le paysage et que ne traverserait pas le vol d'une mouche. Il n'y a rien en apparence, et pourtant on sent l'obstacle.

Une arrière-pensée dissimulée par un grand usage du monde préoccupait en même temps les trois personnages de ce groupe habituellement plus à son aise. Le commodore tournait ses pouces avec un mouvement machinal ; d'Aspremont regardait obstinément les pointes noires et polies des cornes qu'il avait défendu à Vicè d'emporter, comme un naturaliste cherchant à classer, d'après un fragment, une espèce inconnue ; Alicia passait son doigt dans la rosette du large ruban qui ceignait son peignoir de mousseline, faisant mine d'en resserrer le nœud.

Ce fut miss Ward qui rompit la glace la première, avec cette liberté enjouée des jeunes filles anglaises, si modestes et si réservées, cependant, après le mariage.

« Vraiment, Paul, vous n'êtes guère aimable depuis quelque temps. Votre galanterie est-elle une plante de serre froide qui ne peut s'épanouir qu'en Angleterre, et dont la haute température de ce climat gêne le développement ? Comme vous étiez attentif, empressé, toujours aux petits soins, dans notre cottage du Lincolnshire ! Vous m'abordiez la bouche en cœur, la main sur la poitrine, irréprochablement frisé, prêt à mettre un genou en terre devant l'idole de votre âme ; — tel, enfin, qu'on représente les amoureux sur les vignettes de roman.

— Je vous aime toujours, Alicia, répondit d'Aspremont d'une voix profonde, mais sans quitter des yeux les cornes suspendues à l'une des colonnes antiques qui soutenaient le plafond de pampres.

— Vous dites cela d'un ton si lugubre, qu'il faudrait être bien coquette pour le croire, continua miss Ward ; — j'imagine que ce qui vous plaisait en moi, c'était mon teint pâle, ma diaphanéité, ma grâce ossianesque et vaporeuse ; mon état de souffrance me donnait un certain charme romantique que j'ai perdu.

— Alicia ! jamais vous ne fûtes plus belle.

— Des mots, des mots, des mots [7], comme dit Shakespeare. Je suis si belle que vous ne daignez pas me regarder. »

En effet, les yeux de M. d'Aspremont ne s'étaient pas dirigés une seule fois vers la jeune fille.

« Allons, fit-elle avec un grand soupir comiquement exagéré, je vois que je suis devenue une grosse et forte paysanne, bien fraîche, bien colorée, bien rougeaude, sans la moindre distinction, incapable de figurer au bal d'Almacks, ou dans un livre de beautés, séparée d'un sonnet admiratif par une feuille de papier de soie.

— Miss Ward, vous prenez plaisir à vous calomnier, dit Paul les paupières baissées.

— Vous feriez mieux de m'avouer franchement que je suis affreuse. — C'est votre faute aussi, commodore ; avec vos ailes de poulet, vos noix de côtelettes, vos filets de bœuf, vos petits verres de vin des Canaries, vos promenades à cheval, vos bains de mer, vos exercices gymnastiques, vous m'avez fabriqué cette fatale santé bourgeoise qui dissipe les illusions poétiques de M. d'Aspremont.

— Vous tourmentez M. d'Aspremont et vous vous moquez de moi, dit le commodore interpellé ; mais, certainement, le filet de bœuf est substantiel et le vin des Canaries n'a jamais nui à personne.

— Quel désappointement, mon pauvre Paul ! quitter une nixe, un elfe, une willis, et retrouver ce que les médecins et les parents appellent une jeune personne bien constituée ! — Mais écoutez-moi, puisque vous n'avez plus le courage de m'envisager, et frémissez d'horreur. — Je pèse sept onces de plus qu'à mon départ d'Angleterre.

— Huit onces ! interrompit avec orgueil le commodore, qui soignait Alicia comme eût pu le faire la mère la plus tendre.

— Est-ce huit onces précisément ? Oncle terrible, vous voulez donc désenchanter à tout jamais M. d'Aspremont ? » fit Alicia en affectant un découragement moqueur.

Pendant que la jeune fille le provoquait par ces coquetteries, qu'elle ne se fût pas permises, même envers son fiancé, sans de graves motifs, M. d'Aspremont, en proie à son idée fixe et ne voulant pas nuire à miss Ward par son regard fatal, attachait ses yeux aux cornes talismaniques ou les laissait errer vaguement sur l'immense étendue bleue qu'on découvrait du haut de la terrasse.

Il se demandait s'il n'était pas de son devoir de fuir Alicia, dût-il passer pour un homme sans foi et sans honneur, et d'aller finir sa vie dans quelque île déserte où, du moins, sa jettature s'éteindrait faute d'un regard humain pour l'absorber.

« Je vois, dit Alicia continuant sa plaisanterie, ce qui vous rend si sombre et si sérieux ; l'époque de notre mariage est fixée à un mois, et vous reculez à l'idée de devenir le mari d'une pauvre campagnarde qui n'a plus la moindre élégance. Je vous rends votre parole : vous pourrez épouser mon amie miss Sarah Templeton, qui mange des pickles et boit du vinaigre pour être mince ! »

Cette imagination la fit rire de ce rire argentin et clair de la jeunesse. Le commodore et Paul s'associèrent franchement à son hilarité.

Quand la dernière fusée de sa gaieté nerveuse se fut éteinte, elle vint à d'Aspremont, le prit par la main, le conduisit au piano placé à l'angle de la terrasse, et lui dit en ouvrant un cahier de musique sur le pupitre :

« Mon ami, vous n'êtes pas en train de causer aujourd'hui et, "ce qui ne vaut pas la peine d'être dit, on le chante" ; vous allez donc faire votre partie dans ce duettino, dont l'accompagnement n'est pas difficile ; ce ne sont presque que des accords plaqués. »

Paul s'assit sur le tabouret, miss Alicia se mit debout près de lui, de manière à pouvoir suivre le chant sur la partition. Le commodore renversa sa tête, allongea ses jambes et prit une pose de béatitude anticipée, car il avait des prétentions au dilettantisme et affirmait adorer la musique ; mais dès la sixième mesure il s'endormait du sommeil des justes, sommeil qu'il s'obstinait, malgré les railleries de sa nièce, à appeler une extase, — quoiqu'il lui arrivât quelquefois de ronfler, symptôme médiocrement extatique.

Le duettino était une vive et légère mélodie, dans le goût de Cimarosa, sur des paroles de Métastase, et que nous ne saurions mieux définir qu'en la comparant à un papillon traversant à plusieurs reprises un rayon de soleil.

La musique a le pouvoir de chasser les mauvais esprits : au bout de quelques phrases, Paul ne pensait plus aux doigts conjurateurs, aux cornes magiques, aux amulettes de corail ; il avait oublié le terrible bouquin du signor Valetta et toutes les rêveries de la jettatura. Son âme montait gaiement, avec la voix d'Alicia, dans un air pur et lumineux.

Les cigales faisaient silence comme pour écouter, et la brise de mer qui venait de se lever emportait les notes avec les pétales des fleurs tombées des vases sur le rebord de la terrasse.

« Mon oncle dort comme les sept dormants dans leur grotte[8]. S'il n'était pas coutumier du fait, il y aurait de quoi froisser notre amour-propre de virtuoses, dit Alicia en refermant le cahier. Pendant qu'il repose, voulez-vous faire un tour de jardin avec moi, Paul ? je ne vous ai pas encore montré mon paradis. »

Et elle prit à un clou planté dans l'une des colonnes, où il était suspendu par des brides, un large chapeau de paille de Florence.

Alicia professait en fait d'horticulture les principes les plus bizarres ; elle ne voulait pas qu'on cueillît les fleurs ni qu'on taillât les branches ; et ce qui l'avait charmée dans la villa, c'était, comme nous l'avons dit, l'état sauvagement inculte du jardin.

Les deux jeunes gens se frayaient une route au milieu des massifs qui se rejoignaient aussitôt après leur passage. Alicia marchait devant et riait de voir Paul cinglé derrière elle par les branches de lauriers-roses qu'elle déplaçait. À peine avait-elle fait une vingtaine de pas, que la main verte d'un rameau, comme pour faire une espièglerie végétale, saisit et retint son chapeau de paille en l'élevant si haut, que Paul ne put le reprendre.

Heureusement, le feuillage était touffu, et le soleil jetait à peine quelques sequins d'or sur le sable à travers les interstices des ramures.

« Voici ma retraite favorite », dit Alicia, en désignant à Paul un fragment de roche aux cassures pittoresques, que protégeait un fouillis d'orangers, de
cédrats, de lentisques et de myrtes.

Elle s'assit dans une anfractuosité taillée en forme
de siège, et fit signe à Paul de s'agenouiller devant elle
sur l'épaisse mousse sèche qui tapissait le pied de la
roche.

« Mettez vos deux mains dans les miennes et regar-
dez-moi bien en face. Dans un mois, je serai votre
femme. Pourquoi vos yeux évitent-ils les miens ? »

En effet, Paul, revenu à ses rêveries de jettature,
détournait la vue.

« Craignez-vous d'y lire une pensée contraire ou
coupable ? Vous savez que mon âme est à vous depuis
le jour où vous avez apporté à mon oncle la lettre de
recommandation dans le parloir de Richmond. Je suis
de la race de ces Anglaises tendres, romanesques et
fières, qui prennent en une minute un amour qui dure
toute la vie — plus que la vie peut-être, — et qui sait
aimer sait mourir. Plongez vos regards dans les miens,
je le veux ; n'essayez pas de baisser la paupière, ne
vous détournez pas, ou je penserai qu'un gentleman
qui ne doit craindre que Dieu se laisse effrayer par de
viles superstitions. Fixez sur moi cet œil que vous
croyez si terrible et qui m'est si doux, car j'y vois votre
amour, et jugez si vous me trouvez assez jolie encore
pour me mener, quand nous serons mariés, promener à
Hyde-Park en calèche découverte. »

Paul, éperdu, fixait sur Alicia un long regard plein
de passion et d'enthousiasme. — Tout à coup la jeune
fille pâlit ; une douleur lancinante lui traversa le cœur
comme un fer de flèche : il sembla que quelque fibre
se rompait dans sa poitrine, et elle porta vivement son
mouchoir à ses lèvres. Une goutte rouge tacha la fine
batiste, qu'Alicia replia d'un geste rapide.

« Oh ! merci, Paul ; vous m'avez rendue bien heureuse, car je croyais que vous ne m'aimiez plus ! »

X

Le mouvement d'Alicia pour cacher son mouchoir n'avait pu être si prompt que M. d'Aspremont ne l'aperçût ; une pâleur affreuse couvrit les traits de Paul, car une preuve irrécusable de son fatal pouvoir venait de lui être donnée, et les idées les plus sinistres lui traversaient la cervelle ; la pensée du suicide se présenta même à lui ; n'était-il pas de son devoir de se supprimer comme un être malfaisant et d'anéantir ainsi la cause involontaire de tant de malheurs ? Il eût accepté pour son compte les épreuves les plus dures et porté courageusement le poids de la vie ; mais donner la mort à ce qu'il aimait le mieux au monde, n'était-ce pas aussi par trop horrible ?

L'héroïque jeune fille avait dominé la sensation de douleur, suite du regard de Paul, et qui coïncidait si étrangement avec les avis du comte Altavilla. — Un esprit moins ferme eût pu se frapper de ce résultat, sinon surnaturel, du moins difficilement explicable ; mais, nous l'avons dit, l'âme d'Alicia était religieuse et non superstitieuse. Sa foi inébranlable en ce qu'il faut croire rejetait comme des contes de nourrice toutes ces histoires d'influences mystérieuses, et se riait des préjugés populaires les plus profondément enracinés. — D'ailleurs, eût-elle admis la jettature comme réelle, en eût-elle reconnu chez Paul les signes évidents, son cœur tendre et fier n'aurait pas hésité une seconde. — Paul n'avait commis aucune action où la susceptibilité la plus délicate pût trouver à reprendre, et miss Ward eût préféré tomber morte sous ce regard, prétendu si funeste, à reculer devant un amour accepté par elle avec le consentement de son oncle et que devait couronner bientôt le mariage. Miss Alicia Ward ressemblait un peu à ces héroïnes de Shakespeare chastement hardies, virginalement résolues, dont l'amour subit n'en est pas moins pur et fidèle, et qu'une seule minute lie pour toujours ; sa main avait pressé celle de Paul, et nul homme au monde ne devait plus l'enfermer dans ses doigts. Elle regardait sa vie comme enchaînée, et sa pudeur se fût révoltée à l'idée seule d'un autre hymen.

Elle montra donc une gaieté réelle ou si bien jouée, qu'elle eût trompé l'observateur le plus fin, et, relevant Paul, toujours à genoux à ses pieds, elle le promena à travers les allées obstruées de fleurs et de plantes de son jardin inculte, jusqu'à une place où la végétation, en s'écartant, laissait apercevoir la mer comme un rêve bleu d'infini. — Cette sérénité lumineuse dispersa les pensées sombres de Paul : Alicia s'appuyait sur le bras du jeune homme avec un abandon confiant, comme si déjà elle eût été sa femme. Par cette pure et muette caresse, insignifiante de la part de toute autre, décisive de la sienne, elle se donnait à lui plus formellement encore, le rassurant contre ses terreurs, et lui faisant comprendre combien peu la touchaient les dangers dont on la menaçait. Quoiqu'elle eût imposé silence d'abord à Vicè, ensuite à son oncle, et que le comte Altavilla n'eût nommé personne, tout en recommandant de se préserver d'une influence mauvaise, elle avait vite compris qu'il s'agissait de Paul d'Aspremont ; les obscurs discours du beau Napolitain ne pouvaient faire allusion qu'au jeune Français. Elle avait vu aussi que Paul, cédant au préjugé si répandu à Naples, qui fait un jettatore de tout homme d'une physionomie un peu singulière, se croyait, par une inconcevable faiblesse d'esprit, atteint du fascino, et détournait d'elle ses yeux pleins d'amour, de peur de lui nuire par un regard ; pour combattre ce commencement d'idée fixe, elle avait provoqué la scène que nous venons de décrire, et dont le résultat contrariait l'intention, car il ancra Paul plus que jamais dans sa fatale monomanie.

Les deux amants regagnèrent la terrasse, où le commodore, continuant à subir l'effet de la musique, dormait encore mélodieusement sur son fauteuil de bambou. — Paul prit congé, et miss Ward, parodiant le geste d'adieu napolitain, lui envoya du bout des doigts un imperceptible baiser en disant : « À demain,

Paul, n'est-ce pas ? » d'une voix toute chargée de suaves caresses.

Alicia était en ce moment d'une beauté radieuse, alarmante, presque surnaturelle, qui frappa son oncle réveillé en sursaut par la sortie de Paul. — Le blanc de ses yeux prenait des tons d'argent bruni et faisait étinceler les prunelles comme des étoiles d'un noir lumineux ; ses joues se nuançaient aux pommettes d'un rose idéal, d'une pureté et d'une ardeur célestes, qu'aucun peintre ne posséda jamais sur sa palette ; ses tempes, d'une transparence d'agate, se veinaient d'un réseau de petits filets bleus, et toute sa chair semblait pénétrée de rayons : on eût dit que l'âme lui venait à la peau.

« Comme vous êtes belle aujourd'hui, Alicia ! dit le commodore.

— Vous me gâtez, mon oncle ; et si je ne suis pas la plus orgueilleuse petite fille des trois royaumes, ce n'est pas votre faute. Heureusement, je ne crois pas aux flatteries, même désintéressées.

— Belle, dangereusement belle, continua en lui-même le commodore ; elle me rappelle, trait pour trait, sa mère, la pauvre Nancy, qui mourut à dix-neuf ans. De tels anges ne peuvent rester sur terre : il semble qu'un souffle les soulève et que des ailes invisibles palpitent à leurs épaules ; c'est trop blanc, trop rose, trop pur, trop parfait ; il manque à ces corps éthérés le sang rouge et grossier de la vie. Dieu, qui les prête au monde pour quelques jours, se hâte de les reprendre. Cet éclat suprême m'attriste comme un adieu.

— Eh bien, mon oncle, puisque je suis si jolie, reprit miss Ward, qui voyait le front du commodore s'assombrir, c'est le moment de me marier : le voile et la couronne m'iront bien.

— Vous marier ! êtes-vous donc si pressée de quitter votre vieux peau-rouge d'oncle, Alicia ?

— Je ne vous quitterai pas pour cela ; n'est-il pas convenu avec M. d'Aspremont que nous demeurerons ensemble ? Vous savez bien que je ne puis vivre sans vous.

— M. d'Aspremont ! M. d'Aspremont !... La noce n'est pas encore faite.

— N'a-t-il pas votre parole... et la mienne ? — Sir Joshua Ward n'y a jamais manqué.

— Il a ma parole, c'est incontestable, répondit le commodore évidemment embarrassé.

— Le terme de six mois que vous avez fixé n'est-il pas écoulé... depuis quelques jours ? dit Alicia, dont les joues pudiques rosirent encore davantage, car cet entretien, nécessaire au point où en étaient les choses, effarouchait sa délicatesse de sensitive.

— Ah ! tu as compté les mois, petite fille ; fiez-vous donc à ces mines discrètes !

— J'aime M. d'Aspremont, répondit gravement la jeune fille.

— Voilà l'éclouure, fit sir Joshua Ward, qui, tout imbu des idées de Vicè et d'Altavilla, se souciait médiocrement d'avoir pour gendre un jettatore. — Que n'en aimes-tu un autre !

— Je n'ai pas deux cœurs, dit Alicia ; je n'aurai qu'un amour, dussé-je, comme ma mère, mourir à dix-neuf ans.

— Mourir ! ne dites pas de ces vilains mots, je vous en supplie, s'écria le commodore.

— Avez-vous quelque reproche à faire à M. d'Aspremont ?

— Aucun, assurément.

— A-t-il forfait à l'honneur de quelque manière que ce soit ? S'est-il montré une fois lâche, vil, menteur ou perfide ? Jamais a-t-il insulté une femme ou reculé devant un homme ? Son blason est-il terni de quelque souillure secrète ? Une jeune fille, en prenant son bras pour paraître dans le monde, a-t-elle à rougir ou à baisser les yeux ?

— M. Paul d'Aspremont est un parfait gentleman, il n'y a rien à dire sur sa respectabilité.

— Croyez, mon oncle, que si un tel motif existait,

je renoncerais à M. d'Aspremont sur l'heure, et m'en-
sevelirais dans quelque retraite inaccessible ; mais
nulle autre raison, entendez-vous, nulle autre ne me
fera manquer à une promesse sacrée », dit miss Alicia
Ward d'un ton ferme et doux.

Le commodore tournait ses pouces, mouvement
habituel chez lui lorsqu'il ne savait que répondre, et
qui lui servait de contenance.

« Pourquoi montrez-vous maintenant tant de froideur à Paul ? continua miss Ward. Autrefois vous aviez
tant d'affection pour lui ; vous ne pouviez vous en passer dans notre cottage du Lincolnshire, et vous disiez,
en lui serrant la main à lui couper les doigts, que c'était
un digne garçon, à qui vous confieriez volontiers le
bonheur d'une jeune fille.

— Oui, certes, je l'aimais, ce bon Paul, dit le
commodore qu'émouvaient ces souvenirs rappelés à
propos ; mais ce qui est obscur dans les brouillards de
l'Angleterre devient clair au soleil de Naples...

— Que voulez-vous dire ? fit d'une voix tremblante
Alicia abandonnée subitement par ses vives couleurs,
et devenue blanche comme une statue d'albâtre sur un
tombeau.

— Que ton Paul est un jettatore.

— Comment ! vous ! mon oncle ; vous, sir Joshua
Ward, un gentilhomme, un chrétien, un sujet de Sa
Majesté Britannique, un ancien officier de la marine
anglaise, un être éclairé et civilisé, que l'on consulte-
rait sur toutes choses ; vous qui avez l'instruction et la
sagesse, qui lisez chaque soir la Bible et l'Évangile,
vous ne craignez pas d'accuser Paul de jettature ! Oh !
je n'attendais pas cela de vous !

— Ma chère Alicia, répondit le commodore, je suis
peut-être tout ce que vous dites là lorsqu'il ne s'agit
pas de vous, mais lorsqu'un danger, même imaginaire,
vous menace, je deviens plus superstitieux qu'un paysan des Abruzzes, qu'un lazzarone du Môle, qu'un
ostricajo de Chiaja, qu'une servante de la Terre de
Labour ou même qu'un comte napolitain. Paul peut

bien me dévisager tant qu'il voudra avec ses yeux dont le rayon visuel se croise, je resterai aussi calme que devant la pointe d'une épée ou le canon d'un pistolet. Le fascino ne mordra pas sur ma peau tannée, hâlée et rougie par tous les soleils de l'univers. Je ne suis crédule que pour vous, chère nièce, et j'avoue que je sens une sueur froide me baigner les tempes quand le regard de ce malheureux garçon se pose sur vous. Il n'a pas d'intentions mauvaises, je le sais, et il vous aime plus que sa vie ; mais il me semble que, sous cette influence, vos traits s'altèrent, vos couleurs disparaissent, et que vous tâchez de dissimuler une souffrance aiguë ; et alors il me prend de furieuses envies de lui crever les yeux, à votre M. Paul d'Aspremont, avec la pointe des cornes données par Altavilla.

— Pauvre cher oncle, dit Alicia attendrie par la chaleureuse explosion du commandeur ; nos existences sont dans les mains de Dieu : il ne meurt pas un prince sur son lit de parade, ni un passereau des toits sous sa tuile, que son heure ne soit marquée là-haut ; le fascino n'y fait rien, et c'est une impiété de croire qu'un regard plus ou moins oblique puisse avoir une influence. Voyons, n'oncle, continua-t-elle en prenant le terme d'affection familière du fou dans *Le Roi Lear*, vous ne parliez pas sérieusement tout à l'heure ; votre affection pour moi troublait votre jugement toujours si droit. N'est-ce pas, vous n'oseriez lui dire, à M. Paul d'Aspremont, que vous lui retirez la main de votre nièce, mise par vous dans la sienne, et que vous n'en voulez plus pour gendre, sous le beau prétexte qu'il est — jettatore !

— Par Joshua ! mon patron, qui arrêta le soleil, s'écria le commodore, je ne le lui mâcherai pas, à ce joli M. Paul. Cela m'est bien égal d'être ridicule, absurde, déloyal même, quand il y va de votre santé, de votre vie peut-être ! J'étais engagé avec un homme, et non avec un fascinateur. J'ai promis ; eh bien, je fausse ma promesse, voilà tout ; s'il n'est pas content, je lui rendrai raison. »

Et le commodore, exaspéré, fit le geste de se fendre, sans faire la moindre attention à la goutte qui lui mordait les doigts du pied.

« Sir Joshua Ward, vous ne ferez pas cela », dit Alicia avec une dignité calme.

Le commodore se laissa tomber tout essoufflé dans son fauteuil de bambou et garda le silence.

« Eh bien, mon oncle, quand même cette accusation odieuse et stupide serait vraie, faudra-t-il pour cela repousser M. d'Aspremont et lui faire un crime d'un malheur ? N'avez-vous pas reconnu que le mal qu'il pouvait produire ne dépendait pas de sa volonté, et que jamais âme ne fut plus aimante, plus généreuse et plus noble ?

— On n'épouse pas les vampires, quelque bonnes que soient leurs intentions, répondit le commodore.

— Mais tout cela est chimère, extravagance, superstition ; ce qu'il y a de vrai, malheureusement, c'est que Paul s'est frappé de ces folies, qu'il a prises au sérieux ; il est effrayé, halluciné ; il croit à son pouvoir fatal, il a peur de lui-même, et chaque petit accident qu'il ne remarquait pas autrefois, et dont aujourd'hui il s'imagine être la cause, confirme en lui cette conviction. N'est-ce pas à moi, qui suis sa femme devant Dieu, et qui le serai bientôt devant les hommes, — bénie par vous, mon cher oncle, — de calmer cette imagination surexcitée, de chasser ces vains fantômes, de rassurer, par ma sécurité apparente et réelle, cette anxiété hagarde, sœur de la monomanie, et de sauver, au moyen du bonheur, cette belle âme troublée, cet esprit charmant en péril ?

— Vous avez toujours raison, miss Ward, dit le commodore ; et moi, que vous appelez sage, je ne suis qu'un vieux fou. Je crois que cette Vicè est sorcière ; elle m'avait tourné la tête avec toutes ses histoires. Quant au comte Altavilla, ses cornes et sa bimbeloterie cabalistique me semblent à présent assez ridicules. Sans doute, c'était un stratagème imaginé pour faire éconduire Paul et t'épouser lui-même.

— Il se peut que le comte Altavilla soit de bonne foi, dit miss Ward en souriant ; — tout à l'heure vous étiez encore de son avis sur la jettature.

— N'abusez pas de vos avantages, miss Alicia ; d'ailleurs je ne suis pas encore si bien revenu de mon erreur que je n'y puisse retomber. Le meilleur serait de quitter Naples par le premier départ de bateau à vapeur, et de retourner tout tranquillement en Angleterre. Quand Paul ne verra plus les cornes de bœuf, les massacres de cerf, les doigts allongés en pointe, les amulettes de corail et tous ces engins diaboliques, son imagination se tranquillisera, et moi-même j'oublierai ces sornettes qui ont failli me faire fausser ma parole et commettre une action indigne d'un galant homme. — Vous épouserez Paul, puisque c'est convenu. Vous me garderez le parloir et la chambre du rez-de-chaussée dans la maison de Richmond, la tourelle octogone au castel de Lincolnshire, et nous vivrons heureux ensemble. Si votre santé exige un air plus chaud, nous louerons une maison de campagne aux environs de Tours, ou bien encore à Cannes, où lord Brougham possède une belle propriété, et où ces damnables superstitions de jettature sont inconnues, Dieu merci. — Que dites-vous de mon projet, Alicia ?

— Vous n'avez pas besoin de mon approbation, ne suis-je pas la plus obéissante des nièces ?

— Oui, lorsque je fais ce que vous voulez, petite masque », dit en souriant le commodore qui se leva pour regagner sa chambre.

Alicia resta quelques minutes encore sur la terrasse ; mais, soit que cette scène eût déterminé chez elle quelque excitation fébrile, soit que Paul exerçât réellement sur la jeune fille l'influence que redoutait le commodore, la brise tiède, en passant sur ses épaules protégées d'une simple gaze, lui causa une impression glaciale, et le soir, se sentant mal à l'aise, elle pria Vicè d'étendre sur ses pieds froids et blancs comme le marbre une de ces couvertures arlequinées qu'on fabrique à Venise.

Cependant les lucioles scintillaient dans le gazon, les grillons chantaient, et la lune large et jaune montait au ciel dans une brume de chaleur.

XI

Le lendemain de cette scène, Alicia, dont la nuit n'avait pas été bonne, effleura à peine des lèvres le breuvage que lui offrait Vicè tous les matins, et le reposa languissamment sur le guéridon près de son lit. Elle n'éprouvait précisément aucune douleur, mais elle se sentait brisée ; c'était plutôt une difficulté de vivre qu'une maladie, et elle eût été embarrassée d'en accuser les symptômes à un médecin. Elle demanda un miroir à Vicè, car une jeune fille s'inquiète plutôt de l'altération que la souffrance peut apporter à sa beauté que de la souffrance elle-même. Elle était d'une blancheur extrême ; seulement deux petites taches semblables à deux feuilles de rose du Bengale tombées sur une coupe de lait nageaient sur sa pâleur. Ses yeux brillaient d'un éclat insolite, allumés par les dernières flammes de la fièvre ; mais le cerise de ses lèvres était beaucoup moins vif, et pour y faire revenir la couleur, elle les mordit de ses petites dents de nacre.

Elle se leva, s'enveloppa d'une robe de chambre en cachemire blanc, tourna une écharpe de gaze autour de sa tête, — car, malgré la chaleur qui faisait crier les cigales, elle était encore un peu frileuse, — et se rendit sur la terrasse à l'heure accoutumée, pour ne pas éveiller la sollicitude toujours aux aguets du commodore. Elle toucha du bout des lèvres au déjeuner, bien qu'elle n'eût pas faim, mais le moindre indice de malaise n'eût pas manqué d'être attribué à l'influence de Paul par sir Joshua Ward, et c'est ce qu'Alicia voulait éviter avant toute chose.

Puis, sous prétexte que l'éclatante lumière du jour la fatiguait, elle se retira dans sa chambre, non sans avoir réitéré plusieurs fois au commodore, soupçonneux en pareille matière, l'assurance qu'elle se portait à ravir.

« À ravir... j'en doute, se dit le commodore à lui-même lorsque sa nièce s'en fut allée. — Elle avait des tons nacrés près de l'œil, de petites couleurs vives au haut des joues, — juste comme sa pauvre mère, qui, elle aussi, prétendait ne s'être jamais mieux portée. — Que faire ? Lui ôter Paul, ce serait la tuer d'une autre manière ; laissons agir la nature. Alicia est si jeune ! Oui, mais c'est aux plus jeunes et aux plus belles que la vieille Mob en veut ; elle est jalouse comme une femme. Si je faisais venir un docteur ? mais que peut la médecine sur un ange ! Pourtant tous les symptômes fâcheux avaient disparu... Ah ! si c'était toi, damné Paul, dont le souffle fit pencher cette fleur divine, je t'étranglerais de mes propres mains. Nancy ne subissait le regard d'aucun jettatore, et elle est morte. — Si Alicia mourait ! Non, cela n'est pas possible. Je n'ai rien fait à Dieu pour qu'il me réserve cette affreuse douleur. Quand cela arrivera, il y aura longtemps que je dormirai sous ma pierre avec le *Sacred to the memory of sir Joshua Ward*, à l'ombre de mon clocher natal. C'est elle qui viendra pleurer et prier sur la pierre grise pour le vieux commodore... Je ne sais ce que j'ai, mais je suis mélancolique et funèbre en diable ce matin ! »

Pour dissiper ces idées noires, le commodore ajouta un peu de rhum de la Jamaïque au thé refroidi dans sa tasse, et se fit apporter son hooka, distraction innocente qu'il ne se permettait qu'en l'absence d'Alicia, dont la délicatesse eût pu être offusquée même par cette fumée légère mêlée de parfums.

Il avait déjà fait bouillonner l'eau aromatisée du récipient et chassé devant lui quelques nuages bleuâtres, lorsque Vicè parut annonçant le comte Altavilla.

« Sir Joshua, dit le comte après les premières civilités, avez-vous réfléchi à la demande que je vous ai faite l'autre jour ?

— J'y ai réfléchi, reprit le commodore ; mais, vous le savez, M. Paul d'Aspremont a ma parole.

— Sans doute ; pourtant il y a des cas où une parole

se retire ; par exemple, lorsque l'homme à qui on l'a donnée, pour une raison ou pour une autre, n'est pas tel qu'on le croyait d'abord.

— Comte, parlez plus clairement.

— Il me répugne de charger un rival ; mais, d'après la conversation que nous avons eue ensemble, vous devez me comprendre. Si vous rejetiez M. Paul d'Aspremont, m'accepteriez-vous pour gendre ?

— Moi, certainement ; mais il n'est pas aussi sûr que miss Ward s'arrangeât de cette substitution. — Elle est entêtée de ce Paul, et c'est un peu ma faute, car moi-même je favorisais ce garçon avant toutes ces sottes histoires. — Pardon, comte, de l'épithète, mais j'ai vraiment la cervelle à l'envers.

— Voulez-vous que votre nièce meure ? dit Altavilla d'un ton ému et grave.

— Tête et sang ! ma nièce mourir ! » s'écria le commodore en bondissant de son fauteuil et en rejetant le tuyau de maroquin de son hooka.

Quand on attaquait cette corde chez sir Joshua Ward, elle vibrait toujours.

« Ma nièce est-elle donc dangereusement malade ?

— Ne vous alarmez pas si vite, milord ; miss Alicia peut vivre, et même très longtemps.

— À la bonne heure ! vous m'aviez bouleversé.

— Mais à une condition, continua le comte Altavilla : c'est qu'elle ne voie plus M. Paul d'Aspremont.

— Ah ! voilà la jettature qui revient sur l'eau ! Par malheur, miss Ward n'y croit pas.

— Écoutez-moi, dit posément le comte Altavilla. — Lorsque j'ai rencontré pour la première fois miss Alicia au bal chez le prince de Syracuse, et que j'ai conçu pour elle une passion aussi respectueuse qu'ardente, c'est de la santé étincelante, de la joie d'existence, de la fleur de vie qui éclataient dans toute sa personne que je fus d'abord frappé. Sa beauté en devenait lumineuse et nageait comme dans une atmosphère de bien-être.
— Cette phosphorescence la faisait briller comme une étoile ; elle éteignait Anglaises, Russes, Italiennes, et

je ne vis plus qu'elle. — À la distinction britannique elle joignait la grâce pure et forte des anciennes déesses ; excusez cette mythologie chez le descendant d'une colonie grecque.

— C'est vrai qu'elle était superbe ! Miss Edwina O'Herty, lady Eleonor Lilly, mistress Jane Strangford, la princesse Véra Fédorowna Bariatinski faillirent en avoir la jaunisse de dépit, dit le commodore enchanté.

— Et maintenant ne remarquez-vous pas que sa beauté a pris quelque chose de languissant, que ses traits s'atténuent en délicatesses morbides, que les veines de ses mains se dessinent plus bleues qu'il ne faudrait, que sa voix a des sons d'harmonica d'une vibration inquiétante et d'un charme douloureux ? L'élément terrestre s'efface et laisse dominer l'élément angélique. Miss Alicia devient d'une perfection éthérée que, dussiez-vous me trouver matériel, je n'aime pas voir aux filles de ce globe. »

Ce que disait le comte répondait si bien aux préoccupations secrètes de sir Joshua Ward, qu'il resta quelques minutes silencieux et comme perdu dans une rêverie profonde.

« Tout cela est vrai ; bien que parfois je cherche à me faire illusion, je ne puis en disconvenir.

— Je n'ai pas fini, dit le comte ; la santé de miss Alicia avant l'arrivée de M. d'Aspremont en Angleterre avait-elle fait naître des inquiétudes ?

— Jamais : c'était la plus fraîche et la plus rieuse enfant des trois royaumes.

— La présence de M. d'Aspremont coïncide, comme vous le voyez, avec les périodes maladives qui altèrent la précieuse santé de miss Ward. Je ne vous demande pas, à vous, homme du Nord, d'ajouter une foi implicite à une croyance, à un préjugé, à une superstition, si vous voulez, de nos contrées méridionales, mais convenez cependant que ces faits sont étranges et méritent toute votre attention...

— Alicia ne peut-elle être malade... naturellement ? dit le commodore, ébranlé par les raisonnements captieux d'Altavilla, mais que retenait une sorte de honte anglaise d'adopter la croyance populaire napolitaine.

— Miss Ward n'est pas malade ; elle subit une sorte d'empoisonnement par le regard, et si M. d'Aspremont n'est pas jettatore, au moins il est funeste.

— Qu'y puis-je faire ? elle aime Paul, se rit de la jettature et prétend qu'on ne peut donner une pareille raison à un homme d'honneur pour le refuser.

— Je n'ai pas le droit de m'occuper de votre nièce, je ne suis ni son frère, ni son parent, ni son fiancé ; mais si j'obtenais votre aveu, peut-être tenterais-je un effort pour l'arracher à cette influence fatale. Oh ! ne craignez rien ; je ne commettrai pas d'extravagance ; — quoique jeune, je sais qu'il ne faut pas faire de bruit autour de la réputation d'une jeune fille ; — seulement permettez-moi de me taire sur mon plan. Ayez assez de confiance en ma loyauté pour croire qu'il ne renferme rien que l'honneur le plus délicat ne puisse avouer.

— Vous aimez donc bien ma nièce ? dit le commodore.

— Oui, puisque je l'aime sans espoir ; mais m'accordez-vous la licence d'agir ?

— Vous êtes un terrible homme, comte Altavilla ; eh bien ! tâchez de sauver Alicia à votre manière, je ne le trouverai pas mauvais, et même je le trouverai fort bon. »

Le comte se leva, salua, regagna sa voiture et dit au cocher de le conduire à l'hôtel de Rome.

Paul, les coudes sur la table, la tête dans ses mains, était plongé dans les plus douloureuses réflexions ; il avait vu les deux ou trois gouttelettes rouges sur le mouchoir d'Alicia, et, toujours infatué de son idée fixe, il se reprochait son amour meurtrier ; il se blâmait d'accepter le dévouement de cette belle jeune fille décidée à mourir pour lui, et se demandait par quel sacrifice surhumain il pourrait payer cette sublime abnégation.

Paddy, le jockey-gnome, interrompit cette méditation en apportant la carte du comte Altavilla.

« Le comte Altavilla ! que peut-il me vouloir ? fit Paul excessivement surpris. Faites-le entrer. »

Lorsque le Napolitain parut sur le seuil de la porte, M. d'Aspremont avait déjà posé sur son étonnement ce masque d'indifférence glaciale qui sert aux gens du monde à cacher leurs impressions.

Avec une politesse froide il désigna un fauteuil au comte, s'assit lui-même, et attendit en silence, les yeux fixés sur le visiteur.

« Monsieur, commença le comte en jouant avec les breloques de sa montre, ce que j'ai à vous dire est si étrange, si déplacé, si inconvenant, que vous auriez le droit de me jeter par la fenêtre. — Épargnez-moi cette brutalité, car je suis prêt à vous rendre raison en galant homme.

— J'écoute, monsieur, sauf à profiter plus tard de l'offre que vous me faites, si vos discours ne me conviennent pas, répondit Paul, sans qu'un muscle de sa figure bougeât.

— Vous êtes jettatore ! »

À ces mots, une pâleur verte envahit subitement la face de M. d'Aspremont, une auréole rouge cercla ses yeux ; ses sourcils se rapprochèrent, la ride de son front se creusa, et de ses prunelles jaillirent comme des lueurs sulfureuses ; il se souleva à demi, déchirant de ses mains crispées les bras d'acajou du fauteuil. Ce fut si terrible, qu'Altavilla, tout brave qu'il était, saisit une des petites branches de corail bifurquées suspendues à la chaîne de sa montre et en dirigea instinctivement les pointes vers son interlocuteur.

Par un effort suprême de volonté, M. d'Aspremont se rassit et dit : « Vous aviez raison, monsieur ; telle est, en effet, la récompense que mériterait une pareille insulte ; mais j'aurai la patience d'attendre une autre réparation.

— Croyez, continua le comte, que je n'ai pas fait à un gentleman cet affront, qui ne peut se laver qu'avec du sang, sans les plus graves motifs. J'aime miss Alicia Ward.

— Que m'importe ?

— Cela vous importe, en effet, fort peu, car vous êtes aimé ; mais moi, don Felipe Altavilla, je vous défends de voir miss Alicia Ward.

— Je n'ai pas d'ordre à recevoir de vous.

— Je le sais, répondit le comte napolitain ; aussi je n'espère pas que vous m'obéissiez.

— Alors quel est le motif qui vous fait agir ? dit Paul.

— J'ai la conviction que le fascino dont malheureusement vous êtes doué influe d'une manière fatale sur miss Alicia Ward. C'est là une idée absurde, un préjugé digne du moyen âge, qui doit vous paraître profondément ridicule ; je ne discuterai pas là-dessus avec vous. Vos yeux se portent vers miss Ward et lui lancent malgré vous ce regard funeste qui la fera mourir. Je n'ai aucun autre moyen d'empêcher ce triste résultat que de vous chercher une querelle d'Allemand. Au seizième siècle, je vous aurais fait tuer par quelqu'un de mes paysans de la montagne ; mais aujourd'hui ces mœurs ne sont plus de mise. J'ai bien pensé à vous prier de retourner en France ; c'était trop naïf : vous auriez ri de ce rival qui vous eût dit de vous en aller et de le laisser seul auprès de votre fiancée sous prétexte de jettature. »

Pendant que le comte Altavilla parlait, Paul d'Aspremont se sentait pénétré d'une secrète horreur ; il était donc, lui chrétien, en proie aux puissances de l'enfer, et le mauvais ange regardait par ses prunelles ! il semait les catastrophes, son amour donnait la mort ! Un instant sa raison tourbillonna dans son cerveau, et la folie battit de ses ailes les parois intérieures de son crâne.

« Comte, sur l'honneur, pensez-vous ce que vous dites ? s'écria d'Aspremont après quelques minutes d'une rêverie que le Napolitain respecta.

— Sur l'honneur, je le pense.

— Oh ! alors ce serait donc vrai ! dit Paul à demi-voix : je suis donc un assassin, un démon, un vampire ! je tue cet être céleste, je désespère ce vieillard ! » Et il fut sur le point de promettre au comte de ne pas revoir Alicia ; mais le respect humain et la jalousie qui s'éveillaient dans son cœur retinrent ses paroles sur ses lèvres.

« Comte, je ne vous cache point que je vais de ce pas chez miss Ward.

— Je ne vous prendrai pas au collet pour vous en empêcher ; vous m'avez tout à l'heure épargné les voies de fait, j'en suis reconnaissant ; mais je serai charmé de vous voir demain, à six heures, dans les ruines de Pompéï, à la salle des thermes, par exemple ; on y est fort bien. Quelle arme préférez-vous ? Vous êtes l'offensé : épée, sabre ou pistolet ?

— Nous nous battrons au couteau et les yeux bandés, séparés par un mouchoir dont nous tiendrons chacun un bout. Il faut égaliser les chances : je suis jettatore ; je n'aurais qu'à vous tuer en vous regardant, monsieur le comte ! »

Paul d'Aspremont partit d'un éclat de rire strident, poussa une porte et disparut.

XII

Alicia s'était établie dans une salle basse de la maison, dont les murs étaient ornés de ces paysages à fresques qui, en Italie, remplacent les papiers. Des nattes de paille de Manille couvraient le plancher. Une table sur laquelle était jeté un bout de tapis turc et que jonchaient les poésies de Coleridge, de Shelley, de Tennyson et de Longfellow, un miroir à cadre antique et quelques chaises de canne composaient tout l'ameublement ; des stores de jonc de la Chine historiés de pagodes, de rochers, de saules, de grues et de dragons, ajustés aux ouvertures et relevés à demi, tamisaient une lumière douce : une branche d'oranger, toute chargée de fleurs que les fruits, en se nouant, faisaient tomber, pénétrait familièrement dans la chambre et s'étendait comme une guirlande au-dessus de la tête d'Alicia, en secouant sur elle sa neige parfumée.

La jeune fille, toujours un peu souffrante, était couchée sur un étroit canapé près de la fenêtre ; deux ou trois coussins du Maroc la soulevaient à demi ; la couverture vénitienne enveloppait chastement ses pieds ; arrangée ainsi, elle pouvait recevoir Paul sans enfreindre les lois de la pudeur anglaise.

Le livre commencé avait glissé à terre de la main distraite d'Alicia ; ses prunelles nageaient vaguement sous leurs longs cils et semblaient regarder au delà du monde ; elle éprouvait cette lassitude presque voluptueuse qui suit les accès de fièvre, et toute son occupation était de mâcher les fleurs de l'oranger qu'elle ramassait sur sa couverture et dont le parfum amer lui plaisait. N'y a-t-il pas une Vénus mâchant des roses, du Schiavone ? Quel gracieux pendant un artiste moderne eût pu faire au tableau du vieux Vénitien en représentant Alicia mordillant des fleurs d'oranger !

Elle pensait à M. d'Aspremont et se demandait si vraiment elle vivrait assez pour être sa femme ; non qu'elle ajoutât foi à l'influence de la jettatura, mais elle se sentait envahie malgré elle de pressentiments funèbres : la nuit même, elle avait fait un rêve dont l'impression ne s'était pas dissipée au réveil.

Dans son rêve, elle était couchée, mais éveillée, et dirigeait ses yeux vers la porte de sa chambre, pressentant que *quelqu'un* allait apparaître. — Après deux ou trois minutes d'attente anxieuse, elle avait vu se dessiner sur le fond sombre qu'encadrait le chambranle de la porte une forme svelte et blanche, qui, d'abord transparente et laissant, comme un léger brouillard, apercevoir les objets à travers elle, avait pris plus de consistance en avançant vers le lit.

L'ombre était vêtue d'une robe de mousseline dont les plis traînaient à terre ; de longues spirales de cheveux noirs, à moitié détordues, pleuraient le long de son visage pâle, marqué de deux petites taches roses aux pommettes ; la chair du col et de la poitrine était si blanche qu'elle se confondait avec la robe, et qu'on n'eût pu dire où finissait la peau et où commençait l'étoffe ; un imperceptible jaseron de Venise cerclait le col mince d'une étroite ligne d'or ; la main fluette et veinée de bleu tenait une fleur — une rose-thé — dont les pétales se détachaient et tombaient à terre comme des larmes.

Alicia ne connaissait pas sa mère, morte un an après lui avoir donné le jour ; mais bien souvent elle s'était tenue en contemplation devant une miniature dont les couleurs presque évanouies, montrant le ton jaune d'ivoire, et pâles comme le souvenir des morts, faisaient songer au portrait d'une ombre plutôt qu'à celui d'une vivante, et elle comprit que cette femme qui entrait ainsi dans la chambre était Nancy Ward, — sa mère. — La robe blanche, le jaseron, la fleur à la main, les cheveux noirs, les joues marbrées de rose, rien n'y manquait, — c'était bien la miniature agrandie, développée, se mouvant avec toute la réalité du rêve.

Une tendresse mêlée de terreur faisait palpiter le sein d'Alicia. Elle voulait tendre ses bras à l'ombre, mais ses bras, lourds comme du marbre, ne pouvaient se détacher de la couche sur laquelle ils reposaient. Elle essayait de parler, mais sa langue ne bégayait que des syllabes confuses.

Nancy, après avoir posé la rose-thé sur le guéridon, s'agenouilla près du lit et mit sa tête contre la poitrine d'Alicia, écoutant le souffle des poumons, comptant les battements du cœur ; la joue froide de l'ombre causait à la jeune fille, épouvantée de cette auscultation silencieuse, la sensation d'un morceau de glace.

L'apparition se releva, jeta un regard douloureux sur la jeune fille, et, comptant les feuilles de la rose dont quelques pétales encore s'étaient séparés, elle dit : « Il n'y en a plus qu'une. »

Puis le sommeil avait interposé sa gaze noire entre l'ombre et la dormeuse, et tout s'était confondu dans la nuit.

L'âme de sa mère venait-elle l'avertir et la chercher ? Que signifiait cette phrase mystérieuse tombée de la bouche de l'ombre : — « Il n'y en a plus qu'une ? » — Cette pâle rose effeuillée était-elle le symbole de sa vie ? Ce rêve étrange avec ses terreurs gracieuses et son charme effrayant, ce spectre charmant drapé de mousseline et comptant des pétales de fleurs préoccupaient l'imagination de la jeune fille, un nuage de mélancolie flottait sur son beau front, et d'indéfinissables pressentiments l'effleuraient de leurs ailes noires.

Cette branche d'oranger qui secouait sur elle ses fleurs n'avait-elle pas aussi un sens funèbre ? les petites étoiles virginales ne devaient donc pas s'épanouir sous son voile de mariée ? Attristée et pensive, Alicia retira de ses lèvres la fleur qu'elle mordait ; la fleur était jaune et flétrie déjà...

L'heure de la visite de M. d'Aspremont approchait. Miss Ward fit un effort sur elle-même, rasséréna son visage, tourna du doigt les boucles de ses cheveux, rajusta les plis froissés de son écharpe de gaze, et reprit en main son livre pour se donner une contenance.

Paul entra, et miss Ward le reçut d'un air enjoué, ne voulant pas qu'il s'alarmât de la trouver couchée, car il n'eût pas manqué de se croire la cause de sa maladie. La scène qu'il venait d'avoir avec le comte Altavilla donnait à Paul une physionomie irritée et farouche qui fit faire à Vicè le signe conjurateur, mais le sourire affectueux d'Alicia eut bientôt dissipé le nuage.

« Vous n'êtes pas malade sérieusement, je l'espère, dit-il à miss Ward en s'asseyant près d'elle.

— Oh ! ce n'est rien, un peu de fatigue seulement : il a fait siroco hier, et ce vent d'Afrique m'accable : mais vous verrez comme je me porterai bien dans notre cottage du Lincolnshire ! Maintenant que je suis forte, nous ramerons chacun notre tour sur l'étang ! »

En disant ces mots, elle ne put comprimer tout à fait une petite toux convulsive.

M. d'Aspremont pâlit et détourna les yeux.

Le silence régna quelques minutes dans la chambre.

« Paul, je ne vous ai jamais rien donné, reprit Alicia en ôtant de son doigt déjà maigri une bague d'or toute simple ; prenez cet anneau, et portez-le en souvenir de moi ; vous pourrez peut-être le mettre, car vous avez une main de femme ; — adieu ! je me sens lasse et je voudrais essayer de dormir ; venez me voir demain. »

Paul se retira navré ; les efforts d'Alicia pour cacher sa souffrance avaient été inutiles ; il aimait éperdument miss Ward, et il la tuait ! Cette bague qu'elle venait de lui donner, n'était-ce pas un anneau de fiançailles pour l'autre vie ?

Il errait sur le rivage, à demi fou, rêvant de fuir, de s'aller jeter dans un couvent de trappistes et d'y attendre la mort assis sur son cercueil, sans jamais relever le capuchon de son froc. Il se trouvait ingrat et lâche de ne pas sacrifier son amour et d'abuser ainsi de l'héroïsme d'Alicia : car elle n'ignorait rien, elle savait qu'il n'était qu'un jettatore, comme l'affirmait le comte Altavilla, et, prise d'une angélique pitié, elle ne le repoussait pas !

« Oui, se disait-il, ce Napolitain, ce beau comte qu'elle dédaigne, est véritablement amoureux. Sa passion fait honte à la mienne : pour sauver Alicia, il n'a pas craint de m'attaquer, de me provoquer, moi, un jettatore, c'est-à-dire, dans ses idées, un être aussi redoutable qu'un démon. Tout en me parlant, il jouait avec ses amulettes, et le regard de ce duelliste célèbre qui a couché trois hommes sur le carreau, se baissait devant le mien ! »

Rentré à l'hôtel de Rome, Paul écrivit quelques lettres, fit un testament par lequel il laissait à miss Alicia Ward tout ce qu'il possédait, sauf un legs pour Paddy, et prit les dispositions indispensables à un galant homme qui doit avoir un duel à mort le lendemain.

Il ouvrit les boîtes de palissandre où ses armes étaient renfermées dans les compartiments garnis de serge verte, remua épées, pistolets, couteaux de chasse, et trouva enfin deux stylets corses parfaitement pareils qu'il avait achetés pour en faire don à des amis.

C'étaient deux lames de pur acier, épaisses près du manche, tranchantes des deux côtés vers la pointe, damasquinées, curieusement terribles et montées avec soin. Paul choisit aussi trois foulards et fit du tout un paquet.

Puis il prévint Scazziga de se tenir prêt de grand matin pour une excursion dans la campagne.

« Oh ! dit-il, en se jetant tout habillé sur son lit, Dieu fasse que ce combat me soit fatal ! Si j'avais le bonheur d'être tué, — Alicia vivrait ! »

XIII

Pompeï, la ville morte, ne s'éveille pas le matin comme les cités vivantes, et quoiqu'elle ait rejeté à demi le drap de cendre qui la couvrait depuis tant de siècles, même quand la nuit s'efface, elle reste endormie sur sa couche funèbre.

Les touristes de toutes nations qui la visitent pendant le jour sont à cette heure encore étendus dans leur lit, tout moulus des fatigues de leurs excursions, et l'aurore, en se levant sur les décombres de la ville-momie, n'y éclaire pas un seul visage humain. Les lézards seuls, en frétillant de la queue, rampent le long des murs, filent sur les mosaïques disjointes, sans s'inquiéter du *cave canem* inscrit au seuil des maisons désertes, et saluent joyeusement les premiers rayons du soleil. Ce sont les habitants qui ont succédé aux citoyens antiques, et il semble que Pompeï n'ait été exhumée que pour eux.

C'est un spectacle étrange de voir à la lueur azurée et rose du matin ce cadavre de ville saisie au milieu de ses plaisirs, de ses travaux et de sa civilisation, et qui n'a pas subi la dissolution lente des ruines ordinaires ; on croit involontairement que les propriétaires de ces maisons conservées dans leurs moindres détails vont sortir de leurs demeures avec leurs habits grecs ou romains ; les chars, dont on aperçoit les ornières sur les dalles, se remettre à rouler ; les buveurs entrer dans ces thermopoles où la marque des tasses est encore empreinte sur le marbre du comptoir. — On marche comme dans un rêve au milieu du passé ; on lit en lettres rouges, à l'angle des rues, l'affiche du spectacle du jour ! — seulement le jour est passé depuis plus de dix-sept siècles. — Aux clartés naissantes de l'aube, les danseuses peintes sur les murs semblent agiter leurs crotales ; et du bout de leur pied blanc soulever comme une écume rose le bord de leur draperie, croyant sans doute que les lampadaires se rallument pour les orgies du triclinium ; les Vénus, les Satyres, les figures héroïques ou grotesques, animées d'un rayon, essaient de remplacer les habitants disparus, et de faire à la cité morte une population peinte. Les ombres colorées tremblent le long des parois, et l'esprit peut quelques minutes se prêter à l'illusion d'une fantasmagorie antique. Mais ce jour-là, au grand effroi des lézards, la sérénité matinale de Pompeï fut troublée par un visiteur étrange : une voiture s'arrêta à l'entrée de la voie des Tombeaux ; Paul en descendit et se dirigea à pied vers le lieu du rendez-vous.

Il était en avance, et, bien qu'il dût être préoccupé d'autre chose que d'archéologie, il ne pouvait s'empêcher, tout en marchant, de remarquer mille petits détails qu'il n'eût peut-être pas aperçus dans une situation habituelle. Les sens que ne surveille plus l'âme, et qui s'exercent alors pour leur compte, ont quelquefois une lucidité singulière. Des condamnés à mort, en allant au supplice, distinguent une petite fleur entre les fentes du pavé, un numéro au bouton d'un uniforme, une faute d'orthographe sur une enseigne, ou toute autre circonstance puérile qui prend pour eux une importance énorme. — M. d'Aspremont passa devant la villa de Diomèdes, le sépulcre de Mammia, les hémicycles funéraires, la porte antique de la cité, les maisons et les boutiques qui bordent la voie Consulaire, presque sans y jeter les yeux, et pourtant des images colorées et vives de ces monuments arrivaient à son cerveau avec une netteté parfaite ; il voyait tout, et les colonnes cannelées enduites à mi-hauteur de stuc rouge ou jaune, et les peintures à fresque, et les inscriptions tracées sur les murailles ; une annonce de location à la rubrique s'était même écrite si profondément dans sa mémoire, que ses lèvres en répétaient machinalement les mots latins sans y attacher aucune espèce de sens.

Était-ce donc la pensée du combat qui absorbait Paul à ce point ? Nullement, il n'y songeait même pas ; son esprit était ailleurs : — dans le parloir de Richmond. Il tendait au commodore sa lettre de recommandation, et miss Ward le regardait à la dérobée ; elle avait une robe blanche, et des fleurs de jasmin étoilaient ses cheveux. Qu'elle était jeune, belle et vivace... alors !

Les bains antiques sont au bout de la voie Consulaire, près de la rue de la Fortune ; M. d'Aspremont n'eut pas de peine à les trouver. Il entra dans la salle voûtée qu'entoure une rangée de niches formées par des atlas de terre cuite, supportant une architrave ornée d'enfants et de feuillages. Les revêtements de marbre, les mosaïques, les trépieds de bronze ont disparu. Il ne reste plus de l'ancienne splendeur que les atlas d'argile et des murailles nues comme celles d'un tombeau ; un jour vague provenant d'une petite fenêtre ronde qui découpe en disque le bleu du ciel, glisse en tremblant sur les dalles rompues du pavé.

C'était là que les femmes de Pompéï venaient, après le bain, sécher leurs beaux corps humides, rajuster leurs coiffures, reprendre leurs tuniques et se sourire dans le cuivre bruni des miroirs. Une scène d'un genre bien différent allait s'y passer, et le sang devait couler sur le sol où ruisselaient jadis les parfums.

Quelques instants après, le comte Altavilla parut : il tenait à la main une boîte à pistolets, et sous le bras deux épées, car il ne pouvait croire que les conditions proposées par M. Paul d'Aspremont fussent sérieuses : il n'y avait vu qu'une raillerie méphistophélique, un sarcasme infernal.

« Pour quoi faire ces pistolets et ces épées, comte ? dit Paul en voyant cette panoplie ; n'étions-nous pas convenus d'un autre mode de combat ?

— Sans doute ; mais je pensais que vous changeriez peut-être d'avis ; on ne s'est jamais battu de cette façon.

— Notre adresse fût-elle égale, ma position me donne sur vous trop d'avantages, répondit Paul avec un sourire amer ; je n'en veux pas abuser. Voilà des stylets que j'ai apportés ; examinez-les ; ils sont parfaitement pareils ; voici des foulards pour nous bander les yeux. — Voyez, ils sont épais, et *mon regard* n'en pourra percer le tissu. »

Le comte Altavilla fit un signe d'acquiescement.

« Nous n'avons pas de témoins, dit Paul, et l'un de nous ne doit pas sortir vivant de cette cave. Écrivons chacun un billet attestant la loyauté du combat ; le vainqueur le placera sur la poitrine du mort.

— Bonne précaution ! » répondit avec un sourire le Napolitain en traçant quelques lignes sur une feuille du carnet de Paul, qui remplit à son tour la même formalité.

Cela fait, les adversaires mirent bas leurs habits, se bandèrent les yeux, s'armèrent de leurs stylets, et saisirent chacun par une extrémité le mouchoir, trait d'union terrible entre leurs haines.

— Êtes-vous prêt ? dit M. d'Aspremont au comte Altavilla.

— Oui », répondit le Napolitain d'une voix parfaitement calme.

Don Felipe Altavilla était d'une bravoure éprouvée, il ne redoutait au monde que la jettature, et ce combat aveugle, qui eût fait frissonner tout autre d'épouvante,

ne lui causait pas le moindre trouble ; il ne faisait ainsi
que jouer sa vie à pile ou face, et n'avait pas le désagrément de voir l'œil fauve de son adversaire darder
sur lui son regard jaune.

Les deux combattants brandirent leurs couteaux, et
le mouchoir qui les reliait l'un à l'autre dans ces
épaisses ténèbres se tendit fortement. Par un mouvement instinctif, Paul et le comte avaient rejeté leur
torse en arrière, seule parade possible dans cet étrange
duel ; leurs bras retombèrent sans avoir atteint autre
chose que le vide.

Cette lutte obscure, où chacun pressentait la mort sans
la voir venir, avait un caractère horrible. Farouches et
silencieux, les deux adversaires reculaient, tournaient,
sautaient, se heurtaient quelquefois, manquant ou
dépassant le but ; on n'entendait que le trépignement
de leurs pieds et le souffle haletant de leurs poitrines.

Une fois Altavilla sentit la pointe de son stylet rencontrer quelque chose ; il s'arrêta croyant avoir tué son
rival et attendit la chute du corps : — il n'avait frappé
que la muraille !

« Pardieu ! je croyais bien vous avoir percé de part
en part, dit-il en se remettant en garde.

— Ne parlez pas, dit Paul, votre voix me guide. »

Et le combat recommença.

Tout à coup les deux adversaires se sentirent
détachés. — Un coup du stylet de Paul avait tranché le
foulard.

« Trêve ! cria le Napolitain ; nous ne nous tenons
plus, le mouchoir est coupé.

— Qu'importe ! continuons », dit Paul.

Un silence morne s'établit. En loyaux ennemis, ni
M. d'Aspremont ni le comte ne voulaient profiter des
indications données par leur échange de paroles. — Ils
firent quelques pas pour se dérouter et se remirent à se
chercher dans l'ombre.

Le pied de M. d'Aspremont déplaça une petite pierre ;
ce léger choc révéla au Napolitain, agitant son couteau

au hasard, dans quel sens il devait marcher. Se ramassant sur ses jarrets pour avoir plus d'élan, Altavilla s'élança d'un bond de tigre et rencontra le stylet de M. d'Aspremont.

Paul toucha la pointe de son arme et la sentit mouillée... des pas incertains résonnèrent lourdement sur les dalles ; un soupir oppressé se fit entendre et un corps tomba tout d'une pièce à terre.

Pénétré d'horreur, Paul abattit le bandeau qui lui couvrait les yeux, et il vit le comte Altavilla pâle, immobile, étendu sur le dos et la chemise tachée à l'endroit du cœur d'une large plaque rouge.

Le beau Napolitain était mort !

M. d'Aspremont mit sur la poitrine d'Altavilla le billet qui attestait la loyauté du duel, et sortit des bains antiques plus pâle au grand jour qu'au clair de lune le criminel que Prud'hon fait poursuivre par les Érinnyes vengeresses[9].

XIV

Vers deux heures de l'après-midi, une bande de touristes anglais, guidée par un cicerone, visitait les ruines de Pompeï ; la tribu insulaire, composée du père, de la mère, de trois grandes filles, de deux petits garçons et d'un cousin, avait déjà parcouru d'un œil glauque et froid, où se lisait ce profond ennui qui caractérise la race britannique, l'amphithéâtre, le théâtre de tragédie et de chant, si curieusement juxtaposés ; le quartier militaire, crayonné de caricatures par l'oisiveté du corps de garde ; le forum, surpris au milieu d'une réparation ; la basilique, les temples de Vénus et de Jupiter, le Panthéon et les boutiques qui les bordent. Tous suivaient en silence dans leur *Murray* les explications bavardes du cicerone et jetaient à peine un regard sur les colonnes, les fragments de statues, les mosaïques, les fresques et les inscriptions.

Ils arrivèrent enfin aux bains antiques, découverts en 1824, comme le guide le leur faisait remarquer. « Ici

étaient les étuves, là le four à chauffer l'eau, plus loin
la salle à température modérée » ; ces détails donnés
en patois napolitain mélangé de quelques désinences
anglaises paraissaient intéresser médiocrement les visiteurs, qui déjà opéraient une volte-face pour se retirer,
lorsque miss Ethelwina, l'aînée des demoiselles, jeune
personne aux cheveux blonds filasse, et à la peau trui-
tée de taches de rousseur, fit deux pas en arrière, d'un
air moitié choqué, moitié effrayé, et s'écria : « Un
homme !

— Ce sera sans doute quelque ouvrier des fouilles
à qui l'endroit aura paru propice pour faire la sieste ;
il y a sous cette voûte de la fraîcheur et de l'ombre :
n'ayez aucune crainte, mademoiselle, dit le guide en
poussant du pied le corps étendu à terre. Holà !
réveille-toi, fainéant, et laisse passer Leurs Seigneu-
ries. »

Le prétendu dormeur ne bougea pas.

« Ce n'est pas un homme endormi, c'est un mort »,
dit un des jeunes garçons, qui, vu sa petite taille, démê-
lait mieux dans l'ombre l'aspect du cadavre.

Le cicerone se baissa sur le corps et se releva brusquement, les traits bouleversés.

« Un homme assassiné ! s'écria-t-il.

— Oh ! c'est vraiment désagréable de se trouver en
présence de tels objets ; écartez-vous, Ethelwina, Kitty,
Bess, dit mistress Bracebridge, il ne convient pas à de
jeunes personnes bien élevées de regarder un spectacle
si impropre. Il n'y a donc pas de police dans ce pays-
ci ! Le coroner aurait dû relever le corps.

— Un papier ! fit laconiquement le cousin, roide,
long et embarrassé de sa personne comme le laird de
Dumbidike de *La Prison d'Édimbourg*[10].

— En effet, dit le guide en prenant le billet placé sur
la poitrine d'Altavilla, un papier avec quelques lignes
d'écriture.

— Lisez », dirent en chœur les insulaires, dont la
curiosité était surexcitée.

« Qu'on ne recherche ni n'inquiète personne pour ma mort. Si l'on trouve ce billet sur ma blessure, j'aurai succombé dans un duel loyal.

« *Signé* FELIPE, comte d'ALTAVILLA. »

« C'était un homme comme il faut ; quel dommage ! soupira mistress Bracebridge, que la qualité de comte du mort impressionnait.

— Et un joli garçon, murmura tout bas Ethelwina, la demoiselle aux taches de rousseur.

— Tu ne te plaindras plus, dit Bess à Kitty, du manque d'imprévu dans les voyages : nous n'avons pas, il est vrai, été arrêtés par des brigands sur la route de Terracine à Fondi ; mais un jeune seigneur percé d'un coup de stylet dans les ruines de Pompeï, voilà une aventure. Il y a sans doute là-dessous une rivalité d'amour ; — au moins nous aurons quelque chose d'italien, de pittoresque et de romantique à raconter à nos amies. Je ferai de la scène un dessin sur mon album, et tu joindras au croquis des stances mystérieuses dans le goût de Byron.

— C'est égal, fit le guide, le coup est bien donné, de bas en haut, dans toutes les règles ; il n'y a rien à dire. »

Telle fut l'oraison funèbre du comte Altavilla.

Quelques ouvriers, prévenus par le cicerone, allèrent chercher la justice, et le corps du pauvre Altavilla fut reporté à son château, près de Salerne.

Quant à M. d'Aspremont, il avait regagné sa voiture, les yeux ouverts comme un somnambule et ne voyant rien. On eût dit une statue qui marchait. Quoiqu'il eût éprouvé à la vue du cadavre cette horreur religieuse qu'inspire la mort, il ne se sentait pas coupable, et le remords n'entrait pour rien dans son désespoir. Provoqué de manière à ne pouvoir refuser, il n'avait accepté ce duel qu'avec l'espérance d'y laisser une vie désormais odieuse. Doué d'un regard funeste, il avait voulu un combat aveugle pour que la fatalité seule fût responsable. Sa main même n'avait pas frappé ; son ennemi s'était enferré ! Il plaignait le comte Altavilla comme s'il eût été étranger à sa mort. « C'est mon stylet qui l'a tué, se disait-il, mais si je l'avais regardé dans un bal, un lustre se fût détaché du plafond et lui eût fendu la tête. Je suis innocent comme la foudre, comme l'avalanche, comme le mancenillier, comme toutes les forces destructives et inconscientes. Jamais ma volonté ne fut malfaisante, mon cœur n'est qu'amour et bienveillance, mais je sais que je suis nuisible. Le tonnerre ne sait pas qu'il tue ; moi, homme, créature intelligente, n'ai-je pas un devoir sévère à remplir vis-à-vis de moi-même ? Je dois me citer à mon propre tribunal et m'interroger. Puis-je rester sur cette terre où je ne cause que des malheurs ? Dieu me damnerait-il si je me tuais par amour pour mes semblables ? Question terrible et profonde que je n'ose résoudre ; il me semble que, dans la position où je suis, la mort volontaire est excusable. Mais si je me trompais ? pendant l'éternité, je serais privé de la vue d'Alicia, qu'alors je pourrais regarder sans lui nuire, car les yeux de l'âme n'ont pas le fascino. — C'est une chance que je ne veux pas courir. »

Une idée subite traversa le cerveau du malheureux jettatore et interrompit son monologue intérieur. Ses traits se détendirent ; la sérénité immuable qui suit les grandes résolutions dérida son front pâle : il avait pris un parti suprême :

« Soyez condamnés, mes yeux, puisque vous êtes meurtriers ; mais, avant de vous fermer pour toujours, saturez-vous de lumière, contemplez le soleil, le ciel bleu, la mer immense, les chaînes azurées des montagnes, les arbres verdoyants, les horizons indéfinis, les colonnades des palais, la cabane du pêcheur, les îles lointaines du golfe, la voile blanche rasant l'abîme, le Vésuve, avec son aigrette de fumée ; regardez, pour vous en souvenir, tous ces aspects charmants que vous ne verrez plus ; étudiez chaque forme et chaque couleur, donnez-vous une dernière fête. Pour aujourd'hui, funestes ou non, vous pouvez vous arrêter sur tout ;

enivrez-vous du splendide spectacle de la création !
Allez, voyez, promenez-vous. Le rideau va tomber
entre vous et le décor de l'univers ! »

La voiture, en ce moment, longeait le rivage ; la baie
radieuse étincelait, le ciel semblait taillé dans un seul
saphir ; une splendeur de beauté revêtait toutes choses.

Paul dit à Scazziga d'arrêter ; il descendit, s'assit sur
une roche et regarda longtemps, longtemps, longtemps,
comme s'il eût voulu accaparer l'infini. Ses yeux se
noyaient dans l'espace et la lumière, se renversaient
comme en extase, s'imprégnaient de lueurs, s'imbi-
baient de soleil ! La nuit qui allait suivre ne devait pas
avoir d'aurore pour lui.

S'arrachant à cette contemplation silencieuse,
M. d'Aspremont remonta en voiture et se rendit chez
miss Alicia Ward.

Elle était, comme la veille, allongée sur son étroit
canapé, dans la salle basse que nous avons déjà décrite.
Paul se plaça en face d'elle, et cette fois ne tint pas ses
yeux baissés vers la terre, ainsi qu'il le faisait depuis
qu'il avait acquis la conscience de sa jettature.

La beauté si parfaite d'Alicia se spiritualisait par la
souffrance : la femme avait presque disparu pour faire
place à l'ange : ses chairs étaient transparentes, éthérées, lumineuses ; on apercevait l'âme à travers comme
une lueur dans une lampe d'albâtre. Ses yeux avaient
l'infini du ciel et la scintillation de l'étoile ; à peine si
la vie mettait sa signature rouge dans l'incarnat de ses
lèvres.

Un sourire divin illumina sa bouche, comme un
rayon de soleil éclairant une rose, lorsqu'elle vit les
regards de son fiancé l'envelopper d'une longue
caresse. Elle crut que Paul avait enfin chassé ses
funestes idées de jettature et lui revenait heureux et
confiant comme aux premiers jours, et elle tendit à
M. d'Aspremont, qui la garda, sa petite main pâle et
fluette.

« Je ne vous fais donc plus peur ? dit-elle avec une

douce moquerie à Paul qui tenait toujours les yeux fixés sur elle.

— Oh ! laissez-moi vous regarder, répondit M. d'Aspremont d'un ton de voix singulier en s'agenouillant près du canapé ; laissez-moi m'enivrer de cette beauté ineffable ! » et il contemplait avidement les cheveux lustrés et noirs d'Alicia, son beau front pur comme un marbre grec, ses yeux d'un bleu noir comme l'azur d'une belle nuit, son nez d'une coupe si fine, sa bouche dont un sourire languissant montrait à demi les perles, son col de cygne onduleux et flexible, et semblait noter chaque trait, chaque détail, chaque perfection comme un peintre qui voudrait faire un portrait de mémoire ; il se rassasiait de l'aspect adoré, il se faisait une provision de souvenirs, arrêtant les profils, repassant les contours.

Sous ce regard ardent, Alicia, fascinée et charmée, éprouvait une sensation voluptueusement douloureuse, agréablement mortelle ; sa vie s'exaltait et s'évanouissait ; elle rougissait et pâlissait, devenait froide, puis brûlante. — Une minute de plus, et l'âme l'eût quittée.

Elle mit sa main sur les yeux de Paul, mais les regards du jeune homme traversaient comme une flamme les doigts transparents et frêles d'Alicia.

« Maintenant mes yeux peuvent s'éteindre, je la verrai toujours dans mon cœur », dit Paul en se relevant.

Le soir, après avoir assisté au coucher du soleil, — le dernier qu'il dût contempler, — M. d'Aspremont, en rentrant à l'hôtel de Rome, se fit apporter un réchaud et du charbon.

« Veut-il s'asphyxier ? dit en lui-même Virgilio Falsacappa en remettant à Paddy ce qu'il lui demandait de la part de son maître ; c'est ce qu'il pourrait faire de mieux, ce maudit jettatore ! »

Le fiancé d'Alicia ouvrit la fenêtre, contrairement à la conjecture de Falsacappa, alluma les charbons, y plongea la lame d'un poignard et attendit que le fer devînt rouge.

La mince lame, parmi les braises incandescentes,

arriva bientôt au rouge blanc ; Paul, comme pour
prendre congé de lui-même, s'accouda sur la cheminée
en face d'un grand miroir où se projetait la clarté d'un
flambeau à plusieurs bougies ; il regarda cette espèce
de spectre qui était lui, cette enveloppe de sa pensée
qu'il ne devait plus apercevoir, avec une curiosité
mélancolique : « Adieu, fantôme pâle que je promène
depuis tant d'années à travers la vie, forme manquée
et sinistre où la beauté se mêle à l'horreur, argile scellée au front d'un cachet fatal, masque convulsé d'une
âme douce et tendre ! tu vas disparaître à jamais pour
moi : vivant, je te plonge dans les ténèbres éternelles,
et bientôt je t'aurai oublié comme le rêve d'une nuit
d'orage. Tu auras beau dire, misérable corps, à ma
volonté inflexible : "Hubert, Hubert, mes pauvres
yeux !" tu ne l'attendriras point. Allons, à l'œuvre, victime et bourreau ! » Et il s'éloigna de la cheminée pour
s'asseoir sur le bord de son lit.

Il aviva de son souffle les charbons du réchaud posé
sur un guéridon voisin, et saisit par le manche la lame
d'où s'échappaient en pétillant de blanches étincelles.

À ce moment suprême, quelle que fût sa résolution,
M. d'Aspremont sentit comme une défaillance : une
sueur froide baigna ses tempes ; mais il domina bien
vite cette hésitation purement physique et approcha de
ses yeux le fer brûlant.

Une douleur aiguë, lancinante, intolérable, faillit lui
arracher un cri ; il lui sembla que deux jets de plomb
fondu lui pénétraient par les prunelles jusqu'au fond
du crâne ; il laissa échapper le poignard, qui roula par
terre et fit une marque brune sur le parquet.

Une ombre épaisse, opaque, auprès de laquelle la
nuit la plus sombre est un jour splendide, l'encapuchonnait de son voile noir ; il tourna la tête vers la
cheminée sur laquelle devaient brûler encore les bougies ; il ne vit que des ténèbres denses, impénétrables,
où ne tremblaient même pas ces vagues lueurs que les
voyants perçoivent encore, les paupières fermées, lors-

qu'ils sont en face d'une lumière. — Le sacrifice était consommé !

« Maintenant, dit Paul, noble et charmante créature, je pourrai devenir ton mari sans être un assassin. Tu ne dépériras plus héroïquement sous mon regard funeste : tu reprendras ta belle santé ; hélas ! je ne t'apercevrai plus, mais ton image céleste rayonnera d'un éclat immortel dans mon souvenir ; je te verrai avec l'œil de l'âme, j'entendrai ta voix plus harmonieuse que la plus suave musique, je sentirai l'air déplacé par tes mouvements, je saisirai le frisson soyeux de ta robe, l'imperceptible craquement de ton brodequin, j'aspirerai le parfum léger qui émane de toi et te fait comme une atmosphère. Quelquefois tu laisseras ta main entre les miennes pour me convaincre de ta présence, tu daigneras guider ton pauvre aveugle lorsque son pied hésitera sur son chemin obscur ; tu lui liras les poètes, tu lui raconteras les tableaux et les statues. Par ta parole, tu lui rendras l'univers évanoui ; tu seras sa seule pensée, son seul rêve ; privé de la distraction des choses et de l'éblouissement de la lumière, son âme volera vers toi d'une aile infatigable !

« Je ne regrette rien, puisque tu es sauvée : qu'ai-je perdu, en effet ? le spectacle monotone des saisons et des jours, la vue des décorations plus ou moins pittoresques où se déroulent les cent actes divers de la triste comédie humaine. — La terre, le ciel, les eaux, les montagnes, les arbres, les fleurs : vaines apparences, redites fastidieuses, formes toujours les mêmes ! Quand on a l'amour, on possède le vrai soleil, la clarté qui ne s'éteint pas ! »

Ainsi parlait, dans son monologue intérieur, le malheureux Paul d'Aspremont, tout enfiévré d'une exaltation lyrique où se mêlait parfois le délire de la souffrance.

Peu à peu ses douleurs s'apaisèrent ; il tomba dans ce sommeil noir, frère de la mort et consolateur comme elle.

Le jour, en pénétrant dans la chambre, ne le réveilla

pas. — Midi et minuit devaient désormais, pour lui, avoir la même couleur ; mais les cloches tintant l'*Angelus* à joyeuses volées bourdonnaient vaguement à travers son sommeil, et, peu à peu devenant plus distinctes, le tirèrent de son assoupissement.

Il souleva ses paupières, et, avant que son âme endormie encore se fût souvenue, il eut une sensation horrible. Ses yeux s'ouvraient sur le vide, sur le noir, sur le néant, comme si, enterré vivant, il se fût réveillé de léthargie dans un cercueil ; mais il se remit bien vite. N'en serait-il pas toujours ainsi ? ne devait-il point passer, chaque matin, des ténèbres du sommeil aux ténèbres de la veille ?

Il chercha à tâtons le cordon de la sonnette.

Paddy accourut.

Comme il manifestait son étonnement de voir son maître se lever avec les mouvements incertains d'un aveugle :

« J'ai commis l'imprudence de dormir la fenêtre ouverte, lui dit Paul, pour couper court à toute explication, et je crois que j'ai attrapé une goutte sereine, mais cela se passera ; conduis-moi à mon fauteuil et mets près de moi un verre d'eau fraîche. »

Paddy, qui avait une discrétion tout anglaise, ne fit aucune remarque, exécuta les ordres de son maître et se retira.

Resté seul, Paul trempa son mouchoir dans l'eau froide, et le tint sur ses yeux pour amortir l'ardeur causée par la brûlure.

Laissons M. d'Aspremont dans son immobilité douloureuse et occupons-nous un peu des autres personnages de notre histoire.

La nouvelle de la mort étrange du comte Altavilla s'était promptement répandue dans Naples et servait de thème à mille conjectures plus extravagantes les unes que les autres. L'habileté du comte à l'escrime était célèbre ; Altavilla passait pour un des meilleurs tireurs de cette école napolitaine si redoutable sur le terrain ; il avait tué trois hommes et en avait blessé grièvement cinq ou six. Sa renommée était si bien établie en ce genre, qu'il ne se battait plus. Les duellistes les plus sur la hanche le saluaient poliment et, les eût-il regardés de travers, évitaient de lui marcher sur le pied. Si quelqu'un de ces rodomonts eût tué Altavilla, il n'eût pas manqué de se faire honneur d'une telle victoire. Restait la supposition d'un assassinat, qu'écartait le billet trouvé sur la poitrine du mort. On contesta d'abord l'authenticité de l'écriture ; mais la main du comte fut reconnue par des personnes qui avaient reçu de lui plus de cent lettres. La circonstance des yeux bandés, car le cadavre portait encore un foulard noué autour de la tête, semblait toujours inexplicable. On retrouva, outre le stylet planté dans la poitrine du comte, un second stylet échappé sans doute de sa main défaillante : mais si le combat avait eu lieu au couteau, pourquoi ces épées et ces pistolets qu'on reconnut pour avoir appartenu au comte, dont le cocher déclara qu'il avait amené son maître à Pompéi, avec ordre de s'en retourner si au bout d'une heure il ne reparaissait pas ?

C'était à s'y perdre.

Le bruit de cette mort arriva bientôt aux oreilles de Vicè, qui en instruisit sir Joshua Ward. Le commodore, à qui revint tout de suite en mémoire l'entretien mystérieux qu'Altavilla avait eu avec lui au sujet d'Alicia, entrevit confusément quelque tentative ténébreuse, quelque lutte horrible et désespérée où M. d'Aspremont devait se trouver mêlé volontairement ou involontairement. Quant à Vicè, elle n'hésitait pas à attribuer la mort du beau comte au vilain jettatore, et en cela sa haine la servait comme une seconde vue. Cependant M. d'Aspremont avait fait sa visite à miss Ward à l'heure accoutumée, et rien dans sa contenance ne trahissait l'émotion d'un drame terrible ; il paraissait même plus calme qu'à l'ordinaire.

Cette mort fut cachée à miss Ward, dont l'état devenait inquiétant, sans que le médecin anglais appelé par sir Joshua pût constater de maladie bien caractérisée : c'était comme une sorte d'évanouissement de la vie, de palpitation de l'âme battant des ailes pour prendre son vol, de suffocation d'oiseau sous la machine pneumatique, plutôt qu'un mal réel, possible à traiter par les moyens ordinaires. On eût dit un ange retenu sur terre et ayant la nostalgie du ciel ; la beauté d'Alicia était si suave, si délicate, si diaphane, si immatérielle, que la grossière atmosphère humaine ne devait plus être respirable pour elle ; on se la figurait planant dans la lumière d'or du Paradis, et le petit oreiller de dentelles qui soutenait sa tête rayonnait comme une auréole. Elle ressemblait, sur son lit, à cette mignonne Vierge de Shoorel, le plus fin joyau de la couronne de l'art gothique.

M. d'Aspremont ne vint pas ce jour-là : pour cacher son sacrifice, il ne voulait pas paraître les paupières rougies, se réservant d'attribuer sa brusque cécité à une tout autre cause.

Le lendemain, ne sentant plus de douleur, il monta dans sa calèche, guidé par son groom Paddy.

La voiture s'arrêta comme d'habitude à la porte en claire-voie. L'aveugle volontaire la poussa et, sondant le terrain du pied, s'engagea dans l'allée connue. Vicè n'était pas accourue selon sa coutume au bruit de la sonnette mise en mouvement par le ressort de la porte ; aucun de ces mille petits bruits joyeux qui sont comme la respiration d'une maison vivante ne parvenait à l'oreille attentive de Paul ; un silence morne, profond, effrayant, régnait dans l'habitation, que l'on eût pu croire abandonnée. Ce silence qui eût été sinistre, même pour un homme clairvoyant, devenait plus lugubre encore dans les ténèbres qui enveloppaient le nouvel aveugle.

Les branches qu'il ne distinguait plus semblaient vouloir le retenir comme des bras suppliants et l'empêcher d'aller plus loin. Les lauriers lui barraient le passage ; les rosiers s'accrochaient à ses habits, les lianes le prenaient aux jambes, le jardin lui disait dans sa langue muette : « Malheureux ! que viens-tu faire ici ? Ne force pas les obstacles que je t'oppose, va-t'en ! »

Mais Paul n'écoutait pas et, tourmenté de pressentiments terribles, se roulait dans le feuillage, repoussait les masses de verdure, brisait les rameaux et avançait toujours du côté de la maison.

Déchiré et meurtri par les branches irritées, il arriva enfin au bout de l'allée. Une bouffée d'air libre le frappa au visage, et il continua sa route les mains tendues en avant.

Il rencontra le mur et trouva la porte en tâtonnant.

Il entra ; nulle voix amicale ne lui donna la bienvenue. N'entendant aucun son qui pût le guider, il resta quelques minutes hésitant sur le seuil. Une senteur d'éther, une exhalaison d'aromates, une odeur de cire en combustion, tous les vagues parfums des chambres mortuaires saisirent l'odorat de l'aveugle pantelant d'épouvante ; une idée affreuse se présenta à son esprit, et il pénétra dans la chambre.

Après quelques pas, il heurta quelque chose qui tomba avec grand bruit ; il se baissa et reconnut au toucher que c'était un chandelier de métal pareil aux flambeaux d'église et portant un long cierge.

Éperdu, il poursuivit sa route à travers l'obscurité. Il lui sembla entendre une voix qui murmurait tout bas des prières ; il fit un pas encore, et ses mains rencontrèrent le bord d'un lit ; il se pencha, et ses doigts tremblants effleurèrent d'abord un corps immobile et droit sous une fine tunique, puis une couronne de roses et un visage pur et froid comme le marbre.

C'était Alicia allongée sur sa couche funèbre.

« Morte ! s'écria Paul avec un râle étranglé ! morte ! et c'est moi qui l'ai tuée ! »

Le commodore, glacé d'horreur, avait vu ce fantôme aux yeux éteints entrer en chancelant, errer au hasard et se heurter au lit de mort de sa nièce : il avait tout compris. La grandeur de ce sacrifice inutile fit jaillir deux larmes des yeux rougis du vieillard, qui croyait bien ne plus pouvoir pleurer.

Paul se précipita à genoux près du lit et couvrit de baisers la main glacée d'Alicia ; les sanglots secouaient son corps par saccades convulsives. Sa douleur attendrit même la féroce Vicè, qui se tenait silencieuse et sombre contre la muraille, veillant le dernier sommeil de sa maîtresse.

Quand ces adieux muets furent terminés, M. d'Aspremont se releva et se dirigea vers la porte, roide, tout d'une pièce, comme un automate mû par des ressorts ; ses yeux ouverts et fixes, aux prunelles atones, avaient une expression surnaturelle : quoique aveugles, on aurait dit qu'ils voyaient. Il traversa le jardin d'un pas lourd comme celui des apparitions de marbre, sortit dans la campagne et marcha devant lui, dérangeant les pierres du pied, trébuchant quelquefois, prêtant l'oreille comme pour saisir un bruit dans le lointain, mais avançant toujours.

La grande voix de la mer résonnait de plus en plus distincte ; les vagues, soulevées par un vent d'orage, se brisaient sur la rive avec des sanglots immenses, expression de douleurs inconnues, et gonflaient, sous les plis de l'écume, leurs poitrines désespérées ; des millions de larmes amères ruisselaient sur les roches, et les goëlands inquiets poussaient des cris plaintifs.

Paul arriva bientôt au bord d'une roche qui surplombait. Le fracas des flots, la pluie salée que la rafale arrachait aux vagues et lui jetait au visage auraient dû l'avertir du danger ; il n'en tint aucun compte ; un sourire étrange crispa ses lèvres pâles, et il continua sa marche sinistre, quoique sentant le vide sous son pied suspendu.

Il tomba ; une vague monstrueuse le saisit, le tordit quelques instants dans sa volute et l'engloutit.

La tempête éclata alors avec furie : les lames assaillirent la plage en files pressées, comme des guerriers montant à l'assaut, et lançant à cinquante pieds en l'air des fumées d'écume ; les nuages noirs se lézardèrent comme des murailles d'enfer, laissant apercevoir par leurs fissures l'ardente fournaise des éclairs ; des lueurs sulfureuses, aveuglantes, illuminèrent l'étendue ; le sommet du Vésuve rougit, et un panache de vapeur sombre, que le vent rabattait, ondula au front du volcan. Les barques amarrées se choquèrent avec des bruits lugubres, et les cordages trop tendus se plaignirent douloureusement. Bientôt la pluie tomba en faisant siffler ses hachures comme des flèches, — on eût dit que le chaos voulait reprendre la nature et en confondre de nouveau les éléments.

Le corps de M. Paul d'Aspremont ne fut jamais retrouvé, quelques recherches que fît faire le commodore.

Un cercueil de bois d'ébène à fermoirs et à poignées d'argent, doublé de satin capitonné, et tel enfin que celui dont miss Clarisse Harlowe recommande les détails avec une grâce si touchante « à monsieur le menuisier », fut embarqué à bord d'un yacht par les soins du commodore, et placé dans la sépulture de famille du cottage du Lincolnshire. Il contenait la dépouille terrestre d'Alicia Ward, belle jusque dans la mort.

Quant au commodore, un changement remarquable s'est opéré dans sa personne. Son glorieux embonpoint a disparu. Il ne met plus de rhum dans son thé, mange du bout des dents, dit à peine deux paroles en un jour, le contraste de ses favoris blancs et de sa face cramoisie n'existe plus, — le commodore est devenu pâle !

Index

Toujours, et en toutes circonstances, l'écriture de Gautier désire une exposition, un miroitement, un scintillement textuels de la culture. Rien qui la fasse plus jouir — et la rassure plus — que la multiplication des références esthétiques, que l'infinie déclinaison des noms propres des artistes les plus connus (ou moins connus), que le vertigineuse accumulation des termes complexes et savants considérés comme immédiatement suggestifs par eux-mêmes. Comme si le déversement du savoir était déjà une poétique... Comme si la référence suffisait à créer la Forme...

Achaïe : contrée de l'ancienne Grèce située au nord du Péloponnèse. Par extension, Homère appelle Achéens tous les Grecs.

Acquajoli : marchands d'eau.

Actéon : chasseur, il surprit Diane au bain : métamorphosé en cerf, il fut dévoré par ses propres chiens.

Acutesse : néologisme manifestement créé à partir d'*acutus*, aigu, pointu, pour doubler acuité.

Affiquets (toujours pluriel) : petit objet d'ajustement dont usaient les femmes. « Mme de Montauban était une bossue, pleine de blanc, de rouge et de filets bleus, de parures et d'affiquets » (Saint-Simon).

Aguado (1784-1842) : riche financier espagnol, propriétaire d'une galerie de tableaux.

Alcée : fils d'Héraklès et d'une suivante d'Omphale,

du nom de Malis, fondateur de la dynastie lydienne des Héraclides, que le roi Crésus écarta du trône de Sardes.

Alceste : belle et vertueuse épouse du roi Admète, elle accepte de mourir à la place de son mari, mais est arrachée aux Enfers par Héraclès (son histoire a inspiré une tragédie d'Euripide).

Alcyon : oiseau fabuleux qui passait pour ne faire son nid que sur une mer calme et était considéré comme un signe d'heureux présage.

Almacks : les « Almack's assembly rooms », fondées au XVIIIe siècle par William Almack, furent de 1765 à 1840 environ le lieu de bals réputés.

Amani : danseuse principale d'une troupe bayadère qui avait fortement impressionné Gautier et Nerval en 1838.

Amenthi : l'Au-delà, à l'origine l'endroit où le soleil se couche. Ce nom fut plus tard donné à la rive occidentale du Nil où les tombeaux étaient taillés dans le roc.

Ammanati Bartolomeo (1511-1592) : sculpteur et architecte florentin qui fut l'élève de Bandinelli.

Ammon (ou **Amon**) : « Le [dieu] caché ». L'un des plus grands dieux de l'Égypte, il personnifiait d'abord l'indétermination spatiale, puis fut associé à d'autres divinités, en particulier Rê ou Râ, le dieu-soleil, auquel il fut identifié sous le nom d'Amon-Râ. C'est en partie pour lutter contre la puissance des prêtres d'Amon qu'Akhnaton tenta d'imposer le culte d'Aton vers 1370 av. J.-C. Dès 1350, Toutânkhamon rétablit le culte d'Amon qui ne céda la première place à Osiris qu'.au VIIe siècle. Les Grecs l'identifièrent à Zeus.

Anschir : encensoir.

Antéros : fils d'Aphrodite et d'Arès, il est le frère d'Éros, l'enfant ailé qui perce les cœurs de ses flèches. Dieu vengeur de l'amour dédaigné selon Pausanias.

Anticyre : presqu'île de Phocide, où l'on récoltait l'éllébore, plante qui passait pour guérir la folie.

Anubis : le dieu-chacal de la nécropole, patron des embaumeurs et protecteur des momies. Ce fut lui qui ressuscita Osiris en pratiquant pour la première fois le rite de l'embaumement. Il est le « conducteur » et le juge des âmes dans le monde infernal.

Apelle : fils du sculpteur Euphranor, il fut le plus illustre des peintres grecs. Ionien né à Cos (ou Colophon) au IVe siècle, il devint le portraitiste officiel d'Alexandre dont il donna les traits à son *Zeus tonnant*. Ses œuvres ont disparu, mais ont souvent inspiré les mosaïques romaines.

Apollonius de Tyane : philosophe néo-pythagoricien du Ier siècle. On lui attribuait des pouvoirs surnaturels.

Apsaras : dans la mythologie indienne, merveilleuses nymphes du paradis de l'Indra dont les faveurs récompensent les héros morts.

Arachné : jeune Lydienne qui s'était glorifiée de tisser aussi fin qu'Athéna et fut pour cette faute d'orgueil métamorphosée en araignée.

Archiloque de Paros (712-648) : l'un des plus grands poètes lyriques d'Ionie, considéré comme l'inventeur de l'iambe. Nous avons conservé des fragments de ses *Élégies*.

Archonte : titre que l'on donnait en Grèce, et plus particulièrement à Athènes, aux magistrats qui dirigeaient la cité.

Argo : nom du navire mythique sur lequel s'embarquèrent Jason et ses Argonautes, partis à la conquête de la Toison d'or.

Argus : surnommé « Panoptès » (celui qui voit tout), ce géant avait cent yeux, dont cinquante restaient toujours ouverts.

Arsinoïte : nom de la province du Fayoum dans l'Égypte gréco-romaine.

Artaban : nom de plusieurs roi parthes.

Ascalon (ou **Ashkelon**) : cet ancien port de Palestine, situé entre Jaffa et Gaza, fut l'une des cinq grandes satrapies des Philistins.

Aspasie : courtisane réputée pour son esprit autant que pour sa beauté. Maîtresse de Périclès, dont elle fut longtemps la conseillère.

Assassin : petite mouche noire que l'on posait au-dessous de l'œil.

Atlas : pour atlante, terme d'architecture désignant une figure humaine supportant une corniche.

Atrament : du latin *atramentum*, encre (*ater* : noir).

Aurore : déesse du matin qui a pour fonction d'ouvrir au soleil les portes de l'Orient.

Aventurine : de la couleur de l'aventurine, pierre d'un jaune brun, semé de petits points d'or.

Azerodrach : alors que Gautier le désigne comme une pierre précieuse, il s'agit en réalité d'un arbre qui fournit des fruits dont les noyaux servent à fabriquer des chapelets et des colliers.

Bactres : ancienne capitale de la Bactriane, région d'Asie centrale correspondant au nord de l'Afghanistan actuel.

Balsamine : plante aux fleurs de couleurs variées aussi nommée « impatiente » à cause de la fragilité du fruit qui, à maturité, éclate dès qu'on l'effleure.

Balthazar : fils du dernier roi de Babylone, il fut tué lors de la prise de la ville par Cyrus en 539. D'après le prophète Daniel, au cours du festin qui précéda la bataille, une main traça sur le mur l'inscription suivante : « Mané, Thécel, Pharès » (« compté, pesé, divisé »), présage d'une mort prochaine. Le « festin de Balthazar » est demeuré le type même du festin tragique.

Bandinelli Baccio (1488-1560) : sculpteur florentin considéré en son temps comme un rival de Michel-

Ange. Il travailla surtout à des commandes pour les Médicis.

Barbedienne Ferdinand (1810-1892) : appliqua à la reproduction des statues antiques le procédé de réduction mathématique inventé par Achille Colas.

Bari : c'est la Nef sacrée des Égyptiens, qui sert à faire passer d'une rive à l'autre les défunts que l'on conduit vers leur sépulture.

Baron Henri (1816-1895) : peintre français, spécialiste des petites scènes de genre.

Basin : étoffe croisée dont la chaîne est de fil et la trame de coton.

Batavia : nom donné au XVIIe siècle par les Hollandais au fort qu'ils élevèrent à l'emplacement de Djakarta, sur l'île de Java.

Bechir : le bechir polyptère est une des curiosités zoologiques du Nil. Car il tient du serpent par sa forme allongée, du cétacé par son crâne, et du quadrupède par ses extrémités.

Bennou : un des oiseaux sacrés des Égyptiens, sans doute le héron cendré.

Berquin Arnaud (1747-1791) : d'abord poète à succès avec des *Idylles* et des *Romances*, il est surtout connu pour de petites comédies moralisantes destinées à l'éducation des enfants.

Bibase : danse bachique en honneur chez les Spartiates.

Borée : dieu grec du vent du Nord.

Botocudo : tribu du Brésil.

Boule André-Charles (1642-1732) : célèbre sculpteur ébéniste dont les meubles furent toujours fort recherchés.

Bouteille de Leyde : premier condensateur électrique, construit en 1746 par trois savants hollandais.

Brocatelle : 1) sorte de brocart (riche tissu de soie rehaussé de dessins brochés en fils d'or et d'argent) dont les dessins sont petits et peu saillants. 2) C'est aussi un marbre ainsi nommé à cause des couleurs qui le nuancent et qui l'ont fait comparer à l'étoffe.

Brougham : voiture légère à un seul cheval, mise à la mode par Lord Brougham.

Brucolaque : nom grec d'une sorte de chauve-souris ou vampire.

Bucentaure : gondole de parade du doge de Venise.

Bursch : en allemand, étudiant. La Burschenschaft, association d'étudiants d'inspiration patriotique et libérale, prit une part active à la lutte contre Napoléon.

Byssus : sorte d'étoffe végétale très fine.

Calasiris : robe de lin portée par les Égyptiens (selon Hérodote).

Caligula : empereur romain de 37 à 41 connu pour ses délires mégalomaniaques et sanguinaires. Une légende prétend qu'il nomma son cheval consul et le faisait nourrir dans de la vaisselle d'or.

Callimaque : sculpteur, ciseleur et orfèvre athénien de la fin du Ve siècle av. J.-C. D'une élégance toute raffinée, ses œuvres s'éloignent de la rigidité de celles de Phidias et annoncent la grâce et la sensualité de Praxitèle. Ses figures féminines se caractérisent par la draperie « mouillée ».

Calydon : ville de l'ancienne Grèce, surtout célèbre pour la chasse au sanglier qui réunit de nombreux héros, dont Héraklès, pour éliminer l'animal monstrueux qui ravageait le pays.

Cange : barque légère employée sur le Nil pour transporter les voyageurs.

Canope : ancienne ville d'Égypte, située au N.-E. d'Alexandrie, à l'embouchure de la branche « canopique » du Nil (actuelle Aboukir) et réputée pour ses fêtes, son luxe et sa débauche. Hadrien donna son nom à une partie de sa fameuse villa de Tivoli.

Carlin : monnaie d'or et d'argent émise au XIIᵉ siècle dans le royaume de Naples. Cette appellation a longtemps subsisté.

Carthame : plante composée dont le principe entrait dans la préparation du rouge végétal. L'une des espèces est dite « safran des teinturiers ».

Caucase : la guerre contre *Schamyl*, héros de la rébellion circassienne, donna lieu à de nombreuses expéditions entre 1839 et 1859. Gautier avait manifesté le plus grand intérêt pour ce personnage en qui il voyait « la personnification persévérante de la nationalité circassienne, représentée par des fanatiques dévoués choisis dans le collège des Mourides et renaissant toujours sous les balles russes » (*La Presse* du 30/6/1854).

Cauchelimarde : longue épée espagnole, dont la garde ouvragée couvre la main en « coquille ».

Cavaedium : cour intérieure de la maison romaine, où se déversent les eaux de pluie.

Ceste : ceinture de Vénus.

Chérubin : personnage du *Mariage de Figaro* de Beaumarchais, qui découvre les premiers émois amoureux auprès de sa « belle marraine », la comtesse Almaviva.

Chlamyde : manteau court et fendu, agrafé sur l'épaule.

Chrysobéril : pierre précieuse, qui est un béril pâle, couleur d'or comme l'indique son étymologie.

Chrysolithe : pierre précieuse, d'un beau jaune verdâtre.

Chrysoprase : variété d'agate, d'un vert blanchâtre.

Cimmériens : peuple mythique de l'ancienne Scythie, au nord de la mer Noire. Désigne de manière assez vague les peuples du nord, perdus dans les brumes et les glaces.

Cimon : peintre grec de la fin du VIe siècle av. J.-C.

Cinnamome (ou **cinname**) : arbrisseau odoriférant originaire des régions chaudes de l'Asie et utilisé par les Anciens comme aromate.

Clarisse Harlowe : héroïne du roman de Richardson, *Clarissa or the history of a young lady*, traduit dès 1748 par l'abbé Prévost, où l'héroïne vertueuse se voit persécutée par sa famille et bafouée par le cynique Lovelace, qui la laisse mourir dans un misérable hospice.

Cléanthes : philosophe stoïcien, disciple de Zénon, qui lui confia la direction du Portique.

Cléomène : statuaire athénien du IIIe siècle av. J.-C. auquel on attribue la Vénus dite « de Médicis ».

Cobra capello : nom portugais du naja.

Coelus (ou **Caelus**) : le Ciel, assimilé à l'Ouranos des Grecs. Quand il fut castré par son fils Cronos, sa semence tomba dans la mer, dont l'écume donna naissance à Aphrodite.

Colophon : une des douze villes de la confédération ionienne en Lydie, située au N.-O. d'Éphèse. Patrie de Mimnerme, elle se glorifiait d'avoir hébergé Homère un certain temps.

Comus, Comte, Bosco : trois prestidigitateurs et manipulateurs célèbres au XIXe siècle.

Conculcatrice : du latin *conculcare*, fouler aux pieds, écraser, mépriser.

Conopeum : moustiquaire.

Cophte (ou **copte**) : idiome parlé en Égypte après l'introduction du christianisme et qui, offrant les plus grandes ressemblances avec l'ancien égyptien, permit à Champollion de pénétrer le secret des textes hiéroglyphiques.

Cothurne : chaussure montante à semelle très épaisse.

Coupelle : creuset fait avec des os calcinés utilisé pour isoler l'or ou l'argent contenu dans un alliage.

Courtil : petit jardin, souvent clos de haies, attenant à la maison d'un paysan.

Cream-lead (ou plutôt **cream-laid**) : papier à lettres vergé de couleur crème.

Criocéphale : statue à tête de bélier.

Crotales : sorte de castagnettes.

Cubiculum : chambre à coucher.

Cydnus : fleuve de Cilicie qui prend sa source dans les monts du Taurus. Marc-Antoine y offrit à Cléopâtre des fêtes somptueuses en 42 av. J.-C.

Dactyles : démons du mont Ida, servants de Cybèle et de Zeus enfant. Maîtres des arts du feu et des incantations magiques, ils étaient dix, comme les doigts, d'où leur nom.

Damascène : de Damas.

Dandin : protagoniste de la pièce de Molière, *George Dandin ou le mari confondu*, dans laquelle Clitandre est « l'amant » de sa femme Angélique.

Darique : monnaie d'or des anciens Perses.

Davus : type de l'esclave sournois et rusé évoqué par Plaute dans *Amphitryon*, par Térence dans *Adrienne* et par Horace dans ses *Satires* et son *Art poétique*. Il se rend ici au Forum Nundinarium, celui où se tient le marché.

Delaroche Paul (1797-1856) : artiste spécialisé dans la peinture historique, il est la figure même du peintre « pompier » au XIXe siècle.

Della Bella Stefano (1610-1664) : graveur florentin qui séjourna en France sous le nom d'Étienne de la Belle.

Demoustier Charles-Albert (1760-1861) : littérateur français, auteur des *Lettres à Émilie sur la mythologie*, ouvrage souvent prétentieux et affecté.

Dent de loup : petit instrument qui sert à polir.

Deshoulières Antoinette (1637-1694) : grande dame du XVIIᵉ siècle, elle tenait un salon qui, dit Sainte-Beuve, avait « à la fois du précieux et du hardi ». Elle s'essaya à divers genres, mais se distingua surtout par ses poésies idylliques dont l'une est intitulée *Les Moutons*.

Dosithée : grammairien grec du IIIᵉ siècle ap. J.-C.

Doums : palmiers d'Égypte et d'Arabie.

Dourga : voir Thugg.

Duilius : commandant de la flotte romaine lors de la première guerre punique, il défit à Myles la flotte carthaginoise grâce à des crochets de fer installés sur les flancs de ses navires. En récompense, à son retour, il eut chaque soir l'honneur d'être escorté de joueurs de flûte et de porteurs de flambeaux.

Ecbatane : ancienne capitale des Mèdes dont Hérodote vante les sept murailles fabuleuses aux créneaux peints de couleurs différentes.

Éclouure (ou **enclouure**) : nœud d'un empêchement, obstacle. La formule rappelle celle de Hamlet, à la scène 1 de l'acte III : « — Ay, there's the rub ! »

Égine : île située entre l'Attique et le Péloponnèse. Les célèbres marbres d'Égine témoignent du grand développement de la sculpture dans l'île aux VIᵉ et Vᵉ siècles.

Électrum : alliage naturel d'or et d'argent fort estimé dans l'Antiquité.

Éleusis : ville de la banlieue d'Athènes où l'on célébrait chaque année des mystères, des rites secrets d'initiation liés à l'origine à un culte agraire.

Ellora : ancienne ville de l'Inde occidentale, célèbre pour ses sanctuaires bouddhiques, brahmaniques et jaina, taillés dans le roc et ornés d'admirables hauts-reliefs (IVe-XIIIe siècles).

Empouse : nom générique des filles d'Hécate, démons séducteurs qui prennent la forme de belles jeunes filles pour séduire les voyageurs et sucer leur sang.

Encaustique : procédé de peinture où l'on employait des couleurs délayées dans de la cire fondue que l'on chauffait avant de s'en servir.

Épithalame : poème composé à l'occasion d'un mariage en l'honneur des nouveaux époux.

Époptes : initiés au troisième degré des mystères d'Éleusis.

Érèbe : région ténébreuse qui s'étend sous la terre au-dessus des Enfers.

Escousse (1813-1832) : dramaturge dont le suicide au gaz avait fait grand bruit.

Espagnolet (l') : José Ribera (1588-1650).

Espion : petit miroir incliné qui sert à voir sans être vu.

Etteila : pseudonyme du perruquier Alliette qui publia vers 1780 des traités sur le Tarot.

Eucharis : nymphe compagne de Calypso dans le *Télémaque* de Fénelon.

Eupatrides : famille aristocratique athénienne, dont les membres occupèrent souvent le pouvoir.

Euphorion : poète et grammairien grec du IIIe siècle av. J.-C.

Évergète : le « bienfaiteur », surnom décerné par les Grecs comme titre honorifique, en particulier aux Ptolémées.

Fabrique : dans le vocabulaire des peintres, désigne toute espèce de construction dans un tableau. On parle d'un « paysage avec fabriques ».

Facchino : porte-faix, porteur.

Fahaka : poisson du genre tétrodon.

Faille : à l'origine, voile de femme.

Falerne : célèbre cru de Campanie.

Falstaff John : personnage de Shakespeare, célèbre pour sa truculence, qui apparaît dans *Henri IV* et dans *Les Joyeuses Commères de Windsor*.

Faro : cette bière bruxelloise est un dérivé du lambick, en moins alcoolisé.

Fauveau, Félicie de (1799-1866) : sculpteur apprécié par Gautier dans *Les Beaux Arts en Europe* comme l'héritière du « gothique italien », elle fut aussi une femme passionnée, vendéenne, féministe, contrainte à l'exil pour sa participation à la tentative de soulèvement de la Vendée par la duchesse de Berry (1832).

Flammeum : à Rome, voile des jeunes mariées, d'un rouge orangé.

Flandrin Auguste (1804-1843), **Hippolyte** (1809-1864) et **Paul** (1811-1902) : trois frères qui suivirent l'enseignement d'Ingres. Hippolyte, le plus célèbre, a laissé plusieurs portraits.

Florian, Jean-Pierre Claris de (1755-1794) : petit-neveu de Voltaire, il composa des œuvres légères et tendres où se manifeste son goût pour les idylles sentimentales. Ses *Fables* décrivent avec malice et optimisme la vie pastorale.

Forestiere : étranger.

Foscari : illustre famille vénitienne dont le plus célèbre membre fut Francesco Foscari, doge de Venise de 1423 à 1457 : il combattit Milan et fit la guerre au pape.

Gaditanes : de Gadès (aujourd'hui Cadix).

Ganesa : dieu hindou, patron des commerçants, voyageurs et voleurs. On le représente avec une tête d'éléphant, symbole de la sagesse.

Garum : sorte de saumure préparée avec le suc de divers poissons.

Genet : cheval de race espagnole, de petite taille, mais bien proportionné.

Genitrix : « Mère », surnom de plusieurs déesses, dont Vénus.

Gessner Salomon (1730-1788) : poète suisse d'expression allemande. Ses *Idylles* connurent un énorme succès et furent traduites par Diderot. Il y célèbre une vie rurale un peu mièvre.

Gheughen : un des oiseaux sacrés des Égyptiens, sans doute une espèce de grue.

Girasol : variété d'opale.

Gordigiani Luigi (1814-1860) : musicien florentin, auteur de chansons populaires.

Gorgones : monstres fabuleux à la chevelure de serpents dont le visage hideux pétrifiait ceux qui les regardaient. Méduse est l'une des trois Gorgones.

Goule (de l'arabe « ghoûl », démon) : sorte de vampire femelle des légendes orientales.

Goutte sereine : affection du nerf optique qui entraîne une cécité transitoire sans lésion de l'œil lui-même.

Grani : monnaie d'argent en usage dans le royaume de Naples.

Grenadine : étoffe de soie légère.

Griffe : métis de noir et de mulâtre.

Grimaud : mauvais écrivain, mauvais artiste.

Guibre : sur les navires en bois, construction rapportée à l'avant et destinée à fournir les points nécessaires à l'attache du mât de beaupré.

Haïdée (ou **Haydée**) : héroïne du *Don Juan* de Byron.

Harpé : instrument en forme de griffe ou de croc.

Harpocrate : nom donné par les Grecs au fils d'Osiris, « Horus l'Enfant » (représenté sous les traits d'un enfant le doigt sur la bouche), signe mal interprété par les Grecs qui en firent un dieu du silence.

Hâthor : divinité chargée de multiples fonctions : souveraine du ciel, âme vivante des arbres, nourrice des rois d'Égypte, déesse de la musique, de la danse et de l'amour. La tête d'Hâthor (visage de femme avec des oreilles de vache) fut souvent utilisée comme motif décoratif sur les pylônes et les sistres.

Hébé : fille de Zeus et d'Héra, elle symbolise la jeunesse et épouse Héraklès après son apothéose. Pour servir le nectar aux dieux, elle utilise une coupe dont le galbe parfait a été moulé sur les seins d'Aphrodite.

Heiduques : peuple de Hongrie centrale chez qui se recrutaient les fantassins de la garde personnelle du roi.

Heine Henri (1797-1856) : poète lyrique allemand qui connut dès 1827 un succès considérable avec *Le Livre des chants*, dans lequel on peut lire : « C'est une vieille histoire qui reste toujours nouvelle, et celui à qui elle vient d'arriver en a le cœur brisé » (*Intermezzo*, traduit en 1848 par Gérard de Nerval).

Hêré : autre nom pour Héra.

Hermonthis : ville de Haute-Égypte au sud-ouest de Thèbes.

Hespérides : filles d'Atlas, elles jouaient avec des pommes d'or dans un jardin gardé par un dragon, Héraklès le tua pour s'emparer des fruits fabuleux, réalisant ainsi l'un de ses « travaux ».

Hésychius : grammairien et lexicographe de la fin du IVe siècle de notre ère.

Hétaïre : courtisane d'un rang social assez relevé.

Hiérophante : prêtre chargé de l'initiation des fidèles dans les cultes à mystères, par exemple à Éleusis.

Hippolyte : fils de Thésée et de la reine des Amazones.

Hooka : sorte de pipe dont se servent les Indous et qui est analogue au narguiléh des Turcs.

Hyacinthe : jeune prince de Sparte dont Apollon tomba amoureux, donnant ainsi le premier exemple divin d'homosexualité. Du sang d'Hyacinthe naquit la fleur du même nom, dans le pistil de laquelle on peut lire les initiales I A du jeune homme. Cette fleur jaune d'or n'est pas notre jacinthe, mais une sorte de crocus.

Hygie : déesse grecque de la santé, fille d'Esculape.

Hymette (Mont) : montagne d'Attique (1 026 m) située au sud-est d'Athènes. Réputée pour son miel et son marbre.

Hypogée : sépulture souterraine.

Ida (Mont) : montagne de Crète, la plus haute de la chaîne qui traverse l'île (2 456 m). Liée aux légendes de l'enfance de Zeus.

Iles Fortunées : ancien nom des îles Canaries, séjour mythique des Bïenheureux.

Incarnadin : d'un incarnat pâle, c'est-à-dire d'un rouge clair et vif.

Ioway : peuplade indienne de l'Amérique du Nord (Missouri).

Iris : divinité qui personnifiait l'arc-en-ciel, et plus généralement les liens qui unissent le Ciel à la Terre. Devenue dans la mythologie classique la messagère des dieux.

Irus : surnom d'Arnaios, le mendiant d'Ithaque qui voulant s'opposer à la présence d'Ulysse fut tué d'un coup de poing.

Isis : divinité égyptienne d'origine mal définie, elle est surtout connue comme sœur et femme d'Osiris. Après la mort de son époux, c'est elle qui retrouve son corps et lui rend la vie, avec l'aide d'Anubis. Considérée comme une magicienne dont le pouvoir dépassait celui des dieux et de la mort, on l'invoquait contre les maladies. À partir du Nouvel Empire, son culte se développa comme celui de la Mère universelle et consolatrice dont les mystères permettaient aux initiés de partager sa quête d'Osiris mort et ressuscité.

Isola Bella : c'est, sur le lac Majeur, la plus célèbre des îles Borromées, sans doute aussi la plus romantique et la plus littéraire de toutes : « Que dire du lac Majeur, des îles Borromées, du lac de Côme, sinon plaindre les gens qui n'en sont pas fous ? » (Stendhal).

Ixion : invité par Zeus à partager la nourriture des dieux, il devint immortel mais chercha à séduire Héra. Zeus le trompa en façonnant une nuée à l'image de la déesse et le précipita dans les Enfers où il est enchaîné à une roue enflammée qui tourne éternellement.

Jadin Louis-Godefroy (1805-1882) : peintre spécialisé dans les scènes de vénerie.

Jaggernat (ou **Jaggernaut** ou encore **Jaggannâth**) : incarnation du dieu Vishnou en tant que seigneur de l'univers, représenté dans le grand temple de Puri — l'un des plus beaux de l'Inde — par une simple statue de bois peint.

Janvier (saint) : protecteur de Naples, réputé efficace contre la *jettatura*, objet d'une grande ferveur populaire.

Jaseron (ou **jaseran**) : chaîne d'or à mailles très fines.

Jason : héros thessalien qui, pour récupérer son trône, partit à la conquête de la Toison d'or.

Jouvency, père (1643-1719) : jésuite et écrivain français. Auteur de très nombreux ouvrages savants sur la littérature latine ; d'un abrégé de mythologie longtemps employé dans l'enseignement classique (*Appendix de diis et heroibus poeticis*) ; de nombreux écrits pédagogiques.

Kabires : démons d'origine asiatique, considérés comme des fils d'Héphaïstos. Au nombre de trois ou quatre, ils étaient surtout vénérés à Samothrace et à Lemnos dans un culte à mystère.

Kémé : race noire du Haut-Nil.

Kief : sieste en Turquie.

Knémides : jambières des soldats grecs.

Kousch : pays qui s'étend au sud de la deuxième cataracte.

Laconie : région sauvage du sud-est du Péloponnèse.

Lambick : bière d'un type très spécial fabriquée dans la région bruxelloise, de fermentation spontanée. Assez fort en alcool, non mousseux, ce breuvage possède une saveur particulière due au froment qui entre dans sa composition.

Lampas : étoffe de soie à grands dessins tissés en relief.

Landseer Edwin (1802-1878) : peintre animalier anglais.

Lapithes : peuple mythique de Thessalie, célèbre pour sa capacité à dresser les chevaux et sa victoire contre les Centaures.

Larix : nom scientifique du mélèze.

Lazzarone (pluriel **lazzaroni**) : voyou napolitain.

Léda : reine légendaire séduite par Zeus qui s'était métamorphosé en cygne.

Lémures : âmes des morts, spectres revenant hanter les vivants.

Lêto (Latone chez les Romains) : aimée de Zeus et poursuivie par la jalousie d'Héra, elle chercha longtemps une terre pour accoucher et finit par mettre au monde Apollon et Artémis sur l'île d'Ortygie, la future Délos.

Levassor (1808-1870) : acteur comique, spécialiste du travesti dans les vaudevilles.

Léviathan : monstre marin évoqué dans la Bible et qui rappelle le crocodile.

Lewis John Frederick (1805-1876) : aquarelliste anglais dont Gautier décrit « Le Harem du Bey » dans *Les Beaux Arts en Europe*.

Lido : étroite et longue bande de terre qui sépare Venise de l'Adriatique.

Linus : excellent musicien qui prétendait rivaliser avec Apollon.

Lovelace : type même du séducteur cynique, personnage du roman de Richardson, *Clarisse Harlowe* (1748).

Lucullus (106-56) : général romain surtout connu pour le luxe et le raffinement de la vie qu'il mena pendant sa retraite grâce à l'argent amassé au cours de ses campagnes.

Lycophron : poète tragique grec du début du IIIe siècle av. J.-C., célèbre pour l'érudition et l'obscurité délibérée de ses vers.

Lydie : pays d'Asie Mineure à l'ouest de l'Anatolie. Les Lydiens furent d'abord les vassaux des Phrygiens auxquels les liaient des légendes et des cultes communs (par exemple Midas et le Pactole). La Lydie est associée au mythe d'Héraklès et d'Omphale, à celui de Tantale et de Pélops, ancêtres des Atrides.

Lypémanie : genre d'aliénation mentale caractérisée par une tristesse profonde.

Lysippe : bronzier du IVe siècle av. J.-C., né à Sycione. Il fut l'un des initiateurs de la culture classique par son goût du réalisme et ses recherches sur les proportions du corps humain.

Maclise Daniel (1806-1870) : peintre irlandais, illustrateur des *Irish Melodies* de Thomas Moore.

Magnètes : habitants de la Magnésie, ancienne région de Thessalie fondée par le héros éponyme Magnès, père du musicien Linus.

Magnétisme (animal) : système de pratiques à l'aide desquelles on produit sur le corps humain des phénomènes insolites, comparés à l'origine à ceux qui caractérisent l'aimant (on parle aussi de mesmérisme).

Malines : dentelles produites dans la ville du même nom, près d'Anvers.

Malvoisie : vin grec remarquable pour sa douceur.

Mammisi : petit édifice, construit à proximité d'un sanctuaire principal, où l'on commémore sous forme de « mystère » la naissance du dieu-fils (dans la triade père/mère/fils).

Manfred : personnage de Byron qui monte à la Jungfrau dans l'intention de se jeter dans le vide.

Marphurius : docteur ridicule de la comédie italienne, il donne la réplique au valet Pasquin.

Martin John (1789-1854) : peintre et graveur anglais dont les grandes compositions bibliques se caractérisent par des paysages tourmentés et une atmosphère cauchemardesque.

Massacre : en termes de vénerie, désigne les bois et le haut de l'os frontal d'un cerf que l'on utilise comme trophée.

Massique : montagne de Campanie célèbre pour son vin.

Mégabaze : nom générique de plusieurs personnages perses cités par Hérodote ou Xénophon.

Mélésigène : fils de Mélès, c'est-à-dire Homère qui est aussi désigné comme « l'aveugle de Mélès ».

Ménale : montagne du centre de l'Arcadie consacrée au dieu Pan. C'est là qu'Hercule attrapa la biche au pieds d'airain et aux cornes d'or.

Ménechmes (Les) : comédie de Plaute où la ressemblance entre deux frères jumeaux crée confusions et quiproquos comiques.

Mermnades : dynastie de Lydie fondée au VIIᵉ siècle par Gygès, fils de Mermnas.

Merveilleux : nom par lequel on désigna sous le Directoire les jeunes gens à la mode.

Mesmer (1734-1815) : médecin allemand qui affirma avoir découvert le « magnétisme animal », fluide qu'il croyait pouvoir diriger par contact direct ou à distance pour guérir toutes les maladies. Le « mesmérisme » connut au XVIIIᵉ siècle un vif succès en France, où les disciples de Mesmer (Deslon, Puységur et surtout Deleuze, auteur d'une *Histoire critique du magnétisme animal*) se regroupèrent en une « Société de l'Harmonie ».

Midas : ancien roi de Phrygie, héros de nombreuses légendes très populaires. Ayant reçu de Dionysos le don de changer en or tout ce qu'il touchait, il s'aperçut que ce privilège le condamnait à mourir de faim et de soif. Le dieu lui suggéra de se laver dans la source du Pactole : depuis lors, le fleuve roule des paillettes d'or.

Milet : ville d'Ionie, célèbre pour sa richesse et les personnages illustres qui y sont nés, parmi lesquels Thalès, Eschine ou Aspasie, la maîtresse de Périclès.

Milon de Crotone : athlète du VIᵉ siècle av. J.-C., plusieurs fois vainqueur aux Jeux Olympiques et Pythiques. Selon une légende, voulant dans sa vieillesse faire un dernier essai de sa force prodigieuse, il tenta d'écarter de ses mains nues les deux parties d'un arbre fendu, mais le tronc se referma et le retint prisonnier. Un lion (ou des loups) le dévorèrent alors.

Mimnerne : poète et musicien grec (VIIᵉ-VIᵉ siècle av. J.-C.) considéré comme le créateur de l'élégie érotique.

Mob : foule, cohue, populace.

Momus : dieu de la raillerie, du sarcasme et de la folie. Il reprocha à Vulcain qui venait de créer l'homme, de ne pas lui avoir ouvert au cœur une petite fenêtre qui permît de voir ses pensées secrètes.

Montagnes de la Lune : nom traditionnel de la région mystérieuse où le Nil prend sa source.

Moore Thomas (1779-1852) : poète irlandais, chantre national de l'Irlande après la publication des *Irish Melodies*. Initiateur de la poésie « angélique », avec *Les Amours des Anges* (1823), il inspira Vigny et fut l'ami de Byron.

Morions : bouffons, infirmes ou débiles dont on s'amusait à Rome.

Morphée : dieu des songes, fils de la Nuit et d'Hypnos, le Sommeil. Il endort les hommes en leur effleurant les paupières avec une tige de pavot et suscite leurs rêves.

Moucharabys (ou **moucharabieh**) : sorte de grillage en bois qui, placé devant une fenêtre, permet de voir sans être vu.

Mounis : nom sanscrit des personnages pieux et sages, des ascètes et ermites.

Mourides : voir Caucase.

Musicos : nom donné en Belgique et en Hollande à des sortes de cafés où les matelots vont boire, fumer et entendre de la musique.

Mylitta : Aphrodite des Assyriens.

Myron : sculpteur du début du Ve siècle av. J.-C. né en Béotie. Il travailla surtout à Athènes comme bronzier. Son art mène à l'achèvement des recherches pré-classiques sur le mouvement qui anime le corps humain. Connu par les copies romaines (le *Discobole*).

Nacarat : rouge clair, entre le cerise et le rose.

Nahasi : race noire du Haut-Nil.

Naïade : divinité des sources et fontaines.

Namouna : poème d'Alfred de Musset publié en 1832.

Naos : construction cubique aux murs aveugles qui constitue la partie intérieure des temples grecs : on y plaçait la statue du dieu.

Nard : parfum extrait d'une valérianacée, la nardostachyde de l'Inde.

Natron (ou natrum) : dépôt cristallin laissé par la décrue printanière de certains lacs entre Le Caire et Alexandrie, qui constitue l'agent premier de la déshydratation des momies. Grâce au carbonate de soude qu'il contient, le natron débarrassait les chairs des corps gras ; c'est un agent purificateur, d'où son caractère sacré et son emploi dans les cérémonies religieuses.

Nazaréen : surnom de Jésus. Plus généralement nom que donnaient les Juifs aux premiers chrétiens.

Nebiim : prophète, voyant dans l'Ancien Testament.

Nedji : chevaux pur-sang originaires de la région de Nedjd, plateau central de l'Arabie saoudite.

Némée : localité de l'ancienne Argolide où, selon la légende, Héraklès tua un lion et se couvrit la tête et les épaules de sa peau.

Némésis : une des divinités primitives de la religion grecque, personnifiant la Vengeance des dieux poursuivant la démesure humaine.

Népenthès : adjectif qui chez Homère qualifie un breuvage aux vertus apaisantes, susceptible de dissiper la douleur.

Nessus : centaure tué par Héraklès dont il avait essayé de violer la femme Déjanire. Avant de mourir, Nessus remet à la princesse un prétendu philtre de fidélité, dans lequel elle plongera plus tard une tunique qu'elle envoie en cadeau à son époux infidèle pour le ramener chez elle. Brûlé par ce poison, Héraklès mourra dans d'atroces douleurs.

Nestor : roi légendaire de Pylos, il reçut d'Apollon la grâce de vivre trois générations. Avec Priam, il symbolise chez Homère la sagesse et l'expérience de l'homme âgé.

Niobé : elle s'était vantée d'avoir supplanté, avec ses quatorze enfants, la déesse Lêto qui n'en avait eu que deux. Apollon et Artémis vengèrent leur mère aussitôt en tuant de leurs flèches les enfants de Niobé.

Nome : division administrative de l'ancienne Égypte. Le nomarque en était le chef.

Nomenclateur : esclave chargé à Rome de nommer à son maître les citoyens qu'il rencontrait et qu'il avait intérêt à saluer.

Nopal : cactée à tiges plates et charnues en forme de raquettes dont les fruits, dits « figues de Barbarie », sont comestibles.

Odyssée : nom grec d'Ulysse.

Omphale : reine légendaire de Lydie chez qui Héraklès est condamné à servir comme esclave pour expier un meurtre : elle l'oblige à porter une robe et à filer la laine, mais en fait aussi son amant.

Ophir : pays fabuleux de l'Orient évoqué dans la Bible comme celui dont on ramenait l'or.

Orphée : poète mythique dont le chant charmait les dieux, apprivoisait les fauves et parvenait même à émouvoir les êtres inanimés.

Osiris : nom grec du dieu égyptien Us-yri, « celui qui est sur le trône », Dieu anthropomorphe représenté sous l'aspect d'une momie aux bras croisés. Associé dans la mythologie populaire à Isis, sa femme, et Horus, son fils, il fut toujours considéré comme un dieu bienfaisant, dispensateur de vie, et fut l'objet du culte le plus fervent. Le mythe le plus répandu le montre poursuivi par la jalousie de son frère Seth, qui finit par le tuer, le dépecer et disperser les morceaux de son cadavre. Ressuscité par les soins d'Anubis et d'Isis, Osiris régna désormais sur les morts qui pouvaient atteindre comme lui la vie éternelle s'ils étaient embaumés selon les rites inventés par Anubis.

Ostricajo : marchand d'huîtres.

Ove : ornement d'architecture en forme d'œuf.

Palamède : héros de la guerre de Troie, célèbre pour son ingéniosité. On lui prêtait l'invention de certaines lettres de l'alphabet et de jeux comme les dames, les dés, les osselets.

Pallas : surnom d'Athéna.

Pancrace : docteur pédant de la comédie italienne, type du vieux savant.

Panégyrie : réunion de tout un peuple pour une fête solennelle, en général pour un sacrifice.

Paraschiste : parmi la grande confrérie des embaumeurs de l'ancienne Égypte, c'est le premier spécialiste qui intervient véritablement dans le processus de l'embaumement. Il a d'abord pour fonction d'ouvrir le flanc du cadavre en l'incisant avec une « pierre d'Éthiopie », en réalité un silex taillé. Il est également chargé d'enlever les viscères.

Pâris (ou **Pâris-Alexandre**) : fils de Priam, il fut choisi par les dieux pour désigner la plus belle des déesses dans la dispute qui opposait Héra, Athéna et Aphrodite. Il reçut en récompense la plus belle des mortelles, Hélène, et fut, en l'enlevant, à l'origine de la guerre de Troie.

Pedum : bâton en forme de houlette, attribut de plusieurs divinités champêtres à Rome.

Peerage : corps des pairs d'Angleterre, pairie ; de même le *Baronétage* est le corps des baronnets.

Pentélique : célèbre marbre blanc extrait de la montagne du même nom au nord-est d'Athènes.

Pentes : bandes de tissu qui pendent autour d'un ciel de lit.

Persépolis : ancienne cité royale de l'empire perse fondée par Darius à la fin du vi^e siècle av. J.-C.

Petit-Jean : personnage de la pièce de Racine, *Les Plaideurs*, qui commence son plaidoyer en disant : « Ce que je sais le mieux, c'est mon commencement » (III, 3).

Petites-Maisons : le nom de cet ancien hôpital ouvert au xvie siècle désignait de manière plus générale les asiles d'aliénés.

Pharnabaze : célèbre satrape perse du ve siècle av. J.-C., gouverneur de l'Hellespont et de la Phrygie, dont la puissance et l'opulence étaient admirées. On l'accuse d'avoir fait exécuter (en 404) Alcibiade qui s'était réfugié auprès de lui.

Phénicoptère : flamant rose.

Phidias : le plus célèbre des sculpteurs athéniens du ve siècle av. J.-C. Il fut chargé par Périclès de diriger le chantier de l'Acropole.

Phœbé : surnom d'Artémis, divinité lunaire.

Phœbus : surnom d'Apollon, qui signifie le « brillant ».

Phtha : divinité de l'ancienne Égypte d'abord adorée à Memphis comme créateur du monde. Assimilée par les Grecs à Héphaïstos.

Piédouche : petit piédestal, à base circulaire ou carrée.

Polybe : un des prétendants de Pénélope dans l'*Odyssée* (chant XXII).

Polymnie : l'une des Muses dont Gautier admirait particulièrement la statue exposée au Louvre : « ... on croirait voir une femme de nos jours s'arrangeant et se groupant dans son voile de cachemire. »

Praxitèle : célèbre sculpteur athénien du ive siècle av. J.-C. Sa manière raffinée et la gracieuse sensualité de ses figures féminines inspireront les charmantes statuettes de Tanagra.

Priam : dernier roi de Troie et père d'Hector. Égorgé par Pyrrhus après la prise de la ville.

Prologus : acteur qui dans les comédies latines récite le prologue de la pièce.

Prométhée : Titan bienfaiteur de l'humanité, il déroba le feu aux dieux pour l'offrir aux hommes. Selon une autre tradition, c'est lui qui créa les hommes en les façonnant dans l'argile et les anima en leur insufflant le feu divin dans le cœur.

Propylées : entrée monumentale de l'Acropole. Le mot désigne de façon plus générale tout porche à colonnes marquant l'entrée d'un bâtiment.

Pschent : coiffure des pharaons, à double couronne symbolisant la souveraineté sur la Haute et la Basse-Égypte.

Psyché : héroïne d'un conte célèbre d'Apulée, cette jeune fille fut persécutée par Vénus, jalouse de sa beauté. Elle est bien entendu perçue dans le mythe comme une allégorie de la pensée humaine.

Pygmalion : sculpteur légendaire de Chypre, il obtint de Vénus qu'elle anime la statue de Galatée, dont il était l'auteur.

Rousseau Philippe (1816-1887) : élève de Gros, peintre animalier spécialiste des natures mortes.

Sakkes : peuple scythe.

Salency : bourgade de l'Oise où la tradition veut que l'on élise une rosière chaque 5 juin.

Sambuque : instrument de musique à cordes pincées.

Sannyâsi : terme sanscrit qui s'applique aux mendiants ou ascètes errants (proprement : « celui qui renonce »).

Sardes : ancienne capitale du royaume de Lydie : la ville située sur le Pactole était d'une richesse proverbiale.

Satrape : gouverneur d'une province dans l'ancienne Perse. Son pouvoir était presque illimité.

Sayals : variété d'acacias.

Scarus : poisson osseux aux vives couleurs, surnommé « perroquet de mer ».

Scées : portes occidentales de Troie percées dans la muraille du côté de la mer. Les vieillards troyens y observent et commentent le passage d'Hélène au chant III de l'*Iliade*.

Schirhasch-Schirim : Cantique des Cantiques.

Schoorel, Jan van (1495-1562) : peintre hollandais qui contribua à propager l'influence italienne dans les Pays-Bas.

Scytale : bâton cylindrique sur lequel les Spartiates enroulaient en spirale les bandes du parchemin où étaient inscrites les dépêches d'État. Illisible une fois déroulée, la dépêche ne pouvait être déchiffrée que roulée sur un bâton de la même grosseur.

Scythie : nom assez vague désignant tout le nord-est de l'Europe et même le nord de l'Asie. Les Scythes étaient considérés comme des hommes incultes, grossiers et sauvages, tout juste bons à Athènes à constituer le gros des troupes de la police.

Secrets du Grand Albert : manuel de sorcellerie, magie et astrologie très populaire au XIXe siècle.

Sémiramis : reine légendaire d'Assyrie, c'est elle qui aurait fait construire à Babylone de somptueux palais dont les jardins suspendus constituaient une des sept merveilles du monde.

Sérique : pays des Sères, peuple de l'Inde orientale connu dès l'Antiquité comme producteur de soie.

Serpentine : pierre fine, tachetée comme la peau d'un serpent.

Sestos : ville de Chersonnèse popularisée au Ve siècle ap. J.-C. par le poète élégiaque Musée dans son poème *Héro et Léandre* : chaque soir Léandre, guidé par un signal lumineux, traversait à la nage l'Hellespont pour rejoindre la belle Héro. Un soir la flamme s'éteignit et il se noya.

Sicyone : ancienne ville du Péloponnèse, située près du golfe de Corinthe, qui était au VIe siècle av. J.-C. un prestigieux centre d'art et abritait des écoles renommées de peinture et de sculpture.

Sinopis : terre de Sinope, chargée en fer oxydé, utilisée pour produire le rouge rubrique.

Slocas : strophes de deux vers.

Smarra : évoqué par Nodier dans le conte *Smarra ou les Démons de la nuit*, c'est un « mauvais esprit auquel les Anciens rapportaient le phénomène du cauchemar ».

Sogd : capitale de la Sogdiane, région de l'Asie centrale correspondant à l'Ouzbékistan actuel.

Soltikoff Alexis : prince, voyageur et archéologue russe du XIXe siècle, qui a publié plusieurs ouvrages documentaires sur ses voyages en Orient.

Sour : port sur le golfe d'Oman.

Splénétique : qui a le « spleen ».

Strigillaire : esclave qui dans les thermes antiques raclait de son strigile le corps des baigneurs pour débarrasser leur peau de la sueur et de la poussière.

Syène : ancien nom d'Assouan.

Sylphe : génie de l'air dans la mythologie grecque.

Syringe : nom donné par les Grecs aux sépultures souterraines des rois égyptiens de Thèbes.

Talent : monnaie grecque.

Tatbebs (ou **thabebs**) : sandales qui sont souvent confectionnées en feuilles de palmier tressées et munies de cordons pour les lacer.

Tau : croix reprenant la forme du T (tau) dans l'alphabet grec. Instrument sacré que portent certaines divinités égyptiennes.

Teglath Phalazar : roi d'Assyrie du VIIIe siècle av. J.-C., véritable fondateur de l'empire assyrien.

Telchines : démons amphibies des îles de Rhodes, Crète, Céos et Chypre. Magiciens d'humeur jalouse et souvent maléfiques.

Tempé : vallée étroite de Thessalie, vantée par les anciens poètes pour sa fraîcheur et sa luxuriance.

Thaïs : courtisane d'Égypte (IVe siècle) qui, convertie par un anachorète, se serait retirée dans un monastère : sainte fêtée le 8 octobre. Anatole France en 1890 en fit l'héroïne de son roman *Thaïs* d'où Massenet tira un opéra (1894).

Thalamus : chambre à coucher de la maîtresse de maison chez Homère.

Thermopoles : cabarets où l'on servait des boissons chaudes.

Thétis : la déesse aux pieds d'argent dans l'*Iliade*.

Thuggs : étrangleurs fanatiques, sectateurs de la déesse Kâli ou Dourga, qui terrorisaient les visiteurs des Indes (et peuplent les romans populaires du XIXe siècle).

Thymelé : autel. Plus particulièrement, dans les théâtres athéniens, sorte de haute estrade près de laquelle se tenait le chef du chœur pour en diriger les mouvements.

Tissaphernes : satrape perse, gouverneur de Lydie et de Carie au Ve siècle av. J.-C.

Titania : personnage du *Songe d'une nuit d'été* de Shakespeare, ainsi qu'Oberon.

Tithon : il avait été enlevé par Aurore en compagnie de son fils Ganymède. Lorsque Zeus fit de celui-ci son favori, Aurore obtint en échange que Tithon devienne immortel. Mais comme elle avait oublié de réclamer aussi pour lui une jeunesse éternelle, il se mit à vieillir, à se racornir, à s'affaiblir et termina sous la forme d'une cigale.

Tmolus (mont) : massif montagneux de Lydie, au pied duquel s'élevait la ville de Sardes.

Triclinium : salle à manger.

Trimalcion : personnage de parvenu dans le *Satiricon* de Pétrone, hôte ridicule et vulgaire d'un banquet où s'étale un luxe effréné.

Trimm (caporal) : personnage d'ivrogne dans *Vie et Opinions de Tristram Shandy* de Laurence Sterne (1760).

Trinacrien : originaire de Trinacria, ancien nom de la Sicile.

Tripoli : substance minérale qui sert à polir et que l'on importait jadis de Tripoli, en Syrie.

Trophonius : héros béotien dont la tradition faisait l'architecte du temple d'Apollon à Delphes. On le consultait comme oracle à Lébadée, où après avoir procédé à des sacrifices purificateurs, on recevait dans une grotte souterraine la révélation par des visions et des voix que les prêtres interprétaient.

Typhon : nom que donnaient les Grecs au dieu égyptien Seth Siton, qui tua et dépeça son frère Osiris.

Typhon : monstre de la mythologie grecque auquel on prêtait les traits les plus effrayants : taille plus haute que les montagnes, corps ailé couvert d'écailles, cent têtes de dragon. Quand il attaque l'Olympe, il met en fuite les dieux qui se réfugient en Égypte, mais Zeus le foudroie et l'enferme sous les montagnes que le monstre essayait de lancer.

Valletta Nicolo (1738-1814) : juriste italien, auteur d'un *Essai sur le charme vulgairement appelé jettatura*, où il traite la question avec ironie.

Van Loo (1705-1765) : peintre et dessinateur français.

Vénus anadyomène : surnom de Vénus qui naît de la mer et sort des flots.

Vernet, Horace (1789-1863) : peintre popularisé par ses marines et ses scènes de bataille. Selon Baudelaire, c'est « un militaire qui fait de la peinture ».

Voûte-Verte de Dresde : riche collection d'orfèvrerie et de joaillerie qui fut sans doute, dès le XVIe siècle, le premier musée des arts décoratifs.

Willis : jeunes filles condamnées, d'après une légende de Bohême, à sortir après leur mort de leur tombeau pour danser toute la nuit.

Notes

PRÉFACE (p. 7)

1. *Poésies complètes de Théophile Gautier*, publiées par René Jasinski, Nizet, 1970, t. III, p. 216.

2. *Mademoiselle de Maupin*, édition établie par Geneviève van den Bogaert, Garnier-Flammarion, 1973, p. 65.

3. *Fortunio*, in *Fortunio et autres nouvelles*, introduction et notes d'Anne Bouchard, L'Âge d'homme, 1977, p. 41.

4. *Le Chef-d'œuvre inconnu*, in *L'Œuvre de Balzac*. Le Club Français du Livre, 1966, t. XII, p. 189.

5. *Le Portrait ovale*, in *Nouvelles Histoires extraordinaires*, Bibliothèque de la Pléiade, 1951, p. 493.

6. *Fortunio*, p. 30.

7. *Ibid.*, p. 41.

8. *Ibid.*, p. 129.

9. *Mademoiselle de Maupin*, p. 82.

10. *Ibid.*, p. 369.

11. *Ibid.*, p. 105.

12. *Poésies complètes*, t. II, p. 11.

13. E.C. Comte Corti, *Vie, mort et résurrection d'Herculanum et de Pompéi*, 10/18, 1963, pp. 259-260.

14. A. Maiuri. *Pompei e Ercolano, fra case e abitanti*, 1955, p. 49.

15. *Pompéi. Travaux et envois des architectes français au XIXᵉ siècle*, École Nationale Supérieure des Beaux-Arts, École française de Rome, 1981, p. XVIII.

16. *Le Roman de la momie*, édition établie par Marc Eigeldinger, Le Livre de Poche, 1985, p. 39.

17. *Ibid.*, p. 236.

18. À la suite de Georges Poulet qui a remarquablement analysé, dans le premier volume de ses *Études sur le temps humain*, le thème de la *rétrospection évocatrice* chez Gautier, la récurrence textuellement attestée de l'adjectif « rétrospectif » a été soulignée par Marc Eigeldinger dans son édition des *Récits fantastiques* chez Garnier-Flammarion, 1981, p. 246.

19. *Fortunio*, p. 132.

20. « Nostalgies d'obélisques », in *Émaux et Camées, Poésies complètes*, t. III, pp. 43-44.

21. « Égypte », in *L'Orient*, Charpentier, 1877, tome second, pp. 149-152.

22. *Le Roman de la momie*, pp. 249-250.

23. *Ibid.*, p. 25.

24. *Ibid.*, p. 61.

25. Voir sur ce point Michel Crouzet, « Gautier et le problème de créer », *Revue d'Histoire Littéraire de la France*, juillet-août 1972, 72e année, n° 4, p. 667.

26. *Le Roman de la momie*, p. 25.

27. M. Albouy, H. Boccon-Gibod, J.-C. Golvin, J.-C. Goyon, P. Martinez, *Karnak. Le temple d'Amon restitué par l'ordinateur*, M. A. Éditions, 1989.

28. *Poésies complètes*, t. III, p. 130.

29. Roland Barthes, *S/Z*, Seuil, 1970, p. 61.

30. *Mademoiselle de Maupin*, p. 73.

31. *Le Roman de la momie*, pp. 55-56.

LA CAFETIÈRE (p. 49)

1. Ce texte a été publié pour la première fois dans *Le Cabinet de lecture* du 4 mai 1831. Exactement comme *Omphale* qui fait descendre la charmante marquise de la tapisserie, ce conte fantastique, où les personnages d'une tenture du siècle dernier vont revivre, illustre l'insistance du « complexe de Pygmalion » chez Théophile Gautier : à chaque fois la femme est ranimée par le « désir rétrospectif » du narrateur. La marquise de T*** et Angéla renaissent, ressuscitées par la vision hallucinatoire du narrateur comme Clarimonde le sera par le baiser de Romuald. Ce surgissement de figures hors de la tapisserie, qui sera de plus en plus fréquemment associé à une ouverture de « rideau » précédée par le glissement des tringles, installe une véritable *théâtralité* de l'apparition fantastique chez Gautier. C'est d'ailleurs au théâtre de Pompéi qu'Octavien verra renaître l'objet de son désir (*cf.* Ross Chambers, « Gautier et le complexe de Pygmation »).

2. En 1830 l'art du XVIIIe siècle est encore largement méprisé.

Il faudra attendre la seconde moitié du XIXe siècle, et surtout les monographies des Goncourt, pour qu'il soit véritablement réhabilité.

3. Cette alouette n'est autre bien sûr que celle qui dans *Roméo et Juliette* annonce aux amants que leur nuit d'amour qu'accompagnait le chant du rossignol est désormais achevée. L'écriture toujours hyperculturelle de Gautier ne cesse d'être hantée par de multiples références à Shakespeare.

OMPHALE (p. 59)

1. Ce texte a été publié pour la première fois dans le n° 9 du *Journal des Gens du Monde* (7 février 1834).

2. *« Sancta simplicitas ! »* : c'est une exclamation de Méphistophélès dans le *Faust* de Goethe (p. 123 dans la traduction de Gérard de Nerval, édition Garnier-Flammarion, 1964).

LA MORTE AMOUREUSE (p. 71)

1. Ce texte a été publié pour la première fois dans la *Chronique de Paris* les 23 et 26 juin 1836.

2. *Job* : « J'avais fait accord avec mes yeux : comment aurais-je donc arrêté mes regards sur une vierge ? » (Job, XXXI, 1).

3. Évidemment le nom de cet abbé Sérapion vient directement d'un recueil de contes d'Hoffmann intitulé *Contes des Frères de Saint-Sérapion*. Un discret hommage onomastique au « fondateur » du genre.

LA CHAÎNE D'OR (p. 105)

1. Ce texte a été publié pour la première fois dans la *Chronique de Paris* les 28 mai et 11 juin 1837.

2. Tous les noms cités dans ce récit sont attestés chez les auteurs grecs et portent la marque de l'authenticité. Pour les trois principaux protagonistes. Plangon la Milésienne, Ctésias de Colophon et Bacchide de Samos, on peut évidemment déchiffrer le « sens » de leur nomination selon une pratique courante chez les Grecs.

PLANGON (Πλαγγών, citée par Démosthène) porte le nom de l'inventrice d'un parfum, appelé τὸ πλαγγόνιον, le plangonion. Son nom désigne également une petite figurine de cire mais rappelle surtout le radical du verbe πλάζω (*plango* en latin) qui signifie : 1) faire vaciller, faire chanceler, 2) (par suite) écarter du droit chemin, dérouter. Au passif, le verbe qualifie, chez Homère et chez les tragiques, le malheureux « ballotté » par le sort, celui qui a perdu sa route et erre à l'aventure. Quant au surnom de Pasiphile, faudrait-il aller jusqu'à y voir celle qui aime tout, tous et toutes, et fonctionne, si j'ose dire, « à voile et à vapeur » ?

CTÉSIAS de Colophon (Κτησίας) est le nom du médecin d'Artaxerxés, rapporté par Xénophon dans *L'Anabase*, mais désigne aussi d'autres personnages évoqués par Aristophane ou Démosthène. Son nom ne peut que rappeler le radical de κτάομαι posséder) tel qu'il apparaît dans l'adjectif κτήσιος : qu'on possède, acquis, ou le nom κτῆσις : la possession, et par suite les biens, la fortune.

Quant à BACCHIDE de Samos, dont Plutarque évoque une sœur en Βακχίς-ίδος, son nom est en fait très proche de celui qui désigne Βάκχος, dieu du vin et civilisateur du genre humain, mais aussi son prêtre ou surtout la bacchante, la femme inspirée du dieu qui se déchaîne sous l'effet du délire sacré ou de l'ivresse au cours des mystères de Bacchus. Peut-être ce nom est-il aussi un rappel plus lointain de celui du poète Bacchylide (Βακχυλίδης), lyrique du Ve siècle, dont le nom serait ici associé à celui de l'île de Samos, l'un des centres du lyrisme archaïque.

De la même façon, les deux « amies » jalouses de Plangon, qui lui révèlent le passé de Ctésias, ont un nom évocateur, puisque Lamie ou Λάμια est bien connue pour être le monstre féminin, l'espèce de croquemitaine qui prenait et dévorait les enfants et dont le nom désigne une espèce de requin. Archenassa enfin, ou Arkhéanassa cumule le pouvoir qu'exprime le verbe ἄρχω et celui du nom ἄνασσα, la maîtresse toute-puissante, la reine.

À l'inverse, l'esclave de Bacchide, celle qui réunit les anciens amants, Ériphile, est évidemment une amie d'Éros. Mais pourquoi ne pas lire aussi le nom d'Ériphyle, la femme d'Amphiarcos, le héros englouti sous terre par Zeus, après la trahison d'Ériphyle, séduite par un collier (*cf.* Homère, *Odyssée*, 11, 326) ?

3. Gautier réunit sous ce nom générique, emprunté au vocabulaire des incroyables du Directoire, tous les petits jeunes gens d'Athènes, soupirants éconduits de Plangon, dont il avait décliné les noms comme à plaisir, mêlant à d'assez obscurs Axiochus ou Cléarchus une petite galerie de portraits dignes de Célimène : Cléon, le dissipateur, Hipparque qui ne sait parler que de ses chevaux, Thrasylle, l'efféminé, Timandre le patrice ou Glaucion l'imbécile, sans parler du fameux Alcibiade cité par trois fois. Tous « aimables représentants de l'élégance et de l'atticisme d'Athènes, jeunes victorieux, charmants triomphateurs » dont Gautier a peut-être emprunté les silhouettes aux comédies d'Aristophane.

UNE NUIT DE CLÉOPÂTRE (p. 129)

1. Ce texte a été publié pour la première fois dans *La Presse*, les 29 et 30 novembre, les 1ᵉʳ, 2, 4 et 6 décembre 1838.

2. Rien de plus caractéristique de l'imaginaire de Gautier que cette écrasante immobilité minérale, que cette aridité et cette lourdeur granitiques de l'Égypte ancienne. Michel Crouzet a déjà fort bien analysé cette insistance du *thème minéral* : « Gautier a élu la pierre comme son royaume, son Musée intérieur est un musée de pierres, musée de l'intensité de l'être, de son épaisseur, renversées en arrêt général du temps et de la matière, figée dans son opacité brûlante (...). Le monde minéral objective un élan, revenu sur lui-même, par une immobilité concentrée et pleine parce que retenue » (Michel Crouzet, « Gautier et le problème de "créer" », p. 666).

3. Gautier semble ici se souvenir des vers que Gérard de Nerval adapta d'un sonnet de Bürger et qu'il publia en 1831 sous le titre *Le Soleil et la Gloire* :

Quiconque a regardé le soleil fixement
Croit voir devant ses yeux voleter obstinément
Autour de lui, dans l'air, une tache livide.

4. Comment ne pas voir dans Meïamoun amoureux de Cléopâtre, la « reine sidérale » qu'il adore comme une étoile, une figure de Ruy Blas « Qui souffre, ver de terre amoureux d'une étoile » (Acte II, scène 2, vers 798) ? D'autant plus que la première édition en feuilleton du récit de Gautier contenait une citation de la pièce de Hugo, « *Ruy Blas* venait d'être représenté, le 8 novembre 1838, au théâtre de la Renaissance ; et, le 6 décembre suivant, dans le sixième et dernier feuilleton d'*Une nuit de Cléopâtre*, on pouvait lire, à propos de Meïamoun : « Il avait le teint ardent et lumineux d'un homme dans l'extase ou dans la vision ; on voyait qu'il se disait en lui-même, comme le héros d'une pièce moderne : "Donc je marche vivant dans mon rêve étoilé". » Cette citation de l'acte III, scène 4, de *Ruy Blas*, a disparu dans l'édition de 1839 » (Anne Bouchard, Introduction à *Fortunio et autres nouvelles* de Théophile Gautier, L'Âge d'homme, 1977, p. 18).

LA TOISON D'OR (p. 169)

1. Ce texte a été publié pour la première fois dans *La Presse* les 6, 7, 8, 9, et 12 août 1839. C'est par excellence le récit des rapports, de la concurrence du pictural et du féminin. Car s'il est vrai que le texte s'attache fidèlement à une seule femme, par contre il parvient à mentionner, en quelque cinquante-cinq pages, pas moins de vingt-trois peintres : Raphaël, Titien, Corrège, Rubens, Michel-Ange, Jordaëns, Quintin Metzys, Otto Venius, Van Dyck, Sneyders, Van der Heyden, Teniers, Abraham Bosse, Terburg, Gaspard Netscher, Gabriel Metsu, Rembrandt, André Rico de Candie, Bizzamano, Ingres, Delacroix, Boucher, Van Loo. Une telle saturation picturale ne pouvant que déséquilibrer l'unique présence féminine constitue le sujet même du récit exposant la femme à l'épreuve de l'idéal pictural.

2. *Le Crucifiement*, plus communément appelé *L'Érection de la Croix*, date de 1610. D'abord destiné au maître-autel de l'église Sainte-Walburge d'Anvers, ce puissant triptyque se caractérise par une très violente et très rigoureuse composition en diagonales qui déborde même sur les volets du tableau. Cette crucifixion vient nous agresser par son déchaînement tumultueux de forces physiques : toutes ces musculatures tendues des soldats arc-boutés, comme tétanisés par leur titanesque effort. De retour depuis peu de temps à Anvers après son séjour en Italie, Rubens a sans doute tout à la fois songé à la *Passion* du Tintoret dans sa composition toute en largeur comme celle du maître vénitien et à Michel-Ange dans l'extrême vigueur musculaire des aides du bourreau. Avec en plus une opposition violemment tranchée, quasiment caravagesque, des clairs et des obscurs. Toute cette toile d'une grandiose dynamique, d'une pathétique brutalité, relève finalement plus d'un modelé plastique que d'un langage proprement pictural : en ce sens elle ne pouvait qu'enthousiasmer Gautier toujours à la recherche de l'émergence du sculptural dans le pictural. On ne saurait trop insister sur la justesse de la description de Gautier qui met merveilleusement en valeur tout ce que cette toile contient d'athlétique et inhumaine barbarie, de sauvagerie « romaine » dans sa picturalité (*cf.* Frans Baudouin, *P.P. Rubens*, Fonds Mercator, 1977).

3. *La Descente de Croix* de 1612 est incontestablement d'une facture plus classique que *L'Érection de la Croix* : plus apaisée, plus calme, plus statique, moins baroque. Encore une fois une grande diagonale, dessinée par le corps du Christ, organise toute la composition. Mais au lieu d'une excitation et d'une tension des forces, d'une exacerbation des énergies physiques, nous avons droit cette fois au lamentable affaissement du corps blême, qui est chromatiquement comme répercuté et redoublé par la blancheur du linceul. Aux pieds du Sauveur, Madeleine, presque dégagée, resplendit de toute sa fauve blondeur. Elle n'a vraiment rien de dramatique, de pathétique en comparaison de l'atroce visage livide et révulsé de Marie. Simplement attentive à retenir le corps pour qu'il ne glisse pas brusquement, concentrée et sereine, elle réagit en excellente ménagère flamande dans une situation pour le moins exceptionnelle, il est vrai. Miraculeusement préservée de toute

contorsion physique, de tout pathos, Madeleine affiche ici sa présence par son étonnant paganisme domestique. Comme si rien ne pouvait l'impressionner et l'arracher à ses habitudes...

LE PIED DE MOMIE (p. 219)

1. Ce texte a été publié pour la première fois en septembre 1840 dans *Le Musée des Familles*.

2. Gautier évoquera à nouveau dans *L'Orient* ce dieu sanguinaire qui est celui de la guerre et de la divination chez les Aztèques : « Terminons cette promenade par un coup d'œil au temple mexicain de Xochicalco qui se donne des airs égyptiens sur sa large substruction en talus. Là trônait l'affreuse idole de Witziliputzli à qui l'on fourrait dans la bouche, sur une cuiller d'or, des cœurs d'hommes fumants. Il y a trois cents ans à peine que cela se passait. L'humanité est vraiment longue à se civiliser et quelques expositions universelles lui sont nécessaires » (*L'Orient*, t. II, Charpentier, 1877, pp. 97-98).

3. Outre le fait qu'il s'agit une fois de plus d'un fragment du corps (car chez Gautier le désir de la perfection esthétique aboutit toujours à la fragmentation du corps, à prélever des portions admirables dans l'ensemble), on remarquera que Gautier est obligé de lester esthétiquement le pied, de le statufier dans le bronze avant de pouvoir louer sa merveilleuse légèreté.

LE ROI CANDAULE (p. 233)

1. Ce texte a été publié pour la première fois dans *La Presse* (1ᵉʳ, 2, 3, 4, 5 octobre 1844). Ce superbe récit de Gautier est tout à la fois éminemment protectionniste et habillé grâce à l'accumulation des références culturelles et esthétiques (jusqu'à la saturation et même la nausée du lecteur), et incroyablement dénudé, presque indécent dans sa transparence fantasmatique. C'est une histoire de voyeurisme, mais encore convient-il de préciser les modalités d'un tel voyeurisme. Ce que ne supporte pas Candaule, c'est que sa belle épouse ne passe pas à la représentation, en somme ne fasse pas image. Candaule qui est plus un esthète qu'un amoureux préfère faire de sa femme un tableau ou une sculpture plus encore que lui faire l'amour : « Dans Candaule, l'enthousiasme de l'artiste avait éteint la jalousie de l'amant ; l'admiration était plus forte que l'amour. Si, au lieu de Nyssia, fille du satrape Mégabaze, tout imbue d'idées orientales, il eût épousé quelque Grecque d'Athènes

ou de Corinthe, nul doute qu'il n'eût fait venir à sa cour les plus
habiles d'entre les peintres et les sculpteurs, et ne leur eût donné
la reine pour modèle, comme le fit plus tard Alexandre le Grand
pour Campaspe, sa favorite, qui posa nue devant Apelles. » Candaule se conduit avec Nyssia comme un peintre en présence de son
modèle : « sa main, traçant en l'air de vagues contours, semblait
esquisser quelque projet de tableau ». Or comment pourrait-il se
contenter de demeurer l'unique spectateur d'une aussi précieuse
œuvre d'art qu'il n'est même pas capable de reproduire ? S'il reste
le seul à la voir, d'une certaine façon Nyssia n'existe pas en tant
qu'image parfaite. Il faut être au moins deux pour que la vision
soit effective. Il faut à Candaule qu'un œil ami lui serve de « juge
sévère à qui l'on fait voir un tableau » pour « reconnaître après un
examen attentif qu'il est irréprochable et que le possesseur n'a pas
été trompé par l'enthousiasme ». L'amour à lui seul est largement
insuffisant pour faire exister l'autre en tant qu'image. Seul le
voyeurisme autorisera ici l'indispensable passage à la représentation. Puisque Nyssia la trop pudique n'est pas reproductible, qu'elle
soit tout au moins visible par un tiers. Qu'elle devienne dans l'œil
de Gygès sa propre image qu'elle ne parvient pas à être par
l'unique regard de Candaule.

2. C'est une référence précise au chapitre VII du *Cantique des
Cantiques* : « Ton cou est comme une tour d'ivoire ; tes yeux sont
comme les viviers qui sont en Hesbon, près de la porte de Bath-
Rabbim ; ton visage est comme la tour du Liban qui regarde vers
Damas. »

ARRIA MARCELLA (p. 291)

1. Ce texte a été publié pour la première fois dans *La Revue de
Paris*, le 1er mars 1852. Il fut repris la même année dans *Le Pays*,
les 24 et 28 août.

2. Le texte de Gautier débute selon les classiques protocoles du
voyage en Italie que se doit d'effectuer tout jeune homme curieux
de culture et d'art au XIXe siècle.

3. Cette année dernière (1851) à se situer par rapport à la date de
publication du conte est elle-même, autobiographiquement, encore
l'année précédente puisque c'est de juillet à octobre 1850 que
Théophile Gautier voyage en Italie en compagnie de Louis de Cormenin. Il avait quitté, à Venise, Marie Mattei (repartie en France
en passant par Livourne) avec laquelle il avait passé quelques jours
dans la cité des Doges et avait poursuivi son périple vers Florence
et Rome.

4. L'actuel *Museo Archeologico Nazionale* continue à occuper l'immense édifice bâti en 1586 sur les plans de Fontana pour servir de caserne de cavalerie. Les bâtiments furent ensuite transformés et abritèrent, de 1616 à 1780, l'Université, le *Palazzo degli Studii*. Celle-ci ayant été transférée dans les anciens locaux des jésuites, on transporta dans le bâtiment les collections que le roi Charles de Bourbon avait héritées de sa mère Elisabeth Farnèse en y ajoutant bientôt les multiples objets provenant des fouilles menées à Pompéi, Herculanum, Stabies, Cumes ainsi que dans d'autres villes de la Campanie et des Pouilles.

5. Comment ne pas voir dans le prénom d'Octavien un amical clin d'œil à Gérard de Nerval dont la quatrième nouvelle des *Filles du feu*, dont une partie de l'action se déroule à Naples, puis à Pompéi, s'intitule justement *Octavie* ? D'autant plus que la nouvelle qui lui succède immédiatement dans ce recueil, *Isis* (dont une première version, *Le Temple d'Isis, Souvenir de Pompéi*, parut en 1845 dans la revue fouriériste *La Phalange*), commence par l'évocation d'une résurrection momentanée de Pompéi grâce à une fête costumée : « Un des ambassadeurs résidant à Naples donna, il y a quelques années, une fête assez ingénieuse. — Muni de toutes les autorisations nécessaires, il fit costumer à l'antique un grand nombre de personnes ; les invités se conformèrent à cette disposition, et, pendant un jour et une nuit, l'on essaya diverses représentations des usages de l'antique colonie romaine. On comprend que la science avait dirigé la plupart des détails de la fête ; des chars parcouraient les rues, des marchands peuplaient les boutiques ; des collations réunissaient, à certaines heures, dans les principales maisons, les diverses compagnies des invités. Là, c'était l'édile Pansa, là Salluste, là Julia-Felix, l'opulente fille de Scaurus, qui recevaient les convives et les admettaient à leurs foyers. — La maison des Vestales avait ses habitantes voilées ; celle des Danseuses ne mentait pas aux promesses de ses gracieux attributs. Les deux théâtres offrirent des représentations comiques et tragiques, et sous les colonnades du forum des citoyens oisifs échangeaient les nouvelles du jour, tandis que, dans la basilique ouverte sur la place, on entendait retentir l'aigre voix des avocats ou les imprécations des plaideurs. » Et Nerval de poursuivre son texte par la cérémonie égyptienne qui s'accomplit dans les ruines si bien conservées du petit temple d'Isis.

6. Ce typique moyen de transport napolitain est fort longuement décrit par Alexandre Dumas au tout début de son récit de voyage en Italie publié en quatre volumes de 1841 à 1843 (*Le Speronare, Une année à Florence, Le Capitaine Arena* et *La Villa Palmieri*) et globalement intitulé *Le Corricolo* en l'honneur de ce mode de locomotion si spécifiquement italien.

7. Esprit Aubert est l'auteur d'un opéra en cinq actes fort célèbre, *La Muette de Portici* (livret de Scribe et G. Delavigne) dont la première représentation eut lieu à l'Opéra de Paris le 29 février 1828.

8. Allusion à la scène première de l'acte V d'*Hamlet* :

« Par exemple, écoute : Alexandre est mort, Alexandre a été enterré, Alexandre est retourné en poussière ; la poussière, c'est de la terre ; avec la terre, nous faisons de l'argile, et avec cette argile, en laquelle Alexandre s'est enfin changé, qui empêche de fermer un baril de bière ? :

L'impérial César, une fois mort et changé en boue,
Pourrait boucher un trou et arrêter le vent du dehors.
Oh ! que cette argile, qui a tenu le monde en effroi,
Serve à calfeutrer un mur et à repousser la rafale d'hiver. »
(Traduction de François-Victor Hugo, Garnier-Flammarion.)

Il faut croire que Gautier était particulièrement sensible à cette scène du cimetière dans *Hamlet* puisqu'il s'y réfère également dans *Le Roman de la momie* (Le Livre de Poche, p. 30).

9. Ce qui a été, c'est ce qui sera ; et ce qui a été fait, est ce qui se fera ; et il n'y aura rien de nouveau sous le soleil » (Ecclésiaste, I, 9).

10. *Matutini erynt* : ils seront matinaux. C'est une citation littérale du Guide du voyageur de Romanelli que Gautier utilise massivement dans son évocation de Pompéi (sur ce sujet voir les précieuses notes de l'édition de *La Morte amoureuse, Avatar et autres récits fantastiques*, établie par Jean Gaudon, Folio, 1981).

11. Ici Gautier ne fait que paraphraser le premier vers de la première des *Épigrammes* composées à Venise par Goethe : « Le païen parait les sarcophages et les urnes des signes de la vie. »

12. Le nom de la villa d'Arrius Diomèdes a en fait été déduit, de façon aussi naïve que fantaisiste, de l'inscription de M. Arrius Diomèdes qu'on peut voir juste en face de l'entrée de la villa, de l'autre côté de la route, dans le mur de soutènement de la zone des sépultures de la *gens* Arria.

13. *Cf.* Homère, *Odyssée*, Chant XIX, vers 562-567 : « Les songes vacillants nous viennent de deux portes ; l'une est fermée de corne ; l'autre est fermée d'ivoire ; quand un songe nous vient par l'*ivoire* scié, ce n'est que tromperies, simple *ivraie* de paroles ; ceux que laisse passer la *corne* bien polie nous *cornent* le succès du mortel qui les voit » (traduction Victor Bérard). Une fois de plus on retrouve la même image chez Gérard de Nerval au tout début d'*Aurélia* : « Le rêve est une seconde vie. Je n'ai pu passer sans frémir ces portes d'ivoire ou de corne qui nous séparent du monde invisible » (*Aurélia*, texte publié par Jean Richer, Minard, 1965, p. 4).

14. Théophile Gautier a effectivement vu cette salle des Ambassadeurs à l'Alhambra de Grenade lors de son voyage en Espagne en 1840 : « De chaque côté de la porte qui mène à la salle des Ambassadeurs, dans le jambage même de l'arcade, au-dessus du revêtement de carreaux vernissés dont les triangles de couleurs tranchantes garnissent le bas des murs, sont creusées en forme de petites chapelles deux niches de marbre blanc sculptées avec une extrême délicatesse. C'est là que les anciens Mores déposaient leurs babouches avant d'entrer, en signe de déférence, à peu près comme nous ôtons nos chapeaux dans les endroits respectables » (*Voyage en Espagne*, « Les Introuvables », Éditions d'aujourd'hui, 1976, p. 237).

15. Citation légèrement inexacte d'un vers du Chant III de *L'Art Poétique* de Boileau : « Un fat quelquefois ouvre un avis important. »

16. Le *cacio-cavallo* est un fromage de lait de vache en forme de poire.

17. En quelques lignes Gautier évoque ici quelques-uns des principaux peintres de l'école baroque napolitaine. Massimo Stanzione (1585 ?-1656 ?) de retour à Naples après un séjour à Rome travaillera dès lors pour la décoration des plus importantes églises napolitaines. José Ribera, dit l'Espagnolet (Valence 1591-Naples 1652) peindra à Naples de 1616 jusqu'à sa mort. Salvador Rosa (1615-1673) quant à lui est resté célèbre pour avoir donné une étrange image du Sud de l'Italie : paysages désolés, scènes côtières, scènes de bataille et *banditti*. Cette vision devint même quasiment légendaire au XVIIIe siècle (sur tous ces peintres, voir *La Peinture napolitaine de Caravage à Giordano*, Éditions de la Réunion des musées nationaux, Paris, 1983).

18. Allusion au second *Faust* que Goethe acheva en août 1831, quelques mois avant sa mort, qui sera publié en 1833 et dont Gérard de Nerval donnera en 1840 un « examen analytique » coupé de la traduction de quelques fragments. Il est notable que le seul acte intégralement traduit est celui d'Hélène. Car dans ce second *Faust*, Faust obtient de Perséphone qu'elle ressuscite Hélène et ses suivantes. Faust fera la conquête d'Hélène et ils auront un fils symbolisant l'union du génie grec et du génie germanique. On ne s'étonnera pas si Gautier est particulièrement fasciné par cet épisode correspondant si exactement à son refus de la perte et à ses fantasmes de résurrection du passé.

19. *Hic habitat felicitas* : Ici habite le bonheur.

20. À Naples le jettature est le mauvais œil, le mauvais sort. C'est le thème d'un des contes les plus célèbres de Gautier publié d'abord sous le titre de *Paul d'Aspremont, conte* dans *Le Moniteur* *universel* en juin et juillet 1856 (et qui figure sous le titre de *Jetta-tura* dans ce volume)...

21. *Advena, salve* : Étranger, bonjour.

22. Il s'agit ici des deux plus célèbres manuels scolaires sur lesquels peinèrent tant de générations de latinistes : le *De viris illustribus urbis Romae (Des hommes illustres de Rome)*, des récits historiques écrits par l'abbé Lhomond, et les *Selectæ e profanis scriptoribus historiæ (Histoires choisies des auteurs profanes)*, une anthologie de textes sélectionnés par Heuzet.

23. On a effectivement retrouvé pendant les fouilles de Pompéi un jeton d'entrée pour le théâtre, où se lit le nom de Plaute et le titre de sa pièce : CASINA PLAVTI. Une comédie déjà fort ancienne à la date (l'éruption du Vésuve a eu lieu en 79 après Jésus-Christ) puisque l'écrivain latin a vécu vers 254-184 avant Jésus-Christ.

24. Allusion à *Hamlet* (acte I, fin de la scène 5), « Le temps est hors de ses gonds » (dans la traduction d'Yves Bonnefoy) que l'on retrouvera dans *Le Roman de la momie* : « la roue du temps était sortie de son ornière », (Le Livre de Poche, p. 40).

25. Il est pour le moins curieux de constater qu'Octavien retrouve Arria Marcella très précisément en ces lieux où se situe à Pompéi la dernière rencontre, la plus décisive aussi, de Norbert Hanold et de Mlle Zoé Bertgang dans la *Gradiva, fantaisie pompéienne* de Wilhelm Jensen (datant de 1903) qui devait fournir à Freud le support de la plus longue analyse qu'il ait jamais consacrée à une fiction littéraire, *Der Wahn and die Traüme in W. Jensens « Gradiva »*, publiée pour la première fois en 1907. On se rappelle que chez Jensen, Norbert, jeune archéologue allemand, est tombé amoureux du moulage d'un bas-relief romain qui représente une jeune fille dont la gracieuse démarche suscite une double impression, « l'aisance légère de la femme qui marche d'un pas vif, et parallèlement l'air assuré que donne un esprit en repos » : d'où le nom qu'il lui donne, la *Gradiva*. Inconsciemment entraîné par la séduction qu'exerce sur lui ce bas-relief, Norbert, parti en Italie, finit par se retrouver à Pompéi alors qu'il avait rêvé, quelques jours avant son départ, de l'éruption de 79 et de la jeune fille encore vivante. Il visite la ville morte, et ne voilà-t-il pas qu'il croit voir la jeune fille du moulage et de son rêve ? Convaincu de la résurrection de la jeune Pompéienne bien qu'elle s'adresse à lui en allemand, il la rencontre à nouveau les jours suivants : elle s'appelle fort symboliquement Zoé, la vie en grec. Et Norbert de s'enfoncer progressivement dans ses délirantes croyances. Heureusement Zoé a la ferme intention de le soigner et de le sauver. L'essentielle rencontre, la plus thérapique, aura justement lieu dans le portique de la villa de Diomède où on avait découvert, comme tient à le préciser Jensen dont tout porte à croire qu'il avait lu Gautier et qu'il s'amuse à rejouer la topographie de son texte, les squelettes de dix-huit femmes et enfants : « Les corps des pauvres gens, pris dans la cendre durcie, avaient gardé leur forme : au *Museo Nazionale*, à Naples, on conserve dans une vitrine une empreinte qui avait été trouvée là, le cou, les épaules et la poitrine parfaite d'une jeune fille vêtue d'une robe d'un fin voilage. » En ces lieux parfaitement appropriés à son entreprise, Zoé en bonne archéologue de l'inconscient décide d'exhumer Norbert de son long ensevelissement psychique. Elle va ramener l'archéologue sur terre, à proprement parler, va lui faire abandonner sa fantaisie. Elle lui montre en effet que cette Gradiva qu'il s'acharne à chercher, si loin dans l'espace et le temps, dans les ruines de la cité morte n'est en fait autre qu'elle-même qui, en Allemagne, habite la maison juste voisine de la sienne et qui porte comme nom de famille *Bertgang*, signifiant littéralement « celle qui brille par sa démarche », autrement dit l'exact équivalent d'une langue à l'autre de Gradiva.

Sans entreprendre une minutieuse comparaison des deux textes qui a déjà été menée par Jean-Luc Steinmetz dans « Gautier, Jensen et Freud », on peut néanmoins souligner à grands traits ces différences majeures qui permettent de mieux cerner l'imaginaire spécifique de Gautier. Alors que, grâce à Zoé, Norbert parvient à échapper au refoulement de son désir, Octavien par contre ne fera que s'ensevelir toujours un peu plus dans sa fantaisie. Si Norbert ressort de la villa de Diomède définitivement délivré des scories de son passé, Octavien que l'on retrouve au matin évanoui dans cette même demeure est désormais irrécupérablement plongé dans ses aliénantes fictions de l'Antiquité : cette nuit l'a irrémédiablement coupé de son présent, de sa contemporanéité. « Alors que toute la *Gradiva* de Jensen nous présente un délire né du désir sexuel refoulé, délire qui finit par s'effacer, car le refoulement trouve une issue, à savoir très précisément son objet réel et non plus son substitut (notoirement fétichiste), *Arria Marcella* nous conte l'histoire de la réalisation *sur le plan du fantasme* d'un désir qu'entrave cependant, au dernier instant, la censure représentée banalement par le père, Arrius Diomède, non seulement le père, mais celui qui assume la parole morale de la religion chrétienne. Assurément par son rêve ou son délire Octavien ne faisait que reconnaître un *substitut* et non point l'*objet* du désir. Il était prêt à posséder son idéal "rétrospectif", non la femme vraie que cet idéal signifiait » (Jean-Luc Steinmetz, p. 55). Alors qu'il n'avait d'autre désir que de continuer à aimer la jeune Pompéienne, Octavien dérisoirement se contentera d'épouser une Ellen dans le nom de laquelle il faut bien sûr entendre un substitut, anglicisé et parodique, du nom légendaire de celle qui constitua la figure même du désir pour toute l'Antiquité, l'Hélène de Troie.

Le terrible et vengeur Arrius converti au christianisme n'a en fait
rien d'un hapax dans l'univers de Gautier où en dernière instance la
loi paternelle finit toujours par s'interposer pour interdire le désir.
Une loi du père qui peut prendre une forme tyrannique et culpabili-
sante, le sévère et même redoutable abbé Sérapion de *La Morte
amoureuse*, ou parodique, le vieil oncle d'*Omphale*, mais qui de
toute façon va toujours dans le même sens : interdire au fils le
plaisir d'autant plus condamnable qu'il prend toujours une dimension orgiaque. Clarimonde est une courtisane, Arria Marcella une
débauchée et la marquise de T*** une libertine.

26. Le Phase (aujourd'hui le Rioni), fleuve de la Colchide qui
se jette dans la mer Noire, était considéré par les Anciens comme
la frontière entre l'Europe et l'Asie. Un oiseau du Phase n'est autre
qu'un faisan, du grec *phasianos*, « [oiseau] du Phase ».

27. La fille de Tyndare n'est autre qu'Hélène : c'est donc une
nouvelle allusion au second *Faust* de Goethe.

AVATAR (p. 325)

1. D'abord publié dans *Le Moniteur universel* en février-mars-
avril 1856, ce texte fut repris en volume en 1863 dans *Romans et
contes*. On sait qu'*avatar* (qui vient du sanscrit *avâtara*, littéralement descente) désigne, dans la réligion hindoue, chacune des
incarnations de Vichnou. Au figuré il désigne tout changement,
toute métamorphose, toute transformation. Et justement rien qui
importe plus chez Gautier que cette possible transformation du
sujet en un autre que lui-même. Voyez exemplairement les désirs
d'Albert dans *Mademoiselle de Maupin* : « ce que j'envie le plus
aux dieux monstrueux de l'Inde, ce sont leurs perpétuels *avatars*
et leurs transformations innombrables ». Car chez Gautier le sujet
qui est toujours renfermé en lui-même, refermé sur lui-même est
constamment obsédé par le désir de devenir un autre (ou même
une autre) que lui-même afin d'échapper à son moi qui le poursuit
obstinément. On retrouvera d'ailleurs une immédiate répercussion
de ce désir de réincarnation dans la conception même qu'a Gautier
du romancier capable quant à lui de se réincarner à volonté dans
ses personnages : « Balzac, comme Vichnou, le dieu indien, possédait le don d'avatar, c'est-à-dire celui de s'incarner dans des corps
différents et d'y vivre le temps qu'il voulait... » (*Portraits contemporains*).

2. *Cf.* Térence, *L'Eunuque* (v. 105) : « Plenus rimarum sum, hac
atque illac perfluo. »

3. Allusion au discours d'Aristophane dans *Le Banquet*.

4. *Cf. L'Enfer*, vers 82-84 :
     « Quali colombe dal disio chiamate
     con l'ali alzate e ferme al dolce nido
     vegnon par laere...
     (« Telles des colombes, par le désir attirées,
     qui d'une aile si légère et ferme, vers leur doux nid
     traversent l'air de leur vol... »)

5. Allusion au second *Faust* de Goethe (*cf.* note 18, p. 567).

6. *Cf.* note 2, p. 563.

7. Liste assez hétérogène qui regroupe les médecins de référence traditionnels (Hippocrate, Galien, Tronchin) et des savants moins connus : Van Helmont, physicien du XVIᵉ siècle ; Boerhaave (1668-1738), qui enseigna la clinique moderne ; Hahnemann (1755-1843), le fondateur de l'homéopathie et Rasori (1766-1837), médecin carbonaro.

8. Ce docteur B*** est bien sûr le célèbre docteur Émile Blanche : c'est dans sa clinique de Passy que fut interné Gérard de Nerval en 1854.

9. Alfred de Musset, *À quoi rêvent les jeunes filles* (II, 1).

JETTATURA (p. 425)

1. D'abord publié dans *Le Moniteur universel* en juin-juillet 1856, ce texte fut repris en volume en 1863 dans *Romans et contes*.

2. En somme tout le *fantastique* de ce récit prend sa source dans une déformation purement *esthétique*. Le visage de Paul d'Aspremont, parce que composé de beautés disparates, de perfections hétérogènes (et comment ne pas souligner qu'il s'agit là d'une mise en abyme de la Forme chez Gautier !), manque gravement d'harmonie (une défaillance esthétique que vient souligner et redoubler la laideur de son groom). En cela Paul est complètement à l'opposé d'Alicia dont la beauté est parfaitement harmonieuse. C'est dire que tout le récit de Gautier peut être lu comme la narration, la fantasmatisation d'un combat entre la dysharmonie et l'harmonie, qui aura pour cadre les lieux culturellement les plus valorisés pour leur perfection esthétique, Naples et sa baie. Dans cette perspective le texte vaudrait comme l'aveu du caractère nécessairement mortifère d'une beauté trop parfaite alors que la vie suppose toujours une certaine dose d'imperfection. Le fantastique serait alors une dramatisation fantasmatique de l'imaginaire de la Forme.

3. Pour les *Studii*, *cf.* note 4, p. 565.

4. Pour le *corricolo*, *cf.* note 6, p. 565.

5. *Anna Bolena* : opéra de Donizetti (1831).

6. *Mimica degli antichi investigata nel gestire napoletano* : *La mimique des anciens étudiée à partir de la gestuelle napolitaine*, ouvrage publié en 1832 par Andra de Jorio, auteur d'un guide de Pompéi.

7. « Des mots, des mots, des mots » : dans la scène 2 de l'acte II, Hamlet répond à Polonius qui lui demande ce qu'il est en train de lire : « Words, words, words. »

8. L'empereur Cneius Messius Decius, voulant restaurer l'unité morale de l'Empire romain autour de la religion traditionnelle, déclencha la première persécution systématique contre les chrétiens en 250. Decius devint pour les chrétiens le type même du persécuteur, ce qui suscita, parallèlement au récit d'authentiques martyres, des témoignages douteux (Polyeucte, saint Denis) ou de pures légendes, comme celle des « Sept dormants d'Éphèse » où sept jeunes gens emmurés vivants dans une grotte auraient été ressuscités par Dieu 372 ans plus tard.

9. Allusion au tableau de Prud'hon intitulé *La Justice et la Vengeance poursuivant le Crime*, qui fut exposé au Louvre dès 1826.

10. Roman de Walter Scott.

Table

Préface d'Alain Buisine 7

Biographie 35

Bibliographie 43

CONTES ET RÉCITS FANTASTIQUES

La Cafetière 49
Omphale 59
La Morte amoureuse 71
La Chaîne d'or 105
Une nuit de Cléopâtre 129
La Toison d'or 169
Le Pied de momie 219
Le Roi Candaule 233
Arria Marcella 291
Avatar 325
Jettatura 425

Index 525

Notes 557

Le Livre de Poche s'engage pour
l'environnement en réduisant
l'empreinte carbone de ses livres.
Celle de cet exemplaire est de :
950 g éq. CO_2
Rendez-vous sur
PAPIER À BASE DE   www.livredepoche-durable.fr
FIBRES CERTIFIÉES

Composition réalisée par NORD COMPO

Imprimé en France par CPI
en août 2016
N° d'impression : 2024815
Dépôt légal 1re publication : septembre 1991
Édition 14 - août 2016
LIBRAIRIE GÉNÉRALE FRANÇAISE
21, rue du Montparnasse - 75298 Paris Cedex 06

30/6895/4